读客外国小说文库

激发个人成长

第五个死者的告白

[英]P.D.詹姆斯 著　　周媛 译

A TASTE FOR DEATH

P.D. JAMES

目 录

第一部　准男爵之死　　001

第二部　近亲　　113

第三部　协助调查　　217

第四部　诡计与欲望　　295

第五部　Rh阳性血　　397

第六部　致命后果　　477

第七部　尾声　　583

献给我的女儿

克莱尔和简

为纪念她们的父亲

康纳·班特里·怀特

有人可凝视它而不致昏聩，
但这种把戏我无法学会。
那是生命和鲜血，
它们让人尝到死亡的滋味。

——A.E.豪斯曼

作者声明

我谨在此向坎普顿希尔街区的居民道歉,因为我在本书中虚构了一所约翰·索恩爵士建造的房子,破坏了他们街区建筑景观的对称;我还要向伦敦主教区致歉,因为我让亚瑟·布罗姆菲尔德设计的教堂和钟楼坐落在了大运河岸边,对于教区设置来说显然是多此一举。书中涉及的其他一些场景都可以在伦敦找到,因此,我有必要在此声明,这部小说描写的所有事件及人物纯属虚构。

我在此向大都会警察局法医实验室的主管和员工们在科学细节方面给予的无私指导、帮助,致以由衷的感谢。

第一部
准男爵之死

第一章

尸体是在9月18日周三上午8点45分,由65岁的艾米莉·沃顿小姐和10岁的达伦·威尔克斯发现的。沃顿小姐至今未婚,隶属伦敦帕丁顿的圣马修教区;达伦自认为不属于任何一个教区,也根本不在意。这对看起来不可能凑在一起的搭档8点30分之前刚离开沃顿小姐位于克劳赫斯特花园的公寓,要步行半英里从大联盟运河去往圣马修教堂。沃顿小姐习惯于每周三和周五到那儿去清理圣母像前花瓶里的残花败叶,清除铜烛台里燃尽的蜡烛头和蜡油,清扫圣母堂里的两排椅子,对那小拨来参加晨间弥撒的人来说,准备这些椅子已经足够了。她会在巴恩斯神父9点20分到来之前准备好一切。

七个月前,在做类似工作时,她第一次遇见达伦。当时他正一个人在纤道上玩耍——如果随意将废弃啤酒罐抛进运河也能称得上是玩耍的话。沃顿小姐停下来向达伦问了句好。也许是因为有个大人既没有发出责备也没有进行盘问,而是向他问好,达伦看起来很吃惊。不管究竟是什么原因,在面无表情地盯了她一会儿后,他就自己粘了上来。起初是慢腾腾地跟在她身后,后来就像流浪的小狗一样围着她转圈,最后干脆小跑着跟在她身边。当他们来到圣马修教堂时,他非常自然地跟着她走了进去，就像他们早上就是一起出门的那样。

在相遇的第一天，沃顿小姐就看出来，他明显从未踏入过教堂，但是从此以后的每一次拜访，他都对教堂的存在表现出一丁点儿好奇。当沃顿小姐忙着做清洁时，他心满意足地进出于圣器收藏室和钟楼；当她在圣母雕像下费力整理花瓶里顽强生存的六枝带叶水仙花时，他也在旁边挑剔地看着；当沃顿小姐频繁地屈膝跪拜时，他也表现出了作为小孩的漠不关心，明显是把这种突如其来的屈膝礼当作又一种大人们特有的古怪的行为。

但无论第二周还是第三周，她都在纤道上遇到了他。第三次相遇之后，他不请自来，和她一起走回了家，还和她一起吃了罐装西红柿汤和炸鱼条。这一顿饭就好像仪式性的圣餐，确立了将这两个人联结在一起的那种奇特而不言而喻的互相依赖。那时，沃顿小姐内心喜忧参半地意识到了达伦已经成为她生活中必不可少的部分。他们去圣马修教堂时，他总是会突然离开教堂，前一秒钟还在，然而等参加集会的人陆续到来时，他就瞬间神秘地消失了。弥撒结束后，她又会在纤道上找到正在闲逛的他，他则又会回到她身边，就好像他们从未分开过一样。沃顿小姐从来没有跟巴恩斯神父或者其他任何圣马修教堂的信众提及他的名字，而据她所知，达伦在自己秘密的孩子的世界里也从未提到过她。和初识时一样，沃顿小姐对达伦的家人和生活仍然一无所知。

但他们的第一次见面已经是七个月前的事了。那是某个二月中旬的寒冷早晨，当时隔开纤道和附近市政建筑群的灌木丛还只是一堆复杂、死气沉沉地纠缠在一起的荆棘；白蜡树的树枝还是黑色，上面的新芽紧缩着，看起来完全不可能吐露翠意；光秃秃的柳枝垂在运河河面，娇嫩的柳絮落在加速流过的河水上。现在，盛夏渐渐逝去，即将转为成熟的秋季。沃顿小姐艰难地穿过堆积的落叶，短暂地闭上双眼，觉得在缓行的河水和潮湿的泥土之外，仍能闻到一丝六月里令人陶醉的接骨木花香。在夏季的早晨，正是这种香气让她想起了在什罗普郡的小巷童年。她害怕冬天的到来。早上起床时，她觉得自己似乎已经能够在空气中感觉到冬天的气息了。尽管一个礼拜都没下过雨了，路面却还是很湿滑，铺满了泥巴，走在上面悄无声息。他们走在树下，四周充斥着一种不祥的寂静。就连麻雀细小的叽喳声也消失无踪。但他们右侧那沿河的沟渠里依然充满了夏季茂盛的绿色，青草茂密，盖住了那些裂开的轮胎、废弃的床垫和在沟底慢慢腐烂的碎布片，柳树被抽出的新枝压得不堪重负，撒下片片细叶，然而沟渠表面过于油腻污浊，完全没法使它们下沉。

8点45分，他们就快要到教堂了，正在经过一条穿越运河的低矮隧道。这是达伦最喜欢的一段路，他高喊一声，冲进了隧道，大声喊叫着制造回声，并伸开海星般的苍白手指，沿着砖墙滑动。她跟随着他跃动的手指，害怕地从拱廊走进那令人产生幽闭恐惧、阴冷潮湿、弥漫着河水气味的黑暗，听到运河拍击铺路石那响得不自然的声音，还有从低矮的隧道顶部缓缓落下的水滴声。她加快了脚步，没过几分钟，隧道尽头半月形的光亮就逐渐扩大，又将他们迎回了日光里。达伦此时也走了回来，在她身旁瑟瑟发抖。

她说："天气已经很冷了，达伦。你为什么不换上那件风雪大衣？"他缩了缩自己单薄的肩膀，摇了摇头。他穿得那么少，对寒冷却如此无动于衷，让她感到很惊奇。有时，她觉得他更愿意永远地活在战栗之中。在萧瑟的秋日早晨裹得暖暖的，应该不会被视为不够男子汉吧？而且他穿着那件风雪大衣的样子很好看。达伦第一次穿上大衣时，她安心多了。大衣是天蓝色的，配有红色条纹，看起来价格不菲，而且很明显是新买的。这令人放心，说明沃顿小姐从未见过、而达伦也从未提及的那位母亲确实在尽力好好照顾他。

周三轮到沃顿小姐去更换鲜花。这天早上，她捧了一小束用纸包好的粉红玫瑰和一束小白菊。鲜花根茎润湿，她感到那股潮湿渐渐渗入了自己的羊毛手套。大多数花朵还紧紧包在蓓蕾中，但有一朵已经开始绽放，把夏日短暂地召回了她的身边，同时带来的还有一种熟悉的焦虑感。去教堂的早晨，达伦经常会带来鲜花作为礼物。他告诉过沃顿小姐，这些花来自弗兰克叔叔在布里克斯顿的货摊。但这真的是实话吗？还有，达伦上周五的礼物是烟熏三文鱼，刚好在晚饭前送到了她的公寓。他说这是乔叔叔给他的，乔叔叔在基尔伯恩路上开了一家小餐馆。但是鱼片如此美味多汁，还交叉覆盖着不透油的箔纸，盛着鱼片的白色托盘看起来很像她一度可望而不可即的玛莎百货商店里的餐具，只不过有人把上面的标签撕掉了。他当时就坐在她对面，看着她吃东西，当她建议和他一起分享美食时，他就做出鬼脸表示不合胃口，但是却一直用一种专注的、几乎就要燃烧起来的满足感盯着她，她觉得那就像是一位母亲盯着她刚恢复健康的孩子咽下第一口饭。但是她还是吃完了，在嘴里仍在回味那种美妙的味道时，去盘问他显得非常不识好歹。只是到了最近，这些礼物越来越频繁了。如果达伦再带来什么东西，他们就得好好地谈一次了。

突然，他发出一声呼喊，并猛冲向前，跳起来抓住一株悬垂下来的树枝荡了起来，瘦弱的双腿来回晃动，后跟很高的白跑鞋对于那双皮包骨头的小腿而言太过沉重，格外不协调。他经常会有这种突如其来的动作，有的时候跑到前面，躲在灌木丛后，然后跳出来吓她；有的时候跳过一个个小水坑；有时在沟渠里到处寻找破瓶子和易拉罐，并用尽全力将它们扔进水里。他跳出来的时候，她会假装被吓了一跳；他爬上悬垂的树枝，或是在水面上来回晃荡时，她也会喊住他，提醒他要小心。但是总体而言，他的活泼让她高兴。总比他经常陷入那种无精打采的状态要让人放心些。他的笑脸像猴子一样，双手交叠在空中荡来荡去，身体疯狂地扭动，夹克衫从牛仔裤里滑出来时，他瘦弱的胸膛隐约可见，肋骨的形状在他苍白的皮肤上显现出来，投射下一层银灰的阴影。看着这些，她感受到一阵令人如此痛苦的爱意，就好像心口被猛刺了一下。伴随着痛苦而来的还有那种长久以来都存在的焦虑感。当他重新落到她身边时，她说："达伦，你确定你妈妈不介意让你来帮我在圣马修教堂做事吗？"

"对，没问题，我告诉过你啦。"

"你经常到公寓来，对我而言是非常美好的，但是你确定她不会介意吗？"

"听着，我告诉过你啦，没有问题的。"

"但是我去见见她是不是更好？只是见个面，好让她知道你都是跟谁在一起。"

"她知道的。况且她现在不在家，她去罗姆福德拜访罗恩叔叔了。"

又是一位叔叔。她要怎样才能记住所有的这些亲戚呢？但是她又产生了新的焦虑。

"那么是谁在照看你呢，达伦？现在是谁在家？"

"没人在家，她回家之前我都睡在邻居家。我很好。"

"那今天怎么没去学校?"

"我告诉过你啦,我不需要去上学。今天是假期,知道吗,今天放假!我告诉过你了!"

他的声音变得尖锐,几乎是歇斯底里。接着,因为她没有回话,他又走回她身边,用一种更平静的语气说:"诺丁山那边皇冠牌卫生纸两卷只要四十八便士。就在那个新开的超市。如果你感兴趣,我可以去帮你买几卷。"

她想,他一定在超市里待了很长时间,也许是在放学回家的路上替他母亲购物。他总是很擅长找到打折的商品,然后回来向她报告有哪些商品正在搞促销,哪些商品更便宜。她说:"我有时间的时候自己去就行了,达伦。这个价格确实不错。""是啊,我也是这么想的。价格很便宜,我第一次看到不到五十便士一卷的卫生纸。"

在他们行进的整个过程中,几乎一直都能看到他们的目的地:圣马修教堂那高耸的钟楼的绿色铜制圆顶。这座拥有亚瑟·布罗姆菲尔德非凡设计的罗马式教堂修建于1870年,就建在缓缓流动的城市水道岸边,建筑师充满自信,就好像在梵蒂冈的老运河边建造教堂一样。九年前,沃顿小姐第一次造访圣马修教堂时,就下定决心,以后一定要在这座教堂做礼拜,毕竟这是她所属教区的教堂,同时也体现出了她认识中的天主教特权。接下来,她就坚定地把整个建筑设计抛诸脑后,也放弃了她对诺曼式拱廊、祭坛后的雕饰屏风和熟悉的早期英式尖塔的渴望。她以为到现在已经能够适应这种风格了。但是在见到巴恩斯神父带着一群群游客或是对维多利亚式建筑感兴趣的专家四处参观时,见到这些人激动地围在祭坛华盖周围,赞美布道坛四周的八块镶板上拉斐尔前派画家的画作,或是搭起三脚架拍摄那些半圆形壁龛时，见到这些人充满自信地用那种完全不带宗教色彩的语调（即便是专家，在教堂里明显也应该放低声音）将这座教堂与威尼斯附近的托尔切洛岛大教堂，或者是布罗姆菲尔德在牛津耶利哥建造的类似的大教堂相提并论时，都还是会微微有些吃惊。

现在，和往常一样，猝不及防，这座教堂就出现在了眼前。他们穿过运河栏杆前的十字转门，取道通向南门的石子路，沃顿小姐有一把南门的钥匙。南门通向小礼拜堂，她可以把外套挂在那儿；它也通向厨房，她可以在那里清洗花瓶，重新摆放新鲜的花束。他们走到门边时，她瞥了一眼路边的小小花床。教堂会众中的园丁们试图在这片贫瘠的土地上培育出花朵，尽管他们很乐观，却不怎么成功。

"看啊，达伦，多么漂亮。第一朵绽放的大丽花。我从没想过它们能开出花来。不，不要摘它们。它们在这儿最好看。"他已经弯下腰，把手伸进草丛里，但是她开口之后，他就站了起来，把脏脏的小拳头放回口袋里。

"你不想把它们摘下来，献给圣母玛利亚吗？"

"我们已经为她准备了你叔叔种的玫瑰。"这些花真的是他叔叔种的吗？她想，我必须问问他。我不能再这样了，给圣母玛利亚献上偷来的花朵，假设它们确实是被偷来的。但是如果它们不是偷来的，我却谴责了他呢？我将毁掉我们之间的一切。我现在不能失去他。并且，这也有可能给他灌输了偷窃的概念。她想起隐约记得的老话：腐蚀纯真是播种罪恶。她想，我得好好想想。但不是现在，还不是时候。

她从手袋里翻出挂在木头钥匙链上的钥匙，试图将它对准锁孔，却没有办法把钥匙塞进去。她有点困惑，但还没有到着急的份儿上。

她接着又试了试门把手，包着铁的厚重大门一下子就被推开了。原来门上的锁已经被打开了，另一侧的锁孔上插着把钥匙。走廊很安静，没有开灯，通向左侧小礼拜堂的橡木门紧闭着。这么说巴恩斯神父肯定已经到了。但是他居然在她之前就到了，这很奇怪。而且，为什么他没有开着走廊上的灯？正当她戴着手套的手摸索到开关时，达伦从她身边匆匆跑过，一直跑到隔开教堂的回廊和中殿的锻铁格子窗前。他们来这里时，达伦都喜欢去点蜡烛，将自己细瘦的胳膊探进格子窗去找烛台和投币盒。刚才走过来的时候她已经照常给了他十便士，这时，只听叮当一声轻响，她看着他把蜡烛放进烛台的凹穴，然后又去拿铜支架上的火柴。

就在这个瞬间，她感受到了第一丝焦虑。

一些不祥的征兆让她的潜意识警醒起来，早先的骚动和一种模糊的不安汇聚在一起，形成了一种恐惧感。有一股淡淡的味道，很陌生，但又熟悉得可怕；有一种刚发生过什么事件的感觉；外面那扇没上锁的门可能代表着什么，加上那条漆黑的走廊……突然，她知道有什么可怕的事情发生了。出于直觉，她喊了出来："达伦！"

他转身看着她的脸，然后很快地走回了她身边。

她一开始很小心，然后猛地推开了门。她的眼睛被亮光晃到了。天花板上的长条日光灯不合时宜地开着，明晃晃的灯光让走廊上的柔光黯然失色。紧接着，她看到了惨不忍睹的一幕。

总共有两个人，而且她马上就意识到，并且是百分百确定这两个人都死了。房间里一片狼藉。他们的喉咙被割开了，就像被屠宰了的动物一样躺在一摊血泊里。她本能地把达伦推到了自己身后。但是已经迟了。他和她一样，也已经看到了一切。达伦没有叫出来，但是她能感觉到他在发抖,并且发出了轻声的、可怜的呻吟,就像一只愤怒的小狗。她把他推回到走廊里,关上门,并倚在了门上。她的心脏狂乱地跳着,感受到一种绝望的冰冷。她的心似乎变大变热,肿胀着塞满了胸口,每一次痛苦的跳动都在摇晃她脆弱的身躯,似乎要将整个人撕裂开来。还有那种味道,之前还只是时隐时现,只是空气中陌生的气息,现在,它似乎已经渗入走廊,夹带着死亡浓烈的恶臭。

她紧紧地背靠在门上,感激结实的橡木门能给自己一点支撑。但是不管是结实的木门还是自己紧闭的双眼,都无法完全把眼前那恐怖的一幕拒之门外。就像在舞台上一样,灯光大亮,她仍然能够看到两具尸体,而且颜色更加鲜艳,也比她受惊的双眼第一次看到的更加夺目。一具尸体已经从低矮的单人床上滑了下来,滑到了门的右边,然后就躺在那里,瞪着她,嘴巴大张,头几乎完全被从身体上割了下来。她又看到了被割断的血管,从已经凝结的血块中凸出来,就像发皱的管道。第二具尸体撑在远一点的那堵墙上,姿势笨拙,就如同一个破布娃娃。他的脑袋向前低着,胸前摊了一大堆血,形状就像一个围嘴。他的头上还戴着一顶棕色与蓝色相交错的羊毛帽子,但是已经歪歪斜斜的了。他的右眼被盖住了,左眼却在斜睨着她,带着一种了然于胸的可怕表情。在她看来,他们过于支离破碎,身上所有的人类特质——生命、身份、尊严——似乎都和他们的鲜血一起流淌殆尽了。他们看起来不再像是人。到处都是血。她觉得自己就要被淹没在血泊里了。血流冲击着她的双耳,鲜血在她的嗓子眼里汩汩上涌,好像在呕吐;血花飞溅,粒粒鲜艳的血珠,冲击着她紧闭眼睑后的视网膜。她没法避而不见的死亡场景在她眼前变成一个鲜血形成的漩涡,不断消散,重新聚合,然后又一次消散,但总是能看到鲜血。然后她听到达伦的声音，感受到他的手拽着自己的袖子。

"我们得赶在那些废物来之前离开这里。走吧，咱们什么都没看见，没看见。咱们没来过。"

他的声音因为恐惧而尖锐刺耳。他紧紧抓住她的胳膊。透过薄薄的呢子外套，他脏兮兮的手指就像牙齿一样尖利。她轻柔地把他的手掰开。当她开口时，自己都被声音里的那份镇定惊到了。

"别说傻话了，达伦。他们当然不会怀疑我们了。逃跑……那样看起来才可疑。"

她推着他走到走廊。

"我会待在这里，你去找人帮忙。我们必须锁好门，不能让任何人进来。我在这里等着，你去喊巴恩斯神父来。你知道神父家在哪里吧？就是哈罗路街区最靠边的那栋公寓。他会知道该怎么办的。他会去叫警察来的。"

"但是你不能自己待在这里。万一凶手还在怎么办？就在教堂里，一边等待一边观察。我们得待在一起，知道吗？"

他孩童的语气中带有的那种威信力让她不安。

"但是这看起来不太对劲，达伦，就把他们留在这里。我们不应该都离开。这看起来有点，嗯……冷酷无情，不合适。我应该留下来。"

"别说傻话了。你什么也做不了。他们都死了，都僵了。你也看到他们那样子了。"

他快速地比画了下刀子割过喉咙的手势，翻了个白眼，并发出窒息的声音。那声音如此逼真，就好像喉咙里真的涌出了一股鲜血。她喊了出来："哦，不要这样，达伦，请不要这样！"

他马上开始安抚她，声音也变得更平静。他把双手搭在她的手上。"你最好和我一起去找巴恩斯神父。"她低头看着他，目光充满乞求，仿佛她才是个孩子。

"如果你一定要这样，达伦，我就跟你去。"

他又重新掌握了主动权，小小的身体几乎变得趾高气扬。"是啊，我一定要这样。跟我来吧。"他非常激动。沃顿小姐能从那升高的尖锐嗓音中听出来，从那发亮的双眼中看出来。他不再是受到惊吓的状态，也并没有特别地心烦意乱。她需要保护他不受惊吓的这种想法其实很傻。想到警察时突然冒出来的那种恐惧感已经过去了。他成长的时代，那种有着暴力场景的电影、电视无处不在，画面明亮而闪烁不停。她想，他真的能区分出虚幻与现实吗？也许受到那种天真的保护，达伦并没有办法区分，这对他来说也是一种仁慈。他用一条瘦弱的胳膊圈住她的肩膀，帮助她走到门边，她靠着他，感受到了她胳膊下凸出的骨头。

艾米莉小姐想，他是多么善良，多么讨人喜欢，这个亲爱的宝贝孩子。她会找机会跟他谈谈有关鲜花和三文鱼的问题，但是现在不需要去想那些事情，现在不需要。

他们来到门外。空气新鲜冷冽，在她闻起来像海风一样甜美。但是当他们一起把装有铁环的沉重大门用力合上时，她发现自己无法把钥匙推进锁孔。她的手指痉挛般有节奏地不停抖动着。他从她手里拿过钥匙，然后高高地抬起手，把钥匙推进了锁孔。这时她的双腿缓缓弯曲，她慢慢地倒在了台阶上，姿势不雅，就像一个牵线木偶。他低头看着她。

"你还好吗？"

"恐怕我是走不动了,达伦。我很快就会好起来,但是我得待在这里。你去找巴恩斯神父来吧。但是要快一些!"

他还在犹豫,她又说:"那个凶手,他不可能还在里边。我们来的时候门没有锁。他肯定是走掉了,他——他不会在里边逗留、坐以待毙的,不会吧?"

真奇怪啊,她想,我的身体都已经不听使唤了,但是我的脑子还能分析出来这一套。

但确实如此。他不可能还在那儿,躲在教堂里,手握匕首。除非他们是刚刚才死掉的。但是血看起来并没有那么新鲜……它们新鲜吗?她的肠子突然绞痛起来。哦上帝啊,她暗自祈祷,千万别这样,现在不是时候。我来不及赶到卫生间的。我连那道门都走不过去。她联想到了随之而来的屈辱,在巴恩斯神父和警察都来到以后。像一堆破衣服一样瘫在这里就已经够糟的了。

"快点儿,"她说,"我会好起来的。但是要抓紧呀!"

他出发了,跑得飞快。他走了以后,她依然躺在那里,与她不听使唤的松弛肠胃做斗争,抵抗想要呕吐的欲望。她尝试祈祷,但是很奇怪,那些词句似乎都乱成了一锅粥。"愿正义的灵魂,在我主耶稣的慈悲下,得到安息。"但也许他们并不是正义的。应该有一种祷告词,适用于所有的人,当然也适用于全世界所有被谋杀的人。也许真的有这样一种祷告词。她得问问巴恩斯神父,他一定会知道的。

接着,又是一阵新的恐惧感。她自己的钥匙呢?她低下头,看着手里紧握的钥匙。这把钥匙尾端缀有很大一块烧焦的木制标签,那是因为巴恩斯神父把它放得离瓦斯灯太近了。那么,这是他的备用钥匙,他一般都放在家里的那把。这一定是他们在锁孔里面找到的那把钥匙，她把它递给了达伦，让他重新锁上门。那么她把自己的钥匙怎么了？她在手提包里疯狂地乱翻，就好像这把钥匙是个关键的线索，它的丢失是个灾难，在她脑海里浮现出一排又一排谴责的双眼，命令她对此负责的警方，巴恩斯神父疲惫又沮丧的脸庞。但是她四处乱翻的手指还是在钱包接线处的夹缝找到了安好的钥匙，她把它拿出来，长吁了一口气。一定是当她发现门已经打开的时候就下意识地把钥匙放了起来。但是她居然不记得了，这是多么奇怪啊！从他们来到这里到她用力推开小礼拜堂的门的那个瞬间，这中间全部都变成了空白一片。

她意识到一个黑影就在身旁。她抬起头，看到了巴恩斯神父。她的内心涌上一阵阵的宽慰。她说："您已经报警了吗，神父？""还没有。我想最好还是我自己先来看看，以免那个男孩是在搞恶作剧。"

那么他们一定是从她身边迈过，走进了教堂，走进了那间可怕的屋子。多奇怪啊，她蜷缩在角落，甚至没有注意到这一切。焦躁感越来越强烈，像呕吐物一样浮上了她的嗓子眼。她想大喊："好吧，现在你都看见了！"她本来以为他来了以后一切就都会好起来。不，不会好起来，但总是会有所改善，至少是能够说得通。他总会说出一些让人安心的话。但是现在看着他，她知道他没有带来任何安慰。她抬头看着他的脸，早上的寒气让这张脸变得毫无魅力，她看着那脏脏的胡茬、嘴边两撮尖毛，左边的鼻孔还有黑色的污血，好像是之前流过鼻血，她看着他的眼睛，还没有完全褪去睡意。艾米莉小姐曾觉得他会带来他的力量，多少让这种恐惧不再难以承受，这种想法是多么愚蠢啊。他甚至都不知道该怎么办。进行圣诞节装饰的时候也是这样。诺克斯太太从柯林斯神父还在的时候就负责布置布道坛了。后来莉莉·摩尔提出意见，说这样不公平，他们应该轮流布置布道坛和圣水盆。他本来应该做出决定，坚定自己的立场。从来就是这样的。然而，现在回想圣诞装饰的事是多么不合时宜啊！她的脑袋里乱成了一团，仿佛混合的红色果酱和绚丽、纷乱的猩猩木，鲜红如血。但其实并没有那么红，更像是一种红棕色。

可怜的巴恩斯神父，她想，原先的烦躁渐渐变成了感伤。他和我一样，也是个失败者，我们都是失败的人。她发觉达伦就在她身边瑟瑟发抖。该有人把他送回家。哦，天哪，她想，这会对他带来什么影响，会对我们两个产生什么后果？巴恩斯神父还站在她的身边，没戴手套的双手扭动着大门钥匙。她轻轻地说："神父，我们得喊警察来。""警察？当然了。是的，我们得报警。我回住的地方打电话。"

但是他依然表现出了犹豫。一时冲动，她问道："你认识他们吗，神父？""哦是的，认识。是那个流浪汉，那是哈利·麦克。可怜的哈利。他有的时候会睡在门廊里。"

他没必要告诉她这个。她知道哈利喜欢在走廊里将就着睡一晚上。他离开之后也轮到过她去清扫卫生，清理面包屑、纸袋子、被丢弃的瓶子，有时还有更糟糕的垃圾。她本来应该认出哈利的，那顶羊毛帽子和夹克。她努力不去回想为什么自己没有认出他来，又用同样的轻柔语气问："那另外一个人呢，神父？你认出他是谁了吗？"他低头看着她。她看到了他的恐惧，他的困惑，还有最关键的，一种对于将会面对的复杂状况的震惊。他没有看她，缓缓地说："另一个是保罗·博洛尼。他是——他曾是——一位内阁大臣。"

第二章

一离开警察局长的办公室并回到自己的办公室,总警司亚当·达格利什就打电话给高级督察约翰·马辛厄姆。电话只响了一声,对方就接了起来,马辛厄姆压抑着急躁的声音强有力地传了过来,好像说话人就在身边一样。达格利什说:"警察局长已经和内政部简单谈过了。我们会接手这个案子,约翰。反正新的小组在周一就会正式成立,所以我们只不过是提前了五天开始行动。而且确切说来,保罗·博洛尼应该还是东北赫特福德郡的国会议员。显然,周六的时候他给财政大臣写过信,申请奇尔特恩百户邑①的职位,没有人能确定,正式的辞职日期应该从对方收到信那天,还是财政大臣签字许可那天开始算起。不管怎样,那些都是理论细节。我们接手这个案子。"

但是马辛厄姆对于在位议员辞职需要经过的这些程序上的细节并不感兴趣。他说:"分局确定吗,总警司,那具尸体是保罗·博洛尼男爵?"

---

① 其主管人系挂名官职,凡想辞职的国会议员,必须求得该职,才正式丧失议员的资格。(若无特殊说明,本书所有注释皆为译注。)

"其中一具尸体。别忘了那个流浪汉。是的,是博洛尼。现场就有能表明身份的证据,而且很明显,教区的神父也认识他。这并不是博洛尼男爵第一次留在圣马修教堂的小礼拜堂过夜。"

"选在这个地方睡觉有点奇怪。"

"死在那里也很奇怪。你和米斯金督察谈过了吗?"

一旦他们开始共事,他们都会叫她凯特,但是现在达格利什还是用她的警衔称呼她。马辛厄姆说:"总警司,她今天轮休,但是我试着打她公寓的电话联系上了她。我已经让罗宾斯带好工具,她会在现场和我们碰头。我也通知过其他组员了。"

"好的,约翰。你去发动路虎车吧。我在外面和你碰头。四分钟。"

他想马辛厄姆也许不会因为凯特·米斯金已经离开了公寓,暂时无法联系到而过于不快。新的小分队在C1设立起来,主要为了调查那些由于政治或其他因素,需要特别小心对付的重案。对于达格利什而言,这个小分队需要有一个资深女探长这件事简直再明显不过,他将全副精力都用在挑选正确的人选上了,而不是去考虑她是否能很好地融入这个团队。他根据档案和面试中的表现选择了27岁的凯特·米斯金,为她具备他所看重的特质而感到满意。这些也是他在一个侦探身上最看重的品质:智慧、勇气、谨慎以及具备常识。她还能做出哪些其他的贡献,要看以后的表现。他知道在此之前她和马辛厄姆曾经共事过,那个时候马辛厄姆刚刚被提拔为分局督察,而米斯金是一名警长。有传闻说他们的矛盾曾非常激烈。但是从此以后马辛厄姆就学会了压抑住自己的一些偏见,毕竟他有着远近皆知的马氏坏脾气。况且,一种打破陈规旧习的新鲜影响力,甚至是一点良性竞争,相比那种经常串通一气、惺惺相惜的兄弟组成的团队而言，也更能够有效地运转。

达格利什开始快速有序地收拾自己的桌子，然后又检查了自己的谋杀侦查专用包。他之前告诉马辛厄姆只需四分钟他就会赶到。好像是处于一种有意识的举动，他已经开始进入到另一个世界，这里的时间都是经过精准测算的，所有细节都被一再观察，声音、气味和意象，甚至眼皮的跳动、声音的音色都会被超自然般警觉的感官捕获。他曾经从这个办公室出发去过很多案发现场，而且都在截然不同的场景下，被害人有着截然不同的死状。有老年人、年轻人，看了让人心生怜悯的、让人毛骨悚然的。他们只有一个共同点，那就是死状都极为惨烈，而且都是被谋杀的。但是这一具尸体不同。自他职业生涯以来，这还是第一次遇到他认识并且喜欢的受害者。他告诉自己现在推测这会给调查探案带来什么不同——如果真的会有不同的话——是没有意义的。他已经知道这次是不同的了。

警察局长说："他的喉咙被割开了，也许是他自己做的。但是还有另外一具尸体，一个流浪汉。这个案子看来在不止一个方面都会是一团乱。"

他对这个消息的反应一部分是可以预知的，另一部分则更为复杂，也更让人困扰。其中有着听到任何哪怕只是泛泛之交的人意外离世时最初的那种难以置信。即便是听说博洛尼死于冠心病或者车祸，他也会受到同样程度的震撼。但在这之后又有一种非常私人化的愤怒，一种空虚感，然后又是一阵悲切，还没有强烈到悲恸的程度，但是要比惋惜更为强烈，这种强烈的感觉也让他吃惊。然而，还不至于强烈到让他说出"我没法接手这个案子。这跟我牵连太大，我会过分投入"这种话。

在等电梯的短短时间里,他告诉自己,这个案子和他的牵连与别的任何案子都会是一样的。博洛尼已经死了。他的工作就是要找出博洛尼是怎么死的、为什么死的。应该工作、对活着的人投入心血,而不是死者。

他才刚刚走出旋转门,马辛厄姆就把路虎车开上了斜坡。坐在车里,达格利什问:"指纹鉴识人员和拍照人员都在路上了吗?"

"是的,总警司。"

"实验室的人呢?"

"他们派出了一名资深生物学家,她在现场和我们碰头。"

"你联系上基纳斯顿医生了吗?"

"还没有,总警司先生,只联系上了管家。他一直在新英格兰看他的女儿。他秋天的时候都是去那儿。他应该是乘坐今天7点25分英国航空公司的214航班返回希思罗机场。飞机已经降落了,但现在他很可能堵在西路上了。"

"继续往他家里打电话,直到他回家为止。"

"总警司,格雷利医生有空。基纳斯顿医生还没倒时差。"

"不管有没有倒过来时差,我都想用基纳斯顿医生。"

马辛厄姆说:"总是只给尸体提供最优服务。"

他声音怪怪的,有些许的调侃,甚至是一丝轻蔑,让达格利什有些烦躁。他想,上帝啊,我看到尸体之前,就已经对这次命案过度敏感了吗?他没有说话,系紧了自己的安全带,路虎车慢慢汇入公路上的车流。还不到两周之前,他正是从这条路上开车去见了保罗·博洛尼男爵。

达格利什眼睛直直注视着前方，对狭小却舒适的车厢外部的世界、马辛厄姆握着方向盘的双手、几乎无声的换挡和路口红绿灯的信号都只留了半分心。他故意让自己的意识从当下和对未来的推测中抽离了出来，通过进行回忆训练，他想起了与死者最后一次会面的每个瞬间，仿佛重要的事情就取决于他是否能记得准确。

第三章

那天是9月5日星期四，达格利什正要离开自己的办公室，开车去布莱姆希尔警察学院，开始进行高级警司系列讲座的教授，就是在这个时候，电话从大臣私人办公室打了过来。博洛尼的私人秘书用他们那种人的说话方式传达了信息。如果达格利什总警司能够抽出一点时间来见他，保罗男爵将不胜感激。保罗男爵大约一个小时之后会离开办公室，在议会大厦面见一群选民。

达格利什喜欢博洛尼，但是这次的约见时间上不方便。他只需午餐结束之后抵达布莱姆希尔警察学院即可，原本计划在这段时间里开车去北汉普郡，参观舍伯恩圣约翰和温奇菲尔德镇的教堂，并在斯特拉特菲尔德·萨伊附近的小饭馆吃午饭，之后他会按时来到布莱姆希尔，在两点三十分开始授课之前与校长进行常规的寒暄。他意识到自己已经上了一定的年纪，不再像年轻时那么热切地盼望休闲娱乐，而一旦自己的计划被打乱就会愤愤不平。在C1成立新小组的初步准备工作一如既往地非常耗时、令人疲惫并且略显严格，他的思绪却已经飘忽其外，在独自沉思的雪花石膏像、16世纪的彩绘玻璃和温奇菲尔德令人叹为观止的装饰上寻求安慰了。但是看起来，保罗·博洛尼对他们的碰面并没有太长的时间要求,他的计划仍然有可能实现。他把小行李箱留在了办公室,为了抵御秋日早晨的大风而穿上了自己的花呢大衣,并穿过圣詹姆斯公园地铁站来到政府大楼。

推动旋转门走进大楼的时候,他又想到相比之下自己明显更喜欢白厅老楼那种哥特式的豪华壮丽。他意识到,在这幢楼里工作一定很让人恼怒,并且很不方便。毕竟那幢楼建成的年代房间还都是用煤炭取暖,并且由大批用人照看。那个时候,二十几份由政府内一个厉害的怪人小心翼翼组织好语言的手写样稿就足以控制局面,而现在遇上同样的事件需要三个部门和几个副部长来解决。这幢新的大楼在同类建筑里毫无疑问非常拔尖,但如果是为了表达带有人性的权威,他不确定建筑师是否实现了这一点。它看起来更适用于一家跨国公司,而不是政府的一个重要部门。他格外怀念那些让白厅的楼梯更为高贵、威严的巨幅油画,并且总觉得很有趣,那些才能各异的艺术家竟能够应对挑战,通过利用华丽长袍的视觉效果以及给模特肥硕的脸上添上一种对皇家威权坚决拥护的表情,将他们那稀松平常,甚至个别时候不讨人喜欢的长相变得非常尊贵威严。至少他们已经搬走了那张王室公主的照片,直到最近,它都还装饰在门廊上。那照片看起来更适合放在伦敦西区的一家发廊里。

接待处的工作人员认出了他并微笑示意,但还是仔细地检查了他的证件,并且要求他等待一位陪同的信使,尽管他已经在这幢楼里参加了很多次会议,足以熟悉这些代表权力的回廊。还在职的年长男性信使已经很少了,有好几年政府还招募了一些女员工。她们在引路的时候带有一种愉悦的、母性的自如,仿佛是为了说服访客这里也许看起来像一座监狱,但是实际上就像疗养院一样温和、仁慈,她们来到这里都是为了自己好。

他终于被领进了外间办公室。议会还处于夏天的休会期，房间里出奇安静。一台打字机被覆盖了起来，只有一个办事员正在校勘文件，完全没有大臣私人办公室通常所具有的那种紧迫感。早几个礼拜，应该就会是截然不同的场景。他想，这已经不是第一次了，一个需要大臣管理好自己的部门、履行自己在议会中的职责并在周末聆听自己选区选民们的不满的体系被设计出来，以确保重大的决定都是由那些累到筋疲力尽的男男女女做出来的。这很明显确保了这些大臣都相当地依赖他们的固定员工。强硬的大臣们还能自己做出决定，但是那些软弱一些的就退化成了牵线木偶。倒不是说这就一定会让他们产生忧虑，各个部门的负责人都非常擅长在他们的木偶面前掩饰好对牵线最轻微的拉扯。但是达格利什不需要私下里了解政府里的八卦就能知道保罗·博洛尼绝对不是这种无力的从属。

他从桌子后面走出来，伸出手，就好像这是他们第一次碰面。静止时，他的面部表情严肃，甚至有一点点的忧郁，但是当他笑起来，就会好看很多。他现在就笑了起来。他说："我很抱歉临时把你喊过来，但是我很高兴我们成功联系上了你。这不是什么特别重要的事情，但是我觉得也许有一天会变得重要。"

达格利什每次看到他，都无一例外地想到挂在国家肖像美术馆里的他的祖先，雨果·博洛尼男爵的画像。雨果男爵没有什么突出的地方，除了他对国王那种热烈但又没什么用的忠诚。他唯一被记录下来的重要行动就是委托凡·戴克为他画肖像。这至少保证了他在画像上获得了另一种永生。汉普郡的庄园宅邸很久之前就从博洛尼家族手中转出去了，家族财富也一再缩水，然而在一圈嵌有精美蕾丝的翻领之上,雨果男爵修长、忧郁的面庞依旧傲然,高高在上地瞪着路过的人群,依旧是17世纪绝对的保皇派绅士。这一代男爵与他相似得令人难以置信。他们有着同样骨骼突出的脸颊,高耸的颧骨下方逐渐变尖,形成了一个锥形的下巴;两眼之间间距很宽,左眼皮微微向下耷拉;他们有着同样手指修长的苍白双手;目光坚定,但眼神中都有些许的嘲讽。

达格利什看到他的桌面几乎都被清空了。对于一个工作繁重并仍想保持理智的人而言,这是必要的策略。你一次只处理一件事,付与全部精力,做出决定,然后放到一边。在这个时刻,他却试图说明此时需要集中精力应对的这件事相对来说没那么重要,只是在一张四折的白纸上有一段简短的文字。他把那张纸递过来,达格利什念了出来:"东北赫特福德郡的议会议员,尽管有法西斯主义的倾向,但在涉及女性权利的问题上还算是个出名的自由派。但也许女性们应该注意到,接近这位看起来优雅的男爵可能会带来致命后果。他的第一任妻子死于车祸,当时是他开车;看护他的母亲并在他家留住的特蕾莎·诺兰在一次流产之后自杀身亡,只有他知道尸体在哪里;在他妻子于泰晤士河边举办的生日宴会上,发现了他的家佣黛安娜·特拉弗斯赤裸的尸体,当然,他出席了这次宴会。这种事发生一次是个人不幸,发生两次算是倒霉,发生三次看起来就像是他疏忽大意了。"

达格利什说:"这是用电子高尔夫球机打出来的,这种机器不容易分辨。这张纸来自一盒销量有数千包的商用普通白纸,这点也起不到什么作用。你能想到有谁可能会写这样的东西吗?"

"想不到。一个人会渐渐习惯那些辱骂或者低俗的普通信件。这也是工作的一部分。"

达格利什说："但是这个接近于谋杀指控了。如果寄信人能够被追踪到，我猜你的律师会建议提起诉讼。"

"可以提起诉讼，是的，我想也是。"

达格利什认为不管是谁编写了这些文字，他一定不是没有受过教育的。标点符号的使用很注意，整个文体带有一定的韵律节奏。他，或者是她在组织事件顺序的时候花了不少工夫，并且尽可能多地填充了相关的信息。这明显比一般那些没有署名就投入大臣邮箱的辱骂与胡说八道要更有水平，也因此变得更为危险。

他把信递了回去，说："当然了，这并不是最初的版本。这是被复印过了的。大臣阁下，您是唯一收到此信的人吗，还是说，您也不知道都有谁收到？"

"他也把信寄到了媒体，至少是寄给了一家报社，《帕特诺斯特评论报》。就登在了今天的报纸上，我也是刚刚才看到。"

他打开桌子抽屉，抽出了一份报纸，并递给了达格利什。第八页折了角，做出标记。达格利什的目光开始浏览此页。这份报纸正在对政府的初级官员进行一系列的报道，今天就轮到了博洛尼。文章的第一部分无伤大雅，就是事实陈列，几乎没有原创的内容。它回顾了博洛尼此前作为一名专业律师的职业生涯，他第一次试图进入议院的失败尝试，他在1979年选举中的成功、一举跃升为助理大臣的高升，并提到他有可能加入首相的团队。文章提到他和母亲厄休拉·博洛尼夫人以及第二任妻子一起，住在现存为数不多的由约翰·索恩爵士设计的房子里，他的第一次婚姻有一个孩子，24岁的莎拉·博洛尼。她是活跃的左翼分子，普遍认为她和父亲关系疏远。文章对于他第二次的婚姻充满了恶意。他的长兄，爵士雨果·博洛尼少校，在北爱尔兰阵亡,保罗·博洛尼在自己的妻子因车祸去世仅五个月时娶了自己兄弟的未婚妻。"也许痛失爱人的未婚妻和丧妻的丈夫在彼此那里互相寻求抚慰是恰当的,但是任何见过芭芭拉·博洛尼的美貌的人都有理由认为他们的结合绝不仅仅是为了履行一个兄弟的职责。"文章继续对他的政治生涯进行有见地但毫不留情的预测。当然这一部分就仅仅是议院里的一些八卦了。

文章的最后一段才真正让人刺痛,这一段的出处非常明显。"众所周知,他喜欢女人,而大部分女人也都觉得他很迷人。但是离他最近的女人总是格外不幸。他的第一任妻子死于车祸,当时他在开车。一位照看他母亲厄休拉·博洛尼夫人的年轻护士特蕾莎·诺兰,在一次流产之后自杀身亡,正是博洛尼发现的尸体。四个礼拜前,为他工作的一位年轻女孩,黛安娜·特拉弗斯在他妻子的生日宴会之后被发现溺水身亡,而他本人当然也出席了这次宴会。对于一个政客而言,霉运和口臭一样致命。这种霉运甚至可能蔓延到他的政治生涯。比起对他并不知道自己究竟想要什么的怀疑,这种不幸散发出来的酸腐气息对那种'他会成为下一届保守党首相候选人'的预言嘲讽更大。"

博洛尼说:"议院里没有订《帕特诺斯特评论报》。也许他们应该订。从这篇文章来看,我们也许错过了很多趣闻,说是教诲也不为过。我偶尔在俱乐部看看这份报纸,但主要是看文学评论。你对这份报纸的了解有多少?"

达格利什想,他本来可以直接问议院直属的公关人员。很明显他没有选择那么做,这很有意思。他说:"我认识康拉德·阿克罗伊德有些年头了。他持有《帕特诺斯特评论报》并担任主编。在此之前报纸归他的父亲和祖父所有。在那些日子里,报纸都是在城里的帕特诺斯特地区印刷的。阿克罗伊德并没有从报纸中赚到钱。他的父亲给他留下的那些更为传统的投资足够让他过得很好，但我猜两者之间差不多盈亏相抵了。他偶尔喜欢登一些八卦新闻，但是这份报纸并不是《侦探》杂志的翻版。一方面，阿克罗伊德没那个胆量。我印象里这份报纸有史以来还从未冒着被起诉的风险发表过什么文章。当然，这样就使得这份报纸除了文学和戏剧评论的部分都不如《侦探》那么无畏，也没有那么强的娱乐性。文学和戏剧评论倒是有一种让人愉悦的邪恶感。"他回想起来，也只有《帕特诺斯特评论报》才会把重新上演的普利斯特里所著的《探长来访》描述为一个非常烦人的女孩如何给一个受尊重的家庭带来一大堆麻烦的戏剧。他补充道："就他们而言，这些事实一定都是准确的。他们一定都核实过了。但是这对于《帕特诺斯特评论报》而言还是出乎意料的恶毒。"

博洛尼说："哦，是的，这些事实是准确的。"他平静地说，几乎还带了点伤感，并没有进行解释，明显也不想做出解释。

达格利什想问："哪些事实？是说这篇报道里的事实还是在本来那封信里的事实？"但是他决定还是不问了。这还不算是警方接手的一起案件，更不是他的案子。至少现在，主动权在博洛尼手里。他说："我还记得对特蕾莎·诺兰之死的调查。黛安娜·特拉弗斯溺水身亡对我来说是新消息。"

博洛尼说："这件事并没有登上全国性的报纸。只是在本地报纸上有一两行对这起调查的报道。也没有提及我的妻子。黛安娜·特拉弗斯并没有参与她的生日宴会，但是她们确实在同一家餐馆用餐。就是在科克汉村旁泰晤士河上的黑天鹅餐厅。官方似乎是采用了保险公司的口号：为什么要在一次危机中再去制造戏剧化的场面？"

所以当时是把事情掩盖下来了，反正也差不多就是这回事，而且博洛尼知晓此事。一个给政府大臣工作的女孩溺水身亡，又是和大臣夫人在同一家餐馆用餐之后死掉的，不管大臣本人是否在场，全国性的报纸上对这件事至少也该有简短的一段话的报道。达格利什问道："您想让我做什么呢，大臣阁下？"

博洛尼微微一笑："你知道吗，我也不确定。我想也许就是让你留意一下吧。我不想让你以个人身份来接手这件事，那样很明显太荒谬了。但是如果这件事真的发展成为公开的丑闻，我想最终总有人要对此进行处理。在现阶段，我想让你对此事有个大概的概念。"

但这正是他没有做到的。如果是其他任何人，达格利什就会颇为粗暴地指出这一点来。他在博洛尼面前却没有要这么做的想法，这一点让他觉得很有意思。他想，这两次的调查都有报告，我可以从官方的消息来源获取大部分的事实。剩下的部分，如果真的成为公开的指控，博洛尼也只能和盘托出。如果真走到了那一步，是仅仅需要他个人处理还是提议新成立的小分队一起行动，就要看这次的丑闻闹得有多大，嫌疑有多么真切，并且到底是什么样的指控。他在想博洛尼究竟想让他做些什么，到底是想让他找出潜藏的敲诈犯，还是对他进行两次谋杀的调查？但是看起来最终很有可能会暴露出某种丑闻。如果这封信已经被送到了《帕特诺斯特评论报》，几乎可以肯定它也被寄到了其他的报社或者杂志，有可能还寄给了全国性的报纸刊物。他们目前也许选择不采取行动，但是这不代表他们已经把这封信丢进了垃圾桶。他们很可能先搁置不用，去和律师核对一些情况。现在，按兵不动、静观其变也许是最明智的选择。但是和康拉德·阿克罗伊德谈谈也无伤大雅，阿克罗伊德是伦敦最厉害的八卦主之一。通常在他妻子优雅舒适的会客室坐上半个小时，远远比花数小时埋头翻阅官方文件有效也有意思得多。

博洛尼说："我将在议会大楼和一群选民会面。他们想有人能领着他们四处参观一下。你有时间的话可以和我一起走一走。"这个请求其实又是个命令。

但是他们离开大楼以后，他没有作任何解释就向左走下了台阶，来到了鸟笼道。如此一来他们就要沿着圣詹姆斯公园的外缘走最远的路去到议会大厦。达格利什暗想，是不是他的这位同伴想私下里跟他吐露一些什么，在办公室之外可能更容易说出来。这座迷人的公园占地20英亩，小径交错，通畅得让人觉得可能是在设计时有意为之，这样就能从一个权力中心方便地通向另一个，这些特点构成了公园特有的美丽。他想，这里一定比伦敦其他各处听到的秘密都要多。

但如果这是博洛尼的原意，那么他注定要受挫了。他们才刚刚走到鸟笼道上，就听到了一声欢快的招呼声，杰洛米·梅普尔顿追上了他们，面色红润，满脸是汗，有点上气不接下气。他是南伦敦选区的一位议员，这个议席他坐得很稳，几乎从未离开过，好像哪怕缺席一个礼拜都会让自己岌岌可危似的。在议院待了二十年，他对这份工作超乎寻常的热情依然没有削减半分，他对于自己竟然会被选中依然十分惊讶。他非常健谈，爱好交际，对有些事情不太敏感。好像是有一种磁性，会让他加入任何比自己所在的团体更庞大、更重要的集体。他最主要的兴趣所在是法律与秩序，这也是那些躲在防盗门和带花纹的防盗窗后富裕的中产阶级选民的关注焦点。针对被他俘获的听众，他对话题进行调整之后，便迅速开始聊起新任命的委员会，在博洛尼和达格利什之间来回跃动，就像颠簸在水面上的一艘小船。

"这个委员会，'自由社会的守卫：未来十年'，是不是就叫这个名字，还是'在自由社会中守卫：未来十年'？你们的第一届会议不就是用来决定到底要不要加上这个介词的吗？太典型的作风了。你们除了关注技术资源之外，也在考虑警察制度吧，不是吗？这难道不是在苛求吗？这样会让委员会大而无用，不是吗？难道最初的想法不是考虑在维持治安过程中科学与技术的应用吗？看起来委员会似乎扩大了自己的职权范围。"

达格利什说："困难点在于技术资源和维持治安是没有办法很容易就分开的，特别是真正涉及实际的警察工作的时候。"

"哦，我知道，我懂的。我也意识到了这一点，亲爱的总警司大人。就以这个对高速路上的机动车往来进行监控的提议为例吧。你当然可以这么做。问题是，你应该这么做吗？监管方面也是一个道理。你能脱离开实际应用时的政策和伦理道德，单纯只评价先进的科学方法吗？这才是问题所在，亲爱的总警司大人。你知道的，我们都心知肚明。讲到这一点，我们现在还能接受那种公认的原则，认为资源的分配都要由警察局长来决定吗？"

博洛尼说："当然了，你该不会是要说些妄言吧，难道你要说我们应该部署国家部队？"他说话的时候没有表现出明显的兴致，眼睛仍旧望向前方。似乎在想：既然我们招来了这个无聊鬼，那就干脆甩给他一个可以预知的话题，听他扯一些预料之中的观点。

"不是，但是提前准备部署总比亡羊补牢要好。根据法律，大人，而非根据事实。好吧，有那么多事情，已经让你有的忙了，总警司大人，考虑到工作组的组成人员，绝对不会让你觉得无聊的。"他恋恋不舍地说。达格利什怀疑他也曾希望成为其中一员。他听到他又补充了一句："我想这就是这份工作对你这种人的吸引力所在吧。"

达格利什想，究竟是哪种人呢？是不再写诗的诗人，还是用技巧替代承诺的恋人，还是对警察工作幻想破灭的警察？他怀疑梅普尔顿是否真想说一些冒犯性的话，毕竟这个男人对语言和他对人的态度一样不敏感。

他说："除了知道这份工作并不无聊，并且给了我一份私人空间，我从来都不确定它哪里吸引人了。"

博洛尼突然开口，语气中含有一丝苦涩："这份工作与大部分工作相比都不那么虚伪。一个政客需要听别人胡扯，自己胡扯，并且容忍胡扯。我们最多就是希望自己不会真的相信这些胡扯。"与其说是这句话，倒不如说是他说话的口气让梅普尔顿担忧。随后，他决定把它当成个笑话，并咯咯笑了起来。他转向达格利什："那么现在对你个人而言怎么样呢，总警司？当然，我是说除了工作组的工作以外。"

"在布莱姆希尔警察学院进行为期一个礼拜的高级警司系列讲座课程，然后回到这儿建立起新的小分队。"

"好吧，那应该够你忙的了。如果我在工作组实际开会的时候谋杀了西切斯特菲尔德的议员，会怎么样呢？"他为自己的胆大包天又咯咯地笑了起来。

"我希望你能抵御住这种诱惑，议员先生。"

"是的，我必须尝试控制自己。委员会太重要了，不能只代表部分警察高层的利益。既然讲到谋杀，顺便说一句，今天的《帕特诺斯特评论报》上，有一段关于你的非常奇怪的报道，博洛尼。我觉得并不完全是友好的言论。"

"是的,"博洛尼简明扼要地做了答复,"我看到了。"他加快了脚步,本来就已经气喘吁吁的梅普尔顿只能在继续对话和用尽全力跟上这两者之间择一为之。当他们走到财政部的时候,他明显觉得付出的努力与收获不成正比,于是便挥手告别,消失在国会街。如果博洛尼原本是想找个机会进一步坦露一些秘密,时机已失。人行道上的信号灯已经变成绿色。任何看到国会街上出现绿灯的行人都不会犹豫的。博洛尼充满遗憾地看了他一眼,似乎是在说"看啊,连这信号灯都在协力阻挠我",然后迅速地穿过了马路。达格利什看着他穿过大桥街,对敬礼致意的执勤警察点头示意,然后消失在了新宫殿场道。这次会面短暂又令人不满意。他有一种感觉,博洛尼遇到的麻烦要比恶毒的信件涉及更深,也更令人微妙地不安。他回到了苏格兰场,告诉自己如果博洛尼真的想吐露什么的话,他自己会找到恰当的时机的。

但是那个时机永远也没有出现。正是一个礼拜之后,在他驾车从布莱姆希尔警察学院返程的路上,他打开了广播,听到了博洛尼辞去大臣职务的新闻。细节没有披露太多,博洛尼唯一的解释是他觉得自己的生活该走向新的方向了。首相的回函刊登在了次日的《泰晤士报》上,一如既往地表示了感激,但简短精悍。了不得的英国大众本来就很难说出此届或任意一届内阁的三名人员,今年又忙于在近年来最湿润多雨的夏季寻找阳光,所以平静地接受了一位助理大臣的离任。那些还在伦敦逗留并忍受休会无聊季的议院八卦人士开心地等待丑闻曝光。达格利什和他们一起等待着。但是很明显,不会有丑闻出现。博洛尼的辞职依然神秘。

达格利什在布莱姆希尔警察学院的时候就申请调出针对特蕾

莎·诺兰和黛安娜·特拉弗斯案件进行的调查报告。表面上看没有什么值得担忧的。特蕾莎·诺兰在因为精神原因进行了人工流产之后，给祖父母留了一封自杀遗书，他们已经确认是出自她的手笔，并且也不容置疑地表达出了她想要自杀的意愿。黛安娜·特拉弗斯则是在无度的吃喝之后，自己跃入泰晤士河中，显然是想向她在一条方头平底船上玩闹的伙伴游过去。达格利什有一种不安感，觉得这两个案子都没有报道里写得这么简单，但是这两起死亡事件中都没有明显的初步证据，无法证明谋杀的可能性。他不确定自己应该再深究到什么程度，或者说，博洛尼辞职之后，他的追究是否还有意义。他决定现阶段暂时不采取任何举动，让博洛尼来率先迈出下一步。

只是现在，博洛尼，曾是别人死亡的预兆，自己却死掉了，也许是自杀，也许是被他人所害。那天在去往议院的路上，无论他想透露的是什么秘密，都将永远封存。但如果他真的是被谋杀的，那么这些秘密将通过他的尸体、他生活的方方面面，通过那些真实的、不牢靠的、犹豫迟疑的他人之言，通过他的家人、敌人或是朋友而最终揭晓。谋杀在毁灭一切之前，首先摧毁了一个人的隐私。在达格利什看来，这是命运充满嘲讽的扭转，让得到博洛尼信任的他从现在开始踏上无情侵犯博洛尼的秘密的旅途。

第四章

　　快要到教堂的时候，他才把自己的思绪扭转回到当下。马辛厄姆为了他，在开车的路上默不作声，仿佛意识到自己的上司很需要了解情况和发现真相之间的这段间隙。而且他也不需要问路。像往常一样，在出发之前他就已经查好了路线。他们正走在哈罗路上，刚刚经过圣玛丽医院结构复杂的建筑，突然之间，圣马修教堂的钟楼就出现在了他们视线的左侧。那纵横交错的石砖和高耸的拱形玻璃，还有镀铜的半圆塔顶，都让达格利什想起他孩提时辛辛苦苦搭建起来的砖塔，一块砖堆到另一块砖上时摇摇晃晃，直到它们发出一声巨响，塌倒在托儿所的地板上。他感觉这座建筑也摇摇欲坠，就在他凝视的同时，他也有些期望塔楼会突然弯曲，歪斜。马辛厄姆没有开口，在下一个路口左转，开进了一条窄路，路的两边都是一排小房子。这些小房子长得一模一样，有着小小的天窗、狭窄的门廊和方形的侧厅，但是在这条路两边略显突兀。有几座房子看起来像是有多人共住：凌乱的草坪、脱落的漆皮和鬼鬼祟祟拉起来的窗帘。但是紧随其后的则是一排明亮的、希望表现体面的方形小房子。新漆过的大门和马车灯，偶尔还会出现一个吊篮，前花园铺了路以供停车。道路的尽头就是庞大的教堂，那由被烟熏黑的砖瓦堆叠起来的围墙高耸，看起来年久失修，一如它和周围这种狭小自足的环境的不相称。

大到可以作为一所大教堂正门的高大的北门已经关上。在它旁边，有一块已经落满尘垢的木板，上面写着教区神父的姓名和地址，以及布道的时间安排，但是没有任何能够证明这扇门曾经敞开过的证据。他们沿着教堂南墙和运河护栏之间的柏油马路慢慢往坡下开，但是仍然没有人烟。很明显，这里发生了一起谋杀案的消息还没有传开。南面的门廊前只停了两辆车。他猜其中一辆是属于罗宾斯警长的，另外一辆红色的都市应该就是凯特·米斯金的。对于她比他们来得早，他丝毫不感到吃惊。马辛厄姆还没来得及按门铃，她就打开了门，浅棕色的刘海下有着一张棱角分明的秀丽脸庞。她穿着休闲又优雅的衬衫、宽松裤和紧身皮衣，仿佛刚从乡村散步回来。她说："督察向您问好，警司大人。他得赶回警局，在皇家橡树发生了一起谋杀案。罗宾斯警长和我一来他就走了。如果你还有什么需要他的，他中午之后都有空。尸体就在这儿了，总警司。他们管那个房间叫作小礼拜堂。"

格林·摩根通常都不会破坏现场。作为一个男人和一个探长，摩根都让达格利什十分尊重，但是他也很庆幸由于工作需要、处事圆滑，或者二者兼具，摩根离开了。这位经验老到的探长不可能会欢迎新成立的C1小分队派来的总警司干涉自己地盘，不用去安抚、劝慰他实在是让人松了一口气。

凯特·米斯金推开了左侧的第一道门后站在一旁，等待达格利什和马辛厄姆走进去。小礼拜堂里像电影布景一样，灯光过于明亮。在日光灯的强烈照射下，整个怪异的场景看起来都是那么不真实。博洛尼四肢摊开的尸体和被割断的喉咙、凝结的血块,像断了线的木偶一样无力倚着墙的流浪汉。这场景就像是一出用力过度,太过矫饰的"大吉尼奥尔"①恐怖舞台剧,让人觉得不可置信。达格利什几乎没有看博洛尼的尸体,而是在地毯上腾挪,来到哈利·麦克身边,蹲了下来。他没有转头,问道:"沃顿小姐发现尸体的时候,灯就是亮着的吗?"

"走廊里的灯没有开,警司大人。但是她说屋里的灯是开着的。那个男孩也确认了这一点。"

"他们现在在哪里?"

"在教堂里,总警司。巴恩斯神父和他们在一起。"

"你跟他们谈谈,好吗,约翰?告诉他们我一腾出时间就会去找他们了解情况。然后试着联系一下男孩的母亲。我们应该尽快让他远离这个地方。然后你再回来找我。"

死去的哈利看起来和他活着的时候一样无精打采。如果不是胸前有一大摊血,他看起来只是睡着了。他双腿伸直,脑袋向前耷拉,羊毛帽子斜搭在右眼上。达格利什把手放在死者下巴上,轻轻将他的头抬起。他有一种感觉,这颗脑袋会从身体上脱落下来,然后滚到他的手中。他看到了想要看到的:喉咙上的一道大口子,明显是从左边一直划到右边,从气管一直切到了颈椎。早就已经出现了尸僵,皮肤冰冷,并且因为尸体开始僵硬,汗毛孔附近的竖毛肌开始收缩,起了很多鸡皮疙瘩。不管哈利·麦克是由于一连串的偶然因素还是因为个人意愿来到了这个地方,他的死因是没有任何疑问的。

---

① 大吉尼奥尔(Grand Guignol),一种主要表现暴力、恐怖的短剧,多在19世纪巴黎的大吉尼奥尔剧院上演。

他穿着一条老旧的格子裤，过于肥大宽松，就像小丑穿的裤子，裤脚还用绳子系了起来。再往上看，可以看出他在血污之下穿了一件针织条纹套头衫，里面是一件海军套衫。一件散发恶臭的格子夹克衫因为沾满污垢，已经开始发硬了，纽扣没有扣着，左前襟敞开。达格利什小心翼翼地用手指把衣服撩起来，留心只触碰布料的最边角，看到在衣服底下的地毯上有道两厘米左右的血迹，右侧比左侧颜色更深。他凑得更近，觉得自己能看到夹克衫的口袋上大概也有这么大的一块血迹，但是夹克衫太脏了，他也没法确定是不是血污。尽管如此，地毯上的血迹已经是明确无误的了。哈利倒下之前，凶器上肯定有一滴或者更多的血流下来或者溅了出来，当尸体被拽到墙边的时候，血滴也因此被涂抹在地毯上。但是这会是谁的血？如果事后证明这是哈利的血，这个发现的意义就不大。但假设这是博洛尼的血，意味着什么？达格利什对法医的姗姗来迟感到不耐烦，但是他知道现在还不能指望得到答案，反正不能马上得到。两个受害者的血液在尸检时都会被提取抽样，但是至少要等三天，他才有可能收到分析结果。

他不确定是出于什么样的冲动让他首先来到哈利·麦克身边。但是当下他又小心地穿过地毯，来到床边，静静地站在那里，低头看向博洛尼的尸体。即使是在他15岁站在他已经过世的母亲的床边时，他都没有想到过"再见"这二字，更别提说出来了。你不可能跟已经不在了的人说话。他想：我们可以让任何事物都变得庸俗，但这个就不行。尽管对于他那有些过度敏感的嗅觉而言，僵硬丑陋的尸体已经开始散发出腐烂初期的那种酸甜的臭味，但是它依然有一种无法剥夺的尊严感，因为这曾经也是个人。

但是他比任何人都要清楚，这种伪造的人性很快也就会消失殆尽。早在病理学家处理好现场、把头颅包裹起来之前，在双手被封存到塑料袋子里之前，甚至是基纳斯顿医生使用解剖刀之前，这具尸体就已经成了一件展品，尽管比别的展品更重要、更笨重也更难以保存，但是这依然是一项展品，被贴上了标签、登记在案、失去了人性，只能唤起人们的兴趣、好奇心或者厌恶。但又不仅如此。他想：我认识这个人，虽然不熟，但我认识他，我喜欢他。所以除了以一个警察的身份进行审视，他还应该得到我更多的关注。

他的头朝向门的方向，离床45度，鞋子碰到了床边。他的左手被甩了出来，右手离身体更近。床上铺了一条光洁的方形手工编织羊毛毯。看起来，博洛尼倒下的时候紧紧地抓着它，把它从床上半扯了下来，致使毯子在他身体右侧团成一堆。一把打开的剃刀放在毯子上，刀锋上沾满了厚厚的血块，离他的右手只有几英尺。那么多的细节同时呈现在达格利什的脑海里，实在是不同寻常。左脚的鞋跟和鞋底之间看起来沾了一层薄薄的泥土；凝结的血块让上好的浅黄色羊绒毛衣变得僵硬；半张开的嘴巴呈现出了介于微笑和嘲笑之间的龇牙咧嘴的口形；死气沉沉的双眼似乎在他眼前渐渐缩回到眼窝里；长着修长苍白手指的左手弯曲，好像女孩子的手一般纤弱；右手手掌满是血污。尽管如此，整个画面都让他觉得不对劲，他知道是为什么。博洛尼不可能一边用右手拿着剃刀，一边在摔倒的时候紧紧抓住毯子。但是如果他先扔掉了剃刀，那为什么刀子还会落在毯子上面，又离他的手那么近，好像是从张开的手指中自然滑落的呢？而且，为什么手掌里会有这么多的血块，就好像有另外一个人用手把它举起来，压在了喉咙处的血口子上？如果是博洛尼本人使用的剃刀，那么抓着剃刀的手掌明显不应该沾上那么多的血。

他注意到身边的细微动静,转过头,看到凯特·米斯金督察正在望着他,而非看着尸体。她迅速地转移了视线,但是在那之前,他已经不安地觉察到了一种严肃的、几乎是母性的关心。他粗声粗气地问:"怎么样,督察?"

"看起来很明显,总警司,先是谋杀,然后自杀。典型的由自己造成的伤口——三道刀口,两道犹豫不决,第三道直接割断了气管。"

她补充道:"这都可以当作法医学教材里面的插图了。"

他说:"看出这些明显的事实并不难。但是不应该那么快就相信一切。我想让你去通知他的家人。地址是坎普顿小丘广场62号。他有一位妻子和一位老母亲,厄休拉·博洛尼夫人。还有一个女管家。你自己去判断谁的承受能力最强。带着一个警员和你一起去。消息传开之后,他们可能会被纠缠,所以需要保护。"

"明白,总警司。"

对于被要求离开杀人现场这件事,她没有表现出任何的反感。她知道通知家属的工作并非例行公事,选择她并不仅仅因为她是团队里唯一的女性,而他又觉得这是应该由女人去完成的工作。她通知家人的时候会采取策略,小心谨慎,甚至充满怜悯。天知道她在过去十年的警察工作中已经积累了多少经验。但是她仍然会置身事外,即便是在说出那些官方的安抚之词时,依然留心观察眼皮的眨动,双手和面部肌肉的缩紧,言辞之间的纰漏,以及任何能够表明在坎普顿小丘广场的宅邸等候的某个人并非是初次听到这个消息的迹象。

第五章

在达格利什集中注意力关注实际案发现场之前,他通常喜欢对周围的环境进行大致的侦查,从而进入状态,还原谋杀时的场景。这样的练习也有实际价值,但是他觉得,从某些难以言明的方面来讲,这种行为也满足了一种心理上的需求。因此在孩童时代,要去探索一座乡间教堂的时候,他首先就会绕着教堂慢慢走一圈,然后在因为敬畏与激动产生的战栗中推开门,开始计划中通向核心秘密的发现之旅。现在,在拍照人员、指纹鉴识人员和法医到来前的这几分钟里,他几乎是一人独占这个现场。他来到走廊里,心中暗想,这沾染了熏香和蜡烛味道,以及更为实在的英国教会里发霉的祈祷书、金属抛光剂和鲜花味道的安静气氛,是否也向博洛尼展开了一场发现之旅,是否也早已为他准备好了一起事件,一个不可避免、无从逃避的任务?

走廊灯火辉煌,地板由琉璃瓦铺成,墙壁粉刷成白色,一直延伸到教堂的最西头。小礼拜堂是左边的第一个房间。一个大概十英尺长八英尺宽的小厨房紧挨着它,有一扇门相通。然后是一个狭小的盥洗室,有一个带有瓷花边的老式便池,并配有红木底座。头顶上,高高的窗子下悬挂着一条链条。最后一扇门敞开着,他发现房间呈方形,天花板很高，几乎正好位于钟楼下方，明显就被用作礼拜和敲钟。房间对面，十英尺长的精致熟铁格栅把走廊和教堂主体隔离开来，能看得到中殿半圆壁龛凹穴里闪烁的烛光和右侧的圣母堂。格栅中间的门上雕刻了两个吹着喇叭的天使，神父与唱诗班就是从这里走进教堂的。右侧的格栅上固定了一个带着挂锁的木头盒子。在盒子后面触手可及的地方，有一个带分支的烛台架，也是用熟铁打造的，装着一盒火柴的铜支架通过一根链条与之相连，还有一个托盘，里面装了几根短小的蜡烛。这大概是为了让那些有事要去小礼拜堂的人在格栅门锁上之后依然能够点上一根蜡烛。从铜支架的干净程度上判断，人们很少用得上这个设备。支架凹槽里只有一根蜡烛，笔直地竖在那里，就像一根苍白的蜡制手指，并且从未被点燃过。中殿的两盏铜制枝形吊灯散发出柔和的光，但是和耀眼的门廊相比，教堂看起来还是朦胧而充满了神秘感，马辛厄姆和警长正安静地交谈，沃顿小姐和小男孩很有耐心地坐在角落里专门给孩子准备的矮椅上，像两个驼背的小矮人。他们的身影看起来遥远又缥缈，好像在完全不同的时空中活动。他站在这里观察时，马辛厄姆抬起了头，视线和他相对，然后沿着中殿走了过来。

他回到了小礼拜堂，站在门口，戴上了乳胶手套。能够把注意力只放在房间本身这件事一直让他有些吃惊，在尸体还没有被收殓并运送走时就只去关注家具和其他物品，就好像在那一瞬间，无声地凝固、衰朽的它们成了房间中人工制品的一部分，和其他的物证一样重要，不多也不少。他走进房间，注意到马辛厄姆就在他的身后，神情警觉，已经戴上了手套。但是，他有点不寻常的谦卑，安静地跟在他的领导身后，就像一个新晋的男仆，毕恭毕敬地跟随着助理顾问。达格利什想，为什么他表现得好像是我需要格外小心照顾，就好像我正在经受非常隐秘的痛苦一样？这次的工作和往常一样。即便约翰和凯特不把我当一个敏感的康复期病人对待，这个案子就已经够难的了。

他记得亨利·詹姆斯对于即将到来的死期是这样说的："终于来了，这件了不起的事！"如果博洛尼也曾经这么想过的话，那么在这种地方对这样一件光荣的事情实在有点不协调。这个房间大概有12平方英尺，天花板上是一条日光灯，几乎有整个房间那么长，只有两扇高高的拱窗能透进自然光。窗户外面有一层保护用的纱窗，看起来就像鸡笼外的铁丝网，数十年的尘土积聚，像蜂巢一样的网格上全都是发绿的污垢。家具看起来也像是这些年逐渐收集起来的：他人馈赠的、被丢弃的以及在跳蚤市场被遗忘多年的、不起眼的处理品。门对面的窗户下是一张老旧的橡木桌子，右边有三个抽屉，其中一个没有把手。桌子上有一个简易的橡木十字架，一个皮革衬垫上有一张用过很多次的吸墨纸，还有一台老式的黑色电话机，听筒被拿了下来，放在电话一侧。

马辛厄姆说："看起来是他把电话听筒拿下来的。谁在专心致志地割裂颈动脉的时候还愿意让电话响起来呢？"

"或者是凶手想确保尸体不被太早发现。如果巴恩斯神父突然想要打电话，却没有人回应，也许就会过来看看博洛尼是否一切都好。但如果电话一直都是占线，他也许就会觉得博洛尼一晚上都在电话聊天，可能就不会去追究了。"

"我们也许能收集到一个掌印，总警司。"

"不太可能，约翰。如果这是谋杀的话，我们面对的可不是一个傻瓜。"

他继续进行自己的探索。他用戴着手套的双手拉开最顶上的抽屉，找到了一摞白纸，材质比较低劣，抬头是教堂的名字。他还找到了一盒信封。除了这些之外，桌子里没有什么有意义的发现。左边的墙壁上倚着各类的帆布和堆得整整齐齐的金属椅子，想必是为了偶尔召开的教区会议所用。它们旁边是一个有五层抽屉的金属文件柜，再旁边是一个有玻璃门的小书架。他拉开插销，看到里面有各类老旧的祈祷书、弥撒书、用于祷告的小册子和一叠有关教堂历史的手册。屋子里只有两把安乐椅，分别摆在了壁炉两侧：一把是小巧的棕色椅子，皮有点磨掉了，还有一个用各种布片拼成的垫子；另外一把则是脏兮兮的新式椅子，上面有尺寸非常合适的坐垫。摞起来的椅子中有一把被竖了起来。一条白毛巾搭在椅背上，椅子上有一个棕色的帆布包，拉链大开。马辛厄姆小心地翻了一下包，说："有一套睡衣、一双备用的袜子、一条餐巾，里面包着半条全麦面包和一片奶酪。看起来是羊乳干酪。还有一个苹果。考克斯地区产的，不知道有没有什么关联。"

"几乎不太可能有关系。就这些吗，约翰？"

"是的，总警司。没有红酒。不管他想在这里干什么，看起来并不像是约会，反正不会是和女人约会。况且，在整个伦敦都任由他挑选的时候，为什么要选这个地方呢？床太窄了，不会舒服的。"

"不管他想找什么，我觉得应该不会是找乐子。"

达格利什已经来到了壁炉旁边，右边墙壁正中的壁饰上有一圈葡萄和旋花植物的铁制环绕物。他想，距离上次用这个壁炉生火取暖一定有几十年了。壁炉的炉床前面有一团高高燃起的电子火，还有仿真煤球，一个高耸弯曲的背面和三灶头的炉子。他小心地把它推开，看到事实上炉床在最近被使用过——有人试图烧掉一本日记。本子在炉盆里摊开，书页卷曲并且已经烧焦。有些纸页很明显是被撕了下来单独烧掉了；易碎的黑色残片化成灰烬，飘落在了炉床内的残渣上。那是扭曲的旧火柴头、煤灰、地毯落下来的毛球和积累了多年的灰尘。蓝色的日记封皮上清晰地印着年份，看起来不易燃烧，只有一个角有点烧焦。不管是谁烧的日记，都明显是在匆忙中进行的，当然，除非他只是想烧毁特定的部分内容。达格利什没有触碰日记本的打算。这个工作应该留给现场鉴识人员费里斯，他已经在走廊上不耐烦地来回踱步了。这个搜寻家对于任何除他之外的人对犯罪现场进行侦查的行为都会感到不快，达格利什觉得他急于工作的情绪已经穿透了墙壁，变成了一种明显可知的力量。他蹲了下来，探身向炉床下面的残渣看去。在变黑的碎纸片之中，他看到了一根用过的安全火柴，没有燃尽的那一头又白又干净，好像是不久前才点过的。他说："他可能是用这根火柴烧的日记。但是如果真是这样，火柴盒在哪里？约翰，去看看夹克衫的口袋好吗？"

博洛尼的夹克衫挂在门后的钩子上。马辛厄姆走到它旁边，依次把手伸进两个外侧口袋和一个内侧口袋摸索。他说："总警司，有一个钱包、一支派克笔和一串钥匙。没有打火机，也没有火柴。"

屋子里视线所及之处也没有。

一股从不让人失望的兴奋感渐渐在两人心中升起，他们走到桌子旁，密切地注视着吸墨纸。它也一定被放在这里很多年了。粉色的吸墨纸边缘已经破破烂烂，上面横竖交叉着许多不同颜色的墨水污渍，都已经褪色了。达格利什想，这并不让人吃惊，很多人现在都不用墨水，而选择用圆珠笔了。但是靠近一点，更仔细观察的时候，他发现有人最近用钢笔写过字。在过去的墨迹之上还有最近留下的墨水印，有一些黑色墨水划出来的凌乱线条和弯曲的笔画，布满了整张六英寸大小的吸墨纸。它们很明显是新添上的。他走到博洛尼的夹克衫旁边，取出钢笔。笔身精致、纤长，是最新的款式之一，而且他看到里面填的是黑色墨水。实验室就算看不出写的是些什么字母，但应该能对比一下是否是同一种墨水。但如果博洛尼在这里写过东西，并且使用过吸墨纸，他写的东西在哪里？是他自己处理掉了，撕碎并在洗手间冲进了马桶，还是和日记一道烧毁了？或者说有别人找到了他写的东西，甚至就是专程来找它们的，然后销毁了它们，或者将其带走了？

最后，他和马辛厄姆经过敞开的门，小心翼翼，避免碰到哈利的尸体。他们走到了壁炉右侧，然后开始检查厨房。厨房里有个燃气灶，样式相对比较现代，被安放在一个很深的方形陶瓷水槽上。水槽里有很多污渍，一条干净但皱皱巴巴的茶巾搭在一旁的钩子上。达格利什摘下手套，摸了摸毛巾。毛巾还有一点潮湿，并且不是哪一个部分，而是整条毛巾都微微有些湿，就像是曾经在水里浸泡过，然后拿出来拧干，挂在钩子上晾了一晚上。他把茶巾递给马辛厄姆，马辛厄姆也摘下手套，用手摸了摸整条毛巾。他说："即便凶手全身赤裸，或者半裸，他也会需要洗干净手和胳膊上的血。他可能用过这个。博洛尼的毛巾应该是挂在椅子上的那条，看起来挺干燥的。"

马辛厄姆出去检查另一条毛巾了，达格利什则继续检查厨房。右边是一个塑料贴面的碗橱，布满了棕色的茶渍，里面有一把很大的水壶、一把新式的小水壶和两把茶壶。还有一个有缺口的搪瓷杯，里面污垢很多，几乎都变成黑色的了，闻起来有酒精的味道。他打开碗橱，看到里面有一套不成对的陶器和两条叠好的干净茶巾，都是干的。架子的底层放了各种花瓶和一个破旧的藤篮，里面有叠好的抹布，还有好几罐金属和家具抛光剂。沃顿小姐和其他来帮忙的人想必就是在这里整理花束、清洗抹布、喝茶休息的。

一个装着一盒安全火柴的铜支架通过一条铜质链条连在了燃气灶的管道上，和连在烛台架上的那个类似。盒子顶部有合页，这样就可以添加新的火柴。在他父亲所在的诺福克教堂的教会房间里也有类似的支架和铜质链条，但是他不记得在那之后还在哪里见过这种东西。它们用起来比较笨拙，可以擦火柴的地方也不够大。很难相信这些火柴盒曾被移走并进行更换，更难相信有人用过任何一个盒子里的火柴，然后拿着忽明忽灭的火柴走进小礼拜堂，去焚烧那本日记。

马辛厄姆回到了他身边，说："隔壁的那条毛巾非常干燥，只沾上了一点污渍。看起来可能是博洛尼来的时候洗了一下手，就是这样。他没有把毛巾留在厨房有些奇怪，不过这里没有什么方便挂毛巾的地方。但是更奇怪的是，凶手——假设有一个凶手——没有用那条毛巾把自己擦干，而是选择了更小的茶巾。"

达格利什说："如果他记得把毛巾一起拿到厨房，他可能就用了。如果他没有拿过去，他不太可能想回去拿毛巾。血太多，留下证据的概率极高。最好就是用他手边能找到的。"

很明显，厨房是唯一有水和水槽的地方，如果有人清洗血迹的话，洗手或者清洗其他部位一定是在这里完成的。水槽上方有一面嵌在墙里的玻璃镜，下面是一个简易的玻璃架。上面有一个盥洗用具袋，拉链是打开的，里面有一把牙刷、一管牙膏、一条洗脸毛巾和一块用过的肥皂。旁边的另一个发现就更有意思了：一个窄窄的真皮盒子，上面有已经褪色的金字，是首字母PSB。达格利什用戴着手套的双手打开盒盖，看到了他预料中的物品：另一把剃刀，和那把离博洛尼右手很近、像是他亲自用过的凶器一模一样，是一对。盒盖的缎子衬里上有一个标签，上面用老式花体字写着制造商的名字：P.J.贝灵翰姆，以及他在杰明大街的地址。贝灵翰姆是全伦敦最昂贵也最著名的理发店，并且仍会为那些从来适应不了20世纪新式刮胡刀的人提供剃须刀。

盥洗室里没什么明显的调查价值了，他们接着走进了更衣室。很明显这里就是哈利·麦克想要留下来过夜的地方。角落里松散地摊了一条老旧的军毯，边角都磨损了，因为沾满污垢而有些发硬，臭味散发出来，再混上熏香的味道，产生了一种虔诚与肮脏相混杂的不协调的混合气味。旁边是一个翻倒的瓶子、一段脏兮兮的绳子和一张报纸，上面放了黑面包的面包皮、一个苹果核和一些奶酪渣。马辛厄姆捡起奶酪渣，在手指和手掌间捏碎，然后闻了闻。他说："这是羊乳干酪，总警司。哈利自己不太可能搞到这种奶酪。"

没有任何证据表明博洛尼已经开始用餐，这一点本身也许能够帮助判断大概的死亡时间。但是很显然，他可能是答应了哈利，为他提供一餐，由此将其哄骗进教堂。更有可能的是，他在自己吃晚饭前先慷慨解决了哈利明显的燃眉之急。

小礼拜堂本身和童年记忆里的样子非常相似，以至于达格利什只需要快速瞥一眼，然后就可以闭上眼大声说出高教会派各种祷告品的清单：橱柜顶上有一包包的熏香、香座和香炉、十字架，已经褪色的红色粗缝毛边窗帘后面是蕾丝边的法衣和又短又僵硬的唱诗班服装。但是现在他的心思放在了哈利·麦克身上。是什么让他从半醉的睡梦中惊醒：一声尖叫、争吵声还是身体倒下的声音？但是他在这个房间能听到那些声音吗？像是感受到了他的想法，马辛厄姆说："他也许是被渴醒了，想去厨房喝杯水，然后撞到了案发现场。那个带缺口的搪瓷杯可能就是他的。巴恩斯神父应该知道那个杯子是不是教堂所有，如果幸运的话，上面可能会有指纹。或者他是要去洗手间，反正我不确定他在这个房间是否能听到任何动静。"

达格利什想，他看起来不像是在凶手去厨房洗手之后才出去。马辛厄姆也许是对的。哈利安顿下来，准备在这里过夜，然后口渴了想去喝水。如果不是这致命的口渴，他可能还在继续安静地酣睡。

外面的走廊上，费里斯轻轻地踮着脚走路，就好像跑步运动员在比赛之前的热身。

马辛厄姆说："吸墨纸、搪瓷杯、茶巾和日记都很重要，炉床里有一根看起来最近刚点过的火柴，我们也需要那个。但我们应该收集所有壁炉以及S形弯管里的残留。凶手有可能就是在厨房里把自己清洗干净的。"

这些其实都没必要说出来，更不用专门说给查理·费里斯了。他是伦敦最专业的犯罪现场鉴识官，达格利什每次展开新的调查时，都希望他能腾出时间。他毫不意外地得到了一个"雪貂"的外号[①]，但是这个名字很少当着他的面被提及。他个子很矮小，有着沙色的头发，五官鲜明，嗅觉高度发达。有传闻说，有一次，他甚至赶在食腐动物之前闻到了埃平森林里一具自杀者尸体的气味。空闲时间，他会参加伦敦最有名的一个业余合唱团。达格利什在一次警察大合唱中听

[①] Ferret，雪貂，也有侦探之意，与费里斯的名字Ferris拼写十分相近。

过他唱歌，从那以后就一直觉得不可思议：这狭小的胸膛、纤细的身躯居然能发出如此洪亮的、管风琴一般的男低音。他对自己的工作有种狂热的态度，甚至设计出了最适合搜索工作的服装：白色短裤和运动衫、可以防止露出头发的紧致塑料泳帽、外科医生式的精致乳胶手套以及光脚穿的橡胶游泳鞋。他的信条就是，没有哪个凶手在离开犯罪现场时不会留下一些犯罪的物证。如果物证存在，费里斯就一定会找出来。

走廊里传来说话声。摄像人员和指纹鉴识人员也已经来了。达格利什能听到乔治·马修咒骂哈罗路交通堵塞的怒吼和罗宾斯警长相对冷静的回应。有人笑了起来。他们并非冷酷无情，也不是特别迟钝，只是他们并不是殡仪员，在面对死亡时，不必按照要求表现出一种职业化的敬畏。法医还没有到。大都会实验室最知名的科学家当中，有一部分是女性。达格利什的心中有一种旧式的敏感，尽管他不会承认这一点，但是能够在女法医前来拍摄血迹并监督样本收集过程之前就把样貌可怖的尸体运走，他还是感到很欣慰。他留下马辛厄姆招呼新来的工作人员并向他们做简要说明。现在该去和巴恩斯神父谈一谈了，但是首先，他想在小男孩达伦被送回家之前先和他聊几句。

第六章

罗宾斯警长说:"他本来应该已经走了,总警司,但是这个小恶魔一直在耍我们呢。我们从他嘴里问不出一个地址,最后他终于说了一个,结果却是错误的,是一条不存在的路。简直就是在浪费时间。我觉得他现在说的是实话,但是在他透露实情之前,我可是拿青少年犯管理部、福利院还有天知道什么地方恐吓过他。然后他试图趁我们不备偷偷溜掉。我能抓住他就够幸运了。"

沃顿小姐已经被一位女警员开车送回了她在克劳赫斯特花园的公寓,回去以后肯定会喝点热茶并受到百般安抚。她努力想要自己振作起来,但是依然很混乱,说不清从来到教堂到她推开小礼拜堂门的那一瞬间,一件件事情到底是按照什么顺序发生的。对于警方而言,最重要的事情就是确定她和达伦到底有没有进入那个房间,因为有可能犯罪现场已经被他们破坏。两个人都坚持说他们没有进去。但除此之外,她几乎没有讲出任何重要的情况,达格利什简单地听了听她的说法,就让她走了。

但是令人气恼的是达伦还和他们在一起。如果需要再次对他提出讯问,也应该是在他的家里,有他的父母在场。达格利什知道,他现在表现出来的面对死亡满不在乎的样子并不能保证他没有被那恐怖场面所影响。最困扰孩子的一些创伤并不总是显而易见的。还有一点很奇怪：这个男孩居然如此抗拒被送回家。通常情况下，坐车，特别是搭乘警车，对于一个小孩来说是一种款待，特别是现在这种情况下。逐渐有好事的人群会聚起来想要目睹这场恶行。他们都是被封锁了整个教堂南侧的白色胶带、一辆辆的警车和在教堂围墙与运河之间小道上停着的灵车吸引而来。那些灵车有着黑色而不祥的外貌，绝不会被人认错。达格利什走到车旁边，打开车门，说："我是总警司达格利什。现在我们该送你回家了，达伦。你妈妈会担心的。"而且显然男孩应该去学校上课的。新学期一定已经开始了。但是谢天谢地，这从不属于他关心的范围。

达伦看起来瘦瘦小小，并且一脸不满，他蜷成一团，坐在了前排左边的座位上。他是个长得有些奇怪的孩子，有一张吸引人的猴脸，苍白的脸上长满了雀斑，他有一个塌鼻子，在尖尖的、几乎无色的睫毛下有一对明亮的眼睛。很明显，他和罗宾斯警长都互相挑战了彼此耐心程度的底线，但是他看到达格利什之后明显振奋了起来，并带着孩子气的敌意问道："你就是这里的老大吗？"

达格利什微微有些不安，谨慎地回答："可以这么说吧。"

达伦明亮的眼睛望向四周，充满怀疑，然后又说："她什么都没干，沃顿小姐，她是误辜[①]的。"

达格利什严肃地说："对，我们也不觉得是她干的。你看，杀人需要的力气比一位老太太或者一个男孩子的力量都大。你们两个都没

[①] 原文中达伦发错了innocent（无辜）的发音（编注）。

有嫌疑。"

"这样啊,那就没问题了。"

达格利什说:"你很喜欢她吗?"

"还好吧。提醒你,她需要被照顾。她有点笨笨的,她天生就缺根筋。我就是照看一下她。"

"我觉得她很依赖你。很幸运,你们发现尸体的时候待在一块儿。这对她来说一定糟透了。"

"确实让她相当作呕。你知道吗?她不喜欢鲜血。这就是为什么她不买彩色电视机。她得出的结论是自己买不起,但这也太傻了。她总是有钱给BVM买花。"

"BVM?"达格利什问,他在脑海中迅速搜索自己不熟悉的车子品牌。

"就是教堂里的那尊雕像。穿着蓝衣的女士,身前有蜡烛。她们被称为BVM①。她总是在那里摆花,并且点燃蜡烛。蜡烛要10便士呢。小一点的只需要5便士。"

他的视线移开,就好像自己已经进入到了危险的领域。他又迅速补充说:"我觉得她不买彩色电视机是因为她不喜欢血的颜色。"

达格利什说:"我觉得你可能是对的。你帮了我们大忙,达伦。你确定没有走进那个房间吗,你们两个都没有走进去吗?"

"没有,我告诉过你啦。我一直都在她身后。"但是这个问题让他觉得不适。第一次,达伦的傲慢似乎离他而去。他又缩回自己的座位上,透过汽车挡风玻璃愤恨地瞪着前方。

---

① Blessed Virgin Mary,圣母玛利亚。

达格利什回到教堂里，找到马辛厄姆。

"我想让你和达伦一起回他家。我有一种预感，他隐瞒了一些事。也许不是什么重要的事，但是他和父母交谈的时候，如果你在旁边，或许能有所帮助。你也有兄弟，你应该懂这些小男孩。"

马辛厄姆说："你想让我现在就去吗，总警司？"

"当然了。"

达格利什知道这个指示不怎么能让人接受。只要尸体还在，马辛厄姆就不愿离开犯罪现场，哪怕是暂时的离开。这会儿他更不愿意离开，因为凯特·米斯金已经从坎普顿小丘广场回来了，并且会留在现场。但如果他必须离开，他更愿意一个人去。他命令警车司机下车，语气异常无礼。车开得飞快，意味着达伦即将享受一段兴奋无比的旅程。

达格利什穿过格栅门，来到教堂主体内部，并轻轻地关上身后的门。即便如此，轻轻的叮当声在寂静中听起来还是很尖锐，在他走向中殿的时候也一直在身边回响。尽管已经消失在视线之外，但身后小礼拜堂里那些警察的常用设备还是在他脑海里浮现：灯光、照相机、仪器，这种死亡面前忙碌的安静只会被压不住的自信声音所打破。但是在这里，在优雅的旋涡和熟铁栅栏的守卫下，又是另外一个尚未被污染的世界。熏香的气味变浓，他看到前方有一团金色的薄雾，那是半圆壁龛外闪光的马赛克使空气染上了色；可以看到耶稣光芒中的巨大塑像，他伸出受伤的双手，深陷入眼窝的双眼瞪视着下方的中殿。中殿多打开了两盏灯，但是教堂内部比起聚焦在犯罪现场的弧光灯所发出的强光还是要暗淡许多。他过了一会儿才看到巴恩斯神父。他坐在布道坛下第一排位置的尽头，只看得到一个暗黑色的身影。他走上前,注意到自己的脚在瓷砖地板上发出的声响,暗自琢磨这声音在神父听来是否也和他自己认为的一样不祥。

巴恩斯神父在椅子上坐得笔直,他的双眼瞪着前方中殿的闪光,身体紧绷,缩成一团,就像一个等待预期中的痛苦降临的病人,希望自己能忍耐过去。达格利什走近时,他并没有转过头来。他明显是被匆匆忙忙喊过来的。他还没有刮脸,双手在大腿上僵硬地绞在一起,脏兮兮的,就像是睡觉前没有清洗。教士服的瘦长黑色线条使他瘦削的身躯更显苍白,衣服很旧了,上面看起来还沾着点点肉汁。他试图擦去其中一个污点,但徒劳无功。他穿的黑皮鞋没擦鞋油,两边的皮子都打褶了,脚趾的位置已经磨成了灰色。他身上有一股味道,半是霉臭味,半是一种让人不舒服的甜味,混杂了旧衣服和熏香的味道,又被长时间的汗味覆盖,总之就是一种失败与恐惧混合、令人感到怜悯的味道。达格利什在旁边的椅子上舒展开四肢,胳膊放松地搭在椅子靠背上,显示出了一种冷静的自在,柔和地消除了他身边这位同伴内心深处强烈到几乎肉眼可见的恐惧和紧张。他突然感到一阵内疚。毋庸置疑,这个男人在当天的第一场弥撒之前一定没吃东西。他现在一定很渴望热咖啡和食物。通常情况下,现场或者现场附近的某人会煮一壶茶,但是在犯罪现场鉴识人员完成工作之前,达格利什绝对无意去使用盥洗室,哪怕只是烧壶水。

他说:"我不会耽误您太久的,神父。我们只有几个问题,问完您就可以回家了。这对您来说一定是个可怕的冲击吧?"

巴恩斯神父还是没有看他。他低声说:"一场冲击。是的,一场大冲击。我不应该给他钥匙的,我都不知道我为什么会这么做,解释起来没那么容易。"这个声音完全在意料之外,很低沉,带有一丝让人听起来很舒服的沙哑，并且相比这具脆弱的身体包含了更多的力量。这并不是受过良好教育的口音，但是明显发音受到后天教育的影响，尽管没有彻底纠正儿时那种来自乡下，也许是东部地区的口音。这个时候他转过头来对着达格利什，再次开口说道："他们会要我对此负责任的。我本就不该让他拿着钥匙。这都怪我。"

达格利什说："你并不需要负责。你自己心里很清楚，他们也会明白的。"

这个无所不在、令人心惊、充满审判意味的"他们"。他心里这么想着，但是没有说出来，谋杀有时候会为那些既不感到悲恸，也没有受到直接影响的人提供一种扭曲的快感，而且人们对那些提供这种"娱乐消遣"的人通常都很宽容。巴恩斯神父会对下个礼拜日集会的规模之大而感到吃惊的——不管是欣慰的吃惊还是与之相反。他说："我们能从最初开始谈起吗？你第一次遇见保罗·博洛尼男爵是什么时候？"

"上个礼拜一，就是一周之前。大约下午两点半，他打电话到我家，问能不能去参观一下教堂。他先前来过教堂一趟，但是发现进不了门。我们本来是想全天候开放教堂的，但您也知道现在这个风气。总有些破坏分子试着打碎捐款箱，或者偷蜡烛。北走廊上有一张纸条，写着钥匙在牧师住所里。"

"我想他没有说他来帕丁顿是要做什么吧？"

"说了。事实上他说了。他说有个老朋友在圣玛丽医院，他去看望过他了。但是病人正在接受治疗，没有办法接待访客，所以他还有一两个小时的空闲时间。他说他一直都想参观一下圣马修教堂。"

所以一切就是这么开始的。博洛尼的人生和所有忙碌的人一样，都是由时钟控制的。他腾出一个小时去拜访一位老朋友,但是这一个小时突然闲了下来,可以进行一些私人活动。众所周知,他一直对维多利亚式建筑感兴趣。不管当时那种冲动引领他走进了多么奇异的迷宫,他第一次造访圣马修教堂的经历至少是正常且合理的。

达格利什说:"你当时提议要陪他一同参观了吗?"

"是的,我这样建议了,但是他说不用麻烦了,我也就没有勉强。我认为他可能想一个人待着。"如此说来,巴恩斯神父也不是完全迟钝。达格利什说:"那么你把钥匙给了他。是哪一把钥匙呢?"

"备用钥匙。南门廊的门只有三把钥匙。沃顿小姐有一把,另两把由我保管,放在了家里。每个钥匙环上都有两把钥匙,一把开南门,另一把小一点的钥匙能打开格栅门。如果凯普斯提克先生或者普尔先生——我们的两位教堂执事——想要用钥匙的话,也要到牧师住宅区来。您看,牧师住宅离得很近。北面的大门只有一把钥匙。我总是把那把钥匙放在书房里。我从来不外借,以防钥匙被弄丢。而且就日常使用而言,它也太沉了。我告诉保罗男爵他会在小书架上找到介绍教堂的小册子。介绍是由柯林斯神父编写的,我们一直想要进行一些修订。小书架就放在北门廊旁边的桌子上,我们每本只收三便士。"他痛苦地扭过头去,好像一个关节炎患者一样,似乎是在示意让达格利什也买一本。这个姿势看起来很可悲,也很打动人。他继续说道:"我觉得他一定是拿了一本,因为两天之后,我在捐款箱里找到了一张五英镑的钞票。一般人就只放三便士。"

"他告诉你他是谁了吗?"

"他说他叫保罗·博洛尼。很抱歉,在当时这个名字对我而言并没有什么特殊的意义。他并没有说他是一位议员和男爵,没有说这种话。当然了,他辞职之后我就知道他是谁了。报纸和电视上都报道了。"

又一次,他停了下来。达格利什等待着。过了几秒,他的声音又响了起来,这一次更为坚强也更加坚定。

"我想他大概是走了一个小时,也许不到一个小时。然后他归还了钥匙。他说晚上想睡在小礼拜堂里。当然了,他不知道那个房间叫小礼拜堂。他说的是那个有张床的小房间。战时柯林斯神父还在这里的时候那张床就放在那儿了。空袭的时候他习惯睡在教堂里,这样就可以及时扑灭那些燃烧弹。我们后来就没把那张床撤走。如果人们在布道期间身体不适,或者我想在子夜弥撒之前休息一会儿,它都能派上用场。它只是一张很窄的折叠床,也不怎么占地方。您也见过了。"

"是的。他有没有说为什么要睡在那里?"

"没有。他的语气非常自然,就好像这是个很寻常的要求。我也不想去过问缘由。他不像一个可以去盘问的人。我倒是提过床单和枕头的问题。他说他需要的东西都会自己带过去。"

他买了一张双层床单,铺了两层,然后睡在了上面。不然的话,他就是用了原来就有的那条旧军毯,把它垫在身下,上面铺了那条彩色格子羊毛毯。椅垫上的那个枕头也应该是他的。

达格利什问:"他是那个时候就把钥匙带走了吗,还是那天晚上回来拿的钥匙?"

"他回来拿的钥匙。应该是晚上8点左右,或者再早一点。他就站在宅邸门口,手里拿了一个小手提箱。我觉得他应该没有开车来。我没看见有车。我把钥匙给了他,然后直到第二天早上才看见他。"

"告诉我第二天早上发生了什么。"

"像往常一样,我从南门进去。南门是锁上的。通往小礼拜堂的门是打开的,我能看到他已经不在了。床铺收拾得非常整洁,一切都整理得很干净。顶上放了一张床单和一个枕头。我从格栅门往教堂里面看。灯没开,但是我能看见他。他就坐在这一排,更靠边一点。我走进小礼拜堂,换上做弥撒时穿的法衣,然后穿过格栅门,走进教堂。当他发现弥撒在圣母堂做的时候,就换了个位置,坐到了后排。他没有说话。没有别人在。这天早上沃顿小姐不会来,喜欢参加九点半这一场弥撒的凯普斯提克先生得了流感,也没有来。所以就我们两个人。我做完第一次祷告之后,转过身面对他,我看到他跪了下来。他领了圣餐。之后,我们一起走回小礼拜堂。他把钥匙还给我,说了谢谢,拎起手提箱就走了。"

"这就是你们第一次会面的全部经过吗?"

巴恩斯神父转过头来,看着他。在教堂的暗光中,他的脸看起来毫无生气。达格利什从他的眼中看到交织在一起的乞求、决心和痛苦。他有害怕说出口的事,但又需要坦白出来。达格利什等待着,他习惯了等待。终于,巴恩斯神父开口了。

"不,还有件事。当他举起双手,我把圣饼放进他手里的时候——我以为我看见了——"他停顿了一下,然后继续说,"上面有疤痕和伤口。我觉得我看见了圣痕①。"

达格利什将视线汇聚在布道坛上。一个拉斐尔前派的彩绘天使拿着一朵百合花,它的黄色头发在巨大光环下卷曲着。天使回望向他,

---

① 圣痕(Stigmata),宗教中指信徒身上出现耶稣受难的伤痕。

眼神冷漠、毫不关心。他问："是在他的掌心里吗？"

"不，在他的手腕上。他穿了一件衬衫和一件套衫。袖口有一点松，它们滑了下去，这个时候我才看见的。"

"你跟别人提起过这一点吗？"

"没，只和你说过。"

有整整一分钟，他们谁也没有开口。在达格利什的整个侦探生涯里，都不记得曾经从证人口中获取如此不受欢迎，如此——没有任何其他词语能够描述——令人震惊的信息。他忙着在脑子里琢磨如果这条信息公开，将会对他的调查带来何种影响：报纸上的头条、玩世不恭的人半是调侃的推测、成群的围观者——那些迷信的、轻信的、真正的信徒将会蜂拥进教堂，来寻找……找什么呢？

刺激、新的邪教、希望，还是一种确定？但是他的厌恶感不仅仅是针对一个可能会给他调查带来麻烦的复杂情况，也不仅仅是因为一个情理之外的古怪情况插入他客观的调查工作中，而调查一般是对那些能够在法庭、文件、论证和真相中站得住脚的证据做出的。他受到一种比厌恶更强烈的情感的冲击，这种冲击几乎在生理上也造成了影响，同时也让他感到些微的羞愧。在他看来这种情绪既不光彩，也不比现状本身更合乎情理。他所感受到的是一种极端强烈的反感，几乎达到了愤慨的程度。他说："我想你最好继续对此一言不发。这和保罗男爵的死没有关系，甚至都没有必要在你的供述里面提及。如果你确实感觉到需要跟谁坦白这件事，和你的主教说就可以了。"

巴恩斯神父简单地回答："我不会告诉别人的。我觉得我确实需要说出来，来分享这件事。我已经告诉你了。"

达格利什说："教堂光线很暗。你也说了没有开灯。你又在禁食。这可能是你的想象，或者是光线造成的错觉。你只是在他伸开手掌领取圣餐的那几秒钟看到了那些疤痕。可能是你看错了。"

他心想：我到底是在说服谁，他还是我自己？

接下来就得问那个不合情理，但又不得不问的问题了："他看起来如何？有不同吗？变了吗？"

神父摇了摇头，然后充满伤感地说："你不明白。即便真的存在不同，我也不可能发现的。"然后，他似乎恢复了情绪，继续坚定地说，"不管我看到的是什么，即便它真的在那儿，也没有持续很长时间。况且，这也不是非常不同寻常的事。之前就有听闻过。人的心智会通过奇异的方式对身体造成影响；非常强烈的一种感觉，一个强有力的梦。就像你说的那样，当时光线很暗。"

那么说巴恩斯神父也不想相信这件事。他正试图把这件事搪塞过去。好吧，达格利什充满挖苦地想，这总强过在教区杂志上写一个注释，给那些日报打电话报信或者在下个周日的礼拜上宣讲圣痕的显现和上帝神秘的智慧。他觉得发现彼此拥有同样的猜疑，甚至同样的反感非常有意思。以后会有一个合适的时间和地点去考虑为什么会是这样，但是现在还有更急迫的事考虑。不管博洛尼是因为何故又一次来到了小礼拜堂，一定是某人的手挥动了那把剃刀，无论是他自己或者其他人的。他说："那么昨晚是怎么一回事呢？他是什么时候问你能否再次过来的？"

"上午的时候。他9点后不久就打电话过来。我说我那天晚上6点之后都在，他6点整的时候来取的钥匙。"

"你确认是这个时间吗，神父？"

"哦，是的。我正在看6点开始的新闻。刚刚开始他就按响了门铃。"

"这一次也没有任何解释吗?"

"没有。他拿着同一个小手提箱。我想他是坐公交车、乘地铁或者走着过来的。我没有看到车。我在门口把钥匙递给他,同一把钥匙。他向我道了谢,然后就离开了。我昨晚没有什么理由去教堂。接下来就是那个男孩过来找我,告诉我小礼拜堂里面有两具死尸。其余的你都知道了。"

达格利什说:"跟我讲讲哈利·麦克这个人吧。"

明显,话题的转变受到了欢迎,巴恩斯神父在提到哈利时更为健谈。可怜的哈利是圣马修教堂遇到的一个难题。没有人知道为什么,但是出于某种原因,在过去的四个月里,他一直睡在南门廊里。他通常都是用报纸堆作床垫,然后盖上一条旧毯子,有时他会把旧毯子留在门廊里,准备晚上接着用;有时他会把毯子拿走,卷成长长的一团,然后用一根绳子绑在肚子上。巴恩斯神父发现毯子的时候,并不喜欢把它移走。毕竟这是哈利唯一的遮盖物。但是,门廊被当作避难所,或是哈利贮存奇怪甚至带有异味的物品的地方似乎并不是很方便。教区的教会议会还讨论过是否需要安装栏杆和门,但是那样看起来有些无情,他们的钱也应该用到更重要的事项上。他们本来就已经很难把开销控制在教区的既定限额之内了。他们都曾试着帮助哈利,但他并不是容易相处的人。圣马里波恩科士威街的旅人收容所都知道哈利。那是个很棒的地方,他经常在那里吃顿午饭,需要的时候也会在那里治一些小病。他有点太爱喝酒了,偶尔也会卷入斗殴事件。圣马修教堂因为哈利的事和收容所联系过,但是他们并不知道该提出怎样的建议。他们曾尝试劝说哈利在他们的宿舍找个床位,但是他不同意。他不能忍受和其他人的亲密接触。他甚至不在收容所吃饭，他会把食物夹在厚厚的面包片里，然后带到街上吃。门廊是他的地盘，舒适、朝阳、远离公众视线。

达格利什说："那么他昨晚不太可能会去敲门，让博洛尼男爵给他开门。"

"哦，不，哈利不可能那么做的。"

但是不管怎样，他还是进来了。也许博洛尼来的时候他已经躺在毯子里了。博洛尼让他从寒冷的角落爬出来分享晚餐。但是他是如何说服哈利的呢？他问巴恩斯神父对此有何想法。

"我想，一定是这样发生的。哈利可能已经在门廊里了，他一般都很早躺下。昨晚又是9月里罕见的冷天。但确实很奇怪。博洛尼男爵身上一定有种让他放心的地方。面对大部分人时，他都不会这样做的。即便是收容所的管理人员，那些对付城市里流浪汉很有经验的人，都没有办法说服哈利在那里过夜。当然了，他们只能提供宿舍。哈利不能忍受的只有和其他人睡在同一个屋子或者一起吃饭。"

达格利什想，在这里，比宿舍更大的整个小礼拜堂都属于他自己，这就能够确保独处的私密性。同时，答应提供食物可能也会说服他从寒冷的门廊进来。他问道："你最后一次来教堂是什么时候，神父？我是说昨天。"

"我从四点半待到五点一刻，在圣母堂念晚祷。"

"然后，你离开并锁上门的时候，你有多确定里面没有任何人在，也没有人藏着？很明显你并没有对整个教堂进行搜查。你为什么要那么做呢？况且如果真有人藏在这里，你有可能看得到他吗？"

"我觉得能。你看，是这么回事。我们的椅子没有高靠背，只有凳子，没有任何可以藏身的地方。"

达格利什说："也许是藏在了祭坛底下、主祭坛下面或者在圣母堂里，要么就是在布道坛里。"

"在祭坛下面？这个想法真糟糕，简直就是亵渎上帝。但他是怎么进来的呢？我四点半过来的时候教堂的门是关着的。"

"白天的时候没有人来拿钥匙吗？教堂执事也没有吗？"

"没有任何人。"

沃顿小姐也已经向警方保证过了，她的钥匙绝对没有离开过她的手提袋。他说："会不会是有人在晚祷期间溜了进来？也许就是在你祷告的时候。你是独自一人待在圣母堂吗？"

"是的，我像往常一样从南门进来，并且在进来以后把南门和格栅门都锁上了。然后我打开了大门。对于任何想参加祷告的陌生人来说，这都是走进教堂最自然的路线。我的教民知道我总是在晚祷期间打开大门，而且大门很沉，会发出可怕的刺耳噪音。我们总是想要给门上上油。我不觉得能有人不引起我的注意就走进来。"

"你告诉过别人博洛尼男爵昨天晚上会待在这里吗？"

"哦，没有。并没有什么人可以告诉。我也不会透露只言片语的。他并没有要求保密，没有提出任何要求。但是我不觉得他会想让别人知道自己在这里。别人对他的事都一无所知，直到今天早上。"

达格利什继续询问他有关吸墨纸和划过的火柴等相关事项。巴恩斯神父说上一次使用小礼拜堂是在两天前，也就是16日，周一那天。五点半晚祷一结束，教区教会议会就像往常一样在那里碰头。是他主持的会议，就坐在桌子前，但是并没有用吸墨纸。他总是用圆珠笔写字。他没有注意到是否有最近用过的痕迹，他从来就不太擅长注意这种细节。他很确定火柴不是教区教会议会成员用的。只有乔治·凯普斯提克抽烟,他用的是烟斗,而且都是用打火机点燃。但是他最近流感还没好,所以没有参加会议。人们都说不被烟雾缭绕是多么令人愉悦。

达格利什说:"这些都是很小的细节,也许并不重要。但是如果你能不对他人泄露,我将会非常感激。我还想让你看一下吸墨纸,看看你是否能记起来它周一的时候是什么样子的。我们还发现了一个脏兮兮的搪瓷杯,如果你能告诉我们他是否属于哈利,也帮了我们的大忙。"

看到巴恩斯神父的表情,他又补充道:"你没有必要回到小礼拜堂里。拍照人员结束工作之后,我们会把东西拿出来给你看。然后,我想你应该很高兴终于能回家了。我们过后还会需要一份供述,但那可以再等一等。"

他们又沉默着坐了一会儿,似乎刚才的交流需要进行安静地吸收。那么,达格利什想,这里隐藏着博洛尼不切实际地辞掉职务的秘密原因。这要比理想的幻灭、中年的不安以及对丑闻披露的恐惧更为深入,也没那么容易解释。不管他在圣马修教堂小礼拜堂度过的第一个晚上发生了什么,都直接导致了第二天他整个人生轨迹的改变。导致他死亡的,也是同样的缘由吗?

他们都站了起来,这个时候传来格栅门的撞击声。米斯金督察正从走廊走过来。当她走到他们身边时,她说:"病理学家已经到了,总警司。"

第七章

厄休拉·博洛尼夫人坐在坎普顿小丘广场62号三楼的客厅里,一动不动,凝望着窗台悬铃树顶的树枝,就好像在看远处看不到的风景。她似乎觉得自己的头脑就像一个装得太满的玻璃杯,只有她才能端得稳。一次震动、一次颤抖或是一次小小的失控,水就有可能全洒出来,造成可怕的混乱,最终只能导致死亡。很奇怪,她想,她对于惊吓的物理反应应该和雨果死的时候是一样的,所以现在,在她能感受到的悲恸之上,又增加了一种一样强烈、一样全新的悲恸,就和当初她第一次听到他的死讯时一样。她身体上的症状也是一样的:极度口渴;整个身体都干枯了,皱缩在一起;她的嘴里又干又苦,就好像被自己的呼吸感染了病毒。玛蒂给她煮了一壶又一壶的浓咖啡,她直接把滚烫的黑咖啡咽下,完全没有意识到加了太多的糖。之后,她说:"我想吃一点东西,一些咸的东西。凤尾鱼烤面包吧。"她想:我就像一个胸中满溢悲伤的女人,屈从于古怪的幻想。

但是一切已经结束了。玛蒂本来想在她的肩头围上一条披肩,但是她耸耸肩表示不需要,然后要求独自待着。她想:在这具身体、这种痛苦之外,还有一个世界。我将再次触碰到那个世界。我会活下去的，我必须要活下去。七年，最多十年，我只需要这么久。现在她等待着，积蓄着精力，准备迎接即将到来的无数访客中的第一批。但他是她自己召唤来的客人。有些事情必须对他讲，而且可能时间已经不多了。

刚过11点，她听到门铃响了，然后传来电梯的吱嘎声，以及格栅门关闭时发出的轻微哐当声。客厅的门打开了，斯蒂芬·兰帕特静静地走了进来。

对她而言，站起来迎接他似乎很重要，但是关节炎使她的臀部在用力的时候感到难以忍受的疼痛，她知道自己抓着拐杖头的手在微微颤抖。他马上来到她身边，说："哦，不用了。您完全没有必要起身。"

他的一只手稳稳地抓住她的胳膊，并热切地帮助她坐回到椅子里。她不喜欢太随意的身体接触，熟人和陌生人因为她的身体不便就自认为有权利触碰她，就好像她的身体变成了一种令人嫌弃的阻碍，被轻轻地来回推搡，直到各就其位仿佛成了理所应当的事。她想要甩掉他坚定而带有占有欲的紧抓，但是又忍住了。但她没有办法控制住自己的肌肉，它们在他的触碰下紧紧绷起，她知道他也没有无视这种本能的反感。他把她重新安放好之后，自己坐在了对面的椅子上，优雅又带有一种专业的从容。他们中间隔了一张低矮的小桌。一圈擦亮磨光的红木树立起他的权威地位，那是力量与柔弱、年轻与衰老、医生与其附属病人之间的地位差异。只不过她并不是他的病人。他说："我相信您正在等着进行髋关节置换。"当然，这是芭芭拉告诉他的，但是他不会率先提及她的名字。

"是的，我已经在骨科医院排号了。"

"请原谅我的直接,但是为什么不去私立医院呢?您这不是在忍受不必要的痛苦吗?"

她想,对于慰问来访而言,这几乎就是毫无礼貌、不合时宜的评论,或者说这就是他在面对她的悲恸与坚忍时所使用的应对方法?只有在自己的专业领域,他才有自信,并且能够以权威的口吻讲话?

她说:"我更愿意被当作一名享受国民医疗服务的病人。我喜欢享受自己的特权,但是在这一点上我刚好不需要。"

他温柔地笑了,就像在哄孩子。"这看起来有点自讨苦吃。"

"可能吧。但是我叫你来这里并不是为了征求你的专家意见的。"

"况且作为一名产科医生,我也不足以提供这样的意见。厄休拉夫人,发生在保罗身上的事骇人听闻,令人难以置信。您难道不应该请自己的医生来吗,或者是一位挚友?您应该找人来陪着您,在这种时刻您不应该是孤身一人。"

"如果我需要咖啡、酒精或者御寒之物这些寻常的安慰,有玛蒂在就够了。人活到82岁,就算有几个想见的人,也都已经逝去了。我比两个儿子活得都长,这是人所能遭遇的最糟糕的事情。我不得不承受这一切,但是我没必要时刻谈起这些。"她本来还可以加上一句"更不可能和你谈起这些了",但是她觉得这些话不用说出来就已经在这气氛中了。

有一瞬间,他保持沉默,似乎是在考虑这些字句,接受这里面暗含的道理。然后他说:"当然,如果不是您打电话来,我可能会晚些前来拜访。只是我不确定您这么快就想接待访客。您收到我的信了吗?"

他一定是在芭芭拉刚打过电话告诉他这个消息之后就写了信,并且让他手下的护士送过来,而这名护士因为值完夜班急着回家,都没有亲自递交信件,只是把信塞进了信箱。他使用了所有最显而易见的形容词,并不需要翻词典来审定什么是最适宜的回复。毕竟谋杀令人悚然,是可怕、糟糕、令人难以置信又令人愤慨的。但是在这封为满足社交礼仪而仓促写就的信函里,却少了一些这样的说服力。而且他理应晓得不该让秘书把这封信打出来的。但是她想,这些都见怪不怪了。拂开那处心积虑获取的职场成就、威信声望、正统教养,就露出了这人的本来面目:野心勃勃,还有些粗俗,只有在会获得回报时才会体恤人心。但是她也知道,这些结论大部分是因为偏见,而有偏见是很危险的。要是想让此次会面按照她预期中的走向发展,她就必须谨慎小心,尽可能不流露出任何不满。况且去批判那封信也有些不公平。过去三年里,他都在忙着给那位被谋杀的丈夫戴绿帽子,要给他的母亲写信吊唁实在已经超过了他有限的社交词汇所及。

她已经将近三个月没见到他了,因此再次为他的英俊所动。他是一个非常有吸引力的年轻人,个头很高,看起来有些笨手笨脚,头上是浓密的黑发。但是现在,这个来回晃荡的高个儿因为成功而变得自如起来。他轻松自如地展示着自己的身高,灰色的眼睛中含有一种最基本的警惕。他非常清楚如何利用自己眼睛的魅力。他的头发中已经夹杂了灰色,但是依然浓密且不规整,即便是精致的修剪也没能完全将其平顺。这也增添了几分他的魅力,暗示出一种未经驯顺的个性,这在传统的英俊绅士身上是完全看不到的。

他探过身去,专注地注视着她,灰色的双眼饱含同情,十分温柔。她发现自己非常憎恶他这种招之即来的专业关怀。但是他做得很好，她几乎预料到他会说:"我们已经尽了全力，所有人力所能及的努力我们都尽到了。"然后，她告诉自己，这种关切也许是真的。她必须抑制住自己，不要总是看轻他，把他僵化成通俗小说里那种英俊又经验丰富的勾引者。不管他是什么样的人，他都没有那么简单。没有人会是那么单一的样子。毕竟，他也是一位公认的优秀妇科医生。他工作努力，很熟悉自己的专业。

雨果还在贝利奥尔学院的时候，斯蒂芬·兰帕特就是他最亲密的朋友。在那些日子里，她很喜欢他，到现在依然有几分当时那种喜爱，尽管她也由此心生恨意，不愿承认，但依然怀有当年的记忆，那些在港口草地上沐浴在阳光中的漫步，在雨果房间里的聚餐和欢笑，都带有多年的希望与对未来的许诺。他出身于中低产阶级家庭，是个聪明、英俊又野心勃勃的男孩，通过自己的长相和机敏加入渴望的团队，非常擅长隐藏蠢蠢欲动的野心。雨果是生来就有特权的那类人，他的母亲是伯爵的女儿，他的父亲是位男爵，也是一位出众的军人，拥有博洛尼这个名号的继承权，并且是家族遗产的继承人。她第一次开始琢磨，他憎恶的是不是不仅雨果一人，而是他全家？而之后的背叛举动是否是多年前的嫉妒扎根的结果？她说:"有两件事我们必须讨论一下，已经没有太多时间，可能也不再有别的机会。也许我应该事先声明，我叫你来不是为了谴责我儿媳妇的不忠行为。我没有资格去批评任何人的私生活。"

那双灰色的眼眸变得更加谨慎。他说:"您是多么睿智啊，少有人能做到如此。"

"但是我的儿子被谋杀了。就算警方现在不知道，他们迟早也要知道这件事的。我现在已经知道了。"

他说:"恕我冒昧,但是您怎么能确定这一点呢?芭芭拉今天早上打电话的时候只告诉我警察发现了保罗的尸体和另外一个流浪汉的——"他停顿了一下,又说,"喉咙上都有割痕。"

"他们被割断了喉咙。两个人都是。而且他们通知消息的时候是那么小心翼翼,我由此设想凶器应该是保罗的一把剃刀。我猜想保罗是有可能自杀的。我们中的大部分人如果承受了足够的痛苦,都能做出这种事。但是他不可能去杀掉那个流浪汉。我的儿子是被谋杀的,这就意味着警察会尽职尽责去发现某些事实。"

他冷静地问道:"什么事实,厄休拉夫人?"

"你和芭芭拉是情人关系。"

他在双膝上合十的双手紧握起来,然后又放松下来。他还是能够正面迎上她的目光。

"我知道了,是保罗还是芭芭拉告诉你这件事的?"

"他们都没有说。但是我和我的儿媳妇住在同一个屋檐之下也已经有四年了。我是个女人,也许我腿脚不便,但是我眼睛还不花,脑子也没痴呆。"

"她怎么样了,厄休拉夫人?"

"我不知道。但是在你离开之前,我建议你自己去搞清楚。我听闻这个消息之后只见到过我的儿媳妇三分钟。很明显,她太过痛苦,没有办法和访客交谈。而且看起来我应该也属于访客之列。"

"这样要求我公平吗?有时候别人的痛苦要比自己的更难以承受,难以面对。"

"特别是在自己的痛苦并没有同样强烈的时候?"

他探身向前,平静地说:"我不觉得我们有权利做这样的设想。

芭芭拉的感受也许没有那么强烈,但是保罗毕竟是她的丈夫。她关心、在意他,也许比我们所能理解的更为深刻。这对于她,对于我们而言,都是很可怕的一件事。听着,我们有必要现在谈话吗?我们都还没有缓过来。"

"我们必须现在谈,而且时间不多了。一旦警察们完成在教堂里的各种必要工作,总警司亚当·达格利什就会过来找我。他应该也会想要和芭芭拉谈一谈。在适当的时间,更有可能早些,而不是晚些,他们会找到你。我必须要知道你都会告诉他们些什么。"

"这个亚当·达格利什,他不是个诗人吗?这对于警察来说可是个奇怪的爱好。"

"如果他查案也和他写诗一样好,那他就是个危险人物。不要因为你在上流社会的报纸上读到的那些报道就低估这些警察。"

他说:"我不会低估警方,但我也没有任何理由要畏惧他们。我知道他们对某些犯罪行为毫不手软,同时还恪守中产阶级的那些道德标准。但您应该不会想说他们怀疑我割断了保罗的喉咙,就因为我和他的妻子上床吧?他们也许会和社会现实有所脱节,但是应该不会那么落伍吧。"

她想:这才像回事,这才是这个男人的真面目。

她冷静地说:"我不是说他们会怀疑你。我确信你会为昨晚提供一份令人满意的不在场证明。但是如果你们都不对你们的情人关系有所隐瞒的话,可能会减少带来的麻烦。我自己就不想在这件事上撒谎。当然了,我不会主动提供这条信息,但是他们有可能会问起来。"

"那他们为什么会问起这件事呢,厄休拉夫人?"

"因为达格利什总警司会和政治保安处的人联络。不管任期有多短暂,我的儿子毕竟曾是政府里的一位大臣。你觉得那些本职工作就是发现并记录下大臣们潜在丑闻的人怎么会不知道一位大臣,特别是一位在那个部门就职的大臣的私生活?不然你觉得我们是生活在怎样的一个世界里呢?"

他站起身来,开始在她面前缓缓踱步。他说:"我想我本来应该考虑到这一点。如果给我一点时间,我应该会想到这一点。保罗的死确实让人震惊。我想我的头脑还没有恢复正常运转。"

"那我建议它最好尽快开始工作。你和芭芭拉必须统一口径。最好你们都同意讲实话。我的理解是,你一开始把芭芭拉介绍给雨果的时候,她就是你的情人,雨果死后,她嫁给保罗之后也一直是如此。"

他停下脚步,转向她。"相信我,厄休拉夫人,这并不是有意为之,并不是您想的那样。"

"你是说她和你都颇有风范地决定暂时不进行私下接触,至少在蜜月之前都没有偷情过?"

他走到她面前站住,低头看向她。

"我想有些事我得说出来,但恐怕这些事……不怎么有绅士风度。"这个词现在恐怕已经毫无意义,她这样想着,但却没有说出来。1914年之前,一个人可以这样讲,也不会显得虚伪或者可笑,但是现在不行了。那个词和它所代表的整个世界都永远逝去了,都被践踏入了佛兰德的泥土里。她说:"我儿子的喉咙都被割断了。考虑到这种凶残行径,我觉得我们已经不需要考虑风度或者伪装的问题了。当然,这是有关芭芭拉的事。"

"是的,如果你还不理解,那么有些事情你应该要明白。我也许是她的情人,但是她并不爱我。她当然也不想嫁给我。她和我在一起就和同其他任何男人在一起一样满意。那是因为我懂得她的需求,并且不会提出要求,不会提出太多要求。我们总是会提一些条件的。当然了,我能多爱一个人,就有多爱她。这对于她而言也是必要的。而且她和我在一起有安全感。但是她不会为了嫁给我而抛弃一个完美的好丈夫以及相应的头衔。她不会离婚,更不会与人共同策划谋杀。如果你和她要继续生活在一起,你就必须相信这一点。"

她说:"这很坦诚。你们彼此看起来很配。"

他接受了这嘲讽背后的微妙的侮辱。"哦是的,"他伤感地说,"我们适合彼此。"他又补充道,"我怀疑她甚至不怎么觉得内疚。也许有些奇怪,但至少还没有我那么内疚。其实很难严肃对待通奸这种事情,特别是当你并没有因为偷情而感到欢愉时。"

"你这方一定是筋疲力尽,也不怎么心满意足。我钦佩你所做出的自我牺牲。"

他的微笑似乎在追忆往昔,遮遮掩掩的。"她是那么美。这是种毋庸置疑的美,不是吗?并不取决于她是否健康,是否开心,是否疲惫,也不取决于她穿了什么。那种美总是存在。您总不能因为我的尝试就责备我。"

"不对,"她说,"我能,并且我也确实责备你。"

但是她知道自己并没有完全讲实话。究其一生,她都受到男人和女人美丽外表的欺骗。她也是以此为生的。1918年,她的兄弟和未婚夫都被杀了,她这位伯爵的女儿为了显示对传统的蔑视而登上了舞台,她还有什么其他办法吗?她苦涩地想着这些事实,她并没有什么戏剧天赋。她对于自己的情人总是随意但又本能地要求他们相貌英俊，对她的女性朋友的容貌从不嫉妒，甚至在这方面相当宽容。令他们更吃惊的是，32岁的时候，她嫁给了亨利·博洛尼爵士，很明显是因为他身上一些不那么显而易见的特质，并且还给他生了两个儿子。她现在想起了她的儿媳妇，就像她许多次看到的她那样，一动不动地站在大厅的玻璃前。芭芭拉每经过一面镜子，都无法不驻足，平静地凝望反射出的自己，享受那自恋的一瞬间。她想要看到什么？是眼角的第一道松弛，瞳孔渐渐暗淡的蓝，干枯皱褶的皮肤，还是脖子上的第一道皱纹？这一切都展示出了这种过于珍视的完美是多么容易转瞬即逝。

他仍然在不安地踱步，依然在说话。

"芭芭拉喜欢那种所有注意力都集中在她身上的感觉。在性行为方面尤为如是。注意力，她毋庸置疑得到了具体且强烈的注意力。她需要被男人渴望。她并不是真的很想让他们触碰到她。如果她觉得我参与了谋害保罗这件事，她绝对不会感谢我的。我不认为她会原谅我，更不会因此保护我。我很抱歉，我太直白了。但是我想这些话不得不说。"

"是的，确实有必要说出来。那么她会保护谁呢？"

"可能会是她的兄弟吧，但是我料想不会保护很久，更不会自己冒着风险去保护对方。他们本来就没有特别亲近过。"

她冷冰冰地说："这个时候不需要她表示这种对亲人的忠诚。多米尼克·斯维恩昨天一整晚都在这座房子里，和玛蒂待在一起。"

"这是他的说法还是她的？"

"你是在指控他在我儿子的死亡事件中插了一手吗？"

"当然不是。这个想法太荒谬了。而且如果是玛蒂说他和她在一起,我毫不怀疑。我们都知道玛蒂是公正的典范。您刚才问我芭芭拉有没有想要保护的人,我再想不到别人了。"

他已经停下了脚步,又坐回到了她的对面。

他说:"说说您给我打电话的原因。您说我们有两件事情需要讨论。"

"是的,我想要确定芭芭拉怀的孩子是否是我的孙子,而不是你的私生子。"

他的肩膀变得僵直。有一瞬间,可能只有一秒钟,他僵硬地坐着,低头望向自己紧扣在一起的双手。在沉默中,她能听到旅行钟的嘀嗒声。然后他抬起头来。他依旧冷静,但是她觉得他的脸色变得更加苍白了。

"哦,这一点上毫无疑问。不可能的。我三年前做了输精管切除手术。我不适合做父亲,也不想因为生父确认诉讼而让自己难堪。如果您想要证据,我可以给您提供那位外科医生的名字。这也许要比等到孩子出生再带他去验血要简单得多。"

"他?"

"哦,是的,是个男孩。芭芭拉做了羊膜穿刺。您的儿子想要一位继承人,他也得到了一位继承者。您不知道吗?"

她沉默地坐着。过了一会儿,她说:"这样做对胎儿而言不是冒了很大的风险吗,特别是还在孕期刚刚开始的时候?"

"有专家和最新的技术就没关系。我知道她身边有专家。不,不是我,我不是那种傻瓜。"

她问:"保罗死之前知道孩子的事吗?"

"芭芭拉还没有说，我想他不知道。毕竟她自己也是刚刚才知道。"

"怀孕的事吗？肯定不知道。"

"不是，我是说孩子的性别。昨天早上我做的第一件事就是给她打电话，告诉她这件事。但是保罗也许已经猜到了怀孕这件事。毕竟他又回到了那座教堂，大概就是去向他的上帝寻求更多、更好的指示吧。"

她突然感受到了无比强烈的愤慨，有一瞬间甚至气得说不出话来。当她能开口的时候，她的声音发颤，就像一位无力的老妪。但至少她的字字句句仍然带刺。她说："当你还是个小男孩的时候你就从来都无法抗拒那种诱惑，非要把粗鄙的话和你自以为是的聪明话掺在一起。不管我儿子在那座教堂里遭遇了什么——我也不想假装我搞明白了一切——最终他就是因此而死的。下一次你忍不住想要沉浸在你的小聪明里时，最好记住这一点。"

他的声音也变得低沉，像钢铁一样冰冷。"我很抱歉。我从一开始就觉得这场谈话是个错误。我们两个都太震惊，还没有恢复理智。现在，请原谅，我得在警方突然拜访芭芭拉之前见见她。我想她现在是一个人待着吧？"

"据我所知是这样的。安东尼·法雷尔马上就会过来。我一听到这个噩耗马上就给他的私人地址送了信，但是他得从温彻斯特赶过来。"

"那个家庭律师吗？警察来的时候让他待在这里——这样不会看起来很可疑吗？就好像是在做必要的防范措施。"

"他不仅是我们的律师，也是这个家庭的好朋友。我们两个人都想让他来是一件很自然的事情。但是我很高兴你能赶在他来之前去见她。告诉她要如实回答达格利什的问题,但是不要主动提供信息,任何信息都不要。我没有任何理由认为警方会对这种常见的偷情行为大惊小怪。但是就算他们已经有所耳闻,也不会指望她能够主动透露。太过于坦诚和极不坦诚看起来一样可疑。"

他问:"警方宣布噩耗的时候你跟她在一起吗?"

"并不是警方告诉她的,是我。在我看来在任何情况下都应该这么做。首先是一位非常干练的女警察告诉我的,然后我一个人去见芭芭拉。她表现得非常恰如其分。芭芭拉总能知道自己表现出什么样的表情来表达自己的心情才是最恰当的。而且她也是一个好演员。她本该如此,毕竟她已经演练过很多回了。哦,还有一件事。告诉她不要透露有关孩子的只言片语。这一点很重要。"

"如果这就是您希望的,也是您觉得明智的做法的话,好的。但是提到怀孕的事情也许会有帮助。他们会对她特别温柔。"

"他们会很温和的。他们可不会派个傻子来。"

他们交谈的方式就像一伙并不怎么和睦的同党,因为同一个不可言说的阴谋联合在一起。她感到一阵冰冷的厌恶感,这种感情的外在表现就是泛上一阵恶心,然后又是一阵将她席卷的乏力,将束手无策的她困在椅子里。很快,她就注意到他来到了她身边,五指温柔又坚定地按在她的手腕上。她知道自己应该憎恶他的触碰,但是现在这给了她抚慰。她靠回到椅背上,双目紧闭,在他的手指之下,她的脉搏重新有力地跳动起来。他说:"厄休拉夫人,您真的该找您的医生看看了。马尔科姆·汉考克是吗?让我给他打个电话。"

她摇了摇头。"我没事,我现在还没办法再去和另一个人打交道。警察来之前我得一个人待着。"她没有预料到自己会这样承认自己的虚弱，没想到会在这样的时刻对他这样的人坦承这件事。他走到门边。当他的手放在门把手上时，她说："还有一件事，你对特蕾莎·诺兰有多少了解？"

他转过身，严肃地看着她。"不比您知道得多，我想，可能知道得更少。她只在彭布罗克产妇疗养院工作过四个礼拜，我几乎都没正眼看过她。她照顾过您，在这座房子里生活了超过六个礼拜。她来找我的时候已经怀孕了。"

"那黛安娜·特拉弗斯呢？"

"一无所知，除了知道她非常不明智地胡吃海塞，又喝了太多酒，然后掉进了泰晤士河里。您想必知道，我和芭芭拉在她溺死之前就已经离开黑天鹅餐厅了。"他沉默了一瞬，然后严肃地说，"我知道你在想什么，《帕特诺斯特评论报》上面那篇荒唐的文章。厄休拉夫人，我能给您提点儿建议吗？保罗被谋杀，如果确实是被谋杀，是件很简单的事。他让别人进了教堂，一个贼、另一个流浪汉或者一个变态，就是这个人杀了他。不要把他的死复杂化，上天知道，这种老套的、意外的悲剧就已经够可怕的了。就算没有这些，警方要忙的也够多的了。"

"这两件事都是毫不相干的吗？"

他没有回答，而是说："莎拉知道这件事了吗？"

"还没有。我今天早上试着给她的公寓打电话，但是没有人接电话。她也许是出去取报纸了。你走了以后我马上再试着联系她。"

"你想让我过去看看吗？毕竟她是保罗的女儿。这对她来说会是一个很可怕的打击。她不应该从警察口中或者电视新闻里知道真相。"

"她不会的。如果有必要的话，我会亲自过去。"

"但是由谁来给您开车呢？周三哈利维尔不是休息吗？"

"还可以乘出租车。"

她讨厌他看起来要掌控全局的样子，就像当初在牛津一样，狡猾地将自己不动声色地融入这个家庭。然而她又一次责备自己，不应该如此不公。他从来就没有缺少过这种善意。他说："在警察对她发动攻势之前，她应该有准备的时间。"

准备什么的时间？她暗想。装出一副她确确实实非常在意的样子？她没有回复。突然，她着急着想要让他离开，她拼尽全力才没有开口命令他滚出去。她反而是伸出了手。他弯下腰，将这只手放入自己的掌心，然后抬起来贴近嘴唇。这一举动过于戏剧化，并且荒唐而不合时宜，让她感到不安，却不觉得怎么恶心。他离开之后，她发现自己低头凝望着自己戴着戒指的干瘦手指，凝望他曾短暂亲吻过的长满老年斑的指关节。这是在向一位面对人生最后悲剧时充满尊严和勇气的老妇人致以敬意吗？又或者说这是更为微妙的一个举动、一种宣誓，表示无论怎样他们毕竟是同盟，他明白她优先考虑的是什么，并也将此作为自己的当务之急？

第八章

达格利什记得，一个医生跟他讲过，迈尔斯·基纳斯顿已经展示出成为一名优秀诊断医师的潜质，但是他在注册等级的时候就放弃了全科医学，选择了病理学，因为他再也无法忍受亲眼目睹人类经受苦难。这个医生说这些时，语气中带有一丝扬扬得意，就像他泄露了一个同事不幸的弱点，而任何一个更明智的人在开始接受医学教育前，至少也是在大学二年级之前就应该能够察觉这个倾向。达格利什想，这有可能是真的。基纳斯顿已经兑现了自己的许诺，但是现在他将自己的诊断技巧都用在了不会开口抱怨的死人身上，他们的眼睛不会恳求他赐予希望，他们的嘴巴再也不会痛苦地大喊。当然，他看过了太多的死亡，这一切都没有让他仓皇失措：死亡的凌乱、死亡的气味和那些最奇怪的外部特征。和大多数的医生不一样，他并不把死亡视为最后的敌人，而是一种令人陶醉的谜团。每一具尸体，他都会用同样专注的眼神去凝视，就像他曾经凝望依然健在的双亲。任何一条新的证据，如果能够正确阐释，都能让他离谜团的中心更进一步。

相比其他曾经与他共事过的病理学家，达格利什对基纳斯顿更为尊重。一通知他就会迅速赶到，而且也总是同样迅速地发布验尸报告。他不会像某些同事一样喜欢开一些幼稚的与验尸相关的玩笑，借此来巩固自己在社交场合的自尊。和他共进晚餐的客人知道，他们将会安全地远离那些有关解剖刀或少了肾脏之类令人不快的逸闻。最重要的是，他在证人席上的表现尤为出色，对某些人来说简直有些过于出色。达格利什记得，有一次宣判了被告有罪之后，辩护律师酸溜溜地评价："基纳斯顿在陪审团眼里几乎是永不犯错的了。我们可不想再来一个斯皮尔斯伯里。"

他从不浪费时间。即便是在和达格利什打招呼的时候，他就已经开始脱下夹克衫，在自己短粗的手指上戴上精致的乳胶手套，他的双手非同寻常地苍白，几乎毫无血色。他个子很高，身材壮实，给人一种拖沓、笨拙的感觉。但他在狭窄有限的空间里工作，在尸体旁边忙活时，整个身体似乎都压缩在一起，变得紧致，甚至优雅起来，带着猫一样的轻盈与精准。他的脸肉乎乎的，黑发正逐渐从长着雀斑的额头上后退，长长的上嘴唇有着箭头一般的弯曲形状，有着厚实眼皮的双眼漆黑，非常明亮，让他的脸上带有一种讽刺、诙谐的睿智。现在他蹲下身子，像一只蛤蟆，蹲在了博洛尼尸体一侧，他的双手松松地垂在身前，苍白得不真实。他以高度集中的注意力凝视着喉咙处的伤口，但是并没有伸手去触碰尸体，只是用他的手轻轻拂过尸体的脑后，就像抚摸一样。然后他说："他们是谁？"

"保罗·博洛尼男爵，前国会议员和助理大臣，还有一个流浪汉，哈利·麦克。"

"表面上看，先是谋杀，然后是自杀。伤口就像教科书上讲的一样规范；两道从左到右、非常浅的伤口，然后就是上面的一刀，迅疾、深入，割断了动脉。剃刀就在触手可及的地方。就像我刚才说过的那样，从表面上看一切显而易见。是不是有点太明显了？"

达格利什说："我也是这么想的。"

基纳斯顿小心翼翼地迈步，跨过地毯，踮着脚尖走到哈利身边，就像一个不熟练的舞者。

"一刀毙命。又是从左向右。这说明博洛尼——如果真的是博洛尼干的——就站在他的身后。"

"那为什么博洛尼右手袖子上没有浸满鲜血？好吧，上面确实血迹斑斑，沾上的是他自己或者哈利的血，也许两者都有。但如果是他杀死的哈利，你不觉得应该有更多的血，将会浸湿整个衣袖吗？"

"如果他事先卷起他的衣袖，然后从身后行凶的话就不会了。"

"然后在割断自己喉咙之前又把袖子放下来吗？肯定不会是这样的。"

基纳斯顿说："法医鉴定应该能够从中分辨出袖子上的鲜血是否是哈利的，或者说里面混有哈利的鲜血，还是只有博洛尼自己的血。两具尸体之间似乎没有明显可见的血污。"

达格利什说："鉴定人员已经用光纤灯仔细检查过地毯了，他们可能会有所发现。在哈利的夹克衫下有一处明显可辨的污迹，在其上方，夹克衬里的缝线处也有一抹看起来像是血迹的污痕。"

他抬起夹克衫的一角，两个人都沉默地注视着地毯上的血污。达格利什说："我们发现的时候这块血污就在夹克衫下面了，这意味着哈利倒下之前这里就有血迹了。如果这被证实是博洛尼的血，那么就是他先死的，除非是他一开始浅浅割伤自己喉咙之后又跌跌撞撞地靠近了哈利。从理论上讲，这是非常荒唐的。如果他正在割断自己的喉咙，哈利怎么可能阻止他？既然如此又为什么要费劲去杀了他呢？但是这是有可能的,从医学上来讲是可能的,对吗?"

基纳斯顿看着他。他们都知道这个问题的重要性。他说:"在割下第一刀之后,我得说还是有可能的。"

"但是他还会有足够的力气去杀死哈利吗?"

"在自己的喉咙被割开一截之后吗?再次声明,仅仅是割了最开始那一刀的话,我想没办法完全排除这种可能。要记住,那个时候他正处于高度亢奋状态。那个时候人们总是能获得额外的能量。毕竟我们正在假设,他在自杀过程当中受到了打扰。这可不是一个人理智最清醒的时候。但是我不能肯定,没有人能完全确定。亚当,你提出的问题是无解的。"

"恐怕是。但是一切显得太干净利索了。"

"还是说你希望这一切都过于干净利索。你怎么看?"

"从尸体的位置来看,我觉得他有可能正坐在床边。假设他是被谋杀的,假设凶手首先进入厨房,他有可能又静悄悄地折返回来,从身后袭击了博洛尼。用重物击打或在脖子上缠绕绳索。也许他抓住他的头发,把头向后扯,然后划下了第一道深深的割痕。其他几道看起来比较浅的可能是事后的人为设计。所以我们要找一下割伤之下是否还有别的痕迹,还有就是脑袋后面有没有被击打后的肿块。"

基纳斯顿说:"脑后有肿块,但是非常小。也许是身体滑倒时造成的。我们做尸检之后应该会有更详细的了解。"

"还有另外一种理论,凶手先把他打晕,然后到厨房脱下衣服,再回到屋内,赶在博洛尼恢复意识之前割断他的喉咙。但是这个理论有明显的不合理之处。他必须得非常精确地判断击打的力度,而且留下的应该不会只是一个小小的肿块。"

基纳斯顿说："但这要比第一个理论少了很多不合逻辑的地方。如果凶手半裸着走进来，手里拿着剃刀，博洛尼不可能不进行反抗。然而却没有任何明显的迹象留下。"

"也许是对他进行了突然袭击。他有可能在等他的访客从厨房那边的门进来。有可能他踮着脚尖走过走廊，然后从大门回来。根据尸体的位置，这是最有可能的理论。"

基纳斯顿说："那么你是在假设凶手进行了提前预谋？那么说他知道他会找到一把剃刀？"

"哦，是的。如果博洛尼是被谋杀的，那么凶手一定经过了提前预谋。但是我在还没有获悉事实之前就开始进行推演，这简直就是不可饶恕的罪过。不管怎么说，迈尔斯，这个案子有看起来不自然的地方。事实太过于显而易见，太干净利索了。"

基纳斯顿说："我会先完成初步的检查，然后你就可以把尸体运走了。通常情况下明天一早我就会开始进行尸检，但是医院的人以为我周一才能回去，所以验尸房到明天下午才能腾出来。最早也要三点半了，这个时间对你的人来说合适吗？"

"我不知道实验室那边怎么想。对我们来说肯定是越快越好。"

他声音中有种东西令基纳斯顿警觉。他说："你认识他吗？"

达格利什想：这一点以后会一次又一次被提起。你认识他，这涉及你的私人情感，你不希望把他当作一个疯子、一个自杀的人、一个凶手。他说："是的，我多多少少认识他，但主要是在委员会的讨论桌上见面的。"

在他听起来这些字句非常勉强，甚至对这段关系有所背叛。他又说："是的，我认识他。"

"他在这里做什么?"

"他在这个房间曾经有过类似神秘体验的一种宗教经历。他可能是想重现那种经历。他和教区牧师说好了晚上要待在这里,但是他没有说是为了什么。"

"哈利呢?"

"看起来是博洛尼放他进来的。他也许是发现他睡在门廊里。很明显哈利不能容忍与他人共处。有证据表明他曾经睡在更远的地方,在大礼拜堂那边。"

基纳斯顿点了点头,然后着手进行他熟知的工作。达格利什留下他完成一切,自己来到了走廊上。这种对身体的侵犯,以及接下来更残酷的科学检验总是让他感到不舒服,就好像自己变成了一个偷窥狂。他总是在想,为什么他会觉得这比解剖更冒犯死者、更令人毛骨悚然?也许是因为人才刚死,尚存余温。迷信的人可能会担心刚刚释放的灵魂还在空中盘旋,会因为刚刚被放弃的脆弱肉体遭此侮辱而愤怒。在基纳斯顿完成自己的任务之前,他什么也做不了。他惊奇地发现自己已经累了。他本来以为自己会在之后的调查过程中不堪疲惫,但那个时候他应该已经连续工作了16个小时。然而这么早就有这种精神和身体都已经透支的沉重感,对他来说还是新鲜事。他暗自琢磨,这究竟是因为自己已经到了一定年纪,还是另一个预示这个案子与众不同的迹象?

他又回到教堂里,坐在圣母像前的一把椅子上。巨大的中殿空无一人。巴恩斯神父已经在一名警员的护送下离开了。他帮助警方确认了那个搪瓷杯,毫无困难地认出它确实是哈利在门廊睡觉时经常随身携带的那个。他也尽可能地想在吸墨纸的鉴别上有所帮助,他用尽全力，几乎是痛苦地盯着那张纸，然后说周一晚上他最后一次看到它时，那些黑色的划痕好像并不在上面。但是他也不能确定。会议期间他从桌子上拿了一张白纸并且在上面做了笔记。这张纸盖住了吸墨纸，所以他只是短暂地瞥到了一眼。但是，在他有限的记忆里，那些黑色的痕迹是新添上的。

达格利什很庆幸自己能有这几分钟的时间来静静地思考。熏香的味道似乎开始转浓，但是在他闻起来却被一种病态的、更为邪恶的味道盖过了。这种静默也并非完全。在他的背后还能听到一连串的脚步声，偶尔抬高的说话声，冷静、自信、不慌不忙，那些看不见的专业人士就在格栅门之后有序开展自己的工作。这些声响听起来既遥不可及又清晰可辨，他感觉到一种秘而不宣、不太吉利的忙碌，就像老鼠在墙后鬼鬼祟祟。他知道，很快，这两具尸体就会被干净利索地装进塑料尸体袋。地毯会被小心翼翼地卷起来以保存血迹证据，特别是那一块干涸了的明显血迹。罪案现场的其他物证打包并做好标签之后会被放到警车上：剃刀、大厅里的面包屑和奶酪、哈利衣服上的纤维和那一根烧到头的火柴。现在他还能暂时保留那本日记，因为他去坎普顿小丘广场的时候需要带着这本日记。

在圣母和圣婴像的下方，竖立着一盏缠绕着铁丝的烛台，上面有三排烛槽，里面满是蜡块，蜡烛芯深深地埋在烛蜡里。出于冲动，他从口袋里翻出了一个十便士的硬币，把它扔进盒子里。撞击声不同寻常地响。他几乎预料到了凯蒂或者马辛厄姆走到他身边的脚步声，来者没有开口但是眼中充满好奇，同他一起观察这个不太像他会做的、出于一时冲动的愚蠢举动。在蜡烛架上拴着一个铜支架，里面有一盒火柴，和教堂里的那一套很相似。他取过一根较短的蜡烛，划亮一根火柴，凑近烛芯，似乎花了过长的时间蜡烛才被点燃。随后，火苗一直稳定地燃烧着，发出一种平稳的烛光，丝毫不摇曳闪烁。他把蜡烛立在一个烛槽里，然后坐下来，凝视着火苗，让它将自己带回到记忆的旋涡里。

第九章

这已经是一年多以前的事情了，但是感觉上还要更久远。他们一起在北方的一所大学参加一个关于司法判决的研讨会，博洛尼做了简短演说，正式宣布会议开始；达格利什则是代表了警方的立场。他们在回程途中又坐在了同一节一等车厢里。刚开始的一个小时，博洛尼和他的私人秘书一直在处理公文，而达格利什在又一次熟读了会议议程之后，开始重读特洛勒普的《如今世道》。当最后一份文件被理顺并放进公文包之后，博洛尼曾向他望过来，好像想要交谈。那个年轻的秘书略施一计，可以看出他非常圆滑，足够确保他一直"向上走"。秘书提议说，如果大臣不介意的话，他先去吃午餐，然后就离开了。他们之后交谈了好几个小时。

回首这段经历，达格利什依然为博洛尼表现得如此坦诚而感到惊叹。就像这整趟火车之旅。他们身处老式、私密的包厢，免受他人的打断和电话的不断骚扰，在滚滚的车轮声中完全感受不到时间的流逝，从而摆脱了他们生活中那种必不可少的小心翼翼。他们习惯了这种小心谨慎，都感觉不到因此背负的负担，直到从肩上卸下这种防备才感受到曾经的沉重。他们都是很注重隐私的男人。他们都不需要去俱乐部,去打高尔夫球,去酒吧,或者猎松鸡来维持男性之间的友情,不像他们很多其他的同僚,觉得非常有必要维持这种社交,并从中获得过于忙碌的生活的慰藉。

一开始,博洛尼的讲话时断时续,然后开始放松,最后变得亲密。从一开始的随意谈话涉及的日常话题——读书、最近上演的戏剧、他们共同的熟人——到接下来开始讨论他自己。两个人都向前探着身子,双手自然地握在一起。达格利什想,对于走廊上不经意经过的乘客而言,他们看起来一定像是两个忏悔者,在进行一场私下里的忏悔告白,并互相宽恕。博洛尼似乎并没有指望另一方也能够坦露心迹,双方一起放下戒心,无所不谈。他讲,达格利什听。达格利什知道除非完全相信他的听众能够保密,不然没有哪一个政客会如此无拘无束地讲话。达格利什不可能不感到荣幸万分。他一直都很尊敬博洛尼;现在他开始喜欢他,并且非常自知为什么会有这样的反应。

博洛尼也谈到了他的家庭:"我们并不是一个非常显赫的家族,只是非常古老。我的曾祖父失去了一大笔财富,因为他对自己完全没有天分的一项事业——金融——着了迷。有人告诉他要想赚钱,就应该趁着股价低的时候买进,股价高的时候卖出。这个规则很简单,让他不那么发达的头脑觉得醍醐灌顶。他毫无困难地遵循了第一部分的规则。问题是他从没机会照着后半部分的要求来做。他非常擅长挑选垃圾股。他的父亲也是如此,不过是擅长挑选战绩不佳的赛马。但不管怎样,我还是感激我的曾祖父。在他亏本之前,他非常明智地请来约翰·索恩设计坎普顿小丘广场的宅邸。你也对建筑感兴趣,对吧?我希望你以后能腾出几个小时来看看这座房子。至少需要几个小时来参观。在我看来，它甚至要比伦敦林肯因河广场的约翰·索恩博物馆更有意思，它保留了新经典主义的风格，我猜你会这么评价它。我觉得至少从建筑学来说，它令人满意。但我不确定它究竟是更适合被人参观仰慕还是居住。"

达格利什当时曾经暗想，为什么博洛尼会知道他对建筑学的兴趣？只可能是因为他曾经读过他写的诗。一个诗人有可能发自内心地不喜欢谈论自己写过的诗句，但是知道真的有人用心读过，也并不是一件讨厌的事。

现在，他双腿伸展，一把如此矮的椅子显然没有办法舒适安置他6英尺2英寸①的高大身材。他双眼凝视着一支细蜡烛，在熏香味道浓郁的寂静空气里，烛光没有任何晃动。他又一次听到了那种口气，紧张而充满自我厌弃，博洛尼曾解释过他为什么放弃了法律生涯："一些奇怪的偶然事件决定了一个人为什么、什么时候做出那样的决定。我想我说服了自己，把人送进监狱并不是我有意毕生都去追逐的事业。总是代表被告看起来是个很轻松的选项，但我从来都不擅长假装认为我的委托人是无辜的，因为我和我的法务指导得一直小心谨慎，确保被告不会突然就承认罪行。等到你看见你的第三个强奸犯委托人被无罪开释，仅仅是因为你比原告的辩护律师更聪明，你就会感到那种胜利索然无味。但是这只是简单的解释，我猜如果我没有在一个对我来说很重要的案子上败诉的话，也许我就不会有这种想法。你也许不记得那个案子了，珀西·马特洛克的案子。他杀死了他妻子的情人。那不是一个特别困难的官司，我们

---

① 约为188厘米。

很有信心能够将其减至过失杀人罪。即便是这样一个较轻的量刑，也还有机会进行调解。但是我并没有很认真地准备。我想我可能是觉得没有必要吧。那段时间我非常傲慢，但不仅如此，我还深陷爱河。在那个年纪，这看起来是最重要而又独一无二的，但是事后却会让人觉得这是不是也是一种病态。总之我并没有分给这个案子足够多的精力。马特洛克被判处死刑，死在监狱里。他有一个孩子，是个女儿。他父亲受到的刑罚打破了她努力维持的勉强稳定的精神状态。她从精神病院出院之后，联系上了我，我给了她一份工作。她现在还在替我母亲管家。我觉得除此之外她不可能找到工作，可怜的姑娘。所以我的生活中有个不怎么美好的存在，一直在提醒我曾经的愚蠢与失败。毫无疑问这对我有好处。她也对我充满感激，就是俗称'献身于我'的感情，但这并没有使一切变得轻松。"

他接下来又开始谈论他的哥哥，五年前在北爱尔兰阵亡的那位："他死后头衔直接传给了我。我人生中理应珍惜的大部分东西都是通过死亡事件才得到的。"

达格利什记得，他当时说的不是"我珍惜的东西"，而是"我理应珍惜的东西"。

在无处不在的熏香味道之外，他还能闻到烛烟微弱的辛辣气味。他从椅子上起身离开，留下蜡烛继续燃烧，苍白的火苗晕染了空气。他通过格栅门走过中殿，来到了教堂的后方。

在钟楼里，费里斯已经架起了他的金属展台，干净利索地摆出了自己苦心收集的物证，每一件都贴上了标签，被包裹在塑料信封里。现在他往回退了几步，用一种微微焦虑的表情注视着这些物品，在考虑是不是真的每一件都已经物尽其用，就像教会主持的义卖上的小摊贩在查看自己的财产一样。确实,这些普通物件经过他如此小心翼翼的备注和摆放,有了一种几乎带有仪式感的重要性:一只后跟上还沾着泥巴的鞋子、污迹斑斑的搪瓷杯、经死人之手留下横竖交叉的死亡记号的吸墨纸、日记本、哈利·麦克最后一餐的残渣、合上的剃刀盒,然后是占据了桌子中心位置的最重要的物证,那把打开的、割喉用的剃刀,刀锋和骨制手柄上都沾满了黏糊糊的血迹。

达格利什问道:"有什么有意思的发现吗?"

"总警司,那本日记本。"他做了个动作,好像要把日记从塑料袋中取出。达格利什说:"不用拿出来,跟我说说就行了。"

"是日记的最后一页。看起来他好像把过去两个月的日记都撕毁,并且单独烧掉了,这之后他又直接把整本日记扔进了火堆。封皮只是被烧焦,最后一页是上一年和明年的日历表,完全没有烧焦的痕迹,但是上半部分不见了,有人把它撕成了两半。"他又补充道,"我猜他可能是把它卷起来当作助燃物,去借煤气热水器的火了。"

达格利什拿起那个装着鞋子的袋子,他说:"那是有可能的。"

但是他觉得并不太像那么回事。这确实是一场仓促的谋杀,而对于一个急匆匆的凶手而言,这样的点火方式太过耗时,也充满了不确定。如果他来的时候没带打火机或者火柴,最简便的办法应该就是把连在热水器上的铜支架里的火柴盒取出来。他把鞋子从手心里转过来,说道:"这是手工制作的。有些奢侈品是很难舍弃的。脚趾的地方还擦得很亮,两侧和鞋跟磨暗了,并且有一点脏。看起来它们像是被洗刷过。除了左脚脚后跟,两侧也依然有泥巴的痕迹。送回实验室应该能找到刮痕。"

他想,这双鞋可不像是一个在伦敦待了一天的人穿的,除非他是在公园里或是沿着运河边的纤道走了一圈。但是他几乎不可能是这样走到圣马修教堂来的,也没有任何迹象表明他曾在教堂里清理过鞋子。但是这又是在得到事实之前做出的推论。他们以后也许能了解到博洛尼在这人世上的最后一天究竟是去了哪里。

凯蒂·米斯金出现在门口。她说:"基纳斯顿医生已经检查完了,总警司。他们已经准备好运走尸体了。"

第十章

马辛厄姆原以为达伦会住在帕丁顿政府开发的高层住宅区，结果最终从他嘴里套出来的地址却是艾奇韦尔路旁一条短小、狭窄的巷子，这是一片孤立之地，满是廉价、简陋的小餐馆，大多数是果阿人和印度人开的。他们转进小巷子里之后，马辛厄姆意识到这里对他而言并不陌生，他曾经来过这里。过去在辖区当警长的时候，他和老乔治·帕西瓦尔曾在这里买过两次味道很好的素食外卖。那极具异国情调的名字，尽管已经几乎忘在脑后，现在又重新浮现在眼前：阿鲁·戈比、萨格·巴吉。这里几乎没有变过，在这条街上人们各行其是，主要就是给自己人提供以物美价廉闻名的食物。尽管现在是早上，是一天中最安静的时候，空气里也已经充斥着咖喱和辛辣香料的味道，这倒是提醒了马辛厄姆，已经吃过早饭很久了，午饭还一点着落也没有呢。

这里只有一个小酒馆，挤在一家外带中餐馆和一家印度泥炉烹调餐馆中间、高耸又狭窄的维多利亚式建筑里，一片漆黑，毫不引人注意。这酒馆还在窗户上喷了一层涂鸦，用一种挑衅的英伦风给自己打广告：香肠和土豆泥、香肠和土豆卷心菜炒肉以及面拖烤香肠。在小酒馆和餐馆之间有一扇小门，上面有一个门铃，还有一张卡片，单写了一个名字：阿琳。达伦弯下腰，从帆布鞋的一侧取出一把钥匙，然后踮着脚，把钥匙插进锁孔。马辛厄姆跟着他走上没铺地毯的狭窄楼梯。在楼顶，他问："你妈妈在哪里？"

男孩依然一言不发，指了指左手边的门。马辛厄姆轻轻地敲了敲门，等了一会儿没有回复，就直接推开了门。

窗帘是拉起来的，但是质地很薄，也没有衬里。即便在暗淡的光线下，他也能看出来房间里乱成一团。有一个女人躺在床上。他走过去，伸出手，找到了床头灯的开关。灯打开后，她轻轻嘟囔了一声，但是没有动作。她仰面躺在床上，只穿了一件很短的睡裙，一边显出蓝色静脉的乳房袒露了出来，就好像一只在粉色缎子上颤抖的水母。嘴唇湿润，微微张开，周围涂了薄薄一圈口红，有口水随着呼吸变成气泡，然后又流下来。她在轻轻打着鼾，发出轻微的喉音，就像喉咙里有痰。她的眉毛按照20世纪30年代的风格修过，在原有的眉线上方形成一条细长的拱形。这让她即便是在睡梦中，也有一副小丑一样的吃惊表情，而这一效果又因为双颊上涂的腮红而得到了加强。床边的一把椅子上有一大罐凡士林，盖子是打开的，一只苍蝇盘旋在边缘处。椅背和地板上都堆满了衣服。在一面椭圆形的镜子下面，充当了梳妆台的一个组合柜上摆满了各种瓶子、脏兮兮的眼镜、一罐又一罐的化妆品及成包的纸巾。在这乱七八糟的一堆东西中间，极不和谐地摆了一个果酱罐子，里面装了一束小苍兰，花束还用橡皮筋绑着，那种柔和的香甜气息已经迷失在了性事之后的臭味、体味和威士忌的酒臭中。他说："这是你的妈妈吗？"

他原本想问"她经常这样吗"，但还是先把男孩拉出房间，并关上了门。他从来就不喜欢质问一个孩子关于他父母的情况，所以现在也不想这么做。这本来就是司空见惯的家庭悲剧了，而且应该由青少年福利局来负责，而不是他，他们的工作人员来得越早越好。他一想到凯蒂现在还在罪案现场就感到烦躁，并且对达格利什产生了突如其来的恨意，毕竟是他让自己卷入了这一团无关紧要的麻烦里。他问道："你都睡在哪里呀，达伦？"

小男孩指了指后面的一间卧室，马辛厄姆轻轻地推着他往前走。

这是一间非常非常小的房间，只和一个箱子一样大。房间只有一扇天窗，窗户下面是一张小小的单人床，上面铺了一条棕色的行军毯，旁边有一把椅子，上面整整齐齐地排放了一堆物品。有一辆消防车模型，一个玻璃雪球，摇晃以后会呈现微型的暴风雪，两辆赛车模型，三颗有脉纹的大玻璃弹珠；还有另外一个果酱罐子，里面摆了一束玫瑰，花冠已经弯向它们那长满荆棘的根茎。还有一个老式的组合柜，这是室内除了床之外唯一的家具，上面凌乱地摆放了各种物品：还装在透明塑封里的衬衫，女人的内衣裤，丝绸纱巾，一罐罐的鲑鱼、豆子和汤罐头，一袋火腿和一袋猪舌，三个造小船用的模型工具箱，几管口红，一盒士兵模型和三盒廉价香水。

马辛厄姆当了太久的警察，已经不会轻易受到触动了。现在还有一些罪行，比如对孩子或者动物的暴虐、对弱不禁风老人的残暴行为还是会激起一股马辛厄姆式的脾气，这种脾气曾让他的不止一位祖先面对决斗或者军事法庭。但是他已经学会了控制住自己。然而，此刻他愤怒的双眼注视着这间匮乏得可怜的孩子的小屋，这里的一切都显示出了自给自足的小小例证，而且他猜那仅有的一束花应该也是男孩自己插在那里的。他突然对隔壁屋里那个酒后酣睡的荡妇产生了一股无力的愤怒。他说："这些东西是你偷来的吗，达伦？"达伦没有回答，过了一会儿他点了点头。"小伙子，你可遇上麻烦了。"

男孩坐在床边，两滴泪珠滑落脸颊，小小的胸腔拼命上下起伏。突然他喊道："我绝不去那种理事会开的居留所，我绝不！我绝不！"

"别哭了。"马辛厄姆急切地说，他讨厌那些泪水，希望能将它们止住。天哪，为什么总警司要让他来处理这一切？他把他当成什么人了，一个保姆？他在怜悯、愤怒和渴望重返真正工作岗位的不耐中纠结着，于是更加粗暴地说："别哭了！"

他的声音一定是带了几分急迫感，达伦的呜咽声马上低了下来，然而眼泪依然在流。马辛厄姆稍微温柔了一些，他说："谁说要把你送到寄养所了？听着，我要给少年福利局打个电话，会有人来照顾你的。很有可能是个女警官，你会喜欢她的。"

达伦的脸上马上流露出了一种生动的疑虑表情，如果是在别的情况下，马辛厄姆可能会觉得很有趣。小男孩仰起头，问道："为什么我不能去沃顿小姐的家里呢？"

是啊，为什么不能呢？马辛厄姆也在想。这个可怜的小家伙似乎很依赖她。这两个迷途的羔羊互相支撑着对方。他说："我不觉得那是个好方法。你在这里等着，我一会儿回来。"

他看了看表。当然了，他得等到女警官来了才能走，但是她不会耽搁太久，而且亚当·达格利什的疑问应该能够得到解答。他现在知道是什么让达伦一直忧心忡忡、一直想隐瞒了。至少有一个小小的谜团被解开了。达格利什可以放松下来，并专注在案子上了。如果幸运的话，他也能重返调查了。

第十一章

　　即便是巴恩斯神父的前任肯德里克神父，对圣马修教堂所属的牧师住宅区也几乎无能为力。这片住宅区占据了圣马修教堂庭院一角，紧挨着哈罗路，是一座不起眼的三层红砖公寓楼。战后，教区委员会的委员们终于认定这座巨大的维多利亚式宅邸已经无法管理，也不够经济实用，于是就卖给了一个开发商，并事先达成共识，即这里要建造一座复式公寓，而且公寓的最底层应永久腾让为教区神父的住所。这是这个街区唯一的复式住宅，但是除此之外和其他的公寓楼没有什么区别，都是有着狭小的窗户、窄小而布局极不合理的房间。一开始公寓都是出租给精心挑选过的房客，这也是为了保留那种谦逊、愉悦的居住气氛：沿着马路边有一排方形草坪，两张玫瑰花床，每个阳台的窗槛上都配备有花盆。但是这个街区和所有这类街区一样，都有一段波折坎坷的历史。最初的那家房产公司破产了，房子被卖给了另一家，然后又卖给了第三家。令大家都不满的是，房租开始上涨，但仍然不足以支付所有用于维修这座劣质建筑的费用，房客和房东之间也发生了那种常见的激烈争议。只有属于教堂的那两层依然维护得比较好，在油漆脱落、窗栏松动的建筑中依然能看到它们的白色窗户和那种与周围不协调的体面感。

最早的一批房客已经被一批又一批的过客所取代：那些会三个人共住一个房间的游历的年轻人；靠社会保险金过日子的未婚妈妈；各式各样文化背景的外国留学生，就像人组成的万花筒一样，总是不断变换成新的、更加亮眼的颜色。那些为数不多的、真正参加教会活动的人总会把圣安东尼教堂的多诺万神父那里当作更加舒心的归宿，那里有钢鼓乐队、嘉年华和各个种族之间更为友好欢乐的互动。从没有人叩响巴恩斯神父的大门。他们用警惕又不动声色的目光注意到他出入来回。但是他其实和他所代表的教堂一样，在圣马修区都是不合时宜的存在。

他被便衣警察护送回了宅邸，不过不是由那位和达格利什总警司关系最密切的警察，而是另外一位年长一点的。这位警官肩宽体阔，一丝不苟，有令人安心的冷静。他用一种温和的乡村口音和神父讲话，他虽然没有听出是哪个地方的口音，但很确定绝不是当地的方言。他说他隶属哈罗路警局，但是最近才从伦敦西区警局调过来的。他等着巴恩斯神父打开正门，然后跟着他走进去，并提议泡一杯茶，这是英国人专用的抵御灾祸、悲痛和震惊的良药。他对神父住宅里小厨房的肮脏与简陋感到吃惊，但很好地掩饰了起来。他也曾在更糟糕的地方泡过茶。当巴恩斯神父又一次声明自己状态非常良好、替他工作的麦克布莱德太太十点半就会过来之后，警官再没有坚持留下。他走之前给巴恩斯神父留了一张带着电话号码的名片。

"达格利什总警司说您要是有任何需要，就拨打这个电话。比如说你感到担心，或者又想起什么新的线索。只要打个电话就好，不会太麻烦的。如果媒体来骚扰你，尽可能不要说太多。不要去推测。

推测是没有用的,对吧?只要讲出事实即可。您教区里的一位女士和一个小男孩发现了尸体,然后小男孩过来喊您。最好不要讲出任何名字,除非您不得不说。您来了以后看到他们死了,就打电话报了警。不需要说更多了。这就是发生的全部。"

这个实在过于简化的声明在巴恩斯神父惊恐的双眼前掘出了一个新的深渊。他之前都忘记了媒体的事儿了。他们多快就能赶到?会想要拍照吗?他应该召开一次教区委员会紧急会议吗?主教会怎么说?他应该立马给领班神父打电话并让他接手一切吗?是啊,那样应该是最佳方案。领班神父有能力去应付媒体、主教、警察和教区委员会。即便如此,他还是害怕圣马修教堂不可避免地要成为这种恶意关注的焦点。

他去做弥撒的时候总是会提前禁食,但那天早上,他还是头一次感觉到自己的虚弱,甚至莫名其妙地感到恶心。厨房餐桌前有两把木椅子,他一屁股坐进其中的一把里,用一种相当无助的目光看着清晰写着7位数电话号码的那张名片,然后又环顾四周,似乎是想要琢磨把它安放在哪里最为安全。最后,他把手伸进法衣口袋,拿出钱包,把名片放在了银行卡和仅有的一张信用卡中间。他让他的目光游走在整个厨房,像那个和善的警察一样,他看到了可悲的、腐朽的一切。那个他昨天晚上用来吃汉堡和速冻青豆的碟子还放在水槽里没有冲洗;老旧的煤气炉上方溅满了油点污渍;一大堆的尘垢在炉子和碗橱之间的狭缝里蔓延、滋生;擦拭茶具用的抹布挂在水槽一侧的钩子上,脏兮兮的,散发着臭味;去年的挂历还挂在钉子上;两个开放式的架子上塞满了东西:还剩半包的麦片、一罐罐过期的果酱、有裂缝的杯子、成袋的洗涤剂;一张摇摇晃晃的廉价桌子和两把配套的椅子，椅背因为被无数双手抓来抓去而变得烂兮兮的；墙上的漆布已经失去了黏性，从墙面上卷了起来；总体来说有一种令人难受、心不在焉、不修边幅的氛围。公寓里的其他地方也没有好到哪里去。麦克布莱德太太并不以此为傲，因为也没什么好感到自豪的。她不在乎是因为他不在乎。和他一样，她大概也不再留意生活中这些开始慢慢积累的尘垢。

和汤姆·麦克布莱德结婚30年以后，贝丽尔·麦克布莱德说话的时候比她丈夫更像爱尔兰人。有的时候，巴恩斯神父怀疑这种爱尔兰口音与其说是后天获得，倒不如说是假想出来的，她身上这种爱尔兰的刻板印象和音乐厅里常见的那种如出一辙，要么是结婚后开始学的，要么就是从其他什么地方获取的。他注意到，在少有的时刻，在压力下，她很快就会转换回自己最初的伦敦腔。她受雇于教区，每周工作12小时，名义上的工作职责就是每周一、周三和周五过来打扫公寓，把收纳筐里的亚麻衣服或者其他物件洗净并甩干，然后给他准备一份简单的午餐放在托盘里。在其他的工作日和周末，巴恩斯神父就需要自己照顾自己了。这份工作从来没有具体的职位描述。麦克布莱德太太和现任神父需要自己达成一项双方都满意的工作日程和职责安排。

年轻的肯德里克神父分管此教区的时候，每周工作12小时就足够了，甚至是绰绰有余。他娶的妻子符合神父夫人的理想形象，是一位能力出众、体态丰满、面色红润的理疗师，完全能够同时兼顾医院的兼职与教区事务，并且能够像护理自己的病人一样，精力充沛地照料麦克布莱德太太。当然了，没人认为肯德里克神父会在这里久留。他的到来只是权宜之计，在柯林斯神父25年的任期届满之后临时替补，直到官方找到下一位终身任职的神父为止——假设确实需要继任者。领班神父曾不厌其烦地指出，对于内伦敦而言，给圣马修教堂安排教区牧师纯属多余。在3公里之内还有另外两座圣公会教堂，它们都有充满活力的年轻神职人员任职，也有足够的教区组织，甚至足以和当地社会福利部门展开竞争。圣马修教堂所在教区人口很少，而且大多是老人，随时在提醒着大家，在城市中心，圣公会教堂的权威正在令人不安地不断缩减。但是就像领班神父说过的那样："你的子民非常忠诚，遗憾的是他们并不富裕。这个教区毫无疑问是在消耗着资源，但是也几乎不可能把教堂抛售。这座建筑据说在建筑学上有一定的重要性。我自己倒是从来都看不出来。那个钟楼怎么都不像英国风格，不是吗？不管建筑师怎么想，这毕竟不是在威尼斯的利多岛。"事实上，这位领班神父从来没有见过利多岛，他生长在索尔兹伯里市主教堂周边，鉴于他的生长环境，从孩童时代起他就明确知道一座教堂应该是什么样子。

肯德里克神父新就任的内城教区种族混杂，有各种男孩俱乐部、母亲联合会、年轻人的社团，对于一个倾向于高教会派、野心勃勃、一只眼睛已经盯准了主教王冠的年轻神父来说，这都是非常合适的挑战。在他动身之前，他曾对贝丽尔·麦克布莱德有过简短的评论："坦白说，她让我害怕。我尽量让自己离她远远的。但是苏珊似乎能够对付她。最好还是和她谈谈家务事的安排。我多么希望麦克布莱德太太从她丈夫那里继承了他的宗教信仰而非他的口音。那样的话，圣安东尼教堂就能有幸享受她的厨艺了。我确实曾暗示过多诺万神父，这里有个麻烦需要解决，但是麦克知道什么时候不该做什么事。还有，如果你能把他的管家凯利太太哄到圣公会这一派来，你就可以养尊处优了。"

苏珊·肯德里克正在娴熟地将瓷器包在报纸里，装入垫着大量刨花的箱子里，她迅速提供了更多信息，但并没有更让人安心。"她得被监管。她做普通的家常菜还是很不错的，尽管花样少了些。但是，轮到做家务的时候，她就没那么可靠了。你从一开始就要来个下马威。如果你一开始就设定了正确的标准，她知道没有办法敷衍你，那就没问题。当然了，她已经在这里待了很久了，从柯林斯神父那个时候起就在这里了。想要把她撵走可没那么容易。并且，她也是教会非常忠实的一员。出于某些原因，圣马修教堂似乎非常适合她。就像我说过的那样，一开始的时候就要表示出坚决的态度。哦，还要留意你存的雪利酒。她并不会真的小偷小摸。你可以把任何东西放在外面，钱、手表、食物等等。只是她有的时候喜欢小酌一杯。最好是偶尔主动邀请她喝一杯。那样她受到的诱惑就少了。毕竟这东西没办法直接锁起来。"

"不，当然不能了，"他马上说，"是的，我基本了解了。"

但是事实是麦克布莱德太太给他来了个下马威。从一开始状况就已经无可救药了。他想起那无比重要的第一次会面时，依然会带着一丝羞愧。他当时坐在她面前，在那个当作书房的方形小房间里，就好像他是在哀求的那一方。他看到她锐利的小眼睛，漆黑的瞳仁，视线在整个房间游走。她注意到了书架上的空缺，那里曾经堆放着肯德里克神父皮面装订的书册；煤气取暖炉前面单薄的地毯；他自己的几本书堆放在墙边。她不仅留意到了这些，还对他整个人进行了判断。她看出了他的胆怯、他对于家务事的无知，以及他作为一个男人、一个神父所缺少的权威。他还怀疑她知晓了更为隐秘的一些秘密。他还是个处男；她在近处时那种温暖的气息和满溢的女人味使得他感到一股夹杂着羞耻的畏惧；他在社交场合的不安；他出生在伊利河边有露台的小房子里，他和寡母住在一起，生活拮据，用"可敬的贫困"这种话自欺欺人，这种被剥夺了一切掩饰的感觉要比内城实实在在的贫穷更令人受辱。他能想象到她回家后会报告给她丈夫的那些字句。

"他并不是一位绅士，反正不像肯德里克神父。你一眼就能看出来。肯德里克神父的父亲毕竟是位主教，而且不管说了什么、做了什么，肯德里克太太都是尼科尔斯夫人的侄女。这一位就完全不知道是从哪里来的了。"有的时候，他怀疑她甚至知道他仅存的信仰有多么摇摇欲坠，而正是这种信仰的缺失，而非他在各方面的无能造成了她对他蔑视的根本。

他从图书馆借回的最近一本书是芭芭拉·皮姆的作品。他读的时候带有一种充满嫉妒的怀疑，这个语气温和但又充满嘲讽的故事讲述了在一个乡村教区，助理牧师被教会中的那些女性信众取悦、宴请并宠爱着。他想，麦克布莱德太太很快就会终止圣马修教堂里所有类似的行为。不，她肯定已经终止了这种行径。他刚来的第一个礼拜，乔丹太太拜访了他，还带来一个自制的水果蛋糕。麦克布莱德太太周三来访的时候看到桌子上的蛋糕，说："这是埃塞尔·乔丹做的，对吧？你想关注她，神父，你这样一位未婚神职人员。"这些字句留在空气中，充满了暗示，一个单纯的善意举动就这样被毁了。他吃着蛋糕，却感觉放进嘴里的是无味的面团，每吃一口都是一种下流的行为。

她都是准点到。不管她有什么别的失职行为，麦克布莱德太太总是拘泥于准时。他听到她用钥匙开门的声音，一分钟之后，她就来到了厨房。她看到他依旧坐在那儿，穿着法衣，明显是刚做完弥撒从教堂回来，似乎并没有表现出吃惊的样子。于是他立刻知道，她已经知晓了谋杀案的事情。他看着她小心翼翼地摘下围巾，露出尚未梳理过的、格外黑的卷发，把外套挂在前厅的橱柜里，穿上挂在厨房门后的工装，脱下室外穿的鞋子并换上拖鞋。直到把水壶放在火上煮咖啡，她才开口。"那么，这可是教区的一件好事，神父。两个人死了，比利·克劳福德在报摊是这么说的。其中一个是哈利·麦克那老家伙。"

"恐怕的确如此，麦克布莱德太太。其中一位是哈利。"

"那另一位会是谁呢？还是说警察现在也不知道？"

"我想我们得等到他们通知了死者近亲之后才能知道。"

"但是你看到他了，神父。你难道不是亲眼所见吗？你就没认出他来吗？"

"你真的不能这样问我，麦克布莱德太太。我们必须等警察的消息。"

"会有谁想要杀死哈利呢？当然了，他不会是因为身上的财产而被杀的，可怜的家伙。不是自杀，对吧，神父？是那种相约自杀吗？还是说警察觉得是哈利干的？"

"他们还不知道发生了什么。我们真的不能随意猜测。"

"反正，我不信这一套。哈利·麦克不会是凶手。我也不相信那个你一直保持沉默、闭口不谈的另一个人杀了哈利。哈利是个醺醺、偷鸡摸狗、嘴巴不干净的老浑蛋，愿主保佑，但是他也算是无害。警察没有任何理由把罪名推给哈利。"

"我相信他们不会这样做的。这有可能发生在任何人身上，任何想要行窃的闯入者都可能。或者是保罗·博洛尼男爵自己让某人进来的。任何人都有可能。沃顿小姐今天早上到的时候,礼拜堂的门是打开的。"

他转向火炉,这样她就看不到他脸上闪过的羞愧与沮丧了。他竟然失口说出了博洛尼的名字。她一定没有错过这个信息,她这样的人怎么会错过呢?而且他为什么要告诉她门没有锁?他是在试图安抚她,还是他自己?但是这又有什么关系呢?这些细节很快就会被披露,他如果太过沉默反而显得奇怪。奇怪,并且可疑。但是为什么会显得可疑?很明显,所有人,甚至包括麦克布莱德太太在内,都不会怀疑他。因为自我厌恶和无助,他感受到一阵熟悉的混乱,觉得自己在试图安慰她的过程中说了太多,只是像往常一样,为了让她站到他一边。这招从来没见效过,现在也不会管用。她没有辨认出博洛尼这个名字,但是他知道这信息已经稳稳地储存在了她的脑海里。坐在她的对面,他能看到她狡黠的小眼睛里闪烁着胜利的光芒,并从她的声音里听出了令人毛骨悚然的兴致。

"那么说,就是血腥的谋杀了?这对教区而言真是件好事。神父,你得给教堂烟熏消毒了。"

"烟熏消毒?"

"是啊,喷洒圣水,诸如此类。也许我家汤姆最好还是和多诺万神父打个招呼。他能从圣安东尼教堂给我们一些。"

"我们自己有圣水,麦克布莱德太太。"

"在这种情况下,你可不能冒任何风险。最好还是从多诺万神父那里要一些,以防万一。我家汤姆可以在礼拜日的弥撒结束之后捎过来。你的咖啡好了,神父。我今天做得尤其浓,你受了不小的惊吓,就是这样。"

一如既往，咖啡粉是那种最便宜的瓶装的，因为煮得很浓，味道变得更加难喝。在它棕色的表面，一点点半已发酸的牛奶漂浮着聚在一起。杯子边缘有一抹看起来像是口红印记的污痕，他慢慢把它转开，这样她就不会注意到。他知道他本来可以端着咖啡走进相对安宁的书房，但是他没有勇气站起来。在两杯咖啡都喝光之前就离开只会更加冒犯她。她来的第一天早上就和他说过："肯德里克太太经常在我开工之前和我一起喝一杯咖啡，氛围非常融洽、友好。"他无法知道这是不是真的，但是伪装出这种亲密已经成了他们的惯例。

"那个保罗·博洛尼，他曾经是个议员，对吧？是辞职了还是怎么样了？我记得在《标准新闻晚报》上面读到过他的新闻。"

"是的，他曾是议员。"

"也是个爵士，你刚才是不是这么说的？"

"准男爵，麦克布莱德太太。"

"那么，他在小礼拜堂做什么？我还从来不知道有男爵来圣马修教堂做礼拜。"

现在想要再谨言慎行未免有些为时太晚。

"他没有来参加礼拜，他只是我的一个熟人。我给了他钥匙，他想自己安静地在教堂里待一会儿，"他又继续补充，无望地祈祷身为一名神父，这种过于亲密的交心话能够让她感到受宠若惊，甚至能就此打消她的好奇心，"他想在一个安静的地方思考、祈祷。"

"在小礼拜堂吗？选在那里还真有点儿意思。他为什么没有跪在教堂长椅边？为什么没有跪在圣母堂的圣餐前？对于那些等不到礼拜日的人来说，那才是适合做祷告的地方。"她的声音里满是不赞同，仿佛在说这个地点和这个时间做祈祷都是应当受到指责的。

"他不可能睡在教堂大殿的,麦克布莱德太太。"

"他为什么会想要睡觉呢?他家里就没有一张等着他的床铺吗?"

巴恩斯神父的双手又开始发抖了。他手中的咖啡杯过于倾斜,他感到有两滴滚烫的咖啡滑到了手上。他把杯子小心翼翼地放回茶托上,希望这该死的颤抖赶快停下来,几乎没听清她的下一句话。

"那么,如果他真的是自杀的,他死得很干净,至少我得这么说。"

"什么叫'死得很干净',麦克布莱德太太?"

"我和汤姆昨天晚上刚过8点从那里经过的时候,他不是在那里清洗自己吗?他或者是哈利·麦克。你可别说,如果哈利能自己做主,他绝对不会靠近自来水。那简直就是从排水管喷涌而出的。当然了,我们以为是你在那儿。'巴恩斯神父一定是在小礼拜堂的厨房里进行大清洗。'我就是这么跟汤姆说的,'也许他是为了给牧师住宅区节省燃气费。'我们还因此大笑了一场。"

"这具体是在什么时候,麦克布莱德太太?"

"我告诉过你了,神父,刚过8点。我们正在去'三根羽毛'餐厅的路上。我们本来不会经过教堂,但我们喊上了玛吉·沙利文,从她家到餐厅,经过教堂是一条捷径。"

"但是警方应该知道这一点。这可能会是很重要的信息。他们应该会对昨晚所有经过圣马修教堂附近的人感兴趣。"

"感兴趣?他们就是这么想的吗?你是想表达什么意思,神父?你是说汤姆、老玛吉和我割开了他的喉咙吗?"

"当然不是了，麦克布莱德太太。这样说也太荒谬了。但是你们有可能是重要的目击证人。那喷涌出来的水意味着保罗男爵在8点钟的时候还活着。"

"某个人在8点钟的时候还活着，这一点毋庸置疑。并且他在大量地用水。"

巴恩斯神父突然想到了一个可怕的可能性，他来不及思考就脱口而出："你注意到水是什么颜色的了吗？"

"我为什么要弯下腰去看排水管呢？我当然没有注意到水是什么颜色。会是什么颜色呢？但是水流走了，急速又猛烈，那是肯定的。"

突然，她把脸凑到桌子这边，面向他。她丰硕的胸脯——与瘦长脸颊和瘦骨嶙峋的胳膊如此不协调——压在桌子边，被挤成了巨大的半月形。她的咖啡杯与茶托撞击，发出声响。尖锐的小眼睛瞪圆了。她用一种饶有兴趣的口气发问，还押了韵："神父，你是说流水淙淙，颜色殷红？"

他无力地说："我想这是有可能的。"

"你认为他当时在里面，对吧，神父？在屋里清洗他沾满鲜血的双手？哦，我的天哪！想想如果他走出来，看见了我们，我们可能当场就被杀掉了，我、汤姆还有玛吉。他可能当场割断我们的喉咙，然后把我们扔进运河里。多半就是这样！我的天哪！"

两人的对话变得诡异而不真实，并且完全失去了控制。他曾被警方告诫，尽可能地不向任何人透露太多。他本意是什么都不说。但是现在她知道了两个受害人的姓名，她知道是谁发现的尸体，她知道门没有锁，她知道他们是怎么死的——尽管他的确没有提到割喉这件事。但那也有可能是猜到的。毕竟在伦敦，一把刀子比一把枪更有可能成为凶器。她知道所有这一切，不仅如此，她在事发当时还确确实实经过了现场。他坐在沾满污渍的桌子对面，用惊恐的双眼回望她，两个人因为脑海中浮现的汩汩血水而连在了一起，想象着同一个画面：沉默不语的人影，手中举起血迹斑斑的刀子。他还注意到了另外一件事。尽管现在将他们两个人密切联系在一起的是一场可怕、血腥的事件，但这还是他们之间第一次进行真正的交谈。她的双眼越过桌子，迎上他的目光。那眼神因惊恐而变得炯炯有神，同时还有一种乐在其中的兴奋，让人不舒服，但是那种傲慢又充满蔑视的熟悉眼神不见了。他几乎可以说服自己，她是在向他敞开心扉。这种如释重负的感觉如此强烈，他发现自己的双手不自觉地从桌子上向她探去，示意互相抚慰。他迅速把手缩了回来，羞愧难当。

她说："神父，我们该怎么办？"有史以来，这是她第一次问他这样的问题。自己声音中流露出来的自信也令他颇为吃惊。"警方特地给了我一个电话号码。我觉得我们应该马上给他们打电话。他们会派人过来，要么来这里，要么就是去你家。毕竟你和汤姆还有玛吉都是非常重要的目击证人。做完这件事之后，我需要不受打搅地在书房待着。我没能做弥撒，所以要诵读晨祷。"

"好的，神父。"她说，语气近乎温顺。他还有别的事情要做，之前居然没有想到。他有义务在明天，或者是之后打电话慰问保罗·博洛尼的妻子和家人。现在他知道该怎么做了，这种全然不同的感受令他惊讶。《圣经》中的半截话突然从他脑海中冒了出来，"作恶以成善"。但他马上把这个想法抛诸脑后。这种念头几乎是亵渎上帝，令人不安。

第二部
近 亲

第一章

离开教堂之后，达格利什临时回苏格兰场拿了有关特蕾莎·诺兰和黛安娜·特拉弗斯的卷宗，因此他到坎普顿小丘广场62号的时候已经是午后了。他是带着凯特一起来的，让马辛厄姆留在教堂监督剩余工作。凯特告诉他，因为当下男爵宅子里只有女性家属，所以达格利什带一位女警官合情合理，特别是最初还是凯特将死讯告知家属的。他没指望马辛厄姆能心甘情愿接受这个决定，马辛厄姆也确实表现出了不情愿。一开始与近亲进行的这几场面谈至关重要，马辛厄姆想要出席。他会和凯特·米斯金诚实尽责地合作，因为他尊重她的警长身份，这也是他应履行的职责。但达格利什知道，马辛厄姆仍然有些怀念曾经的日子，那时候女警官满足于寻找走失的孩子、给女囚犯搜身、改造妓女、安慰痛失亲人的受害者。如果她们向往罪案调查的刺激，那么处理少年犯的轻罪就可以让她们忙好一阵儿。而且达格利什还听到过他的争辩，认为女性在追求所谓地位与机会平等的时候——比如让她们也举着防暴盾牌冲在第一线，抵御汽油弹、石块以及最近出现的子弹——只会给她们的男性同事增添工作负担。在马辛厄姆看来，高危状况下保护女性的本能根深蒂固、无法动摇，而且如果不是这样，世界就会变得更糟糕。在达格利什看来，凯特能够在圣马修教堂的小礼拜堂躬身观察被屠戮的尸体并没有吐出来，就令马辛厄姆十分佩服，但是他也并不因此就多喜欢她一点。

他知道，宅邸里不会有任何警官。厄休拉夫人温柔但坚定地拒绝了警员留守的提议。凯特转述了她的原话："您不会是认为这个凶手——如果真的有凶手的话——会把注意力转向家里的其他成员吧？如果是这样的话，我看不出有任何警方保护的需要。我很确定，您能更好地使用您的人力资源，相对而言，我也不希望有个警官坐在门厅里，像个看守一样。"

她还坚持由自己告诉儿媳妇和管家这一噩耗。因此，凯特没有机会观察到除了厄休拉夫人以外其他任何人对于保罗·博洛尼死讯的反应。

午后的坎普顿小丘广场宁静、平和，是从荷兰公园大道无休止的喧嚣与轰鸣中拔地而起的一座城中绿洲，广场上绿树成荫，有着乔治王朝式的优雅。清晨的薄雾已散去，苍白、微弱的日光照在树叶上，叶子才刚刚转黄，仍在树枝上堆叠成厚厚的一簇簇，在凝滞的空气里几乎纹丝不动。达格利什不记得他上次见到博洛尼宅邸是什么时候的事情了。他住在泰晤士河的上游，几乎是在城市的边缘上，这一带不属于他所熟悉的那部分伦敦。但是这座约翰·索恩爵士极少设计的住宅建筑，在很多介绍首都建筑的书当中都有展示，他已经熟知它这典雅又不同寻常的外观，就好像常常经过这片街区和这些广场。传统的乔治王朝式的房子每边都是一样高的，但这座房子有用波特兰石堆砌的新古典主义正面，露台和整个小广场铺的都是砖块，尽管都是宅邸的一部分，但看起来几乎浑然一体又独树一帜。

他在这里驻足片刻，抬头注视着这座建筑，凯特站在他的身侧，沉默不语。二楼有三扇高耸、弯曲的窗户，他怀疑一开始那里是一个开放式的凉廊，但是后来被装上了玻璃，前面还安了一排低矮的石栏杆。窗户之间的枕梁更像哥特式，而非新古典主义风格，显得有些不协调。枕梁上竖着一排女像柱，它们流畅的线条被房屋四角典型的索恩式壁柱所强调，引着人的目光向上望去，越过三楼的方形窗户，到达用砖墙砌成的顶楼，最后又望向一排石头栏杆，上面雕着一排排贝壳图案，与底下几层窗户上的纹路相呼应。他站在那里沉思，好像犹豫不决，不愿破坏那种宁静。这一瞬间格外寂静，甚至连街道上喧嚣来往的车辆声都戛然而止。这一刻，他觉得这两个画面——宅邸闪闪发光的外观与帕丁顿那个布满灰尘又溅满血迹的房间——从时间中抽离出来，然后融合在了一起，因此，这石块上似乎都沾染了血迹，女像柱也似乎在往下淌血。随后，交通信号灯的改变释放了车流，时间继续流逝，整座房子保持着苍白、古老的沉默，丝毫没有受到玷污。

但是，他没有意识到他们在被观察着。在转瞬即逝的阳光照耀下，在这墙壁和窗户后面的某个地方有人在等着他们，这些人焦虑不安，悲痛万分，甚至还有可能充满恐惧。他按响门铃之后，又等了整整两分钟，门才打开，他知道面前这个女人一定就是伊芙琳·马特洛克了。

他猜她将近40岁，长得非常普通，如今他已经很少看到这般平常的长相了。小小的尖鼻子嵌在圆胖的脸颊上，薄薄的一层化妆品并没有遮掩住脸上纵横破碎的血管，反而使它们显得更加突兀。她的双唇紧抿，带有一丝挑剔，下巴已经开始下垂，出现了松弛的前兆。她的头发看起来像是由外行烫的，两侧的头发向后拢，高额头下的刘海狮子狗毛发般卷着大波浪，像是爱德华七世时代的潮流。她侧身让他们进屋,他注意到她的双腕和脚踝都非常纤细精致,与高领裙衫下那强健、丰硕、近乎性感的身躯形成了很有趣的对比。他记得保罗·博洛尼曾经对她的评价。他曾经未能成功替这个女人的父亲进行辩护,他因此给了她一个家和一份工作,而这个女人应该是完全效忠于他的。如果真是这样的话,那么在他死后,她一定是把自己的悲伤隐藏在了极力表现出的冷漠与坚忍中。他想,一个警官就像一名主治医生,遇见的都不会是平常的感情。他已经习惯看见悲伤、忧虑、厌恶,甚至是憎恨。但是现在,在一瞬间,他从她眼里看到了不加掩饰的恐惧。这种表情转瞬即逝,又换上了在他看来是伪装出来的、微微有些挑衅意味的冷漠,但是恐惧的确曾经出现过。她转过身背对着他们,说:"厄休拉夫人正在等您,总警司。请跟我来。"

说这些话的时候,她的音调很高,几乎是挤出来的,带有护士或者前台接待员在遇到一个只会带来麻烦的病人时所有的那种权威感。他们穿过前厅,来到有着沟纹穹顶的内厅。在他们左侧,一架有着精美石质栏杆的悬梯向上延伸,就像一条黑色的蕾丝花边。马特洛克小姐打开了右侧的双扇门,向后退了退,示意他们进屋。她说:"请稍等,我去向厄休拉夫人通报您的到来。"

他们发现自己所在的房间从宽度上跨越了整座宅第,很明显既是正式的晚宴厅,也是书房。室内光线充足。前方,透过两扇高高的拱窗可以看到广场花园;后面是一面巨大的玻璃,面朝三座壁龛,每个壁龛内都有一座大理石像:赤裸的维纳斯,一只手优雅地护住私处,另一只手指向身体左侧的乳头;第二座女像用长袍遮住了半身,头戴花环;在她们中间,阿波罗手握他的七弦竖琴,头戴桂冠。嵌了玻璃门的红木书架被用作窗间壁,隔开了房间的两个部分,上方形成了三条像天棚一样的半圆拱门,饰以绿色和金色。高耸的书架沿着书房的墙边延伸,矗立在窗户之间,每个书架上都有一座大理石半身像。书卷用绿色皮革包封,压印了金色的文字。它们大小统一,被精准地放置在书架上,效果更像是立体感极强的视觉画,而非正在使用中的书房。一排排的书架中间和它们之间的凹陷处都镶嵌了镜子,因此整个房间的壮丽与辉煌似乎被无数次地反射,到处都是彩绘的天花板、皮面精装书、大理石、闪闪发亮的红木和玻璃。很难想象在这个房间里进餐,事实是,很难想象在这个房间除了仰慕建筑师对于空间效果那种浪漫的痴迷之外,还能做其他任何事情。椭圆形的餐桌靠着后窗而立,但是桌子中间放了一个这座房子的小模型,架在底座上,就好像这是博物馆里的展出一样;八把高背餐椅靠墙摆着。大理石壁炉上方是一幅肖像画,应该是当初委任建筑师设计的那位男爵。在国家肖像馆的画像上那种精致的挑剔变成了更为优雅的19世纪风貌,但是博洛尼家族的明显特征仍在,那种傲慢的自信在完美打好的领结上尽显无遗。达格利什仰头望着这幅肖像,说:"再跟我说说厄休拉·博洛尼夫人是怎么说的,凯特。"

"她说:'第一场死亡之后就再无其他了。'听起来就像是引用的名人名言。"

"这确实是引用的。"他并没有多做解释,"她的大儿子在北爱尔兰战死。你喜欢这个房间吗?"

"如果我想坐下来静静读书,我更喜欢肯辛顿公共图书馆。这里更像是用来显摆,而非真正使用的,不是吗?把书房与餐厅合二为一,真是奇怪的想法。"她又补充道,"但我想就这个房间本身而言,它也确实非常华丽显赫。但是并不见得有多么舒适。我在想有没有人曾因为一栋房子而被谋杀。"

对于凯特而言，这算是相当长的一段演说。

达格利什说："我也不记得有这样一种案子。也许这个动机比为了某个人而去杀人更为合乎情理；随后对房子失去好感的风险也比较小。"

"遭到背叛的可能性也小，长官。"

马特洛克小姐出现在门口，用一种冰冷、正式的语气说："厄休拉夫人已经准备好见你们了。她的起居室在顶楼，但是有电梯，请跟我来。"

他们就像应聘琐碎家政工作，却毫无入选希望的申请人一样。电梯像是镀金的优雅鸟笼，他们慢慢上行，空气中有一种压抑的沉默。电梯戛然停住，他们被领着走上一条铺着地毯的狭窄走廊。马特洛克小姐立即打开了一扇门，大声说道："达格利什总警司和米斯金女士已经来了，厄休拉夫人。"然后不等他们走进房间，她就转身离开了。

现在，达格利什迈进厄休拉·博洛尼夫人的房间，才第一次感觉到他是在别人的私宅里，这是一个由主人专门打造的、专属她自己的私人房间。两扇比例完美、和谐相称的窗户和十二条窗格之外可以看到有树冠精心点缀的天空，狭长的房间里洒满阳光。厄休拉夫人在壁炉右侧，坐得笔直，背靠窗户。

她的椅子旁边倚着一根金色把手的乌木拐杖。他们走进来时，她没有起身，但是凯特介绍达格利什的时候她伸出了手。她紧紧一握，又很快松开，手上的劲道强劲得令人吃惊，尽管如此，握上去还是像摸到一堆干羊皮包裹着的、松松散散的骨头。她快速地审视了凯特一眼,然后点了点头,可能是表示认可或者赞同,然后说道:"请坐。如果米斯金督察需要做笔记,她可以坐在窗户边那把舒服的椅子上。总警司,也许您可以坐在我对面。"

这声音和他预想当中的一样,带有一丝上流社会的傲慢,而说话者本人常常无法察觉这点。这种声音似乎是故意而为,想要控制音调里的颤抖,她既调整了呼吸,又积蓄了能量,才能保持这种调整好的节奏。尽管如此,这声音依然十分动听。她笔直、僵硬地坐在他对面,使他得以注意到她的椅子是专门为残疾人设计的,扶手上有一个按钮,她想要起身的时候,椅子可以协助着升高。这种现代化的功能是这个塞满18世纪风格家具的房间中一个不和谐的音符。屋里有两把放着绣花坐垫的椅子、一张折叠式桌子、一张办公桌,每件家具都很好地展示了特定年代的风格,并且经过精心的摆放。如果她想要费力走到门边时,这样放置的家具就为她提供了一系列的支撑。如此一来,整个房间看上去更像是一家古董店,只是所有的宝贝都放在了不恰当的地方。这是个老女人的房间,蜂蜡和折叠桌上的一碗百花香料带来了淡淡夏日芳香,但在它们的掩饰之下,他敏锐的鼻子还是嗅到了一丝老年人的酸腐味道。他们的目光相遇,互相看着对方。她的眼睛依然大而有神,双眼间距适中,有着厚厚的眼睑。这一定曾是她的美丽所在,尽管现在已经开始凹陷,他仍然能看到其中智慧的闪光。她的皮肤干裂,下巴和高高凸起的颧骨之间爬满了深深的皱纹,像是有两只手曾经捧着这脆弱的肌肤使劲往上推,因此他吃惊地感到了某种预兆,像是接下去这皮肤就会被推开,露出底下闪着反光的头骨似的。紧靠在脸部两侧的耳垂非常肥大,看起来就像不正常的赘生物。年轻的时候,她也许会梳一种能遮住它们的发型。她的脸上没化妆,头发被紧紧拢到脑后,团成了一个高高的发髻,因此这张脸看上去赤裸裸的,缺少动感。她穿着黑色的裤子,上身是灰色羊毛束腰的单衣,扣子一路系到了下巴上,袖口也系得很紧。她的脚上穿着阔口黑色条纹的鞋子,由于一动不动,给人的感觉就好像是钉在了地毯上。她椅子右边的圆桌上放了一本平装书,达格利什注意到那是菲利普·拉金的《应要求而写》。她伸出手,放在书上,然后说道:"拉金先生在书里写道,一首诗的灵感与具体的诗句总是同时生成。你同意这个说法吗,总警司?"

"是的,厄休拉夫人,我想我是赞同的。一首诗由诗句而开始,而不是由一个想法而诞生。"

他没有流露出任何对这个问题的惊讶。他知道震惊、悲痛与心理创伤会以不同的方式影响不同的个体,所以,如果这种古怪的开场能够对她有所帮助,他会藏好自己的不耐烦。她说:"同时当一位诗人和一名图书馆管理员尽管会有些不寻常,但是在一定程度上也很合适。然而,如果既是一个诗人又是一名警察,在我看来就有些古怪了,甚至可以说是有悖常理。"

达格利什说:"那您是觉得诗歌对于刑侦工作有害,还是刑侦工作对写诗不利呢?"

"哦,当然是后者了。如果灵感突然袭击——不,用袭击这个词并不恰当——如果在你办案过程当中灵感突然造访该怎么办?尽管,如果我没有记错的话,您的艺术灵感最近这些年似乎很少到访,总警司。"她又充满讥讽地补充道,"这可真是我们极大的损失。"

达格利什说:"目前还没有发生过这种情况。也许人的大脑一次只能够处理一种强烈的体验。"

"当然，诗歌应该也是一种强烈的体验了。"

"应该说是最为强烈的体验之一。"

突然，她冲他微微一笑。这笑容点亮了她的脸庞，分享了秘密般的亲密，就好像他们是开展辩论的老搭档。

"您必须得原谅我，对我而言被侦探问话还是一种全新的经历。如果有一种适合这种场合的对话方式，恐怕我还没有发现。不管怎么说，还是谢谢您没有表达啰唆的慰问。我这一辈子收到的官方慰问太多了。在我看来它们总是令人尴尬，或者一点儿也不真诚。"

达格利什暗想，如果他说了这些话，她会回答什么："我认识您的儿子。不是很熟，但我认识他。我知道你不想接受我的慰问，但如果我能说出正确的词句，它们也许就没有那么不真诚了。"

她说："米斯金督察在告知我这个噩耗的时候采取了非常体贴的方式。我很感激。但是当然了，除了说我的儿子已经死了，并且尸体上有某种伤口这一点，她不能，或者说是不愿告诉我太多。他是怎么死的，总警司？"

"他的喉咙被割断了，厄休拉夫人。"

没有任何能缓解这个残酷事实的表达方式。他补充道："有个流浪汉，哈利·麦克跟他在一起，也是同样的死法。"

他在想，自己为什么会觉得讲出哈利的名字如此重要？可怜的哈利，被死亡强行带来的民主极不和谐地束缚着，他僵硬并开始腐烂的尸体所受到的关注远远超过他还在世时的程度。她说："那么凶器是什么？"

"一把染血的剃刀，很明显是他自己的，就在您儿子右手边很近的地方。还有一系列的法医鉴定要进行，但我想这把剃刀应该就是凶器。"

"那通向教堂的门——通向那个小礼拜堂,就是他在的那个房间——这扇门是开着的?"

"沃顿小姐还有和她一起发现尸体的一个小男孩说,她来的时候门没有锁。"

"你们是把这起案件当作自杀案吗?"

"哈利·麦克,那个流浪汉,不可能是自杀的。我初步认为您的儿子也不是自杀。现在下结论还太早,我们得等尸检和法医鉴定结果出来才能做判断。在此期间,我把这个案子当作两起谋杀案来处理。"

"我知道了。谢谢您如此坦诚的回答。"

达格利什说:"我还需要提一些问题。如果您需要时间,我可以过后再来,但是毫无疑问,最好是尽可能不浪费太多时间。"

"我希望一点时间都不浪费,总警司。我可以预料到你将要提出来的两个问题。我没有任何理由相信我的儿子曾考虑过结束他自己的生命,从我自己所掌握的情况来看,我也不知道他有什么敌人。"

"作为一个政客,他没有敌人这一点很不同寻常。"

"很显然,他有政敌。毫无疑问,还有一些来自他自己的党派。但是据我所知,这些人里面没有哪一个是杀人狂。而如果是恐怖分子的话,应该会使用炸弹和枪支,而不是受害者本人的剃刀。总警司,如果我在说废话,请原谅我,但是不是更有可能是他不认识的人,一个流浪汉、变态或者是偶然遇到的窃贼同时杀了他和哈利·麦克呢?"

"这是我们需要考虑的一种可能性,厄休拉夫人。"他问,"您最后一次见到您的儿子是什么时候？"

"昨天早上8点，他给我端来早餐盘，这是他的习惯。毫无疑问，他是想要确保我又活过了一晚。"

"当时，或者其他什么时候，他告诉过您他想要重返圣马修教堂吗？"

"没有。我们不会讨论他的日程，只讨论我的安排，我想我的行程不会让你有多少兴趣的。"

达格利什说："白天的时候都有谁在家、什么时候在家也许会是很重要的信息，而您的日程表能帮我们弄清这一点。"

他没有进一步解释，她也没有多问。

"我的手足科医生比米什太太是十点半到的。她总是上门治疗。我和她待了一个小时的时间，然后与查尔斯·布莱尼太太在她负责的大学妇女协会共进午餐，别人开车送我过去的。午餐之后我们去邦德街看了一些阿格纽的水彩画，她非常感兴趣。我们在萨沃伊酒店一起喝了下午茶，我把布莱尼太太送回她在切尔西的家，然后才回到这里，大约是5点半。我让马特洛克小姐6点钟的时候给我送一瓶热汤和烟熏三文鱼三明治上来，她按时送到。我告诉她整个晚上我都要独处。午餐和画展比我想象中更消耗体力。那天晚上我一直在读书，快到11点的时候让马特洛克小姐上来帮我就寝。"

"在这一天里，除了您的儿子、马特洛克小姐和司机，您还见了其他的家庭成员吗？"

"我去书房的时候曾短暂地见到了我的儿媳妇。那是早上比较早的时候了。我想这应该是无关紧要的吧，总警司？"

"在我们确切知道您儿子是怎么死的之前，很难肯定地说究竟是否相关。家里还有其他人知道保罗男爵昨天晚上计划重访圣马修教堂吗？"

"我没来得及问他们。我觉得他们也不太可能知道。当然了，你可以再去询问一下。我们雇的用人很少。伊芙琳·马特洛克你已经见过了，她是管家。然后就是戈登·哈利威尔。他之前是皇家卫队的小队长，曾和我的大儿子一起服役。我想，他对自己的定位应该是司机加杂务。他差不多正好是五年前，雨果死之前来的，然后就一直留下了。"

"他给您儿子开车吗？"

"很少。保罗在辞去政府职务之前都是坐内阁的专车，不然就自己驾车。哈利威尔主要负责每天给我开车，偶尔给我儿媳妇开。他在车库上有一间房。总警司，你要想找他了解情况，恐怕得等一等。今天他休假。"

"他是什么时候离开的，厄休拉夫人？"

"昨天晚上很晚，或者今天一大早。他一般都是这个时间走。我完全不知道他去了哪里。我不过问下属的私人生活。如果如我所料，我儿子的死讯今天晚上应该会在新闻中播出，他无疑会提前回来。不管怎样，他通常都是11点之前回来。碰巧，我昨天晚上刚过8点的时候用家里的电话和他通过话，9点15分的时候又通了一次。除了哈利威尔，就还有一位用人了。艾丽丝·明斯太太每周来工作四天，负责一般的家务事。马特洛克小姐可以给你她的地址。"

达格利什问道："您儿子在圣马修教堂小礼拜堂的经历，他和您谈过吗？"

"没有。在这个话题上，他不指望我能够有相同的体会。从1918

年以后我就不再是个信仰宗教的女人了。我甚至怀疑我是否真正相信。特别是神秘主义,对我而言毫无意义,就像聋子听音乐一样。当然,我能够接受别人有这种经历。我能接受他们既有生理也有心理上的体验。这些都是过度工作、中年危机、寻找生存意义的需要促成的。但这对我来说一直都是徒劳的追求。"

"您的儿子觉得是徒劳的吗?"

"在这次的事情发生之前,我会把他描述成一个传统的圣公会教徒。我怀疑他是在用自己信奉的宗教教义提醒自己保持基本的体面,确认自己的身份,在那里,他可以获得短暂的喘息之机,可以不用担心也不受干扰地思考。像大多数上流社会的圣公会教徒一样,他会觉得,如果上帝选择化身一位18世纪的英国绅士来拜访他的子民,他的教诲会更容易被理解。但是也像这个阶层的大多数人一样,他克服了这个问题,靠的是让上帝多多少少披上一位18世纪英国绅士的外衣。他在那座教堂的体验——他自称有过的体验——是无法解释的,要替他说句公道话,他也没有试图去解释,至少没有对我解释。希望你不要指望和我讨论这件事。这个话题不受欢迎,而且和他的死绝对没有关系。"

这是一段漫长的演说,他看得出来这让她有些疲惫。达格利什想,她不可能这么幼稚,但是当他发现她真的希望他这么认为的时候,有些吃惊。他说:"当一个男人改变了自己的整个人生轨迹,然后在做出这个决定一个礼拜之后死了,还很有可能是被谋杀的时候,这肯定是相关的,至少就我们的调查来看是有关系的。"

"哦,是的,我相信这与案件是相关的。总警司,这个家里几乎不会有什么隐私是与你的调查无关的。"

他看得出来，在刚经过的短短时间内，她已经精疲力竭。她整个人在巨大的椅子里缩成一团，几乎都皱缩枯萎了，放在椅子扶手上的胳膊也开始轻轻颤抖。但是正如同她控制住了自己的悲伤情绪，他也控制住了自己的同情心。他还有一些问题要问，这也不是他第一次利用对方的疲惫或者悲伤进行发问。他弯下腰，从手提箱里取出仍然装在透明保护膜里的、烧掉一半的日记，说："我们已经从这上面取了指纹，但是鉴别都有哪些人接触过这本日记还需要一段时间——保罗男爵、您或是其他家庭成员。我想让您确认一下这是否是他的日记。如果你不打开袋子就能辨认的话最好不过。"

她接过袋子，放在自己大腿上，有那么一会儿一直低头看着。他有种感觉，她不想抬起头和他对视。她坐在那里，一动不动，然后说："是的，这是他的日记。但是这确实不重要，只是对行程的记录。他并不是个习惯记日记的人。"

"如此说来，他居然想要烧掉这本日记，那就有些奇怪了——如果真的是他想要烧掉的话。还有一件怪事：日记本最后一页的上半部分被撕掉了。那张纸上有去年的日历和1986年的日历。您还能想起来那一页纸上的其他内容吗，厄休拉夫人？"

"我都不记得我看到过那一页。"

"您能回想起来最后一次见到这本日记是在何时何地吗？"

"恐怕我不可能记得住这种细节。还有别的事情要问吗，总警司？如果有，但是又不急的话，也许在发问之前你应该首先确保这是在对谋杀案进行调查。"

达格利什说："我们已经确定了，厄休拉夫人。哈利·麦克是被谋杀的。"

她没有回应。有那么一分钟,他们面对彼此,沉默地坐着。然后,她抬起大眼睛,迎上他的目光,他觉得自己从中看到了一闪而过的各种感情:坚定、恳求和挑衅。他说:"恐怕我问的时间太长,已经让您疲惫了。其实就只剩下一件事。您能告诉我有关那两个在这个家工作之后不久便死去的年轻女子——特蕾莎·诺兰和黛安娜·特拉弗斯的任何情况吗?"

刚才亮出来的那本烧焦一半的日记本让她大吃一惊,但是对于这个问题她却非常从容。她平静地说:"恐怕我所知甚少。我想你无疑已经了解了大部分的情况。特蕾莎·诺兰是个温柔而善解人意的护士,是一个有能力,但我觉得并不是太聪明的年轻女子。她5月2日报到,来当我夜里的陪护。那时候,我有严重的坐骨神经痛。然后在6月14日,她就离开了。她在这个家里有一个房间,但是只有在晚上才来工作。我想你已经知道了,她后来去了汉普斯特德的一所产科疗养院。我承认,她也许是在这里工作时怀孕的,但是我可以向你保证,这家里的任何人都没有责任。照顾82岁、患有关节炎的老女人的工作是不会有怀孕的风险的。我对黛安娜·特拉弗斯的了解就更少了。很显然,她是个失业的女演员,在她'歇业'期间——我想这应该就是他们所使用的委婉表达——会做一些家政工作。她因为看到了马特洛克小姐在本地报刊店橱窗里放置的卡片而前来应聘,马特洛克小姐雇用她来代替之前离开的一个清洁女佣。"

"这是在咨询过您的意见之后吗,厄休拉夫人?"

"在这件事上她几乎不需要问我,事实上,她也没有问。当然了,我知道你为什么要问这两个女人的事情。我的一两个朋友尽职尽责地给我送来《帕特诺斯特评论报》上面那篇文章的剪报。我很吃

129

惊，警方居然会不嫌麻烦调查这种明显是廉价小报在哗众取宠的文章。这事几乎不可能和我儿子被谋杀一案有什么关联。如果只有这些问题，总警司，你现在可能想见见我的儿媳妇。不，别按铃了，我愿意亲自带你们下去。我不需要你的帮助就可以过去。"

她按了按椅子扶手上的按钮，座位慢慢升起来。她花了一点儿时间才站稳，然后她说："在你去见我的儿媳妇之前，有件事我得说一下。你可能会发现她不像你料想的那么痛苦。那是因为她没有任何的想象力。如果是她发现我儿子的尸体，她一定会郁郁寡欢，深受震动，根本就没法和你交谈。但是她很难想象没有亲眼看到的场面。我说这些只是为了对你们两个都公平。"

达格利什只是点了点头，没有说话。他想，这是她犯下的第一个错误。她字句中的暗示很明显，但是她如果聪明一点的话就不应该说出来。

第二章

　　他看着她支起自己迈出第一步，迎接预料之中的阵阵绞痛，没有做任何帮助她的举动。他知道那样的行为既冒昧又不受欢迎，而凯特对于这种不言自明的指令总是非常敏感。她合上笔记本，安静又警惕地观察着。慢慢地，厄休拉夫人移到门边，拄着拐杖自己站稳。她扭动金色的门把手，手上的血管向外凸出，就像蓝色的细绳。他们跟在她身后，缓缓走过铺着地毯的走廊，迈进电梯。这个装潢精致、优雅的电梯几乎容不下他们三人，达格利什的胳膊和厄休拉夫人的抵在了一起。即便是隔着花呢袖子，他也能感受到她胳膊的脆弱，并能感受到她一刻不停的微弱颤抖。他注意到她承受着极大的压力，心中暗想花多少工夫才可以攻破她的防线，而他的工作又是否需要攻破她的防线？电梯缓缓降下两层，他知道她也同样感受到了他的存在，并且把他视为敌人。

　　他们跟着她来到会客室。要是保罗·博洛尼没有出事，也会向他展示这个房间的，有那么一瞬间，他产生了幻觉，就像是死者本人，而非他的母亲站在自己身边。三扇高高的拱形窗前悬挂着华美的窗帘，外面能看得到花园里的树林。它们看起来十分不真实，就像在无尽的绿色与金色中浮于表面的织锦。在古典主义与哥特风格相杂糅的精致天花板下，这个房间几乎没有多少家具，空气中有一种忧郁的氛围，仿佛这里的空气很久没有被人呼吸过。这种气氛本是极少接见访客的乡间别墅起居室中才有的。除此以外，还弥漫着一股百花香和上光蜡相混合的味道，使得他几乎以为自己会看到一圈圈白线，将禁止游客进入的区域围圈出来。

痛失亲人的母亲选择单独与他会面，这可能是出于她自己的选择。但这位寡妇认为自己应该有医生和律师的安抚与保护。厄休拉夫人简要地介绍了一下他们，然后很快就离开了。达格利什和凯特穿过地毯，走向像油画一样做作而不自然的几个人。芭芭拉·博洛尼坐在壁炉右侧的高背椅上，她的律师安东尼·法雷尔在她对面坐着，身子前倾；而站在她身后，手按在她的脉搏上的是她的医生乔治·皮戈特。他第一个开口："我得走了，博洛尼夫人。但是晚上我会再来，如果方便的话，大约是18点，然后我们想个法子让你今晚不会失眠。如果你希望我早点来，让马特洛克小姐打电话就行。尽可能地吃一点晚餐，让她给你准备一点清淡的食物。我知道你不想吃东西，但是我想让你试着吃一点，可以吗？"

她点了点头，伸出手。他握了握她的手，然后转而望向达格利什，又移开视线，口中喃喃说道："骇人听闻，骇人听闻。"

达格利什没有回应，他又说："我想博洛尼夫人现在足够坚强，可以和您谈话了，总警司。但我希望不要谈太久。"

他说起话来就像一个在一场关于谋杀的戏剧里演出的业余演员，预料之中的对话如期而至。达格利什感到很吃惊，一个按理说对悲剧已经见怪不怪的医生，居然会比自己的病人还要不安。当他走到门口时，达格利什平静地问："你也是保罗男爵的医生吗？"

"是的，但只有最近才是。他之前是吉莱斯皮医生的自费病人，吉莱斯皮医生去年去世了。在此之后，保罗男爵和博洛尼夫人加入了国民医疗服务，成了我的病人。我现在手上有他的病历，但是他从未正式地就疾病向我咨询过。他是个非常健康的男人。"

这就解释了他部分的不安。他不是合作多年、深受信任的家庭医生，而是一个加班工作的本地全科医生，因此也不难理解他急着回到拥挤的手术室或者继续他在医院的巡查工作。他可能很不情愿地发现，现在的状况需要一种他没有时间准备的社交技巧以及高度集中的注意力。尽管不怎么令人信服，他也尝试着在这个会客室扮演一个这家人的朋友角色，而在此之前，他可能都没进过这所房子。达格利什在想，保罗·博洛尼加入国民医疗服务的决定是出自政治需要、对自己身体的信心，还是经济上的原因，又或者三者皆有？大理石雕的壁炉上方有一块三角形的墙纸已经褪色，它被一幅不怎么显眼的全家福遮住了一半，但是达格利什认为这里曾经挂着一幅更为珍贵的油画。芭芭拉·博洛尼说："总警司，请坐。"

她向墙边一条沙发所在的位置随意地摆了摆手。沙发摆放得很不方便坐下，看起来也似乎太古老，不可能再坐人了，但是凯特走过去坐了下来，小心地掏出笔记本。达格利什走到一把高背椅旁，把它搬到壁炉边，放在了安东尼·法雷尔的右侧。他说："我们很抱歉在这样的时刻打扰您，博洛尼夫人，但是我相信您明白这一切都是必要的。"

然而，芭芭拉·博洛尼望向皮戈特医生的方向。她充满厌恶地说："一个可笑的小男人！保罗和我去年6月才刚刚登记在他名下。他的手上全是汗。"

她嘬了嘬嘴表示嫌弃,然后把双手僵硬地拢在一起。达格利什说:"您现在能回答几个问题吗?"

她看向法雷尔,就像一个期待指引的孩子。他用流畅专业的声音说:"我亲爱的芭芭拉,在谋杀案调查中,恐怕往常有教养的寒暄都要被暂时搁置一边。拖延太奢侈了,警察可等不起。我知道总警司会让这次询问尽可能短,你也要勇敢起来,尽可能让他的工作轻松。"

在她有机会回应之前,他对达格利什说:"我不仅仅是作为博洛尼夫人的律师出现在这里,也作为她的朋友。我们事务所已经照顾了这个家庭的三代成员了,我个人对保罗男爵有着极高的敬意。我不仅失去了一个客户,还失去了一位好友。这也是我来这里的部分原因。博洛尼夫人非常孤单,她的母亲和继父都在加利福尼亚。"

达格利什想,如果他说"但是她的婆婆就在几层楼之外的地方",法雷尔会怎么回应?在这样的时刻,全家人本应很自然地聚在一起,就算不是互相寻求抚慰也要彼此支持,她们却彼此远离。他在想她们是不是不懂得要团结?法雷尔是不是也不在意?还是说她们平时太习惯在同一个屋檐下过着自己的生活,即便是在这样极端的悲剧到来时,也没有办法突破由电梯和那两层楼所代表的心理障碍?

芭芭拉·博洛尼转而用她那带有一抹紫罗兰色的蓝眼睛望向达格利什,有那么一秒钟他心神不定。在最初闪过一丝好奇之后,那目光死寂下去,几乎没有半点生命迹象,让他觉得自己面对的是一副彩色隐形眼镜。也许这么久以来常常见证她自己的目光所能带来的效果,她不再需要刻意让自己表现出什么表情,只要她有兴致,即可最有效地利用自己的目光。他一直都知道她非常美丽,但是他不记得是怎么知道的了，也许是在她的丈夫被人议论时，闲言碎语老是提到这一点，给他积攒起了这种印象，或者是看到过报纸上刊登的照片。但是这不是一种能激荡他内心的美丽。他会很乐意坐在不引人注意的地方，像欣赏油画一样欣赏她，不带感情地去倾慕她杏眼上完美隆起的眉骨、上唇的优雅弧线、脸颊凹陷处的阴影和她细长脖子上喉咙处的微微隆起。他能够观察、欣赏，然后不带半点遗憾地离开。对他而言，这个金发女子的美过于精致、过于正统、过于无瑕。他热爱的是一种更加独特、反常的美，既脆弱又狡黠。他怀疑芭芭拉·博洛尼是否真的聪明、机智，但并没有看轻她。做警察这一行，没有什么比以貌取人更危险了。但是他也迅速地想了想，会不会有人为了眼前的这个女人去杀人。在他的职业生涯中，他遇见过三个这样的女人，每一个在通常意义上都不算是美丽的。

她坐在自己的椅子里，有一种静止、放松的优雅。她穿了一条浅灰色的细羊毛百褶裙，上身是一件浅蓝色的丝绸衬衫，肩上松松垮垮地披着一件灰色羊毛开襟。她身上唯一的珠宝首饰就是几条金链子和小小的金色针式耳钉。她的头发分成浅金色和玉米黄色的一绺一绺，梳到了脑后，在肩部以上扎成了一根粗粗的辫子，只用了一个玳瑁发夹固定。他想，没有什么比这更得体了。这样一个刚刚失去丈夫的寡妇如果穿黑色，会显得过于招摇、做作，甚至是粗俗。这种灰色和蓝色的低调打扮非常适宜。他知道凯特前来通报消息的时候博洛尼夫人还没有更衣，她被告知自己的丈夫被人割断喉咙而死之后，依然能够花心思装扮。为什么不呢？他经历得太多，不会因为悲伤被很好地隐藏起来就认为它不存在。有一些女人的自尊心要求她们不管经历多么猛烈的突发事件都得保持对细节的高度注意，对另外一些女人而言，这又事关自信、从容，或者也是一种反抗。在一个男人身上，这种谨小慎微的品质通常都会得到称赞。那么为什么女人就不可以这样呢？又或者是在过去的20年里，她的外貌已经成为她生活的重中之重，不能仅仅因为有人割断了她丈夫的喉咙就改变这个习惯？他无法不注意到那些细节，比如鞋子两侧小心翼翼系好的皮带扣，精心挑选的口红正好能够搭配她涂的粉色指甲油，她还涂了眼影，双手至少没有在发颤。她又一次开口，音调很高，他不怎么喜欢这样的嗓音。他觉得这种声音很容易演变成孩子气的哭诉。她说："当然了，我想要帮忙，但是我不知道怎么样才能帮得上忙。我是说，这一切都太不可思议了，谁会想要杀害保罗呢？他没有任何敌人，每个人都喜欢他，他非常受欢迎。"

用这种高亢而有些刺耳的嗓音说出这套陈腐、无力的悼念之词，她自己可能也觉得有些笨拙。短暂的沉默后，法雷尔认为需要打破尴尬的气氛，他说："当然，博洛尼夫人深受惊吓。总警司，我们希望您能提供给我们更多的信息。我们猜凶器应该是种刀子，并且在喉咙处有数道伤口。"

达格利什想，这应该就是最富技巧的律师才能想出来的、对于保罗男爵喉咙被割所能使用的最委婉的表达。他说："显而易见，保罗男爵和那个流浪汉是同一种死法。"

"凶器被留在现场吗？"

"现场有疑似凶器的工具。他们可能都是死于保罗男爵的剃刀之下。"

"那是由杀人凶手留在房间里的吗？"

"是的，我们是在房间里找到的。"

法雷尔抓住了达格利什谨慎的措辞中暗示的含义。他本人并没有使用"自杀"这个词，但是这个词及其代表的真相就横亘在两人中间。法雷尔继续问："还有教堂的大门，是被破门而入的吗？"

"教堂工作人员沃顿小姐今早发现尸体的时候，门没有锁。"

"所以任何人都有可能进去，而且可以假设确实有人进去了？"

"当然。您应该可以理解，我们现在的调查才刚刚起步。在我们得到尸检和法医鉴定报告之前，任何事情都是不确定的。"

"当然了。我之所以问，是因为博洛尼夫人想要了解事实，或者说尽可能多地了解事实。而且她也有权了解全部情况。"

达格利什没有回答，他也不需要回答，他们非常清楚彼此的意思。法雷尔十分彬彬有礼、谦逊、谨慎，但并不友善。一直以来他都小心地保持这种举止，已经成为他职业生涯的一部分，以至于几乎看不出是种伪装，他似乎在说：我们都是专业人士，在各自的领域里也都小有名声。我们都知道彼此要做什么。你应该谅解这种不友善，因为我们也许需要站在不同的立场。

而事实是他们已经站在了对立的立场，而且两个人都心知肚明。法雷尔似乎放射出一种朦胧的气场，将芭芭拉·博洛尼笼罩在舒适的气氛里，他在说：我就在这里，我是站在你这一边的，把一切交给我，你没有什么要担心的。他对达格利什所表达的则是一种更为微妙的男人之间的相互理解，几乎就像阴谋一样，而她被排除在外。他表现得非常出色。

他在城里的律所——"托林顿-法雷尔-彭杰"有许多的分支机构，在过去的两百多年里享有毫无污点的业界名声。他们的刑事辩护部门曾为伦敦一些最臭名昭著的恶棍辩护过。这些人里有一些现在在他们里维埃拉的别墅度假,有一些在游艇上逍遥自在,几乎没几个在坐牢。达格利什突然想起两天前他在去苏格兰场的路上曾经过一辆押送犯人的囚车,一双双无名但又充满敌意的眼睛从车后窗的狭槽瞪出来,就像他们再也看不见任何景色。在遭遇不幸的时刻,支付法雷尔几小时的律师费也许会造成根本的不同。

芭芭拉·博洛尼不耐烦地说:"我不知道你们为什么会来烦我。保罗甚至都没告诉我他要在那个教堂过夜,和一个流浪汉一起借宿。我的意思是,这也太傻了。"

达格利什说:"您最后一次见到他是什么时候?"

"大概是昨天上午9点15分。他正好是在玛蒂端来我的早餐之前来见的我。他没有待很久,大约15分钟吧。"

"他看起来怎么样,博洛尼夫人?"

"看起来和往常一样。他没有说太多话。他从来都不多话。我想我应该是告诉了他我这一天的行程安排。"

"都是什么安排呢?"

"我预约了11点要在邦德街的麦克-约翰美发店做头发。然后我和以前上学时的老朋友在骑士桥吃了午饭,下午我们又一起在哈维·尼克斯商场里购物。我回到家已经是下午茶的时间了,那个时候他已经走了。我9点15分之后就再没见到他。"

"那么据你所知,他在这之后有没有回过家呢?"

"我觉得应该没有,不过就算回来了我也不可能看到。我回来换了衣服以后,又去了彭布罗克产妇疗养院。那是我表兄在汉普斯特德的一家疗养院。斯蒂芬·兰帕特是一名产科医生。我和他一直待到午夜,然后他把我送回了家。我们开车到库克姆,在科克汉村的黑天鹅餐厅吃了晚饭。我们是19点40分离开的彭布罗克产妇疗养院,然后就直接去了黑天鹅餐厅,我是说,路上没有做任何停留。"

他想,这实在是恰到好处。他本来就预料到她迟早都会给出不在场证明,但没想到会是这么早、说得这么详细。他问:"那你早餐前最后一次见到保罗男爵的时候,他有没有告诉你他这一天都有些什么打算?"

"没有。但是您不能看看他的日记吗?他把日记本放在书房的抽屉里。"

"我们在小礼拜堂找到了他日记本的一部分。其余的被烧掉了。"

他说这话的时候仔细地观察着她。蓝色的大眼睛忽闪了几下,变得谨慎机警,但他可以发誓这对她来说已经不是新闻了。她又一次转向法雷尔:"但是这简直令人难以置信!为什么保罗要烧掉他的日记?"

达格利什说:"我们还不清楚是否是他烧掉的。但是日记本确实被扔在了壁炉里,好几页都被烧掉了,最后一页被撕成了两半。"

法雷尔迎上了达格利什的目光。两个人都没有说话。然后达格利什说:"那么,我们得另找方法串起他这一天的时间线。我本来以为您能帮得上忙。"

"但是这有必要吗?我是说,如果是有人闯入并杀害了他,知道他在几个小时之前去找过房产经纪人又有什么用呢?"

"他去了吗?"

"他说他有个约见。"

"他说是和谁了吗?"

"没说，我也没问。我想上帝只是告诉他要把房子卖了，而没有告诉他要咨询哪家房地产商。"

这些话语令人震惊，同时又非常无礼。达格利什清楚地察觉到法雷尔的惊愕，就好像他已经惊呼出来。但是她在那尖厉而微微有些急躁的声音中并没有听出怨恨或者嘲讽。她可能只是像调皮的孩子一样，当着大人的面说出不可原谅的话语，然后也被自己的鲁莽惊到。安东尼·法雷尔认为是时候插话了，他圆滑地说："我本人昨天下午原来是要见保罗男爵的。他和我，还有律所里两个负责经济事务的同事约了14点30分见面，商谈一些事务的安排，我认为应该是关于他辞去内阁职务之后的安排。但是昨天快10点的时候他突然打电话取消了预约，改为约在今天的同一时间。他打电话的时候我还没到办公室，但是他给我的办事员留了口信。如果您能证明他死于谋杀，我自然就会理解有关他事务的一切细节都需要被放大检验。厄休拉和博洛尼夫人都表示愿意配合。"

达格利什想，他也许是个自大的浑蛋，但绝不是个傻瓜。他知道，或者说猜到现在提出的大部分问题都还很不成熟。他愿意接受询问，但也可以选择终止问话。芭芭拉·博洛尼用她的大眼睛看着他。

"但是没有什么好讨论的。保罗把一切都留给了我。我们结婚后他就告诉我了。房子也是，一切都简单、直接。我是他的遗孀，这些都是我的——基本上都是。"

法雷尔流利地说："我亲爱的夫人，非常简单、直接。但是现在完全没必要讨论这个。"

达格利什从他的钱包里取出一封匿名恶意诽谤信的副本，递给她说："我想你看过这个了。"

她摇了摇头,把信递给法雷尔。法雷尔花时间读了信,面无表情。如果他之前看到过,也绝对没有想要表现出来的意思。

他说:"从表面来看,这是对保罗男爵品行的恶意诽谤,甚至可以对其提起诉讼。"

"这也许和他的死亡没有什么关系,但是很明显,我们也需要将其有关联的可能性彻底排查。"

他又转向芭芭拉·博洛尼。

"您确定您的丈夫没有给您看过这封信吗?"

"没有。他为什么要给我看?保罗从来不会让我为了无能为力的事情而烦心。这不就是那种大同小异的诽谤信吗?我是说,政客们经常收到这种信。"

"您是说,这封信并没有什么不寻常的,您的丈夫之前也收到过类似的信件?"

"不,我不知道,我觉得他应该没收到过。他从没说过,我只是说任何担任公职——"

法雷尔插了进来,专业、流畅地说:"当然,博洛尼夫人的意思是说,任何担任公职,特别是政府公职的官员都应该预料到自己会面对一定程度的恶意与不快。"

达格利什说:"但是肯定不会像这封这么具体。后来还有一篇明显是根据这封信写成的文章,刊登在了《帕特诺斯特评论报》上。您看到那篇文章了吗,博洛尼夫人?"

她摇了摇头。

法雷尔说:"我想这个应该有些关联,但是我们必须要在现在谈论这个吗?"

达格利什说:"如果博洛尼夫人觉得太痛苦,就不用。"

这句话所暗示的意思过于明显,法雷尔并不喜欢。他的客户帮助了他。她转向他,眼中完美地融合了哀求、惊讶与痛苦。

"但是我不明白,我已经告诉了总警司我所知道的一切情况。我确实想要帮忙,但是我怎么才能帮得上忙呢?我对黛安娜·特拉弗斯一无所知。马特洛克小姐,也就是玛蒂,负责管家。我想这个女孩是看到广告后前来应聘的,然后玛蒂把她留了下来。"

达格利什说:"这在现在这个时代不是很不寻常吗?年轻人通常都不愿意做家政。"

"玛蒂说她是个演员,每周只想工作几个小时。这个工作很适合她。"

"马特洛克小姐在雇用这个女孩之前征求过您的意见吗?"

"没有,我想她可能问过我的婆婆。她们两个人负责管家。她们不拿这些事来烦我。"

"还有另外一个死去的女孩,特蕾莎·诺兰。你和她之间有什么联系吗?"

"她是我婆婆的护士,和我没关系。我几乎没见过她。"

她又转向安东尼·法雷尔:"我有必要回答所有问题吗?我想要帮忙,但是怎么才能帮忙?也许保罗有什么敌人,但我对他们一无所知。我们并不讨论政治,或者类似的话题。"

她眼睛中闪烁的蓝色光芒表示,没有人应该拿这种与重要事实无关的事情来给她增添负担。

她又补充道:"实在是太可怕了。保罗死了,是被谋害的——我简直无法相信。我还没有真正接受这个消息。我不想再继续谈论这件事了。我只想一个人回到自己的房间里待着。我想叫玛蒂过来。"

这些字句充满哀求,希望获得同情和理解,但是说话的口气却像是一个正在抱怨的孩子。

法雷尔走到壁炉边,拉动了闹铃的拉绳。他说:"恐怕有关谋杀的一个可怕事实就是警方必须在这个悲痛的时刻插入进来。这是他们的职责。他们需要确定您丈夫有没有同您说过什么能给他们提供线索、找到嫌疑人的话:会不会有人知道他那天晚上会留在圣马修教堂、会不会有人对他心怀不满,也许想要除掉他?看起来保罗极有可能是被偶然闯入的人杀害了,但是警方必须彻底排除其他可能性。"

如果安东尼·法雷尔觉得能够按照自己的节奏来主导这次问话,那他可就错了。然而就在达格利什再度开口之前,门被突然撞开,一名年轻男子冲进屋子,奔到芭芭拉·博洛尼面前。他大喊着:"我亲爱的芭比!玛蒂给我打电话说了这事儿。太可怕了,简直让人难以置信。我要是知道一早就来了,但是她直到11点才联系上我。亲爱的,你怎么样了,你还好吗?"

她相当微弱地说:"这是我的弟弟,多米尼克·斯维恩。"

他冲着他们点了点头,就好像他们才是现场的入侵者,然后又转回去面向他的姐姐。

"但是究竟发生了什么,芭比姐姐?是谁干的?你知道吗?"

达格利什想,这一定不是真的,他一定是在演戏。随后他又告诉自己,这样的评判很明显不够成熟,也许也不够公正。做警察教会他一件事:在极度震惊与悲痛的时刻,即便是最能说会道的言辞听起来也会是陈词滥调。如果斯维恩过分诠释了一个忠诚、会安慰人的弟弟角色,这也并不代表他就不是真的那么忠诚并急于表示安慰。但是当他把胳膊环绕在芭芭拉·博洛尼肩上时，达格利什并没有忽略她那轻微的战栗。当然了，这也许是受到惊吓的一种小小表示，但是达格利什在想，这是不是也表现出了对此举轻微的反感？

他一开始看不出来这两个人是姐弟。确实，斯维恩也有同样的玉米黄色的头发，但是发型不知道是天生的还是后来做的，细密的卷发紧紧贴着苍白、圆滑的额头。他们的眼睛也长得很像，在弧形的眉毛下面都有着同样的蓝紫色眼眸。但是相似之处也就到此为止了。他半点没有他姐姐那种摄人心魄的古典美。尽管如此，他的面孔仍然十分精致，嘴唇任性噘起，如孩童一样小巧的奶白色耳朵像刚长出来的翅膀一样突出，却也具有一种顽皮的魅力。他个子很矮，才刚过一米六，但是肩膀宽阔，胳膊纤长。他瘦弱的面孔上还被赋予了一种如同类人猿般的力量，整张脸看起来特别不和谐，给人的第一印象就是他长得有点畸形。

但是马特洛克小姐已经应铃声而来，就站在门边。芭芭拉·博洛尼没有告别，发出轻微的一声呻吟，跌跌撞撞扑向了她。这个女人先是凝视着她，然后又冷漠地环视了一圈屋里的男人们，一只胳膊搭在她的肩上，将她领了出去。屋子里有一瞬的沉默，然后达格利什转向多米尼克·斯维恩。"既然您来了，也许能回答一两个问题。您有可能会帮到我们。您上次见到保罗男爵是什么时候？"

"我尊敬的姐夫？你知道吗，我记不得了。反正好几周都没见过了。事实上我昨天一整晚都在这里，但是我们没有碰面。伊芙琳，也就是马特洛克小姐没有等他回来吃晚饭。她说他吃过早饭就走了，没有人知道他去了哪里。"

凯特坐在墙边问道："先生，您是什么时候到的？"

他转过身望向她，蓝色的眼睛里闪过一丝兴致，坦诚地欣赏了她一番，似乎在表达一种性暗示。

"快到19点的时候。邻居正好要出门，他看见我来了，所以如果这件事很重要的话，他可以帮我做证。但我看不出来为什么有这个必要。马特洛克小姐当然也可以做证。我一直待到22点30分，然后去了本地的一个酒吧，'印度王'，去喝了睡前最后一杯。那里的人应该能记得我，我是最后一批离开的顾客之一。"

凯特问："19点到22点30分的时候您一直都待在这间屋子里吗？"

"是的。但这和保罗的死有什么关系？我是说，这点很重要吗？"

达格利什想，他不可能这么幼稚吧。他说："这一点能帮助我们回溯保罗男爵昨天的行动。您待在这儿的时候他有可能回来过吗？"

"我想有可能吧，但是可能性不太大。我中间泡了大约一个小时的澡，这也是我过来的主要原因。他有可能在那期间回来，但如果那样的话，马特洛克小姐应该会提出来。我是个演员，目前失业中，只是去参加一些试镜。别人管这叫息影期，天知道是为什么。我看更像是焦躁期。我五月的时候在这里住过一两个礼拜，但是保罗并不是很热忱，所以我就搬去和布鲁诺·帕卡德一起住。他是个剧院设计师，有一套小公寓，经过改造，就在牧羊人丛林区。但因为他有很多模组和工具，房子里空间不是很大。最关键的是没有浴缸，只有一个淋浴头，而且又是和便池挨着，所以对于任何比较挑剔的人来说都不会很舒适。我习惯了偶尔来这里吃顿饭、泡个澡。"

达格利什想，这段话非常流畅，让人不由生疑，就像整个演说都是彩排过的一样。对于一个没被要求解释自己行踪的人来说，他不会猜到这是一起谋杀案,由此来看他实在吐露了太多。但如果几个时间点都能被确认,那么斯维恩看起来就是清白的。斯维恩说:"听着,如果你没有别的要问了,我就上去找芭比了。这对她来说是件骇人听闻的事。如果你需要的话,玛蒂可以给你们布鲁诺的地址。"

他走了之后,有一会儿没人说话。然后达格利什说:"听说博洛尼夫人继承了这座房产,我很感兴趣。我以为会按照继承顺序来呢。"

法雷尔用一种专业人士的姿态冷静接受了这个问题。

"是的,这种情况不多见。厄休拉夫人和博洛尼夫人都授权给我,允许我向您提供您所需的一切信息。博洛尼家的旧址,也就是在汉普郡的那一处是要按照继承顺序来继承的,但是那个地方和他们家族大部分的财富一样,很早就被废弃了。这座房子总是从一位男爵转给下一位男爵。保罗男爵是从他哥哥那里继承的,但是他对于这一处房产的处置有自由裁量权。他结婚之后就立下了新遗嘱,将此地完全留给他的妻子。这份遗嘱很明确,厄休拉夫人有自己的资产,但也给她留下了一笔遗赠,还有更大的一笔钱留给了他唯一的孩子,莎拉·博洛尼小姐。哈利威尔和马特洛克小姐每人都能分到一万英镑。然后如果我没有记错的话,他把一幅亚瑟·戴维斯的油画留给了他所在地方党派的党主席。还有其他一些较小的馈赠,但是这座房子以及房子里的一切,还有一笔足够的供养费都给了他的妻子。"

达格利什想,光是这座房子至少就能值75万英镑,如果考虑到地理位置和它独有的建筑学价值,可能还要更值钱。他又一次想起自己还是个新人时,一位老警长说过的话:"小伙子,爱(Love)、欲望(Lust)、恨(Loathing)、贪婪(Lucre),是谋杀里面的4L要素。其中最重要的一个就是贪婪。"

第三章

那天下午,他们在坎普顿小丘广场询问的最后一位是马特洛克小姐。达格利什让她带他们去看博洛尼平时存放日记本的地方,她领着他们来到了一楼的书房。他知道,从建筑风格来看,这是房子里最古怪的房间之一,而且也是最具索恩风格的房间之一。房间是八角形的,每一面墙边都放置着顶天立地的玻璃门书橱,中间由带有凹槽的壁柱隔开,穹顶悬挂着一盏灯,盖着八角形灯罩,由流光溢彩的彩色玻璃点缀。他想,这一设计巧妙利用了有限的空间,是这位建筑师别具一格的才华展示了这一成功范例。但是这依然是个只适合观赏的房间,而不适合在这里居住、工作或者享乐。

房间中间稳稳放着博洛尼的红木书桌。达格利什和凯特走到桌子旁,马特洛克小姐站在门口看着他们,她的双眼专注地盯着达格利什的脸,仿佛稍微一走神他就会向她扑过来。达格利什说:"请问,您能给我指明,日记本到底放在哪个位置吗?"

她走上前,没有说话,打开了右边最上面的一个抽屉。现在抽屉是空的,只有一盒信纸和一盒信封。他问:"保罗男爵会在这里工作吗?"

"他会写信。他把议会的文件都放在议院办公室,把和选区工作相关的材料放在伦瑟姆的办公室里。"她又补充道,"他喜欢把一切分门别类。"

达格利什想:分门别类,客观冷漠,掌控一切。他再次感觉到自己就好像在一个博物馆里,博洛尼就坐在这个装潢华丽的牢笼里,如同一个陌生人。他问:"那他的私人文件呢?你知道他会把那些文件放在哪里吗?"

"我猜应该是在保险柜里吧。它在门右边的书架后面,被一排书掩盖起来了。"

如果博洛尼确实是被谋杀的,那么保险柜和里面的东西都要拿出来好好检查。但是这和其他几件事一样,可以稍微放一放。

他走到书架前。当然,众所周知,一个人的性格可以从他的私人书架上摆放的藏书中一窥究竟。这个书架表明,相比小说,博洛尼更多的是在读传记、历史和诗歌。而在扫视了一圈之后,达格利什发现,这里的藏书量之大,完全可以当作私人俱乐部或者豪华游轮的图书馆,但是如果是游轮的话,这趟航线的目的更像是丰富知识而非大众娱乐,并且票价不菲。这里整齐摆放的是任何一位受过良好教育、有涵养的英国绅士预料之中、毋庸置疑的合适选择。但是他无法相信博洛尼是那种只会选择布克奖决选名单上小说的人。他再次感觉到博洛尼的一种人格在逃避他,这个房间和屋内的摆设都试图把那个本质的性格掩藏起来。他问:"昨天都有几个人进来过这个房间?"

他一定是被这个房间毫无个人色彩的正式气氛所影响。他自己都觉得这个问题听起来怪怪的,她也完全没有掩饰语气里的不客气。

"进来过?书房是私人宅邸的一部分。我们从来不锁门,所有的家庭成员和他们的朋友都可以像你说的那样,'进来'。"

"那么,昨天到底有谁进来过呢?"

"我也不能确定。如果你们在教堂发现保罗·博洛尼爵士带着日记,那他肯定进来过。明斯太太应该进来打扫过。弗兰克·马斯格雷夫先生是选区的党主席,午饭的时候他进来过,但是没有在这里逗留。莎拉·博洛尼小姐下午的时候来看她的祖母,但是我想她应该是在会客室里等着的。厄休拉夫人回来之前她就离开了。"

达格利什问:"是您给马斯格雷夫先生和博洛尼小姐两个人开的门吗?"

"是我给他们开的门。没有别人干这个活儿了,"她停顿了一下,又补充道,"博洛尼小姐以前有大门的钥匙,但是她离开家以后就把钥匙留下了。"

"您最后一次看到日记本是什么时候?"

"我不记得了。我觉得大概是两个礼拜前吧。博洛尼男爵从他在议院的办公室打回电话来,说让我帮他核实一下一个晚餐约定。"

"您最后一次见到保罗男爵是什么时候?"

"昨天上午快10点的时候。他进到厨房里,要为中午的野餐准备一些食物。"

"那也许我们现在应该去厨房看看了。"

她领着他走过铺着瓷砖的走廊,往下走了几层台阶,又穿过一扇包着厚毛呢的门,来到宅子的后方。然后她让到一边,让他进屋,自己依然站在门口,双手紧握,就像一个等待厨房清洁评判结果的厨子。然而确实没有任何可以指摘的地方。就像书房一样,厨房也缺少个人色彩,虽然没有明显的不适,也不是说厨具置办不够齐全,但就是缺少那种惬意感。厨房内有一张擦拭得非常洁净的松木桌子、四把椅子和一个很大的老式煤气炉,除此之外还有一个更现代的、使用固态燃料的炉子。很明显最近这些年主人几乎没为厨房花过钱。从低矮的窗户向外望去,他可以看到后墙把房子和马厩、车库分隔开来,还能看到壁龛里大理石神像的脚部。虽然从这个角度,只能看到精心雕刻的脚趾,似乎也在强调房间里颜色的匮乏。唯一显眼的是水槽上方的架子上一盆粉红色的天竺葵,旁边还有一盆插条植物。他说:"您告诉我保罗男爵来拿自己的午餐,是他自己动的手还是您帮他拿的食物?"

"他自己。他知道吃的都放在哪里。我准备厄休拉夫人早餐的时候他也经常在厨房。他过去常常亲自把早餐给她送上去。"

"那么,昨天他都带走了什么吃的?"

"半条面包,他都切好成片了,一片羊乳干酪,两个苹果。"她又补充道,"他看起来心事重重。我不觉得他在意自己到底拿了什么吃的。"

这是她第一次主动提供额外的信息,但是当他进一步轻声询问她博洛尼的情绪状态时,不知道是不是因为他说错了什么,她又开始后悔不该吐露太多,变得更加阴沉。保罗男爵曾告诉她他不会回来吃午饭,但是再没说别的。她不知道他要去圣马修教堂,也不知道他会不会回来吃晚饭。达格利什说:"那你还是按照平常的时间表和平日的习惯准备了晚餐吗?"

这个问题让她仓皇失措,她因窘迫而脸红,紧紧捏起双手。然后她说:"不,不,不是平常的习惯。厄休拉夫人用过下午茶回来之后告诉我给她送一瓶汤和一碟黑面包夹烟熏三文鱼三明治上去。她整个晚上都不想再被打扰。刚过18点我就送上去了。我知道博洛尼夫人会在外面吃饭，所以我决定等等，看保罗男爵会不会回来。如果他回来的话我可以给他做一些方便的菜品。还有汤剩下来，我可以给他热一下，还可以给他做一份煎蛋卷。总有能吃的东西。"她听起来像是在为自己辩护，就像他指责她玩忽职守。

他说："但是他没有提前告诉你自己会不会回来吃晚饭，这似乎有些不够体贴。"

"保罗男爵从来没有不体贴过。"

"那没有提前打好招呼就在外面待一整晚肯定是不寻常的吧？全家人一定都很担心。"

"对我来说并非如此。这个家里的人选择做什么和我无关。他也可能是待在了自己的选区。23点的时候我问厄休拉夫人我可不可以不给大门插上门闩就去休息。她说可以。博洛尼夫人知道回来之后要把门插上。"

达格利什变换了一下提问的策略。

"保罗男爵昨天早上出去的时候带火柴了吗？"

她明显地表现出了吃惊，他想，这应该不是假装出来的。

"火柴？他不需要火柴。保罗男爵不……生前不会……抽烟。我从没见过他带着火柴。"

"如果他带着，他能从哪里拿到这些火柴？"

"这里，就在炉子边上。这种火柴没有办法自己擦出火来。还有一包四盒装的，放在上面的碗橱里。"

她打开碗橱，把火柴拿给他看。用来包住四盒火柴的纸封已经撕开，少了一盒火柴，应该就是现在放在炉子旁边的那一盒。她开始紧盯着他，眼珠一转不转，眼眸亮闪闪的，脸有一点涨红，就像是发了低烧。他有关火柴的问题一开始令她吃惊，但是现在似乎让她感到了不安。她更加警惕、谨慎，也更加紧张。他富有经验，而她又是很拙劣的演员，根本瞒不过他。直到刚才为止，她回答问题的腔调都像是一个在完成必要但是不愉快的任务的女人，但是现在这场问话对她而言已经变成了严酷的考验。她想让他离开。他说："如果您不反对的话，我们想看看您的起居室，可以吗？"

"可以，厄休拉夫人说了要给予你们全部的支持。"

达格利什觉得厄休拉夫人不可能说出这样的话，更不可能使用这样的字眼。他和凯特跟着马特洛克小姐穿过走廊，来到了对面的房间。达格利什想，这里一定曾是男总管或者女管家的圣地。和厨房一样，这里也看不到什么景致，目之所及只有庭院和通向马厩的门。但是这里的家具都非常舒适：铺着印花棉布的两人座沙发、配套的单人沙发、一张折叠桌、两把倚墙而立的椅子、一个摆满同样大小书卷的书架——这些书肯定都来自同一个读书俱乐部。壁炉是大理石做的，有一条很宽的装饰带，上面混乱地挤满了各种现代的、颇为生动的小雕像——穿着硬衬布衬裙的女人、抱着小马驹的孩子、牧羊人和牧羊女、芭蕾舞者。这些想必都属于马特洛克小姐。墙上挂的画都是裱在现代相框里的印刷品，壁炉上方是约翰·康斯特布尔的《干草车》和莫奈的《田野上的女人们》。它们和家具都是无伤大雅、情理之中的风格，就好像有人说："我们需要雇一个女管家，就给她布置了一个房间。"即便是其他房间的报废品都要比这些冷冰冰的物品更具有特色。这里同样没有让人感觉到主人想要把自己的个性印刻在这个房间里。他想：他们在这里各自过着自己禁闭式的生活，但是只有厄休拉夫人把这座房子当成自己的家，其他人不过就是过客。

他问她前一晚她是在哪里度过的，她说："我就在这里，要么就是在厨房。多米尼克·斯维恩先生来吃了饭、洗了澡，之后我们一起玩了拼字游戏。他快19点的时候来的，23点之前走的。我们的邻居，斯温格赫斯特先生当时正在往车库倒车，正好看到斯维恩先生出门。"

"他待在这里的时候，家里还有别人看到他吗？"

"没有了，但是大约20点40分的时候他接过一个电话。是哈瑞尔太太打来的，她是选区前任代理人的妻子。她想试着联系保罗男爵。我告诉她没人知道他在哪里。"

"斯维恩先生呢，他在哪里泡的澡？"

"在楼上的主卫里。厄休拉夫人有自己的盥洗室。楼下也有一个淋浴室，但是斯维恩先生想好好泡个澡。"

"那么，你就是在这个房间或者厨房里待着，而斯维恩先生至少在楼上待了一段时间。你们的后门是锁上的吗？"

"上了锁，还插了门闩。下午茶之后就关上了。钥匙在那个碗橱的钥匙架上。"

她打开碗橱，向他展示了固定在墙上的架子，上面有一排排的钩子和附有标签的钥匙。他问道："会不会有人出去了，你却没有注意到？可能就是在你待在厨房里的时候？"

"不会的，我通常都开着通向走廊的那扇门。我应该能看到或者听到。昨天晚上没有人从那扇门出去过。"她似乎突然惊醒，充满气势地说，"问了这么多问题。我在哪里，谁在这里，谁可能悄悄地离开而没有人发现。听完这些任何人都会觉得他是被谋杀的。"

达格利什说："保罗男爵很有可能是被谋杀的。"

她瞪着他，十分惊愕，然后一屁股跌坐在椅子里。他看得出来她在发抖。她低声说："被谋杀。没人说起过谋杀的事儿。我以为……"凯特走到她身边，看了看达格利什，然后把手放在马特洛克小姐的肩膀上。达格利什问："您以为什么，马特洛克小姐？"

她抬头望向他，然后低声呢喃着说了些什么，声音很小，他得弯下腰凑过去才能听得到。

"我以为他也许是自行了断的。"

"您有什么理由做出这样的判断吗？"

"不，没有理由。当然没有了。我怎么可能会有理由？博洛尼夫人说过……有关他剃刀的一些事。但是谋杀……我不想再回答问题了，今晚是不行了。我感觉不舒服，不想再受折磨了。他已经死了，这就够可怕的了。但是谋杀！我不敢相信会是谋杀。我想一个人静静。"

达格利什低头望着她，想：这种受惊确实很真实，但还是有一部分演戏的成分，而且演得不怎么令人信服。他冷静地说："马特洛克小姐，我们是不能纠缠证人的，我也不觉得您真的以为我们是在烦扰您。您帮了很大的忙。我想恐怕我们还得再次谈话，问您更多的问题，但是现在没有那个必要。我们可以自行离开。"

她像一位老妇人一样笨拙地从椅子里起身，说："这座房子里没有人会自行离开，送客是我的职责所在。"

达格利什坐进路虎车，给苏格兰场打了个电话。他对马辛厄姆说："明天一早我们尽快去见兰帕特。如果我们能在15点30分进行尸检之前就完成讯问的话就太好了。莎拉·博洛尼那边有什么消息吗？"

"有的，总警司。很显然，她是个专业摄影师，全天都有拍摄活动。她明天下午也有一场拍摄，为一位当晚就要去美国的作家摄影。这场拍摄很重要，所以她不希望取消。我告诉她我们会在18点30分左右过去。另外，新闻办公室想要一份紧急通稿。新闻13点的时候就会公布，他们想明天一早就开一场新闻发布会。"

"现在开还有点不成熟。在这个阶段他们到底想让我们说什么？约翰，试着推迟发布会。"

如果他能够证明博洛尼是被谋杀的，那么整个调查过程都会引来媒体狂热的兴趣与关注。他不喜欢这一点，但这是事实。然而，也没道理现在就让这一系列的跟踪报道开始。凯特努力将路虎车从狭窄的停车位中倒出，然后慢慢驶离坎普顿小丘广场。他转身向后，望向宅邸优雅的外表，望向如同死人无神双眼般的窗户。就在这时，他看到房子顶层的窗帘一晃，于是知道厄休拉夫人正在目送他们离开。

第四章

　　直到18点20分,莎拉·博洛尼才给艾弗·加罗德打了通电话。她下午早些时候一直都待在自己的公寓里,但是没敢从那里往外打电话。她有时候觉得他似乎天生就对隐秘性有一种痴迷的执着,因此给她定下了这样一条绝对的铁律:任何重要的事情都不能通过她自己的电话线传达给他。所以从她的祖母离开之后,她全部的时间都用来寻找一个方便、合适的公用电话亭,并准备好足够多的硬币。但是他一直没接电话,她也不敢冒险留言,甚至都不敢报上自己的名字。

　　那天,她唯一的日程安排就是要去给一位来此地做客、和朋友一起待在赫特福德郡的作家拍照。她一般尽可能用最少的设备,并且一直都是乘坐火车出行。她对于这一短暂的工作已经记不太清楚了。她就像一个机器人:选择最好的布景、测光、调焦。她想一切应该还算顺利,那个女人看起来很满意。但即便在工作的时候,她也迫不及待地想要离开,去找一个公用电话亭,再次试着联系艾弗。

　　火车还没在国王十字火车站停稳,她就跳下了车,并环顾四周,不顾一切地想要找到指示电话亭方位的箭头。候车大厅连接着一条气味难闻的走廊,两侧各有一排开放式的电话亭,墙壁上涂满了数字和各种涂鸦。现在正是高峰期，她等了好几分钟才有电话空出来。她几乎是一把夺过电话，听筒上还有上一个人使用过的余温。这一次她很幸运，他在办公室，是他本人接的电话。她发出了欣慰的低声呜咽。

"我是莎拉，我今天一整天都在试着给你打电话。你现在方便说话吗？"

"长话短说吧。你在哪里？"

"国王十字火车站。你听说那个消息了吗？"

"刚刚听说，在18点的新闻里播出了。还没上晚报呢。"

"艾弗，我必须见你。"

他冷静地说："当然了。我们需要讨论一些事情，但是今晚不行。今天是不可能了。警方已经联系你了吗？"

"他们一直试着联系我，但是我告诉他们我一整天都很忙，要到明天18点30分才有空。"

"你真的很忙吗？"

这又有什么关系呢？她这样想着，说道："我下午有两项工作安排。"

"这可算不上一整天都很忙。永远不要和警方撒谎，除非你确定他们没有任何办法查到真相。他们只需要核对一下你的日程就能发现事实。"

"但是我们谈过之前，我不可能让他们来的。他们也许会问到一些事情。比如有关特蕾莎·诺兰的问题、关于黛安娜的问题。艾弗，我们必须见一面。"

"我们会见面的。他们不会问到黛安娜的。你的父亲是自杀的，那是他最后，也是最令人尴尬的愚蠢行为。他的人生是一团糟。这个家里所有的人都想要体面地埋葬一切,而不是把散发着恶臭的秘密都拿出来晒在光天化日之下。顺便一问,你是怎么知道这个消息的?"

"我的祖母,她给我打了电话,警察从她家走了以后她又打出租车来找了我。她并没有说太多,我猜她也不知道全部的细节。她不相信爸爸是自杀的。"

"这是自然。博洛尼家的人理应穿上制服,去杀掉别人,而不是自己。但是话说回来,显然他的确杀了另外一个人。我在想厄休拉·博洛尼会对那个死掉的流浪汉表达几分同情。"

她的头脑里突然闪过一丝疑虑。新闻里有可能公布第二名受害者是个流浪汉吗?她说:"但不光是祖母这么想。警察,一个叫达格利什的总警司也不觉得爸爸是自杀。"

周围的噪声越来越大。狭窄的走廊里挤满了上火车前需要打一通电话的人。她感觉到有很多人在推搡自己。空气中充斥着嘈杂的说话声,还有砰砰前进的脚步声、刺耳又含糊的车站广播声作为背景音。她把头向话筒凑得更近,说:"警方也不认为这是一起自杀案。"

对面一阵沉默。在如此的噪音中,她斗胆再次提高音量说:"艾弗,警方不认为——"

他打断了她:"我听见你说的了。听着,待在那儿别动,我这就过去。我们只能谈半个小时,但是你是对的,我们得谈谈。别担心,他们明天去的时候,我会在公寓陪你。你不能独自一人面对他们,这是最重要的。还有,莎拉……"

"嗯,我听着呢。"

"我们昨晚一直都待在一起,18点我下班之后我们就在一起了。我们整晚也待在一起。我们在公寓里吃的饭。记住这一点。从现在起集中精力，并且待在原地不要离开。我大约40分钟之后到。"

她放下话筒，有那么一瞬间一动不动，头倚着电话亭冰冷的金属墙壁。一个愤怒的女人声音响起："请不要这样好吗？我们有些人还要赶火车呢！"她发觉自己被推到了一边，挣扎着走出大厅，倚在墙上。一股股眩晕与恶心淹没了她，让她一次次感到更加凄楚，但是也没有可以坐下来的地方，没有隐私、没有安宁可言。她努力假设她失去了方向感，失去了时间概念。他刚才说了"待在原地"，遵从他的指令已经变成一种习惯。她向后靠着，闭上了双眼。她现在必须听从他的话，依赖于他的力量，就靠他告诉她该怎么做了。她再没有别人了。

他一次都没因为她父亲死了而表示遗憾，他并不感到遗憾，也不认为她会感到遗憾。他一直都是如此残忍、冷酷，这是他所谓的坦诚。她在想如果她说"他是我的父亲，他现在死了，我曾经爱过他，我需要悼念他，就算是为了我自己。我需要安慰。我很失落，我吓坏了，我想让你抱着我，我需要有人告诉我发生这一切并不是我的错"，他会作何回应。

前进的人群像河水一样绕过她继续流动，一张张急切的灰色面庞集结成群，眼睛都瞪向前方。他们就像一群从遭受侵袭的城市跑出来的难民，或是正在撤军的部队，尽管还维持着秩序，但是就在恐慌的边缘岌岌可危。她闭上双眼，让他们嗒嗒的脚步声淹没了自己。就这样，突然之间，她感到自己身处另一个车站、另一群人潮之中。但那时她只有6岁，是在维多利亚火车站，和她的父亲在一起。他们是为什么去了那里呢？也许是去见她的祖母，她得从莱桑德利塞纳河畔拔地而起的别墅中经由陆路再坐船回来。有一瞬间她和她父亲走散了。

他停下来和一个熟人打招呼,她临时松开了他的手,跑去看一张海边小镇五颜六色的海报。等到环顾四周的时候,她才惊慌地发现他已经不在原地了。她孤身一人,眼前都是迈着沉重步伐的双腿,像移动的森林一样无穷无尽,让人不安。他们可能只分开了几秒钟,但是那种恐惧极其强烈,即便是18年后的现在回忆起来,她也能感受到同样的失落感、同样吞噬一切的恐惧、同样完完全全的绝望。但突然之间,他又出现了,迈开大步走向她,敞开的长长的花呢大衣随风摇摆。他面带微笑,这就是她的父亲、她的守护者、她的神。当时她虽然没有哭,却因为恐惧和随后的释然而浑身发抖。她冲进他张开双臂的怀中,感觉到自己被高高举了起来,他的声音传入耳中:"没关系的,我的宝贝,没关系的,都过去了。"霎时间,她感觉到自己猛烈的颤抖在他紧紧的拥抱中逐渐消散。

她睁开双眼,眨眼挤掉奔涌的泪水。这行进的大军身着了无生气的黑色与灰色,在她眼前像软糖一样渐渐消融,然后旋转着变成了一个万花筒,里面闪出明亮的颜色。在她看来,那些移动的双脚好像是从她身上踏过,又好像从她体内穿过,她好像变成了隐形人,一个脆弱易碎的空壳。突然,人群分开,他就站在那里,依然穿着那件长长的花呢大衣,向她走来。他微笑着,她克制着自己不喊出"爸爸,爸爸",努力不让自己冲进他的怀抱。但是这种幻象很快就散去了。这不是他,只是一个匆匆忙忙的陌生人,手里拎着一个手提箱,他充满好奇地瞥了一眼她焦急的面庞和伸出的双臂,然后目光越过了她,又继续走自己的路。她缩了回去,更紧地贴在墙壁上,然后开始了对艾弗漫长又耐心的等待。

第五章

马上就要到22点了,他们正打算结束今晚的工作,把所有文件锁起来,就在这时,厄休拉夫人打来了电话。她说戈登·哈利威尔回来了,如果警方能现在就来见他,她深表感激,哈利威尔自己也是这样想的。他们两人明天都会很忙,她也说不好他们什么时候能腾出空来。达格利什知道如果是马辛厄姆负责这件事的话,他一定会坚定地说,他们第二天早上再去,虽然他也许只为了表明他们得按照自己的时间安排工作,而非一味听从厄休拉夫人。达格利什倒是很急切地想要询问戈登·哈利威尔,也从来没觉得有必要主张自己的权威或者自尊,所以回复说他们会尽快赶到。

坎普顿小丘广场62号的大门是由马特洛克小姐打开的,她用疲惫、憎恶的眼神凝视了他们好久,然后才侧身相让,放他们进门。达格利什能够看得出来,她的皮肤因为过度疲劳而显出一些苍白,她的双肩也过于僵硬,显得很不自然。她穿着一件有花朵装饰的尼龙长睡衣,胸口处被紧紧束起,还系了两个结,就像她很害怕他们会将她的衣服扯开一样。她笨拙地搓了搓双手,摸了摸领口,嗔怒地说道:

"我的着装不适合迎接客人,我们本来打算早点睡的。我没想到你们今晚还会回来。"

达格利什说:"我很抱歉又一次来打扰您。如果您想去睡,也许到时候哈利威尔可以送我们走。"

"这并不是他分内的工作。他只是司机。锁门是我的职责。厄休拉夫人刚才说让他明天负责接电话,但是这样做不合适,是不对的。自从18点的新闻播出之后,我们就没清静过。如果再这样下去,非得害死她不可。"

达格利什想,恐怕会这样持续下去很长一段时间了,但是他对于厄休拉夫人会因此而死表示极大怀疑。

马特洛克小姐领着他们穿过走廊,脚步声在大理石地板上回响。他们经过八角形的书房,又穿过通向房子后方的、包有呢子边的大门,最后走下三层台阶,来到外门口。房子里非常安静,但是有一种不祥的氛围,仿佛是一座空荡荡的剧院。他总是能在近期内发生过谋杀的房子里感觉到一种裸露出来的稀薄气息,一种无声的存在,这次也不例外。她打开锁,他们发现自己来到了后花园。隐藏着的灯管巧妙地照亮着三座壁龛,使得它们看起来好像是在沉寂的空气中飘浮着,发出温和的微光。今晚对于秋天来说也是罕见的宜人,附近的花园里传来柏树转瞬即逝的清香,有那么一瞬间,他觉得自己身处异境,迷失了方向,就像瞬间来到了意大利。在他看来,这些雕塑不应该被点亮,当博洛尼在塑料裹尸袋里像一团死肉一样冰冷地躺着的时候,这座房子的美不应该拿出来被人欣赏。他发现在马特洛克小姐领着自己穿过另一扇通向马厩和车库的大门之前,自己不自觉地伸出手,想要寻找控制灯光的开关。

竖立着雕塑的墙后侧未经装饰,18世纪游学旅行的收藏品是不能让那些曾在马厩栖居的男仆或者马车夫看到的。院子里铺了鹅卵石，通向两个大车库。左边那一个的双扇门开着，里面闪着两盏明亮的日光灯，他们发现，车库一侧的楼梯包了铁皮边，要进房间就需要拾级而上。马特洛克小姐只是指了一下上方的房门，说："你们能在那里找到哈利威尔先生。"然后似乎为了说明为什么这么正式地称呼他，她又说道，"他之前在已经牺牲的雨果男爵的军团里担任中士，曾被授予勇士勋章，就是奖励战时优异战功的勋章。我想厄休拉夫人已经告诉你们了。他可不是那种普通的司机兼杂务工。"

达格利什想：在现在这个平等、不再有仆从的时代，她觉得那种普通的司机兼杂务工应该是什么样的呢？

这个车库足够大，能够很轻松地容纳下一辆A型的黑色路虎车和一辆高尔夫轿车，两辆车整齐地停放在一起，还有空间再停下第三辆车。在浓烈的汽油味中，他们从路虎车一侧向前走，发现车库也被用来当作了一个小工作室。车后一扇高高的长形窗户下有一张木头工作台，上面有大小正合适的抽屉，墙上钉了一条木板，整齐地排放着一排工具。右边墙上倚了一辆男式自行车。

他们还没踩上第一级台阶，顶上的门就开了，一个低矮、结实的男人的身影显现在灯光之下。他们走上楼，来到他近前，达格利什发现他比自己想象中的年纪更大，也更矮。他的身高对于一个士兵而言只能算是勉强过关，但是他肩宽体阔，给人的第一印象就是一种受过训练的强健。他非常黑，几乎称得上是黝黑，一头直发盖住了额头，甚至马上就要触到眉毛，肯定比他在军队里时留的头发更长，发丝就像是在深陷的眼窝上面有一道道黑色的裂痕。他的鼻梁很短，鼻孔微微上翻，方形下巴上面有一对坚毅的嘴唇。他穿着一条剪裁得体的鹿皮裤，一件开领羊毛格子衫，没有任何疲态，看起来神清气爽，就好像是一大早起来接待访客。他望向他们的眼神敏锐、警觉，但又十分平静，这双眼睛曾见过比一群刑警深夜到访还要糟的事情。他侧身让他们进屋，用一种只带了少许粗鲁的嗓音说："我正在煮咖啡，如果你们想喝的话，我这里也还有威士忌。"

他们表示咖啡即可，哈利威尔先生穿过房间后面的一扇门，流水的声音和水壶盖碰撞的声音从门后传来。客厅狭长，几乎和整个车库一样长，低矮的窗户外正对着后墙的空白处。索恩是个优秀的建筑师，他会确保家庭的隐私受到保护。除了房子最顶层的窗户，哪里都看不到马厩。在房子的另一端，一扇门敞开着，达格利什能够瞥见一张单人床的床尾。后面是一个装潢很精致的维多利亚式小壁炉，周围裱了一圈木雕，还有一个非常讲究的火盆，这让他想起了圣马修教堂里的壁炉格栅。旁边的一个插座里插了一个现代样式的三杆电暖炉。

房间的中央是一张松木桌，周围围了四把椅子，还有两把颇为破旧的扶手椅立在壁炉两侧。在窗户中间有一张工作台，上面有一张木钉板，摆满了工具，不过要比车库的那一套要小，也更为精致。他们看得出哈利威尔爱好木雕，现在正着手雕刻一条诺亚方舟，上面有各种各样的动物。方舟本身设计精美，船身有燕尾榫，还覆盖有隔板屋顶，已经雕刻完成的动物——成对的狮子、老虎和长颈鹿——略为粗糙，但一眼就能识别出来，并且充满生气。

远处的那一侧墙有一个从地板延伸到天花板的书架。达格利什走过去，颇感兴趣地注意到哈利威尔似乎拥有一整套《英国著名审讯案例集》。除此之外，还有另一卷书更值得玩味，他从书架上把它抽出来，并随手翻阅了一番。那是基思·辛普森所著的第八版《法医学教科书》。他把书放回原位，又环视整个房间，对整个屋子的整洁颇为吃惊。这个房间的主人把自己的生活空间、甚至是自己的生活都组织得井井有条，以满足他的需要。他知道自己的本性并与之和平共处。不像保罗·博洛尼的书房，这个房间的主人知道自己有权待在这里。

哈利威尔走进屋，手里端着一个托盘，里面有三个瓷杯、一瓶牛奶和一瓶金铃威士忌。他伸手要去拿威士忌，看到达格利什和马辛厄姆摇了摇头之后，就只在自己的黑咖啡里倒了不少。他们在桌子旁坐下。

达格利什说："我发现您好像有一整套的《英国著名审讯案例集》。这可够罕见的了。"

哈利威尔说："这是我的一个爱好。如果事情变得不一样的话，我会幻想自己是一名刑事律师。"

他说这话的时候没有任何愤恨，就只是在陈述事实，也不需要问究竟是哪些事情变得不一样。律师依然是一个特权职业，很少有工人阶级出身的年轻人能跻身律师学院，在那里的餐桌上混上一席之地。

他又补充道："我是觉得这些审讯有趣，而不是对被告感兴趣。如果你去看他们受审，就会发现大部分的杀人凶手看起来都很蠢，也很普通。毫无疑问，你们抓住这次的这个家伙的时候，会发现他也不是个例外。但也有可能是因为笼中困兽总是没有在外逍遥的野兽那么有趣，特别是当你瞥见它的足迹之后。"

马辛厄姆说："所以您假设这是一起谋杀案。"

"我只是假设一位总警司和刑事调查局的高级督察不会22点之后还要跑过来，就只为了讨论为什么保罗·博洛尼男爵会割断自己的喉咙。"

马辛厄姆向前探身，把牛奶瓶拿到手中。他搅拌着咖啡，继续问道："您是什么时候听说保罗男爵的死讯的？"

"是从18点的新闻上看到的。我给厄休拉夫人打电话，说我马上开车回来。她说我不必着急，没有什么需要我做的，她也暂时不需要用车。她说警方要求见我，但是我回来之前你们手头的事务也够你们忙的了。"

马辛厄姆问："厄休拉夫人告诉了您多少细节？"

"她所知道的一切，也并没有多少。她说他们的喉咙被割断，保罗男爵的剃刀正是那件凶器。"

达格利什曾提出主要由马辛厄姆负责提问。这种很明显的角色与身份转换经常会让嫌犯感到不安，但是这一位明显没有受到影响。哈利威尔要么就是过于自信，要么就是一点都不担心，所以并不会被这种细节所困扰。现在的场景给达格利什的印象是，在这两个人当中，马辛厄姆才是没来由更为不自在的那一位。哈利威尔故意非常缓慢地回答他的问题，并且还使出了奇怪又令人不安的招数，将自己漆黑的双眸紧紧盯住询问者，就好像他才是那个审问者，想要看穿一个未知又难懂的人格。

他承认自己知道保罗男爵用过一把能割断喉咙的剃刀，这个家里的每个人都知道这一点。他知道那本日记被放在了右边最上面的一个抽屉里。这不是什么隐私。他有时会打电话回来，不管是谁接电话，都会让那人去查看一下日记本上的日程安排。抽屉有一把钥匙，但是通常都插在锁孔上，或者就放在抽屉里。偶尔保罗男爵会锁上抽屉，把钥匙带走，但是那种情况并不常见。如果你在一座房子里生活或者工作，就总会注意到这样一类的细节。但是他不记得他最后一次看到那把剃刀或者那本日记是什么时候了，也没有人告诉他保罗男爵前一晚会去拜访那个教堂。他不清楚家里的别人知不知道这件事，反正没有人跟他提起来过。

当被问及白天他自己的活动时，他说他大概是6点30分起的床，到荷兰公园慢跑了半个小时，然后回来吃了一个煮鸡蛋当早饭。8点30分，他去了趟房里看看马特洛克小姐那里有没有需要完成的零碎工作。她给了他一盏需要修理的台灯和一把电水壶。然后他又开车去接厄休拉夫人的手足科医生比米什太太，她住在帕森斯格林，现在已经不开车了。这项定期会面安排在了每个月的第三个礼拜二。比米什太太已经70多岁了，现在厄休拉夫人是她唯一的病人。足疗11点30分的时候就结束了，他又把比米什太太送回家，接着回来把厄休拉夫人送去和一位朋友，也就是查尔斯·布莱尼太太在大学妇女俱乐部共进午餐。他把车停在俱乐部附近，自己去酒吧里吃了一份午餐，14点45分的时候赶回来送两位太太去阿格纽参观水彩画展。之后，他又送她们去萨沃伊酒店喝下午茶，然后经切尔西回到坦普顿小丘广场，在切尔西的时候把布莱尼太太送回她在那边的家里。他和厄休拉夫人在17点33分回到坎普顿小丘广场62号。他之所以记得准确的时间是因为当时看了一下车载时钟。他习惯了按时安排自己的生活。他帮着厄休拉夫人走进屋，然后把路虎车停在车库里，晚上就一直待在自己的房间，直到刚过22点的时候出发去乡下。马辛厄姆说："我知道晚上厄休拉夫人给您打过两次电话。您记得都是在什么时候吗？"

"记得，一次是大约20点的时候，21点15分又打了一次。她想和我讨论下周的安排，并且提醒我她说过我可以开路虎车。我平时开一辆老式的福特科迪纳，但是它现在在接受年检。"

马辛厄姆问："当车都停在车库里——包括路虎车、您自己的车和那辆高尔夫轿车——的时候，车库都会锁上门吗？"

"不管车库里有没有停车，都会锁起来。当然，外面的大门一直都锁着，所以遭偷窃的风险不大，但综合学校的孩子有可能会翻墙进来冒个险。大车库里有一些比较危险的工具，厄休拉夫人觉得锁上门是更明智的行为。我今晚没有上锁，是因为我知道你们要来。"

"那么昨天晚上呢？"

"17点40分之后就锁上了。"

"除了您自己之外还有谁有钥匙？"

"保罗男爵和博洛尼夫人各有一套，还有一套备用的放在马特洛克小姐起居室的钥匙板上。厄休拉夫人用不到这些钥匙，她只需要我为她开车。"

"昨天整晚您都待在这个公寓里吗？"

"是的，17点40分之后就一直在这里。"

"有没有可能家里的某人或者某个外人在您没有注意到的情况下就开车或者骑自行车出去？"

哈利威尔停顿了一下，然后说："我不相信会有这样的可能性。"

达格利什平静地插话道："如果可能的话，哈利威尔先生，我需要您给出一个更明确的答案。他们能不能这么做？"

哈利威尔看着他。"不，总警司，他们不能。我一定会听到车库被打开的声音的。我的耳朵很尖。"

达格利什继续说："那么，从17点45分到22点出发前往乡下之前,您都是一个人待在房间里,车库门紧锁着?"

"是的,总警司。"

"您在公寓里的时候通常都会把门锁上吗?"

"如果我知道自己不会再出门的话,是的。我就是靠车库门来保证居住安全的。公寓的门锁仅仅是个摆设,所以我已经习惯了锁门。"

马辛厄姆问道:"那您离开这里之后又去哪里了呢?"

"去乡下了。我去了萨福克,去见一个朋友。开车过去要花两个小时,我大约是午夜到的。她是我在福克兰群岛①战争中牺牲的一位战友的寡妇。他们有一个儿子,他并不思念自己的爸爸,因为他还没出生爸爸就已经过世了,但是他的母亲认为家里偶尔来个男人对他的成长有益。"

马辛厄姆问:"那么您是去见这个小男孩的吗?"

哈利威尔用那对感情充沛的双眼牢牢盯着他,简单回答道:"不,我是去见他的母亲的。"

马辛厄姆说:"您的私生活是您自己的事,但我们需要确认您是什么时候抵达那位朋友家里的。也就是说,我们需要知道她的住址。"

"也许吧,督察先生,但是我看不出我为什么必须提供这一信息。在过去的三年里,就算没有警察去烦她,她要承受的也已经够多的了。我是22点刚过离开这里的。如果保罗男爵是在这之前就死了,

---

① 即马尔维纳斯群岛。马尔维纳斯群岛战争是1982年4月到6月间,英国和阿根廷为争夺马岛(阿根廷称"马尔维纳斯群岛",英国称"福克兰群岛")的主权而爆发的一场战争。

那在这之后我做了什么就无关紧要。也许你们知道他是什么时候死的,也许不知道,但是等你们拿到尸检报告,就会了解得更清楚了。如果那个时候我还需要向你们提供她的姓名和住址,没有问题,我会提供。但我要等到你们告诉我这些信息确实是有必要告知的。"

马辛厄姆说:"我们不会打扰她的。她只需要回答一个简单的问题。"

"一个有关谋杀的问题。她已经承受了够多的死亡和与之相关的事情了。听着,我是22点之后离开这里,到那里时几乎是零点整。如果你问她,她也会给出同样的答案。如果这与案件相关,如果我和保罗男爵的死有任何的关系,那我肯定也已经和她对好了口供,不是吗?"

马辛厄姆问道:"为什么您这么晚才出发?今天您轮休,为什么要等到22点之后才开始这段长达两个小时的旅程?"

"我习惯等交通拥堵时段过去之后再上路,而且我手头有些想要先完成的工作。我要维修台灯的插头,还要修电水壶。如果你们想要检查,它们就在旁边放着呢。然后我还要洗澡、换衣服、给自己煮一顿晚饭。"

这些话,包括说话的语调都近乎傲慢,但是马辛厄姆控制住了自己的情绪。达格利什很擅长控制自己的脾气,明白马辛厄姆如此表现的原因。哈利威尔曾是一名士兵,还是一位被授勋的英雄。马辛厄姆如果不是出于本能地尊重对方,面对任何一个人都不会这么温和。如果哈利威尔谋杀了保罗·博洛尼,就算是维多利亚十字勋章也救不了他,但是达格利什知道马辛厄姆更希望是其他嫌犯犯下此罪。

马辛厄姆又问:"您结婚了吗?"

"我有过一位妻子和一个女儿。她们都已经过世了。"

他转过来直直地望向达格利什,问:"您呢,总警司,您结婚了吗?"

达格利什刚才在他身后伸出手,拿起了一个木雕的狮子,现在他轻轻地在手里把玩着狮子。他说:"我也有过一位妻子,还有过一个儿子,他们也过世了。"

哈利威尔又转向马辛厄姆,用那对漆黑、严肃的眼睛紧盯着他。

"如果刚才那个问题算我多管闲事,那么我的妻子和女儿也与你们无关。"

马辛厄姆说:"涉及谋杀案的时候没有什么是无关的。您昨晚去拜访的这位女士,你们两个订婚了吗?"

"没有,她还没有做好准备。在她丈夫身上发生了这些事之后,我不知道她以后还有没有可能做好准备。所以我不想透露给你们她的地址。她还没有做好准备接受警方这样的问询,甚至是任何人的问询。"

马辛厄姆很少犯这样的错误,他也不会进行解释或者寻找借口。达格利什也没有给他施加压力。关键的时间点是20点。如果哈利威尔一直到22点都有不在场证明,那么他就是清白的,所以也有权不透露自己第二天的个人生活。如果他真的是在艰难地努力与一位丧夫的脆弱女子建立起某种关系,也就不难理解不管警方多么注意提问技巧,他都不希望他们前去提出一些不必要的问题。他说:"您已经在这里工作多久了?"

"五年零三个月,总警司。雨果少校还活着的时候我就开始在这里工作了。他过世之后,厄休拉夫人让我继续留下来,所以我就留下来。这里开的工资很合适，这个地方很合适，可以说厄休拉夫人也很合适。很明显她也觉得我很合适。我喜欢住在伦敦，并且还没计划好该怎么用这笔酬劳。"

"是谁给你支付的工资？具体是谁雇用的你？"

"是厄休拉夫人。我的主要工作就是给她开车。保罗男爵从前都是自己开车，或者是用部里的公车。如果他们晚上要出门的话，我偶尔也会给保罗男爵和男爵夫人开车。但是这样的情况不多。他们并不是那种社交型的夫妻。"

"那他们是哪种类型的夫妻？"马辛厄姆小心翼翼做出一副不是很感兴趣的样子。

"他们坐在车后座的时候并不会手拉手，如果你们想知道的是这个的话。"他停顿了一下，又补充道，"我觉得男爵夫人有一点害怕保罗男爵。"

"有什么原因吗？"

"我看不出有什么理由，但是我不会把他描述成一个平易近人的人。说到这个，他也算不上一个快乐的人。如果你没办法克服那种内疚感，最好就别去做那些能让你感到内疚的事情。"

"内疚？"

"他杀死了自己的第一任妻子，不是吗？好吧，那是场意外，道路湿滑、能见度极低，一个难拐的急转弯。这些在调查中都得到了确认，但是他是开车的那一个。我之前见过这种事，他们从来都不会彻底原谅自己。这里有些什么，"他轻轻敲了敲自己的胸口，"一直在质问他们那究竟是不是只是一场意外。"

"并没有什么证据表明那不是一起意外，他很有可能像自己妻子一样,自己也搭上性命。"

"也许这并没有怎么让他担忧。毕竟他没有死,不是吗?而他妻子死了。然后,五个月之后,他就再婚了。他娶了自己哥哥的未婚妻,赢得了哥哥的房子、哥哥的钱和哥哥的头衔。"

"但是没有赢得他哥哥司机的心?"

"没有,他没有得到我。"

达格利什问道:"这个头衔对他而言重要吗?我不觉得他会在意。"

"哦,总警司,这可算是重要了。准男爵爵位也许不怎么值钱,但是这个头衔很古老了,可追溯至1642年。他非常喜欢这个头衔,喜欢那种延续性,喜欢他的一小部分获得了永生的感觉。"

马辛厄姆说:"我们都渴望永生。你听起来不像是很喜欢他。"

"他和我之间不存在喜欢与否的问题。我给他母亲开车,她支付我薪水。如果他不喜欢我,他也没有表现出来。但我认为我的存在总是会提醒他记起一些他宁愿忘却的事情。"

马辛厄姆说:"现在这一切都随着他的过世烟消云散,甚至是那个头衔。"

"也许吧,时间会表明一切。我想我得再等九个月才能确信这一点。"

这句话暗示了一种达格利什早就猜测过的情形,但是他没有追问。相反,他问道:"当保罗男爵辞去内政部的职务和自己的议会席位时,家里的员工整体上是什么感受?"

"马特洛克小姐没有讨论这件事。这个家没有那种所有雇员都坐在厨房里,一边喝茶一边八卦家中主人的氛围。我们把《楼上楼下》

那一套留给电视剧去演了。明斯太太和我觉得我们可能会陷入一场丑闻里。"

"是什么样的丑闻呢？"

"我猜是性丑闻吧。通常都是这一类的套路。"

"您有什么理由做出这种猜想吗？"

"没有，除了《帕特诺斯特评论报》上面讲的那点儿事。我没有任何证据。总警司，你刚才问我是怎么想的，这就是我觉得最有可能的情况。结果证明我错了，很明显事情更为复杂，但他本来就是个复杂的男人。"

马辛厄姆继续问他两个已故女子的事情。

哈利威尔说："我几乎没见过特蕾莎·诺兰。她在这里有个房间，但是她要么就是一直待在房间里不出来，要么就是直接出门，不太与人来往。她是应聘来当夜班护士的，19点之后才当班。白天的时候由马特洛克小姐负责照顾厄休拉夫人。特蕾莎看起来是个有些害羞的文静女孩。我觉得对于一个护士来说，她有点太畏怯了，但据我所知厄休拉夫人没有抱怨过她。你们最好还是问问她。"

"您知道她在这里工作期间怀孕的事儿吗？"

"也许吧，但她不是在我这套公寓里怀上孩子的，据我所知也不是在房子里面。没有什么法律规定你只能在19点到第二天早上7点之间做爱。"

"那么黛安娜·特拉弗斯呢？"

哈利威尔微微一笑。"她是完全不同的另一类女子。她很活泼，据我所知也非常聪明。尽管她只在礼拜二和礼拜五工作，但比起特蕾莎·诺兰，我有更多的机会见到她。我想一个这样的女孩接受这种工作是很奇怪的。而且正当她寻找兼职的时候刚好看到了马特洛克小姐的招聘启事，有点太凑巧了。一般情况下这种招聘卡片都会一直卡在窗户里，直到老化、褪色、难以辨认。"

马辛厄姆说："很明显博洛尼夫人的弟弟，斯维恩先生昨晚来过这里。您看见他了吗？"

"没有。"

"他经常来这里吗？"

"来的次数已经超出了保罗男爵的接受程度。事实上，超过了所有人的容忍程度。"

"也包括您在内吗？"

"我和他的姐姐吧，我是这样认为的。他习惯在自己觉得方便的时间过来泡澡或者吃饭，但是他相对无害。他有些刻薄，但是危险程度也就和黄蜂差不多大。"

达格利什想，这个判断也太信手拈来了。

突然之间，这三个耳朵很尖的男人同时抬起头侧耳倾听。有人正在穿过车库而来。一阵急促的脚步声传来，是软底鞋踩在铁梯上的声音。门几乎是被撞开的，多米尼克·斯维恩就站在门口。哈利威尔一定是没有插上车库的门闩。达格利什想，这样的疏忽实在有趣，当然了，除非他也在期待这样的突然闯入。但是哈利威尔什么都没有表现出来，只是用他漆黑、冰冷的双眼死死盯着他，然后又将目光移回到咖啡杯和威士忌上。斯维恩一定是早就知道他们在这儿，因为马特洛克小姐领他进门时一定告知过他，但是他做出的一副受惊的样子，脸上露出略显尴尬的微笑显得非常适宜。

"哦，我的天哪！太抱歉了！十分抱歉！我似乎养成了糟糕的习惯,总是会在警察办公的时候不请自来。好吧,我就不打扰你们的严刑逼供了。"

哈利威尔冷冰冰地说:"为什么不先敲门?"

但是斯维恩已经转向了达格利什。

"我只想告诉哈利威尔,我姐姐说我明天可以借用高尔夫轿车。"

哈利威尔没有从座位上起身,继续说:"你不提前打招呼也可以借走高尔夫轿车。你之前都是这么干的。"

斯维恩仍旧只盯着达格利什。

"那就没问题了。既然我来了,您有什么想问我的吗?如果有的话,那就来吧。"

马辛厄姆已经从桌子旁边离开,拿起了一只木雕大象。他的声音里特地抹去了一切的重点。

"只是想再确认一下,大约19点抵达这里之后,您昨天整个晚上都待在房子里,直到22点30分的时候才离开去'印度王'酒吧,是吗?"

"是的,警官。您很聪明,都还记得。"

"在那段时间里您都没有离开过坎普顿小丘广场62号吗?"

"您又说对了。听着,我承认没人把我当作讨人喜欢的小舅子,但是我和保罗的死没有任何关系。而且我也看不出来保罗为什么会这么恨我,除非我让他想起了他不愿意想起来的人。我的意思是,我从来不嗑药,除非其他人负责买单,但是很少有人付钱。相对而言,我很清醒。有工作的时候我就干活儿。我承认偶尔会花他的钱,在他家洗澡、吃饭,但是我看不出他为什么会对此如此憎恶,他又没有穷到要靠救济过活。我也不知道他为什么会讨厌我和可怜的伊芙琳玩一局拼字游戏,没有其他人费心玩那个。而且我也没有替他割断他的喉咙,我一点都不嗜血,不觉得自己有那个胆子。我不像哈利威尔一样受过训练,能够潜藏在岩石当中,脸上涂满迷彩,嘴里还衔着一把刀。这可不是我的娱乐方式。"

马辛厄姆把大象放下,就像是拒绝购买的顾客。

他说:"你更喜欢和你的女性朋友玩一晚上的拼字游戏吗?谁赢了?"

"哦,伊芙琳赢了,通常都是她赢。昨天她拼出了'西风之神zephyr'这个词,得分一下子翻了三倍,真是个聪明的姑娘。比分变成了382,我只有200分。她总是能不可思议地获得高分。如果她不是诚实得如此让人憋屈,我都要怀疑她使诈了。"

马辛厄姆说:"'之字形zig-zag'这个词的得分会更高。"

"啊,但是拼字板上可没有两个字母Z。我看出来了,你不怎么玩。你也应该多尝试一下,督察先生。这对于提高智力很有帮助。好吧,如果就这些问题,我要走了。"

达格利什说:"还没问完。告诉我们有关黛安娜·特拉弗斯的情况。"

斯维恩站了一会儿,一动不动,闪亮的大眼睛快速地眨动着。但是这种震惊——如果真的是受惊的话——很快就被控制住了。达格利什能看得出来他手部和肩部的肌肉慢慢放松下来。他说:"她怎么了?她已经死了。"

"我们知道。你在黑天鹅餐厅办过晚宴之后她就淹死了。她死的时候你也在场。给我们讲讲当时的情况吧。"

"没什么可讲的。我是说,你们肯定已经读过当时的调查报告了。我也看不出来这和保罗有什么关系,她又不是他的情人,也没有其他什么关系。"

"我们也不认为她是。"

他耸了耸肩,伸出双手,模仿出一副温顺又善解人意的样子。"好吧,你想知道些什么?"

"为什么不从头开始,首先告诉我们你为什么要邀请她到黑天鹅餐厅呢?"

"没有什么特别的理由。就当作是一时冲动之下的慷慨之举吧。我知道我亲爱的姐姐'正和一位密友共进晚餐庆生',这是她自己的话。他们关系实在太亲密,明显没办法一同邀请我。所以我想我可以自己操办一个小规模的庆祝晚宴。我来这里给芭芭拉送生日礼物,离开的时候看到黛安娜正在大厅扫地,所以就邀请她一起参加。我大概是18点30分的时候从荷兰公园地铁站外面接到她,然后开车带她去见黑天鹅餐厅的那帮人。"

"你们就是在那里吃的晚餐?"

"我们就是在那里吃的晚餐。你还想知道菜单上都有什么菜吗?"

"不需要,除非与案情相关。你接着说。"

"晚饭以后我们走到河边,发现河的下游停泊着一条方头平底船。其他人都觉得在河上晃悠一阵子会很好玩,我和黛安娜认为在岸边走走更有意思。她有点嗨。是喝多了,并不是嗑了药。然后我们觉得游到他们的船边然后突然从水里冒出来会更好玩。"

"但首先要先把衣服脱掉。"

"那个时候我们已经一丝不挂了。如果让你吃惊,我很抱歉。"

"是你首先跳下水的。"

"并不是跳水,是划水。我从不在不熟悉的水域跳水。不管怎么说,我用我一贯优雅的自由泳姿势游了过去,来到了小船旁边,然后回头找黛安娜。我发现她已经不在岸上,但是那附近有好几丛灌木——我想琼·保罗可能是想打造一个小花园——我以为她也许是改变了主意,去穿衣服了。我想我当时是有一点担心,但是并没有太过焦虑,如果你懂我的意思的话。尽管如此,我觉得我最好还是回去看看。这个时候游泳这件事已经没意思了,河水冰冷刺骨,漆黑一片,船上的伙计们也不像我料想中的那样热情地招呼我。于是我松开抓着小船的手,又游回了岸边。她不在那里,但是她的衣服还在。所以这个时候我才切实地感到害怕。我向河里船上的那伙人大喊,但是他们在来回摇晃,咯咯大笑,我觉得他们没听见我的叫喊。然后他们找到了她。她漂起来的时候他们的船篙正好打在了她的身上,女孩子们都吓坏了。他们试图把她的脑袋捧在水面之上,然后把船划回岸边,过程中还差点翻了船。我帮着他们把她拉上岸,我们还尝试着对她进行了人工呼吸。一切简直都糟糕透顶。女孩子们不知所措地哭着,想要给她身上盖上衣服;我浑身都湿透了,还在瑟瑟发抖;托尼拼命往她嘴里面送气儿,就像在吹气球。黛安娜就躺在那里,双目圆睁,水从头发上流下来,水草缠在她的脖子上,就像一条绿色的围巾。它们让她看起来就像是身首异处。从某种可怕的意义上来说,这甚至有些色情。后来,一个女孩子跑到餐厅找人帮忙,那个厨师出来接管了整个局面。他看起来知道自己在做什么,但是并没有用。黛安娜的生命结束了,这个愉快的晚上结束了。故事也结束了。"

哈利威尔猛地从桌旁站起身来,带起一片木头摩擦的刺耳声响,迅速地消失在了厨房里。斯维恩望向他离开的方向。

"他有什么不高兴的?我才是那个目睹现场的人。我以为他肯定听过比这更糟糕的事情。"

达格利什和马辛厄姆都没有说话,哈利威尔很快就回来了。他端了另外一瓶威士忌,并把它放在桌子上。达格利什觉得他看起来更加苍白了,但是他又给自己倒了一小杯酒,手一点都没有晃。斯维恩瞥了一眼酒瓶,似乎在琢磨为什么他没有被邀请一起喝一杯,然后他又转向了达格利什。

"我告诉你有关黛安娜·特拉弗斯的一件事。她不是个演员。我是在我们开车去黑天鹅餐厅的路上发现的。她没有演员证,没上过戏剧学院,不懂表演术语,没有经纪人,也没演过戏。"

"她说过她到底是做什么工作的吗?"

"她说她想要当一名作家,现在正在收集素材。相比而言告诉别人自己是演员更容易应付过去。那样的话,人们就不会问你为什么只想要一份临时工。我得说哪一样我都不在乎。我只是带这个女孩去吃晚饭,又不是提出来要和她同居。"

"你和她在河岸上的这段时间里,也就是你们下河游泳之前,以及你回去找她的时候,你看到或者听到有另外的人在场了吗?"

那双蓝色的眼睛睁圆了,几乎和他姐姐一模一样,这种相似程度实在有些不可思议。他说:"我不这么认为。我们当时是有一点自顾不暇,你明白的。但是你说会有一个偷窥狂来窥视我们?我从来没想过会有这样的事。"

"那你现在想一下吧。你们绝对是在独处吗?"

"我们肯定是的,不是吗?我是说,还会有谁在那里呢?"

"回想一下。你看到或者听到什么让你起疑的事情了吗?"

"我不觉得有,但是那个时候船上的姑娘们一直在欢快地尖叫。下水开始游泳之后,我不认为自己还能看清或者听清任何事。我确实记得我听见黛安娜在我下水之后也跳进了水里,但因为我预想她会这么做,所以可能是我想象出来的声音。我想也确实可能有人在观察我们,也许就藏在灌木丛里,但是我没有看到他。如果我给的是错误的答案,我很抱歉。还有,抱歉我闯进来。顺便一说,如果你们需要找我,我会待在房子里,为一位寡妇提供一些来自弟弟的安慰。"

他耸了耸肩,又冲着大家笑了一下,似乎并没有针对某个特定的听众,然后就走了。他们听到了他走下铁楼梯的声音,但没有人做出任何评论。

他们起身要离开的时候,马辛厄姆开始了他最后一场问讯。他说:"我们现在还不能确定保罗男爵和哈利·麦克是怎么死的,但是我们觉得他们两个都是被谋杀的可能性很大。您在这座房子里或者这个家以外有听到或者看到过什么,会让您怀疑某个人是凶手吗?"

他们总是会问这个问题,这是在预料之中的提问,走个形式而已,也总是非常直白而不加掩饰。因此,这也是最不可能问出实话的一个问题。

哈利威尔又给自己倒了一杯威士忌,看起来是打算整晚畅饮了。他没有抬头,说:"我没有替他割断喉咙。如果我知道是谁干的,我可能已经告诉你们了。"

马辛厄姆坚持问:"据你所知,保罗男爵没有敌人吗?"

"敌人?"哈利威尔的微笑几乎就要变成咧嘴大笑。这让他黝黑、英俊的脸庞一下子变成了一张冷笑着的邪恶面具,让斯维恩对他的描述——黑着一张脸潜伏在石头堆当中——变得更有说服力。"他肯定有敌人,不是吗?政客不是都有敌人吗,长官?但是这一切都结束了,完毕了。'就像那位将军,他已经远离射程了'。"

达格利什觉得他可能是故意只引用了一半班扬所说过的话。随着他的话音一落,此次问讯也告一段落了。

哈利威尔和他们一起从车库走下去,在他们身后拉上了沉重的大门。他们听见了两条门闩关上的声音。壁龛里的灯已经被关掉了,铺着鹅卵石的院子里一片漆黑,只有车库墙壁两端还亮了一对墙头灯。在朦胧的黑暗中,柏树的味道更浓了,但又被一种病态的、葬礼上才会闻到的气味所覆盖,就好像附近有一个装满了枯萎、腐烂的花朵的垃圾箱。他们快走到房子后门口时,马特洛克小姐无声地从阴影处站了出来。她穿着百褶的长款睡衣,看起来更高、更加顺从了,在无声的凝视中她几乎显得有些优雅。达格利什思忖着她已经这样无声地等了他们多久。

他和马辛厄姆沉默着尾随着她,穿过寂静的大屋。当她转动钥匙,拉开大门的门闩时,马辛厄姆说:"您昨晚和斯维恩先生玩的那局拼字游戏,谁赢了?"

他故意使了非常幼稚的一招,设下的陷阱非常明显,但是她的反应也令人吃惊。在走廊昏暗的灯光下,他们看到先是她的脖子变红,随后那团红色冲上了她的脸颊。

"我赢了。如果你感兴趣的话,我可以告诉你们我得了382分。这场游戏确实发生过,警官大人。你们也许已经习惯了和骗子谈话,但我不是那些人当中的一个。"

她的身体因为愤怒而变得僵直，但是紧握的双手却不停发抖，就好像中风了一样。达格利什柔声说："没人说您是骗子，马特洛克小姐。谢谢您一直等着我们。晚安。"

走出门，打开路虎车的车门，马辛厄姆说："现在说说，为什么这个简单的问题会让她受到这么大的震动？"

达格利什之前也见过这种情况，腼腆又没有安全感的女人爆发出的这种笨拙的挑衅之举。他只希望自己能够更同情她。他说："这种问话方式并不怎么含蓄，约翰。"

"不，总警司，我本来就没打算问得含蓄。她确实是玩了拼字游戏，没错。问题是什么时候玩的？"

达格利什握起方向盘，开车驶离了那幢房子，又在离坎普顿小丘广场没多远的一块空地停下车，给苏格兰场打电话。凯特·米斯金的回应听起来坚强又充满活力，就好像这还是白天调查刚开始的时候。

"我已经追踪并联系到了哈瑞尔太太，总警司。她确认说自己确实是差不多20点45分的时候给坎普顿小丘广场上的宅邸打电话说要找保罗男爵。一个男人接的电话。他说：'这里是斯维恩。'当她告诉他自己的目的时，他把听筒交给了马特洛克小姐。马特洛克小姐说她不知道保罗男爵在哪里，房子里的其他人也都不知道。"

达格利什想，斯维恩在别人家里接电话的时候这样讲话是有点奇怪。几乎让人觉得他就是想要别人知道他当时就在这座房子里。他问道："挨家挨户地访问有什么结果吗？"

"还没什么结果，总警司，但是我又和麦克布莱德夫妇还有玛吉·沙利文谈了谈。他们三个人都很确定从教堂下水道里涌出了水。有人在20点刚过的时候使用了盥洗室里的水槽。他们在这个时间点上达成了一致。"

"实验室那边怎么样了?"

"我和高级生物学家联系了一下,如果他们能在尸检结束以后,也就是说大概傍晚的时候,马上获得血样,那就可以通宵进行电泳分析①了。主管同意周末的时候加班,所以到周一早上我们就可以知道有关血痕的信息了。"

"文件鉴识员那边还没有消息?火柴头分析得怎么样了?"

"文件鉴识员还没能开始检验吸墨纸,但是他们会优先处理。火柴分析总是会遇上同样的问题,总警司。他们会用扫描式电子显微镜做一套分析,然后寻找指纹,但是他们能提供的信息最多是火柴是用常见的白杨木做的。他们不可能发现这个火柴来自哪个具体的火柴盒,而且火柴头太短,也没法做一个长度对比。"

"好吧,凯特。今天就先这样。你最好回家去吧。晚安。"

"明天见,总警司。"

路虎车开出坎普顿小丘广场,转入荷兰公园大道,达格利什说:"哈利威尔的品位价值昂贵。那一套《英国著名审讯案例集》至少得花将近1000英镑,除非那是他这些年一卷一卷收集起来的。"

"那也没有斯维恩的品位贵,总警司。他身上穿的那件凡鲁西尼夹克衫是丝绸和亚麻布做的,还装饰有银扣子,一件得卖450英镑。"

"我相信你的观点。我在想他为什么要那个样子闯进来,那是一场非常做作的表演。也许他是为了了解哈利威尔都会透露些什么,但

---

① 通过粒子因不同电荷、质量或形状导致在电场中移动速度不同,从而将物质进行分离,可给出大分子如蛋白质的特征。

是这一点很重要,他就这么闯了进来,好像已经习惯了这么做。如果哈利威尔不在,他毫不费力就可以拿走任何钥匙,需要的话甚至可以再配一把弹簧锁的钥匙。"

"他能否进入哈利威尔的公寓,这一点很重要吗,总警司?"

"我认为是的,这场谋杀旨在以假乱真。哈利威尔的书架上有一本辛普森的《法医学教科书》。书的第五章,作者以一贯清晰的笔触画出了一张表格,表明了自杀和他杀两种情况下喉咙处割痕的区别。斯维恩任何时候都可能看到那一部分,浏览并记在脑中。所以,坎普顿小丘广场宅邸中其他能够进入车库楼上公寓里的人也都可以办到这一点。当然了,最容易做到这一点的就是哈利威尔本人了。不管是谁割断了博洛尼的喉咙,他很清楚地知道自己想要达成什么样的效果。"

马辛厄姆问道:"但若是如此,哈利威尔会把辛普森的书放在那里,让我们一眼就能看到吗?"

"如果还有别人知道他有这套书,销毁它们会比把它们留在书架上显得更加像是有罪的表现。但假如厄休拉夫人说的有关那两个电话的情况属实,哈利威尔就洗去了嫌疑。我不觉得她会给杀了自己儿子的凶手做伪证。事实上,她不会袒护任何嫌疑人的。"

马辛厄姆说:"哈利威尔也不可能给斯维恩伪造不在场证明,除非他不得不这么做。他们俩之间不存在任何怜惜之情。他鄙视那个男人。很巧的是,我想起来我之前是在哪里见过斯维恩了。一年前他在卡姆登镇科宁斯比剧院参演过一出戏,名叫《车库》。剧团真的就在舞台上搭建了一个车库。在第一幕里,他们把车库立了起来,到了第二幕他们又把车库推倒。"

"我当时以为那是个婚礼帐篷。"

"那是另外一出戏了。斯维恩扮演的是当地的一个变态,把车库推倒的那个团伙中的一员。所以他肯定是有演员证的。"

"你觉得他作为一个演员来说表现如何?"

"很有活力,但是不够细致。在这方面我可没资格评判。我更喜欢看电影,去看那出戏仅仅是因为艾玛当时正处于接受文化熏陶的阶段。那出戏剧有非常深刻的象征意义。车库其实是象征了英国,也可以说是资本主义或者帝国主义,又或者是象征了阶级斗争。我不确定作者知不知道这一点。你会觉得这是一场会大受好评的戏。没有一个人讲哪怕一句文绉绉的台词,一个礼拜之后,那些对话我一个词都记不得了。第二幕里有几场很激烈的打戏。斯维恩知道该如何表现自己。尽管如此,拼命踢打车库墙体并不算是为割断喉咙做恰当的训练。我不觉得斯维恩会是一个杀手,至少不是这一次命案的凶手。"

他们都是富有经验的刑警,知道在这一阶段保持理性侦查的重要性,也知道要专注于实际、可查明的物理证据。哪一位嫌疑人有手段、机会、知识储备、体能和足够的动机?在调查的最初期就开始思考这个男人是否足够残忍,有足够胆量、足够动机以及其他心理因素来犯下这场罪行是件很没有效率的事。尽管如此,因为痴迷于对人性的探索,他们总是会一开始就进行这样的设想。

第六章

　　克劳赫斯特花园49号二层靠后的一间小小卧室里，沃顿小姐僵直地躺着，她没有睡着，双眼盯着那一片黑暗。她紧紧贴在硬邦邦的床垫上，感觉自己身体不同寻常地滚烫，而且像灌了铅一样沉重。即便是想要更舒服一点而转个身都会让她觉得更加疲惫。她没指望自己能睡个好觉，尽管如此也还是走完了晚上日常的流程，侥幸地盼望着只要坚持了这些细小又安抚情绪的日常仪式就能够瞒过自己的身体，进入睡眠状态，或者至少能够平复下来。她的祈祷书里面抄下来的《圣经》选段、热牛奶、一片膳食纤维饼干，这是一天当中最后的一点享受，却没有一个有效。《路加福音》里面的选段讲的是善良牧羊人的寓言，这是她的最爱之一，但是今晚她阅读的时候是带着一颗格外敏锐、充满质疑的头脑。牧羊人的工作究竟是什么？仅仅是照看羊群，确保它们不会逃跑，好给它们打上烙印，剪掉毛，然后进行屠宰。如果不是需要它们的羊毛和羊肉，牧羊人就会失业了。

　　她合上《圣经》之后很久都还僵直地躺在床上，长夜似乎漫漫无边，她在头脑里不断地挖洞、狂奔，就好像一只深受折磨的小动物。达伦在哪里？他怎么样了？是谁在确保他躺着的时候不会不舒服，也不会难过?他看起来并没怎么受到那糟糕场面的冲击,但是孩子的事情永远也没办法说清楚。而他们现在被分开都是她的错,她本来应该坚持询问他的住址,并且与他的妈妈见面。他从未提及自己的母亲,她问起来的时候他总是耸耸肩,并不作答,她也不想逼他回答。也许她应该通过警方联系他,但是达格利什总警司手头上有两起谋杀案要侦破,她应该在这个时候打扰他吗?

而"谋杀"这一字眼又带来了一种新的焦虑。有些事情她本应该记得,本应该告诉达格利什总警司的,但是却想不起来了。他和她一起坐在教堂角落里给孩子准备的小椅子上,很简洁、很温柔地询问了她,就好像完全不在意,甚至是没有注意到这小椅子和他高大的身材有多么不搭配。她曾试着冷静、精确、实事求是地陈述,但是她知道自己的记忆里出现了断层,可怖的现场让她瞬间忘掉了一些事情。但会是什么事情呢?一定是很细小、也许不怎么重要的事情,但是他曾告诉她,要说出一切的细节,不管有多么微不足道。

但是现在,另外一个更为急迫的问题浮出水面。她需要去用洗手间。她扭开床头灯的开关,摸索着找到她的眼镜,瞥了一眼床头柜上轻声迈步的旅行钟。才2点10分,她不可能憋到早上的。尽管沃顿小姐有属于自己的客厅、卧室和厨房,她却要和楼下公寓里的麦格拉斯夫妇共用一个洗手间。因为下水管道都是老式的,所以如果她半夜使用厕所,第二天早上麦格拉斯太太就会抱怨。另一个选择就是使用夜壶,但是用了夜壶就需要清理,第二天一整个早上她就都得焦虑地侧耳聆听,以等到最安全的时刻,确保拿着夜壶去洗手间时不会遇上麦格拉斯太太,也不会看到她凌厉、蔑视的眼神。有一次她手里正拿着盖着盖子的夜壶,正好在楼梯上遇到比利·麦格拉斯。每每想到那次相遇，她的脸颊就不禁发烫。但是这一回她必须得用夜壶，夜深人静，她可不敢蹑手蹑脚走下楼，用像小瀑布一样的冲水声、水管悠长又剧烈的颤动声来打破这份安宁。

沃顿小姐不知道为什么麦格拉斯夫妇会这么讨厌自己，为什么她没有任何冒犯之意的礼貌之举能够极大地刺激到他们。她试着尽量不妨碍到他们，但是做到这一点并不容易，因为他们共用同一扇大门，同一条门廊。达伦第一次来她家做客的时候，她向他们解释说他的妈妈在圣马修教堂工作。这个在慌乱之中脱口而出的谎言似乎很让他们满意，所以在此之后她也坚定地把这个谎言抛诸脑后，反正她不太可能把这个谎言纳入到每周的忏悔里，况且达伦来去匆匆，他们也不太可能有机会询问他。他好像能感觉到麦格拉斯夫妇的敌意，最好还是不要狭路相逢。她曾试着通过谦恭有礼和一些小小的善举与麦格拉斯太太和解：夏天炎日当头的时候帮他们把牛奶瓶拎进屋，逛完圣马修教堂的圣诞集市之后在他们家门口放一瓶自制果酱或者酸辣酱等。但是这些示弱的表现似乎增加了他们的敌意，而她发自内心地明白对这一切她无能为力。人和国家一样，都需要有一个更弱小、更不堪一击的对手来欺凌、蔑视。这个世界就是这样的。她轻轻地从床底下把夜壶拿出来，蹲在上面，肌肉紧绷，试图调整并尽量让排泄的声音变小。她又一次想到自己是多么希望能养一只猫，但是那个有着20码野草、隆起很多小丘、周围有零星玫瑰丛和其他不开花灌木的小花园属于楼下公寓所有。麦格拉斯夫妇绝对不会允许她使用的，把小猫终日关在自己的两个小房间里又太不公平了。

沃顿小姐从小就懂得要心怀恐惧，而一旦学会了这一课就很难再忘记。她的父亲是一所小学的校长，让他在学校里能够相对包容的代价就是在家里做一个完完全全的暴君。他的妻子和三个孩子都非常害怕他，但是这种共有的恐惧并没有能使三个孩子的关系更为亲密。当他毫无理由发起脾气时，他会单挑出来一个孩子承受这种不快，而另外两个孩子会很羞愧地看出彼此眼中的释然。他们学会用谎言保护自己，但又会因为撒谎而挨打。他们学会了恐惧，但是又会因为胆小而受到惩罚。尽管如此，沃顿小姐还是在靠墙的桌子上摆了一张放在银色相框里的双亲的合照。她从来没有因为过去和现在的不幸而埋怨自己的父亲。她学到的精髓是将一切怪罪到自己的头上。

她现在在这个世界上是真真切切的孤身一人了。她和弟弟约翰最亲密，而约翰是三个人当中内心最坚韧的一个，也很有出息。但是就在19岁生日前一天，约翰被他驾驶的兰卡斯特式轰炸机的尾部炮塔活活烧死。还好沃顿小姐对约翰尖叫着承受的那种钢铁熔炉炼狱一无所知，所以在想象他的死亡时默认他是被一颗德国人的子弹射中了心脏，这个年轻、苍白的勇士轻轻地倒向大地，双手仍紧握着自己的武器。她的哥哥埃德蒙德在战后移民到了加拿大，现在已经离婚，没有孩子，在北方的一个小镇当办事员。她一直都记不清这个小镇的名字，也许是因为他极少写信来吧。

她把夜壶又塞回到床底下，然后穿上睡裙，赤脚走过狭窄的走廊，来到前厅的单扇窗前。房子里一片死寂。街灯之下，马路如乌木一般漆黑，两侧停满了车辆。即便窗户紧闭，她还是能听到哈罗路上喧嚣的夜车声。今夜云层低压，被不夜城染成一片血红。有的时候，沃顿小姐凝望着这种诡异的半明半暗，总觉得伦敦是用煤炭做成的，一直在燃烧，就像是自己一直处于这没有被人识破的地狱。窗户右边，在红光的映衬之下，矗立着圣马修教堂的钟楼。通常情况下它都能令她获得安抚。她熟悉那座教堂，把自己一点微薄的力量奉献给它。在那里她曾忙碌过，得到过安慰，进行过忏悔，感到过如家一般的自在。但是现在，这座瘦长的尖塔让她感到陌生，如同一团黑墨，与血红的天空形成鲜明对比，成了恐怖与死亡的象征。她每周都要有两天从纤道走去圣马修教堂，未来该如何面对这一切？过去，这条路很神奇地使她忘却了城市的街道有多么可怕，除了那些偶尔遇到的、漆黑的地下通道仍看起来有点吓人。但即便是最伸手不见五指的清晨，她走过这里的街道时也都毫无惧意，最近的几个月里她又有达伦做伴。但是现在达伦离开了，安全感也消失了，这段纤道上会铺满想象出来的黏滑血泊。她爬回到床上，思绪飘过一个个屋顶，停留在了小礼拜堂。当然，现在里面应该是空荡荡的了，警方肯定已经运走了两具尸体。她离开之前，无窗的黑色厢式货车就已经停在了教堂门口。现在那里空无一物，只有棕褐色的血迹还凝结在地毯上——还是说那些血迹也被清理走了？空无一物，只有黑暗和死亡的味道。除了圣母堂，那里一定还闪耀着避难之光。她会连这束光都失去吗？她心中这样暗想。这就是谋杀给无辜之人带来的影响吗？它带走他们曾深爱着的人，在他们的心中填满恐惧，让他们在熊熊燃烧的天空下孤苦伶仃、无依无靠。

第七章

凯特·米斯金关上电梯门、打开公寓保护锁的时候已经是夜里11点30分之后了。她本想在苏格兰场等到达格利什和马辛厄姆从哈利威尔那里回来之后再走。但是达格利什提议她可以下班了,毕竟明早之前也没有别的什么事情要做了。如果达格利什是正确的,即博洛尼和哈利·麦克都是被谋杀的,那么接下来她和马辛厄姆就会经常性地每天工作16个小时,甚至是更久。她并不担心这种可能性,因为她早就熟悉了这种情况。她打开灯,把门反锁上,突然觉得她内心中希望达格利什是正确的这种想法非常奇怪,甚至应该遭受谴责。但马上她就用最常见的话语安抚了自己。博洛尼和哈利都已经死了,没有任何办法能让他们死而复生。如果保罗·博洛尼男爵不是亲手割断了自己的喉咙,那么这个案子不仅变得很重要,也变得非常吸引人。这不仅仅是从个人感受来讲,这个案子也将是她获得提拔的重要机会。一直以来,警界对于在C1设立特别行动小组,调查政治或者社会敏感度极高的重大案件这件事都有很大的反对意见,她可以马上报出好几个高层的名字,这些人看到他们接手的第一个案子只是谋杀然后又自杀的普通悲剧一定不会感到遗憾。

她走进公寓，像往常一样充满满足感，有一种终于回家了的感觉。她在查尔斯·香农公寓刚住满两年。通过精心计算贷款买下这套公寓只是她出人头地计划的第一步，最终是要买下泰晤士河边一套经过改造的复式公寓——有着面向河流的宽敞窗户、没有吊顶的大房间，能够将泰晤士河两侧塔桥的远景尽收眼底。虽然现在仅仅是个开始，她依然为此感到喜悦，有时还要抑制住自己不会一刻不停地在屋里徘徊，抚摸墙体，触碰每一件家具，从而让自己确信这一切都是真实存在的。

公寓位于荷兰公园大道一个街区以外一座维多利亚式住宅楼的顶层，有一间狭长的客厅，阳台环绕着铁围栏，还有两间小小的卧室、一间厨房和一个独立的盥洗室。这房子建于19世纪60年代初，旨在于艺术与工艺运动逐渐兴起时为艺术家和设计师们提供工作室，门口的一些蓝色的纪念匾就证明了它曾拥有的历史意义。但是从建筑学上讲，这幢楼毫无优点。它的墙体由黄色的伦敦砖砌成，与周围具有摄政时期风雅的建筑形成鲜明对比，还格外高耸，外围如城墙，使得它像一座维多利亚时期的城堡一样，与周围十分不协调。高耸的外墙被无数个比例极不协调的窗户分割开来，还横七竖八地装满了铁制逃生梯。屋顶有成排的烟囱顶，中间还冒出了各种电视天线，其中有很多早就已经作废了。

这是唯一让她感到像家的地方。她是个私生子，从小被外祖母带大，而她刚出生的时候，外祖母就已经快60岁了。她未婚的妈妈在她刚出生没几天就去世了，她印象里的她来自一张学校里的合影，有一张瘦削、严肃的面庞，站在学生群的第一排，那张脸上完全没有她自己所具备的那种坚韧的特性。她的外祖母从未谈起过她的父亲，她因此设想她的妈妈也从未披露过她父亲的身份。她也没有继承自己父亲的姓氏，但是这一点早就不会让她心烦了，也从未让她心烦过。在很小的时候，她难免幻想过自己的父亲会找到自己，但是后来，她完全不觉得有任何必要去探寻自己的身世。她有一次在学校图书馆随意翻开了一本莎士比亚的剧作，依稀记住的两句话后来成为她的人生哲学：

前程后事有何畏，
我命终始自由我。

她并没有选择把自己的公寓装潢成某种时代的风格。她对过去几乎毫无感觉——她的一生都在努力摆脱过去，根据自己对秩序、安全感和成功的追求来打造自己的未来。所以几个月以来，她的家具就只有一张折叠桌、一把椅子和地板上的一张床垫，直到后来她攒够了钱，能买得起她喜欢的设计精美的简洁风现代家居：真皮的沙发、两把安乐椅、抛光的榆木餐桌、配套的四把椅子和覆盖整面墙的定制书架，专业设计的整洁厨房里只有必需的厨具和餐具，没有任何奢华的摆设。公寓是她的私人世界，警局里的同事严禁涉足，只有她的恋人可以来。但是艾伦第一次走进门的时候，尽管没有表现出任何好奇心、任何威胁性，只是像往常一样提着一塑料袋子书，他这种温和的存在有那么一瞬间好像也成了一种危险的入侵。

她给自己倒了一小杯威士忌，掺上水，然后打开从客厅通向阳台的那扇小门的安全锁。室外的空气涌入，干净清爽。她关上门，站在那里，手里握着酒杯，身子倚在砖墙上，向东看去，鸟瞰整个伦敦。

低矮的云层吸收了城市闪耀的灯光，像淡红色的彩色涂料一样，与浓烈的蓝黑色天空形成对比。一阵轻风吹过，拂动了荷兰公园大道两侧高大酸橙树的枝条，让50英尺之下一排排屋顶上脆弱、充满异国风情的电视天线随风晃动。南面那些荷兰公园里的树木在天空之下有如凝结的黑色团块，前方，圣约翰教堂的尖顶闪闪发光，就好像远处的一片海市蜃楼。这也是这种时刻的乐趣之一，看着那仿佛是在移动的尖塔，有时靠得太近，她感觉自己只要伸出一只手，就能触碰到那粗糙的石块；而有时又会像今晚这样，整座尖塔遥不可及，仿佛是远处的一个幻象。在她右下方的弧光灯之下，道路向西蜿蜒，油光闪闪，就好像一条熔化、炽热的熔岩流，承载着一群又一群的汽车、卡车和红色公交车，没有尽头。她知道这条路在古时候是罗马的一条通道，一直通向西方，远离伦狄尼姆①。路上刺耳的轰鸣声传到她耳边时已经非常微弱，就好像是远方卷起的轻轻海浪。

除了冬天天气最糟糕的时候，这是她一年四季每夜的日常活动。她会倒一杯威士忌———一般是金铃牌的，然后拿着杯子站出来沉思。她想，这更像是一个关在囚笼里的犯人在说服自己这座城市依然存在。但是她的小公寓并不是监狱，更像是对来之不易并努力维系的自由的一种证明。她从庄园逃出来，从外祖母那里逃出来，从那个战后建成的公寓第七层的一处比例失调、肮脏又吵闹的小公寓逃出来。埃里森·费尔韦瑟公寓是以当地一位议员的名字命名的，他像大多数同类一样，拆掉了狭小的街区，建起12层的高层公寓，以此向所谓的公民自豪感和相对应的社会学理论致敬。她逃离了那里的大吼大叫、墙

---

① 伦敦最初是罗马帝国军队在泰晤士河下游渡口筑起的一座要塞，起名伦狄尼姆（Londinium），伦敦之名即从中演变而来。中世纪时它成为英国的首都。

上的涂鸦、破旧的电梯、随地小便的臊臭味。她记得她逃出来的第一个晚上,也就是两年多之前——6月8日那天。她就站在现在所处的这个地方,像是举行祭奠仪式一样给自己倒了一杯威士忌,看着流动的灯光反射出来的弧形落在栏杆之间,大声说道:"去你的吧,该死的费尔韦瑟议员!欢迎你到来,自由!"

现在她切切实实地走上了正轨。如果她的新工作能大获成功,任何事情——差不多任何事情——都有可能发生。亚当·达格利什至少要选择一位女性加入自己的调查小组,这件事并不令人吃惊,但是他不是那种特意迎合女权主义的人,也不会专门讨好任何流行的主义。他之所以选中她,是因为他需要有一位女性队员,是因为他了解她的档案,知道她可以做好工作,让他放心。她向窗外远眺伦敦,感到自己的血脉里涌动着强大又美好的自信,就像清晨的第一口空气。在她身下延展开来的这个世界让她感觉就像自己家里一样自在,这里也是隶属伦敦警察厅管辖范围之内,人口密集又喧哗的都市街区之一。她想象着这条路一直延伸到诺丁山大门的另一边,穿过海德公园,跨过蜿蜒的河流,越过威斯敏斯特教堂的高塔和大本钟,短暂地掠过伦敦金融城,然后来到东部郊区与埃塞克斯郡警局的交界处。她几乎知晓那一边界的每一毫厘。这就是她眼中的首都:被划分成了不同警区、街区、部门和分部。她仿佛回到了诺丁山,那坚韧、多元、极具都市特性的村庄,她刚离开基本培训学校的时候就被分到那里轮岗。她还能记起8年前那个酷热的8月夜晚,能清晰地记得当时的每一种声响、每一种色彩和每一种气味,就是在那一瞬间,她明白了自己的选择是正确的,这就是她宿命中要追求的职业。

在她鲜活的记忆里,那个最为酷热的8月之夜,她和特里·里德一起在诺丁山进行街头巡逻。一个男孩冲向他们,激动地尖叫着,喋喋不休地讲着什么,并用手指向附近的一处房屋。她又一次看到了当时的场景:吓坏了的邻居们聚在一起,站在楼梯底下,每张脸都浸满汗水,闪闪发光,沾满污垢的衬衣下是汗流浃背的身躯。空气中一股热气腾腾、没有洗澡的人的味道。在这些人的低声细语之外,楼上传来了一个刺耳的声音,正含糊不清地发出抗议。那个男孩说:"他手里有把刀子,小姐。乔治试着夺过刀来,但是他又威胁他。是不是啊,乔治?"

角落里的乔治脸色惨白、个子矮小,像一只鼬鼠一样蜷成一团:"是的,就是这样。"

"他现在挟持了玛贝尔和那个小孩。"

一个女人轻声说道:"耶稣保佑,他还挟持了个孩子啊。"

他们退到后面,好让她和特里通过。她问道:"他叫什么名字?"

"勒罗伊。"

"还有别的称呼吗?"

"普莱斯,勒罗伊·普莱斯。"

走廊漆黑一片,房间本身没有上锁,可能是因为之前把锁撞开了。房间里更加黑暗,窗户上钉着的一张毯子被扯破了一角,些微刺眼的光从外面漏了进来。她隐约能看到地板上沾满污垢的双人床垫和一张折叠桌,桌子两侧各有一把椅子。空气中有一股呕吐物的味道,还有汗味、啤酒和油腻的炸鱼薯条混在一起的味道。墙边蜷缩着一个女人,怀里抱了一个小孩。

她温柔地说:"没关系的,普莱斯先生。让我把刀子拿走吧,你并不想要伤害他们。她是你的孩子,你不想伤害他们任何人。我知道这是怎么一回事,天气太热,你又受够了这一切。我们都已经受够了。"

她在自己从前居住的公寓以及巡逻的路上看到过太多类似的情况,担负着的沮丧、无助和痛苦突然之间变得过于沉重,整个人的头脑里爆发出一阵狂乱的抗议。他确实是已经受够了:太多没有支付完、也无力支付的账单,太多的担忧、太多的要求、太多的沮丧,当然,还有太多的醉酒。她走到他身边,没有说话,平静地迎上他的目光,伸出手,接过刀子。她感受不到恐惧,只是害怕特里突然冲过来。没有人发出任何声音,楼下的一群人一片死寂,外面的街道也陷入了一片怪异的寂静,即便是伦敦最嘈杂的街道也会有这样的片刻安宁。她只能听到自己平稳的呼吸和他急促、沙哑的呼吸。接着,他发出激动的抽泣声,扔掉刀子,整个人扑向了她。她扶住他,像对一个孩子一样轻声呢喃,一切都结束了。

她夸大了特里在这件事中发挥的作用,他也默许了她的这种说法。但是摩尔·格林从来不会放过令人兴奋的机会,也很渴望看到警察之间的内讧,她当时正好是楼下那群眼睛闪闪发光、急不可待的看客中的一员。到了第二周的周二,她携带大麻,被特里抓了个现行,可能特里当时的动作有点过分,但毕竟他还没完成每周给自己设定的逮捕计划。摩尔要么就是突然爆发出一股对女同胞的忠诚,要么就是憎恶所有的男人,特别是特里,于是她就给警局的警长讲了那场挟持人质事件的另一个版本。并没有人告诉凯特什么,但是大家都很明显地向她示意他们已经知道了真相,而她对此保持缄默也并没有损害到自己。她现在又突然在想那个男人、玛贝尔和孩子接下来怎么样了。

她第一次发现，奇怪的是一旦事件结束，她写完了报告，就再也没想起过他们来。

她走进屋，关上门，拉上厚重的亚麻窗帘，然后去给艾伦打电话。他们本来计划着明晚一起去看一场电影，但是现在看来是不可能实现了。这个案子结案之前，做任何计划都毫无意义。像她之前每次爽约的时候一样，这一次他也平静地接受了这一消息。她喜欢他的原因之一就是他从来不会大惊小怪。

他说："那下周四约好的共进晚餐看来也不太可能了。"

"也许到时候我们就结案了，不过可能性很小。话是这么说，还是先约着吧，如果有安排的话我到时候再打电话取消。"

"好吧，祝你办案顺利。我希望不会变成'爱的徒劳'。"

"那是什么？"

"抱歉。这是一部莎士比亚的剧作，里面有一位贵族就叫博洛尼这个名字。这个名字不同寻常，也很有意思。"

"他的死亡也不同寻常，非常有趣。下周四晚上见。"

"除非你到时候不得不取消约会。那就下周见了，凯特。"

她觉得自己从他的声音里听出了一丝讥讽，但又说服自己那是疲惫造成的幻听。这是他第一次祝她办案顺利，但是他依然没有提出任何问题。她想，他确实谨小慎微，和她自己对待工作的态度一样。还是说他压根就不在意？他放下听筒前，她赶忙说道："那个贵族，最后他怎么样了？"

"他爱上了一个叫作罗莎琳德的女子，但是她让他去照顾病号。所以他就到医院去给病人们当了12个月的开心果。"

她想，从这里面可是几乎得不到什么灵感。她放下听筒，脸上挂着微笑。下周四的晚餐不能一起吃是件憾事,但是以后还会有其他的晚餐约会、会共度更多良宵的。她打电话找他的时候他就会来。他总是会来。

她怀疑自己遇见艾伦·斯库利的时机可能是刚刚好。她早期的性教育都是在高层公寓下的水泥地下通道和伦敦北区综合学校自行车棚后接受的,那种刺激、危险与厌恶融合在了一起,虽然给她上了人生很好的一课,但对于爱情却是一种很糟糕的预备工作。那些人里面的大部分男孩子都没有她聪明。如果他们长得帅气一点、又或者比较机灵幽默,可能还不算什么。到她18岁的时候,她饶有兴致、却又很沮丧地发现自己对男人的看法和常见的男人对女人的想法一致——可以偶尔作为身体上和社交上的消遣,但是实在无关紧要,完全不允许其介入到人生重要又严肃的事业当中,这就包括了甲级考试、职业规划以及逃离埃里森·费尔韦瑟公寓。她发现自己可以享受性爱,但同时又对这种欢愉的来源充满鄙夷。她知道这样的态度没办法开展任何的恋爱关系,但是就在两年前,她遇到了艾伦。他的公寓在大英博物馆后的一条小巷子里,当时他遭遇了入室行窃,是她带着指纹鉴识人员和犯罪现场调查人员赶过去的。他告诉她,自己在布鲁姆斯伯里的一家神学图书馆工作,业余收藏维多利亚时代初期的布道书——这在她看来是个非常不同寻常的选择——其中最有价值的两卷被偷走了。他们没能把书找回来,她从他回答问题时那种冷静、坚定的语气中听出来,他也没指望着还能找回那些书。他的公寓狭小、凌乱,不像是人住的地方,更像是囤放书籍的储藏室,她从来没见过这样的地方,也没见过像他这样的男人。她后来不得不再次回访,他们边喝咖啡边聊了大概一个钟头,然后他很自然地问她愿不愿意一起去国家剧院看一场莎士比亚的戏剧。

那一晚过后不到一个月,他们就一起上床了,他打消了她一直以来坚信不疑的想法,她曾以为知识分子对性爱都没有兴趣。他对此颇有兴趣,也长于此道。他们逐渐进入了一种舒适的恋爱关系,明显让彼此都非常满意,他们对对方的工作没有憎恶或者嫉妒的情绪,仅仅是把它当作陌生的领域,那些语言表达和惯有习俗完全不可理解,所以他们很少谈及。凯特知道他因为她对宗教多样而迷人的阐述——并不是单纯的缺乏宗教信仰——毫无兴趣,也知道尽管从未言明,他觉得她一直忽视了文学教育。如果她受到质询,倒是也能够引用愤怒的现代诗句,讲述着内城里失业的青年和在南非对黑人的征服,但是他觉得这些同多恩、莎士比亚、济慈或者艾略特相比只能算得上是廉价的替代品。从她的角度,她觉得他是个天真的人,缺乏在都市丛林生存的必备技能,对于他能够如此毫不在意地穿行在危机四伏的城市里感到惊奇。除了这场至今依然非常神秘、诡异的盗窃事件,他再没遇上过什么不顺的事情,就算遇见了,他也没有留意到。她觉得让他给自己推荐阅读书目很有意思,她也坚持着读完了那些他犹豫着推荐给她的书。目前她的床头书是伊丽莎白·鲍恩的小说。书中女主人公的生活、她们不菲的个人收入、在圣约翰林的优质房产、穿着统一制服的客厅女侍、不苟言笑的姨妈姑姑,最关键的是她们情感的细腻与敏锐程度,这些都让她为之惊叹。"她们的问题,就是家务活儿做得太少。"她对艾伦做出此番评价的时候,既是在说书里的角色,也是在讲作者本人。尽管如此,她发现自己还是想要继续读下去。

现在已经将近午夜。她过于兴奋,又过度疲惫,几乎不觉得饥饿,然而她还是觉得上床睡觉前应该稍微做一点东西吃,比如煎蛋卷之类的。但是在这之前,她打开了电话答录机。当电话里一响起来那个熟悉的声音时,愉悦感马上消失了,取而代之的是负罪感、憎恶与沮丧的复杂情绪。来电话的是照顾她外祖母的社工。总共有三条留言,每条间隔两小时,那种靠专业素养维持的耐心逐渐变成了失望,最后变成了一种几乎是充满敌意的恼怒。她的外祖母受够了整日被困在七楼的公寓里,于是出门去邮局取自己的养老金,回来的时候发现家里的窗玻璃被砸碎了,门也有被撞开过的迹象。这是一个月以来第三次发生这种事故了。米斯金太太现在过于不安,完全不能出门。社工询问凯特能否一有时间就给当地的社会服务部门打电话,如果已经是17点30分之后,能否直接给她外祖母打电话,情况紧急。

她疲惫不堪地想:情况总是很紧急。现在这个点儿再打电话已经太晚了。但是这也没法等到早上。她不打电话外祖母就睡不着觉。电话才响了一声,外祖母就接了起来,她猜老太太一定一直都坐在电话机旁边干巴巴地等着。

"哦,你可总算打来了。真会挑时候。都快午夜零点了。梅森太太一直想要联系上你。"

"我知道。外祖母,你还好吗?"

"我当然不好了。见鬼,我很不好。你什么时候来?"

"我明天试着抽出点时间来,但是不太好办,我正在调查一个案子。"

"最好15点来。梅森太太说她15点的时候会过来看看。她特别想见你一次。再提醒你一次,是15点。"

"外祖母,那根本不可能。"

"那我该怎么去购物呢?我可告诉你,家里没人看着我是绝对不会出去的。"

"冰箱里的东西应该还能够你再吃四天的。"

"我不喜欢吃那种人造垃圾,我以前就跟你说过了。"

"你不能跟卡恩太太说一声吗?她一直都很热心,愿意帮忙。"

"不,我不能。她现在也不出门了,除非有她丈夫陪着。自从民族阵线那一伙人来这边之后就不出门了。况且,那样也不公平。她光是照顾好自己那一摊子事就已经够麻烦的了。你可能还不知道,那些孩子又把电梯折腾坏了。"

"外祖母,窗玻璃修好了吗?"

"哦,是的,他们来过,修好了窗户。"她外祖母的语气似乎表明这只是一个微不足道的细节。她又补充道,"你得把我从这个地方弄出去。"

"我正在努力,外祖母。有一所配备看护的单人公寓,你已经在这所公寓的名单上了,你知道的。"

"我可不需要什么该死的看护。我应该和自己的亲戚朋友待在一起。那就明天15点见。你最好是过来一趟,梅森太太想见你。"

她放下了电话。

凯特想:天哪,我现在可没法对付这一套,我才刚刚开始接手一个新案子。

她愤怒又理直气壮地告诉自己,她并不是不负责任,她已经尽力了。她给外祖母买了一台新的电冰箱,上层是个小冷柜,她每周日都会到访,把冰箱里塞满接下来一周要吃的东西,但是大部分的时候她都会听到那熟悉的抱怨:"我可吃不了这些奇怪的东西。我想自己去买东西,我想离开这里。"

她花钱找人安了一部电话机，并教会外祖母如何使用，让她不要害怕。她和当地的权威机构联系过，安排一位养老院的护工每周都来清理一次公寓。如果她的外祖母能够承受这种打扰，她其实是很愿意亲自打扫的。她愿意忍受一切麻烦、花很多的钱，只要能够避免把外祖母带到查尔斯·香农公寓跟自己一起住。但是她也知道，老太太和社工已经达成一致，不停地迫使她做出这样的选择。但她没有办法答应。她不能放弃自己的自由、艾伦的登门拜访、一个独立的画室以及自己的隐私和安宁，去承受一个老太太给生活带来的重重障碍，比如电视无休止的噪音、一片脏乱、老年人的体味、挫败感、埃里森·费尔韦瑟公寓残留的气味以及童年和过去处处可见的痕迹。现在，让外祖母搬过来显得比以往更加不现实。她刚刚和新的小分队接手第一个案子，她需要完全的自由。

她突然对马辛厄姆充满了嫉妒和憎恨。就算他也有一堆难对付、苛刻挑剔的亲戚，没人会指望他应付好一切。如果她确实需要请假离开工作，他就会第一个指出，当事情真正变得困难起来，你是没有办法指望一个女人能做成些什么的。

第八章

在她二楼的卧室里，芭芭拉·博洛尼倚在一排枕头上，双眼向前盯着四根帷柱对面墙上的电视屏幕。她在等着看深夜电影，但是她一上床就打开了电视，现在正在看一档政治评论节目最后十分钟的讨论。她把声音调到最低，因此什么都听不见，但是仍然紧紧盯着不停翻动的嘴唇，仿佛是在读唇语。她记得保罗第一次看到放置在旋轴上、过于庞大突出的电视机时双唇抿得有多紧。电视毁掉了墙体，让两侧挂着的两幅科特曼绘制的诺威奇大教堂的水彩画显得黯然失色，但是他什么都没有说，她也大胆、挑衅地告诉自己也并不在意。但是现在她终于可以安心观看深夜电影，不用不安地留心就在隔壁房间的他也许正僵直地躺着，无法入睡。耳边是电视里传来的尖叫和枪声，像是替他们两人之间没有言明也更微妙的斗争发出的喧嚣抗议。

他也不喜欢她的不整洁，这种凌乱也许是对房子其他地方那种没有人味儿、强迫性的整洁下意识发出的抗议。在床头灯的灯光下，她环视着整个乱糟糟的房间：到处都扔满了换下来的衣服——缎面的睡裙在床脚反射出光来，灰色的裙子在一把椅子上像扇子一样摊开，裤子扔在地毯上，就像一片浅色的阴影，内衣的一条带子搭在梳妆台上。在这样随意的丢放下,这件内衣看起来就像一件非常不得体的愚蠢装饰,而它本来是量身打造、贴身塑形的,尽管有各种蕾丝边和精美的装饰,看起来还是非常像医用品。早上的时候,玛蒂会把她的东西都收拾好,把内衣拿去洗晒,再把外套和裙子挂进衣柜。她会躺在床上目睹这一切,早餐餐盘就放在膝盖上,然后她会起床沐浴、更衣,像往常一样完美无瑕地面对这个世界。

这本来是安妮·博洛尼的房间,他们结婚后芭芭拉才搬了过来。保罗一开始提议他们换个房间当卧室,但是她不理解为什么仅仅因为这曾是安妮睡过的房间,他们就要换到一个更小、更差的房间里,错过花园的美丽风光。所以一开始这里曾是安妮的房间,然后是保罗和她的房间,后来又成了她自己的房间,但是她知道保罗就睡在隔壁房间里。现在这完完全全成了她自己的房间了。她记得他们结婚之后第一次来到这间卧室的那个下午,他的声音变得非常正式,她几乎都要认不出来了。他就像是在给一个感兴趣的买家展示一处房源。

"你可能会想要挂一些不同的画在墙上,小沙龙里面有一些,你可以从中挑选。安妮喜欢水彩画,这里的光线也能很好地展示这些画作,但是你也没必要非得保留这几幅画。"

她本来就不在意这些画,在她看起来这就是些无聊、不显眼的英国风景,而保罗觉得她应该认识那些画家。她现在也毫不在意,甚至都懒得去更换它们。但是从她入住这间卧室的第一天开始,就给这个房间带来了完全不同的个性:更加温柔、奢华、芳香,更加富有女人味。渐渐地,房间里越堆越满,变得像一个未经分类、随意堆放的古董店。她转遍了整座房子,把各种家具和自己看上的各种奇异的摆件都搬到这个房间里,就像是在掠夺整座房子,对那些受到拒绝却仍潜伏在房子里的孤魂野鬼丝毫不留后路。战利品有摄政王时代的双柄花瓶，放置在一个玻璃罩下，里面有用贝壳精心做成的各色花卉；一个镀金青铜都铎王朝时期的木制柜子，上面有椭圆形的陶瓷装饰，绘有牧羊人和牧羊女们；约翰·索恩立在大理石架上的半身像；还有一套18世纪的鼻烟盒，从原本的陈列橱中取出来后就一直随意地扔在梳妆台上。但是空气中依然有鬼魂，活生生的鬼魂，不管什么物品都无法驱散他们的呼号。倚在熏香过的枕头上，她好像又回到了童年的那张小床上，12岁的小女孩僵直地躺着，无法入睡，双手紧紧握住床单。每周、每月都能听到无休止的争吵的片段，那个时候她还一知半解，但现在所有的一切都通过想象串联在了一起，变得无法忘却。首先是她母亲的声音："我以为你会想要孩子们的监护权的，毕竟你是他们的父亲。"

"然后让你摆脱一切责任，好在加利福尼亚享受人生？哦，不，亲爱的，你才是想要孩子们的那一个，你把他们带走吧。我想弗兰克当初没料到会有两个继子吧？现在他如愿以偿，我希望他也能喜欢这两个孩子。"

"他们是英国人，他们应该留在这里。"

"你是怎么跟他说的？会没有任何负担地跟他一起离开？自己也许已经被用旧了，但是也没有任何负担？他们应该和母亲待在一起。即便是母狗也都还有母性的本能呢！你把他们带走，不然我就要打离婚官司了。"

"我的天哪，他们是你的孩子，你难道就不在乎吗？你不爱他们吗？"

"如果他们不是这么像你的话，我可能还会考虑一下，但事实是，我确实毫不在意。你想要自由，我也想。"

"好吧，那我们共同承担监护权。我带走芭比，你留下迪克。男孩子应该和父亲待在一起。"

"那我们就遇到麻烦了。你最好还是问一下真正的父亲——如果你知道究竟谁才是生父的话。让他接受迪克吧。我不会挡路的。如果这个男孩身上有任何属于我的特质，我早就看出来了。他真是个奇怪、可笑的孩子。"

"我的天哪，唐纳德，你这个浑球！"

"不，亲爱的，我可不是这个家里的私生子。"①

她想：我不要听，我不要记得这些，我不去想。她按下音量键，让电视充满恶意的声音充斥她的耳朵。她没有听到房门被打开，但是突然，她看到一道椭圆形的光，迪克就站在那里，穿着只到膝盖的睡衣，卷发缠在一起。他无声地站在那里看着她，然后赤脚穿过房间，上床躺到她身边，弹簧床垫上下晃动了几下。他问："你睡不着吗？"

她关上电视机，感受到了熟悉的内疚感。

"我刚才在想西尔维娅和父亲。"

"哪个父亲？我们有过那么多的父亲。"

"第一个父亲，我们本来的生父。"

"本来的生父？他才没资格当父亲。我在想他是不是早就死了。得癌症死掉都便宜了他。不要想他们了，想想那笔钱吧，钱总是令人舒心的。想想你自己将要获得自由，想想你穿黑色衣服一直很美。你

---

① bastard既有"浑球"之意，又有"私生子"之意，此处一语双关。

不会是害怕了吧？"

"不，当然不是了。没什么好怕的。迪克，回你自己的床上去吧。"

"他的床上。你知道的，不是吗？你知道我在哪里睡觉。就在他的床上。"

"玛蒂不会喜欢这种做法的，厄休拉夫人也不会。你为什么不到闲置的客房去睡呢？或者回布鲁诺那里？"

"布鲁诺不想让我待在公寓里。他从来没有欢迎过我。那里也没有地方，我住得也不舒服。你肯定想让我住得舒服？而且我也开始有点厌倦布鲁诺了。我应该待的地方就在这里。我是你的弟弟，现在这是你的房子了。芭比，你现在不是很友好。我以为你会想要让我离你近一些，这样方便你在晚上的时候有人聊天，倾吐心事，忏悔过错。来吧，芭比，说吧，你觉得是谁杀了他们？"

"我怎么知道？我想是有人闯了进去，一个窃贼，另一个流浪汉，或许他是想要偷走教堂里的收藏品。我不想谈这个。"

"警方是这样认为的吗？"

"我想是的，我不知道他们是怎么想的。"

"那么我可以告诉你。他们觉得窃贼会选择这座教堂是很奇怪的。我是说，那里有什么值得偷的东西吗？"

"祭坛上不是会有一些东西吗？蜡烛台、十字架之类的。我结婚的时候教堂里是有这些东西的。"

"芭比，你结婚的时候我并没有在场。记住了，你当时没有邀请我。"

"迪克，保罗想要一个低调、安静的婚礼。这有什么关系吗？"

她想，这是保罗从她这里骗走的又一个梦想。她一直想象着一个盛大的婚礼，她自己几乎是飘在威斯敏斯特大教堂北面玛格丽特教堂的长廊上，白色绸缎闪闪发光，像云一样的面纱、捧花、人群、摄影师。相反，他坚持只是去注册登记结婚，在她强烈抗议之后也坚持只在本地的小教堂举行婚礼，并且要最低调的仪式，就好像这场婚礼让人感到可耻，是不得体的，所以要偷偷摸摸地进行。

迪克的声音传进她的耳朵，像是充满暗示的低语："但是现在他们不会把那些东西摆在祭坛上了，至少晚上的时候不会摆在那里。十字架和银烛台，他们会把这些东西锁起来。教堂里面漆黑一片，空无一物。没有银器，没有金子，也没有光，什么都没有。你觉得他们的上帝这个时候会不会从十字架上走下来，来到祭坛前，却发现这张木桌子上只是铺了一层华而不实的桌布呢？"

她在被子下面不安地扭动着。"别犯傻了，迪克。去睡吧。"

他探身向前，那张和她几乎一模一样却又截然不同的面孔就在她眼前放着光，她能切实看到他眉毛上的那一层汗，闻到他嘴里的红酒味。

"那个护士，特蕾莎·诺兰，自杀的那个。保罗是那个孩子的父亲吗？"

"当然不是了。为什么每个人都要提起特蕾莎·诺兰？"

"还有谁提起她了？警察也问过关于她的事吗？"

"我不记得了。我想他们有问过她为什么要离开类似的问题。我不想再回想这一切。"

他轻轻地、宠溺地笑了，这笑声听起来像是有阴谋。"芭比，你必须得想。你不能因为这些事让你不舒服或者不开心就永远不去想。

是他的孩子,不是吗?你忙着和你的情人寻欢作乐的时候,你的丈夫也正在勾搭他母亲的看护。还有另外一个女孩,黛安娜·特拉弗斯,那个淹死的女孩。她在这座房子里做什么?"

"你知道的。她负责帮助玛蒂。"

"但是这是份非常危险的工作,不是吗?要为你的丈夫工作?听着,如果确实是有人谋杀了保罗,一定是个非常聪明也非常狡猾的人,一个知道他那一晚会去教堂的人,一个知道能在现场找到用作凶器的剃刀的人,一个敢于承担巨大风险的人,一个曾经干过类似事情的人。你认识这样一个人吗,芭比?你认识吗?真是幸运啊,你和斯蒂芬都有不在场证明,不是吗?"

"你也有不在场证明。"

"当然,玛蒂也有,厄休拉夫人也有,哈利威尔也有。这些都是铁一样的不在场证明,也有点可疑。莎拉呢?"

"我还没和她说过话。"

"好吧,那咱们就但愿她没有不在场证明吧,不然的话警察就要觉得这是个阴谋了。当你给我打电话说他要甩了你的时候,我说过一切都不会有事的。好了,现在确实没事了。我说过不要担心钱的问题,现在你确实不用担心了。钱都是你的。"

"并没有很多钱。"

"得了吧,芭比。首先是这座大房子,肯定能值个一百万吧。而且他还办了保险,不是吗?是不是有一条关于自杀的条款?那样的话就不好了。"

"法瑞尔先生说没有相关的条款。我问过了。"

他又一次发出了轻柔的、自内而外的笑声,介于咕哝和傻笑之间:"所以你还是想方设法问到了关于保险的事!你可真是不浪费一点儿时间啊。律师们是那样想的,对吗?他们觉得保罗是自杀的?"

"律师们从来不说什么。法瑞尔先生说除非他在场,不然我不能和警察交谈。"

"这家人不会想让他的死变成自杀的,他们更希望他是被谋杀的。也许他确实是被谋杀的。如果他想要自杀的话,为什么不用枪呢?他哥哥的枪。如果一个男人手里有枪,他是不会割喉自杀的。他也有货,不是吗?"

"货?"

"我是说子弹。枪在哪里?还在他的保险柜里吗?"

"不,我不知道在哪里。"

"你不知道是什么意思?你看过了吗?"

"昨天他离开以后,我不是去找枪,只是想要找一些文件,找他的遗嘱之类的。我打开了保险柜,枪不在里面。"

"你确定吗?"

"我当然确定了,保险柜没多大。"

"你肯定没有告诉警察这一点吧。要解释清楚你为什么会在你丈夫死掉之前几个小时突然跑去看他的遗嘱恐怕很难。"

"我没有告诉任何人。再说了,你是怎么知道有把枪的?"

"我的天哪,芭比,你真是太不可思议了!你的丈夫被割断了喉咙,他的枪不见了,你却没有告诉任何人。"

"我想是他把枪处理了。再说了,这又有什么关系呢?他又不是开枪打死的自己。迪克,回去睡吧。我累了。"

"但是你不害怕吗?这是因为你知道是谁拿走了枪,不是吗?你知道，或者说你有怀疑的对象。是谁呢？是厄休拉夫人、哈利威尔、莎拉，还是你的小情人？"

"我当然不知道了！迪克，让我一个人静静。我累了。我不想再说话了。我想睡觉。"

她的眼中盈满了泪水。他这样让她心烦对她是很不公平的。她为自己感到无比的悲哀。自己丧夫，孤身一人，脆弱不堪，还怀着孕。厄休拉夫人现在不想让她告诉别人她怀孕的事，既不想让她对警方说，也不想让她对迪克说。但是他以后肯定会知道的，大家都会知道的。他们也应该知道，这样他们就可以照顾她，确保她不会有任何担心。保罗也会照顾她的，但是保罗已经不在了。而她昨天早上才刚刚告诉他孩子的事情。但是她不想去回想昨天，现在不可以，以后也不要再想。电影就要开始了，是希区柯克的片子。她向来都喜欢看希区柯克的电影。迪克这个时候进来纠缠不休，让她回想一切，实在是太不公平了。

他微微一笑，拍了拍她的脑袋，就像爱抚小狗一样，然后他就离开了。她一直等到门被关上，并且确定他不会折返之后，才打开了电视开关。屏幕放出光亮，前一档节目的收场字幕才刚刚开始滚动。她正好赶上。她调整了靠着枕头的姿势，好让自己更舒服一些，然后调低了电视音量，这样他就不会听见动静了。

第九章

马辛厄姆坚持在苏格兰场待了很久,等到他回到位于圣彼得堡的高级公寓时离午夜只有一分钟了。但是楼下的灯还开着,他的父亲还没有上床睡觉。他尽可能安静地拿钥匙打开锁,然后尽可能轻地推开门,就好像是在非法闯入别人家里一样。但是还是没用,他的父亲肯定一直在侧耳倾听汽车到家时发出的噪音,所以小前厅的门立马就打开了,邓甘嫩勋爵蹒跚地走了出来。马辛厄姆脑海里冒出"穿着拖鞋的老丑角"这几个字眼,随之而来的还有那种熟悉又沉重的怜悯、烦躁与内疚。

他的父亲说:"哦,你回来了,我亲爱的孩子。帕维斯刚刚把装着格罗格酒的托盘端过来,你要和我一起喝一杯吗?"

他的父亲以前从来没有用"亲爱的孩子"称呼过他。这样的称呼听起来十分虚假、荒谬,像是经过多次演练才喊出来的。而他作出回应的声音听起来也有着同样令人尴尬的虚伪。

"不了,谢谢您,父亲。我最好还是上楼去。今天已经很累了,我们在办博洛尼的那个案子。"

"当然了,博洛尼。她结婚之前的身份是厄休拉·斯托拉德夫人。你的姨母玛格丽特也是同一年进入的社交圈。但是她现在肯定80

多岁了。她的死也肯定不是意料之外的事。"

"死的不是厄休拉夫人,父亲。是她的儿子。"

"但是我记得雨果·博洛尼是在北爱尔兰牺牲的。"

"不是雨果,父亲。是保罗。"

"保罗,"他的父亲似乎在琢磨这个名字,然后说,"那么,我必须得给厄休拉夫人写封信。可怜的女人,如果你确定你不进来……"他那从四月份起就变得颤颤巍巍的老人特有的声音戛然而止。马辛厄姆已经在往楼上走了。他走到一半的时候停了下来,往楼梯栏杆下看了一眼,本来以为他的父亲会蹒跚着回到客厅,继续独饮威士忌,但是这老人依然站在那里,抬头望向他,眼中流露出渴望。在大厅耀眼的灯光下,他清楚地看到过去的五个月在父亲粗犷的面孔上留下的痕迹。脸上的肉似乎已经从骨头上脱落下来,尖头鼻像一把刀子一样把皮肤分成两半,两颊像是两个松弛又带着斑斑点点的袋子,就好像是拔了毛的家禽一样。马辛厄姆一族火红的头发已经褪色,现在变得像干草一样枯黄。他想:他现在就像罗兰森的画作一样老朽。老年生活把我们都变成了讽刺漫画里的主人公,难怪我们这么害怕进入老年。

他一步步走上台阶,回到自己的房间,又进入了惯有的那种混乱思绪。这一切确实开始变得让人难以忍受。他必须马上离开。但是怎样离开呢?除了在单身宿舍住过几天,他当了警察之后就一直住在父母家自己的房间里。他母亲还在世的时候,这种安排非常合适。他父亲自从四十多岁再婚以后,就和母亲亲密无间,如胶似漆,所以一直没怎么管他,也不注意他是出去了还是在家里。共用一扇大门是有点不方便,但除此之外一切都好。他一直住得很舒服,付一点象征性的房租,自己攒钱,告诉自己等到合适的时机就会买下属于自己的公寓。他发现自己甚至可以一边偷偷约会，一边打电话给母亲仅存的仆人，说自己要回家吃饭，衣服要提前洗好，房间要打扫干净，邮递包裹要及时领取。

但是他的母亲四月份的时候过世了，那之后一切都变了。上议院还在运转的时候，他的父亲还能勉强度日，拿着公交卡去乘坐12路或者88路公交车到威斯敏斯特，中午在议院里用餐，偶尔辩论拖到晚上了，他就在那边就寝。但是到了周末，或者更为甚之，在休会期间，他就像一个占有欲极强的女人一样黏人，近乎痴迷地关注着他儿子的行踪，听着他拿钥匙开门的声音，平静却热切地恳求得到他的陪伴。马辛厄姆的两个最小的弟弟都还在学校，所以放假的时候就跑去和朋友们待在一起，从而避开了他们父亲的悲恸。他仅有的一个妹妹嫁给了一位外交官，现在住在罗马，他的二弟在桑德赫斯特。所以全部的重担都压在了他的头上。现在他知道即便是自己付的房租也变得不可或缺起来，这对于渐渐捉襟见肘的父亲而言，几乎和上议院所支付的日薪一样重要。

他突然之间有些后悔，心想：我应该陪他10分钟的。10分钟尴尬的相对无言，闲聊一些工作上的事，这之前他父亲从没有真正重视过他的工作。酒精只能部分缓解这10分钟的无聊，但是这却会为未来更多个百无聊赖的10分钟做好铺垫。

他关上身后的房门，想起了凯特·米斯金，她就住在离自己几英里之外的地方，现在正在她自己的公寓里放松，给自己倒上一杯酒，完全不用担负任何责任、没有任何愧疚感，他的心头涌上一阵强烈的妒意和不可理喻的憎恨，他几乎可以说服自己将自己面对的一切都怪罪到她的头上。

第三部
协助调查

第一章

来自彭布罗克产妇疗养院的消息非常委婉却也非常明确。兰帕特先生一早上都忙着照顾生意,但是他一旦有空会很乐意与达格利什总警司会面。具体应该是13点或者再晚一些,时间取决于产妇名单的长度。言外之意就是,兰帕特是个非常忙碌的人,只关心拯救生命、减轻痛苦,他有充分的理由把这些善意之举放在警察市侩的工作之上,不管这个警察是否身居高位。约见的时间也是充分计算好了的。从事如此重要工作的兰帕特都明显不在意自己用没用过午餐,达格利什就更没有理由抱怨自己的午餐被耽误掉了。

他带着凯特一起过去,吩咐她开车。她一声不吭地坐进右侧的驾驶座,像往常一样严格遵守交通规则,不像马辛厄姆偶尔会不耐烦或者突然加速。他们爬上哈弗斯托克小山、正在穿过圆池一带的时候,他说:"彭布罗克产妇疗养院就在西班牙区之外半英里的地方,入口很容易看见。"她减下速来,尽管如此,他们也是差一点就错过入口的时候才看到那扇刷着白漆的宽大前门。它离大路很远,被一排排七叶树掩盖起来。左侧有一条蜿蜒的砾石路,在中途分成两条,环绕着房子前面完美无瑕的草坪。他们看到在石南灌木边上矗立着低矮但优雅的爱德华时代式样的别墅，很明显是在一个有钱人还能够按自己意愿在伦敦近郊修建别墅，以充分享用新鲜空气，欣赏露天风景的时候建造的，那时候还不用担心伦敦的规划部门会将其推翻，也不用害怕保守人士认定其对公用土地进行了侵占。路虎车缓缓开上砾石路，达格利什看到房子右侧原有的马厩已被改造成了车库，但是没有对建筑进行其他明显的改造，至少外观上看不出来。他在想这家疗养院究竟设置了多少张床位。也许最多不超过30个。但是斯蒂芬·兰帕特的活动应该不仅仅局限于这一处私人疗养院。达格利什已经核实过了，他还在伦敦两家较大的教学医院就职，而且除了在彭布罗克产妇疗养院操刀之外还在其他的私人诊所行医。但是这是他的私人行为，毫无疑问，达格利什认为他一定赚得盆满钵满。

外侧的大门开着。大门后面是一条椭圆形的优雅门廊，一对华丽的大门上贴有告示，欢迎各位进入。他们发现自己走进了门廊，内侧呈方形，非常明亮。楼梯有雕刻精美的栏杆，被一扇巨大的彩色玻璃窗照得金碧辉煌的。左侧是用带纹理的大理石雕刻而成的壁炉，壁炉上方挂了一幅油画，是庚斯博罗晚期的风格，画着一位表情严肃的母亲，洁白的双臂圈着她的两个穿着蓝色绸缎蕾丝裙的女儿。右边是一张擦得光亮的红木桌子，但更多的是当作装饰品而非实际使用的书桌，上面摆了一盆玫瑰花，旁边坐了一位穿着白色衣服的接待员。

空气中能闻得出消毒剂的味道，但是被更为浓郁的花香所覆盖。很明显最近才刚送过来一批鲜花，有大束大束的玫瑰花和唐菖蒲，都经过正式包装，被放在系着缎带的花篮里，门口还摆着更多体现花匠超常独创设计的花束，等待着被分至各处。过度阴柔的气息几乎尽散在空气中。这不是能让一个男人感觉像在家里一样自在的地方，但是达格利什觉得凯特比他还要不自在。他注意到她充满痴迷又满是厌恶地看了一眼更为古怪的新婚花篮：一张超过两英尺长的婴儿床，紧紧缠绕着一圈被染成了蓝色的玫瑰花蕾，床上还放了一个枕头，铺了一层白色康乃馨，也是只留下了花蕾，在这可怕的布置之上有一个巨大的蓝色蝴蝶结作为装饰。他们穿过能没过脚面的地毯，走到服务台前。一位穿着浅粉色套装、仪态优雅的老太太正推着一车各种颜色的瓶子、指甲油和各种瓶瓶罐罐走过走廊，很明显她是这里的美容师。达格利什想起了几个月前自己在一个晚宴上偶然听到的一段对话。"但是，亲爱的，那个地方简直神圣极了。刚一进去就完全被捧到天上了。有美发师、面部美容师、一流厨师特制的菜单，忧郁的时候可以喝香槟而不是吃稳定剂。但问题是，他们有的时候做得太过了。一旦开始待产，当产妇意识到即便是亲爱的斯蒂芬医生对于她即将面对的一些屈辱与不适也无能为力的时候，就会感到非常愤怒。"达格利什突然想起一件不相关的事，不知道有没有病人在兰帕特手下丧命。也许没有，就算有也不是在这里。那些高危产妇会被安排住到别的地方。这个地方有它自己独特的糟糕品位，但是死亡和接生失败那种最糟糕事件在这里是绝对不被允许的。

  接待员像是这里的所有装饰品一样，是经过精心挑选、确保不具有任何威胁性的。她刚到中年，虽然不美，却有令人舒心的长相，穿着干净、整洁，有着无可挑剔的发型。当然，他们的到访在预料之中，兰帕特先生不会让总警司等太久的。接待员询问他们要不要喝一杯咖啡，得到婉拒后，她说："如果不介意的话，请二位在会客室稍等片刻。"

  达格利什看了看表。他估计兰帕特五分钟之内就会过来，这是计算好了的小小迟到，时间足够长，以表示他并不急切，但是也很短暂，毕竟他不想惹恼一位苏格兰场的高层人士。

他们被领到一间宽敞的会客室，天花板很高，屋子中央有一扇凸窗，两侧各有一扇小窗户，可以看到楼下的草坪，也可以眺望远处的荒野。过去爱德华王朝时期的庄重与奢华还可以从屋里铺的艾克斯敏斯特地毯、壁炉前角度正好的两张沉重的沙发以及开放式的壁炉本身窥得端倪。壁炉里，人造木材在雕刻精美的饰架之下熊熊燃烧。斯蒂芬·兰帕特拒绝在这个具有家的感觉的房间里融入诊察室的气息，所以屏风后面不会巧妙地隐藏着一把沙发，也没有洗手盆。在这里，有那么一瞬间可以让人忘却所要面对的治疗。只有那张红木桌子还在提醒访客这里也是用于办公的地方。

达格利什瞥了一眼屋里的装饰画。壁炉上有一幅弗里斯的画作，他走到近前，更加仔细地观察这幅把维多利亚时代生活精心美化了的画作。画上是伦敦的一个火车站，穿制服的战地英雄们征服了某个殖民地之后凯旋。头等车厢在画的中央。披着华丽斗篷、戴着各色缎带的女士们和她们穿着优雅马裤装的女儿们，优雅地迎接着回归的男人们，其他一些更热情的对普通士兵的欢迎人群则占据了画布周围的一大圈。对面的墙上挂满了舞台设计，包括一些图纸和演出服，就好像是在为莎士比亚剧作演出做准备。达格利什认为那些演员是兰帕特最为尊贵的病号，而这些正是对他的服务所表示的谢意。靠墙的桌子上堆满了装在银相框里、带有签名的照片。其中两张龙飞凤舞地签着欧洲某些个地位不太高的前任王室成员的签名，其他的则来自那些打扮得一丝不苟的母亲。她们充满渴望、多愁善感、扬扬得意或者犹疑不决，将自己的宝宝们笨拙地抱在怀里，照片的背景里却有无法抹去的奶妈存在的气息。在这样一个本质充满男子气概的房间里堆了这么多母性的表现实在有些不和谐。但是达格利什想，至少这个男人还没有在墙上挂出自己获得的所有医科学位。

达格利什任由凯特继续研究弗里斯的画作，自己走到了窗户旁边。草坪中央巨大的七叶树仍然挂满盛夏的绿叶，但那一排想要遮挡住荒野的山毛榉已经开始呈现出秋天的枯黄了。早晨的光亮洒满天空，一开始像淡牛奶一样呈现出一种不透明的颜色，后来则慢慢变成了更亮的银色。现在看不到太阳，但是他能感觉到阳光在云层之上熠熠生辉，照亮了整片天地。有两个人正沿着小道慢慢地走着，一个是戴着白帽子、穿着白色外罩的护士，另一个是有一头金发、穿了一件厚重毛皮大衣的女士，在初秋穿这一身看起来实在有些太厚了。

斯蒂芬·兰帕特进屋的时候，他们刚好等了6分钟。他来的时候不慌不忙，先是为自己的延误表示歉意，然后冷静又礼貌地接待了他们，就好像这只是一场社交拜访。即使他对一位女警官陪同达格利什前来而感到吃惊，也很好地掩饰了这种情绪。但是，双方互相做完介绍、握手致意之后，达格利什注意到兰帕特尖锐的眼神正上下打量她。他就像是在和一个潜在的病号打招呼，通过他丰富的阅历在第一次见面的时候就做出判断，打量着他们是不是会给彼此找麻烦。

他的着装很昂贵，但并不是太正式。他穿着深灰色、有暗纹的花呢西装，里面搭了一件素净的蓝色衬衣，毫无疑问，这种搭配是想要把自己同那些更具威慑力、更为正统的成功咨询医师区分开来。达格利什想，他这一身也可以被当作一个商业银行家、一名学者，或者是一位政客。但是不管是什么工作，他都会相当在行。他的面孔、服装、那种自信的目光，都带有毋庸置疑的成功印记。

达格利什本以为他会坐在桌子前面，这样就能保有一种优势和主动权。相反，他把他们带到低矮的沙发前，自己坐在对面一把高一点的直背扶手椅上。这样的安排给了他一种更为微妙的优势，同时又能把这次问询变成一场针对双方共同面对的问题的讨论，变得更为亲密，甚至很舒心。他说："当然，我知道您为何而来。这简直是一件骇人的事。我至今都没有办法相信这是真的。我想他的亲戚、朋友一定也都是这么说的。凶残的谋杀通常只发生在陌生人身上，而不是发生在身边人的身上。"

达格利什说："您是怎么知道这件事的？"

"你们的人宣布了这个消息之后，博洛尼夫人马上就给我打电话了，我一抽出时间，就马上给宅子回了电话。我想为她和厄休拉夫人提供一己之力。我现在还不知道任何的细节。你们现在对于当时的情况有什么更具体的了解了吗？"

"他们两个人的喉咙都被割断了。我们还不知道是为什么，也不知道是被谁割断的。"

"我从报纸和电视上也了解到了这些，但是所有的媒体报道似乎都有意不透露太多。我想你们是把这起案子当作谋杀来处理的吧。"

达格利什冷淡地说："没有什么证据能够证明这是约定好的自杀。"

"还有教堂的大门，那扇通向小礼拜堂……总之就是通向尸体所在房间的门。我能问问当时这扇门是开着的吗，还是说这个问题在你们不能回答的范围之内？"

"门没有锁。"

他说："好吧，这至少能让厄休拉夫人放心了。"他没有作具体解释，但也没必要解释。他停了一会儿，又继续问道："总警司，您想从我这里知道些什么？"

"我希望您能跟我们谈谈他这个人。这起谋杀有可能就和第一眼的判断一样。他让别人进了屋，然后那个陌生人杀了他们两个，但如果案情没有这么简单，我们就需要尽可能多地了解他。"

兰帕特说："包括要了解都有谁知道他昨晚的行踪，还有就是谁会恨他恨到要割断他的喉咙。"

兰帕特停顿了一下，似乎是在组织自己的思维。这完全没有必要，双方都知道他的思绪早就已经组织安排好了。他说："我不觉得我能够帮多大忙。我知道的关于保罗·博洛尼的情况以及我能推想出来的相关情况和他的死八竿子搭不着边。如果您要问他有哪些敌人，我想他肯定是有敌人的，特别是政敌。但是我想保罗比在政府工作的其他人树敌都少，况且那种人也不会采取谋杀手段的。要把这起案子当作政治案件是很荒谬的。当然了，除非……"他又一次停了下来，达格利什耐心地等着，"除非有极左派人士对他怀有私仇，但是也不太可能。不仅仅是不可能，简直是无稽之谈。他的女儿莎拉非常不喜欢他的政治主张。但是我想他们那一伙儿人，包括她信仰马克思主义的男朋友没理由会采取剃刀割喉的手段。"

"他们哪一伙儿人？"

"哦，就是一小伙儿不合群的极左革命派。工党应该不会接受他们。我以为你们早就知道了呢。政治保安处不是致力于将这些人记录在案并保持追踪吗？"他的目光大大方方，带有一点点询问的意思，但是达格利什也捕捉到了他小心把握的语调里那种轻蔑与嫌恶，他不知道凯特是不是也听出来了。

他又问道:"那个男朋友是谁?"

"说真的,总警司,我并没有在指控他。我没有指控任何人。"

达格利什没有说话,他在想要沉默多久兰帕特才会觉得透露这一信息的时机已到。他又停了一会儿,说:"他叫艾弗·加罗德,是所有潮流运动的先锋。我只见过他一次。大约五个月之前,莎拉带着他到坎普顿小丘广场吃过一次晚饭,我想这一举动的主要目的就是惹恼她爸爸。我更希望忘掉那一顿晚餐。从那晚的谈话来看,他所倡导的暴力运动规模很大,可不仅仅是割断一个前保守党大臣的喉咙那么简单。"

达格利什平静地问:"您最后一次见到保罗·博洛尼男爵是什么时候?"问题的突然转换几乎让兰帕特无措,但是他还是足够冷静地回答了出来:"大约是六个礼拜之前。我们不像以前那么友好了。事实上,我本来打算今天给他打电话,问问他今晚或者明晚愿不愿意和我共进晚餐,除非他皈依宗教以后不再喜欢上好的美食和美酒。"

"您为什么想要见他?"

"我想问问他打算怎么处理和他妻子之间的关系。您也知道,他最近不仅辞去了大臣的职务,还辞掉了在议会的席位,至于是为什么,您和我大概是一样不清楚。他明显是想完全退出公众视线,我想要知道他的计划里包不包括从婚姻中的退出。这就涉及对博洛尼夫人,也就是芭芭拉,在经济上的供养。她是我的表妹,我从童年时代就认识她了。这也是我的兴趣所在。"

"多么强烈的兴趣?"

兰帕特扭过头瞥了一眼还在草坪上耐心地兜着圈子的金发女士以及她的陪护。有那么一瞬间,他似乎将注意力转移到了她们的身上,然后又过于明显地调整了自己的状态,转回去面向达格利什。

"很抱歉,什么叫作'多么强烈的兴趣'?我并不想娶她,如果你是在暗示这件事的话,我只是非常关心她。在过去的三年里,我不仅仅是她的表哥,也是她的情人。我想您也可以认同这就是我的兴趣所在。"

"她的丈夫知道你们是情人这件事吗?"

"我不知道。但是丈夫们一般都能了解到这种事。我和保罗不经常见面,所以也不会太尴尬。我们都是很忙碌的人,共同点也很少,当然,除了芭芭拉之外。不管怎么说,从道义的角度来讲,他也没有什么反对的立场可言。他也有一个情妇,我想你们肯定已经发现了。还是说,你们还没发掘出这件丑事?"

达格利什说:"我对于您是怎么发掘出这件丑事非常感兴趣。"

"芭芭拉告诉我的。她猜到的,或者说她就是知道。大概18个月之前她雇了一名私家侦探,让他跟踪保罗。准确地说,她告诉了我她的怀疑,我代表她联系到了一位非常合适、行事谨慎的男人。我觉得不忠这件事并没有让她特别烦恼,她就仅仅是想要知道而已。我不觉得她会把那个女人当作一个真正的对手。事实上,我想她还有些开心。这让她觉得非常有趣,而且如果到了必要的时刻,她还可以把这事当作与保罗对峙的一个把柄。当然了,这让她不必再和他睡在一起,这是一种非常令人不快的日常行为,至少是太过频繁的行为。但是她也没有锁门。芭芭拉希望偶尔也能确保他仍然对自己着迷。"

达格利什想,他确实是非常坦诚,根本就没有必要这么坦诚。他在想这种主动透露自己和他人亲密举动的幼稚行为是出自于过度的自信、傲慢和虚荣,还是有更为阴险的动机?兰帕特不会是第一个自以为是的凶手，认为只要告诉警方大量细节，他们就不太可能会去怀疑到其他更为危险的秘密。

他问道："他是否还是对她还有些着迷呢？"

"我想是的。很遗憾现在不能问问他本人。"他快速又笨拙地起身，走到窗户前，似乎是突然间坐立不安。达格利什把椅子转过去，观察着他。突然他又走回到桌子前，拿起电话并拨了一个号码。

"护士小姐，我觉得斯坦纳太太今天已经做了足够的户外锻炼了。今天早上太冷，不适合慢走。告诉她我马上就会去看她，"他看了一眼手表，又说，"大约15分钟之后。谢谢你。"他放下听筒，走回自己的椅子，几乎是粗暴地说："我们更直接一点吧，如何？我想你们是想从我这里得到某种供述。保罗死掉的时候我在哪里，在做什么，和谁在一起之类的。如果是谋杀的话，我不会幼稚到自欺欺人，我肯定也是犯罪嫌疑人。"

"这不是怀疑不怀疑的事。我们在询问任何一个与保罗男爵关系密切的人时都要提出这些问题。"

他笑了一下，是那种突然爆发式的笑声，尖锐、刺耳，并且毫无笑意。"关系密切！我想你可以这么说吧。这些都只是常规性的问话，你们不是总对受牵连的人这么说吗？"

达格利什没有回答。这样的沉默似乎更加惹恼了兰帕特。他说："我要在哪里做这些供述呢？是在这里，还是在本地的警局？还是说你需要在苏格兰场录口供？"

"您可以在我的办公室做供述，如果这样对您比较方便的话。也许您可以今晚过去。当然，如果为了节省时间，也可以在本地警局做供述。但是如果现在我们就能大概掌握关键信息的话会对调查很有帮助。"

兰帕特说:"我想你也已经注意到了,我没有让我的律师到场。这可以说是对于警方相当信任了,你说是不是?"

"如果您想要让他到场,那也是在您的权利范围之内。"

"我不想让他来,我也不需要他。我希望你不会失望,总警司,但是我想我有不在场证明。假如博洛尼是在19点到午夜之间死的,我就有。"

达格利什依然没有说话。兰帕特又继续说:"那段时间我一直都和芭芭拉待在一起,想必你们已经知道了。你们肯定已见过她了。再早一点,也就是14点到17点,我在这里给病人做手术。可以给你们看病人名单,手术室的护士和麻醉师也可以做证。我知道那个时候我戴了手套,穿着手术袍,还戴了口罩,但是我可以跟你们保证,我的手下就算看不到我的脸也能认出我的手艺。而且我穿上袍子之前他们也确实看到我了。我之所以提到这一点,也是怕你们突发奇想,觉得我可能说服了一位同事来替我操刀。"

达格利什说:"那种手法在小说里也许行得通,但是在现实当中几乎完全站不住脚。"

"在那之后,芭芭拉和我在这个房间里喝了茶,然后在楼上我的私人公寓里待了一会儿。接着我换了衣服,大概是19点40分的时候我们一起离开了这里。值夜班的门房看见我们离开了,也许他能够确认一下具体时间。我们去了库克姆的黑天鹅餐厅,在那里共进晚餐。我没有特别留心时间,但我们大概是20点30分到的。如果车型很重要的话,我开着红色的保时捷。我们预订的时间是20点45分。值班经理是让·保罗·希金斯。他能够确认这一点,同时他也能确认我们离开的时候已经是23点之后了。但是我还是希望你们能注意一下方式方法。我对于名声之类的事情并不是特别敏感，但我可受不了半数以上伦敦上流社会的人都对我的私生活八卦不止。尽管我的一些病人也有她们自己的小癖好，比如在水下生产或者蹲在客厅的地毯上，但是让一个谋杀嫌疑犯接生可不算她们能够接受的怪癖之一。"

"我们会谨慎的。博洛尼夫人是什么时候到这儿的？还是说你早些时候去坎普顿小丘广场接她了？"

"没有。我已经好几个礼拜没到坎普顿小丘广场62号的房子里了。芭芭拉是坐出租车来的，我想她是刚过16点的时候到的。她从16点15分起就一直在手术室看我接生，直到全部完成。我刚才说过这个吗？"

"这段时间里她都跟你在一起吗？"

"大部分时间是的，我想在我做第三起剖腹产手术时她出去了几分钟。"

"她也戴着口罩、穿着袍子吗？"

"当然了。但是这有什么关系吗？他又不可能是在晚上之前死的。"

"她经常做这种事情吗？看着你进行手术？"

"倒也并非罕见。她有这样的一种幻想……"他停顿了一下，补充道，"有些时候。"

他们都沉默了下来。达格利什想，还有一些事情，就算是抽身事外，保持讥讽，并对沉默、含蓄的行事表示轻蔑的兰帕特也没有办法开口说出来。这就是她获得刺激的方式。这就是她高潮的来源：戴着口罩，穿着袍子，观看他的手伸进另外一个女人的身体里，神圣的医生手术带来的情色风味。身边的护士像是参与固定仪式一样围着他转,灰色的眼睛在口罩上方与蓝色的眼睛相遇。手术结束后,又看着他脱下手套,伸出双臂,就像在祈求上帝赐福,护士就像侍僧一样将袍子从他的头顶脱去。这是力量、神秘与冷酷令人陶醉的交融,刀与血的仪式。他想,他们是在哪里做爱的呢?是在他的卧室,还是私人的客厅里?他们没在手术台上做爱真是让人吃惊。不过也许他们在那里做过了。

桌子上的电话响了。兰帕特低声嘟囔着说了一声抱歉,拿起了听筒。很明显是同事打过来的,对话非常专业,而且一边倒,兰帕特大部分时候都是在听,但也没有试着去打断对方。达格利什望向窗外的花园,脑子里却飞快地进行着初步的评估。如果他们是19点40分离开的彭布洛克产妇疗养院,要在20点30分就赶到黑天鹅餐厅需要将车开得很快。有时间顺便去谋杀一个人吗?有可能,只要他找到一个理由,把她留在车上。即便她知道或者猜出了他想要做什么,也没有任何理智健全的男人会带着情人去教堂完成一个这么血腥的任务。所以就需要有一个借口,他需要和一个人短暂地会面,处理一些业务。车必须停在离教堂很近的地方,这一点本身就冒了很大风险,一辆红色的保时捷是非常抢眼的。然后呢?该敲教堂的门了,博洛尼开门让他进去,他重复一遍登门造访的借口。这些前期准备要多长时间呢?也许不到一分钟。然后就是把博洛尼打昏的一记重击,然后到盥洗室拿剃刀,他应该很确定他能找到,然后快速地脱下外套和衬衣,再回到小礼拜堂,手里拿着剃刀。先是小心地试着割几刀,然后是最后割断喉咙的一刀。他在当学生时一定上过法医学的课,在这之后说不定也修过。他比其他任何嫌疑人都要更清楚该怎样伪造出自杀的样子。

然后就是灾难的开始。哈利出现了，跌跌撞撞，可能已经喝得半醉半醒，但是还没有昏睡到什么都看不见、什么都记不得的程度。这个时候已经没时间精心布置，也没有这个必要。杀人之后他快速地清洗，把剃刀放在离博洛尼的手很近的地方，迅速左右环视一周，在夜幕掩盖下离开，因为不能拿走钥匙所以没有锁门，最后不紧不慢地回到车上。当然，他还要寄希望于她的沉默。他得确信她会坚持使用他们串供好的故事，就说他们直接开车去了黑天鹅餐厅。但是这样的谎言很简单，不需要什么复杂的编造，也不用记住太复杂的时间细节。她完全可以说她之前说过的那一段话："我们直接开车过去的。不，我不记得路线了，我没有留心。但是我们中途没有停车。"他只需要想出一个让她撒谎的好理由。"我得去见我的一个病人，是一个女人。"但是为什么不告诉警方这一点呢？这种工作性质的快速拜访没有什么不对的。停车的理由必须是无法撼动的。要么就是刚才那一种，要么就是他突然记起来的某件事。比如一个还没有回复的电话。但是时间太短了，他需要更长的时间。而且为什么不等着到了黑天鹅餐厅再打电话呢？当然了，有一个明显不过的策略，他也可以说他是在教堂打的电话，和博洛尼讲过话，他离开的时候他还活得好好的。这样的话，她就能在顾全两人利益的同时证实他的不在场证明了。如果最后她没有证实的话，他也能坚持自己所言非虚。"我打电话是要和博洛尼谈谈有关他妻子的事情。我最多只待了十分钟。我们的交谈非常友好。我除了博洛尼谁也没见到，离开的时候他还活得好好的。"

兰帕特放下听筒。他说："抱歉我得接个电话。刚才我们说到哪儿了，总警司？到了黑天鹅餐厅之后？"

但是达格利什改变了提问的策略。他说:"您一度与保罗男爵非常亲密,尽管最后你们的关系并不是特别亲近。没有哪两个共同拥有一位女子的男人不会对对方产生兴趣。"他完全可以接着说"有时甚至为对方痴迷"。他继续说:"您是位医生。我在想您是怎么看待这个场面的,我指他在圣马修教堂小礼拜堂的遭遇。"这种刻意的奉承没有多加掩饰,兰帕特太过聪明,一下子就注意到了。尽管如此他还是没有办法抗拒,他习惯了别人征求他的意见,习惯了别人尊重他的意见。这也是他赖以维系生计的一个方面。他说:"我是个产科医生,不是精神科医生。但是我想这起案子背后的心理活动并不复杂,应该就是惯常的那一套。只是表现方式有点古怪。就称它是'中年危机'吧。我不喜欢'男性更年期'这个表述。况且这种说法也不准确。这完全就是两种本质上不同的状态。我想他回顾了他的一生,他过去取得的成功,他未来还可以有怎样的希望,然后发现自己并不怎么在意。他尝试涉足法律和政治领域,但都没有让他觉得满意。他有一个对其有欲望但是并不深爱着的妻子。一个不爱他的女儿。一份限制他、让他无法做出公开激烈抗议的工作。好吧,他是有一个情妇。但这只是简单的权宜之计。我没有见过那位女士,但是从芭芭拉告诉我的情况来看,更像是获得抚慰的一种方式,只能被当作办公室无伤大雅的八卦谈资,并非什么能够让他挣脱束缚的激烈感情。所以他需要一个抛开一切的理由。还有什么比宣称上帝本人亲自告诉他他走了歧路更妙的法子呢?我不觉得我会用这种方式摆脱困境。但是你可以说这理由比精神崩溃、酗酒或者身患癌症要好得多。"

达格利什没有答话,他又迅速地开口,那种紧张与真诚几乎要让人信以为真。

"我一直都遇见这种情况。那些当丈夫的。他们就坐在你现在坐的这个地方。表面上看，他们是来和我谈有关他们妻子的事的，但是他们才是出问题的那一方。他们没有办法赢。这就是成功的霸道之处。他们年轻时代基本都是在努力工作以使自己合格，他们年轻时代都是在进行成功的积累——娶正确的妻子，买正确的房子，给孩子们选正确的学校，自己参加正确的俱乐部。但是这都是为了什么？为了一点儿钱，为了更舒适，要更大的房子，更快的车，交更多的税。他们甚至都不能从中获得强烈的快感。接下来还要再熬二十几年。而那些幻想还没有破灭、找到自己一席之地并且享受自己所做一切的人也好不到哪里去，他们害怕的是退休。一夜之间你就变成了无名人士、行尸走肉。你就没见过那些可怕的老年人吗？挣扎着要找到一个委员会，试图在皇家调查委员会谋取一个位置，任何工作都可以，只要还能让他们觉得自己依然重要。"

达格利什说："是的，我见过这种人。"

"天哪，他们就差没下跪，做牛做马地乞求了。"

"我觉得这倒是不假，但并不适用于他。他还只是一个初级大臣。他的成功还在未来等着他。他还在奋斗阶段。"

"哦，是的，我知道。下届保守党首相，你觉得这种可能性很大吗？我不觉得。他心中没有那种激情，至少没有那种政治激情。连一点点的火花都没有。"

他说这话的时候得意扬扬，却也有一丝苦涩。他又说："我还好，兄弟。我是幸运儿之一，没有受到命运的挟持。这份工作给了我所需要的。当我准备去撒个野时，我还有五月花号，那是一艘单桅帆船，50英尺长。它现在泊在奇切斯特。目前我不能抽太多时间和它在一起,但是退休以后,我会载上所有必需品,然后出发远行。你呢,总警司,没有你的五月花吗?"

"没有五月花。"

"但是你有你的诗歌,我差点儿忘了。"他讲这个词的时候仿佛受到了侮辱,就好像是在说"你有你的木工活、你的集邮、你的刺绣"。更糟糕的是,他说这话的语气就好像很清楚他已经四年都没有写出一首诗了,而且以后可能也不会再写诗了。达格利什说:"对于关系不怎么亲密的人来说,你对他了解得可还真不少。"

"他让我感兴趣。而且在牛津读书的时候他的哥哥和我是朋友。他还活着的时候我经常去坎普顿小丘广场用餐,我们三个人过去还一起出海。准确地说是在1978年一起去了法国的瑟堡。当你们一同经历了十级大风并幸存下来,你对这个人必然有相当的了解。事实上,还是保罗救了我。我翻下了船,他又把我捞了上来。"

"但是您刚才的判断不会有点太流于表面了吗,这不是种浅显的解释吗?"

"让人难以置信的是,最浅显的解释在多数时候都是正确的。如果你是个诊断医师,你就会明白这一点。"

达格利什又转向凯特:"你还有什么别的要问的吗,督察?"

兰帕特没来得及掩饰他在这一瞬间的皱眉,对于一个他以为只不过是达格利什附庸的女人,一个本来应该默不作声地做笔记,像温顺又安静的目击证人一样坐在角落,好好扮演她自己的角色的女人竟然有资格向他问讯而感到吃惊与不适。他转向她,半是微笑,半是用过于关切的眼神注视着她,但是眼中也充满了机警与谨慎。

凯特说:"在黑天鹅餐厅吃晚饭这件事……这是你们最喜欢的一

家餐厅吗？您和博洛尼夫人经常去那里吃饭吗？"

"夏天的时候去的次数比较多，冬天就少一些。那里的氛围让人愉悦。那里离伦敦不远不近，希金斯换过厨子之后食物的口味也变好了。如果你想让人推荐一处安静的餐厅，是的，我就会推荐这一家。"那种讽刺不加掩饰，他的恨意全写在了脸上。这个看起来无关又无伤大雅的问题让他慌乱。凯特说："8月7日的晚上，黛安娜·特拉弗斯溺水身亡的那个晚上，您当时也在场，你们两个都在，是吗？"

他干巴巴地回答道："你明明已经知道了我们当时在场，所以问这个问题没什么必要。那天是博洛尼夫人27岁的生日宴会。她就是8月7日出生的。"

"是您在陪着她，而不是她的丈夫？"

"保罗·博洛尼男爵当时另有安排，是我为博洛尼夫人主持的生日宴会。他本来会在晚一点儿的时候到场，但是后来他打电话来说他赶不上了。既然你知道我们当时在场，你也应该知道我们在悲剧发生之前就离开了。"

"还有另外一场悲剧呢，先生？特蕾莎·诺兰的死。那一场悲剧发生的时候您该不会刚好也在场吧？"小心啊，凯特，达格利什这样想着，但是他并没有出面干涉，也并不焦急。

"如果你是想问她在荷兰公园就着烹饪用雪莉酒吞下一整瓶止痛片的时候我有没有坐在她身边的话，我没有。如果我当时在场，很显然我会阻止她的。"

"她留下了纸条，明确说明了她自杀是因为承受不了堕胎的罪恶感。她曾是您这所疗养院里的一名护士。我在想她为什么没有在彭布洛克产妇疗养院做堕胎手术。"

"她没有提出来。就算她说了，我也不会做这个手术的。我一般不对自己的员工动手术。如果堕胎确实有医学上的必要，我会给她引荐另一位我认识的妇科医生。事实上，我没有发现她的死以及黛安娜·特拉弗斯的死和你们今天上午来这里的目的有什么关联。我们要一直在这些毫无关联的问题上浪费时间吗？"

达格利什说："并不是毫无关联。保罗男爵收到了别人写的信，明里暗里都在暗示他与这两起死亡事件有关联。所以在他人生最后的几个礼拜里发生的一些事情肯定是有关联的。这封信也许只是政客经常要面对的那种常见的恶意攻击，但是最好还是排查所有的可能性。"

兰帕特的目光又从凯特身上移回到了达格利什那里。

"我知道了。如果我听起来不够配合，我很抱歉，但是我对特拉弗斯那个女孩真的一无所知，只知道她曾经在坎普顿小丘广场兼职做家政，然后就是生日宴会那天晚上她也在黑天鹅餐厅。特蕾莎·诺兰也是从坎普顿小丘广场来这儿的，她之前是厄休拉夫人的看护，她当时患有坐骨神经痛。我知道他们是从一家护理机构找到她的。厄休拉夫人不再需要夜间看护之后，就建议那个女孩申请这里的工作。她有助产士资格，也很让人满意，但她一定是在坎普顿小丘广场工作期间怀的孕。我没有问过父亲是谁，我想她也从来没有说过。"

达格利什说："您有想到过孩子可能会是保罗·博洛尼男爵的吗？"

"是的，我想到过。我想很多人都这么想过。"

他没有再说话，达格利什也没有强迫他。他问道："她发现自己怀孕以后又发生了什么？"

"她找到我，说她现在没有办法抚养一个小孩，希望能终止妊娠。我向她推荐了一位心理医生，让他去处理具体的一些安排。"

"您觉得这个女孩当时的情况，我是说她的心理状态，会不会更有可能促使她去申请合法的流产手术呢？"

"我没有对她做检查，也没有和她讨论过。这不是一个我有资格去做出的医学决定。像我说过的那样，我把她介绍给了我的一个心理医生同事。我告诉她可以带薪休假，直到做出最后的决定。她做完手术之后回来才待了一个礼拜，接着发生了什么你们都知道了。"

突然，他站了起来，躁动不安地来回踱步。然后他转向达格利什。"我对保罗·博洛尼的这件事也想了很多。人是一种动物，他只有在记得这一点的时候才能与自己、与这个世界和谐共处。不可否认，人是最聪明也最危险的一种动物，但是依然只是动物。在我看来，那些哲学家和诗人都把一切搞得太复杂了。没有那么复杂，我们的基本需求很直接——食物、容身之处、温暖、性交、特权，就是这么个顺序。最开心的人会追求这些事物并从中获得满足。博洛尼不是这样的。天知道他自认为有权追求什么无形又得不到的东西。永生？也许是吧。"

达格利什说："那您相信他有可能是自杀的了？"

"我没有足够多的证据。但是这么说吧，如果最终定案为自杀，最起码我不会感到吃惊的。"

"那个流浪汉呢？有两个人死了。"

"那个判断起来更难一些。是他杀了保罗还是保罗杀了他？很明显这家人不会希望是后者。不管最终裁决如何，厄休拉夫人是永远不会接受这样的解释的。"

"但是您……"

"哦,我觉得,如果一个男人暴力到可以割断自己的喉咙,他也完全有能力割断别人的。现在,跟你说声抱歉,我要失陪了。"他瞥了一眼凯特,"跟你们说声抱歉。还有个病人在等我。20点到21点30分之间我会去苏格兰场完成我的陈述声明。"他站起来,又补充道,"也许到那个时候,我又能想到其他什么来帮助你们。但是别太乐观了。"他说这话的语气就像是在发出威胁。

第二章

在大门口有一条几乎没办法插进去的车流,凯特等了一分多钟才等到一个汇流的机会。她想:我真好奇他是怎么做到的。整个谈话记录都在她的笔记本上,用整洁、正统的速记方法记下来的。但是她有一种几乎完美的复制记忆法,不用参考笔记就可以想起大部分的内容。她让她的思绪回味每一个问题以及回复,但是她依然看不出达格利什总警司是怎么做到这么聪明的。

他话说得很少,问题很短,有的时候明显和调查方向毫无关系。但是兰帕特——毕竟这就是目的所在——被诱导着说了太多。至于那些关于男性中年危机的胡扯——如果你给报纸上的情感顾问写信,问她们你的父亲这是怎么了,她们多半就会给你回复这样的大众心理学观点。当然了,这也有可能是对的。但是,从医学的角度上来讲,男性更年期的各种症状并不是兰帕特熟悉的专业领域。他被问及自己的观点,也给出了自己的想法,这样一个对自己声音充满自恋的男人理应在怀孕和堕胎所面对的心理问题上提出更直接的看法。但是当问到特蕾莎·诺兰的时候,他们得到了怎样的答案呢?他们碰了个钉子,直面明显的"离远点"警告。他甚至都不愿意去想起她,更不用说谈论她了。并不仅仅是因为这个问题是凯特提出来的,虽然她的那种过于礼貌反而显得有些不够尊重的语气要比粗鲁无礼和公开的敌意更能伤害他的虚荣心。她原本希望幸运的话,这种做法可以让他失去警惕,露出马脚,但如果没有什么要遮掩的话就不会有这样的效果。

她听到达格利什的声音:"那个令人感动的细节,说保罗男爵救过他的命。你相信吗?"

"不,总警司。至少不像他说的这样。我觉得可能发生过类似的事情,他跌下船,他的朋友把他拉了回来。如果没有这样的事实基础,他是不会提起这件事的。但是我觉得他真正想表达的是:'听着,我也许在和他的妻子偷情,但是我不可能杀了他,他救过我的命。'"她补充道,"而且他指证加罗德的手法确实不怎么巧妙。"她快速地瞥了他一眼。他脸上露出了挖苦又厌恶的笑容,有时候同事们用到美国俚语的时候他就会露出这样的表情。但是他并没有追究,只是说:"关于他的一切没有什么是巧妙的。"

突然,她感受到了一阵乐观涌上了心头,那种令人晕眩、迷醉、接近高潮快感的心情,每次一个案子进展顺利时她都会有这种感觉,但是她已经学会了保持怀疑,并压抑这种情绪。如果一切进展顺利,如果我们抓到他——不管他是谁,我们肯定会抓到他的。然后我就上道儿了,真正地上道儿了。但是这种喜悦要比雄心壮志、一个试炼或者一项任务的完成所带来的满足感更为深刻。她一直都很享受自我。她和这个自我满足、装腔作势之人每一分钟的短暂交锋都带来了深层次的愉悦。她想起了自己刚到刑事调查局的那几个月,每天苦干,小心尽责,挨家挨户进行走访,这就是她一天工作的全部内容,面对那些可悲的受害者,以及更可悲的罪犯。比起那些时光,这种复杂的追捕是多么令人满足啊：知道他们面对的是一个有足够智商去思考和谋划罪行的凶手，而不是大环境或一时冲动造就的那种无知又鲁莽的另一种意义的受害者。她在加入警察队伍之前就学会了控制面部表情。她小心翼翼地开着车，眼睛平静专注地注视着前方的道路，但是她的某些感受肯定还是不言自明地传达给了她的同伴。他说："你现在是不是非常开心，督察？"这个问题以及督察这种少有的职务称呼让她吃了一惊，但是她知道自己别无选择，决定诚实地回答这个问题。她已经做好了功课，知道他一贯的名声，别的同事谈及他的时候她都专门留心倾听。他们说过："他是个浑蛋，但是个公正的浑蛋。"她知道他会原谅某些不足之处，也能容忍某些弱点，但是不诚实不包括在内。她说："是的，总警司。我喜欢这种能掌控一切的感觉，我们即将取得进展。"然后她又补充了一句，虽然她知道讲这些会插足一个危险的领域，但是她想，管他呢，凭什么他就可以为所欲为？她问道："您问我这个是在批评我吗，总警司？"

"不。任何加入警局的人在行使权力的过程中都会产生某种愉悦感。所有加入谋杀调查小组的人对死亡都有特别的品位。只有把获取这种愉悦当作行动目的时才算是真正的危险。这个时候就真的该考虑换一份工作了。"

她本来还想问："您有考虑过换一份工作吗，总警司？"但是她知道自己并不能问这个。在和某些高层一起吃完饭，多喝了几杯威士忌之后可以问他们这种问题，但是他不属于其中之一。她记得她告诉艾伦，达格利什选了自己作为新成立小分队的成员。他当时笑着说："那你是不是得去试着读他的诗作了？"她当时回复说："我和他的诗歌达成共鸣之前最好还是先和他本人达成一致。"她不是很确定自己是否成功做到了这一点。现在,她说:"兰帕特提到了剃刀割喉这件事。我们故意没有告诉他保罗男爵是怎么死的。那么他怎么会提到那把剃刀呢?"

达格利什说:"这很合情合理。他是男爵的故友,了解博洛尼剃须的习惯。他肯定是猜到了什么东西被当作了凶器。他不敢直接问我们凶器是不是真的是剃刀这一点有点意思。顺便一说,我们得赶紧核实一下不在场证明的时间。我想这应该是桑德斯的工作。他最好能同时开展三项调查,同一时间、同一款车型、同一天晚上,如果幸运的话,当天的天气状况也要了解一下。我们还得尽可能全面地掌握彭布罗克产妇疗养院的一切信息。不动产归谁所有,都有哪些股东,具体是怎么运营的,业界名声怎么样,等等。"她没有办法当场用笔记下他的指示,但是话说回来,她也不需要这么做。

"好的,总警司。"

达格利什接着说:"他有足够的条件,熟悉犯罪手法,并且还有动机。我不觉得他想要和男爵夫人结婚,但是他绝对不想要一个开始考虑离婚相关事宜的、贫困潦倒的情妇。然而,如果他想要博洛尼死掉,并且是在对不成熟的房屋修缮计划注入大笔资金之前死掉,他也不需要采取割断喉咙这种手法。他是个医生,总有更加巧妙的方法。这个杀人犯这样杀人不仅仅是为了行动方便。那个房间一度充满了仇恨的气氛,仇恨可不是一种容易隐藏起来的情绪。我在斯蒂芬·兰帕特身上没有看到这种情绪。傲慢、偏激,对这个拥有那个女人的男人充满了嫉妒。但是没有恨意。"

凯特从来就不缺少勇气,现在也是。毕竟是他选择她加入到这个团队里来,想必他觉得她的意见值得拿来做参考。他找个女下属来并不是为了满足自己的自负情绪的。她说："但是为什么就不能是为了方便、而非出于恨意呢，总警司？就算是一个医生，要想杀人而不引起怀疑也没有那么容易。他又不是保罗男爵的私人医师。但是这种行凶方式，如果他成功了，将会是一起完美的谋杀，甚至都不会被怀疑是起谋杀案。是哈利·麦克断送了他。如果没有第二起杀人事件，我们可能就只根据表面事实进行判断了……或许就是自杀？"

达格利什说："接着就是惯有的委婉地宣判'是因为他头脑不正常'，也许吧。如果他没有犯下错误，没有拿走那些火柴和烧掉一半的日记的话。那是完全没有必要的画蛇添足之举。从某种意义上来讲，那根只烧掉一半的火柴是这个案子里最耐人寻味的线索了。"

突然之间，她感到与他相处十分自在，几乎可以当作与朋友相处了。她不再考虑自己会留给他怎样的印象，而是专注于案情。她表现得就和与马辛厄姆相处时一样，双眼依然盯着前方的道路，喃喃自语地进行思考："一旦杀人凶手决定烧毁日记，他就会随身带着火柴去教堂。博洛尼不抽烟，所以身上不会有打火机，他也不能确定小礼拜堂里是不是能找得到火柴。当他发现火柴的时候，它们却被锁起来了，所以用自己带来的那一盒会更方便，也更快。时间很关键。所以我们要找的是个认识保罗男爵的人，并且熟知他的习惯，还知道他周二晚上的去向，但是对这个教堂却不是很熟悉。但他到达教堂时不可能光明正大地拿着日记。所以他应该是穿了一件有大口袋的夹克衫或者其他外套。或者说，他带了一种袋子、购物袋、大手提袋、手提箱或者医用包。"

达格利什说："或者，他可以把它卷在一份晚报里面。"

凯特继续说："他敲响门铃，保罗男爵给他开门。他说要去用一下卫生间。他把包、火柴和日记本一起留在里面，脱了衣服，也许全脱光了，然后又回到了小礼拜堂。但是这就有点奇怪了，总警司。他的受害者可不会静静地待在那里坐以待毙，最起码在面对一个赤身裸体、手中拿着剃刀的男人时不会这样。保罗·博洛尼既不衰老也没有生病，更不虚弱，他肯定会自卫的。所以一切不可能是这样发生的。"

"还是多关注一下火柴的问题。"

"但是他杀人的时候肯定是赤着身子的。至少上半身是裸着的。他肯定知道杀人将会鲜血四溅。他不可能冒险让自己的衣服上沾到血迹。哦，当然了！他先把受害者打晕了。然后他再去拿剃刀，脱衣服，完成下面的一套动作。然后再回到盥洗室。他快速但是很彻底地冲洗了自己，并穿好衣服。然后，他烧掉日记。这样做就能确保表面和壁炉格栅上都没有血迹了。一定是按照这个顺序发生的。最后，也许是出于习惯，他把火柴盒又扔回了自己的夹克衫口袋里。这表明他已经习惯了随身携带火柴，也许是个抽烟的人。事后他把手插进口袋里，摸到火柴的时候一定吃了一惊，这才意识到他应该把火柴留在现场。他为什么没有返回现场呢？也许已经太晚了，也许他没法面对那一片狼藉。"

达格利什说："也许他知道重返现场只会增加自己被别人看到的可能性，或者是在小礼拜堂留下自己痕迹的可能性。但是让我们假设凶手是故意把自己的那盒火柴拿走的。这说明了什么？"

"通过调查他用过的这盒火柴可能就会查到他身上。但是这显然不太可能。他肯定会用最普通的牌子，世界上会有上百万盒一模一样的火柴。他也不可能预料到我们会找到那根烧掉一半的火柴。他把火柴带走，也许是因为有人会发现丢了这盒火柴。也许他一直都计划着要还回去。这就意味着他不是从自己家出发去教堂的。逻辑上讲，他应该是从坎普顿小丘广场来的，因为他在那里拿到了日记本，也许同时拿了火柴。但假设事实如此，假设火柴来自博洛尼本人的家里，那为什么不把火柴留在现场呢？就算能查到这盒火柴的来源，也只会让我们发现主人就是博洛尼本人。所以我们还是要回到先前的结论，认为这是一个简单的错误，由于习惯造成的。他顺手把火柴放回了自己的口袋里。"

达格利什说："如果他是这么做的，在发现那一瞬间的惊讶之后，他也没有特别担心这一点。他会告诉自己，警方会假设博洛尼使用了被锁住的盒子里面的火柴，或者认为剩下的火柴连同日记本一起被烧掉了。我们也的确可以认为他用的是酒店和餐馆里常见的那种小盒火柴，烧完了也不会留下任何痕迹。无可否认的是，博洛尼不太像是那种会从餐厅拿走火柴的人，但是辩护律师可以宣称就是这么一回事。现在可不是仅凭法医证据就要求被告认罪的最佳时机，更不可能仅凭烧剩半根的火柴就让他伏法。"

凯特问："那您觉得这一切是怎么发生的呢，总警司？"

"很可能大部分都和你说的一样。如果保罗男爵曾面对一个赤身裸体、携有武器的袭击者，我怀疑我们是否还能发现同样的现场情况。没有任何打斗过的痕迹，这就意味着他肯定是先被打晕了过去。完成这一步之后，凶手必须非常快速、专业地动手，非常清楚他自己在做什么。而且他也不需要花太长时间，只需要花几分钟脱掉衣服，拿起剃刀就行。杀人只需要不到10秒钟。这样的话，把人打晕的那一击不能太狠。事实上，要想不留下让人起疑的大块瘀青，力度必须经过巧妙计算，确保恰到好处。但是还有另外一种可能。他有可能是把什么东西绕在博洛尼头上，然后把他拉倒在地。一种材质柔软的东西，比如围巾、毛巾、他自己的衬衫，或者是用套索、绳子、手绢。"

凯特说："但是他还得非常小心，保证不能拉得太紧，不能让他的受害者窒息。死因无疑是喉咙被割断。而且，围巾或者手绢不会留下痕迹吗？"

达格利什说："那倒未必。他在脖子上划了一刀后就不会有痕迹了，但现在我们可以看看今天下午的尸检报告会有什么新信息。"

突然，她仿佛又回到了小礼拜堂，低下头，又一次看到了快要被割下来的脑袋，看到了整个画面，鲜明，轮廓清晰，像彩色印刷一样光亮。然而这一次，没有给她冷静的准备时间，没有机会去为她明知要面对的场面调整心情和肌肉状态。她的双手骨节发白，紧紧握住方向盘。有一瞬间，她以为她踩了刹车，车已经停了下来。然而他们依然在飞速地沿着芬奇利路前行。她想，这是多么奇怪啊，那种突然回忆起的恐惧，居然比在现实中亲眼目睹的还要可怕。但是她的同伴又在说话了，她肯定错过了他最开始说的那些内容。她听他说起尸检，猜想她可能想要在一旁观看。通常情况下，这种她解读为一种指令的建议可能会让她暗喜，她会认为这是对自己是这个团队真正一员的又一次确认。这次她却头一回感到了一阵厌恶，几乎是强烈的反感。当然，她到时候会到场。这又不是她第一次亲临尸检现场，她并不担心自己会蒙羞，她可以目不转睛地注视尸检而不会呕吐。在警校的时候，她曾眼看着自己的男性同事们在验尸房摇摇晃晃快晕过去，自己却站得笔直。如果法医允许的话，尸检的时候能在场是很重要的一件事，你能学到很多，她也非常好学。她的外祖母和社工会等着她15点的时候过去，但是她们只能多等一会儿了。她试着——但并没有很用心——找到一个得空的机会给她们打电话说自己去不了了。但是她又告诉自己这完全没有必要，她外祖母已经知道这一点了。如果今天收工不太晚的话她可能会下班之后过去一趟，但是对于现在的她而言，死者优先于活着的人。可是自她加入警察队伍以来，第一次有一个危险的声音在她耳边低语，充满了对自我的不信任，质问她这份工作究竟给她带来了什么样的影响。

她是有意选择了警察这个职业，因为知道这是最适合自己的选择。但是她从一开始对这份工作就没有任何多余的幻想。这份工作，别人需要你的时候会要求你马上到场，毫无疑问，必须这么高效；而当他们不需要你的时候，宁可假装你不存在。这份工作有的时候要求你和完全不喜欢的人共事，或者是对那些你对其充满鄙夷的高层官员表示敬意。你有的时候会发现自己对要捍卫之人充满蔑视，而太多的时候——多到让人不适——要抓捕的却是那些你同情、甚至怜悯的人。她知道正统的那一套说辞：法律和秩序是常规，犯罪是失常、是越轨，在一个自由的社会只有受监管的人同意，才可以对其进行监管——即便在那些警察被视为敌人、甚至是僵化了的压迫者形象的地方。但是她也有自己的信条。保持理智的方法就是懂得那些虚伪的东西也许在讲政治的时候很有必要，但是你并不一定要去相信那些东西。你要保持自己的诚实，不然这份工作就没有意义。你完成好工作，你的男同事就会尊重你，但是也别太过期望他们会喜欢你。你把自己的个人生活保留在个人空间，不要搞得一团糟。世界上有足够多的男人，所以没必要和自己的同事发生亲密关系，搞砸一切。不要习惯开下流玩笑，你已经在埃里森·费瑟维尔听到太多这种言论了。你应该知道自己能有多大的晋升空间并努力实现目标。不必要的时候不要树敌，一个女人向上爬的时候，就算只是避免被别人时不时拽一下脚踝也已经很艰难了。话说回来，每一份工作都有自己的劣势。护士终将习惯医用敷料、床上便盆的和多日没有清洗的身体的味道，习惯看到别人的痛苦，习惯死亡的气味。她也已经做出了自己的选择。现在，她比以往都要更加坚定，更加毫无遗憾。

第三章

迈尔斯·基纳斯顿担任病理学咨询顾问的那家医院多年来都需要一个新的验尸房，但是为活着的病人提供更多病房要比给死人找地方更为优先。基纳斯顿嘟囔、埋怨着，但是达格利什觉得他并不是真的在意。他有所需的一切器材，现在的这间验尸房宽敞、空荡，是他熟悉的领域，就像穿着旧睡衣在家里一样舒适。他并不是真心想被赶到一个更大、更远、更没有人味儿的地方，偶尔发出的抱怨也不过是习惯性的发声，只为了提醒医疗委员会，法医病理学部门依然存在于世。

但是总还是不免有些麻烦。达格利什和他的警察同事们来这里，主要是出于兴趣而非需要，但是那些名义上的警官，指纹鉴识人员，带着信封、瓶瓶罐罐还有各类试管来的犯罪现场调查人员经常占据不必要的空间。基纳斯顿的秘书是个丰满的中年女子，像任何一个女性组织的主席那样欢快且高效，她穿着开襟衫、连衣裙和花呢外套，整个身子挤在角落里，脚边有一个鼓鼓的袋子。达格利什总是觉得她会取出毛线来织毛衣。基纳斯顿从来都不喜欢使用录音机，时不时地就会转向她，断断续续地低声告诉她他的一些发现，而她似乎也都能听明白。他工作的时候总要放音乐,经常都是巴洛克,有的时候也会放弦乐四重奏、莫扎特、维瓦尔第、海顿。这天下午达格利什马上听出了他放的曲子——因为他自己也收藏了:内维尔·马里纳指挥的泰勒曼的G调中提琴协奏曲。达格利什在想,不知道这种极为忧郁的神秘曲调是否为基纳斯顿提供了必要的精神净化,是不是让尸检变得更有仪式感,还是说像房屋油漆工或者其他类似工匠一样,他只是喜欢工作的时候听音乐而已。

达格利什既饶有兴致又有点烦躁地注意到马辛厄姆和凯特一直牢牢地盯着基纳斯顿的双手,那种专注暗示出他们生怕自己一旦移开视线,就会不小心迎上他的目光。他在想,他们怎么可能认为他会在这种时候牵扯进与博洛尼的交情。客观中立已成为他办案时的自然习惯,又因为器官被取出、检查、装瓶和标签的高效以及那种实事求是的态度所进一步强化。他现在的感觉就和做实习生时第一次看解剖的感觉一样:法医沾满鲜血的手套上捧着的那些绳绳带带所呈现出的鲜艳颜色令人吃惊,同时还幼稚地想着这么小的一具身体里居然可以盛得下这么多各种各样的器官。

解剖结束之后,他们在盥洗室洗手,基纳斯顿是因为必须洗手消毒,达格利什则是出于一种自己也难以解释的洁癖。他问道:"死亡时间究竟是什么时候?"

"没有必要对我在现场估算的时间进行更改。最早也就是19点。大概就是19点到21点之间。等分析完了胃里面的残留物,我也许能够把时间范围再缩小一些。没有打斗过的痕迹。如果博洛尼遭到攻击,他也没有试着去进行自卫。博洛尼手掌上并没有割痕或者擦伤的痕迹,这个你你自己就可以看出来。他右手掌心里的血迹来自剃刀,并不是自卫时受了伤。"

达格利什说："是剃刀上的血还是喉咙处的血？"

"都有可能。手掌上沾的血污比想象中要多。但是这两种情况都不影响对死因的判断。两种情况下，这都是精准的一刀，穿透甲状舌骨韧带，从皮肤到脊椎完全切断。博洛尼非常健康，如果没有人替他把喉咙割断，他完全可以安享晚年。从医学角度来说，哈利·麦克的健康状况比我想象的还要好。肝脏不是太好，但是还要再过很多年才会出现严重的问题。实验室会把喉组织切片放到显微镜下检测，但我觉得不会有意外惊喜。伤口边缘处没有明显被勒过的痕迹。博洛尼脑后的肿块只在浅表，可能是他倒下的时候碰到的。"

达格利什说："或者是被推倒的时候。"

"对，或者是被推倒的时候。亚当，你要是想得到更多信息，还得等实验室把血斑的检查结果送出来才行。"

达格利什说："就算那块血斑不是哈利·麦克的血，你也不确定博洛尼能否跌跌撞撞地走到麦克身边，即使他喉咙上有两道表面伤。"

基纳斯顿说："我会说这几乎不可能。我不能说这完全不可能。而且我们看到的不是两道表面伤。记得辛普森提到的那个案子吗？自杀的那个男人几乎都要把头割下来了，却依然神志清醒地把随急救车而来的救护人员踢下楼梯。"

"但如果是博洛尼杀死的哈利，他为什么要再回到床上进行自我了断呢？"

"一种自然联想，床、睡眠、死亡。如果他决定死在床上，为什么仅仅因为有必要先结果了哈利就改变自己的死法？"

"这完全没有必要,我觉得哈利没法及时赶到,去阻止他给自己最终的致命一刀。这简直违背了常识。"

"或者说,这违背了你对保罗·博洛尼的认识。"

"两者都有。这是双重谋杀,迈尔斯。"

"我相信你,但是要证明这一点可就费劲了,我也不觉得我的报告能帮得上忙。自杀是最为私密,也是最为神秘的一种行为,它无法被解释,因为主要的行动者已经没有办法给出解释了。"

达格利什说:"当然,除非他把自己的声明留了下来。如果博洛尼决意自杀,我觉得应该会找到遗书之类想要去解释这种行为的文字。"

基纳斯顿让人捉摸不透地说:"你没有找到,并不意味着他没有写。"

他取出一副新手套,拉上口罩遮住口鼻。这个时候新的一具尸体又被推了进来。达格利什看了看表。马辛厄姆和凯特可以开车回苏格兰场,着手整理书面材料了。他还有另外一个约会。在经历了挫败的一天之后,他需要获得一点点的抚慰,甚至是享受。他决定用比讯问更加令人愉快的方式来获取信息。当天早些时候,他给康拉德·阿克罗伊德打了个电话,受邀与这位《帕特诺斯特评论报》的所有人兼总编辑共进下午茶。

第四章

康拉德·阿克罗伊德和内莉·阿克罗伊德住在圣约翰树林一座若隐若现、有着干净灰泥墙的爱德华时代样式的别墅里，一座花园直通向运河。这座房子据说是爱德华七世为他的一个情妇建的，内莉·阿克罗伊德从她的一位单身叔叔手中继承了过来。阿克罗伊德三年前和内莉结的婚，之后就从自己在《帕特诺斯特评论报》编辑部楼上的公寓搬了出来，住到了这里，并且很乐意地将他的书、他的物件以及他的生活完全融入到内莉舒适的家庭氛围中。现在，尽管他们有一个仆人，他还是在门口亲自迎接了达格利什，他的黑眼睛亮闪闪的，像孩子一样满怀期待。

"快进来，快进来。我们知道你来这儿想干什么，亲爱的孩子。是关于我在评论报上写的那条小豆腐块的。我很高兴你觉得没必要带一个同伴过来。我们很愿意帮助警方了解情况，就像你们抓住嫌犯，把他的胳膊扭到背后，再关进小黑屋那样。但是我的底线是绝不会为某个大块头下属提供下午茶，他会压坏沙发里的弹簧，还要一手拿着我做的黄瓜三明治吃，另一只手匆匆忙忙记下我说过的所有的话。"

"严肃一点，康拉德。我们说的可是谋杀案。"

"是吗？有传言说——当然，仅仅是传言——保罗·博洛尼也可能是寻求了自我了断。我很高兴这不是真的。谋杀要更有意思，也远没有那么令人沮丧。如果一个人选择自杀，他就太不为朋友着想了，以为给别人树立了一个好榜样似的。但是那些可以等等再聊。先喝茶。"

他抬头冲着楼上喊道："内莉，亲爱的，亚当已经来了。"

达格利什看着他领着自己一路走到客厅，心想，自从他们第一次遇见之后就没看出来他有任何变老的迹象。他给人的印象非常丰满，也许是因为他有一张圆润的脸和一个像是长了只肉袋的肥下巴。但是他肌肉紧实，积极活跃，像一个舞者一样移动灵活。他的眼睛很小，眼角上挑。当他感到愉快的时候，他会把眼睛眯起来，就像是肉团上的两道细缝。他脸上最神奇的部分应该就是那张不停一张一合、小巧精致的嘴巴了，他把这张湿润的嘴唇当作情感反应中心。他表示不赞同的时候会紧抿双唇，失望或者厌烦的时候会像一个孩子一样噘起下唇，笑起来的时候嘴唇会弯出一道弧形。看起来从来不维持同一个形状，即便是休息的时候他也会做出咀嚼的动作，就像是在品味舌头上的滋味。

内莉·阿克罗伊德和康拉德完全相反——他是个胖子，内莉却非常苗条；他皮肤黝黑，她肤色白皙，并且身高还比他高了3英寸。她像20世纪20年代流行的那样，把金色的长发梳成一条麻花辫，盘在了头上。她的花呢裙子做工精良，但是样式已经过时半个世纪了，上身总是穿一件宽松款羊毛衫，脚上穿了一双尖头带蕾丝边的鞋子。达格利什记得他父亲的一位主日学校老师完全就是她的翻版。她走进房间，有那么一瞬间他仿佛回到了教堂的门厅里，和其他的孩子们围成一圈坐在低矮的木头小板凳上，等着梅因沃林小姐分发那个周日的图印。他会舔一舔那张彩色圣经故事图片的背面，无比小心地将它贴在自己卡片上那个礼拜的空白处。他当时就很喜欢梅因沃林小姐——她已经去世20多年了，是得癌症死的，并被埋在了遥远的诺福克教堂墓地——他现在也喜欢内莉·阿克罗伊德。

阿克罗伊德夫妇的婚姻令他们的朋友们震惊，也让他们为数不多的敌人进行了一些下流的推测。但是只要是和他们在一起，达格利什从来坚信他们是真正幸福的结合，他也为婚姻的多种多样而惊叹，这种关系既可以那么私密又可以同时公之于众，充满传统习俗的同时又那么无序、混乱。从私生活方面而言，阿克罗伊德据说是伦敦最善良的丈夫之一。他的受害者们则指出他完全能承受得起这种善良：《帕特诺斯特评论报》任意一期上所包含的恶意就足以满足一个正常人一生的发泄需要了。他对新书和新的剧作进行的评论总是非常睿智、令人愉悦，有的时候洞察深入，偶尔非常残酷，除了受抨击对象之外，所有读者都非常喜欢这种两周一次的消遣。即便《泰晤士报文学增刊》都已经改变做法，《帕特诺斯特评论报》依然选择匿名发表评论者的评论。阿克罗伊德的观点是，任何的评论者，即便是最严谨、最公正的人，只要在自己的评论上署了名，就不会完全说实话。他之所以坚持让所有评论者匿名，也是出于一名编辑正义的热情，他知道这样的话就不太会收到法院禁令。达格利什怀疑那些最恶毒的评论就出自阿克罗伊德本人之手，内莉在一旁煽动、教唆。他让自己想象出一幅画面：康拉德和内莉分别坐在自己的床上，通过两个房间之间敞开的小门向对方喊出自己的得意之作。

他每次和他们在一起，都会觉得他们两人如此幸福的婚姻中肯定有什么阴谋。如果这世界上有那种因为共同的利害关系而走到一起的婚姻的话，这就是其中的一桩。她是个上好的厨子——他喜欢美食；她喜欢照顾人——他每个冬天都会支气管炎复发，鼻炎引起的头疼也会加剧他的忧郁症，这个时候她就会开心地忙前忙后，又是进行胸部按摩又是做雾化。达格利什算得上是对朋友性生活最不感兴趣的人了，但是偶尔也不免猜测在这段婚姻中两人究竟有没有做过爱。总体来说，他觉得应该有过。阿克罗伊德是个固守法律的人，至少在某个蜜月的晚上他也曾闭上眼，想起英国的律法。在对法律和神学要求做出必要的牺牲之后，他们都安顿下来，关注婚姻生活更重要的方面，比如对他们房子的装修，以及康拉德的支气管。

　　达格利什并非空手而来。他知道女主人乐于收集20世纪20年代和30年代女子寄宿学校故事集，她收藏的早期的安吉拉·布拉泽尔故事集相当有分量。她的客厅书架上摆放的书堆证明了她对这种强烈怀旧感的痴迷：一系列胸部刚刚成熟的女主角，她们穿着裙子和靴子，名字都叫作多萝西、玛琪、玛乔丽或者埃尔斯佩思，精力旺盛地挥动着曲棍球棒，揭露作弊行为，或者是在撕下德国间谍面具的时候发挥了关键作用。达格利什几个月之前在马里波恩的一家二手书店找到了第一本初版书。他既不记得具体是什么时候，也不记得书店是在哪里，但这倒是提醒了他已经很久没有见过阿克罗伊德夫妇了。他觉得拜访他们的大部分人都和他自己一样想要获得什么，通常都是想要获取信息。达格利什又一次想到了人类关系当中的奇怪之处：人们会把彼此称作是朋友，但是很多年不见面也没有什么关系，而一旦重逢，又可以马上恢复那种亲密关系，就好像不曾出现间隔。他们之间的相互欣赏是一种比较真实的感情。也许达格利什只会在他有所需的时候拜访，但是他能坐在内莉·阿克罗伊德优雅的起居室里，并透过爱德华时代的窗户远眺波光闪闪的运河也是件非常愉悦的事情。他把目光转向运河，觉得很难相信就在透过花篮、藤蔓和粉色天竺葵看到的这条波纹粼粼的运河的上游处，离这里也就是几英里的地方，它将变成一条流动的危险之物，穿过漆黑的隧道，缓慢地流经圣马修教堂的南门。

他递上自己带来的礼物，礼节性地送上一个吻，这似乎已经成为现在通行的社交习俗，即便是在新近刚结识的朋友之间也沿用不误。他说："这本书是送给你的。我想书名叫作《达尔西的游戏人生》。"

内莉·阿克罗伊德轻轻欢叫一声，打开礼物。"别淘气，亚当。是《达尔西的游戏》[①]。真好！书保存得也很好。你是从哪里找到的？"

"我记得是在教堂街。我很高兴你还没有收集到这本书。"

"我找这本找了很多年了。这样我就集齐了20世纪30年代之前布拉泽尔的全部小说。亲爱的康拉德，看看亚当都带来了什么好东西。"

"亲爱的孩子，你太善良了。啊，茶来了。"

一位年纪不算小的女仆把茶端了过来，用一种几乎是仪式性的小心态度把托盘放在内莉·阿克罗伊德面前。茶点很多。有切掉外皮的面包配黄油，一盘黄瓜三明治，加了奶油和果酱的自制司康饼，还有一个水果蛋糕。这让他回想起孩童时代在教区神父那里喝到的茶，想到了到访的神职人员和教区工作人员在他母亲简陋但舒适的会客室

---

① Dulcy on the Game和Dulcy Play the Game只差了一个词，含义相差甚远。

里举着宽边的杯子,他自己则受过精心培养,向众人分发圆盘。他想,这真的很奇怪,看到装在彩色盘子里的薄面包片和黄油居然还能一瞬间让他产生带着锐利刺痛感的悲伤与怀旧情绪。看着内莉小心地把茶杯把手摆正,他猜想他们的一生都被这种日复一日的小型仪式所统治:清早茶饮,睡前的可可或者牛奶,小心铺好的床铺,睡裙睡衣都摆在床边。现在是17点15分,秋日马上就要转入夜晚,这场非常小型的典型英式下午茶旨在安抚下午感受到的愤怒,给一个混乱无序的世界加以秩序、常规、习惯。他不确定自己会喜欢这样的生活,但是作为一名访客,他觉得这一切让人安心,因此并不鄙夷。毕竟他自己也有把现实暂时搁置一边的方式。他说:"《帕特诺斯特评论报》上的那篇文章,我希望你不是在考虑着要把这份刊物变成一份新的八卦杂志。"

"当然不会了,亲爱的孩子。但是人们偶尔也喜欢看这种花边新闻。我在考虑把你纳入到我们的新专栏里,'他们在一起能说什么',邀请完全不搭调的人共进晚餐。比如让诗人侦探亚当·达格利什和蒙普拉斯尔的科迪莉亚·格雷相会。"

"如果你的读者们能从我和一个年轻女子端庄地品味鲜橙烩鸭这个过程中获得刺激感的话,他们的日常生活该有多无聊啊。"

"一个美丽的年轻女子和一个比她年长20岁以上的男人共进晚餐总会令读者觉得有趣。这给了他们一种希望。而且你看上去很不错,亚当。这种新的冒险很明显适合你。好吧,我是说,新的工作。你现在是不是负责管理敏感犯罪调查小分队?"

"不存在这个组织。"

"嗯,这只是我给它起的名字。伦敦警方可能把它称为C3A小分队或者类似的无聊名字。但是我们都知道这是怎么回事。如果首相和社会民主党的党魁在秘密会面协商成立联合政府的时候吸入砒霜,而这个时候威斯敏斯特的红衣主教和坎特伯雷大主教踮着脚鬼鬼祟祟地离开现场,我们可不想让地方警察带着他们的手枪冲进去破坏了现场。是不是就是这个意思?"

"是个有趣但不太现实的设想。不如说假设某份文学评论期刊的编辑被人重击致死,而有人发现一位资深警探正踮着脚从现场撤离?康拉德,你的那篇关于保罗·博洛尼的文章,是什么激发你这么写的?"

"一次匿名的信息交换。不要露出那种瞧不起人的表情。我们都知道你们警察坐在酒吧里,把我们纳税人的钱付给最卑鄙的前科犯来获取信息,但是大部分消息也都非常可疑。我认识各种各样的便衣和探子,这一次我甚至没花钱就得到了消息。信是邮寄过来的,完完全全免费。"

"你知道还有谁收到了信吗?"

"三家日报的八卦栏作者。他们打算用之前再等一等。"

"非常谨慎。你也核对过了。"

"我当然核对过了。至少,威妮弗雷德核对过了。"

威妮弗雷德·福赛斯是阿克罗伊德名义上的编辑助理,但是她实际上几乎可以插手评论报的任何工作,还有人说全靠她在金融理财方面的才干,这家期刊才能正常运转。她有着维多利亚时代女家庭教师那种仪表、着装和嗓音,是一个颇为强势的女人,习惯了照自己的一套来。也许是因为遗传下来的一种对于女性权威人士的畏惧,很少有人站出来反抗她,当威妮弗雷德提出问题的时候,她就一定要得到答案。达格利什有的时候甚至希望她能在他的团队就好了。

"她一开始的时候给坎普顿小丘广场的宅邸打电话，询问有关黛安娜·特拉弗斯的事情。一个女人接的电话，并不是博洛尼夫人或者厄休拉夫人。要么是个仆人，要么就是女管家。威妮弗雷德说她听起来不像是女秘书，至少没有足够的权威性，不是那种很干练的声音。再说了，博洛尼也从来没有聘过一位常驻家里的秘书。也许是女管家。她听到这个问题之后沉默了下来，似乎还倒抽了一口冷气。然后她说：'特拉弗斯小姐不在这里了，她已经离开了。'威妮弗雷德又问他们有没有她的地址，她说'没有'，然后就相当匆忙地放下了电话。这一点处理得并不好。如果他们想要隐瞒特拉弗斯曾在那里工作过的事，就应该更好地训练一下这个女人。审讯的时候没有提到这个女孩曾为博洛尼工作，似乎也没有别人捕捉到这一点信息。但是看起来我们这位写来恶意匿名信的人至少说对了一点。坎普顿小丘广场的人绝对认识特拉弗斯。"

达格利什问："在那之后呢？"

"威妮弗雷德又去了黑天鹅餐厅。我得承认她给自己编造的理由并不怎么可信。她告诉餐厅的人我们正考虑做一期有关泰晤士河溺水事件的专题文章。但我们自信没有人听说过《帕特诺斯特评论报》，所以她话里的破绽不太会被人发现。即便如此，每个人仍然是相当小心谨慎。威妮弗雷德拜访的时候餐厅的法国老板不在。但是她接触的其他人明显都统一过了口径。毕竟没有哪个餐厅的老板想让人知道自己店里发生过死亡事件。我们在生活中随时面临着死亡，但没人希望是正在吃晚餐的时候。把不幸的活龙虾扔进开水是一回事，说实在的，人们怎么会觉得龙虾感受不到痛苦？但是一位餐厅的顾客在他的地盘上溺水而死就是另外一回事了。这并不是说泰晤士河就是他的地盘,但是大体上就是这个理论。离得太近,让人不适。从那一伙儿人当中的某一位浑身滴水地走进来说那个女孩死了的时候,他和他的员工们就处在一个需要自卫的位置上了,而且我得说他们处理得非常干净利索。"

达格利什没有说他已经看过了本地警察写的报告。他问道:"究竟发生了什么?威妮弗雷德打探出来了吗?"

"那个女孩,黛安娜·特拉弗斯,和五个朋友一块儿来的。我想他们大部分都是演戏剧的,最多就是边缘角色。没有什么名气。他们吃完饭之后吵吵闹闹,然后就出去到了河边,在那里各种鬼混。黑天鹅餐厅不鼓励这种行为,除非你是一个年轻又有一定人脉的子爵,但是这一伙儿人既不够富裕,也不够贵族范儿,更不够出名,所以就没资格这么干。老板正考虑派人过去抗议,但是那伙儿人又往下游走了,多少离开了听力所及的范围。"

达格利什说:"假设这个时候他们已经付过账了。"

"哦,是的,都付过了。"

"谁付的钱?"

"这一点可能会让你吃惊:多米尼克·斯维恩,芭芭拉·博洛尼的弟弟买的单。这是他举办的派对,他预订的餐桌,他付的钱。"

达格利什说:"如果他能在黑天鹅餐厅给六个人一桌的晚餐买单,这个年轻人可算是够有钱的了。他为什么没参加他姐姐的生日聚会呢?"

"威妮弗雷德不觉得问餐厅这个问题会得到什么有用的结果。但是她确实想到过他故意在同一晚、同一个餐厅给别人办派对可能就是为了让他姐姐难堪,或者说,让他姐姐的同伴难堪。"

达格利什也想到了这一点。他记起警方报告里面的内容。参加派对的一共有六个人:黛安娜·特拉弗斯、多米尼克·斯维恩,两个学戏剧的女学生,他想不起来叫什么名字了,舞台设计师安东尼·鲍尔温和正在城市学院学习舞台管理课程的莉莎·盖勒韦。他们都没有犯罪前科,如果真有的话反倒令人吃惊。泰晤士河谷警察局没有对其中任何一人进行调查,这也不奇怪。至少从表面上看,关于特拉弗斯之死没有任何可疑之处。在一个温热的夏日夜晚,她赤裸着潜入泰晤士河,在12英尺深、长满水草的河水中不幸溺亡。

阿克罗伊德继续讲述他的故事:"从餐厅的角度来看,这伙儿人明显还算明智,知道不能直接把一具缠满水草的死尸从落地窗抬到餐厅里来。幸运的是离他们最近的是通往后厨的一扇侧门。几个女孩子冲进来,大喊着他们的一个同伴溺水了,鲍尔温似乎比其他人更清醒,似乎在对死者进行人工呼吸,但是没有太大效果。大厨跑了出来,对她进行更专业的人工呼吸,直到救护车赶来。但这时她已经死了。他们从水里把她抬出来的时候她可能就已经死了。但是这些情况你都知道。别告诉我你还没读过警方的报告。"

达格利什说:"威妮弗雷德有没有问过那天晚上保罗·博洛尼是否在场?"

"是的,她问过,而且她采取了非常巧妙的方式。显然大家都以为他会来,他有点工作上的事,所以没法共进晚餐,但是他说他会争取赶过来一起喝咖啡。快到22点的时候他打过来电话,说被工作的事耽误了,赶不过去了。但有意思的是他当时到场了……至少他的车在现场。"

"威妮弗雷德是怎么发现这一点的？"

"我得说，她发挥了相当的聪明才智，也非常幸运。想必你知道黑天鹅餐厅那边的停车场的状况吧？"

达格利什说："不知道，我从来没去过，以后能去一次也不错。你给我讲讲吧。"

"餐厅老板不喜欢汽车来来去去的噪音，这一点无可厚非，所以停车场离餐厅大概有50码远，周围还围了很高的一圈山毛榉篱笆。他们没有聘用专门的停车引导员，估计那样花费太大了。人们得自己走过这50码，如果下雨的话，他们只能先把客人安置在餐厅门口。总之，停车场完全隐蔽在一角，相对比较幽静。即便如此，门房也时不时往那边瞅一眼，威妮弗雷德又突然想到，如果博洛尼真的往餐厅打电话说他赶不过去的话，多半不会把车停在同一个停车场。因为参加派对的人很有可能在这之后很快就想要离开，并在停车场认出这辆车。所以她又深入调查了一下具体情况。在即将到达一个农场对面的A3出口的地方，远离马路一点，有一个类似于路边停车处的地方，她问了问那里的人。"

达格利什问道："她是找了个什么理由问的？"

"哦，她就说自己是个私家侦探，受雇追踪一辆被盗窃车辆的去向。只要你的语气足够肯定，人们几乎会回答所有你提出的问题。你也应该了解这一点，亲爱的亚当。"

达格利什说："然后她一下子就走运了？"

"的确如此。一个14岁的男孩，当时正在农舍二楼的卧室里做作业，他正好看到一辆黑色的路虎车停在那里。作为一个男孩，他自然对此很感兴趣。他对于车型相当确定，那辆车从22点就停在那里，他上床睡觉的时候还没有开走。"

"他看到车牌号了吗?"

"没有,那就意味着他得走出家门,他还没感兴趣到那种会因此大费周折的程度。让他好奇的是车里只有一个男人。他停好车,锁上门,然后就朝黑天鹅餐厅走去。把车停在这边并不奇怪,但是通常都是热恋中的情侣,而且他们会一直待在车上。"

"他对这个男人进行描述了吗?"

"只是大概地描述了一下,但是据他所言多多少少符合博洛尼的长相。我自己是确定了那是他的车、他当时在场就很满意了。但是我承认并没有确凿的证据。那个男孩瞥见他的时候是晚上22点,路上也没有路灯。我不确定黛安娜·特拉弗斯溺死的时候他是不是在黑天鹅餐厅,而且你也应该注意到我的文章了,我很谨慎,并没有在文章里说他在场。"

"你印出这篇文章之前咨询过你的律师们了吗?"

"事实上,我还真咨询过了。他们并不怎么高兴,但是他们也承认这算不上是诽谤。毕竟说的都是事实,我们的八卦大抵都是如此。"

达格利什想,八卦就像其他市场上的商品一样。只有你能给出具有同等价值的东西的时候,你才能得到这件商品。阿克罗伊德作为伦敦最臭名昭著的八卦人士之一,以其精准度和信息的价值闻名。他就像那些大量囤积螺丝和钉子的人一样,不过他收集的是各种零碎的信息。也许现在手头上的工作用不到,但是迟早它们会派上用场。他也喜欢八卦消息给他的那种权力感。也许这样一来,这个巨大、飘忽不定的城市就被压缩成了他可以控制的大小,他的世界当中只有几百人，让他有一种错觉，仿佛生活在一个私人庄园里，关系亲密但是又丰富多彩、不缺乏刺激。他并不是个邪恶的人，他本性喜欢人，也很喜欢取悦他的朋友们。阿克罗伊德在他的书房里像只蜘蛛一样盘踞，编织着一张略有趣味的蛛网。对于他而言，能有至少一根蛛丝的另一头连着一位警界高层，同时又有其他蛛丝与议会休息室、剧院、哈利街甚至是小酒馆相连是非常重要的事。如有必要，他肯定会乞求对方透露讯息，甚至做好准备为此向达格利什提供额外的信息。达格利什觉得现在自己有必要试探一下了。他说："你对斯蒂芬·兰帕特都有哪些了解？"

"了解得不太多，拜老天所赐，我不必承受分娩的苦难。我有两个好朋友都是在汉普斯特德的彭布洛克产妇疗养院生的孩子。一切都非常顺利，一个是公爵的继承人，另一个长大以后会当商业银行家，他们都是顺产，都是男孩，两家在这之前都生了一连串的女儿，所以儿子来得正好。他被公认为是一个不错的妇科医生。"

"男女关系方面呢？"

"亲爱的亚当，你可真不正经。身为一名妇科医生，肯定面对着某些诱惑，毕竟一些可怜的女人只懂得一种表达感激的方式。但是他很好地保护了自己，不仅仅是在性方面。八年前有一桩诽谤案，你可能还记得。一个叫作米奇·凯斯的记者居然不动脑筋，暗示兰帕特在彭布洛克产妇疗养院进行非法堕胎手术。那个时候社会风气还没有那么自由。兰帕特起诉了他，并获得了惩罚性的损害赔偿，这可毁了米奇。从那以后就再没有一丝丑闻的迹象。要想使自己不受造谣中伤，没有什么比以爱好诉讼闻名更管用的了。偶尔也会有传闻说他和芭芭拉·博洛尼不仅仅是表兄妹的关系，但是我不觉得任何人有实在的证据。他们一直非常谨慎,当然,芭芭拉·博洛尼也在必需的时刻完美地扮演了议员美丽又可亲的妻子的角色,当然这种场合并不太频繁。博洛尼从来不是一个爱好社交的人。偶尔会举办一场小型的晚宴,在选区组织简单的答谢宴会或者募集资金等。除此之外,她不需要经常以这种身份将自己展示在众人眼前。兰帕特身上很奇怪的一点是,尽管他一生都在做接生工作,却非常讨厌小孩。在这一点上其实我也赞成他的观点。长到四周那么大的时候他们还很可爱,之后能说的有关孩子的好话就是等到他们长大了。他自己在这方面也做足了避孕措施。他做了输精管切除术。"

"你到底是怎么知道这件事的,康拉德?"

"我亲爱的孩子,这不算是个秘密。人们过去还经常因此而自夸。他刚做完手术的时候经常戴一条那种丑到家的领带来宣扬这件事。我承认这是有点粗俗,但是兰帕特身上本身就有一股粗俗的劲儿。他现在已经能更好地控制自己了,我是说,控制他自己的粗俗本能。那条领带也和其他一些代表他过去劣迹的东西一起被埋在了衣柜最深处。"

达格利什想,这确实是意外得来的信息。如果芭芭拉·博洛尼怀孕了,兰帕特又不是父亲,那么孩子会是谁的呢?如果是博洛尼本人的,而他又知道了这件事,他是会更有可能还是更加不可能自杀呢?陪审团可能会认为他不太可能自杀。对于达格利什而言,他从来就没有相信过会是自杀,所以这一点也没有产生特别的影响。但是如果他抓到凶手,案子移交法庭,这一点对于检方来说就非常重要了。

阿克罗伊德说:"你和那位令人生畏的厄休拉夫人相处得怎么样?你之前见过她吗?"

"没有,我的人生中不会经常与伯爵的女儿相遇,直到现在才在工作中遇见这第一位。我该怎么看待她?你来说说看。"

"所有人,至少是所有与她同年代的人,都想知道的一件事,就是她为什么嫁给了亨利男爵。我刚好知道这个问题的答案。我完全是自己想出来的。你也许会觉得我说的理由非常浅显,但是也没关系。这解释了为什么有那么多美丽的女人会选择如此普通的男人。就是因为一个美丽的女人——我是说美丽,不仅仅是有张漂亮脸蛋——对于她自身的美有一种非常矛盾的情绪。她思维的一部分告诉她这是她全身最重要的品质。当然,也确实如此。但是另一部分却对这种品质十分不信任。毕竟她自己也知道这种美丽转瞬即逝,而她要眼睁睁地看着它消逝。她想因为其他的品质而被人爱慕,通常都是些她并不具备的。所以当厄休拉夫人厌倦了所有那些纠缠不休并时刻赞美她的年轻男子之后,她选择了亲爱的老亨利,他全心全意爱了她很多年,到死都会一直爱她,并且似乎没有注意到他娶到了全英国最令人倾慕的美人。很明显,一切都非常奏效。她给他生了两个儿子,并且对他保持忠贞,好吧,基本保持忠贞。现在,可怜的她一无所有了。她唯一的兄弟1917年牺牲之后她父亲的头衔就作废了,现在又来了这一出。除非芭芭拉·博洛尼已经怀上了一个继承人,但是乍看起来似乎不太可能。"

达格利什问道:"这难道不是整出悲剧里面最不重要的一个部分吗?准男爵爵位的废除?"

"那倒不一定。一个头衔,特别是一个古老的头衔,代表的是一种令人欣慰的家族延续感,几乎就是一种个人层面上的永生。失去了这个头衔,你就会真正开始意识到什么叫生命都是尘芥。我来给你两句建议,亲爱的亚当。千万不要低估厄休拉·博洛尼夫人。"

达格利什说:"我不会冒这个险的。你见过保罗·博洛尼吗?"

"没有。我认识他的哥哥,但是不太熟。他刚和芭芭拉·斯维恩订婚的时候我们见过面。雨果是个不合时宜的存在,更像是一个一战当中的战争英雄,而非一个当代士兵。你几乎可以想象出他的手杖紧贴着卡其色的马裤,手里还握了一把剑。你知道这种人一定会在战场牺牲,他们生来就是这个命运。如果不是的话,他们年老以后该拿自己怎么办呢?当然了,他是最受宠爱的那个儿子,他的母亲理解他这种男人,从前身边也都是这种男人,英俊帅气、大胆无畏、充满魅力。我是在决定做这个小小的专题之后才对保罗·博洛尼产生的兴趣,但是我承认我对于他的了解大多来源于二手信息。发生在保罗·博洛尼身上的个人悲剧放在永恒的背景之下就可以说显得非常微不足道了,而且可以用简·奥斯丁的话完美总结:'也许他像许多男人一样,由于对美貌抱有莫名其妙的偏爱,结果娶了一个愚不可及的女人,这就使他的脾气变得有点乖戾了。'《傲慢与偏见》,贝内特先生说的话。"

"是《理智与情感》里帕尔默先生说的话。而且和芭芭拉·博洛尼见面之后,这种偏见似乎不怎么站得住脚。"

"《理智与情感》,你确定吗?不管怎么说,我庆幸自己对那种程度的沉迷以及随之而来想要将其占为己有的欲望免疫。美能让一个人的鉴赏力打折扣。天知道除了愧疚感,博洛尼到底是有什么打算。他还想得到圣杯[①]吗?"

[①] 圣杯据说是耶稣在最后的晚餐上用过的杯子,后来成为许多骑士追求的目标。此处是说博洛尼想通过教堂体验得到的事物的隐喻。

总而言之，达格利什想，这次造访圣约翰林比他想象中更加富有成果。他又花了些时间慢慢喝完了茶。他欠女主人一个彬彬有礼的形象，而且他也没有什么特别着急离开的理由。他被内莉·阿克罗伊德那种热切的关注所安抚，舒服地坐在轻轻摇晃的摇椅上，椅子的扶手和头垫似乎都是专门为他量身打造。透过洒满阳光的露台可以看见远处波光粼粼的运河，令他的双眼放松。他费了很大劲儿才站起身来告别款待他的主人，并开车回到苏格兰场，接上凯特·米斯金，和他一起去找博洛尼唯一的孩子了解情况。

第五章

　　梅尔文·约翰斯本来没打算做爱。他在老地方和特蕾西见的面，也就是通向纤道的那扇门那里，然后他们一起走着，她的胳膊伸进他的怀里，她瘦弱的身体紧紧依偎着他，直到来到他们的秘密基地——茂密接骨木丛后面的那片平坦的草地，周围是一个个枯木树桩。短暂、令人不满的高潮包括前戏都和平时没什么两样。肥土和枯叶强烈的味道、脚下的松软泥土，在他身下绷紧的她饥渴的身体、她腋窝下的气味，她的手指紧紧抓住他的头皮，树枝在他脸颊上来回摩擦，透过厚厚的树叶依然能看得到的波光粼粼的运河。都结束了。但是这一回，在这之后通常都会产生的沮丧感却前所未有地强烈。他想要沉进泥土里，并且大声叫出来。

　　她低声说："亲爱的，我们得去找警察，我们必须告诉他们我们看到的事。"

　　"那不算什么，只是一辆停在教堂外面的车而已。"

　　"就停在小礼拜堂门口。停在发生一切的那个房间的门外。同一天晚上。我们也知道具体的时间，大约19点钟。那可能就是凶手的车。"

"他不太可能开着一辆黑色路虎车来作案，况且我们连车牌号都没留意到。"

"但是我们必须说出来。如果他们最终也没有找到是谁干的，如果这个人再次作案，我们永远也没办法原谅自己。"

她语气里那种虚情假意的伪善让他恶心。他在想自己之前为什么没有注意到她声音里这种无休止的哀怨。

他无助地说："你说过你爸爸如果知道我们一直在见面的话会杀了我们的。你一直跟他撒谎说你在上夜校。你说过他会杀了我们的。"

"但是亲爱的，现在一切都不同了。他能理解的。我们也可以订婚。我们告诉大家我们已经订婚了。"

当然了，他想着，突然就受到了启发。只要不发生丑闻，受人尊重的业余传教士爸爸就不会介意。爸爸会为这种消息的宣布而高兴，那种重要的感觉。他们必须结婚，爸爸、妈妈和特蕾西本人都会确保这一点。就像突然之间，他的未来在他眼前慢慢展开，充满了无助，未来躲不开的一年又一年在他眼前闪过。他们得搬进她父母家的小房子里，不然还能住在哪里呢？要么就是等着住进政府廉租房。孩子在深夜里哭泣、她的抱怨与指责，那是种缓慢的死亡，连欲望都死去了。一个男人死了，一个前任大臣，一个他从不认识、从未见过、也从来没有在现实生活中有过交集的男人。有一个人——要么是杀人凶手，要么就是个无辜的司机——把自己的路虎车停放在了教堂外面。警察终将抓到凶手——如果确实有杀人凶手的话，他会被判终身监禁，但10年之后就有可能刑满释放，再度获得自由。而他，他才只有21岁，他要面对的终身监禁只能以自己的死亡而告终。他做了什么，要受到这样的惩罚？他的罪过与杀人相比那么微不足道。他几乎要大声喊出对这种不公的埋怨。

"好吧，"他低沉但坚决地说，"我们去哈罗路的警察局，去告诉他们那辆车的事情。"

第六章

莎拉·博洛尼的公寓在一座荒凉的维多利亚式五层楼房里，它十分华丽但又已污渍斑斑的外墙就在克伦威尔路后面30英尺的地方，藏在积满灰尘的月桂树丛和几乎已经掉光叶子的女贞树丛后面。应门对讲电话旁边有九个门铃，最顶上的一个旁边只刻了"博洛尼"一个姓。他们一按门铃，门就开了，达格利什和凯特穿过门厅，来到一条狭长的走廊。走廊地板上铺了油毡，墙被涂成了随处可见的奶白色，只有一张用来写信的桌子。装着铁栅栏的电梯一次只能容得下两个人。电梯后墙几乎完全被镜子覆盖，当电梯吱嘎作响地向上攀升时，他们两个人离得那么近，达格利什几乎可以闻到凯特头发的清新香味，几乎可以听到她的心跳，但是这一切都无法驱散他开始的幽闭恐惧症。电梯猛地停了下来。他们走出电梯，来到走廊上，凯特转身去关电梯的铁门。这时，他看到莎拉·博洛尼就开着家门，站在门口迎接他们。

这种家族相似性真的很神秘。她背光站在公寓门口，就像她父亲更为纤弱的、女性化之后的样子。他们都有分得很开的灰色眼睛，眼皮都有点微微下垂，骨架都很匀称、分明，但是她缺少那种彰显男子自信与成功气概的神态。黄色的头发不像芭芭拉·博洛尼那样堆叠成一层层黄金的颜色，反而更深，更接近姜黄色。第一缕灰发已经长了出来，了无生气地挂在博洛尼锥子脸的一侧。他知道，她才刚二十几岁，但是看起来很显老，蜜色的皮肤布满了疲惫的痕迹。她甚至都没费心看他的警察证，这让他琢磨她到底是不在乎还是在小小表达自己对警方的蔑视。他介绍凯特的时候她只微微点头示意，然后就站到一边，示意他们穿过走廊，来到客厅。一个熟悉的身影站起身来与他们打招呼，他们发现自己正面对着艾弗·加罗德。

莎拉·博洛尼介绍了双方，但是并没有解释他为什么在这里。也没有必要进行解释，这是她的公寓，她可以随意邀请任何人来。凯特和他才是闯入者，最多就是受邀而来，勉强被接受、被容忍，绝对算不上是受欢迎。

经过昏暗的门厅和狭小、幽闭的电梯，他们走进了空旷又明亮的房间。公寓是由双重斜坡的四边形屋顶改造的，低矮的客厅几乎占满了整个房子的一侧，北墙则全是由玻璃组成，有一扇推拉门，外面是一个带栏杆的狭窄阳台。远处还有一扇门，可能通向厨房。他设想卧室和盥洗室应该是与公寓最外面的门厅相连的。达格利什养成了一种习惯，先把房间里自带的特征全部消化吸收，而不是急着去给出自己的评价。他觉得任何陌生人这样做都是对房主的冒犯，更别说警察了。他有时候想，一个对自己隐私极度敏感的男人居然会选择一份几乎每天都得去窥探他人隐私的工作实在是很奇怪的事。但是人们的生活空间和周围环绕的个人物品对于一个侦探来说具有不可抗的吸引力，这也是一种对个人身份的确认，除了这些物品本身非常有趣之外，也暴露出其主人的性格、喜好和偏爱。

很明显，这个房间既被当作客厅，同时也是她的工作室。房间家具很少，但是装修得很舒服。两把破旧却宽大的沙发分立在墙的两侧，上面的架子上摆满了书，还有一套立体音响，此外还有一个饮料橱。窗户前面有一张小小的圆桌和四把餐椅。面对窗户的那一面墙用软木板覆盖起来，上面挂满了照片。右边都是伦敦风景和伦敦人的照片，明显经过设计，想要表达某种政治主张：穿着过分讲究、像是要去参加皇室游园会的人们穿过圣詹姆斯公园的草地，背景里是露天演奏台；布里克斯顿区的一群黑人充满恨意地盯着镜头；威斯敏斯特学校的女王学者们优雅地走进大教堂；在一座过度拥挤的维多利亚式操场上，一个眼中饱含渴望的瘦弱小孩抓着栏杆，就好像一个被囚禁起来的流浪儿；一个长了一张狐狸脸的女子在哈罗路的一家商店里挑选毛皮大衣；几个老年人僵直地坐在只有一条栏杆的电暖炉前，粗糙的双手蜷在膝盖上，就好像斯塔福德郡的雕塑。他想，这里面想要表达的政治立场过于肤浅，并不是很重要，但以他有限的鉴赏力来判断，这些照片的拍摄技巧很高明，取景都非常不错。板子左侧的作品可能更有商业价值：整整一排知名作家的半身像。一些摄影师对于社会贫困、福利短缺的担忧甚至也体现在了她的这些作品里。照片里的男人都没有剃须，像当下时兴的那样衣着单薄，没有打领带，衬衣解开几个扣子，露出脖颈，看起来要么就是刚刚在第四频道做完了一档文学讨论节目，要么就是正要前往20世纪30年代的那种职业介绍所；女人们看起来要么备受折磨，要么摆出一副自卫的姿态，只除了一位体态丰满的祖母年纪的人，以写作侦探小说闻名。她悲伤地凝视着镜头，像是在哀叹自己作品的血腥，又像是在埋怨自己版税的预付款太少。

莎拉·博洛尼把他们领到门右侧的沙发上，自己则坐在了对面。

达格利什想，这种安排可不怎么合适，大概只能互相喊话了。加罗德坐在了离她最远的一张沙发的扶手上，就好像故意把自己与这三个人分隔开来。在过去的一年里，他似乎是有意地渐渐远离政界聚光灯，现在已经不再那么经常听到他提出工人革命运动的观点，他明显更专注于自己社区社工的工作了，不管这到底是什么工作。但即便如此还是能够一眼认出他来。这是个即便在休息也注意自己姿态的男人，非常清楚自己的外形所具备的威力，但是这种威力被有意地控制了起来。他穿着牛仔裤和白色开领衬衫，试图让自己看起来既休闲又优雅。达格利什想，他简直就像是从乌菲兹美术馆的肖像画上走出来的一样：佛罗伦萨人傲慢的长脸、短上唇下有着迷人弧线的嘴形、高鼻梁、凌乱的黑发、不会泄露任何秘密的一双眼睛。他说："你们要喝点儿什么吗？红酒、威士忌还是咖啡？"

他的语调简直带着刻意的礼貌，但是既不含嘲讽，也没有过分的谄媚。达格利什知道他对于伦敦警察厅的看法，他经常公开批判警察厅。但是这一次，他采取了非常谨慎小心的态度。至少现在他们还在同一条战线上。达格利什和凯特谢绝了喝一杯的邀请，接下来莎拉·博洛尼打破了现场的沉默。她说："当然，你们来这里是因为我父亲的死亡事件。我觉得我帮不上什么大忙。我有三个多月没见过他，也没和他讲过话了。"

达格利什说："但是周二下午您在坎普顿小丘广场62号。"

"是的，我是去看祖母的。我在两场活动之间有一个小时的空闲，而且我想知道我父亲的辞职，以及他在那个教堂里的体验的情况。这些都没法问别人，也没法和别人说。但是她出去喝下午茶了。我没有在家里多等，大概16点30分就走了。"

"您去书房了吗？"

"书房？"

她看起来很吃惊的样子，然后问道："我想你是在考虑日记本的事吧。祖母告诉我你们在教堂发现了烧掉一半的日记本。我去了书房，但是我没看到日记本。"

达格利什说："但您知道他把日记本放在哪里？"

"当然了，就放在书桌的抽屉里。我们都知道。你为什么要这么问？"

达格利什说："只是希望您当时可能见到过那个本子。如果能确定16点30分的时候日记本还在原处会很有帮助。我们不知道11点30分您父亲离开肯辛顿大道的一家房产中介之后又去了哪里。如果您碰巧打开抽屉，看到了日记本，那下午的时候他很有可能在没人注意到的情况下回过家。"

这只是可能性之一，达格利什无法确信自己的伎俩能否在别人身上奏效，至少加罗德就不会忽略其他的可能性。他开口道："除了莎拉的祖母提到的一些情况，我们不知道究竟发生了什么。她说保罗男爵和那个流浪汉的喉咙被割断了，看起来他的剃刀是当时所用凶器。我们还指望你能透露更多情况呢。你是在说这是场谋杀吗？"

达格利什说："哦，我想应该不会有任何疑问，这就是一起谋杀案。"

他看着对面两个人的身体明显变得僵硬，然后又平静地补充道："那个流浪汉，哈利·麦克，肯定不是亲手割断自己喉咙的。他的死在这个世界上也许不是件很重要的事，但是毫无疑问，他的生命曾有一些重要的意义，至少对于他本人而言如此。"

他想：如果这都不能刺激到加罗德，大概没有什么能刺激到他了。但加罗德只是说："如果你是因为哈利·麦克被谋杀来找我们要当时的不在场证明，我们从周二18点到周三早上9点都在一起待着。我们在这里吃了晚餐。我从肯辛顿大道的玛莎百货买了蘑菇馅饼当晚餐。我还能告诉你我们当时喝的什么红酒，不过我觉得这一点无关紧要。"

这是他第一次表现出烦躁，但是他的声音依然淡定，目光清澈，表情沉稳。莎拉·博洛尼说："但是爸爸呢？爸爸遭遇了什么？"

突然之间，她听起来就像一个受到惊吓、十分无助的迷路儿童。达格利什说："我们将其列为非自然死亡。只有等到尸检报告和法医学鉴定结果都出来之后我们才能对情况有更详细的了解。"

突然，她站起身来，走到窗边，望向窗外30码长、未经修剪的秋日花园。加罗德从沙发扶手上起身，走到饮料橱旁边，倒了几杯红酒。他沉默地给她端过去一杯，但是她摇了摇头。他又转回到沙发边上，自己拿着酒杯，但是没有喝。他说："听着，总警司，你们并不是上门来安抚受害者家属的，对吧？尽管听到你很关心哈利·麦克让人感动，但是你们来这里并不是为了一个死掉的流浪汉。如果小礼拜堂里出现的只有哈利的尸体，最多就是让警长来负责办案吧。我想博洛尼小姐有权知道你们是在针对一起谋杀案进行问话，还是单纯好奇保罗·博洛尼为什么会割断自己的喉咙。我的意思是，要么就是他自己割断的，要么就恰好相反。犯罪调查是你们的工作，不是我的，但是我想进展到现在这个阶段，结论应该很明显了，一刀两断，非此即彼。"

达格利什想，他是不是故意说了一句这么糟糕的双关语，但加罗德并没有因此道歉之意。看着窗边静止不动的那个身影,达格利什注意到莎拉·博洛尼轻轻地哆嗦了一下。然后,她像是下意识地转过身来,面对着他。他忽略加罗德,直接对她说道:"我也想说得更肯定一些,但是在现阶段是不可能的。自杀是一个可能性。我想知道您最近有没有见过您的父亲,能不能告诉我他看起来如何,他有没有说过什么可能与他的死有关系的事。我知道这对于您而言非常痛苦,我很抱歉不得不提这些问题,但是我们不得不来这儿一趟。"

她说:"他确实有一次和我谈到自杀的话题,但是不是你说的这种。"

"是最近的事吗,博洛尼小姐?"

"哦,不是,我们很多年都没说过话了。我们之间没有真正的彼此交流,只是动动嘴皮子,发出一些声音。这是我在剑桥念完第一个学期放假回家时的事了。我的一个男性朋友自杀了,我父亲和我谈起他的死,又聊到自杀这个大的话题。我一直都记得这场对话。他说有些人可能会觉得自杀是人生的一个选项。但并不是的,这是人生所有选项的终结。他还引用了叔本华的话:'自杀也许被当作一场实验,人类向自然女神发问,迫使她应答。这真是一个愚蠢的实验,因为提出问题并期待答复的意识早已因死亡而毁灭。'爸爸说我们在活着的时候总会有其他可能性,一定会发生变化。一个人唯一合理的自杀理由不是生活已经变得无法忍受,而是就算生活可以忍受、甚至充满愉悦,他却仍然不愿意继续生活。"

达格利什说:"那听起来就像是终极的绝望。"

"是的,我想这可能就是他的感受:终极的绝望。"

加罗德突然又说话了。他说:"他引用尼采的话更合适啊。'自杀的想法令人宽慰：这念头让人熬过了一个又一个糟糕的夜晚。'"

达格利什依然无视他，继续直接对着莎拉·博洛尼说话。他说："那么，您的父亲没有见过您，也没有给您写过信？他从没解释过在教堂究竟发生了什么、他为什么要放弃议会的工作以及议席，是吗？"

他几乎可以预料到她说："这和这次的调查有什么关系，和你又有什么关系？"但是她却说："哦，不！我觉得他认为不管怎样我都不会在意的。是他的妻子给我打电话，我才知道了这些事。那个时候他刚刚辞去大臣的职务。她似乎觉得我对他的决定能够产生影响。这也表明她对我们两个人多么不了解。如果她没有打来电话，我可能要从报纸上了解到这个消息了。"然后她突然爆发了，"我的天哪！就算皈依宗教他都和普通人不一样。他还得有自己的美好景象。他甚至都不能一言不发地辞去自己的职务。"

达格利什平静地说："他看起来也没怎么表态。想必他觉得这是自己的私人事务，没必要讨论，只需要去做就好了。"

"好吧，他总不能在重要报纸的头版上高谈阔论这件事吧。也许他意识到这样只会让自己显得可笑。他自己以及整个家庭。"

达格利什问："这会有什么影响吗？"

"对我没影响，但是祖母会介意的，我想现在她也很介意。当然了，他的妻子也会在意。她觉得自己嫁给了下一任的首相。她可不乐意和一个宗教狂热分子绑在一起。好吧，她现在算是摆脱他了。他也摆脱我们了，我们所有人。"

她沉默了一会儿，然后突然激烈地说道："我不会假装一切都好的。再说了，你也很清楚我父亲和我已经，这么说吧，疏远了。这不是什么秘密。我不喜欢他的政治主张,我不喜欢他对待我母亲的方式,我也不喜欢他对待我的态度。我是个马克思主义者,这也不是什么秘密。你们的人肯定把我登记在了你们的某个名单上。我很在乎我的政治信仰和立场,但我不相信他在乎他的。和我聊起政治话题的时候,他希望我们就像是在聊最近都看过的一场戏剧、读过的一本书,就好像这只是一种动脑子的消遣,据他所言你可以就此话题开展一场文明的辩论。他说,这也是他哀叹宗教信仰缺失的一个原因,这意味着人们就此把政治提升到了宗教信仰的高度,这是很危险的一件事。但是对我而言政治就是如此,是一种信仰。"

达格利什说:"既然你对他是这种看法,他对你馈赠的遗产一定造成了你在道德上的两难局面。"

"你这是在拐着弯地问我,我是不是为了钱而杀死了我的父亲吗?"

"不,博洛尼小姐。我是用一种不算圆滑的方式来探究你对于这种并非罕见的道德困境究竟感觉如何?"

"我感觉很好,真的很好。在我看来没有什么两难困境。我获得的所有遗产都会用来进行一些积极的改变。钱也不是太多,才两万,不是吗?要改变这个世界区区两万英镑可不够。"

突然,她又回到了沙发上,坐了下来,他们发现她哭了。她说:"我很抱歉,对不起。这太可笑了。只是因为受惊和疲惫。我昨晚没怎么睡好,今天又非常忙,有一些无法取消的行程。再说了,我为什么要取消呢?我现在也没法帮他做什么。"

这种场景对他而言并不陌生。在调查谋杀案的过程中,总不可避免地看到别人的眼泪和别人的悲恸。他已经学会了不表现得太惊讶或者尴尬。当然了，应对方式也各自不同。如果有别人费心的话，一般会端上一杯甜丝丝的热茶，如果酒瓶子离得近就倒一杯雪莉酒，或者喝一点威士忌。他从来不擅长拍拍对方的肩膀安抚别人，而他也清楚在这里这个手势不会受到欢迎。他感觉到坐在旁边的凯特身子变得僵硬，好像本能地想要去女孩身边。然后她看了一眼加罗德，但是加罗德并没有动弹。他们安静地等待。抽泣很快停止了，莎拉·博洛尼又抬起了头面对他们。她说："我很抱歉，对不起。请不要在意。我马上就会好起来的。"

加罗德说："我觉得我们不可能再提供什么有用的信息了，即便有的话，你们最好还是改天再来。博洛尼小姐现在很难过。"

达格利什说："我能看出来。如果她想让我们离开，我们马上就走。"

她抬起头，对加罗德说："你走吧，我没事的。你已经说了你要说的话。周二晚上你和我一起待在这里，一整个晚上我们都在一起。关于我的父亲你没什么好说的。你从来没有接触过他。所以为什么你还不走呢？"

达格利什被她话语中突然生出的这种恶意惊到了。加罗德肯定不乐意被这么简单、粗暴地打发走，但是他自控能力强，又非常精明，所以不会抗议。他用一种疏离而非憎恨的目光看了看她，然后说："如果你需要我，随时打电话。"

达格利什等到他走到门口，才平静地说："等一下。黛安娜·特拉弗斯和特蕾莎·诺兰，你对她们有什么了解？"

有一瞬间，加罗德一动不动，然后他慢慢转过身来说："我只知道她们都死了。我偶尔也是会看《帕特诺斯特评论报》的。"

"最近评论报上登了一篇有关保罗男爵的文章，部分报道是基于寄到这家报社以及其他几家报社的一封下流的恶意诽谤信上的内容写出来的。就是这封信。"

他从公文包里取出信，递给加罗德。他读信的时候一片寂静。之后，他把信递给了莎拉·博洛尼，脸上毫无表情。他说："你该不会是想说博洛尼是因为有人给他寄了一封不友善的信件就割断了自己的喉咙吧？那对于一个政治家来说是不是有点过于敏感了？况且他还是个高级律师。如果他觉得可以提起诉讼，他是可以获得赔偿的。"

"我没有说这有可能是自杀的动机。我只是在想你和博洛尼小姐会不会知道有可能是谁寄来的这封信？"

莎拉把信递了回来，只是摇了摇头。但是达格利什看得出来，她不怎么待见这封信。她既不是一个好演员，也不怎么擅长撒谎。加罗德说："我承认我理所当然地认为特蕾莎·诺兰打掉的孩子是博洛尼本人的，但我并不觉得我应该对此采取什么行动。就算要行动，我也会选择比这种毫无事实根据的恶意批判更为有效的方式。我只见过那个女孩一次，是在坎普顿小丘广场的一次糟糕的晚宴上遇见的。厄休拉夫人身体尚在恢复当中，那是她第一次下楼吃晚饭。这个可怜的女孩看起来非常不开心。但是厄休拉夫人从小就知道什么样的人该在什么样的地方用餐，以及他们在餐桌上应有的位置。可怜的诺兰护士，她在不属于自己的位置上用餐，并且清楚地感受到了这一点。"

莎拉·博洛尼轻声地说："但并不是有意的。"

"哦，我并没有说是有意为之。像你祖母那样的人仅仅是存在于世就已经非常唐突无礼了，甚至都谈不上是不是有意的。"

然后，他没有与莎拉·博洛尼有肢体互动，甚至都没看她一眼，就跟凯特和达格利什告了别,语气之正式就好像他们都是来参加晚宴的客人,在出去以后带上了门。莎拉试着控制住自己,然后又开始明显地抽泣。凯特站了起来,朝对面的门走了进去,达格利什觉得过了很久之后,她才端着一杯水走了回来。她坐到莎拉·博洛尼身边,无声地把水递给她。莎拉急切地喝了水,然后说道:"谢谢你。这实在是太傻了。我只是没办法相信他真的死了,我再也见不到他了。我想我总是觉得以后的某一天,不管怎样,我们两个人会解开所有的误会。我想我是觉得还有足够长的时间,要多久有多久。现在他们都离开了,妈妈、爸爸、雨果伯伯。哦,天哪,我好无助。"

还有一些事他本来想问的,但是现在不是问的时候。他们一直等到她重新恢复平静、再三确认她已经没事了方才离开。反复确认使他觉得自己很不真诚,颇为虚伪。他们在不在这里她都很好。

他们开车离开,凯特沉默了一分钟,然后说:"总警司,厨房完全实现电气化了,碗橱里有一包未开封的四盒装布莱恩特&梅牌火柴。但是这证明不了什么。他们可能买了单盒火柴,事后就扔掉了。"

达格利什想:她去端水的时候是真的想要表示同情,也是真的关心。但是她的脑子里依然在想证据的事。事实如此,我的一些手下居然还觉得女人比男人更加多愁善感。他说:"要尝试追踪单独一盒火柴的下落可不轻松。最容易搞到的就是安全火柴,但也最难识别。"

"还有一件事,总警司。我看了看垃圾桶。我找到了装着玛莎百货蘑菇馅饼的纸盒子。他们确实是吃过蘑菇馅饼,但是盒子上标注的生产日期是周日。他不可能是周二买的。玛莎百货什么时候卖过过期食品了?我不确定你要不要回收一下那个纸盒。"

达格利什说:"我们没有权利拿走那间公寓里的任何物品,现在还太早了。可以说这条线索其实帮到了他们。如果他们事先计划作案,我想加罗德肯定会周二一早去买馅饼,并确保柜台的销售姑娘能够记住他。还有一件事,他们为整个晚上都提供了不在场证明。这就意味着他们也许不知道案发的具体时间。"

"但是加罗德那么聪明,怎么会落入这个陷阱?"

"哦,他不可能只为20点这一个时间提供不在场证明,但是从18点到第二天早上9点,这个过于宽泛的时间跨度也确实说明他想确保一切稳妥。"

这像其他不在场证明一样,很难找到漏洞。他们在进行这次拜访之前,一如既往地了解了一些相关情况。他们知道加罗德自己住在布鲁姆斯伯里一栋只有单人卧室的豪华公寓里,那座大楼巨大、低调,门口没有门房。就算他声明是在别处度过的这个晚上,也很难证明他说了谎。就同他们至今为止询问过的所有案件关系人,莎拉·博洛尼和她的情人也提供了不在场证明。警方也许不觉得这个不在场证明特别具有说服力,但是达格利什对加罗德的智商有极高的评价,觉得单凭一个装蘑菇馅饼的纸盒子上印出来的售卖日期就攻破这个证明似乎并不现实。

回到苏格兰场,达格利什才刚刚迈进办公室,马辛厄姆就进来了。他以自己控制激动情绪的能力为荣,说话的语气也小心翼翼,故意表现得若无其事。

"哈罗路的警局刚刚打来过电话,总警司。案情有了有趣的进展。一对情侣10分钟之前走进警局,一个21岁的男孩和他的女朋友。他们说周二晚上他们在纤道上,明显是在热恋中。快到19点的时候他们刚好经过圣马修教堂的十字转门，南门口停了一辆黑色的路虎车。"

"他们记下车牌号了吗？"

"没那么幸运，他们甚至都不是很确定车型。但是他们很确定那个时间点。女孩子19点30分之前必须到家，他们离开纤道之前刚看过表。那个男孩，梅尔文·约翰斯认为可能是辆A型路虎。哈罗路警局认为他说的是实话。可怜的孩子似乎吓坏了，他肯定不是一个追求出名的疯子。他们让那两个人一直在警局等着我过去。"他又补充道，"凡是知道教堂旁边那个停车场的都会觉得这个地方很有用。但是当地人更喜欢把车停在自己能看到的地方。而且这片区域又没有剧院和时髦的餐厅。我敢用钱打赌，只有一辆黑色路虎车有可能会停在教堂的外面。"

达格利什说："现在这样说还为时过早，约翰。天刚刚黑下来，他们又着急赶路。他们甚至都不确定车型。"

"您在打击我，总警司。我最好还是过去一趟。要是最后发现只是丧事承办人的灵车那才叫撞大运呢！"

287

第七章

她知道艾弗晚上会回来的。他并不会打电话过来,一方面是出于过度谨慎,另一方面也是因为他希望她知道他有可能来的时候会一直等在那里。从他们成为情人的第一刻起,她就发现自己害怕他的暗号:应门对讲电话会先响长长的一声,然后是三下短短的铃声。为什么他不能打电话,好让她知道他什么时候会来呢?她充满愤恨地想。她试着静下心来专注于自己最新的项目,那是一件将两张黑白照片拼在一起的蒙太奇作品。照片上是云团密簇的天空下巨大橡树光秃秃的树枝,她去年冬天在里士满公园拍摄的。她现在打算把其中一张倒着放在另外一张的下面,这样纠缠在一起的树枝看起来就会像是水中倒映出来的树根。但是她越是调整照片角度,就越是不满意,好像所有这些做法都毫无意义,只会产生一种廉价的衍生效应,而这就像她的所有作品一样,也代表了她的人生——单薄、脆弱、二手,都是偷来的别人的经历、别人的想法。就算是那组伦敦映像,那些很妙的摆拍,也不过就是从艾弗的视角所见到的世界,不是她自己的。她想:我必须学会做自己,不管现在是不是还来得及,不管有多么痛苦,我必须这么做。她觉得居然要通过父亲的死才认识自己的本质,实在是很奇怪。

20点的时候,她感到饿,给自己做了煎蛋。她小心地用小火慢炒,费尽心思,就好像要和艾弗共享一样。如果他真的是在她开始吃的时候才来,那他也可以再给自己做一份。她洗完碗碟,他还是没有来。她走到阳台上,越过花园,望向对面一片漆黑的街巷,一扇扇窗户里的灯光陆陆续续亮起来,就好像宇宙中的点点繁星。那些素昧平生的人也可以看见她的窗户,充满亮光的巨大窗玻璃。那些警察会走访他们,问他们周二晚上有没有看到这边开着灯。以艾弗的聪明才智,他考虑到这一点了吗?

望向窗外的黑暗时,她试图回想起父亲。她能记起两个人之间关系发生变化的精准时刻。那个时候他们还住在切尔西的宅邸里,只有她的父母、玛蒂和她住在一起。那是8月一个有雾的早晨,7点钟的时候,她一个人在餐厅,给自己倒当天的第一杯咖啡,这个时候电话响了起来。她从门厅接起电话,就在她父亲从楼上走下来的时候,她得知了这个消息。他看到了她的脸,停了下来,手放在栏杆上,她抬头望向他。

"是雨果伯伯的上校,他想亲自打电话过来。爸爸,雨果伯伯死了。"他们的目光相遇,并互相对视了一会儿,她看得很清楚:那种狂喜与奢望混杂的表情,他意识到自己终于可以拥有芭芭拉了。这种表情只持续了一秒钟。时间继续向前流动。他从她手中接过话筒,她一言不发,又回到了餐厅,穿过落地门窗,走到四处洋溢着绿色的花园,因厌恶而浑身发抖。

在这之后,他们之间的一切就都不对了。之后发生的所有的事,车祸、她母亲的死、五个月之后他和芭芭拉的婚事,这一切就像是那一瞬间之后不可避免的事情，并非出于他的意志，不是需要容忍的事，而是被当作必然要发生的事情了。在再婚之前，这种彼此心知肚明的事情就早已变得如此明显。他们已经没有办法正视彼此，因为她知道，他感到羞愧，而她因为自己知道而感到羞愧。她觉得从他们搬进雨果家的那一刻起，这座房子就在厌恶并抗拒他们，她心里藏着这个秘密，就像是一种隐秘的传染病，就像哈利威尔、玛蒂和她的祖母都是从她这里捕捉到的这个信息。

在坎普顿小丘广场的宅邸里，她和父亲就像是住在同一个旅馆的房客，偶然相遇，知道彼此都记得一段可耻的历史；他们蹑手蹑脚走过走廊，以防止另一人突然出现；他们计划好在不同的时间段就餐；他们为另一个人的存在所困扰；他们担心走廊里传来的脚步声、门口传来的转动钥匙的声音。艾弗成了她的避难所，也成了她的复仇工具。她一直都在绝望地寻找一个事由、一个借口，能够让她与这个家疏远，比如为了爱，但更重要的还是为了复仇。艾弗委托她拍一套照片，他们因此相识，他也给她提供了所有必需的理由。她父亲与芭芭拉结婚之前她就搬了出来，提前支取了她母亲留下的一笔小小遗产，买了克伦威尔路上的这套公寓。她曾试着热切地扑向所有一切他最不喜欢甚至鄙夷的事物，希望以此摆脱父亲的所有影响。但是现在他走了，她却再也不能摆脱他了，也再也不会自由了。

餐桌旁边还有一把椅子被拉了出来。就是在这里，就是昨天，她的祖母痛苦地坐下，用残酷的单音节词告诉了她这个噩耗，出租车还在外面计费等待。她当时说："没人指望着你能有多悲伤，但是试着显得悲伤些。警察来的时候表现得谨慎一些，他们肯定会来的。如果你对你的情人能造成任何影响的话，说服他也得小心行事。现在你可以帮我去按电梯了。"

她一直都有一点害怕祖母,因为从童年时代起,她就知道自己令人失望,她本来应该是个儿子的。她身上也没有任何祖母所欣赏的品质:没有美貌,没有智慧,不敏捷,甚至缺乏勇气。坎普顿小丘广场顶层的那个凌乱的客厅不能给予她任何抚慰,自从雨果死后,那个老太太就一直坐在那里,像一个老朽的女先知,等待着不可避免的劫数。她的童年和少女时代,她的父亲总是最先出现。当她在第一学年结束后离开剑桥,到伦敦的一所专科学校学习摄影的时候,也是她的父亲给予了最多的支持。当他对芭芭拉的迷恋变得过于明显的时候,她究竟有多在乎她母亲所感受到的痛苦?她难道不是更在意这对于自己舒适、有序、传统的生活方式带来的威胁吗?她难道不是害怕如此着迷之后,她的父亲再也不会注意到她吗?她想,也许这种对自己嫉妒心理的后知后觉是向着真正做自己迈出的第一步。

艾弗是22点之后才来的,她已经非常疲惫了。他没有给任何理由,也没有花时间寒暄,一屁股坐进沙发里,说:"这一招可不算聪明,不是吗?让我到这里来是为了当一个证人。你居然会让自己与苏格兰场最危险的探长独处,他还带了一个女副手,就是为了让你放心,他不会做出不绅士的事情来。"

她说:"别担心,我没有暴露秘密组织的暗号,而且我想他们也就是普通人。米斯金督察还非常好心。"

"别开玩笑了。那个女孩就是个法西斯分子。"

"艾弗,你怎么能这么说话?你怎么知道的?"

"知道这种事是我分内的事。我想她握住了你的手,给你倒了杯热乎乎的茶。"

"她给我端了一杯水。"

"这就给了她一个不用掏出搜查许可就在厨房乱翻的机会。"

她喊道："不是那样的！她不是那样的！"

"你根本就不了解这些警察都是什么样的人。你们这些中产阶级自由主义者的问题就在于你们习惯了把他们当作自己人。你们从来不接受他们的真面目，你们也不能接受。对你们来说，他们永远就是像伯伯、叔叔一样慈祥的狄克森警长，捋一捋前额的头发，告诉孩子们现在几点了。你们从小就是被这样教育的。'亲爱的，当你遇到困难的时候，如果有坏人接近你，冲你露出他的私处，一定要去找警察。'听着，达格利什知道你的政治主张，知道遗产的事，他知道你有个恋人是坚定的马克思主义者，并且很乐意把这些钱花在最好或者是最糟糕的运动上。所以他有了一个作案动机和一个嫌疑犯，从他的角度来看你是个非常令人满意的嫌疑犯，警察机构就希望有这样的嫌疑犯。然后他就可以着手开始编造证据了。"

"你不会是真的这样认为吧？"

"我的天哪，莎拉，之前有过先例。过去的二十多年你总不会一直是闭着眼活过来的吧？你的祖母不愿意相信他的儿子会是杀人凶手或者是进行了自我了断。这很正常。她甚至能说服警方沿着她的思路展开调查。她都快成老糊涂了，但是这些老女人的影响力通常都很大。但是她别想把我当成博洛尼家族尊严的牺牲品。对待警察只有一种方法。什么都不告诉他们，什么都不说。让这群浑蛋自己费尽心思找出真相。让他们也为与自己生活水平挂钩的退休金做一点儿实事。"

她说："我想如果真的到了必须开口的时刻，你会让我说出我周二晚上到底在哪里？"

"真的到了必须开口的时刻？你在说什么？"

"如果他们真的要逮捕我的时候。"

"因为你割断了你父亲的喉咙？这可能吗？仔细想想，确实也有可能是女人干的。拿一把剃刀，不需要有太大的力气，只需要内心足够强大。但是这必须是一个他信任的女人，一个能够接近他的女人。这样才能解释为什么现场没有挣扎与扭打。"

她说："你怎么知道现场没有挣扎和扭打，艾弗？"

"如果有的话，媒体和警方就会这么说了。这会是证明这并非自杀事件最强有力的证据。你肯定见过类似的报道：'保罗男爵为保命而拼死挣扎。屋子里相当凌乱。'你父亲是自杀的，但警方依然会借他的死来制造麻烦。"

她说："假如我决定说真话呢？"

"说什么？告诉他们11个人的代号，而你连这11个人的真实姓名和地址都不知道？告诉他们郊区排屋当中某一座房子的地址，而他们在那里将会一无所获？一旦有警察迈入那个安全藏身处，那里就算是被废弃了，我们会解散、重组，重新找一处安全地点。我们不是傻瓜，对待叛变也有一套程序。"

"什么程序？把我扔进泰晤士河吗？割断我的喉咙吗？"

她看得出他眼中流露出的惊讶。是她想象出来的吗，还是他眼里确实有一丝敬意？但他只是说："别闹了。"

他从沙发上站起身来，向门口走去。但是她还有一件事要问。过去她可能会害怕。她现在还是有点害怕，但是也许是时候向勇气迈出一小步了。她说："艾弗，周二晚上你在哪里？之前的小组会议你从来没迟到过，你总是比我们其他人先到。但是那天你到的时候已经是21点10分之后了。"

"我和科拉在书店，然后在地铁上又耽误了。我当时就解释了。我并没有在圣马修教堂割断你父亲的喉咙，如果你想这样暗示的话。直到警方不得不接受他是自杀的事实之前，我们最好不要见面了。如果必须要见面，你用老办法就可以联系上我。"

"那警察呢？他们又回来了该怎么办？"

"他们会回来的。认准之前所说的不在场证明，不要自作聪明。不要过度润色。我们从18点开始整晚都在一起。我们吃了蘑菇馅饼，喝了一瓶雷司令。你只需要记住我们周日晚上的活动，把它们挪到周二就好。不要觉得你是在帮我什么忙，你实际上是在保护你自己。"

他没有与她发生任何身体接触就走了。她疲倦地想，这就是爱情结束的方式，一扇格栅门被关上，电梯的吱嘎声把他送下楼，也一点点把他送出她的人生。

第四部

诡计与欲望

第一章

　　黑天鹅餐厅尽管有这样一个名字，却不是一个河边的餐吧，而是一座优雅的两层小别墅。一位成功的肯辛顿画家在世纪之交建了这座别墅，为了周末的时候回到宁静的乡间，还可以欣赏河边风光。在他死后，这座房子经历了常见的起伏跌宕：它作为永久性住房太过于阴暗、潮湿，地理位置也不是很理想，而作为周末度假小屋而言又有点太大了。后来的二十多年以这座房子的本名开了一家餐厅，但一直到1980年让·保罗·希金斯接手这处房产之后它才又重新蓬勃起来。他给它换了个名字，又新建了能看到河水和远处草甸的餐厅，雇了一个法国厨子、意大利侍者和英国门房，并打算在《美食指南》上首次获得推荐。希金斯的母亲是法国女人，他明显认为作为一个餐饮业主，最好多强调这一半的出身。他的员工和顾客都管他叫作让·保罗先生[①]，只有他的银行经理让他懊恼，每次见他都会热情开朗地称他为希金斯先生。他和他的银行经理关系很好，而且也有一个好理由：希金斯生意做得很好。来黑天鹅餐厅就餐的人夏天的时候至少要提前三

[①] 此处的"先生"一词用的是法语。

天预订午餐或者晚餐的座位，秋天和冬天的时候没有那么忙。午餐的菜单只提供三道主菜，但是烹饪和服务标准都没有变。黑天鹅餐厅离伦敦市区不算远，足以吸引一些城里的常客开车走二十多英里来享受这里独有的优势：迷人的自然风景、餐桌之间距离适中的就餐环境、低噪音、宁静而没有冗余音乐的氛围、朴素低调的服务、周到的考虑和美味的食物。

让·保罗先生个子矮小，皮肤黝黑，眼神忧郁，蓄了小胡须，让他看起来就像登台演出的法国人，他说话的时候更能加深人们的这一印象。他在门口亲自迎接达格利什和凯特，不慌不忙、彬彬有礼，就像一直在期待警察的来访一样。但是达格利什也注意到，尽管现在还早，餐厅一片安静，他们还是被快速带到了位于楼后的私人办公室，没有耽误一点时间。希金斯这类人坚信就算警察是便衣上门，没有一脚端开大门，也总能被一眼认出是警察来。这种想法也不无理由。达格利什没有忘记对凯特快速地一瞥，最初被抑制住的吃惊很快就变成一种赞许。她穿着鹿皮便裤，上身穿了一件剪裁合体、不显眼的格子夹克衫，里面是一件高领羊绒毛衣，头发梳成粗粗一条辫子，盘在了后面。达格利什暗自琢磨希金斯预期中的便衣女警应该是什么样子，会不会是化浓妆、穿黑色缎子衬衫和军用防水大衣的悍妇？

他提出要给他们喝点饮料。一开始小心翼翼，坚决不说具体是什么，然后就说得更具体了些。达格利什和凯特选择了咖啡。年轻的侍者穿着白色短款夹克衫，很快把咖啡端了上来，味道好极了。达格利什喝下第一口之后，希金斯欣慰地轻轻叹了一口气，好像他的客人现在已经就这样被腐蚀了，已经失去了他的部分威力。

达格利什说："我想您也已经知道了，我们正在调查保罗·博洛尼男爵死亡一案。您也许掌握了一些信息，能够帮助我们补充一些背景资料。"

让·保罗摊开手掌，开启健谈的法国人模式，但是那对忧郁的眼睛依然十分警惕。"保罗男爵的死，太可怕了，简直就是悲剧。这个世界怎么会变成这样，会发生这样的暴力惨剧！但是我怎样才能帮到您呢？他是在伦敦被谋杀的，不是在这里，谢天谢地。如果是被谋杀的话。有谣言说，也许，保罗男爵他自己……但是那样的话也很可怕，对于他的妻子而言也许比被谋杀更可怕。"

"他经常到这里来吗？"

"有时候会来，不算经常。当然了，他毕竟很忙。"

"但是博洛尼夫人来得更频繁，我想她经常和她表哥来这里吧？"

"一位令人愉快的夫人。她非常欣赏我的餐厅。当然了，我并不是总能注意到谁是和谁一起来的。您看，我们专注于食物与服务，我们不是八卦专栏作者。"

"但是假设您能回想起来，这周二的晚上，也就是三天前，她是否和她的表哥斯蒂芬·兰帕特来过这里吃晚饭呢？"

"17日那一天。是的。他们20点40分的时候就座的。我有一个小癖好，喜欢留意顾客真正就座的时间点。预订的时间是20点45分，但是他们早到了一点。总警司先生可以查看一下预订记录。"

他打开抽屉，拿出预订簿。达格利什想，很明显，他知道警方会登门造访，已经把证据放在了手边。兰帕特名字旁边标注的时间写得很清楚，没有任何修改过的迹象。

他问道："他们是什么时候预订的？"

"当天早上。我想是10点30分的时候。很抱歉,我记不太准了。"

"那他们能预订上就已经很幸运了。"

"我们总是能替长期、尊贵的顾客找到一张餐桌的,但是,提前预订肯定会更容易一点。提前告知一下就足够了。"

"兰帕特先生和博洛尼夫人来的时候看起来如何?"

黑色的双眼抬了起来,略带责备地看着他,仿佛在无声地抗议这么直白的一个问题。

"他们看起来应该是怎样的?总警司?饿坏了。"然后仿佛是害怕这个答案过于轻率鲁莽,他又补充道,"他们就像往常一样。夫人总是非常优雅、十分友好。我能让他们坐在固定的那张桌子上,他们感到很满意,就是靠窗的角落里那一张。"

"他们是什么时候离开的?"

"23点或者稍微再晚一点。精心准备的晚餐不能着急吃完。"

"那吃饭过程当中呢?想必他们一直在交谈。"

"他们交谈了,先生。共进晚餐、共享美食、共饮美酒、与朋友畅谈是件愉快的事情。至于他们都说了些什么,我们不会去偷听别人讲话的,总警司。我们不是警察。这些都是很好的顾客,您知道。"

"不像黛安娜·特拉弗斯溺死那天晚上你们所接待的那些顾客一样。我想当时你有花时间留意他们吧?"

希金斯对于询问话题的突然转变并没有表示出吃惊。他摊开双手,像法国人一样表示顺从。"哎呀,谁能忽视他们?他们不是我们通常接待的那种顾客。吃饭的时候他们倒还安静,但是之后,怎么说呢,令人不快。他们离开餐厅的时候我松了一口气。"

"据我所知,保罗·博洛尼男爵没有来参加他妻子的生日晚宴。"

"是这样的。他们来的时候,兰帕特先生说保罗男爵希望晚一点的时候能赶过来喝咖啡。但是想必您也知道,他22点钟时打电话过来,要么就是再稍微晚一点的时候,他说可能还是来不了了。"

"是谁接的电话?"

"我们的门房,亨利。保罗男爵说要跟我讲话,然后他就喊我过去接电话。"

"您听出来他的声音了吗?"

"我刚才说过,他并不怎么经常来。但是我能听出来他的声音。怎么说呢,那个声音非常具有特色,如果您允许我这样说的话,总警司,我得说他的声音和您的惊人地相似。我不保证一定说得准这种事,但是当时我很确定是谁在讲话。"

"您现在有什么疑问吗?"

"没有,总警司,我不能说我有疑问。"

"这两群举办晚宴的人,兰帕特先生这一桌和年轻人那一桌,他们进行互动了吗,彼此打招呼了吗?"

"他们来的时候可能打了招呼,但是两张桌子离得并不近。"达格利什想,他肯定也是有意这样安排。如果芭芭拉·博洛尼这一方感到任何尴尬,或者她弟弟这一方有任何不得体的举动,希金斯一定都会注意到的。

"参加黛安娜·特拉弗斯生日会的这些人,您之前在这里见过他们吗?"

"我印象当中是没有,除了多米尼克·斯维恩先生。他和他姐姐来过一两次,但是上一次已经是好几个月之前了。至于其他人,我也不敢打包票。"

"当然,斯维恩先生没有参加博洛尼夫人的生日聚会,会让人觉得很奇怪吧?"

"总警司先生,我的顾客选择邀请谁一起用餐不是我能决定的。他们这么做肯定是有理由的。参加生日会的只有四个人,是个很私密的聚会。那张桌子安排得很合适。"

"但假如保罗男爵来了,这不就会被打破吗?"

"确实如此,但是他只会来喝咖啡,而且不管怎么说,他是夫人的丈夫。"

达格利什继续询问希金斯溺水事件之后发生的种种。

"我之前说过了,这群年轻人离开餐厅,从温室穿过,走到花园里的时候我很高兴。他们随身带了两瓶红酒。算不上最好的红酒,但对于他们而言也已经不错了。我不喜欢看到别人乱挥我的酒瓶,就好像那是啤酒一样。他们的笑声很嘈杂,我在想要不要让亨利或者巴里去和他们交涉,但是他们又沿着河岸走了一段,走出了我们的听力范围。他们就是在那里找到了方头平底船。船被系在岸边,也可以说是被楔在往下游走80码的一个小水湾里。当然,现在船已经被移走了。也许当时就不该放在那里,但是我又怎么能因此责备自己呢?我没法控制我的顾客离开餐厅之后的行为,事实上他们在这里的时候我也没法控制。"

他使用了"责备"这个词,但是那种悔意只是表面的敷衍,不会有比那更不在乎的语气了。达格利什怀疑希金斯唯一会责备自己的时候就是遇上一顿被搞砸的晚餐或者服务不够周全。

他继续说:"接下来就是厨师从餐厅门口招呼我过去。这很不寻常,您应该能理解。于是我马上就发现有什么事情不太对劲。我很快就出去了。一个女孩正在厨房里哭泣,说另外一个姑娘黛安娜死了,溺水而死。我们往外走到河边。晚上很黑,您应该明白,星星离得太远,而且又不是满月。但是停车场透过来一些光,因为那边总是灯火通明,厨房那边的灯光也能照过来。我当时带了一把手电。总警司先生可以想象一下当时有多令人痛苦。女孩子们在哭,一名年轻男子在施以抢救措施,斯维恩先生站在一边,衣服还滴着水。马塞尔继续做人工呼吸,这个人似乎懂得不少,但结果都是徒劳。我能看得出她已经死了。总警司先生,死人和活人看起来是不一样的,从来就不一样。"

"那个女孩是赤裸着的?"

"想必您已经知道这一点了。她脱掉了所有的衣服,跳入水中打算游泳。这真是傻到家了。"

他思考这究竟有多傻的时候,房间里一阵沉默。然后达格利什放下咖啡杯。他说:"兰帕特先生当天晚上也在同一家餐厅就餐实在是很方便,去找他帮忙是很自然的事情。"

那双漆黑的眼睛小心地不流露任何感情,他直直望进他的双眼。"我马上就想到了这一点,总警司。但是已经太晚了。等我回到餐厅的时候,他们告诉我兰帕特先生那群人刚刚离开。我亲眼看着那辆保时捷开了出去。"

"也就是说在您刚刚知晓这场悲剧的时候,兰帕特先生可能正好去停车场取车?"

"这当然是有可能的,据我所知其他人在门口等着他。"

"想必这个聚会结束得过早，而且有些仓促？"

"说到仓促这一点，我可不敢下定论。但是这群人坐下来的时候就比较早，也就是刚过19点的时候。如果保罗男爵能够赶过来的话，他们肯定会再待久一点。"

达格利什说："有种说法是，那天晚上保罗男爵其实还是赶到了。"

"我也听说了，总警司。有一个女人曾经过来询问我的员工，真是令人不快。我当时没在，如果在的话就会亲自对付她。那天晚上没有人看到保罗男爵，这一点我向您保证。也没看见他的车在停车场。也许当时车在那里，但是没有人看见。再说了，我也暗自怀疑，这和他的死能有什么关系呢？"

达格利什通常都能看出来他什么时候没说实话或者只说了部分实话。与其说这是出自直觉，不如说是源自经验。希金斯正在撒谎。现在他打算冒个险。他说："但是确实有人在那天晚上看到了博洛尼。这个人是谁？"

"总警司先生，我向您保证……"

"我必须知道，而且我得到答案之前是不会离开的。如果您想摆脱我们，当然，您有这种想法非常合情合理。但如果想摆脱我们，最快的方式就是回答我的问题。报告中把死因定为意外身亡。据我所知，没有人表示可能另有猫腻。她吃了太多，喝了太多酒，她被缠在了水草里，然后慌了神。她具体是死于受到惊吓还是溺水就只有学术研究方面的意义了。所以您还在隐瞒什么，又是为了什么？"

"总警司，我们没有隐瞒任何事，什么也没有。但像您之前说过的，这是场意外死亡事件，那为什么还要搞得这么麻烦呢？为什么还要让人更头疼呢？而且一个人也不可能太过于肯定。一个快速走过的人影、黑暗中的一瞥、篱笆丛的阴影，谁能看得出来谁是谁呢？"

"所以看到他的是谁？亨利？"

与其说这是侥幸猜中，倒不如说这是合理推断。博洛尼肯定没有在餐厅出现，而餐厅的员工里最有可能在外面的就是门房亨利了。

"是亨利，是的。"希金斯受挫地承认。那对悲哀的眼睛责备地望向达格利什，仿佛在说："我一直很配合，我给你们提供了信息和咖啡，结果看看我得到了什么。"

"那么也许您可以把他叫过来。我想和他单独谈谈。"

希金斯拿起电话听筒，拨了只有一个数字的电话号码。电话被转接到了正门口。亨利接了电话，收到了指令。他过来之后，希金斯说："这位是达格利什总警司。请告诉他那个女孩淹死的那天晚上你以为你看到了什么。"然后他半是悲哀地瞥了他一眼，耸了耸肩，就离开了。亨利十分平静，站在那里等待被问话。达格利什看得出他的实际年龄比面前这个自信、站得笔直的样子还要大，肯定是快要70岁，而不是刚到60岁。

他说："您从前在部队当过兵，是吗？"

"是的，总警司，格洛斯特分队。"

"您在这里为希金斯先生，为让·保罗先生工作多久了？"

"五年了，总警司。"

"您就住在这里吗？"

"不，总警司。我妻子和我，我们住在库克姆，那里和其他地方一样方便。"他又补充了一点个人信息，仿佛是为了直白地表示他非常愿意配合问话，"我有部队发的养老金，但是多挣一点不会有坏处。"

达格利什想，但是这可不是多挣了一点点，小费肯定不少，而且考虑到人在面对税务局的掠夺时都会暴露的人性弱点，肯定也没交税。亨利肯定想要保住这份工作。

他说："我们正在调查保罗·博洛尼男爵死亡一案。我们对于他死前几周内发生的任何事情都想要了解清楚，不管看起来有多么不重要或者不相关。很明显8月7日那天晚上他出现在了这里，而且您看到了他。"

"是的，总警司，就在对面的停车场。那天晚上的一位顾客正要离开，我去取他的罗尔斯小轿车。我们没有专门的停车服务，总警司，那样我会经常离开门口的岗位的。但是偶尔，客人希望他们的车能够停好，所以他们一来就把钥匙递给我。安东尼奥是侍者之一，他跟我说我的那群举办派对的客人准备走了，我就去取车了。我正站在那里把钥匙插进锁孔，就看到保罗男爵穿过停车场，沿着篱笆丛走出门，向河的方向走了。"

"您有多确定那就是保罗·博洛尼男爵？"

"比较确定，总警司。他不经常来这儿，但是我对于人脸记得都比较熟。"

"您知道他开什么样的车吗？"

"我记得是黑色的路虎车。一辆A型车。我不记得车牌号。"

达格利什想，不知道是不记得还是不想记起来。一辆黑色的路虎车很难辨别，但一个车牌号将会是无法反驳的证据。他问道："那天晚上没有黑色路虎车停在那里吗？"

"我没有注意到，总警司，我想有的话我应该会注意到。"

"您说他当时走得很快?"

"非常轻快,总警司,您可以说他是有意走这么快的。"

"您是什么时候告诉让·保罗先生这件事的?"

"第二天早上,总警司。他说这一点没必要告诉警方。保罗男爵如果愿意,完全有权利沿着河边走。他说我们最好还是等到验尸结果出来。如果尸体上有什么痕迹,有任何暴行的痕迹,那就不一样了。警方会想要知道当天晚上在场的所有人的名单。但最后被判定是意外死亡。验尸官认为那位年轻的女士是自己跳进河里去的。在那之后,让·保罗先生就决定我们应该什么也不说。"

"即便是在保罗男爵也死了之后?"

"我不觉得店长先生认为这条信息能帮得上忙,总警司。保罗·博洛尼男爵已经死了。那他六个星期之前究竟有没有在河边走这么一趟又能有什么关系呢?"

"您还把这件事告诉别人了吗?别的任何人,比如您的妻子,或者是这里的其他员工?"

"我没有对任何人说,总警司。之前有一位女士过来打听,我那天生病请假。即使我在这里,我也什么都不会说的,除非店长先生告诉我这样说没关系。"

"在您看到他走出停车场十分钟之后,保罗男爵打电话过来,说他还是没法赶到了?"

"是的,总警司。"

"他有提到他是从哪里打过来的电话吗?"

"没有,总警司。但是不可能是在这里。这里唯一的一部公用电话安在了门厅里。在梅普尔顿还有一处公用电话亭,那是离这里最近的一个村子了，但我碰巧知道那天晚上那部电话出故障了。因为我妹妹就住在那里，她本来想给我打电话的。再没有更近的电话亭了，据我所知是没有了。那个电话实在是个谜团，总警司。"

"第二天提起这件事的时候，您和店长先生觉得保罗男爵在那里有可能是在做什么呢？我想你们已经讨论过了。"

亨利停顿了一下，然后说道："店长先生觉得保罗男爵可能是在密切留意他的妻子。"

"监视她？"

"我觉得是有可能的，总警司。"

"通过沿着河岸走的方式？"

"您这么一说，看起来就不太可能了。"

"那他为什么会想要监视他的妻子呢？"

"我想我没法给出一个说法，总警司。我觉得店长先生也只是随便说说而已。他只是说：'这事儿和我们没有半点关系，亨利。也许他只是在密切留意夫人。'"

"这就是您能告诉我的全部情况？"

亨利犹豫了一下。达格利什等待着。然后他说："嗯，其实还有另外一件事，总警司。但是我回想起来的时候觉得有点傻。停车场光线很足，总警司，但是他走得很快，还是沿着离得较远那一侧的篱笆丛的阴影走。只是他的夹克衫，还有裤子贴在身上的那种样子……总警司，我觉得他曾经下过河，这就是我会说听起来有点傻的原因。他不是从河边离开，他是正在走向河。"

他看看达格利什，又看向凯特，双眼中充满困惑，就好像直到现在才刚刚意识到整件事的奇怪之处。

"我发誓他身上是湿的,总警司,湿透了。但是像我刚才说过的那样,他是在走向河,而不是从河边离开。"

达格利什和凯特是各自开车来黑天鹅餐厅的。她直接开车回苏格兰场,他向东北开车到伦瑟姆去和博洛尼选区的党主席和副主席共进午餐。下午他们会在苏格兰场碰头,先进行初步调查的一些流程性事务,然后去进行一场据说会非常有意思的与保罗·博洛尼情妇的问话。凯特打开自己麦德龙车的车门时,他说:"我们最好还是和8月7日晚上跟兰帕特与博洛尼夫人一同就餐的那对夫妻谈一谈。他们也许能说出兰帕特离开餐桌去取车的准确时间,还有他走了多长时间。拿到他们的姓名和住址,好吗,凯特?我建议从夫人,而不是兰帕特那里询问。而且,多了解一些那位神秘的黛安娜·特拉弗斯也许会很有帮助。根据警方对此次溺水事件出具的报告,1963年她和她的父母移民到澳大利亚。他们留了下来,她却回来了。这两个人既没有参与调查,也没有来参加葬礼。泰晤士河谷警察局为了找人识别她的身份花了不少工夫。他们找出来一位姨母,也是她来操办的葬礼及一系列事宜。她有一年多没见过她的外甥女了,但是她对于死者的身份非常肯定。你去坎普顿小丘广场62号的时候,看看能不能从马特洛克小姐那里了解到这个女孩的更多情况。"

凯特说:"明斯太太也许能告诉我们一些情况,总警司。我们明早第一件事就是去见她。"她又补充道,"希金斯讲起有关特拉弗斯溺水事件的时候,有一点我觉得很奇怪,感觉和其他的不吻合。"

她也注意到了不正常的地方。达格利什说:"看起来那天晚上很适合在河上运动。这就和亨利的故事一样奇怪。保罗·博洛尼穿着粘在身上的、湿淋淋的衣服,但却是向河水走去,而不是离开河。"

凯特依然没有离开，手放在车把手上。达格利什凝视着远处高高的山毛榉篱笆，它把停车场和河流分隔开来。天气正发生变化，早上的空气里充满纤柔脆弱又转瞬即逝的光亮，但正像下午的天气预报里说的那样，雷雨云正从西边滚滚而来。早秋的天气还很热，他站在几乎空无一人的停车场上，一阵河水和晒干青草的味道飘过，赶走了热烘烘的金属和汽油气味。他像一个逃学的人一样品味着空气，感觉到河水的流动，希望有时间能跟着那个浑身湿答答的、幽灵般的身影穿过大门，走向宁静的河岸。凯特从她一瞬的恍惚中恢复过来，打开车门钻了进去。但她看起来和他有一样的情绪。她说："这一切看起来和帕丁顿那个昏暗的小礼拜堂是那么遥远。"他知道她想要暗示，但又不敢明说的是什么："我们应该调查的是博洛尼被谋杀一案，而不是他有可能都没怎么见过的一个女孩碰巧溺水身亡的事件。"

但是现在，他比以往都更要确定，特拉弗斯、诺兰和博洛尼，这三起死亡事件是有关联的。他们前往黑天鹅餐厅的主要目标已经达成。兰帕特的不在场证明站得住脚。即便是开着保时捷，都很难想象他在杀死博洛尼之后，还能在20点40分的时候赶到餐厅。

第二章

东北方向的郊区地铁线路电气化之后,尽管老一辈的居民抗议说这是一个有自己特色的郡,而非伦敦在郊区的一个集体宿舍,伦瑟姆还是渐渐变成了一个上班族居住的城镇。这个小城相对于其他战后一蹶不振的城镇更快地接受了开发商和本地政府对于英格兰传统的劫掠,并迅速将这种破坏一切的功能发挥到极致。18世纪宽敞的大街,尽管遭到两座现代化的百货大厦亵渎,但本质上还是完好无损的,而面对泰晤士河的一小堆乔治王朝时代的房子还是会经常被拍摄并用来做圣诞日历的照片,但是这需要摄影师对画面做一些加工,将停车场和公共厕所排除在外。选区的保守党就是在这些房子中较小的一座里建立了自己的总部。迎接达格利什的是党主席弗兰克·马斯格雷夫和副主席马克·诺林杰将军。

像往常一样,他为这次拜访提前做了功课。他对这两个人的了解比这两个人认为的要多得多。过去的20年里,他们两个人一直默契地运作着本地的党内事务。弗兰克·马斯格雷夫是个房产商,有自己的家族企业,尚独立于那些联合大企业之外。他是从他父亲那里继承的公司。以达格利什开车经过附近村庄以及在此城镇所看到的房屋广告的数量来看，生意应该还挺不错。每个拐弯处都能看到黑色粗体的"马斯格雷夫"这个单词印在白色底板上。这种反复变成了一种几乎能预料到在前方目的地中即将面对的不快的提醒。

马斯格雷夫和将军是非常不搭调的一对。第一眼看过去，马斯格雷夫才像是当过兵的。他和已经过世的陆军元帅蒙哥马利长得太像，达格利听到他说话时也有意模仿这位令人尊敬的将军那种断断续续的厉声咆哮，并且丝毫不感到奇怪。将军的个头还不及马斯格雷夫的肩膀，他瘦小的身体笔直、僵硬，就像他的脊椎已经没了。他的头顶已秃，周围还有一圈白发，上面布满斑斑点点，就像鹌鹑的蛋。马斯格雷夫做介绍的时候，将军抬起头来看着达格利什，眼神像孩童一样单纯、真诚，但又充满紧张与困惑，就好像他对着无法抵达的地平线看了太久。和马斯格雷夫一身正式的西装还有黑领带形成鲜明对比的是，将军穿了一件老旧的呢子夹克衫，根据一时的心血来潮还进行了裁剪，两个胳膊肘上各有一块椭圆形的山羊皮补丁，衬衫和军用领带还无可挑剔。他的脸上放光，有着那种被照顾得很好的孩子所特有的脆弱。即便是刚开始的客套寒暄，这两个男人之间的相互尊重也马上表现了出来。只要将军开口，马斯格雷夫的视线就会在他和达格利什之间来回打转，像家长一样微微焦虑，皱起眉头，好像在担心自己孩子的聪明才智会被低估一样。

马斯格雷夫领着他们穿过宽敞的门厅，走过短短的一道走廊，来到位于房子后侧的一个房间，博洛尼曾把这个房间当作自己的办公室。他说："博洛尼死后门就一直锁着。你们的人来过电话，但是就算不说我们也会把它锁起来的。将军和我觉得这是正确的做法。并不是说这里有什么能启发破案的线索，反正我觉得没有。当然了，也欢迎你们过来查看。"

空气陈腐，飘满灰尘，几乎发出酸臭的味道，就像这个房间不是只锁了几天，而是被锁了几个月。马斯格雷夫打开灯，走到窗户边，用力拉开窗帘时发出一连串的咯咯声。北方一道微弱的光亮穿过尼龙窗帘，达格利什能看到窗外有一个小型砌有围墙的停车场。他想，他很少遇见比这还令人压抑的房间，但又很难解释他怎么会突然体会到这种沉重的沮丧感。这个房间并不比同一类的其他房间更糟，它的功能性很强，十分整洁，缺乏个性，他却能感受到在空气当中都充满了那种忧郁。

他说："他在选区的时候会待在这座房子里吗？"

"不，只是把这个房间当作办公室。他通常都待在考特尼分部。鲍威尔太太给他留了一张床位。这样比在选区买一套公寓更便宜，也不会有太多麻烦。他倒是偶尔会跟我谈起这个，请我帮他找一处公寓，但是从来没有实现过。我觉得他的妻子也不是很热衷于此。"

达格利什随意地问道："您经常见到博洛尼夫人吗？"

"并不经常。她当然也会来履行自己的一些职责。每年的招待会，在地方选举时露面这一类的事情。她在哪里都非常优雅，起到装饰作用，但对政治并不是很感兴趣。将军，您以为呢？"

"博洛尼夫人吗？不，不是很感兴趣。当然，上一位博洛尼夫人就不一样了。但是话说回来，曼斯顿家族毕竟已经是四代人从政了。我过去有时候会想，博洛尼踏入政坛是不是就是为了取悦他的妻子。我觉得他妻子死了之后他对政治就没有那么多的投入了。"

马斯格雷夫给了他尖锐的一瞥，仿佛他在说什么异端邪说，之前从未被承认过，现在最好也是绝口不提。他飞快地开口道："是的，这都已经是过去的事了。非常不幸。当时是他在驾驶,我想您已经听说了。"

达格利什说:"是的,我听说了。"

现场出现了令人不适的短暂停顿,他感觉芭芭拉·博洛尼的美丽形象在寂静的空气里闪闪发光,让人心神不宁。

他开始审视这个房间,注意到将军投来的焦虑又充满希望的目光,还有马斯格雷夫锐利的视线,就像在观察一个实习生第一次清点库存。房间正中面向窗户处有一张结实的维多利亚式书桌和一把带按钮的转椅。前面是两把稍小一点的皮制单人沙发。一张现代样式的桌子,一侧摆了一台笨重的老式打字机,壁炉前面还有两把椅子和一张低矮的咖啡桌。唯一比较显眼的是壁炉右侧凹陷处一个带玻璃门的书橱,窗格周围是一圈铜包边。达格利什在想这两个人究竟知不知道这个书橱的实际价值,但是他又猜测对传统的尊重禁止他们卖掉这个书橱。像那张书桌一样,这个书橱也是这个房间的一部分,神圣不可侵犯,不能为了一时暴利就任意处置。他踱着步走到书橱面前,看到里面凌乱地放置了各种参考书,有本地指南、保守党知名党魁的自传、名人录、议会报告、国家文书出版署的出版物,甚至还有几本经典小说,明显是通过时间不断塞进书橱里的。

书桌后面的墙上挂着一幅为人们所熟知的温斯顿·丘吉尔肖像画的复制品,右边挂着一大张撒切尔夫人的彩色照片。但是,马上吸引住视线的是壁炉上方挂着的那一幅画作。达格利什从书橱旁边走过去,看到这是由18世纪油画家亚瑟·戴维斯画的一幅哈里森一家人的肖像。年轻的哈里森,穿着缎子马裤的双腿优雅地交叉站立,充满傲慢占有欲地站在一把园林凳旁边,凳子上坐着他那脸庞瘦削的妻子,怀中抱着一个小孩。一个小女孩拘谨地坐在她身边,捧着一篮子鲜花。再往左,她的兄弟的一只胳膊举了起来,牵着一条风筝线,在夏日蓝天中闪闪发光。这群人身后是英国盛夏温和的风景,平滑的草地、湖水和远处庄园主的宅邸。达格利什记起他在与安东尼·法雷尔谈话的时候,他曾经提起过马斯格雷夫将得到一幅戴维斯的画作,想必就是这一幅了。将军说道:"博洛尼把它从坎普顿小丘广场拿了过来。他移开了丘吉尔的肖像,将这幅画挂在了那里。当时我们对这一举动反应比较大,因为丘吉尔的画像一直都是挂在壁炉上面的。"

马斯格雷夫走到了达格利什身边。他说:"我会怀念这幅画的,百看不厌。这幅画是在赫特福德郡画的,离这里只有六英里。现在您也还可以看到同样的风景。同一棵橡树、同一片湖水,还有那座房子,现在是个学校。那座房子售出的时候是我祖父当的中介。只有在英国才能看到这样的风景。我之前并不知道这个画家,直到博洛尼把这幅画拿了过来。很像盖恩斯伯勒的作品,不是吗?但我不确定这一幅和国家美术馆里的那幅《罗伯特·安德鲁斯夫妇》相比,我更喜欢哪个。画里的两个女人有点儿像,不是吗?都是脸庞瘦削、傲慢的那种,这两个人我都不想娶回家。但是画得实在太棒了,太妙了。"

将军平静地说:"这家人来取画的时候我就放心了。这也是一份责任。"

这么说他们两个都不知道遗产的事儿,除非他们比他想的更会演戏。达格利什谨慎地保持着沉默,但是他也乐意付出很大的代价,只要看到马斯格雷夫知道自己走了大运之后的表情就值得了。他在琢磨是什么样突如其来的慷慨促成了这番馈赠。这是对政治忠诚相当大方的一份回馈。但这同样让局面变得复杂了,令人心烦。不管他有多么渴望得到这幅画，常识和想象都在抗拒马斯格雷夫会为了占有一幅画就割断自己朋友喉咙这种观点，而且也没有证据表明他知道这幅画在遗嘱中留给了他。但是如果按照正常的寿命长度来看，除非意外幸运，不然他不可能比博洛尼活得久。他有可能拿走了日记。他几乎是百分之百有可能知道博洛尼刮胡子用的是剃刀。像其他能从博洛尼之死获益的人一样得采取一定策略对他展开调查。几乎可以肯定一切都是白费力气，会耗费很多时间，会对调查的主要方向造成干扰，但还是得按部就班地进行。

他很清楚，他们在等他提起谋杀案。相反，他只是走到桌前，坐在了博洛尼的椅子上。至少这把椅子很舒服，特别适合他的长腿，就好像是专门为他定制的。桌子表面有薄薄一层灰尘。他打开右边的抽屉，里面什么也没有，只有一盒信纸和信封，还有一本和在尸体旁发现的很类似的日记本。他打开日记本，看到里面只记录了一些活动安排，以及在选区时的活动备忘录。在这里，他的人生也井井有条，划分得很细致。

窗外开始下起毛毛雨，玻璃上漫起一层水雾，停车场的砖墙和光亮的弧形车顶看起来就好像是一幅点彩画。他想，博洛尼来到这间不见日光、压抑、阴郁的房间里的时候肩负了什么样的重担？是从他全身心投入的政治中突然醒悟过来了吗？还是对他死去的前妻、他失败的婚姻心怀内疚？对刚刚离开的情妇心怀愧疚？因为忽视了自己的独生女、夺走了本该属于他哥哥的头衔而产生负罪感？因为最受喜爱的长子死去而自己还活着而感到自责？"我人生中理应值得珍惜的大部分东西都是通过死亡事件才得到的。"是不是还有新近才产生的一种罪恶感？因为特蕾莎·诺兰堕掉了一个孩子而选择自杀，他觉得无法面对？那是他的孩子吗？这些一丝不苟堆叠整齐的文件和材料似乎在嘲笑他那无序、混乱的人生，这里面除了出于好意，本质上却和第22条军规一样的条文之外还有什么呢？无非是受害者身上压的板条。如果你要给他们提供他们真心渴求的，就得敞开心扉，感同身受地倾听，越来越多的人会来见你，将你的精神与体能全部榨干，直到你献出全部。如果你不理睬他们，他们便不会再回来，只留下你为自己如此没有人性而自我鄙夷。他说："我想这个房间是他们最后的希望了。"

马斯格雷夫更快地反应过来他想表达什么。

"十有八九是这样。他们耗尽了所有家人、卫生和社会事务部工作人员、当地官方和所有朋友们的耐心。然后就到这里了。'我把票投给你了，你得做点儿什么事。'当然了，有些议员很喜欢干这个，觉得这是整份工作当中最有意思的一部分。他们就是心愿未了的社工。我觉得他不是这样的。他有的时候几乎是上瘾一样跟人们解释政府权力的局限性、任何政府都有的局限性。还记得有关市中心的最近一场辩论吗？我当时坐在公众旁听席。他的嘲讽当中有很多被强压下去的怒气。'如果我对尊贵的议员刚才那混乱的论证理解无误的话，您的意思是政府必须保证智力、才能、健康、精力和财富都是平等的，同时又要从下个财政年开始消除犯罪。神圣的天意都没有实现的目标，女王陛下的政府居然通过法规和指令就可以实现？'下议院不怎么喜欢他的言论。他们不喜欢这类玩笑。"

他又补充道："反正这注定是场败仗，用有限的行政权去教育选民。没人愿意相信。况且在民主社会，总会有个反对的声音站出来说一切皆有可能。"

将军说:"他是个尽责的选区议员,但是他也为此付出了很多,比我们想象的要多。我觉得他有时候会在怜悯与恼怒之间左右为难。"

马斯格雷夫拉开文件柜的一个抽屉,随意抽出一份文件。

"以这个人为例,一个52岁的老姑娘,正处于更年期,感觉就像是身处炼狱。爸爸死了,妈妈在家里,几乎完全卧床不起、大小便失禁、要求严苛、年老昏聩。医院没有空床位,就算有的话妈妈也不情愿去。或者这个例子,两个孩子都才19岁,女孩怀孕了,他们结婚了。双方的父母都不满意。现在他们和老人一起住在狭小的连排筒子房里。没有隐私,没法做爱。妈妈透过墙板能听见声音。婴儿在号啕大哭。家人说'早告诉你们会有这个下场了'。他们三年内都排不上政府出租的公寓,也许还要等更久。他每周六都会遇到类似这种情况。'给我找一个病房床位、一间公寓、一份工作。''给我钱,给我希望,给我爱。'这份工作的意义也在于此,但是我觉得他非常沮丧。当然,我并不是说他对那些真的值得同情的人毫无怜悯。"

将军平静地说:"所有的这些事例都是真的。苦难从来都是真实的。"

他望向窗外,毛毛雨已变成连绵细雨。他说:"也许我们当时应该给他安排一个更舒适的房间。"

马斯格雷夫告诫说:"可是过去议员一直把这间屋子当作接待室,将军。而且每周只有一次接待。"

将军平静地说:"尽管如此,我们迎来新一任的议员的时候,他应该获得更好的待遇。"

马斯格雷夫毫无怨言地表示了认可:"我们可以撵走乔治。或者把顶层的那个起居室当作接待室。但这样一来就得让那些老年人爬楼梯了。我看不出来我们怎么才能重装楼梯栏杆。"

达格利什以为他马上就会打电话叫人来重新设计布局，将他自己的本意抛诸脑后。他问："他的辞职算是意外事件吗？"

马斯格雷夫回答了他的问题："绝对是，这简直令人震惊。震惊以及遭到背叛的感觉。没必要绕着圈子说话，将军。对于下议院的补缺选举而言算是非常糟糕的一个时机，他肯定也知道。"

将军说："几乎算不上背叛。我们从来不认为自己是边缘席位。"

"这年头，低于1.5万张选票的都算边缘席位了。他本应该坚持到选举结束才对。"

达格利什问："他为此做出解释了吗？我以为他见过你们两个人，而不只是写了封辞职信。"

这次又是马斯格雷夫回答的问题："哦，他是见我们了。事实上他是直到告诉我们之后才给财政大臣写的辞职信。我当时正在度假。我一般都是秋天休个短假。他倒是不错，一直等到我回来。他是上周五很晚的时候过来的，黑色星期五，又是13日，真是再恰当不过了。他说他不应该继续担任我们选区的议员代表，他的人生应该向另外的方向发展了。我很自然地问他这里说的另外的方向是什么意思。'您是议会的一名议员，'我说，'又不是开公交车的司机。'他说他也还不知道，他还没有被指明方向。'被谁指明方向？'我问。他说：'上帝。'好吧，面对这样的回应我几乎无话可说，没有什么答案能像这个一样直接杜绝任何理性探讨的可能。"

"他看起来如何？"

"哦,非常平静,非常正常。太平静了,这就是奇怪的地方,甚至有一点点诡异。您是不是也是这么认为的,将军?"

将军轻声地说:"我觉得他看起来像是一个摆脱了痛苦、特别是肉体上的痛苦的人。苍白、憔悴,但是非常安详。你不可能注意不到那种神情的。"

"哦,他是够安详的,也非常顽固,没法和他争论。但是他的决定和政治无关。至少我们确认了这一点。我直接问他:'您是对政策、对党、对首相、对我们失望了吗?'他说并不是这样的。他说:'这和政党没有任何关系,是我自己需要做出改变。'他听到这个问题很吃惊,还有点被逗乐了,就好像这是完全不相关的事。不过,这对我来说可不是不相关的。将军和我的一生都致力于为我们的政党服务,这对我们来说很重要。这不是什么游戏,不是不费力就拿起来,无聊了又放下的那种微不足道的追求。我们理应获得更好的解释以及更贴心的关怀。他看起来几乎是很厌恶必须要谈及这件事。我们就好像是在讨论夏天招待会的安排。"

他开始在狭小的房间里来回踱步,能看得出他的愤怒。将军温和地说:"恐怕我们没能帮得上他,一点儿也帮不上。"

"他也没有寻求帮助,不是吗?也没有寻求建议。他找到了一个更加高高在上的力量。他曾踏足那个教堂实在是让人惋惜。再说了,他为什么要这么做,您知道吗?"他将这个问题抛给达格利什,就好像在进行谴责。达格利什淡淡地说:"明显是对维多利亚式的教堂建筑感兴趣。"

"他没有把钓鱼或者集邮当作爱好培养真是令人遗憾。哦,好吧,他死了,可怜的家伙。现在没必要这么刻薄。"

达格利什说:"想必你们看过《帕特诺斯特评论报》上的那篇文章了?"

马斯格雷夫控制住了自己。他说:"我不读那一类的刊物。如果我想看图书评论,我都是买礼拜日的特刊。"他的语气表明他偶尔也会纵容自己的一些小爱好,"但是有人读了那篇文章并剪了下来,它在选区受到了激烈的反应。将军的意见是可以对其进行起诉。"

诺林杰将军说:"我想是可以这样做的。我建议他咨询他的律师。他说他会考虑这么做的。"

达格利什说:"他不止这样做了,他还给我看了。"

"让您进行调查,是吧?"马斯格雷夫的语气很尖锐。

"那倒不是,他没有具体说。"

"正是如此。最后几周他对所有事都没有明确的态度。"

他补充道:"当然了,他第一次告诉我们他写了信给首相并申请奇尔特恩百户邑一职的时候,我们就想起了评论报的那篇文章,并做好了丑闻爆发的思想准备。结果当时大错特错。没有什么比这更富有人性、更能理解的了。但是有一件怪事,我们觉得最好还是说出来。现在他已经去世了,也不会造成什么危害。这事发生在那个女孩溺水身亡的那天晚上,是叫黛安娜还是什么的那个女孩。"

达格利什说:"黛安娜·特拉弗斯。"

"对,就是她。他那天晚上来这儿了,准确地说是一大早。他是午夜之后才到的,但是当时我还在这里处理一些文件。什么东西,或者是什么人抓破了他的脸。伤口很浅,但是也出了血,刚刚结痂。我想有可能是猫抓的,或者是他跌进了玫瑰丛。当然,也有可能是女人抓的。"

"他给你解释伤口是怎么来的了吗?"

"没有,他没有提起来,我也没有。当时没有,后来也没有。博洛尼的行事风格让你根本没办法提出那些会令人不快的问题。当然,这不可能和那个女孩有什么关系,他那天晚上显然没有去黑天鹅餐厅。但事后我们读到那篇文章以后,这让我觉得是个奇怪的巧合。"

达格利什想,确实如此。他问这个问题是因为有必要问,并不指望能得到什么有用的信息,比如选区的人有没有可能知道博洛尼死亡当天晚上会在圣马修教堂度过。注意到马斯格雷夫敏锐而充满疑虑的目光和将军痛苦的皱眉,他补充道:"我们得考虑到这有可能是一场有预谋的谋杀,杀人凶手知道他会在那里。如果保罗男爵告诉了选区里的人,也许是打电话说的,那就很有可能是有人偷听到了电话或者无意之间透露了这个信息。"

马斯格雷夫说:"您不会是在暗指他是被这个受到伤害、心怀委屈的选区里的人杀了吧?这肯定有点牵强附会了。"

"但也并非不可能。"

"愤愤不平的选民会给本地的媒体写信,取消对其替补的支持,并威胁说下次要投票给社会民主党。但我看不出他的死和政治有任何的关系。见鬼,总警司,他已经辞去了自己的席位。他已经出局了、了结了、耗尽了,不再对任何人造成威胁了。在公开了那么荒谬的教堂经历之后,再没有人会把他当回事了。"

将军轻声插话道:"即便是他的家人都不知道他那天晚上去了哪里。如果他没告诉他们而是告知了选区里的某个人的话会很奇怪的。"

"您是怎么知道的,将军?"

"刚过20点30分没多久,哈瑞尔太太就往坎普顿小丘广场打电话给管家马特洛克小姐。至少据我所知,是一位年轻男士接的电话,但是他把电话转交给了马特洛克小姐。威尔弗雷德·哈瑞尔是这里的一名干事。第二天凌晨3点,他在帕丁顿的圣玛丽医院过世。他得了癌症,可怜的家伙。他一直忠诚于博洛尼,哈瑞尔太太往坎普顿小丘广场打电话是因为哈瑞尔想要见他。博洛尼曾告诉她可以随时打电话过来。他会确保随时都能联系得上自己。这就是我觉得奇怪的地方,他明明知道威尔弗雷德快要不行了,但却没有留下一个电话或者地址。这不像他的行事风格。"

马斯格雷夫说:"贝蒂·哈瑞尔之后给我打电话,想看看他有没有来选区办公室。我当时不在,还没从伦敦回来,但是她和我妻子通了电话。当然了,她没能帮上什么忙。都是徒劳无益的。"

达格利什没有表明他已经知道这通电话的事情了。他问道:"马特洛克小姐有没有说她会再去问问家里人,看有没有谁知道怎么联系得上保罗男爵?"

"她只是告诉哈瑞尔太太他不在家,家里也没人知道他在哪里。哈瑞尔也不可能问得太多。很明显,刚过10点30分他就从家里出去了,然后再也没有回来。午饭前我到他家去了一趟,本希望能找到他,但是他没有回过家。我想他们已经告诉您我当时在场的事情了。"

将军说:"在那之后我又试着找他,大约18点之前,我事先约好了第二天的会面。我想如果我们能静下来谈一谈可能会有些帮助。他那个时候也不在家,是厄休拉夫人接的电话,她说她会查一下他日记本上的日程安排，然后再打回来。"

"您确定吗，将军？"

"确定我和厄休拉夫人说过话吗？哦，是的。通常都是马特洛克小姐接电话，但有时候也会遇到厄休拉夫人。"

"您确定她说过她要查一下日记本吗？"

"也许她说的是她会看看他有没有时间然后再打电话回来。类似的话。自然而然，我认为她的意思就是要去查一下他的日记本。我说如果麻烦的话就不用了。您也知道，她因为关节炎走路很不方便。"

"她给您回电话了吗？"

"回了。大概十分钟之后打的。她说周三早上看起来没什么安排，但是她会让博洛尼第二天早上给我回电话确认一下。"

第二天早上。也就是说她知道她的儿子当天晚上不会回来。更重要的是，如果她真的下楼去了书房，查了日记本，那就意味着博洛尼死亡当天18点的时候日记本还放在书房的抽屉里。根据巴恩斯神父的说法，18点钟的时候他已经到了牧师住宅区。终于出现了，这很可能就是将谋杀案与坎普顿小丘广场联系在一起的关键线索。这是一场小心计划过的谋杀。杀人凶手知道从哪里拿到日记本，他带着日记本去了教堂，并把它烧掉一半，试图为自杀的理论增加真实度。这样一来就把谋杀的核心牢牢地放在了博洛尼的家里。但他难道不是一直都知道被谋杀的风险来源于自己家吗？

他回想起他在厄休拉夫人起居室拿出日记本的那一瞬间。那双如爪子般枯瘦萎缩的老人的手紧紧握住塑料袋，脆弱的身体僵硬得无法动弹。这么说她已经知道了。尽管很震惊，她的头脑依然在运作。但是还会有其他哪个母亲包庇杀害自己儿子的凶手吗？他觉得只有在一种情况下这位母亲有可能这么做。但是事情的真相可能没有那么复杂，也没有那么邪恶。她不敢相信任何她本人所熟悉的人能够犯下这起罪行。她只能接受两个可能性。要么就是她的儿子自杀了，这更有可能，也更容易接受这是一起随机、事先并无预谋的暴力事件。如果厄休拉夫人能说服自己这样想，那么她会觉得一切与坎普顿小丘广场的关联都是无关紧要的，只会有引发丑闻的可能，更糟的是，将会把警方用于寻找真凶的精力分散开来。但是他还得讯问她这一通电话的事。在他的职业生涯中，他还从来没有害怕过任何一个目击证人或者嫌疑犯。但是他并不期待即将到来的这场问话。然而，如果18点时日记本的确还在书桌抽屉里，那至少可以洗清弗兰克·马斯格雷夫的嫌疑。他14点之前就离开了坎普顿小丘广场。但是他马上发现自己对马斯格雷夫的怀疑无关紧要。他又冒出了另一个念头，可能也是一样的无关紧要。临终的威尔弗雷德·哈瑞尔躺在病床上，究竟有什么话急着要对保罗·博洛尼讲？有没有可能某人下定决心不给他说出口的机会？

在这之后，他们三个人一起在一楼优雅、别致的餐厅里共进午餐，窗外就是泰晤士河，河水在大雨中高涨、湍急。他们就座之后，马斯格雷夫说："我的祖父曾经有一次就是在这张桌子前与迪斯雷利共进晚餐的。他们望出去看到的也是差不多的风景。"

这些话证实了达格利什一直以来的猜测，马斯格雷夫的家族一直都投票给保守党，并且认为任何其他的政治立场都令人难以接受。而将军则是通过思考和理智分析的过程才选择了这样的政治立场。

这顿饭吃得很愉快，有填馅儿羊肩肉、烹饪得恰到好处的新鲜蔬菜、奶油醋栗馅饼。他想自己的这两位同伴肯定是心照不宣地同意不拿有关警方调查进展的问题来烦他。之前，他们问了一些目的显而易见的问题，他巧妙地保持了沉默。他更希望实现的心愿是认认真真地享用他们显然是煞费苦心做出来的美食，而不是让他们犹豫到底要不要讨论一个令人痛苦的话题，或者是担心他们可能一不小心说了什么不该说的话。他们有一位身着黑衣的年长侍者，脸长得像充满焦虑但又友善可亲的蛤蟆，他用颤抖的双手为大家斟满尼尔施泰因白葡萄酒，一滴都没有洒出来。餐厅几乎是空的——除了他们之外只有另外两对顾客，都坐在离得比较远的地方。达格利什猜想他们在接待他的时候肯定确保了他能够平静地享用午餐。但是这两个人都找到了向他发表自己看法的时机。喝完咖啡之后，将军记起来要打一个电话，马斯格雷夫从桌子另一侧探身向前，像是要倾吐秘密似的说："将军无法相信这会是自杀。他自己是不会做这种事的，所以他也想象不到自己的朋友会做出这种事。要是以前我可能也会有同样的看法，我是说，对于博洛尼而言。但是现在我不确定了。空气中有一股疯狂的气息。没有什么是确定的了，特别是对于他而言。你以为你认识这个人，了解他们的行为方式。但是并不是这样的，你不可能了解。我们都是陌生人。那个女孩，那个自杀的小护士。如果她打掉的是博洛尼的孩子，那他很难背负着这样的重担继续生活。我并不是试图插手这个案子，希望您能明白，这当然是属于您的工作。但是这起案子在我看来非常直截了当。"

然后到了停车场，马斯格雷夫离开他们去取车的时候，将军说："我知道弗兰克觉得博洛尼是自杀的，但是他错了。他并非出于恶意、不忠或者不善良，只是错了。博洛尼不是会自杀的那种人。"

达格利什说:"我不知道他是不是这种人。我几乎可以合情合理地说他不是自杀的。"

他们沉默地看着马斯格雷夫向他们最后一次挥了挥手,打开大门,加速驶离了停车场。达格利什觉得这又一次显示了命运的邪恶无常,他开的居然也是一辆A型黑色路虎车。

第三章

半小时之后,弗兰克·马斯格雷夫把车开回了自家的停车道上。他住在勒琴斯设计的优雅、别致并有着红色砖墙的乡村别墅,那是他父亲40年前买下来的。马斯格雷夫继承家族企业的时候一并继承了这处房产,并对它满怀骄傲与自豪之情,就好像这是有两百年历史的祖传宅邸。他用一种让人嫉妒的关怀来打理这座房子,正如他对自己拥有的一切,包括妻子、儿子、企业、爱车的态度一样。通常他开车回到家的时候,只是怀有一种惯有的心满意足的态度,满意自己的父亲很有眼光地挑选了这么一座房子,但是每隔六个月,就像是服从什么不言自明的法律,他会停下车,对这座房子进行深思熟虑的市场估值。他现在就在做这件事。

他还没走进门,一脸焦虑的妻子就跑出来迎接他。她从他肩上取下大衣,说:"进行得如何,亲爱的?"

"还好。他是个奇怪的人。并不怎么友好,但是非常有礼貌。看起来他午餐吃得很愉快。"他停顿了一下,又补充道,"他知道这是起谋杀案。"

"哦,弗兰克,不会吧!你该怎么办?"

"就像别的与博洛尼有关联的人一样,尽量减少损失。贝蒂·哈瑞尔来过电话了吗?"

"大约20分钟之前。我告诉她你会去看她。"

"是的,"他沉重地说,"我必须去。"

他暂时把手放在了妻子肩膀上。她的家人不想让她嫁给他,当时觉得他配不上前任郡首席治安官的独生女。但他还是娶了她,他们一直都很幸福,现在也很幸福。他突然感到一阵愤怒:我已经受到了足够多的损失,现在就应该打住了。我不会因为保罗·博洛尼在一座教堂的小礼拜堂里发了疯,就要冒着失去我为之工作的一切、我和我父亲所成就的一切的风险。

第四章

　　斯卡斯代尔旅社占地较大，整体呈L形，是现代化的砖房公寓，一系列突出的不规则阳台没有增强外观的视觉效果，反而让它看起来有些变形。两块草地之间有一条石路，通向天棚遮盖的门廊。两块草坪的中间各有一张圆形的花床，种满了一圈圈由白渐黄的小丽花，最中间则是火红色的，向上竖起，就像是一只充血的眼睛。左边的一条私人车道引导着车辆进入后面的车库以及一块做了标记的停车处，标记上警示说这里仅供斯卡斯代尔旅馆的来宾使用。房子背面的一排小窗就在停车场上方，达格利什知道房客对于未经许可的随意停车多么担忧，他猜想会有人专门盯着看有没有陌生的车辆过来。博洛尼肯定会觉得把车停在斯坦摩尔地铁站的公园绿地更安全，然后爬坡走完最后这四分之一英里的路，让自己看起来像一个无名的上班族，拿着不起眼的公文包，里面装着红酒和在贝克街或者威斯敏斯特地铁站附近的花店买来敬献的花束。斯坦摩尔离他的目的地也不算远，事实上，正好在他前往赫特福德郡选区办公室的路上。这样他就能在周五晚上的伦敦生活与周六早上选区接待会之间的间隙抽出一小时的时间。

他和凯特沉默着走向正门。门上安了一部对讲机——算不上最有效的安保方式，但是总比什么都没有强。这样设置还有一个优势就是没有门房关注这里来往的人们。凯特按了门铃，小心翼翼地通过格栅门报上两个人的名字，回应她的是门禁打开的吱嘎声，随后他们穿过一条与伦敦郊区上千个公寓相似的走廊。走廊地上铺了方格状的树脂地砖，擦得闪闪发亮。左边的墙上有一块软木板，上面贴着楼管的通知，包括电梯维修日期和卫生清洁合同。右边的绿色塑料盆里栽了一棵藤蔓植物，由于缺少合适的支撑，分叉的枝叶低垂了下来。他们前方有两台电梯。楼道里完全寂静无声。楼上肯定有人过着他们小小格子间里的生活，但是充斥着地板抛光剂刺鼻气味的空气无比寂静，就好像这是一座亡灵之家。房客们应该是伦敦人，大部分都只是临时的过客，有正在向上攀爬的年轻学者、合租的文秘，还有自给自足的退休夫妇。房客们可以抵达四十多层公寓的任意一层。如果博洛尼足够谨慎，他完全可以每次都在不同的楼层下电梯，然后再走几层。但是总体来说风险很小。斯坦摩尔到处是高楼，不再是个村庄。这里的窗帘后面不会有窥探的双眼观察他的每一次进出。如果博洛尼把这里当作方便、低调的与情妇约会的场所，他选得不错。

46号公寓位于顶层拐弯处。他们无声地行走在铺了地毯的走廊上，直到来到这扇没有挂名牌的门前。凯特按响门铃，他在想是否有一双眼睛通过猫眼打量他们，但是门马上就打开了，好像她一直都站在那里等着他们。她让到一边，请他们进来，然后转向达格利什，说："我一直在等你们。我知道你们早晚都会来。至少现在我可以知道究竟发生了什么了。我需要听到有人说出他的名字，尽管对方只是一个警察。"

她已经做好了面对他们的准备。她已经哭过了，虽然还没有为自己的情人落尽所有的眼泪，但那种仿佛能撕裂身体的号啕痛哭已经结束了，至少暂时结束了。他经常目睹这种大哭给面容带来的变化，所以不会错过那些迹象：眼皮浮肿，皮肤因悲伤的剥削变得晦暗无光，嘴唇肿胀，红得不自然，好像最轻微的一击都能把它打开裂。达格利什很难想象她平时长得什么样，他认为她也许有一张令人愉悦、充满智慧的脸颊，鼻子很长，但是颧骨很高，有一个结实的下巴，皮肤很好。她的头发是不深不浅的棕色，又粗又直，用起皱的缎带扎在脑后，几缕湿漉漉的头发搭在额头上。她的声音嘶哑，因为最近才哭过而显得不自然，但是她很好地控制住了自己。他对她感到一丝敬意。如果以悲伤程度为标准来看，她才像是那个丧夫的妻子。他们跟着她走进客厅，他说："我很抱歉打扰您，而且是在这么短的时间内。当然，您应该知道我们为什么来。您现在觉得自己能开口谈他的事吗？如果我想取得进展，就必须比现在更加深入地了解他。"她似乎明白了他的意思，这个受害者是整起死亡事件的中心。他的死因在于他是什么样的人、他都知道些什么、他都做了些什么、他都打算做什么。正是因为他是那么独特的一个人，所以他才死了。谋杀摧毁了个人隐私，将死者人生所有那些微不足道的细节都残忍地大白于天下。达格利什将会仔细搜寻博洛尼的过去，就像他搜寻一个受害者的橱柜和文件材料一样仔细。受害者的隐私是最先丧失的，但是没有哪个和谋杀案有过密切联系的人能全身而退。受害者至少不用再承受人世间这种尊严的丧失、情感的尴尬或者名声的受损。但对于活着的人来说，卷入一场谋杀案的调查当中就意味着受到这样一种过程的"污染"，没有几个人还能维持原样的生活。谋杀依然是一种独一无二的罪行，在其面前人人平等，无论贵族还是乞丐。当然了，富人在这件事情上也和在别的方面一样具备优势。他们能请得起最好的律师，但是在一个自由社会里，他们能买到的其他东西就少之甚少了。

她问道："您要喝点咖啡吗？"

"非常感谢，如果不太麻烦的话。"

凯特问道："需要我帮忙吗？"

"不会花太长时间的。"

凯特明显把这当作默许的意思，便跟着女孩走进了厨房，门半敞着。达格利什想，这种对待他人以及他们的当务之急时所做出的不情感用事、注重实用性的回应很符合她的风格。她不需要虚张声势，也不作随意揣测，就能够把最尴尬的局面转变成几乎正常的场合。这是她的优势之一。现在，在水壶盖和陶瓷杯具的叮当声里，他能听到她们的声音，几乎就是再寻常不过的对话。从他能捕捉到的几个词句来判断，她们似乎是在讨论两个人都买了的一套电热水壶的好处。他突然觉得自己不应该在这里，作为一个探长和一个男人，他在这里是多余的。没有他这种充满雄性毁灭气息的人存在，她们可能会相处得更好。甚至连这个房间似乎都对他充满敌意，他几乎可以说服自己他听到的低微、片段的字句是这两个女人针对自己进行的密谋。

咖啡机传来了刺耳的轰鸣。这么说她用的是刚磨好的新鲜咖啡豆。当然了，她肯定会下功夫好好煮咖啡的。她和她的情人肯定经常一起喝咖啡。达格利什环视了一圈起居室，长长的窗户外是伦敦地平线的远景。房间的家具体现出一种相对正统的好品位。沙发上铺着鹿皮亚麻布，没有一丝皱褶，依然古朴，看起来很昂贵，那种庄重、严肃的设计风格很有可能是斯堪的纳维亚出品。壁炉的两侧有配对的扶手椅，外表比沙发磨损得更严重。壁炉本身是现代化的产品，干净、整洁的壁炉里放着一排白色的木头。他发现这是最新的燃气型壁炉，能够给人一种煤炭在燃烧、火焰熊熊的错觉，这样她就可以一听到博洛尼的门铃声就启动壁炉，瞬间提供温暖与舒适。如果议院里、家里或选区有事，他没法来找她，第二天早上火炉里也不会有燃尽的冰冷灰尘用这种画面显而易见的象征意义来嘲讽她。

沙发上面有一排水彩画，质量上乘，绘着温和的英格兰风景。他想他认出了一幅李尔和另一幅科特曼的作品。他猜想这些是否是博洛尼的馈赠，也许他是通过这样一种方式转给她一些有价值的物品，他们两个人可以一起欣赏，也不会伤到她的自尊心。壁炉对面的墙上从地板到天花板装满了可调整位置的活动木头架子，上面放了一套简易的音响设备、成堆的唱片、一台电视机和她的书本。他走到近前仔细观察，并将书本轻轻翻开，发现她曾就读于雷丁大学的历史系。如果把书拿走，把水彩画换成流行的海报，这就有可能是一座新建公寓楼的样板间，用这种无害又传统的好品位吸引潜在的买家。他想：有些房间设计出来就是为了让人逃离的，那种阴冷荒凉的接待室，人在里面会束紧盔甲，来抵御外面的真实世界；还有些房间设计出来就是为了让人回归，让那些患幽闭恐惧症的人能从繁重的日常工作与挣扎中逃离出来。这个房间本身就是个小世界，一个静止的中心，供给不多，但是包含了一切主人生活中的必需品。这处公寓不仅仅是财产方面的一项投资，而是她所有的资产都投入了进来，既包括金钱资产也包括情感资产。他看了看沿着窗台摆着的那一排植物，种类繁多，都被精心打理过，看起来健康而有光泽。但是，它们为什么会不光泽呢？毕竟她总是在这里照料它们。

两个女人回到了客厅,沃什伯恩小姐端着一个托盘、一把咖啡壶、三个大号的白杯子、一罐热牛奶和一些方糖块。她把东西都放在咖啡桌上。达格利什和凯特在沙发上坐下来。沃什伯恩小姐为他们倒了咖啡,也给自己倒了一杯,然后端着杯子走到壁炉边坐下。像达格利什预料的那样,咖啡美味极了,但是她没有喝。她从对面望过来,说:"电视新闻里面说有刀伤,什么伤?"

"您就是这样才知道的吗?通过电视新闻?"

她极其苦涩地说:"当然了,不然我会怎么听说?"

达格利什被突如其来的一阵怜悯击中,这种感觉如此强烈,有那么一会儿他甚至不敢开口。与怜悯相伴的是对博洛尼的憎恨,他被自己这种强烈的恨意吓到了。这个男人肯定知道自己有突然身亡的可能。他是个公众人物,他肯定知道总是会有这种风险。博洛尼就不能找到一个人,向他透露自己的秘密吗?这样这个人就可以把这个消息告诉她,前来拜访她,至少让她觉得他考虑过要尽量减轻她的痛苦。他就不能在自己过于忙碌的生活里找到一点空闲时间给她写一封信,以备自己突然死亡,这封信就会被秘密地送到她手上吗?还是说他过于傲慢,觉得自己对于那些对不如自己的人来说致命的风险——比如冠心病、车祸、爱尔兰共和军策划的爆炸事件——都是可以免疫的?这股愤怒渐渐褪去,只留下了一股自我厌恶。这种指责同时也针对他自己。他想:我不是也很有可能会这样行事吗?即便是在这个方面,我们都很相似。如果在他的心中有冰存在,那么我的心里也是结冰了的。

她固执地重复道:"什么刀伤?"

没有什么能够委婉回答的办法。

"他的喉咙被割断了。他和那个跟他待在一起的流浪汉哈利·麦克都是如此。"他不知道为什么对她讲出哈利的名字有这么重要,就像当时也有必要告诉厄休拉夫人哈利的名字。就好像他下定决心让她们两个人都不应该忘记哈利。

她问道:"是用的保罗的剃刀吗?"

"有可能。"

"那把剃刀还在那里,在那具尸体旁边?"

她说的是"那具"尸体,她只关心那具尸体。他说:"是的,就在他伸出的手旁边。"

"外面的门没有上锁吗?"

"对。"

她说:"那么说,他让这个凶手进来,就好像他把流浪汉放进来一样。还是说,是那个流浪汉杀了他?"

"不,流浪汉没有杀他。哈利是个受害者,不是凶手。"

"那就是外人干的。保罗不可能杀任何人,我也不相信他会自杀。"

达格利什说:"我们也不信。我们现在把这个案子当作谋杀案来办。因此我们需要您的帮助。我们需要跟您聊聊他的事。您也许比其他人都更了解他。"

她又一次开口,声音很小,他勉强才能分辨出她的低声细语:"我以为我了解,我以为我了解。"

她端起杯子,试图举到嘴边,但是没办法控制住自己。达格利什感觉到坐在身边的凯特身子一僵,猜想她是不是在努力抑制住自己的冲动,不要让自己走到女孩身边,环抱住她的肩膀,并把杯子举到她的嘴边。但是她没有动。经过第二次的尝试之后,沃什伯恩小姐的嘴唇终于触碰到了杯子边缘。她喝了一大口咖啡,发出很大的响声,就像一个渴极了的孩子。

达格利什看着她,想到自己将要做的事,头脑里苛刻、挑剔的那一部分产生了强烈的排斥。她孤身一人,不被承认,甚至没有办法满足自己最具人性的一个需求,不能与人倾诉这种悲伤,不能和别人谈起她的情人。而他现在就是要利用这种需求。他有时候觉得这种利用是刑侦工作得以成功的核心,特别是在侦破凶杀案的时候。你利用嫌疑犯的恐惧、他的虚荣心、他想要一吐为快的倾诉欲和他的不安引诱他说出最不该说的那句多余的话。利用他人的悲伤与孤独也是这种技巧的另一个方面。

她看着他,说道:"我能看看案发现场吗?我是说,我不想大肆宣扬,也不想引起别人注意。他们举办葬礼的时候我就想在这里一个人待着。这总好过坐在葬礼的最后一排,并努力控制不让自己出丑。"

他说:"目前教堂的后侧还是锁起来的。但是我相信一旦我们做完所有的工作,就可以安排您过去看看。巴恩斯神父是教区牧师,他会让您进去的。那是个非常普通的房间,只是一个小礼拜堂,落满灰尘,相当拥挤,空气中有赞美诗集和熏香的味道,但是个非常宁静的地方。"他又补充道,"我觉得一切发生得非常迅速。我觉得他没有感觉到任何痛苦。"

"但他一定感受到了恐惧。"

"也许连这都没感觉到。"

她说:"这是件几乎不可能发生的事情,那场对话、神秘的天启，管它是什么，都是不可能发生的。这听起来很傻。当然也不像是真的。我是说，这种事情不太可能发生在保罗身上。他是个，怎么说呢，很世俗的人。哦，我不是说他只在乎成功、金钱和名望。但是他如此贴近这个世界，并属于这个世界。他不是一个神秘主义者，甚至都不是特别虔诚。他一般都是在礼拜日和重大节庆日的时候才去教堂，因为他很喜欢礼拜仪式。如果他们用的是新教《圣经》或者《祈祷书》的话他就不会去参加了。他说他喜欢这样度过一个小时，可以不受干扰地想事情，不会有电话来打扰。他有一次说过，正式的宗教礼仪能够确立一个人的个人身份，提醒他行为的界限，或者类似的话。信仰不应该是种负担，怀疑也不应该是。我说的这些讲得通吗？"

"是的。"

"他喜欢美食、美酒、建筑、女人。我不是说他私生活混乱，但是他喜欢女人的美。我给不了他这个，但是我能给他别人没有办法给予的东西，那就是安宁、诚实、完全的信任。"

他想，这很奇怪。她最需要谈的居然是宗教体验，而不是谋杀案。她的情人死了，即便是这种最终无法挽回的巨大损失都不能完全清除之前那种背叛所带来的痛苦。但是他们总会谈到谋杀的，没什么好着急的。他现在如果催她反而可能得不到想要的信息。他问道："博洛尼有没有给您解释过在小礼拜堂的那种体验？"

"他第二天晚上过来了。他之前在议院开会，耽误了很长时间，所以没办法待太久。他告诉我他感受到了上帝。就是这样，感受到了上帝。他就像是在陈述一个简单的事实一样，可是这当然不简单了。然后他就走了。我当时就知道我已经失去他了。也许我们还是朋友，但当时我不想和他只做朋友。作为一个情人,我已经失去他了。我永远地失去了他。他无须言明这一点。"

他知道,对于有些女人而言,秘密、冒险、背叛、阴谋这些因素会给这种风流韵事带来额外的欲望。她们是和那些男人一样不受约束的女人,同样注重个人隐私,希望有热烈的关系,但是不愿以自己的事业为代价。对于这些女人而言,性欲和家庭生活是势不两立的。但是她并不属于这类人。他一字不差地回想起和政治保安处的希金斯进行的那场对话。希金斯穿着精心剪裁的花呢西服,脊背笔直,眼神清澈,剪短的小胡子下方是结实的下巴,与部队军官的传统形象非常吻合,达格利什反而觉得他走进来的时候周身笼罩着一种伪造出来的体面感,就好像站在郊区人家门口假装毕恭毕敬的骗子,又或者是在沃伦街地铁站徘徊的二手车推销员。即便是他的那种愤世嫉俗的样子也和他的口音一样,仿佛是经过精心计算才做如此展示的。但是他的口音伪装得非常真实,所以那种愤世嫉俗也显得很真实。你最多只能说希金斯只不过是太热爱他的工作了。

希金斯是这么说的:"亲爱的亚当,一切都是常见的套路。一个用于抛头露面、当作摆设的妻子,旁边另有一个忠诚、深情的女人发挥实用价值。只是在这个事例当中,我不是很确定究竟是什么实用价值。这个选择有点令人吃惊。你看着就知道了。但是并没有什么安全问题,从来没有过。他们两个人都非常谨慎。博洛尼总是明确地表明他愿意接受一切必要的安全措施,但是在涉及自己的私生活时,他也有权冒一点风险。她从来不惹麻烦,如果现在她开始惹麻烦,我会很吃惊的。八个月以后不会出现令人尴尬的大肚子的。"

他在想,她真的就能对现实视而不见吗?她不知道这场婚外情整个都被记录在案,每一步都被那些冷嘲热讽的观察者像是做临床观察一样记录下来?在经历了惯常的官僚体制内的运转过程之后,他们终于做出决定,她可以被当作是基本无害的消遣,博洛尼可以每周在她那里获得放松,不受官方的骚扰。她肯定没办法这样自欺欺人,他也不可能。毕竟她本人就来自官僚系统,是一名主管。她肯定知道这个系统的运作规则。当然,她的级别还相对较低,但这毕竟是她的世界。只要她成为安全风险,肯定就会有人告诫他从中抽身。他也会接受这样的警告。如果你没有足够的野心、自负与冷酷无情,不知道你要优先考虑什么,那你是当不上一名国家大臣的。

他问道:"你们是怎么认识的?"

"你以为呢?当然是工作的时候认识的。我是他私人办公室的主管。"

那么一切和他料想的一样。

"你们发展成为情人以后,是您要求调动岗位的吗?"

"不是,我本来就要调动岗位了。每个人在私人办公室都不会待得太久。"

"您见过他的家人吗?"

"他没有带我回过家,如果你是这个意思的话。他没有把我介绍给他的妻子或者厄休拉夫人,说'大家来见一见卡罗尔·沃什伯恩,来见见我的情妇'。"

"您多久见他一次?"

"只要他能挤出时间,他都会过来。有的时候我们能一起待半天,有的时候只有几个小时。如果他是一个人去选区的话会试着顺路过来一趟。有的时候我们好几周都见不到面。"

"他从来没有暗示过结婚的事吗?请原谅我,因为这个问题的答案可能很重要。"

"如果你的意思是有人会为了阻碍他离婚就割断他的喉咙,那就是在浪费时间了。总警司,对于你这个问题,我的回答是没有,他从来没有提到过结婚的事。我也没有提过。"

"您认为他是一个快乐的人吗?"

她似乎没有对这个明显不相关的问题表示出吃惊,也没有花太久思考。很久之前她就知道这个问题的答案了。"不,并不怎么快乐。发生在他身上的事……我不是说他被谋杀,而是在那个教堂的体验,不管到底是怎么回事,我都觉得如果他对自己的生活很满意,我们的爱对他来说已经足够的话,就不会发生这样的事。这份爱对我而言足够了,是我全部的所想所需。但是对他而言还不够。我一直都知道这一点。对于保罗而言,没有什么是足够的,一切都不够。"

"他有没有告诉过您他收到了一封关于特蕾莎·诺兰和黛安娜·特拉弗斯的恶意诽谤信?"

"是的,他跟我说过。他并没有完全把它当一回事。"

"但他也足够重视,他给我看了那封信。"

她说:"特蕾莎·诺兰的孩子,就是她打掉的那个,不是他的孩子,如果你实在想听这件事的话。那不可能是他的孩子,如果是的话他会告诉我的。听着,那只是一封诽谤信。政客经常会收到这种信。他们都已经习惯了,为什么现在才开始在意?"

"因为在他被害之前这几周里发生的任何事情可能都非常重要。您肯定也看出来了。"

"但这些丑闻或者是谎言又有什么关系呢?它们现在已经影响

不到他了。它们不可能伤害到他了。没有什么能伤害他，再也没有了。"

他柔声问道："那之前有什么伤害到他的事情吗？"

"他也是人，不是吗？当然会有伤害到他的事情。"

"什么事呢？他妻子的不忠吗？"

她没有回答。

他说："沃什伯恩小姐，我的首要任务是抓住杀害他的凶手，而不是保持他的名节。这两者也没必要针锋相对，我会试着同时照顾到这两方面，但是我很清楚什么是要优先考虑的。您是不是也应该如此呢？"

她突然非常激动地说："不。我保护着他的隐私。不是名节，是隐私。我保护它已经有三年了。这让我付出了很多。我从未向他抱怨过，现在也不会抱怨。我知道规则。但是我会继续保护他的隐私。这对他而言十分重要。如果我不坚持的话，那些年的小心谨慎、遮遮掩掩、躲躲藏藏、不能公开的关系，说'这是我的男人，我们是恋人'，那么多年总是排在他的工作、他的妻子、他的选民、他的母亲后面，这一切都还有什么意义呢？你又不可能让他死而复生。"

每次情况变得棘手的时候，总会传来这样的喊声："你又不可能让他们死而复生。"他记得自己抓到的第二个儿童杀手——警察在杀人犯的公寓里发现了隐藏起来的大量色情照片，他的受害者们摆出了不雅的姿势，可怜的小孩子被侵犯、被暴露。当时他刚刚当上督察，需要让一位母亲来辨认她的女儿。那个女人的眼睛只往照片上瞥了一眼，然后就一直瞪着前方，拒绝承认现实，否认真相。即便是在惩罚恶人、维护公正的时候，人的头脑也会拒绝接受某些现实。"你不可能让他们死而复生。"这就是被彻底击败的、痛苦悲戚的世界所发出的呼喊。

但是她又开口了。

"有很多的东西我都没有办法给予他。但是我可以小心谨慎地替他保守秘密。我听说过你。在沼泽地发生的那起事件,那个被谋杀了的法医学家,保罗给我讲了那个案子。那对你来说可算是大获成功的一次侦破,对吧?你说过'受害者该怎么办',但是你的受害者该怎么办?我想你会抓到杀害保罗的凶手的。你总是能抓住他们,不是吗?你就没有想过要计算一下付出的代价吗?"

达格利什感觉到凯特因为这些话中显而易见的反感和蔑视而身体一僵。女孩继续说:"但是你是指望不上我的。你也并不真的需要我的帮助。我不会透露保罗的秘密,好让你又一次获胜的。"

他说:"这还涉及那个死去的流浪汉,哈利·麦克。"

"我很抱歉,但是我已经没有什么能给予哈利·麦克的了,连同情都没有。我把哈利·麦克排除在我的考虑范围之外了。"

"我却不能把他放在我的考虑范围之外。"

"当然不可以了,这是你分内的工作。听着,我所知道的信息都没法帮你解决这起案子。如果保罗有敌人,我不了解他们。我已经告诉了你有关他和我的事。反正你也已经知道了。但是我不会再牵扯进更多的。我不要站在证人席上,从我进入法院的那一刻起就被人拍照,然后放在报纸头版上,配上'保罗·博洛尼的兼职小情人'这样的标题。"

她站起身来。这表明他们应该离开了。他们走到门边,那个女孩说:"我想离开,就出去几个礼拜。我攒了足够多的假期。如果媒体发现了我的存在，我可不想到时候还待在这里，我承受不了的。我想离开伦敦，离开英国。你没办法阻挡我。"

达格利什说："没办法。但是等您回来的时候，我们还在这里等您。"

"那如果我不回来呢？"她开口的时候似乎已经疲倦地预料到了自己的失败。她怎么可能定居国外呢？她还如此依赖现在的这份工作和这份薪水。也许这套公寓对她而言已经失去了过去的那种意义，但是伦敦依然是她的家，而且这份工作对她而言有比金钱更重要的意义。一个年轻的女人如果不够聪明、勤奋、胸怀大志，是不可能当得上主管的。但是他把这个问题当作了已经成为现实的情况来回答。

"那我就去找您。"

他们离开，坐进车里，他一边系安全带，一边说："我在想如果是你单独来看她，她是不是会说得更多。如果我不在这里的话她也许能够更没有顾虑地开口。"

凯特说："有可能，总警司，但我必须向她保证一切都会成为秘密，我看不出我怎么才能遵守这个承诺。"

他怀疑马辛厄姆就会先承诺保守秘密，然后毫不犹豫地把秘密泄露出来。这就是他们两个人之间的一个不同点。

"不，"他说，"你做不到这一点的。"

第五章

一回到新苏格兰场，凯特就冲进了马辛厄姆的办公室。她发现就他一个人在办公室，身边全是材料。他很高兴能够放下眼下虽然在认真负责地阅读但并没有投入很多热情的报告，那是挨家挨户盘查的结果以及海量的谈话记录。她在开车回苏格兰场的路上勉强压抑住了自己的愤怒，现在非常需要和某人发生一场正面冲突，如果是和一个男性就再好不过了。

"那个男人就是一坨屎！"

"哦，我不太清楚。你对他是不是太苛刻了？"

"还是老生常谈。他沉浸在自己的成功里，而他的情妇被塞在相当于维多利亚时期那种爱巢的某个地方，来满足他偶尔冒出来的需求。我们简直就是倒退回了19世纪。"

"但是我们并没有，这是她自己的选择。别说了，凯特！她有一份不错的工作，有自己的公寓，薪水很高，退休了以后还能拿到养老金。只要她愿意，她随时都能甩了他。他并没有在强迫她。"

"在身体上也许没有。"

"别开始说那套陈词滥调，什么'男人都在享乐，只有女人受到责备'。最近的事实都在反驳你这种观点。没有什么拦着她不让她和博洛尼一刀两断的。她完全可以给他下最后通牒:'你必须做出选择,我和你妻子只能留一个。'"

"明知道他会选择谁也要这么说吗?"

"好吧,确实是有这样的风险。但她也有可能刚好走运。这又不是19世纪,他也不是帕内尔。离婚不会阻碍他的事业发展,至少不会太久,也不会过分损害到他的事业。"

"但肯定也不会起到什么正面作用。"

"好吧。就以你的男人为例,不管他是谁。或者是任何你心仪的对象。如果你必须在他和你的工作之间做出选择,这种选择能轻易做出吗?当你想要开始吹毛求疵的时候,先问问你自己会做出什么样的选择。"

这个问题让她心烦意乱。他也许知道,或者是猜到了艾伦的存在。在刑事调查局没有什么秘密可言,她又对自己的私生活缄默不语,肯定会引发人们的好奇。但是她没想到他会注意到这些,也没想到他会这么坦诚地说出来,她不确定自己是不是喜欢这种试探。她说:"反正,这让我没法对他产生敬意。"

"我们不需要尊敬他。没有人要求我们尊敬他或者是欣赏他的政治立场、他的领带或者他挑选女人的品位。我们的工作就是抓住杀害他的凶手。"

她坐到他对面,突然疲惫不堪,双肩耷拉下来,看着他又重新开始整理材料。她喜欢马辛厄姆的办公室,觉得这种不怎么具备雄性气息的房间与走廊那头凶杀刑侦小分队的办公室形成鲜明对比。那里充斥着浓郁的阳刚气息,她想,很像旧时乱糟糟的军官房间。但她有一次听见马辛厄姆和达格利什说话,语气中充满了狡狯的恶意,让他的手下备受冒犯,让他们想起了他过去的外号"约翰阁下"。他说,"这可算不上是支一流的队伍,您说呢,总警司?"小分队经常被召集起来调查海边的案件,并且在破案之后总会获得裱起来的相关船只照片作为奖励。这些都在墙上一线摆开,旁边还有各个联邦国家警察局长的签名照、各种警衔、警徽、带签名的奖状,甚至偶尔还会出现庆祝晚宴的照片。马辛厄姆的墙上只有早期板球比赛的彩色照片,她猜测可能是从家里面拿过来的。这些都让人回想起早已消逝的夏日——形状奇怪的球拍、球员头上的大礼帽、熟悉的教堂尖塔冲破英格兰的云霄、阴影遮蔽的草地以及穿着环形硬衬裙、打着阳伞的女士们。一开始他的同事们都对此饶有兴趣,后来渐渐地就没有多少人留意了。凯特觉得他的选择在男性秩序与个人品位之间做了一个比较完美的妥协。他也不可能在办公室挂上自己上学时的照片,并不是说伦敦警察厅不能接受伊顿公学,但是也没什么好炫耀的。她问道:"挨家挨户调查的结果怎么样了?"

"跟料想的一样。没人看见或听见什么。他们都目不转睛地坐在电视机前,或者是在'狗和鸭'小酒馆酩酊大醉,要么就是在玩宾果游戏。他们没钓到什么大鱼,但是也捉到了几条小鱼。可惜的是我们没法再把他们放生,不管怎么说,够办公室忙一阵子的了。"

"出租车司机那边调查得怎么样了?"

"运气不好。有一个人记得在那个时间段送了一位中年绅士到教堂周围40码的地方。我们追踪了这一趟车程。他是要去见他的一位女士朋友。"

"什么?在哈罗路上的爱巢吗?"

"他有一些很具体的要求。还记得法蒂玛吗？"

"天哪，她还在干这种事？"

"正是这样。她现在在为查尔基·怀特打探一些消息。这位女士现在可不怎么待见咱们。查尔基也是。"

"那计程车司机呢？"

"他已经进行了正式的投诉。说我们骚扰、干涉他的人身自由，老一套。已经有六个人承认是自己杀的人了。"

"这么快就有六个人了？"

"有三个我们之前都见过，都是无辜的。还有一个认罪是为了抗议保守党的移民政策；另一个这么做是因为博洛尼引诱了他的孙女；最后一个是因为大天使加百列让他这么做的。他们都搞错了作案时间。他们都声称用的是刀子，而不是剃刀，听到他们当中没人能交出凶器也就不足为奇了。他们全都缺乏创意，都宣称自己把凶器扔进运河里了。"

她说："你有没有想过我们的工作究竟有多高的效率？"

"一直都在想。你认为我们还能怎么做？"

"首先，在那些小鱼身上少花点儿功夫。"

"得了吧，凯特。我们没得选。只能在严格的限制范围内做仅有的选择。这和医生的工作也没什么区别，他也不能做到让整个社会人人都健康，他没办法治愈整个世界。如果他想这么做，一定会疯掉的。他只能是把自己遇到的病人治好。有的时候他能治好，有的时候他也会失败。"

她说："但是他并没有花费所有时间去治疗痦子，任由癌症肆虐。"

他说:"天哪,如果谋杀案都不算癌症,什么才算?事实上,也许真正不够高效的不是对一般犯罪,而是对谋杀案的调查。想想我们为了把约克郡开膛手关进监狱付出了多少代价。想想我们抓到这个凶手之前会浪费纳税人多少钱。"

"假如我们能抓到他的话。"她第一次想要补充一句,"如果他真的存在的话。"

马辛厄姆从桌边站起身来:"你需要喝一杯,我请你。"

突然,她几乎都有点儿喜欢他了。"好吧,"她说,"谢了。"她拎起手提包,他们一起向高级警员的餐厅走去。

第六章

　　艾丽丝·明斯太太住在距波托贝洛路一个街区以外的一座政府建造的公寓的二楼。星期六这里有街边集市,那时在哪里都没办法找到地方停车,所以马辛厄姆和凯特把车停在了诺丁山警局,然后步行到了公寓。星期六的集市总是像嘉年华会一样——五湖四海云集、一片祥和但又人声鼎沸的庆典,欢庆着人类喜欢扎堆、好奇、易上当和贪婪的本质。这让凯特想起她刚到分局的那段时光。虽然她很少买什么东西,却总是愉快地穿过拥挤凌乱的街道。她从不像大家一样痴迷于过去的琐碎细节。况且她知道,在所有这些欢快、友好的气氛之下,集市并不像看起来那么单纯。不是所有经手的各国货币最后都会被填报在纳税申报单上,不是所有的交易物品在过去都是无害的物件。如果是不太警惕的人来逛街,他们可能在走到集市另一头之前就把钱包里的钱花光了。但是伦敦的集市很少有完全友好、令人愉快又让人心情舒畅的。这天早上,像往常一样,她走进狭小喧闹的集市街,精神不由为之一振。

　　艾丽丝·明斯住在2号楼26号公寓,这座公寓与大厦主体分隔开来,同马路隔了一块很大的空地。他们穿过空地,有好几双假装漠然但却非常警惕的眼睛注视着他们。马辛厄姆说:"我来负责讲话。"她感受到一阵熟悉的厌恶,但是没有说话。

他们之前通过电话约好的时间是21点30分,他们一按门铃,前门就开了,照这个速度来看,明斯太太肯定也属于隔着窗帘关注他们行踪的人之一。他们发现自己面对着一位身材娇小、有着紧凑方脸的女士。她下巴圆润结实,一张长嘴唇短暂地摆出一个微笑,看起来不像是欢迎他们,而更像是对他们的守时表示满意。那对深色、几乎是漆黑的眼眸向他们快速瞥了一眼,似乎是在对他们进行估值。她花费了不少工夫检查马辛厄姆的警察证,看得很仔细,然后站到一边让他们进屋,说道:"好吧,你们很准时,这点我得承认。如果你们需要的话,我这里有茶,也有咖啡。"

马辛厄姆很快就替他们两个人谢绝了。凯特的第一反应是快速地说她可以来一杯咖啡,但是她控制住了这种冲动。这可能会是很重要的一场谈话,没有必要因为自己的不满就去破坏一场可能会顺利的询问。明斯太太也绝不会忽视他们两个之间太过明显的敌对情绪,她那对充满智慧的深黑双眸是不会错过这些细节的。

他们被领进了一间令人惊讶的客厅,她只希望自己没有流露出过分的吃惊。当地的政府提供给她的是15英尺长、10英尺宽的长方形房间,只有一扇窗户和一扇通向阳台的小门,阳台十分狭小,除了能放几盆盆栽之外没别的用处。明斯太太把这里打造成了一个小型的维多利亚式的起居室:阴暗、凌乱、让人产生幽闭恐惧。墙纸是深橄榄绿,上面绘有常青藤和百合花,地上铺的威尔顿绒毯已经褪色,但还堪用,一张长方形的红木桌子占据了屋子中间大半空间,桌子腿呈弧状,桌面打磨得发亮,像镜子一样一尘不染,周围还配了四把高背雕花椅。一张较小一点的八角桌被放在了墙边,上面摆了一只装着一叶兰的黄铜壶。墙上的淡棕色画框中裱着基调感伤的图画:《水手的永别》和《水手的归来》,还有一个小男孩在摘取小溪旁开出的花朵,在他跌跌撞撞的身后,一个长着双翼的天使在保护他,脸上带有一种虔诚而愚忠的表情。窗户前放一座长长的植物支架,缠绕在一起的铁丝被染成了白色,里面是一盆盆的天竺葵,阳台上的赤土花盆里栽着常青藤和其他藤蔓植物,杂色的树叶与栏杆缠绕在一起。

房间的焦点处是一台17英寸的电视机,细看并没有第一印象给人的感觉那么突兀,因为它的周围是一圈绿色的蕨类植物,叶子都缠绕在屏幕上,就像华丽但又栩栩如生的边框。窗台上摆满了一盆盆的非洲堇,深紫色的花瓣上还有斑斑点点的淡紫色。凯特想,这些花都是种在喝过的酸奶盒子里的,但是很难确定这一点,因为每个小花盆外面都有纸折的装饰花边。雕刻了很多装饰花边的侧板上摆满了小动物形状的瓷器,包括大小和品种各异的小狗、带斑点的小鹿和摆出猫科动物不太会露出的表情的几只陶瓷小猫。每一只动物都放在一块过浆的亚麻桌垫上,估计是为了保护光滑的红木板。

整个房间都一尘不染,充斥着刺鼻的抛光剂气味。冬天,把深红色天鹅绒窗帘都拉起来的时候,身处这间房中很容易以为自己是在另一个时代和另一个环境里。明斯太太可能也属于那个时代的一部分。她穿着一条黑色裙子和一件扣子系到领口的白色衬衫,最上面还别了一个浮雕宝石胸针,灰白的头发高高挽起,在后面梳成一个小小的发髻,垂在脖子上方。凯特想,她看起来就像一个衰老的女演员,正在扮演一个维多利亚时代女管家的角色,而对她唯一能想到的批评就是口红和眼影似乎涂得有些太浓了。她自己坐在右边的扶手椅上,挥手示意凯特坐到另一把上,让马辛厄姆自己搬过一张餐桌椅坐下。他坐在那把椅子里,看起来过于高高在上,令人不适。凯特想,这就像是一个男性入侵者闯入了舒适的、属于女性的居家环境中。秋日的阳光透过蕾丝窗帘和阳台上的绿色植物照进来,令他那一头红发下的面孔显得有些病态,额头上的雀斑明显得就像飞溅上去的淡淡血迹。他说:"我们不能把门关上吗?我连自己的声音都听不见了。"

通向阳台的门半开着,凯特站起来,走过去关门。她可以瞥见巨大的蓝白相间的茶壶挂在外边右侧波托贝洛陶器厂的门外,还能看见瓷器市场被刷过漆的护墙板。街上的嘈杂声传到她的耳朵里,就像是海边卵石发出的碰撞声。随后她关上了门,声音马上安静下来。明斯太太说:"只有周六才会这样。史密斯先生和我都不太在意。你很快就会习惯的。我总是说这也是生活的一部分。"她又转向凯特,"你也住在这附近,对不对?我很确定我在商场里见过你。"

"很有可能,明斯太太。我住得不远。"

"哦,好吧,这毕竟是个村子,不是吗?你迟早会在商场里碰见所有的人。"

马辛厄姆不耐烦地说:"您提到了一位史密斯先生。"

"他住在这里,但是你见不到他。他也没什么可以告诉你们的。但是他确实住在这里,现在出去闲逛了。"

"闲逛?去了哪里?"

"我怎么知道?他是骑着自行车走的。他祖父还活着那会儿,他的家人住在希尔门村。那可真是个小贫民窟。现在这些房子可以卖到16万英镑了。我想,史密斯先生流淌着吉卜赛人的血液。他们推倒古希腊的赛马场之后,有很多吉卜赛人定居在这附近。他总是喜欢游荡。现在英国铁路允许他的自行车自由通行了，他就更轻松了。你们很幸运，他刚好不在。他可不怎么喜欢警察，因为你们的人经常无缘无故就把他抓起来，有的时候可能仅仅因为他睡在了篱笆底下。这就是这个国家有问题的地方，总是给正派的人找麻烦。我还能说出其他不许我们开口讲的事情。"

凯特能感觉到马辛厄姆的焦虑，他急着想要展开与案件相关的询问。明斯太太可能也觉察到了，她说："这对我来说也震惊不小，我不介意这样讲。厄休拉夫人那天快到21点的时候给我打了电话。她告诉我你们早晚都会过来的。"

"这么说，直到他母亲打电话警告您，您才第一次获悉保罗男爵的死讯？"

"警告我？并不是打电话警告我呀。又不是我割断了他的喉咙，可怜的先生，我也不知道是谁干的。你可能以为马特洛克小姐会提前费点心打电话过来。这总比在18点的新闻节目得知消息要强。我在想要不要给宅子去个电话，看看我能帮得上什么忙，但是我觉得肯定有很多人都给他们打电话打扰他们，不缺我一个。我想，最好还是等一等，直到有人给我打电话过来。"

马辛厄姆说："那个人是厄休拉夫人，21点之前打过来的电话？"

"是这样的。她人真的很好，肯费心。我和厄休拉夫人一直都相处得很好。称她为厄休拉·博洛尼夫人是因为她是一位伯爵的女儿。而博洛尼夫人只是一位准男爵的妻子。"

马辛厄姆不耐烦地说："是的，我们知道这一点。"

"哦，你们知道，可不是嘛。上百万的人都不知道，也不在意。

尽管如此，最好还是把一切理顺了，如果你想要在坎普顿小丘广场待着的话。"

马辛厄姆问："她给您打电话的时候听起来怎么样？"

"厄休拉夫人吗？你以为呢？她没有在笑，她可能笑吗？她也没有在哭，这不是她的风格。她很平静，一如往常，但是没法告诉我太多细节。究竟发生了什么？是自杀吗？"

"我们也不能确定，明斯太太，必须要等到一些检验结果出来才能获得更多信息。我们必须把它当作一起有疑点的死亡事件来处理。您最后一次见到保罗男爵是什么时候？"

"就是在周二他出门之前，大约是在10点30分的时候。我们在书房，我进去擦桌子，他就坐在那里。我说我晚点儿再过来，他说，'没关系，进来吧，明斯太太，我不会待太久'。"

"他在做什么？"

"我说过了，他坐在桌子前面，日记本摊开在面前。"

马辛厄姆尖锐地说："您确定吗？"

"我当然确定了。他就把本子打开，放在自己面前，正在浏览上面的内容。"

"您怎么就能确定那是他的日记本？"

"听着，本子敞开着放在他面前，我能看得出来是一本日记本。每一页上都是不同的日子，上面标着日期，他又在里面写了东西。你以为我不知道日记本长什么样吗？后来他合上日记本，把它放回到右边最上面一个抽屉里，他一般都把日记本放在那里。"

马辛厄姆问："您怎么知道他一般都把日记本放在哪里？"

"听着，我在这个家已经工作九年了。雨果男爵还是准男爵的时候我就被厄休拉夫人雇来了。所以我还是了解一些家里的情况的。"

"你们还说了什么吗？"

"没说什么了。我问他能不能借一本书看。"

"借他的书看？"马辛厄姆惊讶地皱了皱眉。

"是这样的。我打扫的时候看到那本书放在架子的最底下一层，我很想读一读。如果你对这本书感兴趣的话，它就放在电视机下面。米莉森特·金特尔写的《暮光下的玫瑰》。我很多年都没看到过她出新书了。"

她伸手把书拿过来，递给了马辛厄姆。书很薄，还被包在防尘罩里，封面上画的是帅气逼人的黑发英雄，怀里抱着一个几乎快昏厥过去的金发女孩，背景里是怒放的玫瑰。马辛厄姆翻了一遍，用一种饶有兴致又含有一丝轻蔑的口吻说："我应该能猜到这几乎不会是他会读的书。我猜是他的某个选民送给他的，作者还签了名。我在想他为什么还要费心留下这本书。"

明斯太太尖锐地说："他怎么就不能留下这本书呢？米莉森特·金特尔是个很棒的作家。虽然她最近几年没写多少东西。我偏爱那些能写出好看的爱情小说的作家，比写那些可怕的凶杀案的好多了。我受不了那些侦探小说。所以我问他能不能借这本书看，他说可以。"

凯特把书拿过来打开，扉页上写着："致保罗·博洛尼，送上作者最衷心的祝愿。"底下是作者的签名，米莉森特·金特尔，还有日期，8月7日，正是黛安娜·特拉弗斯溺水身亡的当天，但很明显马辛厄姆没有注意到这一点。她合上书，说："明斯太太，如果这本书您已经看完了，我们需要把它带回坎普顿小丘广场。"

"你们随意。你们别多想,我并没有要顺手牵羊的意思。"

马辛厄姆问:"他说您能借走这本书之后,又发生了什么?"

"他问我在坎普顿小丘广场工作多久了?我说九年了。然后他说,'这些年于你而言过得好吗?'我说,和大多数人一样好。"

马辛厄姆微微一笑。他说:"我觉得他并不是想问这个。"

"我当然知道他是什么意思。但是他能指望我说什么?我完成工作,他们支付给我薪水;每个小时四英镑,比一般的薪水高,如果我一直待到天黑还会帮我叫计程车。如果工作不合适,我是不会留下来的。但是他们指望用钱换到什么呢?爱吗?如果他希望我说我人生中最好的时光就是在坎普顿小丘广场度过的,那他恐怕要失望了。提醒你们一句,第一任博洛尼夫人还活着的时候情况可是大不相同的。"

"您说的不同是什么意思?"

"就是不同。那个时候整个房子里看起来更有生气。我喜欢第一任博洛尼夫人。夫人让人感觉非常舒服。但是她没能待多久,可怜的人。"

凯特问:"您为什么要继续在坎普顿小丘广场62号工作呢,明斯太太?"

明斯太太的小眼睛一亮,她只是简单地说:"我喜欢给家具打蜡和磨光。"

凯特猜想马辛厄姆肯定很想问她对于第二位博洛尼夫人的看法,但他还是决定不偏离询问的主线。

"然后又发生了什么?"他问道。

"他出去了,不是吗?"

"离开了家?"

"是这样的。"

"您确定吗？"

"听着，他穿上了夹克衫，拎上了手提包，走过门厅，我听见正门开了又关上。如果他没有出去，那是谁出去了？"

"但是您并没有亲眼看到他离开？"

"我从来不会跟着他走到门口，再和他吻别，你是想知道这个吗？我也有自己的工作要做。但是那就是我在这个人在世上看到他的最后一眼，我也不指望能在另一个世界见到他，这一点是很确定的。"

也许是出于谨慎，马辛厄姆没有在这一点上追问下去。他说："您很确定他把日记本放回抽屉里了吗？"

"他没有带在身上。听着，日记本究竟是怎么一回事？你的意思是我把它偷走了还是怎样？"

凯特这时候插话道："日记本现在不在抽屉里了，明斯太太。当然了，我们并不是在怀疑有人拿走了，它又没有任何价值。但是确实是不见了，而且可能对破案来说很重要。是这样的，如果他确实为第二天安排了活动，那么他离开家的时候就不太可能是一心要去自杀的。"

明斯太太稍稍平静了下来，她说："反正他没带在身上。我亲眼看见他把日记本放回去了。如果他晚些时候又回来拿走了，那也是我不在的时候拿走的。"

马辛厄姆问："当然，那也是有可能的。您什么时候走的？"

"17点，通常都是这个时间。我把午餐用过的餐具都洗干净，再做一些下午要做的特别的工作。有的时候是要擦银器，有的时候是要擦亚麻碗橱,周二的时候一般都是去书房打扫书上落的灰尘。我在那里从14点30分待到16点,然后去帮着马特洛克小姐准备下午茶。他那个时候肯定还没回来。如果有人从门厅走进来我应该能听得见。"

突然,凯特问:"您认为他们两个人的婚姻幸福吗,明斯太太?"

"说实话,很少看见他们两个人在一起,但是在一起的时候看起来还好。但是他们一直都是分房睡。"

马辛厄姆说:"那倒不是太罕见。"

"也许吧。但是分房也分好多种,如果你明白我的意思的话。我负责整理床铺。也许你们认为这也是婚姻的一种,但是我不觉得。"

马辛厄姆说:"这样可没办法生出下一任的男爵。"

"是的,我前几个礼拜确实琢磨过这件事。她那个时候不怎么吃早餐,这可不像她平常的作风。但是我觉得概率不大。她太担心自己的身材了。提醒你们一句,她心情好的时候还不差,就是要求太多了。'哦,明斯太太,亲爱的,帮我把我的晨衣拿过来。''明斯太太,我的天使,帮我给浴缸放满水。''亲爱的,帮我煮一杯茶。'如果能照自己心意行事,她就像蜜糖一样甜。好吧,她多多少少不得不这么表现。厄休拉夫人也是一样。她也不怎么介意马特洛克小姐帮她沐浴和更衣。就算马特洛克小姐看不出来,我也能看出来。但是事情就是这样,如果你习惯了有人给你提前把浴缸的水放好,把早餐端到床边,把要穿的衣服都挂好,作为交换,你也得忍受一些不便。厄休拉夫人还是个姑娘家的时候可能不是这么一回事,那个时候只能看见仆人们,他们不会发出声音。绅士贵族们经过的时候,仆人们需要紧紧靠墙站着,以防止老爷们突然看过来,递交邮件的时候也要戴上手套,以免污染了信封。你要想,现在能在这样的环境里工作已经很幸运了。我的外祖母就是做仆人的。我明白。"

马辛厄姆说:"那据您所知,他们之间没有发生争吵,是吗?"

"也许他们要是真的吵起来,可能还会好一些。他太有礼貌了,甚至可以说太过正式了。这在一桩婚姻里可不算自然。不,他们之间没有争吵,至少周二早上之前没有过。而且周二早上那一出也几乎算不上是争吵。要两个人才能吵得起来,她一直在不停尖叫,整个房子里都听得见,但是我没怎么听到他的动静。"

"这是什么时候的事情了,明斯太太?"

"那是我8点30分去她卧室拿走早餐托盘的时候的事了。我每天早上都这么做。保罗男爵一般会去厄休拉夫人那里撤回托盘。他只喝了橙汁和咖啡,吃了两片烤好的全麦面包和橘子酱。但是博洛尼夫人把所有的食物都吃光了。橙汁、燕麦片、炒蛋、烤面包,全都吃了。但是一点肉也没长。"

"跟我讲讲吵架的事,明斯太太。您都听到他们说什么了?"

"我走到卧室门口的时候,听到她大叫着说:'你又要去找那个婊子了。你现在不能去了。我们需要你,我们两个都需要你。我不会让你走的。'类似的话。然后我能听到他的声音,非常低。我听不清他具体在说什么。我站在门外面,心里想着到底该怎么办。我把托盘放在门口的桌子上,我敲门之前都会这么做,但是现在冲进去似乎很不合适。可是话说回来,我也不能像傻瓜一样一直站在外面。然后门开了,他走了出来,脸色像纸一样苍白。他看见我,说:'我来拿盘子吧,明斯太太。'然后我就把托盘给了他。他没有当场把盘子掉在地上,我都觉得很惊奇了。"

马辛厄姆说:"他接着又把盘子拿进卧室了?"

"是这样的,然后关上了门。我又回到了厨房里。"

马辛厄姆调整了提问的方向,他问道:"据您所知,周二那天还有没有别人来过书房?"

"选区那边来的马斯格雷夫先生来过。他大概是从12点30分等到将近14点,以为保罗男爵会回来吃午饭。然后他放弃等待,直接走了。莎拉小姐大约是16点的时候来过。她是来看祖母的,我告诉她厄休拉夫人不会回来用下午茶,但是她说她要在宅子里等一会儿。然后她好像也等不及了。应该是自己直接走了,我没看见她是什么时候走的。"

马辛厄姆继续问她有关黛安娜·特拉弗斯的事。凯特觉察到他比她还不相信亚当·达格利什认为这两个女孩的死与保罗·博洛尼被谋杀一案相关联的那套理论,但他还是按要求履行了自己的职责。结果问出来的情况比他们想象中的更加耐人寻味。明斯太太说:

"黛安娜来的时候我也在。那个时候玛利亚刚刚离开。她是西班牙人,她的丈夫在苏活区当厨师,后来她怀上了第三个小孩,医生说她应该辞掉外出的工作。玛利亚,她是个好帮手。那些西班牙女孩知道怎样保持房屋清洁,这个我得替她们说句话。反正就这样,马特洛克小姐在兰仆林的报刊亭放了一张招聘卡,黛安娜就来了。那张卡片放在那里才不到一个小时。真是有点运气的成分在里面,我从来没想过她真的能招到人。这年头,优秀的清洁女工压根不需要到报刊亭寻找招聘启事。"

"她是个好清洁工吗?"

"你能看得出来,她之前从来没做过这种事。但是她有足够的意愿。当然了，马特洛克小姐从来不让她碰最好的瓷器，也不让她清洁客厅里面的家具。她主要负责卫生间和卧室，准备做饭用的蔬菜，还做一点采购。她做得还算不错。"

"对于这样一个女孩，选择这样的工作有些奇怪啊。"

明斯太太明白他想要说什么。

"哦，她确实是受过教育，这一点能看出来。但是工作薪水不少，每个小时可以拿到四英镑，如果你正好赶上的话还能吃一顿像样的午饭，也不用交税，除非傻到要主动去纳税。她说她是一名演员，正在寻找演戏机会，所以需要一份能够随时辞掉的工作。黛安娜·特拉弗斯身上有什么让你们很感兴趣的吗？"

马辛厄姆忽略了这个问题。他说："你们两个相处得融洽吗？"

"我们没有理由相处不好。我告诉过你了，她人还可以。有一点点爱管闲事，有一天我发现她在乱翻保罗男爵办公桌的抽屉，直到我走到她身边她才注意到我。她只是笑了笑就算过去了。她还问了很多关于家里的情况。她从我这里没获取太多信息，在马特洛克小姐那里也没有。但是她基本无害，只是太热衷于闲聊了。我还是比较喜欢她的。如果我不喜欢她，就不会让她住在这儿了。"

"您是说她就住在这里吗？我们在坎普顿小丘广场问话的时候可没有人提起这一点。"

"是啊，那是因为他们不知道，不是吗？他们也没理由知道。她正打算买下一套位于里奇芒特花园的公寓，但是被耽搁了。原来的房主还没做好搬进新家的准备。您也知道这种事儿，她只好先从之前的地方搬出来，另找一个地方暂住一个月。我这里有两间卧室，我就告诉她可以搬到这里来。每个礼拜房租25英镑，包含一顿美味早餐。条件不差。我不知道史密斯先生是不是乐意，反正他也马上又要出去流浪了。"

有两个卧室，凯特想。明斯太太的漆黑双眸盯着马辛厄姆，对于他询问就寝安排这件事表示不满。然后，她说："我的外祖母说过每个女人都应该结一次婚，这是她应得的。但是不要养成这种习惯。"

凯特说："在里奇芒特花园买公寓？对于一个失业的女演员来说房价是不是太高了？"

"我也是这么想的，但是她说她爸爸也帮了忙。也许他帮了，也许他没帮。也许是爸爸，也许是别人。反正这个人在澳大利亚，至少她是这么告诉我的。这不关我的事。"

马辛厄姆说："也就是说，她搬到了这里住。她是什么时候离开的？"

"就是她溺水身亡的十天前，可怜的孩子。你可别跟我说她的死有什么可疑的地方。我当时也参与了问话。因为我是自然关系人，你们都是这么叫的吧。但是从来没有人提到过她是在哪里工作的，不是吗？我还以为他们可能会在办葬礼的时候送去一个花圈呢。他们并不想知道这一切，不是吗？"

马辛厄姆问："她跟着您住在这里的时候一般闲下来都会做什么呢？"

"我很少看见她。这也不关我的事，不是吗？每周有两个上午她去坎普顿小丘广场工作，其他的时间她说她要去试镜。她晚上经常出去，但从来没有带人回来过。她不惹麻烦，非常利索、干净。不过正是因为知道她的人品我才让她在这里住下的。后来，她溺水之后的那个晚上，警方还没开始调查，她死了也才不足24个小时，有两个小伙子到这儿来了一趟。"

"来这里？"

"是这样的。我刚从坎普顿小丘广场回来。要我说的话，他们一直坐在车里等着我回来。他们说是她的律师让他们过来，把她留在这里的东西都带走的。"

"他们给您出示什么身份证件了吗？任何证明身份的东西？"

"有来自律所的一封信。很花哨的信纸。他们还拿了一张名片，所以我就让他们进来了。跟你们讲，我一直站在门边看着他们。他们不怎么乐意，但是我想看看他们到底打算干什么。'这里什么也没有，'我告诉他们，'你们自己看看就知道了。她大约两个礼拜之前就离开了。'他们几乎是把这个地方翻了个底朝天，甚至都把床垫翻开了。当然了，一无所获。我想，这件事有点蹊跷，但是并没有造成什么后果，所以我也就没再追究。没有必要无事生非。"

"您觉得他们是什么人？"

明斯太太突然爆发出一阵大笑。

"你说呢！得了吧！他们是你们的人！便衣警察。你以为我看到警察的时候认不出来？"

即便是在这个被绿色植物环绕的昏暗房间里，凯特也能看出马辛厄姆的面庞因为激动而变得涨红。但是他经验丰富，此时不会进一步追问。他反而又问了几个不怎么重要的问题，主要涉及坎普顿小丘广场宅邸的家务安排，然后就准备结束这次的问话。然而明斯太太也有自己的想法。凯特感觉到她有一些话想私底下跟她说。她站起身来，说："您不介意的话，我能用一下您的洗手间吗，明斯太太？"

她怀疑自己是不是瞒过了马辛厄姆，但他就算察觉出来也不太可能跟着她们过来。凯特从洗手间出来的时候，明斯太太在门口候着她，她几乎是屏住呼吸在说话："你看到书上写的日期了吗？"

"看到了，明斯太太。是黛安娜·特拉弗斯溺水身亡的当天。"

那对尖锐的小眼睛里闪烁着满意的光芒。

"我也觉得你应该是注意到了。但是他没有，对吧？"

"应该会注意到吧，他只是没有说出来。"

"他压根没注意到。我知道这种人，太敏锐了，反而对自己不利，忽略了就在眼皮底下的线索。"

"您是什么时候第一次看到这本书的，明斯太太？"

"第二天，8月8日。那天下午，他从选区回来。肯定是拿着书回来的。"

"所以她有可能是那个时候给他的。"

"也许，也不一定。但很有意思，不是吗？我在想你是怎么注意到的。别告诉别人，这是我的建议。他太自以为是了，马辛厄姆那个家伙。"

他们走出波托贝洛路，一直走到兰仆林，马辛厄姆才开口，马上又笑了起来。

"我的天哪，看看那个房间！我同情那个神秘的史密斯先生。如果我得和她一起住在那个地方，我也得出去流浪。"

凯特突然激动起来："这有什么不对吗？她有什么不对吗？至少这算是有个性，总比那些政府盖的破楼强，每个楼里塞了那么多个小单元，还要保证最少的公共开销。你从没在那种地方住过，不代表住在那儿的人就一定喜欢这种房子。"她又防御性地赌气补充道，"督察。"

他又笑了起来。她生气的时候总是会非常谨慎地喊出他的职务。

"好吧，好吧，我承认是有个性。她和她的房间都很有个性。那个街区又有什么不对吗？我认为还是比较体面的。如果市政府为我提供这样一处公寓，我肯定会痛快接受。"

她想，他也确实会接受的。他可能不是很在意生活的外在品质，不在意在哪里吃饭，在哪里居住，甚至不在意穿什么，他可能比她还要更不在意这些。她又一次恼怒地发现，自己在他身边总是很容易就变得虚伪起来。她自己从来不相信住在什么样的楼里会有多么重要。造就贫民窟的是人，不是建筑。就算是埃里森·费尔韦瑟公寓，假如建在另一个地方，里面住上不同的人，也不会太糟。他继续说："她说的也很有用，不是吗？如果她说的是事实，他确实把日记本放回了抽屉里，如果我们能证明他在这之后没有回来过……"

她插话进来："但做到这一点可没那么简单。这就意味着要对他每一分钟的行动都了如指掌。目前为止我们对于他离开房产中介之后又去了哪里完全一无所知。他有钥匙，完全可以自己开门进来，再马上出去。"

"是的，但是更有可能没有回来。毕竟他是带着手提包走的，明显是打算在外面待一整天，然后直接去教堂。如果18点之前诺林杰将军打电话来的时候厄休拉夫人确实是查看了日记本，那我们就知道谁是我们的头号嫌疑人了，不是吗？多米尼克·斯维恩。"

一切都无须多言。她也和他一样很快就意识到了日记本的重要性。她说："你觉得那些去翻东西的男人会是什么人？政治保安处的人吗？"

"我猜是的。要么她为他们工作，他们把她安插在坎普顿小丘广场，要么她就是在为更邪恶的人或势力工作，然后那些人揭发了她。当然了，他们也有可能就是自称的身份，就是由律师事务所派来找文件材料、遗嘱之类的。"

"还翻了床垫底下？这可算得上是专业搜查了。"

她想，假如是政治保安处的话，该有麻烦了。她说："他们确实告诉了咱们博洛尼情妇的情况。"

"因为知道我们自己也能很快就查出来。这是典型的保安处作风。他们对合作的理解就好像大臣要回答议会提出的问题，简短精确，确保你们告诉他们的都是他们早就掌握了的情况。天哪，如果她真的和政治保安处有牵扯，就该有麻烦了。"

她说："迈尔斯·吉尔马丁和亚当·达格利什之间的麻烦吗？"

"所有人之间的麻烦。"

他们沉默地走了一会儿，他又说："你为什么要把那本小说带走？"

有这么一瞬间，她想要搪塞过去。她知道自己刚刚意识到这个日期的重要性的时候是打算保持缄默的，先做一点私下里的调查，追踪一下作者，看看能不能查到什么。但后来长远的考虑又占了上风。亚当·达格利什必须要知道这件事，她也能想象出他对于这种个人主义的反应。一方面抱怨部门之间缺少合作，另一方面又试图在小分队内上演独角戏是很虚伪的。她说："底下签名的日期是8月7日，黛安娜·特拉弗斯死的那天。"

"那又怎样？她7日那天签的名，然后寄了过来。"

"明斯太太第二天下午就看到这本书了。伦敦的邮递什么时候效率这么高了？"

"是有可能的,如果她寄的是头等快件。"

她坚持道:"更有可能的是他在当天见到了米莉森特·金特尔,她亲自把书送给了他。我想很有必要了解一下是什么时候,又是为了什么。"

他看了看她,说:"有可能,但同样也有可能是她7日的时候签了名,然后把书留在了他选区的办公室里。"然后他微微一笑。

"你和明斯太太的密谈就是这个吧。"

他慢慢地、神秘地一笑,她突然很恼怒,知道他猜到了她本来想要隐瞒这一条证据,还觉得很有意思。

第七章

他们回到路虎车里。在回苏格兰场的路上,她突然说道:"我不是很懂这种宗教体验。"

"你是说你不知道该怎么给它归类。"

"我想你可能从小就是受的这种教育。他们从你还在摇篮里的时候就给你灌输这些:祷告童谣、学校里的小礼拜堂,等等。"

她在一次去温莎远足的时候见到过学校的小礼拜堂,让她印象深刻,毕竟这也是建造这种建筑的目的所在。走在那高耸的扇形穹顶之下,她产生了兴趣,充满钦佩,甚至是敬畏之情。但是在这样的建筑里,她还是感觉到自己是个外人。它所代表的那种历史、特权、传统都在强调富人继承了这片土地,并且希望在天堂也能享有类似的特权。有人在演奏管风琴,她坐在那里愉快地听着巴赫的康塔塔,但对于她来说并没有什么神秘的和声旋律。

他的双眼依旧盯着前方的道路,说道:"我对宗教外在的这些形式是比较熟悉,但是不如我爸爸。据他所称,他每天都必须要去礼拜堂。"

"我几乎都感觉不到对宗教、祈祷的需求。"

"这非常自然,很多人都感觉不到。你也许还属于大多数呢。这只是性格上的不同。有什么好担心的?"

"我没有担心什么,但是祈祷是件很奇怪的事。大多数人明显都会去祈祷,有人做过这方面的调查。就算他们不确定究竟是在向谁祈祷,他们也会这么做的。亚当·达格利什怎么想的?"

"除了他的诗歌、他的工作和他的个人隐私,我不知道他觉得还有什么是必要的。可能重要程度也是按这个顺序递减。"

"但是你之前和他共事过,我没有。你不觉得这次这个案子让他一直难以释怀吗?"

他看着她,就好像是和一个陌生人坐在同一辆车里,仿佛是在琢磨他究竟能给她透露多少。然后,他说:"是的,我也这么觉得。"

凯特感觉到自己似乎建立起了一种互相信任、互相倾吐秘密的氛围。她继续追问,"那是什么让他这么烦恼?"

"我想应该是博洛尼在那个教堂遭遇的一切。亚当·达格利什总警司希望生活能够是理性的。对于一个诗人来说这种想法有点奇怪,但就是这么一回事。这个案子并不理性,至少不完全是。"

"你跟他谈过了吗,我是说,在教堂里发生的一切?"

"没有。我倒是试过一次,但是他就说了几句话,'这个现实世界就已经够艰难的了,约翰。咱们还是尽量待在这个范围内吧。'我又不傻,所以就闭上了嘴。"

信号灯转为绿色。她松开离合器,路虎车快速驶离路口。他们一丝不苟,一直轮流开车。他很快就从驾驶座让了出来,但是像所有的好司机一样,他并不喜欢当一名乘客,而对于她而言,和他的驾驶能力相匹配的是他高傲的自尊心。她知道他在容忍她,甚至是尊重她,但是他们并不喜欢彼此。他知道团队里需要一个女人，虽然并没有明显表现出大男子主义，但是他更希望有一个男性搭档。她对于他的感觉相对更为积极，但也混入了愤恨与反感。她知道憎恶的原因部分来源于阶层不同，但是在她内心深处，这种反感更多地出于本能。她发现红头发的男子从生理上就不具备吸引力。不管他们两个人之间关系怎样，都绝对不是因为两性之间的对立。当然，达格利什很清楚这一点，也像利用其他特性一样很好地利用了这一点。有那么一瞬间，她突然觉得自己讨厌所有的男人。我就是个怪胎，她想。如果艾伦把我甩了，我会有多真正在意？假如我面对二选一的选择，我是选择晋升机会还是艾伦？我的公寓还是艾伦？她总是进行这种尴尬的自省，臆想出一些要做选择的局面或是道德上的困境之类的，但是又觉得很有趣，因为她知道，在现实生活中她绝不会面对这样的选择。

她说："你真的相信博洛尼在那个小礼拜堂遭遇了什么吗？"

"肯定是的，不然呢？一个人不可能毫无缘由就辞掉自己的工作，改变自己整个人生轨迹。"

"但那是真实的吗？好吧，别问我什么叫'真实的'。博洛尼的体验就像汽车一样真实、你一样真实、我一样真实吗？他是受到了蒙骗，还是喝醉了，又或者是被下药了？还是说他确实遇到了某种超自然的体验？"

"这种事不太可能发生在一个还信奉英国国教的虔诚教徒身上，他大概就是这样的人。这种事只有在格雷厄姆·格林的小说中的人物身上才会出现。"

她说："你让这件事听起来低俗、怪异，甚至有些自以为是。"她沉默了一会儿，然后问道，"如果你有一个小孩，你会让他接受洗礼吗?"

"会的。你怎么会问这个?"

"也就是说你相信上帝、教堂和宗教。"

"我可没这么说。"

"那是为什么?"

"我的家人在过去的四百年里都接受了洗礼,可能还要更久。我想你的家人也是。这似乎并不会给我们带来什么伤害。除非有比较强烈的理由去反对它,我不觉得自己有必要做第一个打破这个习惯的人,而我没有理由。"

她想,这不就是莎拉·博洛尼憎恨她父亲的一个原因吗,这种充满讽刺意味的超然,这种太过傲慢甚至于不在意的态度。她说:"所以这是个涉及不同阶级的问题。"

他笑了:"每件事对你来说都和阶级有关。不,如果你愿意这么理解的话,这与传统和家族的虔诚度有关。"

她再次开口,小心地不去看他:"跟我讲什么家族虔诚度之类的事不太适合。我是私生女,可能你还不知道。"

"不,我确实不知道。"

"好吧,谢谢你没有告诉我这件事并不重要。"

他说:"这只与一个人有关,就是你自己。如果你觉得重要,那么好,这件事就很重要。"

突然之间,她几乎要喜欢上他了。她瞥了一眼一丛红发下长满雀斑的这张脸,试图想象出他站在大学小礼拜堂前面的样子。她又想起了自己的学校。安克罗夫特综合学校确实有自己十分符合潮流的宗教,而且在一个有二十多个民族学生的校园里仍然非常合适。这宗教就是反种族主义。你很快就能了解到，只要你遵从这项基本准则，任何不服从学校纪律、懒散或者愚蠢的行为都可以免受处罚。她突然意识到这和其他宗教其实异曲同工：你想让它有什么样的意义就有什么样的意义。它们学起来很简单，无非就是一些陈词滥调、神话传说、口号和标语。它还非常狭隘，让你偶尔能够有足够借口进行选择性的人身攻击，甚至可以把蔑视自己不喜欢的人当作一种美德。最妙的是，这一切不需要付出任何成本。她喜欢假装认为这种很早就受到的教化和她遇见相反行为——下流的涂鸦、喊出来的羞辱他人的话语、亚洲人不敢离开自己堡垒般的家时心里的那种恐惧——时产生出那种难以抑制的怒火没有什么关系。如果需要一个校园信仰以让人觉得整个学校都凝聚在一起，对于她而言，反种族主义和其他的都差不多。而且，不管她对于其更荒谬的一些表现形式有怎样的看法，这些行为都不太可能使她在一个落满灰尘的教堂里看到幻象。

第八章

　　达格利什本来打算周六下午一个人开车去萨里农舍见诺兰一家。通常他会把这样的小事交付给马辛厄姆和凯特，甚至是警长或者警员去做。当他告诉马辛厄姆自己不需要有目击证人陪同，也不需要别人在旁边做笔记时，他能看得出他眼中的惊愕。这趟旅行本身并非毫无意义。如果博洛尼的谋杀案与特蕾莎·诺兰的自杀相关联，他发现的任何关于这个女孩的信息可能都至关重要。她现在只是存在于警方档案中的一张照片，只是照片上护士帽下那张孩子气的苍白面庞。他需要把这个影子般的幽魂与那个活生生的女孩联系在一起。但是如果要因此打扰沉浸在悲痛中的祖父母，至少他希望让一切变得比较容易接受。一个警察肯定要比两个更容易忍受。

　　但是他也知道，还有另外一个原因促使他只身前往。他需要一两个小时的宁静与独处，需要一个离开伦敦、离开自己办公室、离开响个不停的电话、离开马辛厄姆和小分队的借口。他需要从副督察长虽未言明但胜过有声的谴责中逃脱出来，他指责他把一个令人惋惜，但毫无疑问是一人自杀、另一人被杀的案子搞成了一个谜团，他们都在浪费时间进行没有目标的追捕。他需要逃离，不管能逃多久，都要从堆满了书的书桌旁逃开,从他人施加的压力中逃脱出来,用更加清晰、不带偏见的眼光来审视这个案子。

这是一个温暖的大风天。湛蓝的天空中飘过被风撕碎的云团,在秋日收割过的田野上洒下淡淡的影子。他走的是途经科巴姆和埃芬厄姆的一条路,从A3出口下了高架之后,他开着捷豹XJS来到备用车道,敞开了车顶棚。经过科巴姆之后,风拉扯着他的头发,他觉得自己在一阵阵的狂风中能闻得到秋日里松木燃烧的浓郁气味。狭窄的乡村小路被染成白色,在两片草地之间蜿蜒穿过萨里的林地。而后林地突然消失,南唐斯丘陵和苏塞克斯一览无余。他希望道路能在车轮下平铺开来,能够永远没有方向、没有终点地开下去,希望自己能够一脚踩下油门,在突然的加速中丢掉所有的沮丧,希望这种在他耳旁呼啸的秋风能够将他眼中甚至心中的血色永远吹散。

他有些害怕自己的旅程太快结束,结果反倒出乎意料地很快就抵达了目的地。他穿过希尔,发现自己在攀爬一座矮山。道路左边,在橡树和欧洲桦树包围之中,一座不起眼的维多利亚式农舍由一座有着低矮篱笆的花园包围着,白色的大门上漆着农舍的名字"韦弗农庄"。离它20米以外的地方,道路再次向前伸展,他将捷豹小心地停靠在了铺着细沙的路旁。熄灭引擎后便是绝对的寂静,连鸟鸣声也没有。他在车里坐了一会儿,一动不动、精疲力竭,就好像是通过了给自己强加的严酷考验之后才来到了这里。

他之前打过电话,所以知道他们一定已经在等着他了。但是所有的窗户都紧紧关着,烟囱里也没有冒出炊烟,整个农舍有一种遮遮掩掩、令人压抑的气氛,这个地方虽然没有荒废,但主人似乎有意将它与整个世界隔绝开来。前花园没有打理,不像普通农庄花园那样偶尔会开满茂密的鲜花。所有的植物都被摆成了几列,有菊花、紫苑和大丽花,在它们中间是一列列半露出来的蔬菜。花园没有除过杂草,门两侧的两块小草坪也未经修剪,非常凌乱。门上有马蹄铁形的铁门环,但是没有门铃。他轻轻地叩了叩门,猜想他们一定听到了汽车声,已经在等着他敲门了,然而过了整整一分钟门才打开。

他说:"是诺兰太太吗?"随后拿出了自己的警察证,像往常一样,觉得自己就像是个挨家挨户纠缠不休的推销员。她几乎没正眼看他的证件,只是侧过身让他进屋。他想,她一定将近70岁,而不会才60岁出头。她是个小骨架的女人,有一张轮廓分明、面相焦虑的脸,向外凸的双眼和她孙女几乎是一个模子里刻出来的。这双眼正望向他,他太熟悉这种表情了:其中混杂了恐惧、好奇和宽慰,暗自庆幸着至少他看起来还有个人样。她穿了一身蓝灰色的人造纤维运动套装,肩膀处不是很合身,剪短并包边的地方起了很多皱褶。她外套的翻领上有一枚圆形的胸针,上面嵌了各种颜色的银制小块,扯得薄薄的运动衫直往下坠。他猜她一般都不会在周六下午如此打扮,她是专门打扮成这样等他来访的。也许她是那种面对人生所有苦难与悲剧时都会盛装打扮的女人——打扮是在面对未知事物时表现出的小小骄傲与反抗。

方形的起居室里只有一扇窗户,在他看来更像是伦敦郊区典型的住房,而不是深入林间的乡村农舍的设计。房间整齐干净,但没有什么特色,还有一点昏暗。原有的壁炉被一个装饰着木质饰架的大理石仿制品取代,还配有电子火焰装饰,其中一格正在"燃烧"着。两面墙上包了一层俗气的壁纸,绘着玫瑰与紫罗兰交杂的图案,另外两面墙上则是简单的蓝色条纹壁纸。没有衬里的薄窗帘有纹路的那一面对着马路,如此一来,下午的阳光就会穿过窗帘上带有球根的粉色玫瑰图案和覆满常春藤的窗格照射进来,投下斑驳的花纹。两把现代样式的扶手椅放在壁炉两侧,房间中央则是一张大桌子,配了四把椅子。离得比较远的那一面墙边放了一台大电视,高高地摆在一座有轮子的柜子上。除了一份《广播时报》和《电视时报》,屋子里没有别的杂志,也没有书,唯一的装饰画是壁炉上方的一幅俗艳的圣心像。

诺兰太太向达格利什介绍了一下自己的丈夫。他就坐在右边的扶手椅上面朝着窗户。他是一个体形高大、面容憔悴的男人。达格利什和他打招呼的时候,他只是拘谨地点了点头,并没有起身。他的面孔很僵硬,在一束束穿过窗帘的阳光照射下,起起伏伏的脸就好像是被雕刻过的一块橡木。他的左手放在膝盖上,正不自觉地一直敲打着一片文身。

诺兰太太说:"您愿意喝点儿茶吗?"

他说:"如果不是太麻烦的话,非常感谢。"他想:我的一生似乎都在不停地听到这个问题,并做出这样的回答。

她微微一笑,点了点头,似乎很满意,然后开始忙碌起来。达格利什想:我只是说了符合惯例的客套话,她的回应就好像我帮了她一个大忙一样。警察工作使得我只要像个普通人一样就能让他们如此感激,它到底怎么了?

两个男人沉默地等着。茶很快就煮好了,他想,这也许就是她过了一会儿才来应门的原因。他一敲门,她就急忙把水烧上了。他们坐在桌前,拘谨又正式,静静等待艾伯特·诺兰僵硬地从椅子上站起来,痛苦地一点点挪到桌子旁边。这种努力引发了又一轮的颤抖。他的妻子没有开口,给他倒了杯茶,把茶杯放在了他的面前。他没有端起茶杯，而是低下头，沿着茶杯边沿大声地喝着。他的妻子甚至都没朝他看一眼。桌子上有一块切了一半的蛋糕，据她所说，里面有胡桃和橘子酱。达格利什要了一片之后，她又微笑了一下。蛋糕有点干了，也没什么味道，在他嘴里变成了一坨面团。小块的碎胡桃塞在了他的牙缝里，偶尔吃到的橘子瓣令舌头发酸。他喝了一大口浓郁的、加奶太多的茶才把蛋糕都冲下肚去。屋子的某个角落里，一只苍蝇在不懈地发出嗡嗡巨响。

他说："很抱歉，我不得不来打扰你们，恐怕对你们来说也非常痛苦。我在电话里已经解释过了，我正在调查保罗·博洛尼男爵死亡一案。他死前不久收到了一封匿名信，信上暗示他可能和你们孙女的死有关。所以我来到了这里。"

诺兰太太的茶杯在茶托里剧烈地抖动着。她把双手都放在桌子下面，就像一个在聚会上乖乖听话的小孩。然后她瞥了一眼她丈夫，说："特蕾莎是自杀的。我想你已经知道了，警官。"

"我们的确知道。但是保罗男爵人生最后几个礼拜中发生的任何事情都可能有重要意义，包括收到那封匿名信。我们想要知道究竟是谁寄出的信。您看，是这样的，我们觉得他很有可能是被谋杀的。"

诺兰太太说："被谋杀？那封信不是从这座农庄寄出去的，警官。上帝保佑，我们没有理由做这样的事。"

"我知道。我们从来没想过你们会这样做。但是我想知道您的孙女是否跟您谈起过什么人，比如一个可能会把她的死归罪到保罗男爵身上的密友。"

诺兰太太摇了摇头。她说："你是说，那可能就是杀了他的人？"

"我们必须考虑这种可能性。"

"可能会是谁呢?一切都说不通。除了我们,她和别人关系都不好,我们也从未对保罗男爵出手,但是上帝知道我们对他已经够不满的了。"

"对他不满?"

突然,她的丈夫开口了:"她在他家工作的时候怀了孕。他又知道从哪里找到她的尸体。他是怎么知道的?你倒是和我说说。"

他的声音非常刺耳,毫无感情,但是他说这些话的时候用尽了全力,整个身体都颤抖起来。达格利什说:"保罗男爵在接受调查的时候说,您的孙女有天晚上和他谈起过她对树林的喜爱。他想如果她决定终结自己的人生,可能会选择伦敦市中心唯一的一片林地。"

诺兰太太说:"我们从来没有给他寄过那封信,警官。我确实在警方调查的时候见到过他。我丈夫没有去,但是我想我们俩得有一个人到场。保罗男爵和我说了话。他实际上很善良。他说他很抱歉。好吧,这种情况下除了这么说还能怎么办呢?"

诺兰先生说:"抱歉,不过是啊,我敢说他肯定做了对不起她的事。"

她转向他:"孩子他爸,没有那样的证据。他是个结了婚的男人。特蕾莎不可能这样做的,不可能和已婚男人做出这种事。"

"谁也不知道她可能会做什么事,也不知道保罗男爵会做出什么事。这又有什么关系呢?她自杀了,不是吗?先是怀孕,然后堕胎,最后自杀。他们的良心已经不受谴责了,多一桩罪过又有什么关系?"

达格利什温和地说:"你们能告诉我一些关于她的事吗?是你们

抚养她长大的,不是吗?"

诺兰太太近乎急切地转向他:"就是这样。她身边再没有别人了。我们就一个孩子,她的爸爸。特蕾莎刚出生10天,她妈妈就去世了。她得了阑尾炎,结果手术出了差错。医生说,百万分之一的概率让她给赶上了。"

达格利什想:我不想听这些。我不想聆听他们的痛苦。他最后一次去见自己死去的妻子时,她怀里还抱着他们刚出生的儿子,两个人都已染上了死亡那种神秘的虚无感。那个时候他们的产科医师也是这样说的,百万分之一的概率。就好像告知你这种罕见的概率挑选了你的家人,向你展示这种随机数据的不可靠是一件令人欣慰,甚至值得骄傲的事。突然之间,苍蝇的嗡嗡声变得难以忍受。他说:"失礼。"他抓过桌子上的《广播时报》,猛地向苍蝇横扫过去,但是没有打中。他又充满嫌恶地向玻璃上打了两次,嗡嗡声才终于停了下来,苍蝇不知道落到哪里去了,只留下了一个淡淡的污迹。他说:"那您的儿子呢?"

"他呀,他没办法照顾小婴儿。婴儿的出生完全出乎意料。他才21岁。我觉得他想离开这座房子,离开我们,甚至离开小宝宝。有意思的是,我觉得他将过错归咎于我们。我们并不想促成这桩婚姻。他的妻子雪莉不是我们会选择的那种女孩。我们告诉过他,这婚姻不会有好结果的。"

然而当不好的结果真的发生的时候,他又来责备他们,就好像他们的反对、他们的嫌恶像一个诅咒一样盘旋在他妻子头上。

达格利什问:"他现在在哪里?"

"我们不知道。我们认为他去了加拿大,但是他从不写信回来。

他学了一门好手艺，机械修理。他明白汽车那一套，双手也一直都很灵巧。他说他找工作毫无困难。"

"那么说，他不知道他的女儿已经过世了？"

艾伯特·诺兰说："她活着的时候，他都从没表现过关心，又怎么会在意她已经死了？"

他的妻子低了低头，似乎是想躲过他的幽怨与苦涩，然后说："我觉得她一直都很内疚，可怜的特蕾莎。她觉得是自己害死了母亲。当然，这纯属无稽之谈。后来她爸爸离开了她，更是雪上加霜。她像一个孤儿一样长大，我觉得她因此越发自我厌恶。当坏事发生在孩子身上时，他们总觉得那是自己的错。"

达格利什说："但她跟你们在一起时肯定是开心的。她喜欢林地，不是吗？"

"也许吧。但我觉得她很孤独。她得坐公交车去上学，放学之后也没法留下来参加课外活动。这附近也没有其他和她同龄的女孩子。她过去很喜欢在树林里散步，但是我们不鼓励她去，特别是一个人去。这年头谁也不知道会发生什么，没有谁是安全的。我们希望她从事看护工作以后可以交到朋友。"

"那她交到了吗？"

"她从不带朋友回家，年轻人在这儿也做不了什么事。实际上什么也做不了。"

"您在她的文件和她遗留下来的物品中有没有找到什么能让您猜到孩子父亲有可能是谁的线索？"

"她没有留下任何东西，连护理教材都没留下来。她离开坎普顿小丘广场之后住进了靠近牛津街的一家招待所里，后来她把整个房间都清空了,所有东西都扔掉了。我们从警方那里拿到的就只有那封信、她的手表和她穿的衣服。我们把信扔了,没有必要留着那个。长官,如果你想看看她的房间,请随意。她还是个小姑娘的时候就住在这儿了。那里什么都没有,就是一个空荡荡的房间。我们把里边所有的东西,包括她的衣服和书本都捐给了牛津饥荒救济委员会。我们觉得她如果还在,也会这么做的。"

他想,这是他们想要这么做的。她带着他走上狭窄的楼梯,为他指出了她的房间,然后就离开了。房间位于农舍后部,又小又窄,面朝北,只有一扇装有格栅的窗户。窗外的松树和欧洲桦树离房子特别近,簌簌抖动的树叶几乎贴着窗格。屋子里有一股绿色的光芒,就像是在水下。一束攀缘而上的玫瑰叶子下垂,一朵已经腐烂了的花苞紧紧贴着窗户。正如同她所说的那样,这只是一个空荡荡的房间。空气凝滞,有一股淡淡的消毒剂气味,似乎墙壁和地板都用消毒剂仔细擦过了。这让他想起刚刚移走一具尸体的医院病房,没有人味儿,只供实际效用,在四面墙之间的空间经过精打细算,等着下一位充满恐惧、痛苦和希望的病人住进来,赋予这个房间某种意义。他们甚至把床上用品都撤走了,只留下了一张盖在光秃秃的床垫上的白色被单和一个枕头。钉在墙上的书架都是空的,不过这种构架本身就比较不稳定,放不了几本书。床头上方挂了一个十字架。其他就什么都没有了。因为除了悲痛之外再无其他回忆,他们干脆就把所有她的特性都从这个屋子里剥离了出去,然后关上门再也不进来。

他低头看向撤走一切用品的狭窄小床,回忆起女孩遗书上面的字句。他在研究调查报告的时候只读过两次那封遗书,但是可以逐字逐句毫无困难地复述出来。

"请原谅我。我不能再如此痛苦地活下去了。我杀了我的宝宝,我知道我再也见不到她,也见不到你们了。我想我会下地狱,但是我已经不再相信有地狱这回事了。我什么都无法相信了。你们对我很好,但是我对你们毫无用处,从来就没有过。我原本以为我当上护士之后一切就会有所不同,但是这从来就不是个友善的世界。现在我知道我不需要再在这个世界上活下去了。希望小孩子们不会看到我的尸体。请原谅我。"

他想,这不是一时冲动写下的遗书。从他还是一个年轻的警员开始,他已经读过很多遗书了。有的时候,遗书出于一种痛苦与愤怒的情绪,不自觉就变成了一首绝望的诗歌。但是这封遗书,尽管非常哀婉,看起来也很简单直白,人为做作的痕迹却更为明显,尽管她抑制住了自己的自尊,但是那种情绪是不会被认错的。他想,她也许是那种天真得危险的年轻女孩,她们常常没有看起来那么天真单纯,反倒是比人们想象中更加危险,经常成为悲剧的催化剂。她位于他的调查的外围,穿着护士服,就好像一个苍白的幽魂,一度不为人知,现在则是没有办法为人所知,但是他也确信,她处于解决博洛尼死亡之谜的核心位置。

他本来就没期望在韦弗农庄了解到什么有用的信息,但是那种调查的本能还是促使他打开了床头柜的抽屉,他看到仍然有一件她的东西留了下来:她的祈祷书。他拿起书来,随意地翻了翻。一张从笔记本上撕下来的方形小纸片掉了出来。他捡起纸片,发现上面写着三列数字和字母。

R	D3	S
B	D2	S
P	D1	S
S-N	S2	D

楼下，诺兰夫妇还坐在桌旁。他给他们看了看这张纸。诺兰太太认为纸上的数字和字母应该都是出自特蕾莎之手，但是她也不确定。他们两个人都给不出什么解释，也都没有什么兴趣，当他说他要拿走这张纸时他们也没有要制造什么麻烦。

诺兰太太跟他来到前门，让他有些吃惊的是，她随着他一起沿着小路走到了大门口。她望向对面树林深色的阴影，用几乎无法压抑的热情说："这座农舍和艾伯特的工作挂钩。我们在三年前他的情况变得很糟糕的时候就该把房子让出来了，但是房东对我们非常慷慨。本地政府一旦帮我们找到公寓，我们马上就会离开这里，我也不会觉得遗憾。我讨厌这些树林，讨厌它们，讨厌它们！这里什么都没有，只有不停呼啸的风、黏糊糊的土地、压抑的黑暗以及晚上动物们的尖叫。"

他出去以后，诺兰太太关上门，抬起头看着他的脸："她为什么不告诉我宝宝的事？我可以理解她的。我会照顾她的。我也能说服孩子他爸理解这一切。这才是让我心痛的地方。她为什么不告诉我？"

达格利什说："我想她可能是不想让您痛苦。我们都在付出这样的努力，尽量避免让我们爱着的人感到痛苦。"

"孩子他爸非常痛苦、非常不满。他觉得她会下地狱。但是我已经原谅她了。上帝不可能不如我仁慈。我不敢相信他会让特蕾莎下地狱。"

"不，"他说，"我觉得我们没有必要那么想。"

她站在门口，看着他离开。但是当他坐进车里，系好安全带之后，又回过头去，却发现她已经悄悄地离开了。农舍又回归于之前的那种隐秘的寂静。他想：这份工作包含了太多的痛苦。想想我过去居然会为自己得到这份工作感到庆幸，居然会认为它很有帮助，老天保佑，人们觉得把秘密透露给我会更容易一些。今天与现实的碰撞又给我带来了什么？一块笔记本上撕下来的纸片、简短的笔记、一些字母和数字，甚至有可能不是特蕾莎本人写的。他觉得自己受到了诺兰夫妇那种痛苦与酸楚的侵蚀。他想：如果我告诉自己受够了，20年来我都小心翼翼地不涉足案件中，如果我辞职，又会发生什么？无论博洛尼在那个昏暗的小礼拜堂发现了什么，我甚至都不知道从何处着手寻找它。捷豹轻快地驶回大路上，他突然对博洛尼生出一种极不理智的嫉妒与愤怒，嫉妒他居然找到了这么一条捷径。

第九章

星期天18点15分，卡罗尔·沃什伯恩站在阳台上，双手握紧栏杆，向下俯瞰北伦敦的全景。博洛尼来见她的时候，即便是深夜，她也不需要拉上窗帘。她当时知道自己不受监视、不受侵犯，他们可以一起凝视窗外的这座城市。那个时候，他们走到户外，在这里一起站着，她感受着他的胳膊隔着衣袖传过来的温度，觉得无比美妙、安全、私密，俯视着灯光交织下的世界里忙忙碌碌的人们。那个时候她感觉自己是个享有特权的旁观者，但是现在她觉得自己就是一个被遗弃的人，渴望进入这个自己永远被排除在外的、遥远又无法企及的天堂。他死后的每个晚上，她都会站在这里，看着灯光一个街区一个街区、一家一家地亮起来，方形的光束，椭圆形的光束，微光闪烁，从拉着窗帘的房间里透出来，那里的人们过着他们自己的生活。

现在，她人生中最漫长的一个星期日终于快要结束了。下午的时候，她绝望地想要逃离这座公寓的囚禁，于是开车去了最近的一家超市。她什么都不需要，但也推了一辆小车，漫无目的地穿过各个货架，机械地伸出手去拿罐头、成包的食物、一卷卷的厕纸，把手推车堆得满满的，完全无视其他顾客投来的好奇目光。但是眼泪又开始流了出来，溅在她的手背上，逐渐变成不停滑落的一串泪流，打湿了一包包的麦片，弄皱了一卷卷的厕纸。她扔下装满不想要也不合适的物品的手推车，离开超市，走向停车场，又开车回了家。她开得很慢、很小心，就像新手司机一样，她眼中的世界模糊而难以辨别，行人的动作僵硬，就像木偶，就好像整个世界都在止不住的眼泪中融化了。

到了晚上，她突然生出一种迫切的需求，极其渴望他人的陪伴。并不是说她需要开始自己的新生活，规划某种未来，在自己有意在身边营造的秘密空间里吐丝结网，开始把别人拉进来。也许假以时日她会这么做，但是现在看起来完全不可能。她只是感到了那种单纯的、不受控制的渴望，渴望和另一个人类在一起，听到另一个人发出寻常人类的声音。她给艾玛打了电话，艾玛是和她一起从雷丁来伦敦加入行政事务部的同伴，现在是卫生与社会安全部的主管。她成为保罗的情妇之前，大部分的空闲时间都是和艾玛一起度过的。她们会在小酒馆或者离两个人办公室都不太远的咖啡馆吃顿简餐，一起看电影，偶尔去看戏。有一个周末，她们甚至还一起去阿姆斯特丹参观了阿姆斯特丹国立博物馆。她们的友谊对彼此要求不高，也不是必须向对方倾吐秘密。她一直都知道她的邀请如果和一个男人的约会冲突，艾玛绝对会选择去参加约会，而且艾玛也是她形成这种对隐私的强烈需求之后的第一位受害者。有可能和保罗共度的时间她连一个小时都不愿分给别人。她看了看表，18点42分。除非艾玛周末不在城里，不然她现在应该在家。

她得翻电话本查找艾玛的电话。熟悉的几位数字映入眼帘，就好像开启快要被遗忘的钥匙。自从警方离开之后她就再没和任何人说过话，她在想自己的声音在艾玛听来是否也像她自己认为的一样粗哑、虚假。

"你好,是艾玛吗?你绝对想不到我是谁。我是卡罗尔,卡罗尔·沃什伯恩。"

电话里传来了音乐声,是欢快的复调音乐,有可能是巴赫或者维瓦尔第。艾玛喊道:"把音乐调小一点,亲爱的。"然后她对电话里的卡罗尔说,"天哪!你怎么样?"

"还好。我们好久没见了。我在想你今晚想不想去看个电影之类的。"

对面沉默了一会儿,然后艾玛开口了,她的声音小心翼翼、不动声色,又透露着一丝惊奇,甚至还有小心掩饰的些许反感。

"抱歉,我们请人来家里吃正餐了。"

艾玛总是说"正餐"而不说"晚餐",即便她们只是在厨房里吃中餐外卖。这是卡罗尔在她身上发现的势利行为之一,也令她觉得不快。她说:"那下个周末呢?"

"恐怕也不行。阿利斯泰尔和我要开车去威尔特郡。事实上,我们是去见他的父母。也许以后再找时间吧。很高兴你打电话过来。我得挂了,客人们19点30分就要来了。我有空了再给你打电话。"

她用尽全力才没有喊出来:"也邀请我吧!加我一个!拜托了,我必须得去。"对方放下了听筒,噪声、音乐和谈话声再次中断。阿利斯泰尔。当然了,她忘了艾玛已经订婚了,对方是财政部的主管。那么说他已经搬进了她的公寓。她可以想象到他们现在在说什么:"她三年都没个音信儿,今天突然就打来电话,说想一起看电影,还是在礼拜天的晚上,天哪。"

艾玛也不会回电话的。她已经有了阿利斯泰尔,他们分享人生,有共同的朋友。你不可能把别人从你的生活中排除掉，然后还指望你想要再次像个普通人一样生活的时候，他们还能那么殷切、顺从，随时有空陪你。

她的假期还剩两天，然后才回到办公室上班。当然了，她可以回老家，但是这所公寓已经成了她的家。克拉克顿那幢城镇外的、屋顶高耸的方形小平房也不值得她费劲开车回去。自从12年前她的父亲去世之后，她的寡母就一直住在那里。她已经有14个月没有回过家了。周五晚上是神圣不可侵犯的时间，保罗在去选区之前可能会经过这里，和她共度几个小时的时光。她总是把礼拜日空出来陪他。她的母亲习惯了她的冷漠，似乎也不再特别担心她。她母亲的姐姐住在隔壁的小平房里，这两个寡妇抛开了从前的不满与隔阂，渐渐形成了互相支持的依存关系。她们偶尔给自己方砖一样规矩的生活增添一些小趣味：购物、早上到最喜欢的咖啡馆喝咖啡、去图书馆还书、晚上把晚饭放在托盘上边吃边看电视。卡罗尔已经几乎放弃了对她们生活的猜想，不去想她们为什么选择在海边生活却从来不到海边去、她们平时都谈些什么，等等。她现在就可以打电话过去，她母亲也会勉强地同意让她回去，但又会为了要收拾出备用床铺、打乱自己的周末计划、食物不够两个人吃等问题烦恼。她告诉自己，过去的三年里自己都在努力让母亲形成一种预期——卡罗尔会忽视自己。她也很感激自己和保罗相处的时间没有受到来自克拉克顿的打扰。在她看来，这个时候打电话，急匆匆回家找寻不能言明的抚慰，她的母亲即便是知道真相，恐怕也没有办法给予她安慰。

18点45分。如果这是周五，保罗现在应该已经过来了。他每次算好时间之后才会进来，以确保门厅里没有人看到他。然后一长两短的门铃声就会响起,那是他给的信号。正在这时,门铃响了,长长的一声,非常执着。她认为自己又听到了第二声和第三声,但那很有可能只是她想象出来的。有那么不可思议的一瞬间,最多也就是一秒钟,她以为他来了,之前发生的一切都是一个愚蠢的误解。她喊道:"保罗,保罗,我的爱人!"几乎是飞身扑向了门边。随后,她的头脑回到现实中,意识到了真相。对讲机的听筒从她湿漉漉的手掌中滑出,几乎要落在地上,她的嘴唇干燥无比,仿佛能听见嘴唇干裂开的声音。她低声说:"是谁?"

应答的嗓音很尖,是个女人的声音。对方说:"我可以上来吗?我是芭芭拉·博洛尼。"

她几乎不假思索地按下了开门的按钮,门咔嗒一声开了,又重新被关上。现在改变主意已经晚了,但是她知道自己本来就别无选择。在现在所处的这种令人绝望的孤独中,她不会赶走任何人。而且这次的相会不可避免,自从她开始和保罗的婚外情,就一直想要见见他的妻子,现在她就要见到她了。她打开门,站在门口等着,听着电梯的摩擦声,然后是地毯上的脚步声,就像曾经站在这里等候他一样。

她从走廊另一头走过来,脚步轻盈,随意又优雅,闪着金色的光芒。她身上的香味微妙而难以捉摸,似乎飘在了她身前,然后又在空气中散去。她那件奶油色的绒面呢子装袖子很宽松,肩膀处打了褶,袖口由更为精细的材料裁剪而成。她背着一个肩带很细的背包,脚上她穿的黑色皮靴质地看起来和她的黑色手套一样柔软。她没有戴帽子,麦黄色的头发中夹杂着一缕缕浅金色,一起在背后扎成长长的一把。令卡罗尔吃惊的是,自己居然能注意到这些细节,居然真的在琢磨大衣袖子的材质,在猜测她是在哪里买的这件衣服,花了多少钱。

她走进屋,卡罗尔觉得她那对蓝色的眼睛环视着房间,并进行着坦诚又带有一点蔑视的评估。她知道自己的语气听起来很勉强,也很没有礼貌,但是她也不在意:"请坐。你要喝点儿什么吗?咖啡、雪莉酒还是来点儿红酒?"

她自己走到了保罗常坐的椅子前。在她看来,让他的妻子坐在他过去的位置上是完全不能接受的。她们面对面坐着,隔了几码远。芭芭拉·博洛尼低头望向地毯,在确认地上是干净的之后才满意地把自己的包放在了脚边。她说:"不,谢谢你。我不会待太久的。我还得回去,保罗的一些同事要来家里。他们想要谈谈怎么办追悼会。警方没抓到凶手之前我们没法开追悼会,但是如果想在圣玛格丽特教堂开的话就必须提前好几周预订,并且把细节都敲定下来。很明显,他们觉得他并不适合被葬在威斯敏斯特教堂,可怜的人。当然,你也要来参加追悼会。我的意思是,到时候会有很多人在场,不会有人注意到你的。我是说,你不需要因为我就觉得尴尬。"

"不,我想到你时从来不会觉得尴尬。"

"我觉得这一切都相当令人毛骨悚然。我觉得保罗自己也不想搞出这么多的麻烦。但是选区似乎认为我们应该办一个追悼会。毕竟,他曾经是一位大臣。火化仪式会私下里进行,我觉得你就不用去了,不是吗?到时候在场的就只有家里人和十分亲近的密友。"

亲近的密友。突然之间,她想要大笑出来。她说:"这就是你来这里的原因吗?就是要告诉我葬礼的一系列安排?"

"我想保罗也会想要让你知道的。毕竟,我们都用自己的方式爱着他,我们也都十分在意,要保护他的名誉。"

她说:"关于保护他的名誉这一点,用不着你教我。你是怎么知道我住在这里的?"

"哦,我已经知道了好几个月了。我的一个表兄雇了一位私家侦探。找到你并不太难,只需要在周五晚上跟踪保罗的车就好了。然后他又排除了这个街区里所有的夫妇、所有的老女人和单身汉。然后就只剩下你了。"

她摘下了自己的黑手套,把它们放在自己的膝盖上。她的指尖微微泛着粉色,正在将手套的手指部分一根一根地抚平。她没有抬头,说:"我不是来这里找你麻烦的。毕竟,我们在一条船上。我是来这里帮忙的。"

"我们并不是一条船上的,从来就不是。而且你说的帮忙是什么意思?你是要给我钱吗?"

那对眼睛抬了起来,卡罗尔觉得自己察觉到了一瞬间的焦虑,就好像这个问题需要被严肃认真地对待似的。

"并不是这么一回事。我是说,我不觉得你有这个需要。这套公寓是保罗给你买的吗?真是有点小啊,不是吗?但不管怎么说,如果你不介意住在郊区的话,这里也确实不错。我很抱歉他在遗嘱里没有提到你。我认为你也有权知道这件事,假如你之前在琢磨它的话。"

卡罗尔再次开口,连自己都觉得自己的声音太大、太刺耳:"这套公寓是我自己的。房款是我自己付的,贷款也是用我自己的钱还的。当然,这并不关你什么事,但如果你因为我受到良心的遣责,大可不必。我不想从你这里,也不想从其他任何人那里得到什么和保罗相关的东西。那些一生都习惯了让男人包办一切的女人是不会想到有些女人更喜欢自己掏钱解决一切的。"

"你难道有别的选择吗?"

她无言以对，听着那个尖锐而孩子气的声音继续说道："毕竟，你一直以来都很谨慎。我欣赏你这一点。只有在他没什么别的事可干的时候才能见到他，你肯定也很不容易。"

最不可思议的是，这样的羞辱并非有意为之。当然，她完全可以故意说一些刺激她的话，但是这句随随便便的评论是因为她太过于自我，所以只是说出了自己想说的话。她并没有刻意想要去伤害他人，但也并不在意自己的话是否会伤到别人。卡罗尔想：保罗，你怎么可能娶了她？你怎么可能接受这一切？她那么傻，又是三流货色，心怀恶意、麻木不仁、尖酸刻薄。美貌就真的这么重要吗？

她说："如果这就是你来这儿要说的，那你可以走了。你已经见过我，知道我长什么样了。你也见过这套公寓了，这就是他经常坐的那把椅子，那就是他经常用来放杯子的桌子。如果你想的话，我还可以带你去看看我们做爱的那张床。"

"我知道他是为什么而来的。"

她想大声喊出来："不，你不知道。你对他一无所知。我和他一起躺在那张床上的时候是我最快乐的时光，以后也不会有更快乐的时候了。但那并不是他来这里的原因。"她此前一直都坚信——现在也是如此——只有和她在一起的时候他才能获得完全的安宁。他过于繁忙的人生一直都分成了各自独立的几个部分：坎普顿小丘广场的宅子、下议院、在部里的大臣套间、选区的办公总部。只有在这个位于高处的普通郊区公寓，那些完全不相干的元素才会融合在一起，他才能成为一个完整的人、一个独特的人。他来到这里，坐在她对面的时候，会扔下他的公文包，冲她微微一笑。她一次又一次充满喜悦地观察着那张紧绷的面孔柔和、放松下来，变得十分平滑，就好像他们刚刚做过爱一样。她知道他对她隐瞒了一些自己私生活的情况,但这并不是有意为之,也不是对她不信任,而是因为他们在一起的时候,那些事似乎都不再那么重要。他从来没有隐瞒过自己的情感。

芭芭拉·博洛尼正在欣赏自己的订婚戒指,她伸出手,慢慢地在她面前移动着手指,硕大的钻石镶嵌在蓝宝石底座里,熠熠生辉。她露出一抹微笑,然后向卡罗尔望过来,她说:"还有一件事你最好也知道一下。我怀了孩子。"

卡罗尔大喊:"这不是真的!你在撒谎!你不可能怀孕!"

那对蓝色的眼睛瞪大了。

"当然是真的了。这种事情可不能撒谎,撒谎也瞒不了多久。我是说,再过几个月这个事实就会大白于天下。"

"这不是他的孩子!"

她想:我正在大喊大叫,正在冲她尖叫。我必须保持冷静。天哪,帮帮我,不要让我相信这一切都是真的。

"当然是他的孩子。他一直都想要个继承人,你不知道吗?听着,你最好还是接受这个现实。我结婚以后只和另外一个不育的男人睡过,他做了输精管切除手术。我就要给保罗生一个儿子了。"

"他不会这么做的。你没有办法强迫他做这种事。"

"但是他确实做了。只要那个男人喜欢的是女人,你总有办法让他做这件事。你没有发现吗?你不会也怀孕了吧,你怀了吗?"

卡罗尔用双手捂着脸。她轻声说:"没有。"

"我之前觉得有必要确认一下。"她咯咯笑了,"那样的话就复杂了,不是吗?"

突然之间,她失去了所有的自制力,心中只剩下难以掩饰的愤怒和羞耻。她听见自己像一个泼妇一样咆哮着:"滚出去!从我家滚出去!"

即便是在痛苦与狂怒之中,卡罗尔也注意到了那对蓝眼睛中突然闪过的一丝恐惧。她突然感到了一阵愉悦和胜利感。这么说芭芭拉并不是神圣而不受侵犯的,也会被吓到。但是这对她来说并不完全是好消息,这使得芭芭拉·博洛尼变得更脆弱、更有人味。她摇晃地站起身来,弯腰抓起背包的肩带,惊惶地跑到门边,像一个笨拙的孩子。直到卡罗尔打开门,站在门边等她出去的时候,她才又转过身来,开口说道:"你是这样的态度,我很抱歉。我觉得你这样有点傻。毕竟我才是他的妻子,我才是遭受损失的那一方。"

她急匆匆地穿过走廊,卡罗尔在她身后喊道:"遭受损失的那一方!我的天哪,用词真妙,遭受损失的那一方!"

她关上门,倚在门上,感到胃中一阵翻搅。她冲进洗手间,吐到洗脸池里,喘着粗气抓住水龙头来支撑自己。一股愤怒随之而来,扫去了她的恶心感,甚至令她兴奋。在狂怒与悲恸之间,她想要向后仰起脑袋,像动物一样号叫。她摸索着回到客厅,像一个盲人一样跟跄地回到自己的座位上,然后坐在那里,凝视着保罗空荡荡的座位,努力使自己平静下来。控制住自己的情绪后,她抓过手提包,拿出印有苏格兰场分机号的名片,警方曾告诉她可以拨打那个电话。

今天是礼拜日,但是肯定有人在值班。就算她现在没法联系到米斯金督察,她也可以留个口信,请她到时候回个电话。她已经没法等到明天了。她必须奋不顾身地投入这场调查,就是现在。

是一个男人接的电话,她没有认出男人的声音。她报上自己的姓名,要求和米斯金督察通话。她说:"是非常紧急的事,有关博洛尼的谋杀案。"

只过了几秒钟,督察本人就接了电话。尽管她之前只听过一次她的声音,但还是吃惊地发现自己一下子就将对方认了出来。她说:"我是卡罗尔·沃什伯恩。我想见你。我决定要告诉你一些事情。"

"我们现在就过去。"

"不要来这里。我不想让你来这里,再也不想了。我明天早上见你。9点钟,在荷兰公园的法式花园,它靠近橘园,你知道那里吗?"

"嗯,我知道。我们会按时到的。"

"我不想见达格利什总警司。我不想有任何男警察在场。只有你来,我不想和除你以外的任何人说话。"

电话那头停顿了一下,然后声音又响了起来,一点也不吃惊,很顺从:"那就明早9点钟,荷兰公园的花园见。我会自己过去的。您能大概说说是要告诉我什么事吗?"

"是有关特蕾莎·诺兰之死的事情。再见。"

她放下听筒,把额头靠在湿冷的金属上。她感觉空荡荡、轻飘飘的,整个人都被心跳声所震动。她在想,当她终于明白自己做了什么的时候,该会是怎样的感觉,那时她该怎样才能继续活下去。她想放声哭泣:"我亲爱的,我很抱歉,对不起,对不起。"但是她已经做出了自己的决定,现在已经没有办法回头了。在她看来,空气中还残存着芭芭拉·博洛尼香水的气味,就像是一丝背叛的味道,她的公寓再也摆脱不了这种气息了。

第五部

Rh阳性血

第一章

有一系列的盘查来保护政治保安处的迈尔斯·吉尔马丁免受临时访客和心怀恶意之人的胡搅蛮缠，但对于充满挫败感、愤怒和不耐烦的达格利什而言，在等着通过的每道关卡看起来都无比幼稚、不必要且低效。他完全没有心思玩这种游戏。等到他终于被一位集过人的美貌与清楚知道自己享有为这么伟大的人效力的特权于一身的秘书领进吉尔马丁的办公室时，达格利什已经完全不想去考虑什么谨慎不谨慎的了。比尔·达克斯伯里和吉尔马丁在一起，他们还没来得及交换完最初的几句客套与寒暄，达格利什的怒火就通过语言宣泄了出来。

"我们应该是站在同一战线的，但是你们这些人只想着你们自己。保罗·博洛尼被谋杀了。如果我从你们这里都得不到配合，我还能指望跟谁合作？"

吉尔马丁说："我们之前没有告诉你特拉弗斯是我们的特工，我能理解你由此而生的憎恶……"

"特工。你说得好像她是流水线上生产出来的一样。你后来也没有告诉我，我是自己发现的。哦，我看出来你们那个世界都在为什么着迷了。这让我想起了我上的预备学校。我们也有自己的小秘密、自己的暗语和入会仪式。但是真见鬼，你们这些人什么时候才能长大？好吧，我知道至少有些事必须得这么做，有些时候也有必要这么做。但是你们已经痴迷于此道。为了保密而保密，整个政治保安处成了官僚主义肆虐的间谍机构。难怪你们这种组织内部会生出叛徒来。同时，我在调查的是一桩货真价实的谋杀案，如果你们停止玩这些游戏，回归到现实世界中来会很有帮助的。"

吉尔马丁淡淡地说："你这段话也许更应该讲给军情五处[①]听。你说的话也有道理，但你应该更加谨慎，不应该太激动。我们确实是有些过于官僚化了，但又有哪个机构不是呢？毕竟我们处理的是情报，如果情报没有被认真地记录在案以便于寻找的话就毫无价值。无论如何，我觉得我们还是对得起纳税人交的每一分钱的。"

达格利什看着他："我说的话你连一个字都没听懂啊。"

"哦，我听懂了，亚当，但这简直不像你。那么激烈！你读了太多的间谍小说了。"

达格利什苦涩地想，三年前，吉尔马丁就算不敢说出来，也会想：你写了太多的诗了。但是他现在不会这么说了。吉尔马丁继续说："你确定博洛尼的谋杀案没有让你太难以释怀吗？你认识他，对吧？"

"看在上帝的分儿上，如果再有别人说因为我认识受害者，所以我没办法办这个案子，我就干脆辞职。"

吉尔马丁无动于衷、几乎毫无血色的脸上第一次出现了一种忧虑的表情，就像突然感受到一阵痛苦。

[①] 英国对内情报机构，负责国内安全事务。

"哦，如果我是你，就不会这么做，至少不会因为我们这一方出的这么一个小疏忽就辞职。顺便一提，我觉得博洛尼是被谋杀的。有传言说有可能是自杀，毕竟他那个时候确实不太正常，居然还养成了在教堂的小礼拜堂睡觉的习惯。据说他还获得了某种神明的启示？他本来应该听从首相，却听从了那个声音。他选的教堂也很奇怪。我能理解他对英国垂直哥特式风格的热忱，但是帕丁顿的一座罗马式的长方形教堂想必不适合睡一晚上的好觉，更别提能指引他走上朝圣之路了。"

达格利什很想问问他是否觉得若是博洛尼男爵选择了圣玛格丽特的威斯敏斯特教堂，他就能更容易接受。吉尔马丁似乎很满意自己能如此精巧地表明对于教堂建筑和《圣经》至少有一些粗浅的了解。他从桌旁站起来，在窗户之间来回踱步，好像是突然才意识到他是唯一坐着的人，而这种相对矮一些的位置会让他处于某种劣势。他穿得起裁剪上乘的衣服，今天就非常仔细地穿了一套正装，如果是别的不那么自信的人，这可能表明他知道安保部门的声誉向来暧昧，所以不想因为自己在仪表方面太过懒散而加强别人的这种印象。但是吉尔马丁这么穿只是为了取悦他自己，他所做的所有的事都是出自这个目的。今天他穿了一身高雅的灰色，肩上有几乎看不出来的深色军衔，在此之上是一张方形、几乎毫无血色的面庞，油光发亮的黑发里过早地混杂了几缕银丝，头发被梳到脑后，露出了高高的额头，更强化了这种形象与颜色上的对比：精心搭配好的灰色与银色为背景，老派风格的领带尽管还算庄重，相比之下却显得像是一面充满蔑视与挑衅的旗帜。

与其相反，比尔·达克斯伯里矮壮结实，面色红润，嗓门粗大，看起来就像一位乡绅，而且乡下的耕作事业要比他的绅士生涯更为成功。他站在那里，向窗外张望着，就好像是小孩子被大人要求远离成年人，不要涉足他们的事务当中。达格利什发现他最近刮掉了自己蓄的小胡子。没有了胡子，他的脸看上去很不完整，光溜溜的，就好像他刮胡子是因为受到了胁迫。他穿着一件花呢格子西装，对于还不算太冷的秋天来说有点厚重。西装外套的后襟开了个衩，紧紧绷在他像女人一样硕大、丰满的臀部后面。虽然并不频繁，吉尔马丁每次看向他时都露出一种略带吃惊的痛苦表情，就好像在对他下属的身材和裁缝的剪裁水平同时发出哀叹。

很明显，吉尔马丁负责开口讲话。达克斯伯里肯定已经给他做了简要的报告，但是在会面中，达克斯伯里会保持沉默，除非他这位上司要求他开口。达格利什突然想到好些年前一场晚宴上的对话。他发现自己和一位女士坐在了一张三人座的沙发上，但这种沙发一般就只适合两个人坐着。那是在一间乔治王朝风格的会客室，属于一座位于北伊斯灵顿广场的宅邸。但是他现在完全想不起来当时那位女主人的名字，也只有上帝知道他去那里究竟是为了什么。他的女伴喝得微醺，并没有酩酊大醉，但也足够让她变得轻浮、嬉闹甚至太轻信于人。他怎么回忆也想不起她的名字，但这一点无关紧要。他们一起坐在那里待了半个钟头，直到宴会的女主人非常巧妙、熟练地将他们分开。他只记得那段对话的一部分，她和她丈夫住在一座顶层公寓里，俯瞰着一条经常有学生进行示威游行的街道。警方——她很确定是政治保安处的人——曾要求获准使用他们的客厅，从窗户向下进行拍照。

"当然了，我们同意他们这么做，他们也确实都非常和善。但是其实我也有一点不开心。我想说：'他们也是英国国民。如果他们愿意，就有权利进行游行。如果你们想给他们拍照，就不能在街上公开拍摄吗？'但我没有说。毕竟，某种程度上来说这也很有意思。这种自己属于一名知情者的共谋感。况且也轮不到我们来表明立场。他们知道自己在做什么，和这些人作对没什么好处。"

当时和现在，他都觉得这总结出了全世界所有正派的自由主义者的态度："他们知道自己在做什么。轮不到我们来表明立场。和这些人作对没什么好处。"

他苦涩地说："我很吃惊，你们和军情五处居然不支持与克格勃频繁进行人员借调。你们和他们之间的相似程度远远大于你们和任何外人之间的相似之处。看看克格勃是怎么处理文书可能会对你们有所启迪。"

吉尔马丁抬了抬眼，看了达克斯伯里一眼，似乎是在说在这种无理取闹之士面前有必要一致对外。他温和地说："就文书工作这一方面而言，亚当，如果你们的人更加谨慎小心的话，能帮我们不少忙。我们要求马辛厄姆提供有关艾弗·加罗德的情况时，他本来应该提交IR49的。"

"当然，还要一式四份。"

"登记部门那边也需要一份，所以恐怕是这样的。我们还得让军情五处了解到最新的情况。当然了，我们可以去查看具体的程序步骤，但我认为最少应该提交四份。"

达格利什说："这个女孩，黛安娜·特拉弗斯，他是你们能找到的在大臣家当奸细的最合适人选吗？就算是对于政治保安处而言，这个选择也有点奇怪。"

"但是我们并没有在监视大臣，她不是被派去监视博洛尼的。你问及他情妇的时候我们就告诉你了，博洛尼从来就构不成什么危害。巧的是，也没有IR49的报告送到这里。"

"我明白了。你们想让特拉弗斯渗透进加罗德的群体或者说是小组织，不管这帮人叫自己什么，然后在我们问及加罗德的情况的时候，你又刚好忘了提起这一点。当时你肯定已经知道他是一名嫌疑人了，他现在也仍然是犯罪嫌疑人。"

"当时两件事看起来几乎没什么关联。毕竟我们的运作建立在'需要知道'的原则上。我们也没有派她打入坎普顿小丘广场，是加罗德这么做的。特拉弗斯为我们做的一点工作和博洛尼的死完全没有关系。"

"但是特拉弗斯的死可能和这个有关系。"

"她的死亡没有任何可疑的地方。你肯定也研究过尸检报告了。"

"我也注意到这份报告并不是出自泰晤士河谷内政部的病理学家之手。"

"我们喜欢用自己人。我向你保证，这个人非常称职。她或多或少死于自然因素，这些因素可能发生在任何人身上。她吃了太多，喝了太多酒，一下子跃入冰冷的河水里，被芦苇缠住，挣扎了一会儿，然后就淹死了。尸体上没有可疑的痕迹。你肯定还记得尸检报告上写了，她在死之前刚刚发生过性关系。"他在说出这个词之前犹豫了一小会儿，这是达格利什唯一一次看到他表示出轻微的不安。就好像"做爱"这个词非常不恰当，他没有办法让自己说出这么一个更不雅的表达。

达格利什沉默着。愤怒让他发出抗议，但现在他觉得那种抗议幼稚得令人可笑，而且徒劳无益。他什么目的都没达成，反而还有可能使得刑侦队、政治保安处和军情五处之间即将爆发的专业竞争愈演愈烈，而它们之间不稳定的关系又很容易蔓延到政界的高层当中。下一次吉尔马丁可能就会说："看在老天的分儿上，也给亚当·达格利什通报情况吧。要是蛋糕没给他分一块儿，他马上就会恼火。"但最让他沮丧、让他自我厌恶至极的还是自己居然险些失去控制。他意识到冷静、疏离、不投入、不参与的名声对自己有多么重要。好吧，他现在投入进来了。也许他们是对的。如果你认识受害者，就不该接手这个案子。但是他怎么能说自己认识博洛尼呢？他们在一起待了多久？只有在火车上的那三个小时，在他办公室里短短的十分钟，以及前往圣詹姆斯公园的那段时间。但他知道自己对于任何其他的受害者都没有产生过如此巨大的共鸣。他想要把拳头挥到吉尔马丁下巴上，想要看着鲜血沿着那完美无瑕的衬衣和老派的领带流下来。好吧，要是放在15年前，他可能真的就这么干了，但现在他知道，这种冲动会使他付出丢掉饭碗的昂贵代价。可是有那么一瞬间，他几乎是渴望找回这种早已失去的、年轻人才有的简单冲动。

他说："我很吃惊，你居然愿意为加罗德而大费周折。他在大学里就是左翼激进主义分子。根本不需要便衣特工，你就可以知道加罗德没有投票给保守党。他对自己的信仰也从来没有保密过。"

"不是他的信仰，而是他组织的活动。他的组织可不仅仅是一群不满现状的中产阶级分子想要为自己的激进态度或是某种革命事业寻找一种道义上可以接受的宣泄渠道，最好还能让他们产生为之献身的错觉。哦是啊，值得为他这么做。"

吉尔马丁看了一眼达克斯伯里表示许可，他说："这个团体规模还很小——他称之为'基层组织'。目前一共有13个人，4人是女性。他从来不多招人，也不少招。在反对迷信这方面他这一招很妙，当然了，这也为这种共谋增添了一丝神秘。一个有魔力的数字，正配那个封闭的圈子。"

达格利什想，这个数字也很符合具体操作的逻辑。加罗德可以把手下分成三个四人组或者两个六人组去完成一些现场工作，然后自己依然可以独立于其外，成为总协调者和总指挥，扮演公认的领袖。达克斯伯里继续说："他们都来自富裕的中产阶级家庭，这样就维持了凝聚力，也避免了不同阶层之间可能会造成的紧张情绪。毕竟，'同志们'并不以其拥有的兄弟之爱闻名。这些人有共同语言，包括马克思主义者常见的那些术语，他们也都才智过人。可能他们的所作所为很傻，但他们的智商确实很高。这可能是很危险的一伙人。碰巧的是，他们都没有加入劳工党。劳工党也不会吸收他们。其中的六个人，包括加罗德，都是工人革命运动的带薪成员，但是他们并不担任公职。我的猜想是工人革命运动不过是种表面掩饰，加罗德更愿意组织自己的活动。我想他天生就沉迷于阴谋。"

达格利什说："那他倒是应该加入政治保安处。莎拉·博洛尼也是其中一员吗？"

"过去的两年是这样的，既是成员之一又是加罗德的情人，这让她在组织里享有独特的权力。某些方面而言，这些'同志们'还都相当的老派。"

"你们从特拉弗斯那里都掌握了什么情报？好吧，让我猜猜，是加罗德把她介绍到坎普顿小丘广场去。这一点都不难，现在可靠的家政工十分短缺。如果不是刚好猜中的话，可能是莎拉·博洛尼告诉了他们招聘广告的事。任何愿意做家务活，并且带着前任主人夸赞自己的介绍信的人——你们肯定也能确保她有这种介绍信——肯定都能拿下这份工作。可能这就是他那个'基层组织'的功能，让这些当选的议员丢脸，败坏他们的名声。"

这次开口回答的是加尔马丁："他们的功能之一。他们的目标大多是温和的社会党人。挖掘一些丑闻，比如不正当的风流韵事——如果是同性恋就更好了，交了不该交的朋友、忘记了本要予以赞助的南非之旅、染指党派活动经费的暗示等等。等到这个可怜的家伙再次参选的时候，他们就明智又谨慎地把这些新闻四处散播，让人们注意到这些不当的行为。让现任的政府官员名誉扫地恐怕是他们偶尔不得不做的职责，而不仅仅是为了从中取乐。我想加罗德选择保罗·博洛尼更多的是出于个人而非政治因素吧。莎拉可不仅仅是不喜欢她爸爸所在的党派。"

那么，给阿克罗伊德和全国性刊物的八卦专栏作者寄出那封诽谤信的就是加罗德了。不过，在这件事上，达格利什一直都认为他的嫌疑最大。仿佛是猜到了他在想什么，吉尔马丁说："我怀疑你是否能向法庭证明是他把那封信寄给媒体的。他们干得非常聪明。组织的一名成员会前往那种售卖新旧打字机的商店，在那里可以试用这些机器。你也知道那种场面，一排排锁在一起的打字机供消费者们砰砰地打字。认出其中某一个可能在场的顾客的概率几乎为零。我们不可能一直监视所有的组织成员。他们还不值得我们下那么大的功夫，而且我也不确定这种行为究竟触犯了刑法里面的哪一条律令。他们使用的都是准确的信息。如果不准确的话，对他们而言就毫无用处。顺便一问,你是怎么意识到特拉弗斯的问题的?"

"在她搬到自己公寓之前寄住的那户女房东那里了解到的。女人对这种大男子主义式的秘密社团都抱有一种极为轻蔑的态度,也非常擅长识破他们。"

吉尔马丁说:"所有同性人群都属于同一个秘密社团。我们原想让特拉弗斯自己住的。我们本应坚持如此,但我没想到她居然会吐露实情。"

"她什么都没说。她的女房东并不相信一个失业的女演员居然能够买下一套公寓,但是你的人在那里出现,搜寻她的房间,这件事才真正证实了她的怀疑。顺便一问,除了在你的激进主义分子名单上增添几个人名之外,你对加罗德的真实意图何在?"

吉尔马丁紧抿嘴唇:"他有可能和爱尔兰共和军有关联。"

"那到底有没有?"

有这么一瞬间,达格利什觉得他可能会拒绝作答。他瞥了达克斯伯里一眼,说:"目前为止我们还没发现。你觉得加罗德就是你要找的凶手吗?"

"有可能是他。"

"好吧,那祝你追捕愉快。"突然之间,他似乎变得非常不自在,就好像不确定该怎么结束这场对话。然后他说:"和你的交谈非常有用,亚当。我会记下你提出的一些问题。你也会再留心一下办事的手续流程,对吗?IR49的事。那是张很简单的表格,但是也有它的作用。"

电梯载着他回到自己所在的楼层,达格利什觉得他好像和政治保安处的人待了好几天,而不是一个小时不到。他觉得自己被一种病态的无助感侵蚀了。他知道自己很快就会摆脱这些症状,他一向如此,但是这种感染仍然会存留于他的血脉中。他开始觉得自己必须要多多少少学会承受这种精神上的疾病了。

无论如何,这次会面虽然令人恼羞成怒,却也达到了目的,在他开展调查的主干道上清除了一系列盘根错节、毫无关联的杂草灌木。他现在知道了匿名信作者的身份和写信的动机,知道了黛安娜·特拉弗斯在坎普顿小丘广场想要做什么、是谁把她安插在那里,以及她溺死之后为什么有人来搜查她的房间。两个年轻女子死了,一个是自杀,一个是意外。关于她们为什么死、怎么死的,疑惑已经解开了;关于她们曾经有着怎样的生活也不再有疑问。但为什么他依然固执地坚信这两起死亡事件不仅与博洛尼被谋杀一案相关,甚至还处于这个谜团的核心位置?

第二章

当他从18楼和19楼的那个自成一体的神秘世界回来的时候,达格利什发现自己这一层办公室的走廊里安静得不同寻常。他把头伸进自己秘书的办公室里,但是苏西的打字机被盖了起来,桌子也被清理干净。他想起来她今早预约了要去看牙医。凯特在荷兰公园和卡罗尔·沃什伯恩见面。受自己坏脾气的支配,达格利什几乎没有思考这次的会面会带来什么样新的可能。他知道马辛厄姆去科斯韦街的流浪避难所了,他得和那里的总管谈谈哈利·麦克的事情。然后他要去找两个女孩问话,黛安娜·特拉弗斯溺水身亡的时候她们两个都在泰晤士河的那条船上。根据她们在调查期间给出的证词,她们都没有看到黛安娜跳入水中的那一瞬间。她们和其他人把她和多米尼克·斯维恩留在岸边,一起把船推入水中,直到船篙打在她身上的那个糟糕的瞬间都没有看到或是听到她的动静。两个人在调查期间都承认她们当时已经喝得半醉。达格利什怀疑她们现在就算是清醒的,恐怕也不可能提供更多有用的信息。但如果有什么情况,马辛厄姆是从她们那里了解这一切的最佳人选。

马辛厄姆留了一条信息。达格利什走进自己的办公室之后,看到马辛厄姆用自己的裁纸刀在桌上的吸墨台上钉了一张白纸,裁纸刀又长又锋利,他自称是还是个小孩儿的时候在游乐园赢得的奖品。这种戏剧化的布景,再加上力透纸背、工工整整用黑笔写出的几行字母和数字说明了一切。法医鉴识实验室打电话来通知了血样分析的结果。达格利什没有拔下裁纸刀,而是安静地站在那里,低头看着这份比其他证据更能证明博洛尼遭到了谋杀的关键报告。

博洛尼	麦克	地毯和夹克衫口袋上的血污
Rh阳性	阳性	阳性
ABO A型血	A型血	A型血
AK2-1(7.6%)(酶)	1(92.3%)	2-1
PGM1 +(40%)(酶)	2+, 1-(4.8%)	1+
剃刀:		
AK 2-1		
PGM 2+, 1-, 1+		

达格利什知道PGM系统是多么强大。完全没有必要再针对沾满血污的地毯设计一个对照组。尽管工作量本来就大,而且现在本案还没有抓住嫌犯,但实验室那边肯定还是利用周末加班了,他对此十分感激。

剃刀上有两种不同类型的血迹,但这并不令人吃惊,分析结果只不过是证实了推断。更重要的是,哈利大衣下面沾在地毯上的那块血迹不是他本人的。达格利什在下午比较晚的时候还预约了另一场会谈,虽然形式不同,但肯定也和与吉尔马丁的会面一样令人烦躁。因此,这份重要的法医学证据能够如此及时地出现,实在是帮了大忙。

第三章

从查尔斯·香农公寓走到荷兰公园只需要几分钟。凯特很早就醒了,也就是刚过6点的时候,到了7点,她已经吃完了早餐,迫不及待地要出门了。她在室内不安地来回转圈,试图在这个已经被收拾得一尘不染的家里再找点事做来打发时间。她往夹克衫口袋里装了满满一纸袋子用来喂鸟的面包屑,提前45分钟就出门了。她告诉自己在公园里散步要好过被困在家里,不停琢磨卡罗尔·沃什伯恩是不是真的会来,是不是已经开始后悔做出这样的承诺了。

达格利什也同意对这个女孩做出的承诺必须兑现,她应该独自一人去见卡罗尔·沃什伯恩。他没有给她任何指示,也没有提出任何建议。其他的高层领导可能会提醒她这次会面有多么重要,但是这不是他的行事方式。她因此而尊重他,但这同时也增加了她所担负的责任与压力。一切可能就取决于她怎样来把握这次的会面了。

快到9点时,她来到了法式花园前的平台。她上一次来公园的时候,花床里还栽满了夏花,有天竺葵、倒挂金钟、向日葵和秋海棠。但是现在秋意渐浓,有一半的花床已经空了——柔软、潮湿的泥土上凌乱地散布着枯萎的根茎、一团团血污般的红色花瓣和许多枯枝残叶。一架地方议会的小推车就放在那里,好像是冬天派来的死囚押送车,已经做好准备开始新一轮押运工作。现在,当她手表的分针走到整点的时候,荷兰公园学校操场上的尖声叫喊突然都消失了,公园又回归了清晨的宁静。一位上了年纪的女人弯着腰,像一位巫婆,身后六只垂头丧气的小狗被拉着跌跌撞撞地沿着一侧的小路走着,然后她停下来,嗅了嗅路边还在开放的最后一批薰衣草。一个独自跑步的人跑下台阶,消失在了通向橘园的拱廊中。

突然,卡罗尔·沃什伯恩到了。几乎就是在整点时分,一个女子的身影在花园的另一端出现。她穿着一件灰色短款夹克衫,下身搭了一条颜色相称的裙子,一条蓝白相间的宽大围巾围在颈部,几乎把脸全都遮住了。但是凯特马上就认出了她,心情也为之一振。她们站了一会儿,彼此对望,然后用像是精心算好的步伐,几乎像是在参加某个仪式一般同时沿着落败的花床前行。凯特想起了那种间谍小说,主人公在某个边境处交换探测器,感觉到有看不见的监视者,竖起耳朵屏声静气地等着听到来复枪扳机扣动的声音。她们相遇后,女孩向她点了点头,但是没有说话。凯特简单地打招呼:"谢谢你能来见我。"

然后她转过身,两人一起穿过台阶,走出花园,沿着土地湿软的宽阔草坪走到通向玫瑰园的小路。在这里,清晨的新鲜空气里还残留着夏天的味道。凯特想,玫瑰从来不会停止开花。这种意识不到自己的花期已经结束了的鲜花令人烦躁。即便是在十二月,虽然注定要在盛开之前就枯萎,也会有变成棕色的、皱缩的花苞长出来,还有一些毫无活力的花朵向下低垂,就快要触碰到落满花瓣的泥土。她们在长满荆棘的灌木丛中慢慢踱步,凯特注意到卡罗尔的肩膀几乎撞在了自己身上,心想:我必须有耐心,必须等她先说话,必须由她来挑选合适的时机和地点。

她们走到霍兰德勋爵的雕塑前,塑像立在底座之上,和蔼地望向自己的宅邸。她们还是没有说话,继续沿着林地之间泥泞的小道走着。然后,她的同伴停了下来,望向那一片荒地,说:"这就是他找到特蕾莎的地方,就在冬青树丛旁那棵倾斜的欧洲桦树下。我们一周后又一起回到了这里。我想他需要让我看看。"

凯特等待着。距离这座大都市中心如此近的地方居然有这样一片野树林,实在很奇妙,好像一旦穿越了这片低矮的栅栏,就可以深入乡间一般。难怪在萨里的林地长大的特蕾莎·诺兰会选择在这片茂密、宁静的林地中死去。这片领地一定使她感觉回到了童年:树叶和沃土的气味、她后背倚着的粗糙树干、急促飞过的小鸟、灌木丛里的松鼠和松软的泥土使死亡变成了很自然的一件事,就像沉睡一样美好。有那么一瞬间,她仿佛踏入了那场死亡之中,与树下那个孤独的、濒死的女孩融为一体。她打了个哆嗦。这种共鸣感很快就散去了,但是那种力量令她震惊,也有一点困扰。她在做警察的头五年里已经见过了太多起自杀事件,知道要学会从中抽离,这对她而言并不难。她一直都擅长把个人情感抽离在外,心中想着"这是一具死尸"而不是"这是一个活生生的女人"。她想:也许我可以允许自己稍稍投入,稍稍带点怜悯。但是现在开始这么做有点奇怪。她想,博洛尼的这个案子到底有什么特殊的,甚至改变了她对自己工作的认知?她将眼睛再次转向小路,并听到卡罗尔·沃什伯恩说:"疗养院那边也打来了电话,问坎普顿小丘广场这边有没有谁见过她或知道她在哪里,于是保罗知道她失踪了,猜测她有可能在这儿。在他当上大臣,安保变成一件麻烦事之前，他经常穿过这座公园去上班。他会走过肯辛顿教堂街，进入海德公园，然后从海德公园角走到格林公园，几乎一路沿着草地和树林来到议会大厦。所以他就很自然地过来看了看。我是说，他不必绕太多路，并没有费多大劲儿。"

她语气中突然流露出的苦涩令人吃惊。尽管如此，凯特还是没有开口，把手伸进夹克衫的口袋，摸到一小袋面包屑，拿出来放在手掌上。一只麻雀——和所有伦敦麻雀一样温顺——跳上她的手指，纤细的小爪子立在她手上。它脑袋猛地一啄，飞走了，她觉得鸟喙就像细针一样尖利。她说："博洛尼男爵一定很了解特蕾莎·诺兰。"

"也许吧。厄休拉夫人睡着之后她经常和他聊天，讲有关她自己和家庭的事。他很容易让女人敞开心扉，一些女人。"

她们俩都沉默了，但是有一个问题凯特必须要提。她说："特蕾莎·诺兰怀上的孩子，有可能是他的吗？"

让她松了一口气的是对方平静地面对了这个问题，就好像预料到会被这样问一样。女孩说："过去我可能会说不是并且态度非常坚定。但我现在对任何事都不确定了。有很多事他都没有告诉我。我过去就知道，但是现在更加明白地意识到了这点。但我觉得如果孩子是他的，他会告诉我。那不是他的孩子，但他确实因为她的遭遇而自责。他觉得自己负有责任。"

"为什么？"

"她自杀前一天想要见他，去了他内务部的办公室。这样做非常失策，只有无知的人才会这么做，而且她选了最糟糕的时间。他正好要去参加一场重要会议。他本可以腾出五分钟见她，但那样做很不方便，也不够谨慎。当他私人办公室的年轻公务员通知他说有一位特蕾莎·诺兰小姐在前厅等着，有急事要找他的时候，他说她可能是选区来的某个选民，然后给她传了个口信，让她留下住址，他日后会联系她。特蕾莎一句话都没有说就走了。他再也没听到她的消息。我想如果有机会的话，他是会去联系她的。但是他没机会了，第二天她就死了。"

凯特想，这很有意思，达格利什对保罗·博洛尼手下的公务员们进行问话时居然没有人提供这条信息。那些经过培训或出于本能小心翼翼的男人选择了保护他们的大臣。他们在他死后仍旧延续着这种保护吗？他们提到了保罗·博洛尼在处理复杂仲裁书时的迅捷与熟练，但是没有人提到一位来得不是时候的、纠缠不休的年轻女子。但也许这不会让人感到意外。记下这条信息的人职务可能相对较低。这又是一个有人掌握着重要的信息，却甚至没有被警方传讯的例子。不过就算他接受了问话，也可能会觉得这不是什么重要的事，除非他读过之前的调查报告，并且认出了这个女孩的名字。但就算在那样的情况下，他也未必会觉得这件事有多么重要。

卡罗尔·沃什伯恩依然在原地凝视着那片林地。她双手深深插在夹克衫口袋里，肩膀微耸，就像感受到了枝缠叶绕的林地中吹来的第一道冬日寒风。她说："她就靠在那段树干上。你现在几乎已经看不到它，盛夏的时候就完全看不见了。她可能会在那里躺了很多天也没人发现。"

凯特想，不会太久的。腐烂的气味很快就会引起公园管理人的注意。荷兰公园也许是坐落在城市中心的小小天堂，但是它和其他的伊甸园并没有什么区别。依然会有四条腿的捕猎者徘徊于灌木丛下，两条腿的捕猎者在小路上行走，死亡依然是死亡，尸体腐烂的时候仍旧会发出气味。她瞥了一眼自己的同伴。卡罗尔·沃什伯恩仍旧在凝望着这片林地，眼神中充满痛苦，就好像眼前浮现出了那女孩靠在欧洲桦树下的身影。然后她说："保罗如实说出了发生的事，但并没有说出全部。她的夹克衫口袋里有两封信，一封写给祖父母，请求他们的原谅，就是在调查过程中被传阅的那一封。但是还有另外一封信，上面标注了绝密并且收信人是保罗。这就是我来这里要告诉你的事。"

"你看到那封信了吗？他给你看了吗？"凯特试图掩饰自己声音中的那种渴望。她想，我们终于要获得某种切实的物证了吗？

"没有。他把信带到了公寓，但是并没有让我看。他告诉我里面讲了些什么。很显然，特蕾莎在彭布罗克产妇疗养院工作时被调到了夜班部。有一位病人的丈夫带来了几瓶香槟，他们就办了一场小聚会。那位病人喝得有点上头，她在生了三个女儿之后终于得到了一个儿子，正为新生的宝宝沾沾自喜。她说'多亏了亲爱的兰帕特医生'，然后透露说，如果产妇想要某个特定性别的孩子，兰帕特会提前做一次羊膜穿刺术，然后把不想要的胚胎打掉。那些憎恨生孩子的女人和不准备接受一个错误性别婴儿的女人知道她们应该找谁。"

凯特说："但是这样做，他当时——他现在也冒着天大的风险。"

"并非如此。如果没有任何记录，也没有任何具体的说明就没事。保罗猜测可能有些病理学报告做了后期伪造，假装胚胎有什么不正常的地方。他的检测报告大部分都是在疗养院做的。在那之后，特蕾莎想要找到具体的证据，但是并不容易。当她第二天再去问这个病人时，她大笑着说她只是在开玩笑。但她明显表现出了恐惧，当天下午就自行出院了。"

那么，这样就能解释亚当·达格利什在特蕾莎的祈祷书里找到的匆忙写下的神秘笔记了。她一直都在努力调查这些病人上一个孩子的性别，以作为证据。凯特问道："特蕾莎对彭布罗克产妇疗养院的人说过这些话吗？"

"她不敢。她知道有人曾经诽谤过兰帕特，结果落得倾家荡产。他曾经是，现在也是出了名的喜欢打官司。她还能指望自己做什么？她只是一个年轻的护士，贫困潦倒，没有强大的盟友，该怎么对抗这样一个男人？谁会相信她？这个时候她发现自己怀孕了，得开始操心自己的事。连她自己都即将犯下不可饶恕的罪行，她又怎么能再去开口反对她认为兰帕特犯下的罪行？但当她准备自杀时，觉得自己得做点儿什么来终结这一切。她想到了保罗，他并不弱小，没有什么好畏惧的。他曾经是一位大臣，一个强大的男人。他有能力结束这一切。"

"他做到了吗？"

"怎么可能？她完全不知道自己给他施加了多么大的压力。我之前说过，她是个天真无知之人。但往往就是这种人会带来最大的伤害。兰帕特是他妻子的情人。如果保罗准备对付他，看起来就会像是勒索，甚至更糟糕，被认为是复仇。此外他还为她的死自责，自责曾称她是一位选民和没能帮助她。这在道义上看起来恐怕比兰帕特所犯下的罪行更糟。"

"他做出了怎样的决定？"

"他在我面前把信撕了个粉碎，冲进了马桶。"

"但他是一位律师。难道他的本能不是保留证据吗？"

"这份证据不算。他说：'如果我没有勇气使用这封信，那就必须把它处理掉,没有妥协的余地。我要么就完成特蕾莎的遗愿,要么就摧毁这份证据。'我想他可能觉得把信藏起来是十分可耻的行为,有点像为今后的勒索做铺垫,像是小心翼翼地收集敌人的证据,以备将来使用。"

"他问过你的建议吗?"

"没有。他没有问建议。他需要好好想一想,而我就在那里倾听。这也是他需要我的真正原因,倾听。我现在意识到了。他知道我会说什么,我想要什么。我会说:'和芭芭拉离婚,用那封信确保她和她的情人不会给你惹麻烦。用上那封信,从此获得自由。'我不知道自己是否会说得这么直接,但是他知道我想要让他这么做。他把信销毁之前,让我发誓会保持沉默。"

"他没有采取任何行动,你确定吗?"

"我想他可能和兰帕特谈过。保罗告诉我他会去找兰帕特,但是我们再也没有讨论过这件事。他要去找兰帕特,告诉他自己知道的事,也会坦承自己并没有切实的证据。然后他会撤出自己在彭布罗克产妇疗养院的投资。我想应该是不小一笔钱,那最初是他哥哥投进去的。"

她们又开始沿着小道慢慢前行。凯特想:假设保罗·博洛尼去找兰帕特谈过。因为证据已经被销毁,而且那封信从一开始就称不上充足的证据,这位医生其实并没有什么好害怕的。这样的丑闻能伤害到兰帕特,也能让博洛尼受到差不多程度的伤害。但是保罗男爵经历了小礼拜堂的体验后,一切可能就大不相同了。也许那也改变了博洛尼。他抛开了自己的事业,可能会觉得不管手里有没有证据,自己在道义上都有义务揭发并毁掉兰帕特。在这样的情况下,芭芭拉·博洛尼一边面对着一个抛弃了自己的事业和政治生涯,甚至还要把房子卖掉的丈夫,另一边面对着一个可能会被毁于一旦的情人。凯特决定提出一个很直接的问题,若非这种情况下,她可能会觉得这样做很不明智:"你觉得会是斯蒂芬·兰帕特在芭芭拉默许或者不知情的情况下杀死了博洛尼男爵吗?"

"不。兰帕特如果让她卷入这种事情里才是犯傻。芭芭拉·博洛尼没有那个胆量,也没有足够的智商来完成这样的计划。她是那种会让男人替自己完成一些脏活儿,然后安慰自己她本人一无所知的女人。但是我已经给了你一个作案动机,他们两个都适用于这个动机。这应该足够让她接下来的日子很不好过了。"

"这就是你的目的吗?"

女孩转过身,突然激动起来,她说:"不,这不是我的目的。我想让她受尽折磨,被百般拷问,受到十足惊吓。我想让她身败名裂。我想让警方逮捕她,判处她终身监禁。我想让她死。但是不会发生的,这一切都不会发生的。最糟糕的是比起对她的伤害,我对自己的伤害更深。一旦我给你打了那个电话,说要来这里见面,我就知道我不得不来。但是他告诉我的都是秘密,他信任我,他总是那么信任我。现在我一无所有了,我们所有爱的回忆都再也摆脱不了那种痛苦与负罪感了。"

凯特看着她,发现她正在哭泣。卡罗尔没有出声,连抽泣声都没有,但是她的双眼一眨不眨地瞪着前方,像是受到了惊吓,眼泪连珠般从她那失去血色的面庞和半张着颤抖的嘴唇上滑落。这种凝固无声的悲恸蕴含着让人害怕的东西。凯特想:这世界上没有哪个男人值得她这么痛苦。她感觉到一种杂糅了同情、无助和烦躁的情绪,察觉到其中还有些蔑视。但是最终还是怜悯占了上风。她找不到能够安抚她的词句，但至少她可以试图作出某种回应，比如在分开前邀请卡罗尔回公寓喝杯咖啡。她正要开口讲话，又克制住了自己。这女孩不是个嫌疑犯。就算有必要把她纳入嫌疑人名单中，她也有不在场证明。在案发时她离开伦敦，参加了一场很晚才结束的会议。但若卡罗尔需要出庭做证，她们俩之间如果存在友谊或是某种共识都可能对检方不利。不仅如此，对她自己的职业生涯也可能带来危害。这种感情对判断造成的失误如果让马辛厄姆知道了，他肯定会幸灾乐祸。正思考着，她却听到自己的声音说："我的公寓离这里很近，就在大路对面。你走之前过去喝杯咖啡吧。"

在公寓里，卡罗尔·沃什伯恩像机器人一样走到窗边，一言不发地望向窗外。然后她又走到沙发旁，看着墙上挂的那幅油画：三个部分重叠的三角形，颜色分别是棕红色、鲜绿色和白色。她开口提问，但听起来并不在意答案："你喜欢现代艺术吗？"

"我喜欢尝试把不同的形状和不同的颜色放在一起。我不喜欢复制品，但也买不起原画，所以就自己画。我觉得它们称不上是艺术，但我很喜欢。"

"你是从哪里学会画画的？"

"我买了画布和颜料之后自学的。小的那一间卧室算是我的工作室，我最近没什么时间画了。"

"画得很棒。我喜欢背景的那种质感。"

"那是我在油画晾干之前往上面按了张卫生纸产生的效果。质感这个问题很好解决，我发现比较麻烦的是怎样才能使颜料涂得更均匀、更流畅。"

她走进厨房,开始磨咖啡豆。卡罗尔跟了进来,无精打采地站在门口看着她,一直等到磨豆机停止工作,她才突然开口道:"是什么让你选择了当警察?"

凯特很想说:"和你选择当公务员的理由差不多。我认为我可以胜任这份工作。我很有野心。相比混沌无序我更喜欢秩序和等级制度。"然后她想,卡罗尔是否只是需要提出问题,而不是收到答案,无论是否是暂时的,她只是想要接触另一个人的生活。她说:"我不想找那种坐办公室的工作。我想有一份职业,从一开始就可以赚足够多的钱,并且有升职空间。我想我喜欢和男人竞争。但是在我的学校里,人们却相当反对这种想法。这反而更增加了我的动力。"

卡罗尔·沃什伯恩没有作出回应,但是看了她一会儿,然后轻飘飘地回到了客厅里。凯特双手忙着摆弄咖啡渗滤壶,准备咖啡杯、杯垫、托盘和饼干,她发现自己回忆起了最后一次与职业规划师谢泼德小姐的谈话。

"我们更希望你能把目光放得更长远些,比如说,去上大学。我敢保证你没有问题,升学考试至少会得两个A和一个B。"

"我想开始赚钱。"

"这一点我可以理解,凯特,但是要记得,你可以拿到全额奖学金。你可以做到的。"

"我不想勉强自己这么做。我想找工作,买一套自己的房子。上大学只会浪费三年时光。"

"教育从来不会是种浪费,凯特。"

"我不会放弃受教育的。我可以继续自学。"

"但是当女警察……我们本来更希望你选择更……怎么说呢,社会地位更高的职业。"

"你是说更有用的职业。"

"也许是更关注人类基本问题的职业。"

"我想不出有什么工作比确保人们能够在城市里安全出行更关注人类基本问题的了。"

"凯特,恐怕最近的研究结果表明安全出行和警方治理程度没有太大关系。为什么不去读读图书馆里那本小册子呢,上面写了'在内城维持治安:社会主义者的解决方案?'但如果这就是你做出的选择,我们自然也会尽力帮忙。你是怎么想的,去青少年福利局吗?"

"不,我认为自己能成为一名资深探长。"她本来还想恶作剧地加一句"以及第一位女警察局长",但她知道这就像一名皇家陆军妇女军团新兵想要指挥近卫军骑兵队一样不现实。不说实现雄心壮志了,就算只是想要好好品味这种心情,这种野心也必须植根于现实的可能性当中。即便是她小时候的幻想都建立在现实的基础上。比如失踪的爸爸会再次出现,他变得慈爱,有了自己的事业,心怀愧疚,但她从来没指望着他能开上劳斯莱斯。最终他也没有出现,她一直都知道自己从来就没有真的以为他会出现。

客厅里没有声音。当她端着咖啡走进来时,发现卡罗尔正坐在椅子上,身体僵硬笔直,低头凝视着自己紧握的双手。凯特把托盘放下,卡罗尔马上把牛奶倒进自己的杯子里,然后双手捧着咖啡杯贪婪地啜饮起来。她弯着腰,就像是一位饥肠辘辘的老太太。

凯特想,这有点奇怪,这个女孩现在比她们第一次见面后在她家厨房里聊天时更加心烦意乱,更加失控。她琢磨,那之后究竟发生了什么事,让她出卖了博洛尼的秘密,让她变成现在这种苦涩又自我厌恶的样子？难道她通过某种方式得知了遗嘱中并没有提到她？但她肯定料想到了这一点。但也许这比她之前想的更为重要，这是公开的，也是最后的证明，证实了她在博洛尼的人生中一直都处于边缘位置，一如他生前他们在一起时一样，他死后也不会正式宣称她的存在。她以为自己对于他而言已经不可或缺，他在她这间极少拜访的普通公寓里找到了一种更充实与安宁的感觉。也许他的确得到了，至少在那短短的几个小时里确实如此，但是她对于他而言并非必不可少。对于他而言，没有人是必不可少的。他也把身边的人进行了归类，正如他那过于规整的人生一样，他把他们都抛诸脑后，直到需要他们来满足自己的某种需求。但是她也质问了自己，这和她对艾伦的态度有什么不同吗？

凯特知道自己没有办法问这个女孩为什么会提出这次会面，而且这对调查而言也并没有太重要。重要的是博洛尼的秘密泄露了，兰帕特因此有了足够重要的动机。但是这对他们破案究竟有多大帮助？一件有力的物证胜过十数条作案动机。他们又绕回到了原来那个问题上，兰帕特和芭芭拉·博洛尼究竟有没有足够的时间作案？不管是博洛尼还是凶手，有人在20点时使用了圣马修教堂的盥洗室。有三个人看到了流水涌出来，这两点都是无法撼动的证据。所以，要么就是博洛尼在20点还活着，要么就是那时候凶手还在现场。不管是哪一种情况，都很难想象兰帕特会有办法在20点30分赶到黑天鹅餐厅。

她喝完咖啡之后，卡罗尔勉强地笑了笑，说："谢谢你。我该走了。我想你需要把这一切以书面形式记录下来。"

"我们需要一份口供。你可以去哈罗路的分局，那里有一间调查室，也可以到苏格兰场来。"

"我会去哈罗路警局的。警察不会再问我更多的问题了吧？"

"有可能会问，但是我觉得我们不会耽误你太多时间的。"

走到门口，她们面对面站了一会儿。突然，凯特觉得卡罗尔就要向前迈步，扑进自己的怀里，她也知道她非常不熟悉拥抱的双臂也许懂得怎样抱住她、安抚她，甚至自己也许会找到合适的词句来安慰她。但是那一瞬间过去了，她告诉自己这种想法令人尴尬又荒谬无稽。待卡罗尔一走，她就给达格利什打了电话，留心不让自己的声音里流露出自得的情绪："她来过了，总警司。没有新的物证，但是她强化了其中一位嫌疑人的作案动机。我想你得去一趟汉普斯特德。"

他说："你是从哪里打的电话，你公寓里吗？"

"是的，总警司。"

"我半个小时之内赶到。"

但是还不到半个小时，门口的对讲机就响了。他说："我在兰斯多恩路另一头停的车，你能现在就下来吗？"

他并没有提议上楼，她也没这么想过。没有哪位警局高层比他更注意尊重下属的个人隐私。她告诉自己在他眼里这甚至算不上是值得彰显的美德。他只是过于小心谨慎地保护着自己的隐私而已。她坐电梯下楼时突然意识到，随着对博洛尼越发了解，她越发觉得他像达格利什。她突然对这两个人生出一阵厌烦。在楼下等着她的也许是另一个让昏了头爱上他的女人极度悲痛的男人。她告诉自己应该庆幸，至少自己有足够的理智控制住自己的感情。

第四章

斯蒂芬·兰帕特说："这不是真的。特蕾莎·诺兰在心理上受到折磨，或者说得更直白些，她已经疯狂到了要自杀的程度。就算你们拿到了这封所谓的信——我想你们应该没有拿到手——在她死之前写的任何声明也都不能算是可靠的证据。我的意思是说，如果你们真的拿到了这封信，肯定就会在我面前直接把它甩出来了。你们现在掌握的是第三手的信息。我们都知道这种证据在法庭上有多大价值，事实上它在任何地方都没有多大价值。"

达格利什说："你是要告诉我这个女孩讲的事情不是真的吗？"

"让我们宽容一点，说她'误会了'。她很孤独，充满罪恶感，特别是在性方面，充满沮丧，与现实脱节。她的医疗档案里有一份心理医生的报告，抛开一切术语不看，表达的就是这个意思。当然你也可以说她是在故意撒谎，她或者博洛尼在撒谎。这两个人都算不上是可靠的证人。而刚巧两个人也都死了。如果这是为了给我添加一个作案动机，简直荒谬。这也几乎是对我的诽谤，我非常清楚该怎么对付这种情况。"

达格利什说："就像你知道怎么处理对你的诽谤一样，一个正在进行谋杀案调查的警察也不是那么轻易就被毁掉的。"

"在资产以外的方面或许确实如此。法庭一向对警方出奇地仁慈。"

不久前，那个之前在彭布罗克产妇疗养院接待他们的护士说"兰帕特先生刚刚结束一场手术，请你们到这边来"，领他们进了手术室旁的一间房间。兰帕特几乎是立即就走了进来，摘下了绿色的手术帽和橡胶手套。这个房间又小又简陋，充满了来自隔壁的流水声和脚步声，还有在病人失去知觉的身体上方传来的自信的讲话声。这是一个临时休息所，是为了快速交换手术意见，而不是交流秘密建立的。达格利什想，这是否是有意为之的策略，借此巧妙地展示兰帕特职业身份所具备的能力，也提醒警方这世上不止一种权威身份。达格利什不觉得兰帕特会害怕此次会面，尽管他觉得最好还是在自己的领地上进行。他没有表现出一点点的恐惧。毕竟，他享受某种权力太久，已经有了自然产生的独断专行。既然已经具备一个成功的产科大夫才会有的自信，他自然也有足够的自信对抗一位大都会警察厅的刑警。

现在他说："我没有杀害博洛尼。就算我有能力实施一场格外残忍和血腥的谋杀，我也不会把博洛尼的妻子带在身边，让她等在车里，自己去割断她丈夫的喉咙。至于另外一番胡言乱语，就算我真的把性别上不符合母亲们心意的胚胎打掉了，你想怎么证明这一点呢？手术就是在这里做的，病理报告都在医疗档案里。这座大楼里的任何文件都没有违法，就算有，在费上大工夫获得许可前，你无权查看。我强烈地认为医疗档案神圣不可侵犯。那你们还能做什么？对病人一个个地进行问话，指望能通过威逼利诱让其中一位说出不该说的话？没有我的合作，你又怎么才能找到这些病人？你的指控实在是太可笑了，总警司。"

达格利什说："但是保罗·博洛尼相信这件事。特蕾莎·诺兰死后，他把自己对彭布罗克产妇疗养院的投资撤了出来。我想他跟你谈过。我不知道他对你说了什么，但是可以猜得到。当时你相信他会保持沉默，但是当他在教堂里有了某种体验之后，他发生了转变。不管是什么样的转变，那个时候你还能继续相信他会保持沉默吗？"

他在想自己这么快就亮出底牌是不是有些不明智。但是这样的疑问转瞬即逝。必须拿新证据与兰帕特对质，不管这证据有多么不堪一击。他必须获得为自己辩护的权利。而且如果这件事与谋杀案真的不相关，越快将其彻底排除越好。

兰帕特说："事情不是这样的。我们从来没有谈过。假设他真的相信这套说辞，那他就更是处于一种招人嫉妒的位置上，比你想象中的还要让人反感。他想要一个儿子，绝不想再要一个女儿。正巧芭芭拉也是这么想的。芭芭拉可能会愿意给他生一个继承人，哪怕只是为了巩固自己的地位。她把这当作是交易的一部分。但是若要忍受九个月的不适，最后却生出另一个女儿，让他嫌恶、鄙视甚至是无视，对一个女人，特别是一个不喜欢、甚至是害怕生孩子的女人来说是很过分的。假设这个故事是真的，你可以说博洛尼会意识到自己处在一个非常微妙的位置上，至少从道义上来说是如此。他没有办法接受这样的手段，但是我怀疑他对于这种手段的结果不会感到不快。这从来就不是特别有尊严的道德立场，至少在我这里不是。他们结婚八个月之后，芭芭拉流过一次产，一个女孩。你觉得他会因此而悲痛吗？难怪这个可怜的家伙心如乱麻。难怪他用剃刀割断了自己的喉咙。总警司，你的发现如果是真的，也只是多了一条他自杀的理由，而不是谋杀的动机。"

兰帕特从挂钩上取下夹克，为达格利什和凯特打开门。他笑得很谦和，几乎像是对他们的一种侮辱。然后他领着他们走到自己私人的会客室里，关上门，示意他们坐在壁炉边的安乐椅上。他坐在他们对面，探身向前，两腿分开，几乎把脸凑到了达格利什面前。达格利什可以看到那张英俊的脸庞被放大，皮肤上的毛孔因为出汗而闪闪发亮，就好像他还在手术室热火朝天地进行手术，脖子周围的肌肉都紧绷起来，眼睛下面的黑眼圈表明了深深的疲惫，虹膜周围有一圈血丝，前额的发丝根部沾满了头皮屑。这张面孔还算年轻，但是已经开始出现衰老的迹象。他突然发现自己能看得出兰帕特再过三十年之后的样子：皮肤苍白、长斑、那种自信满满的男子气概变成老年人尖酸刻薄的愤世嫉俗。但是现在他的声音依然坚定而有些刺耳，那种侵略性涌向达格利什，就像某种武力一样强烈。

"让我跟你开诚布公地讲，总警司，坦白地说，假设你说的是真的，如果我确实替她们打掉了那些不想要的孩子，你所谓的'我的良心'也不会有任何的刺痛。两百年前，生孩子的时候打麻醉剂还被当作是不道德的行为。不到一百年前，避孕基本上还被认为是违法行为。一个女人有权利选择自己是不是要生孩子。恰好我觉得她也有权利选择生哪个性别的孩子。一个不在预期之中的孩子对自己、这个社会和其父母而言都是一种麻烦。两个月大的胚胎也算不上是个人类，只不过是一团结构复杂的细胞组织。你个人也许不会相信孩子在出生之前、出生之时或者出生之后会有灵魂存在。不管是不是诗人，你都不是那种会在教堂礼拜堂里看到幻象或者出现幻听的人。我不是一个虔诚的教徒。我也有自己与生俱来的心理问题，但绝不是这一种。但这些声称具有信仰的人最让我吃惊的是他们似乎觉得我们可以在上帝的背后找出某种科学事实。那个最初的神话传说，伊甸园，在人们的脑海里根深蒂固。我们总是觉得自己没有资格获得知识，就算得到了，也没有权利运用那些知识。在我的教科书里，只要能让人类的生活更舒适、更安全，没有那么多的痛苦，我们有权做任何力所能及的事情。"

他的声音令人不快，灰色的双眸中闪动着近似于狂热的令人不安的光芒。达格利什想，他就像是17世纪虔诚的雇佣兵，正拔出剑来陈述自己的信条。

达格利什淡淡地说："想必这样做的前提是我们没有伤害到别人，这种行为也并没有违背法律。"

"前提是我们没有伤害到别人。是的，我能接受这一点。打掉一个没人想要的婴儿没有伤害任何人。要么就是永远都不予以堕胎合法的地位，要么就是证明母亲出于某种重要的原因可以这么做。错误的性别和其他的理由一样充足。我对那些在任何情况下都反对堕胎的人怀有的敬意要比那些妥协者多得多，他们只想让生活符合自己的预期，同时又能满足自己的良心。至少前者还能保持自我的一致。"

达格利什说："法律就很一致。无差别堕胎就是违法的。"

"哦，但这一点本身就非常具有歧视意味。好吧，我知道你是什么意思。但是无论是否和性有关，个人道德品质完全和法律沾不上关系。"

达格利什说："那么法律还能在哪些方面发挥作用？"

他站起身来，兰帕特送他们出门，恭敬而自信地微笑着。除了敷衍的客套话之外，他们再没对彼此多说一个字。

回到车里，凯特说："这基本上就算是认罪了，总警司。他甚至都没费心去否认这个事实。"

"确实没有，但是他不会提供任何书面供词，也不会让我们找到能在法庭上使用的证据。而且这是对于医疗事故的认罪，而不是对谋杀的认罪。当然了，他是正确的。要证明他的罪比登天还难。"

"但是这也给了他双重的作案动机。他与博洛尼夫人的婚外情，外加博洛尼可能觉得自己有义务揭发他。在那种自大与虚张声势之下，他肯定知道自己和别的医生一样在丑闻面前不堪一击。即便只是流言蜚语也会对他不利。博洛尼这样有身份的人说出来的话会被人们更加认真地对待。"

达格利什说："哦，是的，兰帕特具备一切要素——手段、动机、机会、知识，以及那种认为自己可以逍遥法外的傲慢。但我认为他说得对。无论有什么样的理由，他不可能带着芭芭拉·博洛尼去小礼拜堂，我也无法想象她会答应独自留在帕丁顿某个条件不怎么有益健康的停车场里。而且我们总要绕回到时间的问题上。夜班门房看到了他们一起离开彭布罗克产妇疗养院。希金斯看到他们一起到了黑天鹅餐厅。除非他们当中有一方，或者两人都在撒谎。不然兰帕特一定是清白的。"

然后他想：除非我们被下水管道里涌出来的水这条线索误导了。除非我们把死亡时间彻底弄错了。如果博洛尼是在基纳斯顿博士估计的时间段中最早的时间点，也就是19点死的，兰帕特的不在场证明还有用吗？他声称一直和自己的情人待在彭布罗克产妇疗养院，但肯定有不止一条离开疗养院又偷偷回来而不被人发现的路线。肯定有人20点时出现在教堂的厨房里，当然了，除非是有人故意一直开着水龙头。但是谁会这样做呢？一个更早一些时候——比如19点——开着路虎车到这里的人？如果博洛尼是19点死的，那除了兰帕特之外还有别的嫌疑人。但是让水龙头一直开着又会是出于什么样的目的呢？当然了，可能性总是有的，比如当时凶手因为疏忽，忘了关水龙头。但如果是那种情况，最后水龙头又是什么时候被谁关上了呢？

第五章

　　厄休拉夫人的朋友送来了花束表示慰问，她的起居室里极不协调地摆满了节庆时分才会出现的长茎无刺玫瑰、康乃馨和进口的白色丁香花，就像是散发着香气的塑料人工制品。这些花与其说是经过精心的摆放，倒不如说是为了方便而非美观地被随意插在各种花瓶里，摆在房间的各个角落。在她身边的红木桌子上，一束小苍兰盛放在一只小巧的雕花玻璃碗中，它们香气甜美，绝不会和别的花弄混，达格利什走到她的椅子旁时就闻到了。她并没有试图起身，但是伸出了手和他相握。她的手指冰凉、干燥，握手时没有使出任何力道。她像往常一样坐得笔直，穿着一件裹住全身的及踝黑色长裙，上身穿了一件精致的灰色高领羊毛衫。她身上仅有的饰品是一串金色的双层项链和手上的戒指，她搭在椅子扶手上的修长手指戴满了流光溢彩的宝石戒指，她青筋暴露、羊皮般满是皱褶的双手看起来几乎无法承受这些金银珠宝的重量。

　　她示意达格利什坐到对面的椅子上，马辛厄姆随后在墙边的一张小沙发上坐下。她说："巴恩斯神父今天早上来过了。可能他觉得自己有义务给我带来一些精神上的抚慰。抑或是他想要为自己管辖范围内的小礼拜堂发生了这样的悲剧而表示歉意?他该不会认为我觉得这是他的责任吧。如果他想要提供精神抚慰,恐怕会发现我是个令人失望的守丧人。他是个好奇的男人,我认为他不是很聪明,而且十分平庸。你的看法如何?"

达格利什说:"我不认为他陈腐平庸,但是很难想象他会对您的儿子造成那样的影响。"

"在我看来,他是一个早已放弃了希望,不再相信自己会影响到任何人的男人。也许他已经失去了自己那份信仰。现在的教会不都时兴这种潮流吗?但是为什么他会感到沮丧呢?世界上有太多的人失去了信仰:政客对政治失去信仰,社工对社会福利工作失去信仰,学校的老师对教学失去信仰,就我所知,也有警察对维持治安失去信仰,诗人对诗歌失去信仰。信仰就是这样,时不时就会丢失,要么放错了地方。还有,他为什么不把自己的法衣清理干净?那是叫法衣,对吧?我觉得他的右手袖子上沾上了鸡蛋渣,前襟上似乎还沾了口水。"

达格利什说:"厄休拉夫人,他基本上一直都穿着这身衣服。"

"那他肯定可以买一件替换着穿啊。"

"如果他能买得起的话。而且他也确实尝试想要揩去那些污渍了。"

"是吗?那效果不怎么明显。总之我已经习惯了要注意这些细节。"

她的儿子还躺在停尸房里,失去了头颅,身子也被解体,她却还能在这里跟他讨论一件神职人员的外衣,但这并没有让他太过吃惊。和她与巴恩斯神父之间的关系不同的是,他们两人从第一次见面时就可以畅快地交谈了。她在椅子里稍稍挪了挪位置，然后说："当然了，你来这里不是和我讨论巴恩斯神父的精神危机的。你想要说什么，总警司？"

"我来这里是想再问您一次，厄休拉夫人，诺林杰将军上周二晚上6点左右打电话过来时，您究竟有没有在书桌抽屉里见到您儿子的日记本？"

那对不同寻常的双眸直直地望向他。

"你之前已经问过两次这个问题了。当然，我总是很乐意和写过'Rh阴性血'的诗人聊天的，但是你来得太频繁了，要说的东西也都在预料之中。我对于之前所说的一切没有什么要补充的。我觉得这样的重复对话对我非常无礼。"

"您确实明白这话意味着什么吧？"

"我当然明白。你还有什么别的要问吗？"

"我还希望您能确认一下，您儿子去世的那天晚上您是否确实和哈利威尔说过两次话，而且据您所知，那天晚上10点之前都没有人把路虎车开出去过。"

"我已经告诉过你了，总警司。我大约是晚上8点时和他讲过一次话，然后9点15分又讲了一次。在那之后又过了大概45分钟，他就动身前往萨福克郡了。我觉得你完全可以假设不管是谁开走了路虎车，哈利威尔都会听得到。还有什么要问的吗？"

"是的，我想要再见马特洛克小姐一面。"

"那样的话，我更希望你就在这里见她，我也待在这里。也许你可以过去摇一下铃。"

他拉了拉铃绳。马特洛克小姐并没有匆忙地赶来。三分钟过后，她出现在门口,和上次一样穿着布满大褶的灰色的长裙和同样不合身的宽松上衣。

厄休拉夫人说:"请坐下吧,玛蒂。总警司想要问你几个问题。"

这个女人拿起了靠墙的一把椅子,把它搬了过来,放在厄休拉夫人的椅子旁。她冷漠地看着达格利什。这一次她几乎毫不焦虑。他想:她已经开始变得自信起来。她知道如果坚持自己的那套说辞,我们也几乎无能为力。她开始觉得这样做并不困难了。他又问了她一遍相关情况。针对周二晚上的一系列问题,她的回答几乎和上次一字不差。最后他说:"当然了,多米尼克·斯维恩先生来这儿沐浴并不罕见,那他也经常来吃晚饭吗?"

"我跟你说过了。他时不时就会这样做。他是博洛尼夫人的弟弟啊。"

"但是保罗男爵并不一定每次都知道他来这里的事,是吗?"

"有的时候他知道,有的时候他不知道。也轮不到我去告诉他这些事。"

"那他再上一次来是什么时候?不是上周二,是再上一次。那一次你们做了什么?"

"他还是像往常一样沐浴,然后我给他做了晚饭。他不是每一次来沐浴都要吃晚饭,但那一次他吃了。我给他做了芥末排骨、炒土豆和青豆。"

达格利什想,这顿饭很丰盛,比她在博洛尼死亡当晚做的煎蛋卷要丰盛得多。那天晚上他是临时决定过来的。为什么呢?因为他的姐姐和丈夫吵过架之后打电话叫他来?因为她告诉了他博洛尼当晚会身处何方？因为他想要实施的谋杀计划已经开始逐步成形？

他问道："在那之后呢？"

"他吃了苹果馅饼和奶酪。"

"我是说，你们吃完饭又做了什么？"

"吃完饭以后我们玩了拼字游戏。"

"你们两个似乎特别喜欢玩拼字游戏。"

"我喜欢玩，我想他玩是为了陪我，让我高兴。这里没人陪我一起玩。"

"那一次是谁赢了，马特洛克小姐？"

"我觉得是我赢了，我不记得具体赢了多少分，但是是我赢了。"

"您觉得您赢了？这是十天前才发生的事，您不能确定些吗？"

两对眼睛盯着他——马特洛克小姐的和厄休拉夫人的。他想，她们不是天然的同盟，但是她们现在挨在一起坐着，身子僵硬笔挺，一动不动，好像有一种力场联系着她们两人，维持着这种关系。他觉察到厄休拉夫人就快要忍不住了，但是他又觉得从伊芙琳·马特洛克充满挑衅的目光中闪过一丝胜利者的表情。她说："我记得很清楚，是我赢了。"

他知道，这是伪造不在场证明最高效的方法。你讲述一件确实发生过的事，但却是在不同的场合发生的。这是最难被攻破的一种不在场证明，因为除了时间上的改动，涉及的各种细节说的都是实话。他认为她在撒谎，但是自己也不能确定。他知道她有些神经过敏，而她现在开始享受同他展开的这种智力对抗了，也许只是因为她是个生活平淡的女人，所以需要这样装腔作势。他听到厄休拉夫人开口说：

"马特洛克小姐已经回答了你所有的问题,总警司。你要继续对她纠缠不休吗?既然如此,恐怕我们需要联系我的律师,让他也过来了。"

他冷冰冰地说:"当然,她有这样做的权利,厄休拉夫人。我们来这儿不是要骚扰您,也不是要骚扰她。"

"那样的话,玛蒂,请你送总警司和马辛厄姆到门口吧。"

他们开车驶离维多利亚街,这个时候手机铃声响了。马辛厄姆接听了电话,然后把手机递给了达格利什。

"是凯特,总警司。我从她的声音里听出了一丝孩子气的激动。很明显,她都没耐心等我们回去了。但我觉得她更想亲自告诉你那个消息。"

凯特的声音和她那份激动的情绪都被很好地控制住了,但是达格利什也没有忽视她预期中那种飘飘然的乐观情绪。她说:"发生了有趣的事,总警司。赫恩和科林伍德十分钟之前打来电话,告诉了我们米莉森特·金特尔的地址。自从他们出版完她的上一本书之后她就搬了家,并且没告诉他们搬到了哪里,所以他们花了一段时间才找到。她住在靠近库克姆的科尔达姆小道上的湖滨别墅。我查过全国地形测量记录了,科尔达姆小道几乎就在黑天鹅餐厅正对面。总警司,8月7日那天,她肯定是亲手把自己的书送给保罗男爵的。"

"看起来很有可能。你拿到电话号码了吗?"

"是的,总警司。直到和她打过电话,确认她同意之后,出版公司才愿意给我她的地址和电话号码。"

"那就给她打电话吧,凯特。问问她愿不愿意明天一早就见我们。"

他放下听筒，马辛厄姆说："言情小说作者那边的线索。我等不及要见见《暮光下的玫瑰》的作者了。您想让我去库克姆吗，总警司？"

"不用，约翰。我会过去一趟。"

在苏格兰场门口，他走出路虎车，让马辛厄姆一个人去停车，然后稍作犹豫，便精力充沛地走向圣詹姆斯公园。办公室过于幽闭，没有办法容纳这突如其来、不合逻辑的乐观情绪。他需要不受约束地独自走一走。这真是糟糕的一天，从在吉尔马丁办公室里狂躁地大发脾气开始，到在坎普顿小丘广场听到的无法证伪的谎言。但是现在那种恼怒和沮丧都从他的肩膀上卸了下来。

他想：明天我就知道8月7日那天晚上在黑天鹅餐厅到底发生了什么了。知道了这点，就会知道保罗·博洛尼被害的原因了。我可能还无法做出证明，但是我会知道真相。

第六章

布莱恩·尼克尔斯最近刚被提拔为副警长。他憎恨达格利什，并因为自己也不确定这种憎恨是否有根据而更加恼火。在当了25年的警察之后，即便是对于自己的反感情绪，他都会用一种司法评审的眼光予以审视。他喜欢确保对被告的指控在法庭能够站得住脚。但是达格利什的案子他从来都不确定。尼克尔斯比达格利什的官阶更高，但这也没让他多么满意，因为他知道如果达格利什想的话，完全可以胜过他。这种对晋升漠不关心的态度，达格利什从不多做解释，尼克尔斯觉得这是达格利什对他在职场上的勃勃野心发出的隐晦指责。尼克尔斯十分反感诗歌，并非出自某种原则，而是因为诗歌给予一个人声望，因此不能被当作像钓鱼、园艺或者木雕一样无害的爱好。在他看来，一个警察应该满足于自己维护社会秩序的工作。更让他痛苦的是达格利什的朋友大部分都是警界外的人，而那些在他身边的警察同事也并不总是拥有适合当搭档的警衔。如果搭档是个低等警员，这可能被视为是一种危险的择友偏好，换作高等警员则有了一丝背叛的味道。像是为了加重这些不良印象，他穿得也太好了。他现在站在那里，带着一种放松的自信望向窗外，穿着一身低调的棕色花呢西装，尼克尔斯知道这件衣服他已经穿了四年了。衣服无疑是一位顶尖的裁缝剪裁的，尼克尔斯想，很有可能就是他祖父赞助的那家服装公司。尼克尔斯喜欢买衣服，更多的是出于喜好而非偏见，他觉得一个男人拥有多件裁剪不那么精致的西装也许更为恰当。最后，只要他和达格利什在一起，他就有一种无法解释的冲动，觉得自己应该刮掉蓄着的小胡子，然后就会发现自己的手不自觉地伸出去触摸上唇，就像是要向自己证明留着的小胡子依然让自己更值得尊敬。这种冲动毫不理智，几乎有些神经质，让他为之深深烦恼。

他们俩都知道达格利什并不需要来尼克尔斯位于十楼的办公室，副警长应该知情的要求十分随意，更像是种邀请而非命令。新的小分队正式成立后，达格利什将直接对警察局长进行汇报。但是现在尼克尔斯还可以宣称自己对此感兴趣是有理有据的。毕竟为达格利什的团队提供了大部分人手的是他的部门。现在局长在外开会，他认为自己至少有权利听一场简短的工作进展报告会。但不合理的是，他内心里也有些希望达格利什会拒绝他，当工作不够刺激的时候，他那不安的灵魂就会渴望能够有某个部门间权力相互斗争、抗衡的机会，而且他一向擅长在这种争辩中获胜。

尼克尔斯翻看案件相关材料的时候，达格利什向窗外的城东望去。他在同样的高度俯瞰过许多首都，每一座城市都不一样。当他从酒店房间俯瞰曼哈顿时，总觉得那种高耸入云、壮丽无比的美岌岌可危，甚至注定会毁灭。他孩提时看过的电影里的画面会浮现出来，那些远远高过摩天大楼的史前怪物用爪子将它们捣毁，大西洋的巨型海浪从地平线那端席卷而来，灯火辉煌的都市在浩劫中从此沉寂。但是在他脚下低矮的银灰色云团下方铺展开来的伦敦则看起来安定、踏实而温和。他看着自己百看不厌的城市全景,就像是欣赏一幅画卷。它有的时候像水彩画一样柔和直接;有的时候,比如在盛夏,当公园里一片欣欣向荣的绿色时,它又有油画那种浓厚的质感;今天早上,它就像钢凹版印刷品一样,棱角分明,色调灰暗,维度单一。

达格利什从窗户旁犹豫地转过身。尼克尔斯已经合上了材料,但是还在扭转椅子,身体不安地移动着,仿佛是在强调本次会面相对而言并非那么正式。达格利什走上前,坐在他对面,简要地总结了到目前为止的调查进展,尼克尔斯听的时候刻意表现出了一种训练有素的耐心。他依然在来回旋转,望着天花板,然后说道:"好吧,亚当,你已经说服了我,博洛尼是被谋杀的。但是你需要说服的不仅仅是我。而且,你手里都有哪些直接证据?仅仅是哈利·麦克外套皱褶下面的一块血污而已。"

"在大衣口袋上还有一块相匹配的血渍。博洛尼的血。他先死的,这一点毫无疑问。所有已知的化验都会得出同样的结论。我们能证明这与他的血型相匹配。"

"但是没法说明血是怎么沾到那个地方的。你也知道如果这样上法庭,被告的律师会怎样争辩。你们的某个手下鞋子上沾到了血,带过去的。或者是那个发现尸体的小男孩把血弄上去的。或者是那个老姑娘,她叫什么来着,伊迪丝·沃顿做的。"

"艾米莉·沃顿。我们检查过他们的鞋底,很确定他们都没有走进小礼拜堂。而且,就算他们进去了,我也无法想象他们会把博洛尼的血迹弄到哈利的大衣上。"

"从你的观点来看,这块血迹的出现恰到好处。我想从这家人的角度出发大概也是如此。但是如果没有这块血迹,没有任何证据能够证明这起案子不像给人的第一印象那样，先是谋杀，然后是自杀。一个声名显赫的成功政客，宗教信仰发生了转变，经历了某种'神秘体验'，随你怎么称呼它。为此他甩下自己的工作，放弃了自己的职业生涯，甚至可能连家人都抛弃了。然后……不要问我怎么发生、为什么会发生这样的事。然后他突然发现这一切不过是自己的妄想。"尼克尔斯又重复了一下这个词，仿佛在确认有没有念错"妄想"这个词。达格利什好奇尼克尔斯是怎么知道这个词的。然后他继续说道："顺便一问，博洛尼为什么要回那个教堂？你知道吗？也许是因为他的婚姻里又出现了让事情变复杂的新局面。我想他的妻子当天早上告诉他她怀孕了。"

"那不就得了。他本来就已经发生了动摇。他回到教堂，回想起自己都放弃了些什么。前方一无所有，自己面对的只有失败、羞辱和耻笑。他当时立即决定结束自己的人生。他手头就有可以执行此任务的工具。正在他为这件事做准备并开始烧毁日记时，哈利走了进来，试图阻止他。结果呢？不是有一具，而是变成了两具尸体。"

"这样的话就得假设他并不知道哈利·麦克也在教堂。但我觉得他知道，是他让哈利进来的。这可不太像是一个正准备自杀的人干的事。"

"你没有任何证据说是博洛尼让他进去的。至少没有能让陪审团信服的证据。"

"博洛尼把自己的晚餐分了一些给哈利，有全麦面包、羊乳干酪和一个苹果。这些都写在材料里了。你不会是觉得哈利·麦克自己就有羊乳干酪吧？他不可能吓到博洛尼。博洛尼死之前他已经在教堂里待了一会儿了。他把自己的铺盖放在了较大的礼拜堂里。那里有些物证，除了面包屑之外，还包括头发和他大衣上的纤维。但是巴恩斯神父结束晚祷锁上门时，他既不在小礼拜堂也不在教堂里。"

尼克尔斯说："他觉得他锁上门了。他在证人席上时能够发誓说他把南门锁上了，并且检查过了每一个座位吗？他为什么会检查呢？他又没有想到会发生谋杀。哈利或者其他的嫌疑人有足够多的藏身之地，完全可以隐匿起来。想必当时教堂里还很黑，只有祈祷用的微弱烛光。"

副警长习惯在自己的发言中掺杂一些奇怪的引用。达格利什一直都不确定他是有意这么做的，还是说这些词是从他脑海里某个快要被遗忘的校园传说中浮现出来的。现在，达格利什又听见他在说："你本人和博洛尼有多熟？"

"我在委员会的会议上见过他几次。我们有一次一起乘火车去参加一场审判会议。还有一次，他让我去办公室找他，我们一起走过圣詹姆斯公园去议院。我喜欢他，但是并不对他着迷。我对他和其他的受害者态度一样，并没有产生额外的共鸣，这里面没有包含私人感情。但我承认自己并不希望看到他在死后还被别人当作残忍的凶手。"

尼克尔斯说："这一切都仅凭一块血污证明？"

"我们还需要别的什么证据吗？"

"就认定谋杀这个事实而言，不需要了。我也说过，你需要说服的不是我。但我看不出你还能再取得什么进展，除非你发现一项不容反驳的证据，能够把你的嫌疑人和犯罪现场联系起来，"尼克尔斯又补充道，"而且越早越好。"

"我猜已经有人向警察局长抱怨此事了。"

"还不是老一套,两具尸体,两个人被割断喉咙,一个在逃的杀人犯。'为什么你们不去抓住这个危险的疯子,而是要对值得尊重的市民的私人车辆、衣服和房子进行搜查?'顺便一问,你在嫌疑人的衣服上找到什么痕迹了吗?"

达格利什想,这样说简直是有意嘲讽,不过并不令人感到意外:这个新成立的、旨在调查潜在敏感重案的部门已经被指责粗鲁而不谨慎了。他知道会是哪些人发出这种谴责之声。他说:"没有,但是我也没指望能找到。凶手当时是赤身裸体或者近乎全裸的。他身边就有可以清洗自己的地方。有三个路人在晚上8点刚过时听到了教堂中传来水声。"

"博洛尼吃晚饭之前在洗手?"

"假如是这样的话,那他肯定洗得相当彻底。"

"但是当你们发现他的时候,他的左手,也就是没有沾上血污的那只手,确实是干净的?"

"是的。"

"那不就得了。"

达格利什说:"博洛尼的毛巾搭在小礼拜堂的一把椅子上。我觉得凶手是用厨房里擦杯子的茶巾擦干了自己。我们去的时候茶巾依然潮湿,而且不是某部分,我摸的时候整条毛巾都是湿的。而且他是被自己的一把剃刀杀害的。博洛尼放在水槽旁边的盒子里有两把贝灵翰姆。如果是随随便便闯进来的人,或者说是哈利·麦克,他们都不可能知道这里有几把剃刀,甚至有可能都不知道盒子里面装的会是什么。"

"天哪,什么是贝灵翰姆?为什么这个男人不像大家一样用吉列剃须刀或者电动剃须刀?好吧,那就是知道他用剃刀刮胡子的人干的,他知道他当晚会在教堂里,还能进入到坎普顿小丘广场的宅子里拿出来火柴和日记本。你知道谁最符合这一系列要求吗?博洛尼他自己。而你反对这种自杀理论的依据就是一块血污。"

达格利什开始觉得直到这起案子结束他都摆脱不了这四个字了。他说:"我想,你该不会是说博洛尼先是割断了自己一半的喉咙,然后跌跌撞撞走到哈利身边,谋杀了他,在这个过程中血流到了地上,然后又跌跌撞撞地走回房间另一端,最后又给了自己一刀,彻底割断了喉咙吧。"

"我没有这么说,但是被告辩护律师可能会这么说。基纳斯顿医生也没有完全排除这种可能性。你和我都见过能言善辩的律师打赢官司的。"

达格利什说:"他在那个小礼拜堂的时候写了些东西。实验室辨认不出是什么字,但是他们觉得他有可能是签了自己的名字。吸墨纸上的墨水和他钢笔里的墨水是一致的。"

"那就是他写了一封遗书。"

"有可能,但是遗书现在在哪里呢?"

副警长说:"他把它放在日记本里一起烧掉了。好吧,我知道你会说什么,亚当。一个要自杀的人写好了遗书,会马上把它烧掉吗?这也不是不可能。他可能是对自己写出来的东西不满意。文字苍白无力,全是些陈词滥调,算了吧。毕竟这种行为本身就说明了一切。不是所有自杀的人都会留下遗言再'走入那良夜'①的。"他的脸上一

---

① 源自英国诗人狄兰·托马斯(Dylan Thomas,1914—1953)诗作《不要温和地走入那良夜》。"良夜"在诗中代表死亡。

瞬闪过一丝愉悦的表情，就好像很满意自己能够迅速引用这样一个意象，但又希望自己能够想起来这个意象的出处。

达格利什说："他有可能写的是另一样东西，他不会马上就往上面盖吸墨纸，而另外一个人又很想摧毁掉这个文件。"

尼克尔斯有的时候领会能力并不是很强，但并不吝于花费时间。他现在就开始花时间思考了。然后他说："当然，如果是这样的话就需要三个签名。这个理论很有意思，也能增强至少两个嫌疑人的作案动机。但是，反过来说，没有任何的证据。我们又回到了原点。你搭建了一座非常精妙的大厦，亚当。我已经差不多相信了。但是我们需要的是确凿的物证。"

他补充道："可以说这就像那座教堂，这座精妙的建筑建立在未经证明的假设之上，它自身有一套逻辑，但一切只有在别人接受了其基本假设，即'上帝是存在的'之后才能成立。"

他似乎对自己打的这个比方非常满意。达格利什怀疑这到底是不是他自己想出来的。他看着副警长十分敷衍地快速翻阅剩下的几页材料。他合上文件，说："真可惜你们没能追踪到博洛尼离开坎普顿小丘广场62号之后的活动。他似乎就此人间蒸发了。"

"并非完全如此。我们知道他去了肯辛顿主街一家名为威斯特顿公司的房产中介，见了他们的一位谈判人，西蒙·福莱特·布里格斯。他让公司的人第二天去检查并对他家进行估值。很明显，这不太可能是一个想要自杀的人会做的事。福莱特·布里格斯说他漫不经心的样子就像让他们卖掉的是一套只值四万英镑的一居室地下室公寓。他确实很委婉地表示过要卖掉一座自打建成后他们家族就一直居住的老宅是件令人遗憾的事。博洛尼答复说他们已经在这里住了近150年了,该轮到别人住进来了。博洛尼并不想深入讨论这个话题,只是想确保第二天会有人前去估值。这次会面时间很短。他11点30分就离开了。我们还没能找出他在此之后的下落。但是他有可能走进了某座公园,或者是到河边去了。他的鞋子上沾满了泥土,之后又清洗并收拾干净了。"

"在哪里弄干净的?"

"问题就在这里。这就表明他有可能回了趟家,但是没人承认曾见过他。如果他只是短暂地溜了回去,可能确实没人注意到,但如果他留下来花足够长的时间清理了鞋子,就不可能不被人注意到。而且巴恩斯神父很确定他是傍晚6点到的教堂。我们还有7个小时的空白需要填补。"

"你见过这个福莱特·布里格斯了吗?这些人的名字太不可思议了。他肯定觉得糟透了。他本来可以获得一大笔委托金。但我想如果那个寡妇也决定卖掉房子的话,他还是有可能拿到这笔钱的。"

达格利什没有回应。

"福莱特·布里格斯有没有提到他会从中抽取多少费用?"

达格利什想,他说这话时就像是在讨论一场二手车交易。

"当然了,他自己也无法确定。他还没有检查过那座房子,而且他现在认为博洛尼的安排已经无效了。但在我对他巧妙地施加了一些压力后,他低声承认房子估值能超过一百万英镑。当然了,包括现有的家具在内。"

"这些都归寡妇所有了吗?"

"都归寡妇所有。"

"但是这位寡妇有不在场证明。她的情夫也是。而且,据我所知，本案的其他嫌疑人也都有不在场证明。"

达格利什拿起材料，走向门口。他快要出去的时候，又传来副警长的声音，听着就像是在恳求。

"只需要一件物证，亚当。我们就需要这个。上帝保佑，最好是在我们召开下一场记者会之前得到它。"

第七章

莎拉·博洛尼是在周一的早上在门厅的桌子上发现那张明信片的。是大英博物馆的明信片，上面画了一只戴着耳环的青铜猫，旁边是艾弗用难认的字体写的留言："一直试着给你打电话，但是打不通。希望你现在觉得好一些了。下周二有没有时间一起吃晚餐？"

这么说，他还在使用他们的暗号。他手头随时都有一小套来自伦敦主要博物馆和画廊的明信片。只要提到打电话的事，就相当于提议要见面，所以这条信息经过破译之后就是让她在下周二到大英博物馆的明信片画廊附近等候。每天见面的时间都不一样。周二的见面一般都安排在下午3点。像其他同类口信一样，这一封也想当然地认为她到时候能够到场，否则她就应该要回电说那天没法一起吃晚饭。但是他总是理所当然地认为只要收到明信片，她就会取消其他所有安排。通过这种方式寄出的消息通常都十分紧急。

她想，这种密码很难瞒得过警察，更别提相关安保部门了，如果他们真的感兴趣的话，破解它轻而易举。但也许正是这种坦率直白与简洁明了反而成了一种保护。毕竟没有什么法律禁止朋友们花一个小时的时间一起在博物馆闲逛。而且约定的地点也选得十分明智，他们可以一起阅读同一本指南,在博物馆的要求下"被迫"低声细语,并且还能随意走动,直到找到那些无人造访的画廊。

他刚刚招募她为第13小分队的成员时,在头几个月里,她逐渐爱上了他,当时她等待这些明信片的心情就像是在等对方寄出的情书。她一直徘徊在门厅,等待着每天分发的信件落入信箱,一把抓过明信片,如饥似渴地阅读上面的信息,就好像这些晦涩的字母能够告诉她自己极度渴望知晓的事情,但是她也知道他绝不会把那些感情写出来,更别提说出来了。但是现在,有史以来第一次,她读完明信片上的指示之后产生了一种沮丧与恼怒交织的复杂心情。通知格外地短,15点之前赶到布鲁姆斯伯里不会很容易。而且他究竟为什么不能打电话过来呢?她撕掉明信片,产生了一种从未有过的感觉,她觉得这种暗号是幼稚又毫无必要的设计,仅仅是为了满足他操控别人与进行阴谋策划的需要。这让他们两个人都显得荒诞不经。

像往常一样,他准时到达,正在柜台前挑选明信片。她等着他付完钱,然后两人一言不发地一起走出画廊。他痴迷于埃及古董,几乎是出于本能,他们首先来到了一楼的长廊,一起站在那里,他长久地凝视着花岗岩雕刻成的拉美西斯二世的巨大身躯。她一度觉得这对死气沉沉的眼睛与突出的胡须上方精心凿刻的似笑非笑的嘴唇都是一种强有力的情色象征,代表了他们的爱情。有太多次,他们像是从未见到法老一样站在这里,双肩相触,轻声交换着狡黠又晦涩的暗语,她努力控制住自己的欲望,不去伸出手触碰他的指尖。但是现在,一切魔力都消散了。这是一件很有意思的艺术品,一块巨大、有裂纹的花岗岩,仅此而已。他说:"据说雪莱在写《奥兹曼迪亚斯》时就是以这张面孔为原型的。"

"我知道。"

几个日本游客完成了详细的观察后离开了这座雕塑。他用不变的语音语调说:"现在警方似乎比之前更加确定你父亲是被谋杀的了。我想他们可能已经拿到了尸检报告和法医鉴定报告。他们又见过我了。"

一道恐惧沿着她的脊椎滑下,就像是冰冷刺骨的水流。"为什么?"

"可能是想打破我们的不在场证明。他们没能做到这一点,这也是理所当然的。除非他们能击溃你。他们又回去找你了吗?"

"找过一次。不是达格利什总警司,是那个女警官和另外一个年轻些的男人,一位叫马辛厄姆的高级督察。他们问过特蕾莎·诺兰和黛安娜·特拉弗斯的事。"

"你是怎么跟他们说的?"

"就说我只见过特蕾莎·诺兰两次,有一次是去探望生病的祖母时,另一次就是在那场生日派对上;我从没见过黛安娜。你不就是想让我这么说吗?"

他回答说:"我们一起去见见金杰吧。"

金杰的名字源自于他残存的头发的颜色①,他是一具公元前3200年古埃及时期被炙热沙漠木乃伊化的史前古尸。艾弗总是对他很有兴趣,他们每次离开博物馆前都要进行这种仪式性的瞻仰。当下,她低头凝视着这具向左侧蜷成一团的瘦弱身躯。木乃伊旁有几个盛食物和水的残破罐子,他前去地府的路上就靠这些补给来滋补他的精神。还

---

① 金杰的英文单词是Ginger,有姜黄色之意。

有一把长矛，他在抵达埃及人的天国之前就靠它来抵御那些可怕的幽灵。她想，如果他的灵魂现在就能醒转过来，看到这些明亮的灯光、巨大的房间和来回行走的20世纪人类，可能会觉得他已经抵达终点了。但是她从来不像艾弗一样，能够体会到这种死亡的象征物所带来的愉悦感。这种身体的极度消瘦即便只是它的常态，都会激发起一种十分强烈的恐惧，让她想起关于贝尔森集中营的照片和新闻纪录片。她想：即便我们置身于此，他也从没问过我的想法和感受，从没问过我最想看的是什么。她说："咱们去杜维恩长廊吧。我想看看帕特农神庙。"

他们慢慢地走开了。正当他们踱步前行，眼睛扫向敞开的指南的时候，她说："黛安娜·特拉弗斯。你告诉过我把她安插进坎普顿小丘广场并不是为了监视爸爸的私生活。你说你只是对他的工作感兴趣，想要知道新的《警察战术选项手册》里都有什么内容。我当时真是天真。我想不通为什么当时会相信你。但是那个时候你确实就是这样说的。"

"要想知道战术选项手册里的内容，我根本不需要派一个小组成员去博洛尼家擦银器。把她安插在那里也不是为了监视他的私生活，至少这不是主要任务。我是为了让她觉得自己有事可做，觉得自己获得了组织的信任。我让她分身无暇，直到决定该怎么处置她。"

"你这是什么意思，什么叫处置她？她是基层组织的一员。罗丝回爱尔兰之后她才替补上来的。"

"她觉得我们承认她是组织的一员，但她并不是。没有什么理由不告诉你真相，况且她也已经死了。黛安娜·特拉弗斯是政治保安处的人。"

他之前对她进行过训练,让她交谈时可以不看他,而是看着展览物品、指南简介或者直直望向前方。她现在就望向正前方,说道:"你为什么不告诉我们真相?"

"我告诉了你们中的四个人,并没有告诉组织里的所有成员。我不会把一切都在组织里公开。"

当然了,她知道他在工人革命运动的职位只是为了掩盖自己13人小组组长的身份。但即便是这个13人小组也只是为了掩盖另一个更加隐秘的核心小组。这就像是俄罗斯套娃,揭开一层,只会发现里面还有一层。他完全信任、知无不言并咨询其意见的只有四个人,而她不是其中之一。她在想,他是不是从来就没有信任过她?她说:"差不多四年前,你第一次给我打电话叫我拍布里克斯顿照片的那次,那也是招募我的计划的一部分吗?那就只是为了怂恿一名保守党议员的女儿加入到工人革命运动中来?"

"这是一部分的原因。我知道你更倾向于哪种政治立场。我猜想你并不是真的接受你父亲的第二次婚姻。所以那个时候很适合接触你。在那之后,我的兴趣变得更加针对你本人了。"

"但是我们之间曾存在过爱情吗?"

他皱了皱眉。她知道他有多么讨厌这种对私人观点和情感问题的擅加干涉。他说:"曾经有过,现在也还有非常强烈的喜欢、尊重和肉体上的吸引。如果你非要用这个词的话,你也可以称之为爱情。"

"那你是怎么称呼这种感情的呢,艾弗?"

"我会说是喜欢、尊重和肉体上的吸引。"

他们已经走到了杜维恩长廊。他们头顶是刻有奔马的帕特农雕带,赤裸的骑手身披随风扬起的斗篷,双轮马车、乐师、长者和少女正在向端坐的神祇和女神靠拢。然而她抬着头，却对这神迹视而不见。她想：我需要知道，我需要知道全部真相，我必须面对事实。她说："给爸爸和《帕特诺斯特评论报》寄那封恶毒的诽谤信的是你对吗？这对你这样一位人民的革命使者、反抗压迫的伟大号召者、新圣城的预言家来说是不是太过卑劣了，一切都被降格成了八卦和诽谤，以及孩子气的恶意。你以为你自己在做什么？"

他说："只是做一个小小的恶作剧。"

"你就是这么称呼你的所作所为，这么称呼这种败坏正派人名声的行为吗？而且不仅仅是针对我的父亲。他们大部分人都是和你一条战线的，甚至是多年以来致力于你本应予以支持的劳工运动。"

"这跟正不正派没有关系。这是一场战争。参战的可能都是正派的人，但是他们打不了胜仗。"

一小拨游客又冒了出来。他们转身离开，慢慢沿着画廊的一侧前行。他说："如果你的工作是组织一个革命小团体，即便是很小的团体，他们都必须等待着开展真正行动、获得真正权力的那一天，你也必须让他们有事可做，让他们保持热烈的期盼，让他们产生一种正在实现某个目标的幻觉。光是侃侃而谈还不够，必须要有实际的行动。这一方面是为了将来做培训，另一方面是为了鼓舞士气。"

她说："那么从现在开始起，我不陪你了，你好自为之吧。"

"我已经意识到这一点了。达格利什见过你之后我就知道了，但我还是希望你能留下来，至少名义上能留下来，直到针对这起谋杀案的调查告一段落。我不希望在达格利什四处窥探的时候告诉大家这些消息。然后你就可以加入劳工党了。你跟他们在一起会更开心。当然也可以加入社会民主党。你自己选，他们没什么区别。反正等到你40

岁的时候也会重新加入保守党。"

她说："你还是信任我的吗？你明知道我想要离开，还要告诉我这所有的一切？"

"当然了，我了解你。你继承了你父亲的那种骄傲，不想让别人说你的爱人抛弃了你，所以你为了报复而背叛了他。你不想让你的朋友，甚至不想让你的祖母知道你曾经对你的父亲进行过阴谋活动。可以这么说，我依赖的就是你那种小资产阶级的正派作风。但是本身也没有太大的风险，这个基层组织会解散、重组，另选会面地点。反正现在也必须要这么做。"

她想：这是革命斗争的另一个方面，人们渐渐知道一些人很正派，然后据此利用他们的这个弱点。她说："我对爸爸有了更多的了解。直到他死后我才明白这一点。他试图做一个好人。我想这些话对你来说毫无意义。"

"这些话是有意义的。我不确定你的具体意思，但我想他试图好好表现，然后就不会因为太多的负罪感而不适。我们都是这样。考虑到他的政治立场和生活方式，要做到这一步可不容易。也许到最后他还是放弃了这种努力。"

她说："我不是在说政治立场。这和政治没有任何关系。我知道你觉得所有一切都和政治有关联，但是还有另外一种观点，还有另外一个世界。"

"我希望你在那个世界过得开心。"

他们现在正在走出长廊，她知道这是他们最后一次见面。她吃惊地发现自己对此并不怎么在意。她说："但是有关黛安娜·特拉弗斯，你说你先把她安插在了坎普顿小丘广场，直到你决定好该如何处置她。你做了什么？把她溺死吗？"

他们认识以来，她第一次见到他发火。

"不要搞出这么离奇的剧情。"

"但这对你来说会很方便，不是吗？"

"哦，是的，而且不仅仅是对我而言。别人有更强烈的动机想要除掉她。你的父亲。"

她忘记了要低调和保密，几乎是喊了出来："爸爸？但是他不在那里！我们以为他会出现的，但是他一直没赶到。"

"哦，可是他去了。我那天晚上一直跟着他。你可以称它为一次监视练习。我开车跟在他后面，一路来到了黑天鹅餐厅，看着他拐到停车道上。达格利什出于某种原因推断出你有一种女孩子特有的情感需求，想要向他人倾吐内心秘密。如果你决定向他坦白，我觉得有必要把这条重要信息传递给他。"

"但是你做不到，不是吗？那样的话就必须承认你也在现场。如果需要作案动机的话，达格利什也许会觉得你和爸爸之间其实没有多少区别。况且你还活着，他已经死了。"

"但是，和你父亲不一样，我有不在场证明。这一次是真的证明。我直接开车回到了伦敦城里，在市政厅和资深社会福利官员进行了会谈。我是清白的。但是他呢？他给人留下的回忆已经够声名狼藉的了，你还想要让他的名字和另一桩丑闻联系在一起吗？可怜的哈利·麦克对你来说还不够吗？如果你想给政治保安处打匿名电话的话，最好把这些都提前想清楚。"

第八章

周二早上的天气正适合开车远离伦敦。阳光断断续续,但却出奇强烈,层层浮云之上,天空是一片深远的湛蓝。达格利什开得很快,但几乎一语不发。凯特本以为他们会直接去河边的别墅区,但是这条路却经过了黑天鹅餐厅,达格利什在接近餐厅时停下车,似乎是思考了一下,然后拐进车道里,说:"我们喝杯啤酒吧。我喜欢沿着河走,从河岸这一边眺望那些小别墅。那些都是属于希金斯的房产,至少大部分是。我们最好还是让他知道我们来这儿了。"

他们把路虎车停在停车场里,这里空荡荡的,只有一辆捷豹、一辆宝马和几辆福特。他们走向门廊。亨利不带感情而又礼貌地迎接了他们,似乎不是很确定他是不是应该表现出认出了他们的样子。面对达格利什的问题时,他说老板先生现在正在伦敦。吧台空荡荡的,只有四个商人围坐着,面前放着威士忌酒,似乎是在打什么主意。酒保长着一张娃娃脸,穿着浆洗过的白色夹克衫,打着领结,给他们端上了黑天鹅餐厅引以为豪的、广为称赞的麦芽酒,然后就开始奋力地擦洗玻璃杯,重新布置吧台,似乎觉得这种忙碌的表象能够阻止达格利什向他提出任何问题。达格利什在想,亨利究竟施了什么法术,能够让他们一下子就暴露自己的身份。他们端着啤酒来到壁炉两侧的椅子上坐下，沉默着一同喝完自己那杯，然后又回到停车场，驶离树篱间的大门，前往河岸边。

那天是完美的英伦秋日，这种天气更多存在于记忆而非现实中。青草和泥土的浓郁颜色再加上和煦的阳光，暖和得就像是春天。空气中也有一股香甜的气息，让达格利什回忆起孩童时代所有的秋天：木材燃烧、熟透的苹果、收获的最后一堆谷物以及流水中浓重的海水气息。泰晤士河在不断变强的微风中奔腾，抚平了河岸边的草地，打着旋儿流入河岸边的狭沟。在渐变的蓝绿色中，光束不断流转变换，就像是草坪染了色。刀锋一般锐利的野草不断起伏涌动。河岸远处的几棵柳树下，一群荷兰乳牛正安静地吃草。

在下游约70码的对岸，他能看到一座小平房，看起来像是用木条搭起来的白色棚屋，他猜那就是他们的目的地。他也知道——正如他走在圣詹姆斯公园的大树下时就知道的——自己会在那里发现想要找到的线索。但是他并不着急，就像是一个极力推迟获得意料之中的满足感的孩子。他很高兴他们来早了，能够有间隙平静下来。突然之间，他感受到了一阵意料之外的兴奋，这种感觉十分强烈，他几乎想屏住呼吸，好像这样就能停住时间一般。他已经很少体会到这种感觉了，这种身体上产生强烈愉悦感的瞬间，他在此之前还从来没有在谋杀案调查过程中体会到过。这一瞬间很快就过去了，他听到了自己的叹气声，用一句平淡的话打破了这种情绪，说道："我想那就是河边别墅区了。"

"我想是的，总警司。需要我拿地图查一下吗？"

"不用，我们很快就会知道了。我们最好现在就过去。"

但他依然在徘徊，感受着微风吹起他的头发，为能获得多一分钟的安宁而心怀感激。凯特·米斯金能够一言不发地和他共享这一时刻，也不会让他觉得是在刻意约束自己保持沉默，这也让他心怀感激。他之前选择她是因为他的团队里需要一个女人，她又是最佳候选人。做出这种选择一部分是因为理性分析，另一部分则是出于直觉。现在，他才开始意识到自己的直觉帮了自己多大的忙。如果说他们两人之间没有丝毫暧昧是有些自欺欺人。以他的经验，无论多么强烈地否定和无视，两个密切共事又互相吸引的异性同事之间总是会出现一定程度的暧昧。如果他认为凯特美得让人心神不宁，当初就不会选择她，但是她确实非常有吸引力，而达格利什也没能对此免疫。尽管有这方面的小烦恼，或许正因为如此，他发现和她在一起工作令人感到格外平静。她对于他的需求几乎有种本能的直觉，知道什么时候应该保持沉默，也不会过分地恭敬。他怀疑凯特的部分思维能够更清晰地看到他的缺陷与弱点，能更好地理解他，也比其他任何男性下属更加具有批判性。她没有马辛厄姆那种冷酷与残忍，却也毫不多愁善感。但在他的经验里，女性警官的确很少有多愁善感的性格。

　　他最后看了一眼那排平房。如果他第一次去拜访黑天鹅餐厅时就遵从自己内心的想法，沿着这条河岸行走，他一定会用一种毫不关心甚至轻蔑的目光来观察这种可悲的装腔作势。但是现在这一道道脆弱的墙体似乎因河中升起的雾气而闪烁起微光，对他而言其中似乎包含了无穷无尽却又令人困扰的可能性。它们建在离河岸大约30码处，有很宽敞的走廊，中间是排气管，左边靠上游有一座浮动码头。他觉得自己看到了一堆陶器碎片，里面夹杂着一团团的淡紫色和白色，可能是残存的紫苑。有人试图用心打造一个花园。隔着一段距离望去，这排平房似乎得到了精心的维护，白色的油漆隐约发光。即便如此，一切还是给人一种夏天的感觉——什么都是转瞬即逝的。他想，希金斯肯定不愿意在自家的草坪上看到这样的风景。

正在他们观望时，一个矮胖女子从侧门走了出来，向着浮动码头走去，身边跟了一条大狗。她坐进一条小艇里，探身向前，解开缆绳，然后向着河对岸的黑天鹅餐厅划去，身子弓在双桨上方，大狗笔直地蹲坐在船头。小船越划越近，他们能看出那条狗是狮子狗和某种梗犬的杂交种，毛茸茸的，一张焦虑又友好的小脸几乎全部埋在毛发里。他们看着这个女人不断弯腰又起身划着双桨，慢慢逆流而上对抗着不断把她带向下游方向的湍流。小船终于靠岸，达格利什和凯特向她走去。他弯下腰，抓住船头并将船身稳住。他发现女人停靠在这里并非偶然。有一根铁棍深深地埋进河边的草地里。他把船索套在上面，然后伸出手。她抓住他的手，几乎一下就单脚跳上了岸，他注意到她左脚上穿了一只畸形矫正靴。狗在她身后也跳上了岸，嗅了嗅达格利什的裤子，然后猛地坐到草地上，一脸沮丧，就像这趟旅程全是它出的力。达格利什说："我想您一定就是米莉森特·金特尔小姐了。如果是的话，我们正要去看您。我们今早在苏格兰场通过电话。这位是凯特·米斯金督察，我叫亚当·达格利什。"

他低头，看到一张满是皱褶的圆脸，就像放了太久的苹果。小眼睛下面是一对又圆又硬、长满斑点的黄褐色双颊。她冲着他笑的时候，双眼挤成窄窄的两条细线，然后又睁开，露出棕褐色的明眸，瞳仁就像打磨过的鹅卵石。她穿着一条宽松的棕色长裤，暗淡破旧的工作服外面套了一件褪色的红色无袖紧身棉大衣。头上紧紧地戴了一顶红绿毛线织成的尖顶帽，两边的两个耳罩下各自垂了一条编成辫子形的毛线，最底下接了个红色的圆球。她周身有一种历经沧桑的顽皮感，就像一个年迈的花园地精，已经经历过太多的雨雪寒冬。但她说话时的嗓音低沉、洪亮，是他听过的最好听的女人的嗓音之一。

"当然了，我正在等您，总警司，但是离约好的时间还有半个小时。能这么出乎意料地与您碰面实在很荣幸。我可以带着您划船过去，但是因为我带了梅克皮斯①，一次只能带一个人，那样的话就太慢了。从陆上走恐怕有五英里远，不过也许你们开了车来。"

"我们有车。"

"当然了，你们肯定有车，毕竟你们是警察。我犯傻了，那我回去等你们。我划船过来是为了寄信，希金斯先生允许我把信件放在门廊的桌子上，和他的信件一起寄出。从我家到邮箱有两英里远，考虑到他并不喜欢我的小屋，他能这么做实在是很善良。恐怕他觉得我的小屋非常碍眼。你们不会找错路的，在第一个标为'弗罗莱特'的路口左拐，然后经过一座拱桥，再往左拐，经过罗兰先生的农场。农场有一块写着'荷兰乳牛'的招牌。然后你们就能看到一条通向河边的小道，我的小屋就在道旁。您看，不可能走到岔路上的。哦，我想你们来了会喝点咖啡吧。"

"谢谢您，可以的话我们很想喝一杯。"

"我想你们也会喝的。这也是我划船过来的原因之一。希金斯先生总是愿意多卖给我一品托的牛奶。此次来访事关保罗·博洛尼男爵，不是吗？"

"是的，金特尔小姐，是有关保罗·博洛尼男爵。"

---

① 狗的名字，意为"和好，言归于好"。

"你打电话来自称是警察的时候我就觉得有可能是因为他。那位可亲的好人。那就十分钟之后再见了。"

他们看着她一瘸一拐地快步走向黑天鹅餐厅,狗紧跟在她身后,然后他们转过身,慢慢地走回停车场。他们毫无困难地遵循着她的指示,但是达格利什开得很慢,知道他们还是比约见对象在时间上领先,他希望能给金特尔小姐足够的时间划船回去,在家等着他们。很明显,金特尔是她的真名,不是笔名。这个名字对于一个浪漫爱情小说作家来说实在是太过合适了①。他慢吞吞地开着车,留意到坐在身边的凯特强自按捺着心中的不耐烦。但是仅仅十分钟之后他们就离开了河边车道,拐进通向小屋的崎岖小路。

小道穿过一片没有树篱环绕的田野,达格利什想,在天气最糟的冬日,这里会比几乎无法通行的沼泽好不了多少。小屋比在远处看见的大得多。因秋日而萧条的一片花床紧挨着煤渣路,在侧面的台阶下,他能瞥到一排排罐头堆在柏油帆布下,很有可能装着石蜡。小屋后面是一片菜地:有发育不良的卷心菜、根茎伤痕累累的球芽甘蓝、叶片斑驳的球根洋葱和最后一季红花菜豆,一团团枯萎的豆荚像破布条般挂在茎上。在这里,河水的味道更加浓郁,他可以想象出这里在冬日的样子,水中升起冰冷的雾气,土地变得黏湿,仅有一条泥路通向荒无人烟的乡村土路。

但是当金特尔小姐打开门,微笑着把他们迎进屋后,他们一下子走进了阳光与欢愉的气氛中。客厅有着宽大的窗户,完全可以想象自己是坐在一艘船上,眼里能看到的风景就只有白色的阳台栏杆和河水

---

① Gentle一词的英文原意为"温柔的"。

的光泽。尽管屋子里有一座十分不协调的熟铁火炉,但总体来讲,这里更像是一座小别墅而非河边的小棚屋。一面贴着不协调的玫瑰花蕾与知更鸟墙纸的墙上几乎挂满了画像:过时的乡间风景水彩画、一对温彻斯特和韦尔斯大教堂的版画、四幅维多利亚前期风格的画作被裱在同一个画框里、一幅羊毛和丝绸的刺绣画着一位天使在空墓前与使徒们相会,还有几幅还不错的迷你肖像画挂在椭圆形画框里。远一些的那面墙上摆满了书,达格利什注意到其中有一些是金特尔小姐自己的作品,都还包在护封里。火炉两侧各有一把安乐椅,中间是一张宽腿桌,一罐牛奶和三套带花饰的茶杯和茶托整齐地摆在上面。金特尔小姐在凯特的帮助下搬来一把小摇椅,供第二位客人入座。梅克皮斯已经跟随着女主人向他们表示了问候,现在正趴在空空的火炉前面,发出极不合时宜的一声叹息。

金特尔小姐立马端来了咖啡。水壶里的水已经煮开了,她只需用沸水把咖啡粉冲开。达格利什刚刚抿了一口咖啡,就突然感到一阵内疚。他忘了要让独自生活的人招待突如其来的访客是多么不便。他怀疑她刚才划到黑天鹅餐厅去主要不是为了寄信,而是为了买那罐牛奶。他温和地说:"想必您已经知道保罗·博洛尼男爵的死讯了。"

"是的,我知道。他是被谋杀的,这也是你们来这里的原因。你们是怎么找到我的?"

达格利什向她解释了他们是怎么发现她写的书的。他说:"在他过世之前几周里发生的任何事情对于我们而言都很重要。所以我们希望您能够告诉我们8月7日晚上到底发生了什么。您确实见到他了吗?"

"哦,是的,我见到他了。我就是那个时候把书给他的。"她放下自己的茶杯，轻轻地颤抖了一下，仿佛是突然间感到了一丝凉意。然后她平静下来，开始讲述她的故事，就像他们是围坐在幼儿园火炉边的孩子们一样。

"我和希金斯先生相处得很好。当然了，他的确很想买下这座小屋，然后把它拆毁，但是我也说过，我死了之后他可以从我的遗嘱执行人那里获得优先购买权。我们自己也经常开玩笑。而且黑天鹅餐厅确实运营得很好。造访的都是非常友善的顾客，也都非常安静。但是那天晚上却不是这样的。我正想要工作，噪音搞得我非常烦躁。不断有年轻人在大喊大叫。所以我就走到了河岸边，刚好能看到有四个人在一条方头平底船上。他们摇晃得非常厉害，其中两个人还站了起来，想要交换位置。除了发出很响的噪声，他们的行为也傻里傻气的。我想要给希金斯先生打电话，但是我的电话刚好发生了故障。所以我就带着梅克皮斯划船过去。我把船停泊在老地方——直接划到他们身边抗议是很轻率的，我已经不像过去那么强硬了。在把船掉头，想要靠到岸边时，我看到了另外两个男人。"

"您知道他们是谁吗？"

"当时不知道。当然了，那时光线很暗。只有从树篱另一侧的停车场反射过来的光亮。后来我知道了其中一个人是保罗·博洛尼男爵。"

"他们在做什么？"

"他们在打架。"金特尔小姐在说出这些字眼的时候一点也不带批评态度，达格利什对自己会提出这种显而易见的问题也感到吃惊。她的语气表明在河岸和半阴暗的环境中打架是两个无所事事的绅士很正常的一种活动。她说："当然了，他们没有注意到我。我只有脑袋探到了河岸以上。我很害怕梅克皮斯会吠出声来，但是我告诉它不要这么做，它也非常棒地控制住了自己，尽管我能看得出来它想要跳出去加入混战。我当时还在犹豫要不要出面干涉，但最后觉得那样不够庄重体面，也不会有什么效果。而且很明显这是两人因为私事而引发的斗争。我的意思是，这看起来不像是突如其来的相互挑衅，如果是那样的话，我觉得有义务去终止这种斗殴。另一个男人看起来比保罗男爵要矮，某种程度来说这有些不太公平，但是他比保罗更年轻些，所以两人还是势均力敌。没有我或者梅克皮斯的干预他们两个人的状态也不错。"

达格利什忍不住瞥了梅克皮斯一眼，它正散发出一种令人昏昏欲睡的宁静感，看起来一点都不像会突然憋足劲吠出声来的样子，更别提咬人了。他问道："谁打赢了？"

"哦，是保罗男爵。我想他应该是打出了一记勾拳。结果效果不错，年轻些的男子摔倒在地，然后保罗男爵拎着外套领子和裤子把他拽起来，就像对待一只小狗一样，把他扔进了河里。他落水的时候发出了相当大的哗啦声。'我的天哪，'我对梅克皮斯说，'我们度过了多么奇妙的一晚啊！'"

达格利什觉得这一场景越来越像金特尔小姐书中的某一章节了。他说："接下来又发生了什么？"

"保罗男爵又涉入水中，把他捞了出来。我想他并不是真的希望他溺死，也许他也不知道另一位到底会不会游泳。然后，他把男子丢在草地上，说了些什么，我没有听清。接着，他朝上游走来，走向我。他快要经过时，我抬起头，说：'晚上好，我想您应该不记得我了，但是我们去年六月时在赫特福德郡保守党的宴请活动上见过。当时我刚好去看外甥女。我是米莉森特·金特尔。'"

"他做了什么？"

"他走过来，蹲在小船边，和我握了握手。他相当从容不迫，一点也没有惊慌失措的样子。当然，他浑身都湿透了，脸颊上还在流血，看起来像是擦伤了。但是他就像当初我们在宴会上碰面时一样镇定自若。我说：'我看到刚才的打斗了，你没把他杀死吧？'他说：'没有，我没有杀死他，但我很想那么做。'然后他向我道歉，我说确实没有这个必要。天气还没有暖和到可以穿着湿衣服站在岸边，他开始发抖，我提议他和我一起回我的小屋把衣服烘干。他说：'您实在是太好心了，但是我想，还是先把我的车开走比较好。'当然，我明白他的意思。他最好是在别人看见他或者发现他来过黑天鹅餐厅之前就离开。这些政客必须得这么小心。我提议他把车停在路边的某个位置，我在离上游更近些的地方等他回来。当然了，他可以开车过来，但是距离大概有五英里远，他又实在是太冷了。他消失了，我耐心地等着，但并没有等多久。不到五分钟，他就回来了。"

"另外那个男人做了些什么？"

"我没有留下来观察。但我知道他不会有事的。你们也知道，他并非独自一人，有个女孩子在陪着他。"

"一个女孩？你确定吗？"

"哦，是的，相当确定。保罗男爵把他丢进河水里时，她从灌木丛里走了出来，一直在旁边看着。我不可能不注意到她。她几乎没穿什么衣服。"

"您能认出她来吗？"还没等达格利什提出要求，凯特就打开了自己的手提袋，把照片递了过去。

金特尔小姐说:"这不就是那个溺水而死的女孩吗?有可能是同一个人,但是我没有看清她的脸。我说过了,当时光线非常暗,而且他们离我大概得有40码远。"

"她当时做了什么?"

"她放声大笑。简直有点不可思议。接连不断地大笑。保罗男爵迈入水中将他捞上来的时候,她就坐在岸边,几乎一丝不挂,发出阵阵大笑。人是不该在他人倒霉时大笑的,但是他看起来真的很可笑。当时的场景相当荒谬,两个男人跌跌撞撞地从河水里走上岸,一个几乎全裸的女孩坐在岸边放声大笑。她的笑声相当有感染力,发自肺腑,充满欢乐,响彻整片河滩。听起来笑声里并没有恶意,但是我想她肯定是在嘲笑。"

"这个时候方头平底船上的人们在做什么?"

"他们正在往上游黑天鹅餐厅划去。也许他们开始感觉到一丝恐惧。河水在晚上时漆黑一片,令人觉得陌生,甚至看起来有些邪恶。我现在是习惯了,感觉像在家里一样自在。但是我觉得他们想要划回明亮和温暖的地方。"

"也就是说,您最后一次看见男人和女孩时,他们一起坐在岸边,然后您就开始慢慢向下游划去,没有人注意到您?"

"是的。河道在那个地方稍微拐了个弯,灯心草丛也要比岸边的灌木高出一块。我很快就看不到他们了。我静静地坐着,一直等到保罗男爵归来。"

"他是从哪个方向过来的?"

"从上游的方向,和我划船的方向一致。他是从停车场穿过来的。"

"还是在那对男女的听力和视力范围之外?"

"的确是在视线范围之外,但是我们划船到对岸时还是可以听见那女孩的笑声。我必须很小心地划船,因为带了梅克皮斯和另一位乘客,我们的吃水线已经很低了。"

他们两个蜷在那条小小的船上,梅克皮斯僵直地蹲坐在船头,这幅画面十分好笑,但又很可爱。达格利什想要笑出来。他可没预料到在谋杀案的调查过程中会出现这样的冲动,特别是在此次调查中。他对此感到感激。他问道:"那个女孩笑了多久?"

"一直笑到我们快要划到对岸时。然后突然之间,笑声戛然而止。"

"那个时候您听到别的什么声音了吗,比如惊叫或者落水声?"

"没有。但是在当时,如果她干净利落地跳入水中,本来就不会发出太大的落水声。我也不觉得在双桨划动的声音中我还能听到别的声音。"

"然后发生了什么,金特尔小姐?"

"首先,保罗男爵问我他是不是可以用电话机打个本地电话。当然,他没有说给哪里打电话,我也没有问。我离开他,走进厨房,这样他应该会觉得更隐私些。然后我建议他应该洗个热水澡。我打开浴室的电热水器,点上我的石蜡炉子,这可不是想着要节约的时候。我还给了他一些用来处理脸上伤口的消毒剂。我刚才是不是忘了说,那个男孩把他的脸颊伤得很重。我觉得这不是一种男子汉行为。他在浴室里时,我用滚筒甩干机把他的衣服甩干。我家没有洗衣机,不过我也确实不需要,因为我就自己住。我甚至能自己手洗床单,因为可以晾干。但是我觉得滚筒甩干机对我来说必不可少。哦,等着衣服甩干的时候,我还让他穿了我父亲从前的睡衣,是羊毛的,特别暖和。现在已经没有质量这么好的睡衣了。他从浴室出来时,我暗想,他穿着这一身是多么帅气啊。我们坐在壁炉前面,我泡了一些热可可。我想,作为一名绅士,他可能想要些更烈的东西,所以我也提出了我有接骨木果酒。他说相比之下他更想喝一杯热可可。好吧,他并没有说'更想喝一杯热可可'。他说他很愿意尝一尝那瓶果酒,他相信一定会很好喝,但是他觉得现在喝热饮可能更好一些。我也很同意这种说法。一个人被恶寒侵袭时,没有什么比浓香的热可可更令人感到舒适了。我在里面放了很多牛奶。我之前多买了一罐牛奶,本来打算用来做芝士烤菜花的。他是不是很幸运?"

达格利什说:"确实很幸运。您跟别人提起过这件事吗?"

"没和任何人说过。如果不是你打电话来,他又已经去世了,我甚至都不会和你说的。"

"他有没有要求您替他保密?"

"哦,没有。他不会这么做。他不是这种人,而且他也知道我不会说出去的。一个人是可以分辨出是否能在某些事情上信任某人的,你不觉得吗?如果你能信任这个人,还有必要提出这点吗?如果不能信任,那要求对方保密又有什么用呢。"

"请继续保密,金特尔小姐,这一点可能至关重要。"

她点了点头,没有说话。他又开口询问,自己也纳闷为什么会这么想知道这件事:"你们都谈了些什么?"

"没有谈论有关打架的事情,至少没怎么讨论。我说:'我想你们打架是因为某个女人,对不对?'他说的确是这样的。"

"是为了那个大笑的女人,那个几乎一丝不挂的女孩吗?"

"我觉得不是。我不知道具体原因，但就是有这么一种感觉，事情要比那更为复杂。而且如果是为了她，我觉得保罗男爵不会当着她的面打架，除非他不知道她当时在场。不过，我猜他确实不知道。她肯定是在看到保罗男爵接近时就躲进了灌木丛里。"

达格利什现在知道博洛尼为什么来到河岸边了。他开车过来参加晚宴，来见他的妻子和她的情夫，来参加一个文明人之间的伪装游戏，假装是一位彬彬有礼、温顺的丈夫，扮演一场闹剧中的那个傻子。这个时候他听到了流水声，可能像达格利什一样，闻到了十分怀念的河水的气味，想要能独处片刻，求得一份安宁。所以他犹豫了一下，便走到篱笆旁停车场的大门外，来到河岸边。这么一件小事，就因为遵从了自己一个简单、冲动的想法，却导致他死在了那间血迹飞溅的小礼拜堂里。

很可能就是在这个时候，脱下衬衫的斯维恩钻出灌木丛，直面他而来，就像是他一生中所厌恶的一切、他对自己的那种厌恶都在此刻化成人形。保罗是否向斯维恩质问了有关特蕾莎·诺兰的事情，还是说他早已知晓真相？这是不是那个女孩在临终前写的最后一封信里透露的另一个秘密，即她的那位情人的名字？

达格利什又一次发问，很温柔，但也很坚定："你们都谈了些什么，金特尔小姐？"

"主要是聊了我的工作，我写的书。他对于我是怎样开始从事写作，以及都是从何处获得灵感非常感兴趣。当然了，我已经六年没出过新书了。我写的那种小说并不是非常畅销。亲爱的赫恩先生从来都是那么善良而乐于助人，他就是这么给我解释的。浪漫小说现在都非常贴近现实了，恐怕我的故事有点过于老派。但是我没办法改变了。

我知道人们有的时候对浪漫小说作者十分不友善，但是我们和其他作家其实是一样的。只有在你需要写作时才能写出东西。我又十分幸运，我很健康，还有一份养老金，有一个家，还有梅克皮斯做伴。而且我依然在写作。下一本书可能就会带来好运了。"

达格利什问道："保罗男爵待了多久？"

"哦，很久，一直待到快到午夜。但我觉得他不仅是出于礼貌才留下的，而是真的觉得在这里很开心。我们坐在一起，聊着天，饿了之后我又去做了炒蛋。牛奶还剩下很多，但是已经不够做一道芝士烤菜花了。在之后的某个时刻，他说：'现在这世界上没有人知道我在哪里，任何人都不知道，没有人能找到我。'他说话的口气就像我给了他一次宝贵的机会一样。他坐在那把椅子里，就是你现在坐的这把，穿着父亲从前的旧睡衣，看起来十分舒适，就像在自己家里一样。总警司，你和他很像。我不是说长相上相似。他长得很白，你皮肤更黑一点。但是你很像他：你坐着的姿势、双手摆放的位置、走路的方式，甚至声音都有一点像他。"

达格利什放下手中的杯子，站起身来。凯特看着他，微微有点吃惊，但很快也站了起来，拿起自己的手提包。达格利什听见自己对金特尔小姐招待的咖啡表示感谢，再次强调了保持沉默的重要性，并解释说他们希望能拿到一份书面陈述，如果方便的话会有人打电话，开警车来接她去新苏格兰场。他们走到门边时，凯特出于冲动问了一句："那天晚上是您最后一次见到他吗？"

"哦，不是的。他身亡当天下午我还见过他，我以为你们知道的。"

达格利什温柔地说："金特尔小姐，我们怎么可能知道这些事呢？"

"我以为他告诉过别人自己去了哪里。这件事很重要吗？"

"非常重要，金特尔小姐。我们一直想要了解他在那天下午的具体行程。请告诉我们都发生了些什么。"

"但确实没什么好说的。他突然前来造访，大概是快要到下午3点时。我记得当时我在听广播四台的《女性时间》节目。他步行前来，手里拎了一只提包。他肯定是从车站走了4英里过来的，但是当我指出这段路程的距离时他还是吃了一惊。他说他想去河边散一会儿步。我问他吃过午饭没有，他说他的包里有一些奶酪，吃那个就够了。他肯定是饿坏了，巧的是我中午做了炖牛肉，还剩了些，所以我让他进屋。他吃了点牛肉，然后我们一起喝了咖啡。他并没有说太多话，我想，他也不是来聊天的。然后他把包放在我这里，出去走了走。大约下午4点30分，他回来了，我泡了茶。他的鞋子很脏——河边的草地今年夏天浸满了水——所以我为他找出了擦鞋盒，他坐在门外的台阶上擦了擦鞋，然后拎起包跟我告别，离开了。就是这么简单。"

就是这么简单，达格利什想，这样就能知道那段空白的时间他做了什么，也解释了他的鞋子上为什么会沾上淤泥了。他并没有去找情人，而是去找了一个之前只见过一面的女人。这个女人不会提出任何问题，也不会提要求，曾给过他片刻难忘的安宁时光。在那几个小时里，他希望待在一个世界上没有人能找得到他的地方。然后他肯定是直接从帕丁顿车站走到了圣马修教堂。他们得去查一查火车时刻表，看看整趟旅程大概会花多长时间。但是不管厄休拉夫人有没有撒谎，博洛尼都不太可能打电话回家，拿走日记本，然后还在18点时赶到教堂。

看着身后慢慢关上的门,凯特说:"我认识一个像她这样一把年纪的女士,如果换作是她遇上这种情况,可能会说:'没人想买我写的书,我很穷,我很差劲,我住在一座潮湿的平房里,只有一条狗陪着我。'她说的却是:'我很健康,还有一份养老金,我有一个家,还有梅克皮斯做伴。而且我依然在写作。'"

达格利什暗想,她脑子里现在想的可能会是谁。她的声音中含有一丝苦涩,这对他来说还是新鲜事。然后他记起她好像有位年迈的外祖母。这还是她第一次委婉地提及自己家里的私事。他还没来得及回答,她又继续说:"这也解释了为什么希金斯会说斯维恩的衣服都湿透了。毕竟那是一个8月的晚上。如果他是裸泳完了上岸之后才穿的衣服,那为什么衣服上会淌水呢?"

她又补充道:"总警司,这是一个新的作案动机,而且是双重动机。斯维恩一定很恨他。这一顿暴打,这种屈辱,被扔进河里,又像一条狗一样被拖出来,还是当着那个女孩的面。"

达格利什说:"哦,是的,斯维恩一定很恨他。"

所以他终于找到了动机,不仅仅是谋杀动机,而是这场谋划、冲动、残暴、精妙的设计与半吊子的小聪明相融合的谋杀案的动机。摆在他面前的是一种猥琐、傲慢、气量不足的举动,但却也具备了一种可怕的能量。他认出了这场谋杀背后的那种心智。他曾经见过这种人,之前有过这样的杀人凶手,夺走一条生命还不满足,还要为之前所遭受的屈辱复仇,还以同样的屈辱。这样的人无法容忍自己的敌人与自己呼吸着同样的空气,不仅想让自己的受害人死亡,还希望他颜面尽失。有这样心智的男人在其一生中都觉得低人一等,但是从此之后他再也不会觉得自己比别人低劣。如果他的直觉无误，那么多米尼克·斯维恩就是他要找的凶手，而抓住他就得攻破一个脆弱、孤独又固执的女人的防线。他轻轻发抖，把大衣领子竖了起来。阳光正从草地上散去，但是微风令人振奋，从河面上传来一种阴冷潮湿的味道，就像是冬天的第一口空气。他听见凯特说："您觉得我们能在允许范围内找到一种方法，打破他的不在场证明吗，总警司？"

达格利什站起来，走到车身旁，"我们必须得试一试，督察，我们必须得试一试。"

第六部
致命后果

第一章

巴恩斯神父刚刚告诉沃顿小姐苏珊·肯德里克的建议,直到这一切纷扰都平息前,她可以在诺丁汉的牧师住宅和他们一起住两天。她很快就答应了,并且充满感激和释然。双方达成一致,一旦问讯结束,她就马上出发前往诺丁汉,巴恩斯神父会和她一起坐地铁到国王车站,帮她拎着箱子,然后送她上火车。整个计划看起来就像是祈祷得到了回应。麦格拉斯夫妇现在用一种半真半假的尊重态度对待她,就像把她当成一件值得炫耀的展品,有助于提高他们在这条街上的名望。她觉得这比之前的那种敌意更为可怕。能从他们贪婪的眼神和无休止的问题中逃离出来实在是一种安慰。

警方的问话并不像她所担心的那样像种酷刑。之前在警方的要求下,她只是临时协助警察对她的身份和发现尸体时的情况做了记录,但具体的程序被延迟了。验尸官对沃顿小姐格外体贴,她在证人席上只待了一小会儿,甚至站在那里好一会儿才意识到问讯已经结束了。她四处搜寻的目光并没有发现达伦。她的回忆十分混乱,只记得自己被介绍给了很多陌生人,包括一位金色头发的年轻男子,他说他是保罗男爵的小舅子。这个家里再也没有别人到场,尽管巴恩斯神父告诉她那些穿着深色西装的律师是代表这家人的。他本人穿着华丽，穿了一身新的法衣，戴了新的四角帽，显得相当精神自在。他用胳膊护着她，领着她穿过一群摄影师，用她从未见过的一种自信和教区的信众打招呼，和警方在一起时似乎也相当自如。有那么令人惊悚的一瞬间，沃顿小姐发现自己认为这起谋杀案对他而言似乎是件好事。

从来到圣克里斯潘的第一天起她就知道这次拜访不会成功。苏珊·肯德里克大腹便便，怀着自己的头胎宝宝，但是她的精力丝毫未减，似乎每天的每一分钟都忙个不停，不是操心教区的事，就是担心家务事，或者在本地医院进行理疗兼职。杂乱的内城住宅从来就没空下来过，除了肯德里克神父的书房之外再无清静之处。他们总是把沃顿小姐介绍给别人，那些人的名字她经常记不住，也搞不懂他们在这个教区里所担任的职务。在涉及谋杀案时，她的这位女主人怀有应有的同情，但是很明显认为任何人因为见过尸体——不管当时的场景有多么令人不快——而长期痛苦、烦恼都是十分不合理的。一直沉浸在这种记忆里说得好听一点是放纵自我，说得不好听一点就是病态。但是沃顿小姐已经进入了下一个阶段，说出这些事对她是会有帮助的。她也非常想念达伦，想要见他的心情极为迫切，她一直在想他现在在哪里，都经历了些什么，过得是否开心。

她对于即将诞生的小宝宝表达了自己的喜悦，但是因为太紧张，她的声音听起来很忸怩，说的话连她自己都觉得过于感情用事了。面对苏珊那种健康又理智地对待怀孕的态度，她觉得自己就像一个荒谬的老处女。她提出要在教区里帮忙，但是她的女主人没能找到一份适合她的工作，这又进一步削弱了她的自信。她开始悄悄地四处走动，人们肯定觉得她像教堂里的老鼠一样鬼鬼祟祟。过了几天之后，她不安地提议自己也许应该回家了,也并没有一个人想要劝阻她。

但是在离开当天的早上,她向苏珊透露了自己一直以来对达伦的担心。她的女主人帮了大忙。她并不害怕地方上的政府机构,也知道该给谁打电话,怎么找到正确的电话号码,怎么和电话那头的陌生人沉稳又自信地交流。她是从她丈夫的书房里打的电话,沃顿小姐坐在一把专门供前来咨询神父意见的教徒使用的椅子上。在整通电话交流的过程中,她觉得自己根本不值得接受这么耐心、专业的关怀,隐约意识到假如自己是个未婚妈妈或者少年犯——或者二者皆是——而且还是个黑人的话,可能也要比现在做得更好。

打完电话之后,苏珊·肯德里克给出了对她的判决。她现在不能见达伦,负责照顾他的社工觉得这并不是件好事。他之前上了少年法庭。法庭下了一道监管令,希望为他安排一个过渡期的治疗方案,但是在一切走上正轨之前,他们觉得让他与沃顿小姐见面并不明智,这只会让他回忆起那场不幸。他一直很犹豫,不愿谈起那场谋杀案,负责照顾他的社工觉得他真的想开口时,身边最好有经验丰富的社工陪着,可以和他一起重温那次创伤性的经历。沃顿小姐想,他会厌恶这一切的,他从来就不喜欢被人干涉。

回家后的第一个晚上,她躺在床上,像往常一样毫无睡意,然后她做出了自己的决定。她会去苏格兰场寻求警方的帮助。以他们的权威,至少应该能对负责达伦的社工产生某些影响。他们对她总是充满善意,也很愿意帮忙,应该能说服当地的政府机构可以放心地让她和达伦见面。这个决定为她不安的思绪带来了一丝平静,然后她就睡着了。

第二天早上,沃顿小姐发现自己没那么自信了,但是决心却没有因此而动摇。她10点之后才会出发，没有必要赶着交通高峰期出门。她小心翼翼地为这次短途旅行梳洗打扮，第一印象总是很重要的。出门之前，她短暂地跪地祈祷，希望这次拜访能够成功，她能够获得理解，苏格兰场不会像她想象中那样可怕，达格利什总警司或者米斯金督察愿意去和地方政府机构谈谈，向他们解释，如果负责照看达伦的社工觉得向他提起那场谋杀十分不明智的话，她就一个字都不会提及。她步行来到帕丁顿地铁站，坐上环线地铁。在圣詹姆斯公园站，她走错了出口，迷失了几分钟的方向，不得不向路人询问前往苏格兰场的路。突然间，就在马路对面，她看到了不断旋转的标志和经常能够在电视新闻里看到的那座高大又熟悉的椭圆形玻璃建筑。

　　门厅让她吃了一惊。她不再对自己想象中的画面那么肯定了，在她的想象里，有身着制服的警官当值，也许还有钢制的格栅，甚至还有一串戴着镣铐的犯人被押送进牢房。与之相反，她发现自己正面对着一张普普通通的前台，只有几个年轻女子在值班。大厅里一派忙碌，每个人都目标明确但又非常放松地工作着。男人和女人们亮出自己的证件，然后开心地一边闲聊一边穿过大门，走进电梯。如果不是内心深处对这里有很深刻的印象，她觉得这完全可以是任意一座办公楼。她询问是否可以见见米斯金督察，因为她觉得在面对这样一件事时女人会比男人更富同情心，况且实在不值得为了这种对别人而言无关紧要的小事去麻烦达格利什总警司。不，她承认自己没有事先预约。对方让她坐在紧靠左边墙壁的一把椅子上稍等。她坐下来看着女孩拨打电话，越来越有信心，紧抓着手提包的双手也慢慢放松下来。她开始留心身边来去匆匆的警察们，并觉得自己有正当的权利坐在这里。

突然，米斯金督察就站在了她的身边。沃顿小姐没想到她会出现。不知为何，她之前觉得会有人来把她领到督察的办公室里。她想：她这是为了节省时间。如果她觉得事关重大的话，就会把我带上去。很明显，米斯金督察不觉得这是什么重要的事。当沃顿小姐解释清楚来意之后，督察在她身旁坐下来，一言不发地待了一小会儿。沃顿小姐想：她很失望。她本以为我会带来有关谋杀案的新线索，以为我又记起了新的重要细节。这时候，督察开口说："我很抱歉，但我想我们没办法帮什么忙。少年法庭已经做出判决，让当地权威机构进行监管，现在这件事只和他们有关系了。"

"我知道，肯德里克太太也是这么跟我讲的。但是我想你们也许能施加一点影响力。毕竟，你们警察……"

"我们没什么影响力，在这件事上没有。"

这些字句听起来毫无斡旋余地。沃顿小姐发现自己正开口乞求："我不会跟他谈起谋杀案的，尽管我有时候觉得在某些事情上男孩子要比我们更坚强。但是我会非常小心的。如果我能再次见到他，哪怕只有一小会儿，知道他现在过得很好，我就会感觉好多了。"

"您为什么不能见他？他们是这么说的吗？"

"他们觉得在具备丰富社工经验的人帮助他度过创伤期前，他都不应该讨论有关谋杀案的事情。"

"是啊，这听起来就像他们会说的那一套。"

沃顿小姐对于督察语气中突然显露出的不满感到吃惊。她觉得自己找到了一个同盟。她张开嘴，本想做出恳求，但是又打消了这个念头。如果米斯金督察有能帮得上忙的地方，她肯定就帮了。督察似乎正在想些什么，过了一会儿，她说："我没法给您他的地址，况且我也记不住。我得去查查档案。我甚至不确定他们是否还让他和他妈妈一起待在家里，但我觉得如果社工们想要让他搬离，应该会去申请少年法庭签发的监护权的。我还记得他在哪所学校，是博灵顿路小学。您知道那个地方吗？"

沃顿小姐急切地说："哦，是的，我知道博灵顿路在哪里。我能找到。"

"他们现在还是下午3点30分左右放学，不是吗？您可以尝试卡着时间从那里路过。如果您是偶然遇到他的，我不觉得他们能提出什么反对意见来。"

"谢谢你，谢谢你。"

沃顿小姐的焦虑使她的感知力变得更为敏锐，现在她放下心来，又猜想米斯金督察会不会再次问她有关谋杀案的事，但是她什么都没有说。她们站起身来，督察把她送到门口，沃顿小姐抬头看着她，说："你对我实在太好了。如果我又想起了关于谋杀案的之前没有提到的新线索，我会马上和你们联系。"

在圣詹姆斯公园站坐上地铁时，她计划着如果一切顺利，事成之后可以奖励自己在军用物品商店喝一杯咖啡。但是她的苏格兰场之旅似乎比预想中耗费了更多的精力，现在连维多利亚街上喧嚣的车流都令她沮丧挫败。也许不喝咖啡直接回家就不会那么疲惫了。她正在人行道边犹豫着，突然感觉到有人用肩膀碰了她一下。一个年轻男子令人愉悦的声音响了起来："抱歉打扰了，您是沃顿小姐吧？我在博洛尼一案的问讯期间见过您。我是多米尼克·斯维恩，保罗男爵的小舅子。"

她眨了眨眼，困惑了一瞬间，然后记起了他。他说："我们挡住人行道了。"她发觉他的手搭在了她的胳膊上,坚定地领着她走过马路。然后,他没有放手,说道:"您刚才肯定是去了苏格兰场。我也去过。我觉得有必要喝一杯,请陪我一起去,我打算去圣厄明大酒店。"

沃顿小姐说:"您太慷慨了,但是我不确定……"

"拜托了,我需要找个人说说话,您这是帮了我一个大忙。"

实在不可能拒绝。他的声音、他的微笑、他挽过来的胳膊都十分具有说服力。他温柔但坚定地领着她往前走,穿过车站,走到卡克斯顿大街。突然之间,大酒店就出现在他们眼前,看起来正欢迎着来往的客人。宽敞的庭院两侧是纹章上才有的兽雕。她回家前能找个安静的地方坐一会儿也不错。他领着她穿过左边的门,走进大厅。

她想,这也太气派了:分成好几道的楼梯都通向弯曲的阳台,枝形吊灯闪闪发光,墙壁嵌满镜子,柱子饰有雕刻。这一切反而奇妙地给了她家的感觉。这种优雅的爱德华王朝风格让她安心,整个气氛都给人一种确定的、被尊重的舒适感。她跟着她的同伴走过蓝色鹿皮地毯,来到壁炉前的几把高背椅前。他们坐下之后,斯维恩问道:"您想喝点什么?这里有咖啡,但我觉得您可以来点更烈的,雪莉酒怎么样?"

"是的,那样再好不过了。谢谢。"

"不含糖的原汁?"

"也许稍微掺一点儿吧。"

在圣克里斯潘的宅子里,每天晚上就餐前,肯德里克太太都会端出一瓶雪莉酒。那时候喝的都是不含糖的,那种酸酸的味道并不适合她的口味。但是她回到家后,却又开始怀念每天晚上的这个惯例。毫

485

无疑问，人们总是很快就习惯于享受这种小小的奢侈。他举起手指，侍者走了过来，十分恭敬。雪莉酒很快就端了过来，是一种浓郁的琥珀色，有甜味，很快就让人振奋起来。桌上还摆了一小碗坚果和一块小小的硬饼干。多么优雅啊，这一切是多么让人舒心啊，让人觉得维多利亚大街上的喧嚣离这里有好几英里远。她靠在椅背上，抿着酒，惊讶地望向精心雕饰的天花板，那对带有流苏灯罩的壁灯和楼梯口巨大的花缸。突然，她知道自己为什么觉得这里有种家的感觉了。这里的所见、所闻、所感，甚至是年轻男子冲着她展开的笑颜，都融入到一幅早已被忘却的画面里。她当时也在一家酒店的大厅里，肯定同这家酒店装潢相似，在同样的位置，她和她的弟弟约翰一起坐着，这是他被提拔为中士之后的第一个假期。她想起了一切。他当时驻守在东安格利亚的巴辛伯恩。他们应该是在利物浦街附近的一家酒店见的面，而不是在维多利亚大街附近。但是一切都何其相似。她记得自己为他漂亮的制服感到骄傲，他胸前佩了一枚空军枪手徽章，中士的三道杠闪闪发光。她因为有他陪伴，觉得自己变得十分重要。她陶醉在这种罕见的殊荣里，看着他充满自信地召来侍者，给她点了一杯雪莉酒，自己点了啤酒。她现在这位同伴有一点点像约翰，也和约翰一样勉强同她差不多高。"他们就是喜欢我们这种矮个子，我们可以当机尾射手。"约翰当时是这么说的。他也像约翰一样白皙，高高拱起的眉毛和蓝色的双眸里仿佛也有约翰的影子，连和善有礼的举止也同约翰如出一辙。她几乎可以幻想自己看到他胸前也佩了一枚单翼空军枪手徽章。他说："我猜他们又问您有关谋杀案的问题了。他们有没有让您很难过？"

"噢，没有，没有那样一回事。"

她解释了自己来访的原因,发现自己轻易就告诉了斯维恩有关达伦的事情。他们在纤道上散步、一起去教堂的事,她需要见到他的心情。她说:"米斯金督察面对地方政府机构也无能为力,但是她告诉了我达伦在哪所学校上学。她真的很善良。"

"警察从来就不是善良的人,除非这样做能够达到某种目的。他们对我就不善良。您看,他们觉得我知道些什么。他们形成了一套理论,觉得可能是我姐姐杀的人,是她和她的情人一起动的手。"

沃顿小姐喊了出来:"天哪,不会吧!这是多么可怕的想法。肯定不会是女人,更不用说是他自己的妻子了!一个女人是不可能做出这种事来的,至少不会是这起谋杀案。他们肯定不会这样认为的吧。"

"也许不会,也许他们只是假装有这种想法。但是他们试图让我承认她向我吐露了秘密,甚至是私下里向我做过的忏悔。您也知道,我们两个关系一向非常亲密。我们在这个世界上只有彼此。他们知道如果她遇到麻烦,肯定会告诉我的。"

"但是这样对你实在太糟糕了。我不敢想象达格利什总警司真的会这么想。"

"他需要逮捕嫌犯,而受害人的妻子或者丈夫一向都是最显而易见的嫌犯。我那几个小时过得很不愉快。"

沃顿小姐喝完了手中的雪莉酒,就像奇迹一般,桌子上又出现了另外一杯。她抿了一口,心想:你这个可怜的家伙,可怜的小伙子。他也在喝酒,喝的是平底玻璃杯里一种颜色更浅的、掺了水的酒,也许是威士忌。他放下杯子,探身靠向她。他嘴里酒精的味道扑面而来,那是一种雄性气息,略微发酸,让人略微感到不安。他说:"跟我讲讲谋杀案的事。告诉我您都看到了什么，现场是什么样的。"

她能感觉出他的迫切，那是种强有力的渴望，她自己也做出了同样的回应。她也许正需要倾诉。有多少个不眠的夜晚，她独自抵抗恐惧，希望自己不要去想，不要记起一切。但最好还是打开小礼拜堂的那扇门，直面现实。所以她隔着桌子小声向他娓娓道来。她再次回到了那个屠杀现场，把一切都做了描述：伤口就好像大大张开的松弛嘴巴，哈利·麦克胸前的大片血迹已经僵硬，那种恶臭在想象中比现实里更挥之不去，那苍白而无生气的双手像枯萎的花儿一样低垂。他将身子探过桌子，靠向她，几乎是嘴对着嘴。然后她说道："这就是我所能回想起来的一切了。我记不起之前发生了什么，也不记得之后发生了什么，只记得那两具死尸。事后，当我梦见他们时，他们总是赤身裸体，几乎一丝不挂。这难道不是很神奇吗？"

她咯咯地笑了一下，又小心翼翼地将酒杯端到嘴边。

她听见他叹了一口气，就好像这种可怕的回忆也释放了他心中的什么东西。他靠回自己的椅子上，重重地喘着气，就像刚刚长跑过一样，然后说道："您就没有走到房间里吗，那个发现尸体的小礼拜堂里？"

"总警司也一直这样问我们。他甚至还检查了我们的鞋跟。不是在一开始，而是我们马上要走的时候才检查的。然后到了第二天，又有一名警察过来把那些鞋拿走了。这难道不是很奇怪吗？"

"他们是在查看血迹。"

"哦，是的，"她悲伤地说，"现场流了那么多的血。"

他又一次探过身子，向她靠了过来，脸色苍白，神情急切。她能看到他左眼角有个小疱疹，还有些眼屎，上唇边上有潮湿的水汽。她又喝了一口雪莉酒。多么令人温暖而心安啊。他说："不管是谁下的手，不管是谁干的，这肯定不会是一个普通的闯入者。凶手肯定小心地谋划过，并且想出了绝妙的计划。要找的凶手是一个智商高、胆子大的人。要回到那个房间里，一丝不挂，手里拿着剃刀。要去面对博洛尼男爵，然后杀了他。我的天哪，肯定需要鼓足了勇气！"他离她更近了，"您肯定也想到这一点了，您也是这么想的，不是吗？"

鼓足勇气，她想。但是勇气是一种美德，一个如此邪恶的人还能具备勇气吗？她得问问巴恩斯神父，但是现在要找巴恩斯神父谈话没那么容易了。和这个注视着她、有着和约翰一样深邃眼睛的年轻男子讲话却很容易。

她说："和达伦坐在教堂里，等着接受问话的时候，我有一种感觉，觉得达伦知道些什么，他在隐瞒什么，也许是他的一种感觉……好吧，也许他有一丝罪恶感。"

"您告诉警方这一点了吗？"

"哦，没有，我没有告诉他们。这听起来太傻了。他不可能隐瞒什么的，不可能。我们一直都待在一起。"

"但是他可能注意到了什么，注意到了您没有注意到的事。"

"但如果是那样的话，警察肯定也看到了。这只是我的一种感觉。你看，我非常了解达伦，知道他……他羞愧时的样子。但是这一次肯定是我错了。也许我见到他之后能了解更多情况。"

"您打算怎么做？在学校外面见他？"

"我是这样想的。督察说他们大概下午3点30分放学。"

"但他会和其他的男孩在一起。您也知道这些小孩子，他们会一边叫喊一边冲回家。他也许不想离开自己的小伙伴，见到您在那里等着，他也许会觉得很尴尬。"

沃顿小姐想：也许他觉得见我很丢脸。男孩子都很奇怪。如果我见到他，他却不停下来，而是假装不认识我，那就太糟糕了。

她的同伴说："为什么不给他写张字条，让他到老地方去见您？他肯定知道您指的是纤道。如果您愿意，我可以把纸条捎给他。"

"哦，可以吗？但是你又不认识他。"

"我会让别的孩子把字条捎给他。给这个小孩一点零钱，让他保守秘密。或者我让其他男孩把他指给我看。达伦会收到信息的，我向您保证。听着，让我来替您写吧。他认字的，对吧？"

"哦，是的，我肯定他识字。他在教堂时都可以把贴着的通知读出来。他真的是个很聪明的小男孩。负责照看他的社工告诉肯德里克太太达伦一直都没去上学。他妈妈带着他搬到了纽卡斯尔，但是她没能在那里找到工作，所以他们又搬了回来，但她一直没告诉学校这件事，担心达伦又经常旷课。他总是这么淘气，但我确定他能够阅读。"

斯维恩又打了个响指。侍者悄无声息地走上前来。几分钟后他回来，手里拿着一张带抬头的信纸和一个信封。沃顿小姐的空杯子被端走了，又换上了一整杯酒。

他说："我会把口信和您的名字都用印刷体写出来，这样对他来说可能容易一些。我们最好说放学后来见您，这样相比一大早就从学校溜出来要简单些。我也许没办法今天就联系上他，但明天应该可以。假设我们定在周五下午4点，在纤道上见。您那个时间段方便吗？"

"哦，是的，非常方便。我不会让他太晚回家的。"

他很快地写完了信,然后把信纸折了一下,并没有给她看信的内容,就把信放进了信封里。

"他叫什么?"他问道,"他的姓氏。"

"威尔克斯。他叫达伦·威尔克斯。他所在的学校是博灵顿路小学,离里森树丛路很近。"

她看着他用印刷体将名字写在信封上,然后将它塞进自己的夹克衫口袋里。他隔着桌子冲着她微微一笑。

"喝完您的雪莉酒,"他说,"别担心。一切都会好起来的,他到时候一定会出现。您会见到他的,我向您保证。"

他们离开大酒店,又回到苍白的阳光下,沃顿小姐觉得自己沉浸在一种感激与释然的狂喜之中。她几乎没有意识到自己告诉了他住址,然后被他扶进一辆出租车,将一张五英镑的纸钞塞进了司机的手里。他的面庞异常硕大,填满了出租车的整扇窗户。

"别担心,"他再次说道,"我已经给过出租车司机车费了。可能还会剩点零钱。别忘了,约好的时间是周五下午4点。"

她的眼眶里充满了感激的泪水。她伸出手,想要说些什么,却又找不到合适的字眼。然后出租车向前开去,她被重重甩回到了座位上,他也不见了。整个回家的路上,她都坐得笔直,把手提包紧紧抱在胸前,仿佛这个包代表了这种新的、令人沉醉的幸福感。"周五,"她大声说,"周五4点。"

等出租车消失在视线中,斯维恩掏出信封,又重新读了读自己写的口信,面无表情,然后舔了舔信封口,把信封了起来。里面写的时间和地点正如他所言,但是日期却是第二天下午——也就是周四,而非周五。而且,等在纤道上的不会是沃顿小姐,而将是他本人。

第二章

凯特回到办公室才十分钟,马辛厄姆就走了进来。之前他和达格利什一直在问讯斯维恩。她认为自己被排除在了发现新证据之后首次也是最为重要的会面之外,但也只能隐藏起失落,告诉自己会有属于自己的机会。除非他们能一举击破斯维恩的防线,不然这种束手束脚、符合法规和警方守则的审讯,尽管经过充分设计、手段繁多、过程漫长,但一天一天地拖下去,总会有那么一天,要么他们对他发起控诉,要么就是过了太久之后,终于还他安宁。看着马辛厄姆的表情,她觉得自己还有机会。他几乎是把材料摔在了桌子上,然后走到窗户边,仿佛威斯敏斯特的高塔和蜿蜒的河流能够帮助舒缓他的沮丧。

她说:"问话进展如何?"

"没有进展。他坐在那里,旁边坐着他的律师,他微笑着,越说越少。或者说,到后来就只重复同样的内容。'是的,博洛尼和我在河岸上见过面。是的,我们打了一架。他指责我勾引了特蕾莎·诺兰,我恨他试图把自己的私生子栽赃到我的头上。他就像发疯了一样向我冲过来。他真是疯了。但是他没有把我扔进河里。我游向方头平底船的时候博洛尼早就走了。我没有杀死他。我整个晚上都和马特洛克小姐待在一起。有人看见我抵达坎普顿小丘广场的宅子了,晚上8点40分时我接到了哈雷尔太太的电话。我一直待在那里,直到后来出发去了酒吧。有人看见我从晚上10点45分一直待到酒吧关门。如果你们有别的想法,请拿出证据。'"

"他找了哪个律师来?是托林顿-法雷尔-彭杰律所来的人吗?"

"不。不是和博洛尼那边有关系的人。我有种感觉,芭芭拉·博洛尼正将自己与这个名声不怎么好的弟弟疏离开来。他拉过来的是莫里斯-谢尔顿律所一名年轻有为的新人,能力很强,已经开始盘算自己这次能收到多少律师费了。没有什么比一桩臭名昭著的案子更能让公众迅速知晓自己的大名。他的优势在于他确实相信自己的客户,这对于那家律所的人来说恐怕是少有的好事。你都能看出那个律师在想些什么。他不觉得斯维恩有勇气完成这起谋杀,也不相信他有足够强的动机。他认为斯维恩无法离开坎普顿小丘广场那么久,犯下这起谋杀再返回,还没引起马特洛克小姐的注意。他更不认为她有理由替斯维恩撒谎。当然,最主要的是,他明明白白地点明,他不相信博洛尼是被谋杀的,在这一点上他可能和大多数人保持一致。他真应该和副警长为伍。"

凯特想,如此一来,我们就得再去试着击溃伊芙琳·马特洛克。她会坐在那里,旁边有厄休拉夫人监护,还有家族律师为其咨询,既倔强又得意,脸上有一种守节的执着表情,非常享受赋予自己的这种殉难者角色。为何而殉难呢?她琢磨着。憎恶,复仇,自我赞颂,还是为了爱?她第一次意识到新成立的小队接手的这第一起案子很有可能到最后都逮捕不到嫌犯,变成一场极不光彩的失败。

马辛厄姆从窗前转过身来:"到目前为止连一件物证都没有,无法把他和案发现场联系起来。好吧,他是有动机,但是其他很多人也有。"

"但是假如他是出于憎恨而杀的人,那他现在也没法隐藏起那种强烈的恨意吧?"

"哦,他当然可以了,至少能几乎全藏起来。他已经得到净化了,不是吗,他最强烈的憎恨已经消散。他已经摆脱了憎恨的力量。这个傲慢的浑蛋,他现在可以微笑着坐在那里,正是因为他永远地摆脱了自己的敌人。他能很好地控制自己,但是他表现得像一个热恋中的男人一样狂喜。"

她说:"斯维恩杀了他,我们知道是他杀的,但是我们得击破他的不在场证明。另外,我们还得收集到足够的物证。"

"哦,斯维恩比任何人都清楚这一点。他很确信不会有这样的证据。我们手中的一切都是间接证据。如果有更有力的证据,我们肯定早就拿出来了。他说的实际上也是别人的想法,大家都觉得是博洛尼让特蕾莎·诺兰怀孕,然后拒绝了她,后来又自杀,部分原因是为了悔过,另外一部分原因是《帕特诺斯特评论报》上的那篇文章警醒他这起丑闻终将大白于天下。我的上帝,凯特,如果老家伙把这件事搞错了,简直就是糟得不能更糟了。"

她吃惊地瞥了他一眼。她很少听到马辛厄姆公然骂脏话。她猜想他不仅仅是在考虑新成立的小分队是否能取得成功、那些在C1的同事是否能取得成功,而那些最年轻的成员也许乐于看到离经叛道的达格利什被杀一杀威风。他也和她一样,小心翼翼地规划了自己的职业生涯,因此最不想看到的就是面前横亘了一场如此灾难性的失败。她酸涩地想,但是他的确应该担心,纵使他几乎不可能被遣返回原来的分局。

她说:"他们几乎不可能怎么对付你。无论如何,你一月份就要去参加高级警官培训课了,离你当上英国首席警官协会的主席更近一步了。"

不管是不是主席,她苦涩地想,他最终都会被提拔为高高在上的首席警官协会的一员,这已经是理所当然的事了。

他再次开口,就像忘了她还在那里:"等我父亲过世之后恐怕就没有那么容易了。"

"他没有生病,不是吗?"

"他是没有生病,但是他已经70多岁了,我母亲去年四月去世之后,他一下子也丧失了很多活力。我希望从家里搬出来,买一套公寓,但是现在还很难办。"

这是他第一次谈及他的家人。这种信任让她感到吃惊。她觉得他能做到这一点意味着他们之间的关系发生了变化,但是感觉到现在并不适合进行更进一步的探究。

她说:"我就不会为了这个名头辗转反侧,你完全可以提出拒绝。不管怎么说,比起凯特·米斯金局长,他们肯定更愿意任命邓甘嫩勋爵为局长。"

他咧嘴笑了。"哦,好吧,"他轻松地说,"你本来也可以选择加入英国皇家海军妇女服务队,但可没法指望最终能当上第一海务大臣。总有那么一天,首位女性警察局长将出现,但我得说,至少要在首位女性坎特伯雷大主教出现之后再过十年才有可能。谢天谢地,我等不到那一天了。"

她并没有对这种挑衅作出回应。她察觉到他突然扫过来的目光，听见他又开口道："怎么回事？有什么事让你烦心吗？"

有这么明显吗？她这样想着，对他不同寻常的敏锐感到些微不满。如果这么容易就能读出她的心思，那么永远不邀请他来自己公寓也没有太大意义了。她说："你们和斯维恩待在一起的时候沃顿小姐来了一趟。她想见见达伦。"

"有什么阻碍她见到达伦的吗？"

"很明显，负责照顾达伦的社工，他们得考虑社工服务要取得良好的效果。沃顿小姐很喜欢那个男孩，明显能够理解他。他们在一起相处得很好，达伦也喜欢她。你有没有想过他的社工为什么如此坚定地要把他们分开？"

他微微一笑，饶有兴致，甚至露出一丝宽容的神情，毕竟这是一个从小就享有特权的男子，"福利"这个词对他来说就是字典上所给出的定义，再无其他。

"你其实很憎恨他们，对吧？"

"反正我告诉了她达伦所在学校的名称，还建议她可以在校园外徘徊，等着放学时和他偶遇。"

"然后你还在想福利机构会不会喜欢你的安排？"

"我很清楚他们不会喜欢的。我在想这样做是否明智。"仿佛是为了让自己安心，她又补充道，"好吧，她会在学校周围闲逛，如果幸运的话，会抓住机会和他一起回家。我不认为这可能给他带来什么伤害。"

"我觉得不会，"他轻松地说，"不可能有任何一种伤害。来吧，一起来喝一杯。"

但是他们还没走到门口,他的电话就响了。他走过去接起电话,然后把话筒伸过来递给凯特。

"是找你的。"

凯特从他手里接过电话,安静地听了一会儿,然后简洁地说:"好的,我现在就过去。"

她放下电话,马辛厄姆一直盯着她的脸,他说:"是什么事?"

"是我的外祖母。她被抢劫了。刚才是医院打过来的电话。他们想让我去接她。"

他用寻常的安抚口吻问道:"那可真糟糕,很严重吗?她还好吗?"

"她当然不好!她已经八十多岁了,那群浑蛋还抢劫她。她没有受什么严重的伤,如果你是想问这个的话,但是已经不适合独自一人出门了。今天我得请假了,照这个架势,恐怕明天也没法上班。"

"他们就不能找别人来处理这件事吗?"

"如果还有别人的话,他们就不会给我打电话了,"接着她又冷静下来,补充道,"是她把我养大的,再没有别人了。"

"那你最好还是赶紧去吧。我会告诉亚当·达格利什的。很遗憾没法一起喝一杯了,"他的目光依然凝在她的脸庞上,"这可太不方便了。"

她激烈地说:"该死,当然不方便了,这还用你说?什么时候方便过?"

他们一起走下楼,来到她的办公室。她突然问:"如果你的父亲生病了,接下来会发生什么?"

"我还没有想过。我想我的姐姐会从罗马飞回来。"

当然了，她心想。还会有谁呢？之前她认为自己对他的憎恶已经渐渐散去，现在却突然再度熊熊燃烧起来。这起案子好不容易终于要开始取得进展了，此时她却要缺席。她也许只离开一天半，但没有比这更糟糕的时机了，况且也许还得离开更久。在她门口分别时，她看着马辛厄姆小心控制着表情的面庞，心想：现在就剩他和达格利什了。这又像以前一样了。他也许会觉得失去一起喝酒的机会很遗憾，但他也就仅仅为这一件事遗憾而已。

第三章

在达格利什的记忆里,周四应该是最令人沮丧的日子之一了。他们决定让斯维恩休息一下,这一天不再有更多的审讯,但是下午早早召开的一场记者会变得格外难以应付。媒体开始不耐烦起来,与其说是因为案情无进展,倒不如说是因为缺少信息而不耐烦。保罗·博洛尼男爵要么是被谋杀,要么就是自杀的。如果是自杀,那么这家人和警方就应该承认这一事实;如果是他杀,现在新成立的小分队也应该更坦诚地公布他们抓捕凶手的进展。不管是在苏格兰场内还是外界,都有对于新成立小分队的冷嘲热讽,说他们现在是以敏感而非高效闻名。正如C1的一名警司在酒吧里对马辛厄姆低声耳语:"如果不能解决这个案子,以后就糟了,这种案子本身就会渐渐生出谜团和传说。幸运的是博洛尼是右派而非左派人士,不然肯定会有人现在就写书证明是军情五处割断了他的喉咙。"

即便一些细枝末节进展得很顺利,也没能消除这种沮丧感。马辛厄姆拜访了哈雷尔太太,他肯定相当有说服力,哈雷尔太太承认她的丈夫在去世前的几小时向她吐露了一些秘密。在最后一次普选结束之后,有一小笔海报的制作费用没有被纳入到最终的费用核算里。如果算进去的话，党内的支出就会超过法律规定，博洛尼的胜出将因此被视为无效。哈雷尔用自己的钱垫付了这部分的费用，并决定对此一言不发，但是这件事一直使他良心不安，他想在死前对博洛尼坦露实情。很难想象他希望这样的坦白能够带来怎样的效果。哈雷尔太太并不擅长说谎，马辛厄姆在报告里说她坚称自己的丈夫没来得及在生命的最后关头向弗兰克·马斯格雷夫透露实情，但看起来并不令人信服。但是他们并不需要对此事进行深究。他们是在调查一起谋杀案，而非玩忽职守案，达格利什也很确信博洛尼对他的朋友有相当的了解。

斯蒂芬·兰帕特已经洗清了与黛安娜·特拉弗斯之死相关的所有嫌疑。在特拉弗斯溺水身亡的当晚，陪伴在他身边的两位客人——一位时髦的整形医生和他年轻的妻子已经接受了马辛厄姆的问话。他们很明显对斯蒂芬了解甚少，一直在向他劝酒，并且在聊天中时常发现他们有其他共同的熟人。他们向马辛厄姆确认，整个用餐时间里兰帕特从来没有离开过餐桌，他们和芭芭拉·博洛尼在黑天鹅餐厅门口边聊天边等着他把保时捷开过来时，他也仅用了几分钟。

尽管如此，把这些细节都排查理顺了还是很有用。另外一条有用的信息来自罗宾斯警长的盘查，他了解到戈登·哈利威尔的妻子和女儿在康沃尔度假时双双溺水身亡。达格利什一度曾考虑过哈利威尔有没有可能是特蕾莎·诺兰的父亲。这种可能性看起来不怎么高，但还是有必要调查清楚。这些细枝末节都被一一落实清楚，但是调查的主线依然不甚明朗。"给我找到有力的物证"，副局长的话语在他脑海里不断回响着，就像电视里重复的噪音一样执着又令人厌烦。

奇怪的是，当听说记者会召开时，巴恩斯神父曾打电话来找他，他并没有觉得烦恼倍增，反而感到一阵释然。留言信息虽然有些令人困惑，但巴恩斯神父本人也差不多就是这个样子。显然，神父想要知道小礼拜堂现在是不是可以揭下封条，重新启用了，还有就是教堂究竟有没有可能把地毯要回来。如果能拿回来，是由警方负责清洗好后送回，还是一切由他自己负责？他们一定要等到物证在庭审中被使用过后才能取回吗？刑事伤害赔偿委员会有没有可能出钱给他们买一块新的地毯？像巴恩斯神父这样不问世事的人都指望赔偿委员会所具备的法定权力包括购买新的地毯，令人好奇，但对于一个开始担心这起谋杀案很有可能走不到庭审那一步的人来说，这种对于细节天真的在意反而令人心安，几乎使他感动。出于冲动，他决定最好还是拜访一下巴恩斯神父。

牧师住宅里没有人应答，所有窗户一片漆黑，他记起了自己第一次造访教堂时，布告栏里有提到周四下午要进行晚祷。想必巴恩斯神父应该是在教堂。事实证明的确如此。巨大的北门没有上门闩，他转了转沉重的铁把手，把门推开，迎面飘来预料之中的熏香气息。他看到圣母堂的灯亮着，巴恩斯神父只穿着白法衣和披肩，正在引导着教徒们应答。聚集于此的教友比达格利什想象中要多，众人的声音清晰地向他传来，汇成了轻柔但又杂乱的轻声低语。他自己坐在刚进门的第一排座位上，耐心地听着《晚祷》，这是英国国教的祈祷文中常被忽略的部分，也是最具有美学价值、最令人心满意足的一部分。这是他接触这座教堂以来第一次看到它发挥本来应有的功能。但在他看来，这里发生了微妙的改变。上周三的时候分枝的烛台里还只有一根蜡烛，现在却有了两排，有一些是新点燃的，另外一些颤颤巍巍地释放出最后的火苗。他没有生出自己也要去祭一根蜡烛的冲动。在烛光里，在高高立起的花冠下的圣母玛利亚像是拉斐尔前派风格的，面庞和她那波浪般的一头金发散发着耀眼光芒，就像是刚刚才喷绘上的颜色。他觉得远处传来的声音就像喃喃地诉说着成功的预示。

晚祷时间很短，没有主旨演讲，也没有吟唱，没过几分钟，巴恩斯神父的声音就响了起来，虽然是从远处传来，却也十分清晰，也许是因为达格利什对这些字句十分熟悉。他正念着第三组特用祷告文，即对所有危难施以援手："我们恳求您，哦主啊，照亮这片黑暗吧。用您至上的仁慈，保护我们不受这黑夜里所有危险的伤害，看在对您的独子、我们的拯救者耶稣基督的爱的分儿上。"

集聚在一起的教友们默念"阿门"，然后站起来准备解散。达格利什站起身来，向前移动。巴恩斯神父快步走到他面前，白色的法衣都飘了起来。他的自信心肯定是大幅增长，达格利什觉得就连他的体态与第一次见面时相比也变得更挺拔了。现在他看起来更为洁净，穿得也更为整洁，整个人甚至还丰满了些，就像是一点点并不算令人讨厌的坏名声为他的骨架上增添了血肉。

他说："您能来真是太好了，总警司。我马上就过来找您。我还需要清点一下捐赠箱。我的教会委员们希望我能够按时完成任务。当然了，我们也没指望能收到多少。"

他从裤袋里掏出一把钥匙，打开了圣母像前用于捐赠的烛台架，然后边数边把硬币扔进一个小小的系绳皮口袋里。他说："有超过三镑的零钱，还有六枚一镑的硬币。我们之前从来没有收到过这么多捐赠。自从谋杀案发生之后，日常的捐赠也变得多了起来。"他的脸上也许是在努力维持一种严肃的表情，但是声音却快乐得像个孩子。

达格利什和他一起走过中殿，来到第二座格栅门前的烛台架边。

沃顿小姐刚刚把跪垫都挂起来，又把圣母堂的椅子归回原位，她赶忙跑到他身边。巴恩斯神父打开箱子时，她说："我觉得里面不会超过80便士的。我过去每次都给达伦一枚10便士，好点亮一根蜡烛，但说实在的，并没有别人用这个箱子。他喜欢把手伸到格栅门里面，划亮火柴，他恰好能够着。真有意思，我直到现在才想起来。我想也许是因为那个可怕的早晨他并没有时间来得及点亮蜡烛吧。就是这么回事，您看，蜡烛还没有被点燃呢。"

巴恩斯神父的双手忙着在箱子里探索着，"这次只有7枚硬币，还有一颗纽扣——并且还是挺特别的一颗。看起来像是银制的。我一开始还以为是外国硬币呢。"

沃顿小姐又凑近看了看，她说："这一定是达伦干的。他可真淘气。我现在想起来了，他当时在走廊上弯下腰，我还以为他是要捡起一朵花。他实在不该从教堂里偷东西。可怜的孩子，这件事一定一直在折磨他的良心。难怪我当时觉得他因为什么事情而感到愧疚。我正准备明天去见他，我会提起这件事的。但总警司，也许我们现在应该点亮蜡烛，并为您这次调查的成功完成进行祈祷了。我想我兜里有10便士。"她开始在自己的包里翻找。

达格利什平静地对巴恩斯神父说："我能看看那枚纽扣吗，神父？"

终于，他们一直苦苦追寻的那件物证就这样躺在了他的手心里。他之前见过同样的纽扣，就挂在多米尼克·斯维恩的意大利夹克上。和这枚纽扣如出一辙。这么小的一个物件，这么寻常的物品，却又如此至关重要。而且他还有两个人证能够证明是从哪里找到这颗纽扣的。他站在那里看着纽扣，心底里涌上一种感觉，并非是激动或者获胜的喜悦感，而是一种巨大的疲惫感和完成感。

他说："上次打开这个箱子是什么时候的事情了，神父？"

"是上个礼拜二，应该是17日，晨祷结束之后。正如我之前说过的，本来这周二我就应该查看箱子里的捐赠，但是因为这一系列令人备受刺激的事件发生，恐怕我就忘记了。"

那也就是说，博洛尼被谋杀的当天早上，箱子被清空过一次。达格利什说："当时这枚扣子并不在箱子里？有没有可能是您当时不小心漏下了？"

"哦，不会的，那是不可能的。当时肯定不在里面。"

在那之后，自发现尸体一直到今天，教堂的整个西翼都被封闭起来。当然，从理论上讲，来自教堂内部的人——比如一名教友或者是一名访客——可能会把那枚纽扣放进箱子里。但是他们为什么要这么做呢？即便是想搞恶作剧，最适合的也应该是圣母像面前的那个捐赠箱。为什么要走过长长的中殿，一直来到教堂后方呢？而且也不可能是错把纽扣当作硬币投进了箱子里。这个烛台上面没有蜡烛被点燃过。但这一切都纯属学术讨论，他正在模仿被告的辩护律师进行辩护。这枚纽扣只可能来自那唯一的一件夹克衫：除了斯维恩之外还有另外一位与圣马修教堂有关联的人会把它掉落在南门外是几乎不可能发生的巧合。

他说："我会把这枚纽扣放进从小礼拜堂拿来的一个信封里，然后把信封密封起来，让你们俩在封口处签上字。我们现在可以揭开那个房间的封条了，神父。"

"你是说，这枚纽扣很重要？这会是一条线索吗？"

沃顿小姐不安地说："但是这枚纽扣的主人，你觉得他会回来搜寻这枚纽扣吗？"

"我觉得他应该还没有意识到遗失了这枚纽扣。但就算他注意到了，一旦他知道警方已经拿到这枚纽扣了，也不会有任何人会面临危险。但我还是会派一位警员过来待在教堂里，神父，直到我们抓到这名凶手为止。"

他们都没有询问这枚纽扣的主人，达格利什也觉得没有必要告诉他们。他走出教堂，来到车旁，给马辛厄姆打了个电话。马辛厄姆说："我们最好现在就去接那个男孩。"

"是的，马上就去。这是首要的。然后就是斯维恩。我们还需要找到那件夹克衫。约翰，再检查检查实验室对于那件衣服的报告，好吗？我们在坎普顿小丘广场见到斯维恩时没有发现有纽扣丢失。这有可能是一枚备用扣子。如果边缘处有标签的话，实验室会注意到的。再看看你能不能查到扣子被卖给斯维恩的证据。我们需要了解所有进口商和零售商的名字。但是这些恐怕要等到明天再去做了。"

"我马上就开始准备，总警司。"

"但是，我们现在就需要一枚扣子的复制品。我会把这一枚密封起来，并做好证明，但是我手头没有透明的信封。你当时认出了那件夹克衫，指望你搞来一枚纽扣会不会是太过分的要求？"

"相当过分，300镑以上那么过分。但是我表兄有一件，我应该能搞到一颗纽扣。"他又补充道，"您觉得沃顿小姐或者巴恩斯神父会遇上危险吗？"

"很明显，斯维恩要么就是没发现自己少了一枚纽扣，要么就是不知道什么时候掉的。但是我希望有人一直守在教堂，直到我们抓到斯维恩为止。但是首先还是要抓紧找到达伦。我现在就回去，然后我希望你和我一起去一趟坎普顿小丘广场62号。"

"好的，总警司。有这么多事情要做，凯特不在这儿真是太遗憾了。有女警官在的时候就容易发生这种事情，她们会遇到不合时宜的家庭危机。"

达格利什冷冷地说："并不见得有这种可能，约翰，特别是不会经常出现在这位女警官身上。那就20分钟后见了。"

第四章

　　自从父亲被谋杀，这是莎拉第二次前往坎普顿小丘广场62号。第一次是在消息刚刚传出后的那天早上。当时房子周围的栏杆外围了一小圈摄影记者，他们叫出她的名字时，她出于本能扭头就走开了。第二天早上，她看到有家报纸刊登了一张她匆匆跑上台阶的照片，就像是一个懒怠的女仆不小心从正门溜了进去。下面配了一行说明："今天造访坎普顿小丘广场的访客中出现了莎拉·博洛尼小姐的身影。"但是现在广场上已经没有人了。高大的悬铃树默默地忍受着冬日，树枝在刚被雨水浸润过的空气中懒洋洋地晃动着。尽管暴风雨已经结束了，夜还是很黑，一楼客厅的灯光惨淡，就像已经是深夜了。她觉得在那些窗户后面，人们过着隐秘、独立、甚至是绝望的生活，但是这闪耀的灯光似乎又在许诺着一种无法获得的安全感。

　　她身上没带钥匙。她离家出走的时候，她的父亲曾提出给她一把，她当时觉得他就像是维多利亚时代古板又正式的父亲，一边犹豫着是否真的要将她迎入自己的新家，另一方面又意识到作为一个尚未出嫁的女儿，在她有所需时有权受到他的保护，在他家中获得一席之地。她抬头看着这座著名的宅邸，看着那高高拱起、设计优雅的窗榱，就知道这里以前就不是、以后也不会是她的家。她暗想，这座房子对她父亲而言究竟有多重要呢？她总是觉得他的人住在这里，但却从没有真正把这里当作自己的家，就像她一样。但他还是个小男孩时是否曾嫉妒过哥哥终将拥有这里颇有来历的一砖一瓦？他是否就像觊觎自己哥哥的未婚妻那样对这座房子充满渴望？当她的母亲坐在他身边经过那个危险的拐弯处，他却死死地用脚踩下油门时，他都在想些什么？在圣马修教堂那个昏暗又肮脏的小礼拜堂里，究竟是他人生里的哪一段过去冲了出来，直面他的灵魂？

她在门口一边等玛蒂来开门，一边想着该怎样和她打招呼。说一句"玛蒂，你过得怎么样？"似乎很自然，但是这个问题毫无意义。她什么时候真的在乎过玛蒂的感受吗？除了会得到一句同样毫无意义的寒暄之外，她还能指望对方会说些什么呢？门打开了。玛蒂用看陌生人的表情注视着她，平静地说了一声"晚上好"。她身上有什么不同了，但是话说回来，自那个可怕的早上以来，她们难道不是都变了吗？她脸上有种精疲力尽的表情，莎拉曾经在一个最近刚分娩的朋友脸上见过。在这种表情下，她双眼亮闪闪的，脸上还泛着潮红，但是整个人都浮肿了起来，又好像缩小了一圈，就像元气大伤了一样。

她说："你过得怎么样，玛蒂？"

"我很好，谢谢您，莎拉小姐。厄休拉夫人和博洛尼夫人都在餐厅里。"

椭圆形的餐桌上摆满了信函。她的祖母正坐得僵直，背靠着窗户。她的面前是很大一本吸墨纸，左侧是一包包的信纸和信封。莎拉进屋走向她时，她正在将一张写好的信纸折叠起来。莎拉像往常一样，对于她的祖母花费了一生的时间嘲笑这世上强加于女性的各种规矩和宗教传统，却对于种种社交礼仪如此小心谨慎感到惊奇。她的继母要么就是没收到慰问信因此无须回复，要么就是把这些琐事交给了别人去做，正坐在桌子的另一头，准备涂指甲油，双手在排成一排的各色指甲油上方徘徊不决。莎拉想：总该不会想涂血红色吧？果然不是，最后选中的是一种完全无伤大雅的淡粉色，十分合适。她直接无视了芭芭拉·博洛尼，对她的祖母说道："我是收到您的信，特意来答复您的。我不可能出席追悼会。我很抱歉，但我无法到场。"

厄休拉夫人久久地凝视着她，莎拉想，自己就像是带着一封非常可疑的举荐信前来的新任女仆。她的祖母说："我并不是特别希望举办一场追悼会，但是他的同事们希望能开一场，他的朋友们似乎也是这样想的。我到时候会参加，并且希望他的遗孀和女儿也能同我一起出席。"

莎拉·博洛尼说："我告诉过你了，这是不可能的。当然了，我会去参加火化仪式，但那会是一场私人活动，只有家人才能参加。我是绝对不会穿着得体的黑色正装去威斯敏斯特教堂的。"

厄休拉夫人从胶水板上取下一枚邮票，准确无误地贴在了信封的右上角。

"你让我想起我小时候认识的一个小姑娘，她是一位主教的女儿，却在父亲的教区闹出了一场丑闻，因为她坚决不愿意受坚信礼[①]。当时让13岁的我都觉得奇怪的是，她似乎并没有意识到自己的顾虑和宗教没有半点关系。她只是想让她的父亲难堪。当然了，这一点非常合情合理，特别是考虑到她父亲的为人。但是为什么不坦诚地

[①] 基督教仪式，通常是受洗的年轻人正式成为教会成员的仪式。

说出这一点呢？"

莎拉·博洛尼想：我不应该来的。我好傻，居然觉得她可能会理解，甚至还曾想要大哭一场。她说："祖母，我想当初就算那些顾虑都是真的，你可能也会想要她屈从吧。"

"哦，是的，我想的确如此。我会把与人为善摆在你所谓的信仰之前。毕竟，如果整个仪式都只是一场象征性的活动，你知道我就是这么想的，那么让主教的手暂时按在她的头上也不会有什么大碍。"

莎拉平静地说："我不确定自己是否想生活在一个把所谓的善良放在信仰之上的世界里。"

"不会吗？但是那样一个世界可能比我们现在的这个世界更令人愉快，可能也更安全。"

"这么说吧，我不愿意和这场象征性的活动有任何关系。他的政治主张和我的不一样，现在也是如此。我如果出席，就是在做一个公开的声明。我不会到场的，也希望人们能够知道我不参加的原因。"

她的祖母干巴巴地说："那些注意到这一点的人会明白，但是我觉得这里面并没有太多的宣传价值。那些上了年纪的人只会关注自己的同龄人，想着他们的日子什么时候会到，希望自己还能再坚持得久一点。年轻人则只会关注那些老家伙。但是我敢说会有足够多的人注意到你的缺席，并从中得出结论：你憎恨你的父亲，并且在人死后还要对他进行政治宣战。"

小女孩几乎是哭喊出来："我不恨他！我人生的大部分时间里都爱着他，如果他允许的话，我还会继续爱他。他不会想让我到场的，他不会想要这么一场仪式，他自己也会很讨厌这场活动的。哦，一切都会非常有品位，会有精心挑选的致辞和音乐，到场人员经过筛选，大家衣着得体，但是你们都不是去纪念他的，不是他本人，你们纪念的是一个阶级，一种政治哲学，你们属于同一个特权阶级俱乐部。你和你的同类都不可能意识到，你们所成长起来的那个世界已经死了，已经死了！"

厄休拉夫人说："我很清楚这一点，我的孩子。1914年那个世界死掉的时候我目睹了一切。"她又从一堆信的最上面抽出一封，头也没抬，继续说道，"我从来就不是一个对政治感兴趣的女人，我也能理解穷人给马克思主义者投票或者其他类似赶时髦的政治主张。如果你别无选择，只能做一个奴隶，那还不如选择一种最有效的被奴役的方式。但是我必须得说，我对你的那位情人很有意见，他的一生都享有特权，致力于建成一种政治体系，能够确保别人绝无半点机会得到他一直都享有的特权。如果他本人长得很丑，那还有可以谅解之处，那种外表上的不幸通常会让人产生嫉妒心理和激进情绪。但是他不丑。即便我比你们大了50岁，我也能感受到他的吸引力，但是你完全可以和他发生关系，却并不去学他那一套赶时髦的理论。"

莎拉·博洛尼疲惫地转过身去，走到窗户边，向外远眺那一片小广场。她心想：我和艾弗以及组织在一起的那段人生已经结束了，那些日子从来就不是真的，从来都不现实，我从来都不属于那里。但是我也不属于这里。我很孤独，很恐惧，但是我需要找到自己的一席之地。我不能再跑回祖母身边，不能接受那种老式的教条主义，那种自欺欺人的安全感。她依然不喜欢我，也还鄙视我，正如我也是这样鄙视我自己。这样反倒更容易做出决定。我不会做一个迷途知返的女儿，和她一起站在圣玛格丽特大教堂里。

这时，她注意到祖母的声音又响了起来。厄休拉夫人停下了手中的笔,把两只手都放在桌上,说:"现在,既然你们两个都在,我有一些事情需要问一下。保险柜里雨果的枪和子弹都不见了。你们两个有谁知道是谁拿走了吗?"

芭芭拉·博洛尼的头依然埋在满满一盘的指甲油里。她抬起眼,但是并没有答复。莎拉受到了惊吓,快速转过身来:"祖母,您确定吗?"

她一定是表现得过于吃惊,厄休拉夫人看了看她。

"也就是说不是你拿走的,想必你也不知道会是谁拿走的吧?"

"我当然没有拿走了。您是什么时候发现枪不见了的?"

"上周三早上,警察来之前没多久。我当时觉得保罗有可能是自杀的,也许他留下的文件里会有一封写给我的遗书。所以我就打开了保险箱。没有什么新放进去的东西,但是枪却不见了。"

莎拉问道:"您知道是什么时候被拿走的吗?"

"我好几个月都没有想到要去查看保险箱了。这也是我没有向警方提起这件事的原因之一。可能已经丢了好几周了。可能和保罗的死完全没有关系,况且也没有必要把他们的注意力都集中到这座房子里。后来,我又有了另外一个保持沉默的理由。"

莎拉问道:"您还可能会有什么其他保密的理由呢?"

"我觉得如果警方离真相不远了,杀害他的凶手可能就会用这把枪自杀。这对于他来说是个非常明智的选择。我也没有什么理由去阻止他。现在我觉得是时候告诉达格利什总警司这件事了。"

"很显然您得告诉他这件事。"莎拉皱了皱眉,然后说道,"我想哈利威尔应该不会把枪当作纪念品拿走。您也知道他对雨果叔叔有多么忠诚。他也许不喜欢让这把枪落到别人手里。"

厄休拉夫人干巴巴地说:"很有可能。我和他有同样的担忧。但是会落到谁的手里呢?"

芭芭拉·博洛尼抬起头,用她小女孩一样的声音说:"好几个礼拜前保罗就把枪扔了。他告诉我留着这把枪并不安全。"

莎拉看着她。

"我当时就应该想到,扔掉这把枪也并不安全。我想他应该把枪交给警方。但是为什么要这么做呢?他有持枪许可,枪放在保险柜里也非常安全。"芭芭拉·博洛尼耸了耸肩,"反正他就是这么说的。况且也没什么大不了的,不是吗?他又不是被枪打死的。"

另外两个女人还没来得及开口,就听到前门响起了门铃声。厄休拉夫人说:"可能就是警方的人来了。如果是的话,他们来得比我想的还要快。我有一种预感,他们的调查可能已经进入尾声了。"

莎拉·博洛尼粗暴地说:"您又知道了,不是吗?您总是全知全能。"

"我不知道,我也没有确凿的证据。我只是在进行这样的猜测。"

她们安静地听着玛蒂的脚步声回荡在大理石地板上,但是她似乎没有听到铃声。莎拉·博洛尼不耐烦地说:"我去开门吧。老天保佑,希望真的是警察来了。是时候让我们所有人都直面真相了。"

第五章

　　他首先去位于牧羊人丛林的公寓拿上了枪。他也不确定自己为什么要拿上枪，就像当初不确定自己为什么要把它从保险箱里偷出来一样。现在是时候换一个藏枪的地方了。况且，随身带着枪也增强了他的一种力量感，他觉得自己强大而不可被侵犯。这把枪曾经属于保罗·博洛尼、现在属于他的事实让它不仅仅是一件武器，还成了一个吉祥物。当他把枪拿在手里，做瞄准练习，轻抚枪管的时候，又一次感受到了最初的那种胜利感。他需要再次体会那种感觉。很奇怪，这种感觉转瞬即逝，所以他有的时候真的很想告诉芭比他都为她做了些什么，现在就告诉她，在还不够安全，也不够明智的时机就告诉她这个秘密。他在想象中看到那双蓝色的眼睛因恐惧而瞪大，同时又充满钦慕、感激，最终，那双眼中盈满了爱意。

　　布鲁诺正在工作室里忙着打造最新的模型。斯维恩觉得他十分令人作呕，那巨大、半裸的胸膛上挂着一枚幸运符，一个银制公羊头被串在链子中间，在令人厌恶的一堆胸毛中晃动。精致的纸板似乎是粘在了他粗短的手指上，他正在无比小心地给它们开边。他没有抬头，说道："我以为你终于彻底搬走了。"

"我是搬走了，我只是来把剩下的最后几件东西拿走。"

"那我希望你把钥匙留下。"

斯维恩没有说话，把钥匙放在了桌子上。

"如果警察来这里，我该怎么说？"

"他们不会来的。他们知道我搬走了。反正我要去爱丁堡待一个礼拜。如果他们真的来管闲事的话，你可以告诉他们这件事。"

四面墙都安满架子的狭小里屋既是布鲁诺的备用卧室，也是存放旧模型的储藏室，东西从来没有移动过，也从未打扫过。他站在床上，手伸到架子的最高一层上，在邓斯纳恩城堡的底座下来回摸了摸，抽出了史密斯威森左轮手枪和子弹匣。他把它们放进一个小的帆布袋里，还往里塞了剩下的几双袜子和几件衬衣。然后，他也没有和布鲁诺告别，径自离开了。从一开始，到这里来就是个错误。布鲁诺从来就不是真心希望他在这里。这个地方就跟个牲口窝一样，他自己都纳闷怎么会在这里待那么久。坎普顿小丘广场62号里保罗的卧室就舒适多了。他轻快地走下楼，来到前门口，为自己再也不用回到这里而兴高采烈。

他到运河边纤道时还早，才刚过15点30分，但来这么早不是因为他有多么焦虑。他知道那个小男孩会来的。自从他和沃顿小姐见过面以后，他就有一种自己在被这一切接连不断发生着的事件推着往前走的感觉，他不是在被动地接受命运，而是借着一份幸运愉悦地前行。他觉得自己前所未有地强大、自信，一切都在掌控之中。他知道那个男孩会来，就像他知道这次的会面会对他重要到想象不到一样。

即便是当初给达伦传信也比他想象中容易许多。那所学校建在铁路后面，有一座两层高、落满陈年尘埃的维多利亚风格教学楼。他在附近晃了很久,但是没有直接驻足在学校门口,小心地不去引起那一小群等着接孩子的母亲们的注意,在最早放学的一批小孩跑出来之前都没有接近正门。他决定选个小男孩作为自己的传话使者,因为他觉得小女孩可能会更好奇,注意到更多细节,更有可能问达伦纸条上面都写了些什么。他选中了其中一个男孩,问道:"你认识达伦·威尔克斯吗?"

"认识。他就在那边。"

"把这个给他好吗?这是他妈妈写的,相当重要。"

他递过去信封的同时还给了那个男孩一枚50便士硬币。男孩几乎看也没看就接了过来,一把抓住硬币,好像生怕他又改变主意。他跑到操场的那一边,来到一个正对着墙踢足球的男孩子身边。斯维恩一直看着他,直到看见那个信封交到了对方手上,才转过身,快速地离开了。

会面的地方是他谨慎选出的:有一丛纠葛杂乱的山楂树长在很靠近运河的地方,他可以站在树丛里,观察右侧延展的长长纤道,以及左侧一直伸到隧道口的40码小路。在他右后方几码以外有一扇通向纤道的铁门。他粗略地探索了一下,发现它通向一条小路,小路尽头是上了锁的车库、带挂锁的院子和不知名的工厂建筑。在渐渐转暗的秋日下午,这里并不会引来在纤道上漫步的行人,而且如果形势所需,他还可以把这条路当作逃生通道。但是他并没有过于担心。他在这里已经站了二十多分钟了,一个人影也没见到。

那个男孩到得也很早。15点50分时,一个瘦小的身影就出现在纤道上,在运河岸边闲逛。他穿着明显是新买的牛仔服,还穿了一件棕白相间的拉链夹克衫,看起来整洁得有些不自然。斯维恩向后退了几步，退进了树丛里，隔着一丛丛树叶看着他走近。突然，他消失了，斯维恩感到一阵紧张，直到他发现那个男孩爬到了沟渠下面，现在又重新出现在视线里，双手扶在一个破旧的自行车轮子上。他开始在纤道上玩起了滚车轮。车轮有时候歪歪扭扭地倒下，有的时候又弹起来。斯维恩从藏身之处走出来，抓住了车轮。那个男孩离他还不到12码远，突然停了下来，看着他，像小动物一样警觉，似乎马上就要转身逃走。斯维恩立马微微一笑，又把车轮滚了回去。男孩子握住车轮，依然面无表情地盯着他。然后他把车轮转了个圈，笨拙地旋转了一下，并松开了手。车轮转了几转就滚进了水里，歪倒时溅起了巨大的水花，声音之大让斯维恩觉得整个纤道似乎瞬间就挤满了人。但是没有人在，没有惊呼的声音，也没有慌忙的脚步声。

水面上的涟漪渐渐扩散开来，然后消失不见。他慢慢走到男孩身边，轻松随意地说："水花四溅的样子真是不错。你在沟渠里能找到很多这种轮子吗？"

男孩将视线移开。他远望着运河，说道："一两个吧，得看情况。"

"你是达伦·威尔克斯，对吗？沃顿小姐告诉我在这儿能找到你。我就是来找你的，我是政治保安处的调查官。你知道政治保安处是什么意思吗？"

他掏出装着信用卡和已经过期的大学学生证的钱包来。还好他上完第一个学期，也是人生中最后一个学期糟糕的课程之后一直都没把学生证还回去。上面贴了一张他的照片，他向男孩晃了晃证件，并没有给他看清楚证件上写了些什么的机会。

"那么她在哪里，沃顿小姐在哪里？"他用一种随意的口吻小心翼翼地问了这个问题。他不想暴露他的需求——假设他真的有这种需要。但是他毕竟花费时间前来赴约了,已经来到了这里。

斯维恩说:"她来不了了。她让我转告你她很抱歉,但是她今天身体不舒服。你把她给你的纸条带来了吗?"

"那她到底怎么了?"

"只是感冒而已。没什么好担心的。你带来那张纸条了吗,达伦?"

"是啊,我带来了。"

他把一只小拳头伸进牛仔裤口袋里,把纸条掏了出来。斯维恩接过揉成一团的纸条,瞥了一眼,然后故意把它撕成了碎片。男孩沉默地看着他把碎纸扔进水里。它们漂浮在水面上,就好像纤弱的初春花瓣,然后缓慢地漂走,变暗,最终沉入水中。

他说:"最好是不要留下任何后患。你看,我得确定你真的就是达伦·威尔克斯。所以说这张纸条才十分重要。我们现在必须得谈一谈。"

"谈什么?"

"那起谋杀案。"

"我对于谋杀案一无所知。我已经对警察说过了。"

"是的,我知道普通的警察已经和你谈过了。但是他们有点太不知深浅。这个案子里有太多超出他们理解范围的内容,太多了。"

他们一起慢慢地沿着河岸往上游方向的隧道入口走去。这里的灌木丛更加浓密,有一处十分葱郁,即便已经不复盛夏的茂密,却依然能够提供足够的遮挡,让纤道上的人看不见这边的动静。他把男孩一起拉进这处藏身之地,说道:"我选择信任你,达伦,正因为我需要你的帮助。是这样的,我们政治保安处的人认为这不是一起简单的谋杀案。保罗男爵是被一个团伙、一个恐怖主义分子团伙杀害的。你明白我说的政治保安处的意思,对吧?"

"明白,反正就是跟间谍活动有关。"

"正是如此。我们的工作就是要抓捕与这个国家为敌的人。之所以叫'保安'就是因为如此,我们的行动非常特别,也非常隐秘。你能保守秘密吗?"

"可以,我已经有很多秘密了。"

小男孩似乎是在虚张声势。他抬头看着斯维恩,那张小脸像极了一只聪明的小猴,突然变得非常犀利,似乎能洞察一切,说:"当时你在现场就是因为这个吗?是为了暗中观察他?"

他所受到的惊吓就好像是胸口突然遭到一记重击,疼痛难忍,令人无法行动。等他恢复过来的时候,斯维恩的声音平静得令他自己都感到吃惊:"你为什么觉得我在现场?"

"你夹克衫上的花哨纽扣,我找到了一颗。"

他的心脏急速跃动着,随后,它似乎突然停止跳动了一秒钟,变成了胸口的一团死物,直直地把他往下拉。但是过了一会儿,他又感觉到了那种正常的搏动,重新往他体内灌注了生命的温暖与信心。他现在知道自己为什么出现在这里了,准确地说,是知道为什么他们两个人一起出现在这里了。他说:"在哪里,达伦?你是在哪里找到扣子的?"

"就在教堂一侧的小路上。我把它捡了起来。沃顿小姐以为我是在摘花,并没有看见我在做什么。她给了我十便士让我去点蜡烛,就和平常一样。我每次走到圣母像前都能得到十便士。"

有那么一瞬间，斯维恩的思绪似乎完全失去了控制。这个男孩所说的一切都讲不通了。他看着那张尖瘦的脸，在灌木丛的阴影中呈现出一种病态的绿色，那张小脸正仰头看着他，似乎露出了一种类似蔑视的表情。

"圣母玛利亚穿着蓝衣服的雕像。沃顿小姐总是给我十便士让我放进捐赠箱里。然后我就可以点亮一根蜡烛，明白了吗？是为圣母玛利亚点燃的。只有这一次，我留下了那枚十便士硬币，因为我没有来得及点燃蜡烛，她突然把我叫住了。"

"那你把那枚纽扣怎么样了，达伦？"他不得不紧紧握住拳头，才能控制自己不去掐住男孩的脖子。

"放进箱子里了，我聪明吧？不过她一直都不知道，我一直没告诉她。"

"你也没有告诉别人？"

"没有人问过我。"他又一次抬起头，突然变得十分淘气，"我觉得沃顿小姐不会赞成我这么做的。"

"不。警察也不会赞同的，我是说普通的警察。他们会把这种行为称作偷窃，把别人的东西占为己有。你知道他们会怎么对付那些偷东西的小男孩的，对吧？他们会试着把你关起来的，达伦。他们希望找个借口把你关进教养所。你知道的，不是吗？你可能会遇上大麻烦。但是你守住我的秘密，我也会替你保住你的秘密。我们一起对着我的枪发誓吧。"

"你还有枪？"

尽管他天真地做出漠不关心的样子，却没有办法掩饰自己声音里的激动。

"当然了。政治保安处的人总是全副武装。"

他从带肩带的提包里取出史密斯威森手枪,把它放在手掌心里。男孩的双眼紧紧盯着手枪,似乎着了迷。斯维恩说:"把你的手放在上面,发誓你除了我之外,再不会告诉别人有关纽扣和这次会面的事。"

男孩的小手急切地伸了出来,斯维恩看着它放在了枪管上。男孩说:"我发誓。"

斯维恩把自己的手搭在达伦的手上面,并使劲按了下去。男孩的手非常小,也十分纤弱,仿佛脱离了男孩的身体变成了独立的存在,就像一只小动物一样有了自己的生命。

他庄严地说:"我也发誓绝不透露我们之间说过的一切。"

他感受到了男孩的渴望,说:"你愿意举起枪来看看吗?"

"枪里装子弹了吗?"

"没有。我身上带了子弹,但是枪里面没有装。"

男孩接过枪,开始用枪进行瞄准,首先是对准了运河,然后他咧嘴一笑,用枪瞄准了斯维恩,最后又重新瞄准了运河。他持枪的姿势一定是和电视上的警察学来的,枪笔直地举在身前,双手握住枪管。斯维恩说:"你的思路非常正确,等你长大了我们政治保安处也许用得到你。"

突然,他们注意到了自行车轮子的转动声。两个人都下意识躲回到灌木丛的阴影里。瞬间,他们瞥到了一个戴着布帽子的中年男子慢慢地骑过泥地,双眼紧盯着前方的纤道,自行车发出吱嘎声音。他们一动不动地站在那里,几乎屏住了呼吸,直到那个人消失在视线里。但是这提醒了斯维恩,他的时间不多了。纤道很快就会变得忙碌起来，人来人往。人们可能会抄捷径回家。他必须迅速又安静地完成自己的工作。他说:"在运河边上玩,你可要小心啊。你会游泳吗?"

男孩耸了耸肩。

"学校里没有教你们怎么游泳吗?"

"没有,我也不经常去上学。"

这简直就是水到渠成。他抑制住突然生出的想要大笑一场的欲望。他想要向后一躺,躺在黏糊糊的湿地上,抬头望着纠缠在一起的树枝,用力喊出胜利的高呼。他是不可战胜的,完全不会被他们掌控,受到运气和聪明才智的保护,而且还有一些既不是运气也不是智慧的特质永远成了他的一部分。警方是不可能发现那枚纽扣的,如果他们发现了,早就用那枚纽扣来质问他了,也会把那件边缘露出了暴露真相的棉线的夹克衫要走。他们肯定注意到了那个标签,检查夹克衫的时候肯定也想到那枚备用纽扣不见了。但是那个一脸严肃的年轻警员送还夹克衫时并没有做出什么评论,在那之后,他也几乎天天穿着这件衣服,迷信般地觉得不穿这件衣服就很不自在。拿回纽扣轻而易举。他首先要处理这个男孩,然后马上回到教堂去。不,不能马上过去。他需要先找一把凿子,好撬开那个捐款箱。他可以从坎普顿小丘广场的宅子里拿一把出来,或者更方便地从离这里最近的沃尔沃斯商店买一把。混在那么多的顾客里,他不会被人注意到的。而且他也不会只买一把凿子。更安全的办法是买一堆小东西,然后在自动柜员机前耐心排队。这样的话,收款员就不太可能会记得住一把凿子。另一方面,把捐款箱用凿子撬开就好像是一次普通的盗窃事件。这种事经常发生,他怀疑是否有人真的会因此前去报警,就算报警了,有人会把这件事与之前的谋杀案联系在一起吗?这个时候他又想到,那个捐款箱可能被清空了,这个想法让他从胜利中清醒过来,但也只是沮丧了一小会儿。如果捐款箱已经被清空,那枚纽扣要么就是已经被交给了警察,要么就是被当作垃圾扔掉了。纽扣不可能被交给了警察,不然他们早就拿出来摆在他面前了。就算他倒霉,纽扣还在某个人手上,也只有这个男孩知道这枚纽扣是在哪里发现的。到那时,这男孩也已经死了,是不小心落水溺死的,又是一个在运河边玩着玩着就不慎落水的孩子。

他走出灌木丛的遮蔽,男孩紧跟在他身后。纤道两边荒芜空旷,宽阔的运河呈棕褐色,就像是被腐蚀的两岸中间夹着的一道泥流。他颤抖起来。有那么一秒钟,他觉得纤道上没有来人是因为世上已经没有其他活人了,世界已经死去,已经荒废,而他和达伦是仅剩的两个幸存者。即便是这种静默也十分奇怪,这个时候他才意识到自从来到纤道上,他就没有听到任何动物发出声响,也没有听到鸟叫。

他注意到达伦已经从他身边离开,正蹲在水边。斯维恩在他身旁停了下来,看到有一只死老鼠被缠在了一截断掉的树枝上,那油光发亮的尸体十分瘦长,在水面上不停晃动,鼻子像船头一样伸出来。他蹲在男孩身旁,同他一起沉默地凝视。他想,这只死老鼠看起来居然很有人样,那呆滞无神的双眼和伸出的小爪子就像在做最后一次无力的恳求。他说:"真是只幸运的老鼠。"然后才想到这句随意的话有多么愚蠢。这具尸体已经不再是老鼠,因此也就谈不上是幸运还是不幸运。不存在这种判断,对此做出的任何评价也没有任何意义。

他看着男孩抓住树枝的一端,开始把老鼠的尸体往水下按,然后又把它往上提,它的头顶出现一团漩涡,然后老鼠闪闪发光的脑袋又冒了出来,因为浸满了水而下垂。他尖锐地说:"不要这么做,达伦。"

男孩松开了手里的树枝，老鼠掉回水里，顺着河水缓缓往下游漂去。

他们继续向前走。突然，他的心脏几乎停止了跳动。达伦从他身边冲上前，伴随着一声尖叫，跳着跑进了隧道里。有那么一秒，斯维恩惊惶地觉得他的受害者一定是察觉了他的意图，正要从他身边逃走。他追在男孩身后，跑进了昏暗的隧道，然后又松了一口气。达伦正大喊大叫着，声音回荡在隧道里，他的双手正沿着隧道的墙壁摸索着，然后又跳起来，向上伸出双手，似乎想要触碰隧道顶，却又徒劳无功。斯维恩彻底放下心来，几乎要和他一起跳起来。

毫无疑问，这里就是最合适的地点，再没有更好的地方了。他只需要一分钟，甚至可能只要一秒钟。行动必须迅速又精准，不能留下任何不确定的细节。他不仅要把男孩扔进水里，还必须弯下腰，把男孩的头按到水下。男孩也许会挣扎，但是不会太久。他看起来是那么瘦弱，不会有太强烈的反抗的。他把夹克衫脱下来叠好，搭在肩上，没有必要让水溅满这件昂贵的夹克衫。况且在这里，纤道两旁是水泥而非泥土，如果需要的话，他可以跪下来，而不用担心裤子上沾满泥巴后泄露真相。

他平静地喊道："达伦。"

男孩依然在试图够隧道顶，并没有注意到他的呼唤。斯维恩深吸一口气，准备再叫一次，突然，他面前这个小小的身影晃了晃，一个踉跄摔倒了，他像一片安静的树叶一样，躺在地上一动不动。斯维恩起初觉得达伦是在故意捉弄人，但是当他走近时，发现小男孩已经晕倒了。他平躺在那里，离运河非常近，一只瘦弱的胳膊已经伸到了河面上,半握的拳头几乎触碰到了水面。他躺在那里,一动不动,就像死了一样,但是斯维恩能判断出真正的死人是什么样子。他蹲下来,密切地注视着那张一动不动的小脸。男孩的嘴巴张着,可以听到微弱的呼吸声。在微微透进来的光亮中,惨白的脸上那些小小的雀斑格外明显,就像是溅上去的金色喷漆,他刚好能看见男孩眼睑上稀疏的睫毛。他想:这个男孩子的身体一定有问题。他有病,男孩子不会无缘无故就晕倒。接着他又感受到了一阵怜悯与愤怒杂糅的情感。可怜的小家伙,那些人把他拉到少年法庭上,派人监管他,却压根就照顾不好他。他们甚至没发现他的身体出了问题。让他们去见鬼吧,让所有这些人都见鬼去吧。

但是现在这一切都使得他即将完成的任务变得更为容易,不过就是轻轻一推,可是突然一切又变得困难起来。他把自己的脚探入男孩身下,轻轻把他挑了起来。男孩的身子搭在他的鞋子上,像是完全没有重量,他几乎感觉不到任何负担。但是达伦依然一动不动。他想,只需歪一下脚,稍微使出一点力气就好。如果斯维恩相信上帝的话,上帝也许会对他说:"你不该让一切都这么轻而易举的。没有什么事应该这么轻易达成。"隧道里非常安静,他可以听到头顶有水珠滴落,运河的河水轻轻打在墙壁上,他的电子表发出嘀嗒声,响得就像是定时炸弹的倒计时。他闻到了河水的气味,是一股浓郁的酸味。在隧道尽头闪烁的两轮半月形的亮光突然间变得十分遥远。他可以想象到它们会渐渐消失,缩回到那道狭长的缝隙中,最后完全消失不见,只留下他和这个仍有呼吸的男孩被困在这片带有潮湿气味的虚无黑暗中。

这时他又开始想:我需要这么做吗?他没有对我造成任何伤

害。博洛尼该死，但是他不应该。他不会开口的，况且警方也已经对他失去兴趣了。一旦我找到那枚纽扣，他开不开口都无所谓了，他口说无凭。一旦没了那枚纽扣，他们能证明些什么呢？他把夹克衫从肩膀上取下，衣服从他手臂上滑落，他知道是时候决定了。他允许这个男孩继续活下去。在这个奇妙的瞬间，他又有了一种新的被赐予权力的感觉，比他终于能够低头俯视博洛尼尸体时的感觉更甜美，更令人振奋。这就是作为神的感觉。他有权夺走一条生命，或者决定让他活下去。这一次，他选择了做仁慈的决定。他将赐予这个男孩最为崇高的礼物，而这个男孩甚至都不知道他的命是斯维恩给的。但是他会告诉芭比。某一天，等到安全的时候，他会告诉芭比他曾经夺走了谁的生命，又宽宏大量地留下了谁的性命。他把男孩的身体从水边拖离，这个时候，响起了男孩微弱的呻吟声。他的眼皮动了动。仿佛是害怕迎上男孩睁开的双眼，斯维恩拔腿就走，几乎是一路跑到了隧道的另一头，突然急切地想要在黑暗完全将自己淹没前抓住那一轮半月的光亮。

第六章

莎拉·博洛尼给他们开了门。她没有说话,领着他们穿过走廊,来到书房。厄休拉夫人坐在餐桌前,桌子上整整齐齐摆放了三堆信函和文件。一些信纸的边缘处染成了黑色,就像这家人是从抽屉里找出了这种老人家年轻时流行过的讣告用纸。达格利什走进门时,她抬起头,冲他点了点头,然后又用手中的银制裁纸刀划开了另一个信封,他听到了纸张被割开时那种微弱的撕裂声。莎拉·博洛尼走到窗边,向外远眺,肩膀高耸。在被雨水不停冲刷着的窗格外,美国梧桐浓密的枝叶浸满了水,在湿漉漉的空气中低垂下来,那些早已枯萎的枝条就像棕色的掸子一样垂在绿叶间。这个瞬间一切寂静无声,即使是大街上来来往往的车辆也都悄无声息,就像是在遥远岸边退去的海浪般,声音消失了。但是屋子里沉重的气氛似乎依然没有消散。他从早上起就感受到的头痛现在又加强了,并且所有的痛感从前额转移到了右眼,就像针扎一样剧烈。

在这个家里,他从来没有感觉到有过安宁或者放松的气氛,但是现在那种紧张感弥漫在空气中。只有芭芭拉·博洛尼似乎没有受这种气氛的影响。她也坐在餐桌前,正在涂指甲油,面前摆了一只托盘,放满了各种闪闪发光的小瓶子和一簇簇的棉花团。他进门时,涂指甲油的刷子停了一下,沾满亮闪闪指甲油的刷子停在了半空中。

莎拉·博洛尼没有回头,她开口说:"除了其他一些琐事,我的祖母还比较担心追悼会的安排。总警司,您对'为了信仰和原则而斗争'还是'耶和华啊,人类的主人'哪一句更合适有什么想法吗?"

达格利什走到厄休拉夫人身边,伸出手,那枚纽扣就放在掌心。他说:"您见过同样的扣子吗,厄休拉夫人?"

她请他走得更近些,然后低下头,凑到他的手指上,好像还要闻一闻那枚纽扣的气味。然后她抬起头,面无表情地看着他,说:"我没有见过。看起来像是从男人的夹克衫上掉下来的,很有可能是件昂贵的夹克衫。除此之外我就帮不上什么忙了。"

"那您看看呢,博洛尼小姐?"

她从窗户旁走过来,迅速看了一眼,说:"不,这不是我的。"

"我的问题不是这个。我问的是您见过这枚纽扣或者类似的纽扣吗?"

"就算我见过,我也不记得了。但是我本来就对衣服或者小饰品不怎么感兴趣。你怎么不问问我的继母呢?"

芭芭拉·博洛尼正举起左手,轻轻地吹干自己的指甲。现在就只剩小拇指还没有涂指甲油了。和另外四个涂了指甲油的手指相比,小拇指就像一团畸形的死物。达格利什走到她身边,她又举起了刷子,开始小心翼翼地在小拇指指甲涂上粉色的指甲油。涂完了之后,她瞥了一眼纽扣,然后飞快地转过头去,说:"这不是从我的衣服上掉下来的。我想应该也不是从保罗的衣服上掉下来的。我从前从来没见过。这枚纽扣很重要吗?"

他知道她在撒谎，但是他觉得她并不是出于恐惧或者某种危机感。对于她而言，心中存疑的时候撒谎是最简单的办法，也是最为自然的回应，这样能够争取到更多时间，避开不愉快的冲突，延缓发生麻烦的可能性。他又转向厄休拉夫人："请您允许，我也想和马特洛克小姐谈一谈。"

莎拉·博洛尼走到壁炉旁，拉动了召唤马特洛克小姐的铃铛。

伊芙琳·马特洛克进来时，三位博洛尼家的女人同时转过身凝视着她。她站住不动，双眼紧盯着厄休拉夫人，然后像一个行进中的士兵一样，身体僵直地走到达格利什身边。他说："马特洛克小姐，我将问您一个问题。不要匆忙回答，仔细想好了再告诉我实情。"

她瞪着他，就像一个叛逆的孩子，执拗又狠毒。他不记得还在谁的脸上见到过如此充满憎恨的表情。达格利什又一次把手从口袋里掏出来，展示他掌心中镶着银边的纽扣。他说："您见过这枚纽扣，或者与其类似的扣子吗？"

他知道和他自己一样，马辛厄姆的目光也紧紧盯着马特洛克小姐的脸。说谎很简单，只需要一个短短的单字。但要全身心地诠释一个谎言就没那么容易了。她勉强能够控制住自己的语调，能够抬起头，坚定地迎上他的目光，但是漏洞已经产生。他并没有错过那一瞬间的明了神情，她受了小小一惊，前额迅速地泛红，这一点绝对不受她自己控制。她犹豫了，于是达格利什开口道："再走近一点，看仔细了。这种纽扣很别致，也许是从男士夹克衫上掉落的。并不是普通夹克衫上那种常见的纽扣。你上次见到这样的纽扣是什么时候？"

但是现在她的头脑已经开始高速运转。他几乎可以听到她思考的过程。

"我记不得了。"

"您是说记不得是否见过这枚纽扣，还是记不得上次见到这枚纽扣是什么时候了？"

"您都把我绕糊涂了。"

发现她转过身面对着自己，厄休拉夫人说："如果你需要有律师在场才能回答，你有权请一位律师。我可以给法雷尔先生打电话。"

她说："我不想要。为什么要找律师？就算要找，我也不会选择安东尼·法雷尔的。他看着我的样子就好像是在看垃圾一样。"

"那我建议你好好回答总警司的问题。在我看来，这个问题非常简单直接。"

"我见过类似的扣子，但我不记得是在哪里见到的了。肯定有上百种类似的纽扣。"

达格利什说："试着再想一想。您觉得您见过类似的纽扣，是在哪里呢？在这个家里吗？"

马辛厄姆小心地避开达格利什的目光，他肯定是一直在等待着发起攻击的时机，声音小心地将残忍、轻蔑和八卦糅杂在了一起："您是他的情人吗，马特洛克小姐？是因为这个，您才一直包庇他吗？毕竟您确实在包庇他，不是吗？他是怎么报答您的，在沐浴和吃晚饭之间抽出半个小时来和您上床？他可算是捡了个大便宜啊，不是吗，谋杀的不在场证明可不是这么容易伪造的。"

没有人能比马辛厄姆发挥得更好，每个字都是经过精心计算之后才发出的羞辱。达格利什想：上帝啊，为什么我总是让他替我做这些卑鄙的事情呢？

那女人的脸上突然充满怒火。厄休拉夫人笑了起来，发出咯咯的嘲笑声，对达格利什说："说真的，总警司，除了非常无礼之外，我觉得这样的暗示也太荒谬了，简直就是无稽之谈。"

伊芙琳·马特洛克转向她，双拳紧握，整个身体都因憎恶而轻轻颤抖："为什么荒谬？为什么是无稽之谈？是您自己没法相信吧，不是吗？您年轻的时候可有过不少情人，大家都知道的。您当时也是臭名昭著啊。当然，您现在老了，不能走路，又那么丑，已经没有人想要得到您了，不管是男人还是女人都不想要您。您压根就无法接受有人想要得到我的事实吧？好吧，他曾经想要得到我，现在也想要。他爱我，我们彼此相爱。他在乎我，知道我在这个家中过着怎样的日子。我很累，我工作繁重，我恨你们所有人。您不知道这些吧？您以为我满怀感激，感激自己能有机会像给婴儿洗澡一样服侍您擦洗，感激能有机会服侍一个连自己的内衣掉在地上都懒得拾起来的女人，感激自己能睡在这个家中最糟糕的一间卧室里，感激能有一个家、一张床、一个遮风挡雨的屋檐，下一顿饭也有着落。这个地方不是家，就是个博物馆，早已经死透了，很多年前就死透了。你们从来不考虑别人，心里只有自己。'做这件事，玛蒂。''把那个拿来，玛蒂。''清理我的浴缸，玛蒂。'我也是有名字的。他叫我伊芙琳。伊芙琳，这就是我的名字。我不是猫猫狗狗，也不是这个家里的宠物。"她转向芭芭拉·博洛尼："您又是怎么一回事呢？我可以告诉警方好多您那位表哥的事情。您的未婚夫还没入土，甚至是保罗男爵的前妻还没有去世的时候您就想得到保罗男爵了。您并没有和他上床，哦不，您比这狡猾多了。还有这位，保罗男爵的女儿？您对他究竟有多么在意？还有您的那位情人，您有多在乎他？您只是利用他来伤害您的父亲。你们这些人都不知道什么是真正的关爱，不知道什么是爱。"她又一次转身面对厄休拉夫人:"还有就是我的爸爸。我似乎应该对您儿子的行为表示感激。但是他究竟做了什么?他甚至都没办法让爸爸出狱。监狱对他来说简直就是折磨。他有幽闭恐惧症,根本没办法承受那里。他是被活活折磨死的。你们又有几分在意呢?你们这些人,保罗男爵觉得给我一份工作,给我一个你们所谓的家就足够了。他觉得他正为自己犯下的错误做出弥补,但是他根本就没有补偿什么。是我一直在做弥补。"

厄休拉夫人说:"我不知道原来你一直都是这样想的。我本该知道的,这都得怪我。"

"哦,您才不会呢!只是这么说说罢了。您从来就不会责备自己,从来不会,为任何事都不会,这一生都没有过。是的,我确实和他上过床,我以后也会和他在一起。你们没法阻止我。这也不关你们什么事。你们并不拥有我的身体和灵魂,这只是你们的自以为是。他爱我,我也爱他。"

厄休拉夫人说:"别开玩笑了,他只是在利用你。他利用你,好在这里免费吃饭,免费泡热水澡,让你给他清洗、熨烫衣服。最后,他再利用你为自己的谋杀获得不在场证明。"

芭芭拉·博洛尼涂完了指甲油,像个孩子一样满意地盯着自己的双手。然后,她抬起头来:"我知道迪克跟她上过床,他告诉过我。当然了,他并没有谋杀保罗,那也太傻了。保罗死的时候他就是在做这件事,就是在保罗的床上和她做爱。"

伊芙琳·马特洛克猛地转过身,她大喊道:"这是个谎言。他不可能告诉你。他不会告诉你的。"

"但他确实说了。他觉得这件事能让我开心。他觉得这件事很逗。"

她看着厄休拉夫人,眼神里既有调侃也有鄙夷,似乎是在与她分享一个私人笑话。芭芭拉·博洛尼用尖锐、孩子气的声音继续说道:"我问他怎么能忍受得了和马特洛克做爱,他说只要闭上眼睛,把对方想象成别的女人,他就可以和任何女人做爱。他说他当时一直想着舒服的热水澡和一顿免费的晚餐。事实上,他并不是很介意与她做爱。他说她的身材还不错,只要关着灯,他就还挺享受的。他不能忍受的是那些肉麻的聊天,那些事后难以摆脱的喋喋不休。"

伊芙琳·马特洛克瘫倒在了墙边的一把椅子上。她用双手捂住脸,然后抬起头,看着达格利什的脸,用很小的声音说了些什么,达格利什不得不低下头才能够听清楚:"他那天晚上确实出去了,但是他告诉我他只是想和保罗男爵谈谈。斯维恩想要知道他会怎么对待博洛尼夫人。他告诉我他到达现场时两个人就已经死了。他爱我,他信任我。天哪,我多么希望他也把我杀了算了。"

突然,她开始大哭起来,不停地大声抽噎,似乎整个胸腔都被撕裂了,不断增强的痛苦随之涌出。莎拉·博洛尼迅速走到她身边,笨拙地抱住她的头。厄休拉夫人说:"这噪音真是太吓人了。快把她带回自己的房间。"

这些断断续续传入她耳中的声音就好像威胁一般,伊芙琳·马特洛克马上试图控制住自己。莎拉·博洛尼望向达格利什,说:"但是他肯定不是凶手。他不可能有足够的时间犯下谋杀,然后清理好现场。除非他是开车或者骑自行车去的。他不可能冒险搭乘出租车过去。而如果他是骑自行车过去的,哈利威尔肯定能看到或者听到。"

厄休拉夫人说:"哈利威尔当时不在,所以没办法注意到这些事。"

她举起听筒,拨了号码。大家都听到她说:"请你过来一趟,哈利威尔。"

没有人开口讲话。房间里只能听到马特洛克小姐强抑的抽噎声。厄休拉夫人用一种冷静的目光凝视着她,毫无怜悯,在达格利什看来,甚至毫无感情。

然后,他们听到走廊的大理石地板传来脚步声,转眼间哈利威尔矮壮结实的身影就出现在了门口。他穿着牛仔裤和短袖开领T恤,十分放松地站在那里。他用漆黑的双眸迅速扫过警察和三位博洛尼家的女人,然后又望向莎拉·博洛尼怀中那个抽泣着缩成一团的身影,然后关上门,平静地看着厄休拉夫人,一脸无所谓的表情,十分放松,又很警觉,虽然比另外两个男人都矮,但是看起来更为从容、自信,似乎一瞬间掌控了这个屋子的局面。

厄休拉夫人说:"我儿子死的当天晚上,哈利威尔送我去了圣马修教堂。哈利威尔,告诉总警司都发生了什么。"

"一切都说出来吗,夫人?"

"当然了。"

他直接对达格利什说道:"下午5点50分时,厄休拉夫人给我打电话,让我准备好车子。她说她会自己来车库,然后我们尽可能安静地从后门离开。她坐进车里之后,说让我开车到帕丁顿的圣马修教堂。我很有必要去查线路图,也确实查了查。"

达格利什想,也就是说,多米尼克·斯维恩来之前一个小时他们就离开了。车库上面的公寓当时没有人在。斯维恩很可能以为哈利威尔因为第二天休假已经提前离开了。司机继续说道:"我们到了教堂，厄休拉夫人让我把车停在教堂后的南门外。夫人按了按门铃，保罗男爵应的门。她进了教堂，半个小时后她回来了，让我也进去。那应该是傍晚7点钟左右。保罗男爵身边还有一人，是个流浪汉。桌子上有一张纸，上面大概写了八行字。保罗男爵说他马上就要签字了，想要让我见证签字的过程。然后他签了名，我在底下写上了我的名字。那个流浪汉也做了同样的事情。"

厄休拉夫人说："哈利会写字实在是幸运，但是他毕竟年纪很大了。他年轻的时候在公立学校学到了这些技能。"

达格利什问道："他那时候清醒吗？"

这回是哈利威尔开口作答："他的呼吸有酒味，但还能站得稳，也能写自己的名字。他并没有醉到不知道自己在干什么的程度。"

"你看过那张纸上写的是什么吗？"

"没有，总警司。这不关我的事，所以我没有看。"

"纸上面的字是怎么写的？"

"很明显是用保罗男爵的钢笔写的。他用那支笔签上了自己的名字，然后把纸递给了我和那个流浪汉。我们签完字之后，他拿吸墨纸吸了吸纸上的墨。然后那个流浪汉走出门去，到了壁炉的右侧，我和厄休拉夫人离开了。保罗男爵留在了小礼拜堂里。他并没有把我们送到门口。接着，厄休拉夫人说她回家之前希望兜兜风。我们开车去了议会山，然后又去了汉普斯特荒野。她坐在车里，在荒野边上待了大概20分钟。然后我开车把她送回家，晚上9点30分左右，我们到了家。厄休拉夫人让我把她放在大门口，这样她就可以悄悄地进屋而不被别人注意到了。她让我把车停在坎普顿小丘广场，我照做了。"

也就是说他们的往返都没有被别人注意到。她要求晚餐被盛在托盘里，然后送过来，食物包括一保温壶的汤和熏三文鱼。直到马特洛克小姐来服侍她睡下，都没有人会打扰到她。

达格利什对哈利威尔说："您在那张纸上签过字后，保罗男爵有说些什么吗？"

哈利威尔看了看厄休拉夫人，但是这一次，他没有得到提示。达格利什又一次开口问道："他对您、对哈利·麦克或者是对他的母亲说了什么吗？"

"哈利当时不在场。正如我刚才说的，他签完字之后就跌跌撞撞地离开了。我得说，他不适合当作同伴或者聊天对象。保罗男爵确实说了话，是对着夫人说的。只说了三个字。他说：'照顾他。'"

达格利什抬头望向厄休拉夫人。她坐在那里一动不动，双手放在膝上，目光穿透屋子，穿过那一片绿荫遮蔽的树枝，似乎看向了某个存在于想象中的遥远未来，他觉得自己好像看到她撇嘴微微一笑。他再次转过身去面向哈利威尔："也就是说，您现在承认，当时我问您那天晚上是否有人开着车或者骑着自行车离开的时候，您撒了谎，对吗？您说的所谓整晚都待在公寓里其实是谎言？"

哈利威尔平静地说："是的，总警司，我撒谎了。"

厄休拉夫人插话道："是我让他撒谎的。在那个小礼拜堂，不管他是不是自杀，我和我儿子之间发生的一切与他后来的死亡没有任何关系。对我来说最重要的事就是你们能够把全部时间和精力用于寻找杀害他的凶手，而不是干预这个家里的私事。我离开的时候我的儿子还活着。我让哈利威尔不要透露我们这次的会面。他已经习惯了服从命令。"

哈利威尔说："我只服从某些命令，夫人。"

他向她望过去，露出一个一闪而过的笑容。作为回应，她满意地轻轻点了点头。达格利什觉得有那么一瞬间，他们完全无视了屋里的其他人，紧密地团结在他们自己密谋的小世界里，那个世界有自己的一套推动力。现在，他们像一开始那样站在了一起。达格利什完全清楚将他们联系在一起的是什么。雨果·博洛尼曾是他的指挥官，她是雨果男爵的母亲。他能为她做的可不仅是撒谎这么简单。

他们几乎忘了芭芭拉·博洛尼。现在她从桌旁一跃而起，几乎是扑向了达格利什。粉红色的手指挠着他的夹克衫。那种伪装出来的世故消失了，她像一个担惊受怕的孩子一样紧紧扯住他大喊道："这不是真的，他没有那么做！迪克没有离开这栋房子，难道你看不出来吗？玛蒂只是嫉妒，因为他从来没有真正在乎过她。他怎么可能在乎她？看看她的样子吧。而这一家人又总是憎恶迪克，憎恶他和我。"她转过身去面对厄休拉夫人，"你从一开始就不想让他娶我。你一直觉得我配不上你的儿子，哪一个都配不上。好吧，现在这栋房子是我的了，我觉得你最好还是赶紧离开吧。"

厄休拉夫人平静地说："恐怕事实并非如此。"

她费力地转过身来，从椅子靠背上把手提包的肩带挑了过来。他们看着那手指扭曲的双手笨拙地想要打开皮包。然后她取出了叠成一摞的纸。她说："我的儿子当时是在他的遗嘱上签字。你的下半生有充足的保障，但是不会过上太奢侈的生活。这栋房子和他的其他财产都留给了我，由我替他还未出生的孩子保管。如果这个孩子没能活下来，这些财产就是我的了。"

芭芭拉·博洛尼的双眼中盈满了泪水，像个极度沮丧的孩子。她哭喊道："他为什么要这么做？你是怎么强迫他的？"

但是厄休拉夫人已经转向了达格利什,好像只有他才有权利知道答案。她说:"我去那里是为了劝诫他,我想确定他知道孩子的事,想知道他知不知道孩子到底是谁的,想问问他想要做什么。是那个流浪汉的存在给了我灵感。您看,是这样的,我必须要有两位见证人。我对他讲:'如果她怀的是你的孩子,我想确保他能够安全出生。我想守护他的未来。如果你今晚就要死了,她会继承全部财产,兰帕特会成为你孩子的继父。你想要这样的结果吗?'他坐在桌子旁,没有回答。我从桌子最顶上的抽屉里取出一张纸,放在他的面前。他没有说话,写了那份遗嘱,就那么八行字。他给妻子留下了非常合理的年金,其他资产都存进信托基金,留给那个孩子。他也许想要摆脱我,我想他确实是这么想的。也许那时他已经什么都不在乎了,这也是有可能的。他也许理所当然地觉得自己还能活到第二天,稍后还能做出更为正式的安排。我们一般人通常都会做出这样的假设。也许出于某种原因,他已经预料到自己活不过当晚了。当然了,这种想法太荒谬了。"

达格利什说:"关于那天晚上晚些时候您究竟有没有和哈利威尔再次交流过,在这件事上您也撒了谎。尸体一经发现,您就知道他可能会面临危险。他会听您的吩咐去撒谎。您觉得您至少应该给他想一个不在场证明。有关您儿子的日记这件事您也撒谎了。您知道那天晚上6点时日记本还在这个家里。将军打来电话的时候,您下楼走到书房,从桌子抽屉里取出了日记本。"

"到了我这个年纪,记性多少有点不好。"她用一种略带阴郁的语气满意地说,"在我的印象中,我在这之前还没有对警察撒谎过。我们这个阶级的人很少需要撒谎,但如果真的需要说假话,我向你保证,我们随时都准备就绪,也十分长于此道,可能还比其他人更擅长。但是我觉得你可能从来没有怀疑过这一点。"

达格利什说:"当然了,您一直在等着,观察我们究竟发现了多少真相,并且要确定您孙子的母亲不是一位杀人犯,也不是杀人犯的同伙。您知道您是在隐瞒关键信息,这么做很有可能会帮助杀害您儿子的凶手逍遥法外。但是那根本无关紧要,不是吗?只要这个家的血脉还在延续,只要您的儿媳妇还能生出一个继承人,就都不要紧,不是吗?"

她礼貌地纠正他:"是一个合法的继承人。总警司,你可能觉得这不是什么重要的大事,但是我已经80多岁了,我们要优先考虑的事情不一样。她不是个聪明的女人,甚至不怎么讨人喜欢,但她会是一个足够合格的母亲,我会保证这一点的。孩子会活得很好,能够生存下来。但是如果在他成长起来的过程中,他发现自己的母亲是她情人的帮凶,两个人一起密谋残忍杀害了他的生父,这可不是哪个孩子随随便便就能承受得了的。我也不希望我的孙子需要去面对这样的事情。保罗让我照顾好他的儿子,我就是在做这件事情。刚刚去世的人在死之前留下的最后遗愿通常都有一种独特的权威性。这一次,这个遗愿刚好和我本人的想法不谋而合。"

"您所在乎的就只有这些吗?"

她说:"我已经82岁了,总警司。我爱过的男人都死了。在这个世界上还有别的什么值得我去在乎?"

达格利什说:"当然,这意味着我们需要你们所有人都重新提供口供。"

"当然,你们的人总是想要获得口供。你难道不会时不时地误以为人生当中每件重要的事都可以用文字记述下来,签上字当作供词吗?我猜这恐怕是你这份工作的魅力所在。所有那些杂乱而难以理喻的糊涂事都被压缩成一张纸上的几句话,用标签和数字表示。但你是个诗人,至少曾经是。你总不会相信你现在正在处理的就是真相吧。"

达格利什说:"多米尼克·斯维恩现在就住在这里,对吗?你们有谁知道他现在在哪里?"没有人应答。"那么我们会派一位警员留在这里,直到他回来为止。"

就在这时,电话铃响了起来。芭芭拉·博洛尼发出一声惊呼,目光从电话机转向达格利什,流露出某种类似于恐惧的情感。厄休拉夫人和莎拉·博洛尼直接无视了铃声,就像是这间屋子里所有的一切都已不能引起她们的注意。马辛厄姆走过去,举起了听筒。他报上了自己的名字,沉默地停了几分钟,在这段时间内,所有人都一动不动。他安静地说了几句话,除了听筒的另一方之外没人能听清楚,然后又放下了听筒。达格利什走到他身边。马辛厄姆非常平静地说:"达伦已经到家了,总警司。他不肯说他去了哪里,罗宾斯说他明显有所隐瞒。她的母亲还没有回家,没有人知道她在哪里。他们正试着去她常去的酒吧和俱乐部找她。还有两个警官会一直陪着达伦,直到我们抓到斯维恩为止。他们给社会福利部门打了电话,正试图联系他的监护人。但是很不走运,已经过了下班的点儿了。"

"斯维恩呢?"

"还没找到他。和他同住一套公寓的设计师说,他今天早上回过牧羊人丛林公寓拿走了自己的行李。他说他要去爱丁堡了。"

"爱丁堡?"

"很明显,他在那边有朋友,是今年他在庆典上表演余兴节目时遇到的一群人。罗宾斯正在和爱丁堡方面联系。他们也许能把他从火车上拖下来。"

"假如他真的坐了火车的话。"

他走到伊芙琳·马特洛克身边。她抬起脸,那是一张被悲伤击垮的面容,他从她的双眸中读出一种信任,几乎要让他的心脏狂跳。他说:"他利用您对他的情感来让您替他撒谎,那也是一种背叛。但是他对您的看法和您对他的感情是你们两个人自己的事,和别人无关,也只有您才能知道事情真实的本质。"

她抬起头看着他,似乎努力试图想要让他理解:"他确实需要过我。他身边从来没有过别人。那确实是爱,确实是爱。"

达格利什没有回话。

然后她用很低的声音再次开口,他几乎都听不见她在说什么:"他出门时确实随身带了一盒火柴。我本来不可能知道的,不过厨房里的电水壶坏了,哈利威尔正在帮我修。我只能用火柴去点燃煤气。因为炉子旁边那盒火柴找不到了,我只能拿一盒新的。"

她又开始哭了起来,但是这一次几乎没有发出任何声响。一长串沉默的泪珠流下脸颊,就像她正在哭出所有远超痛苦的疲惫与无助。

但是他还有几个问题必须要问,而且必须趁着她现在极度沮丧,已经完全认命的时候问。他说:"斯维恩先生到的时候,除了您的起居室和厨房,他还独自一人去了这栋房子里的哪个房间吗?"

"只是把他的盥洗用品袋放进浴室里。"

也就是说他是有机会进书房的。他问道:"他回来的时候手里拿了什么东西吗?"

"只是拿着晚报。他来的时候就拿着了。"

但是为什么不把报纸放在屋后？为什么要连同报纸一起拿进浴室？除非他想要用报纸遮掩其他的东西，比如一本书、一个文件夹，或者是私人信件？自杀的人通常都会摧毁他们的书面文件，他可能是想在这栋房子里找到一些纸质材料随身带着，到时候好烧掉。可能是走运，他一打开抽屉就发现了日记本。

他转向莎拉·博洛尼，说道："很显然，马特洛克小姐现在十分痛苦，我觉得她可能需要来杯茶。也许你们几位有谁能够麻烦一下，去帮她泡一杯茶。"

她说："你鄙视我们，不是吗？鄙视我们所有的人。"

他说："博洛尼小姐，我是作为一名调查警官造访这里的。在这里我并不享有其他权利，也不能发挥其他作用。"

他和马辛厄姆走到门边时，厄休拉夫人开始说话，她的音调很高，但是毫不动摇："总警司，在你们离开之前，我想你们有必要知道，书房的保险柜里丢了一把枪。那把枪是我大儿子的，是一把史密斯威森点八口径的手枪。我的儿媳妇告诉我保罗把那把枪扔了，但是我觉得最好还是假设她……"她暂停了一下，然后用刻意嘲讽的语气说，"假设她记错了。"

达格利什转向芭芭拉·博洛尼。

"您的弟弟有可能拿到那把枪吗？他知道保险柜的密码吗？"

"他当然不知道。而且为什么迪克想要拿那把枪呢？保罗已经把枪处理掉了。他就是这样告诉我的。他觉得那把枪很危险，就把枪扔了。他把枪抛进了河里。"

厄休拉夫人又一次开口，就像她的儿媳妇并不存在一样。

"我想你们可以假设多米尼克·斯维恩知道保险柜的密码。我儿子死的三天前刚换过的密码,他有个习惯,就是把新密码用铅笔记在日记本的最后一页上,直到他确定自己和我都能记熟密码为止。他的习惯是在下一年的日历上把相应的数字都圈出来。我想那就是你给我看的那一页,总警司,就是被撕掉的那一页。"

第七章

等他买到商店里最结实、最好使的凿子时,已经快17点了。最后他并没有时间去沃尔沃斯商店采购,但他告诉自己这并不重要,然后就在哈罗路的一家五金店里买了一把。售货员可能会记得他,但是话说回来,又会有谁会来问讯呢?这次盗窃事件将被认定为一起无关紧要的入室偷盗案。事后,他就会把这把凿子扔进运河。没有了这把能够匹配捐款箱边缘划痕的凿子,他们又怎么能把他和这起案件联系到一起呢?凿子太长,没法装进夹克衫的口袋,所以他就把它和枪一起放在了帆布袋里。他觉得自己在肩上背了这么一只无害又平常的袋子,里面却装着沉甸甸的枪支,凿子也在身侧晃动,实在是很有意思。他一点都不害怕自己会被半路拦截。谁会想要阻止他呢,他只是一个衣着得体的年轻男子,刚结束了一天的工作,正在安静地往家走。但是这种确信的感觉还有更深层的缘由。他在土褐色的街道上大步向前,头高高昂起,无人能敌,在那些灰头土脸、面露蠢色的路人经过自己时甚至要大笑出来,他们不是直愣愣地盯向前方,就是弯腰看着地面,似乎是出于本能地盯着路面,希望找到别人掉落的一枚硬币。他们被围困在自己无望的生活里,不停地在同一片荒芜的领域里兜圈,受到日常生活和传统惯例的奴役。只有他自己产生了挣脱束缚、获得自由的勇气。他是人中之王,有着自由的灵魂。再过几个小时,他就要去西班牙享受阳光了,没有人能阻止他。警方没有任何理由羁押他,况且现在唯一一件能够把他和案发现场联系在一起的物证也马上就要落入他的手中。他已经攒下足够多的钱,能够撑过未来的两个月,还可以给芭芭拉写信。现在还不是告诉她一切的时机,但是未来某一天,他会告诉她一切,那一天已经不远了。想要把一切告诉某个人的渴望渐渐变成一种让他痴迷于此的念头。在圣厄明大酒店喝酒时,他差点就把一切告诉了那个可悲的老太婆。事后他被这种渴望坦白的冲动吓坏了,没想到自己这么渴望能有人为自己这份机智与勇气而赞叹。他会告诉芭芭拉,她的钱财、自由和未来都归功于他。她应该知道自己要表示感激。

下午的天色渐渐黑起来,和晚上一样,天色昏暗,像毛毯一样厚重,空气阴沉得令人难以呼吸,还有一股刺鼻的金属味,预示着即将到来的暴风雨。就在他转过弯,看到教堂的那一瞬间,空气中的沉闷被打破了。天空被第一道闪电撕裂,几乎与此同时,震耳欲聋的雷鸣声传来。两滴巨大的雨点滴落在他面前的人行道上,倾盆大雨紧跟而来。他跑进教堂的回廊躲雨,大声地笑了起来。就连天气都对他如此有利,通向教堂的主干道上空无一人,他在回廊上望向外面的瓢泼大雨。那些带有露台的房屋在一片水幕后瑟瑟发抖。水花击碎马路上的水面,像喷泉一样飞溅开来,排水沟里的水激流般喷涌。

他轻轻地转动教堂大门的铁制把手。门没有锁,半开着。但他本就预料到了。在内心深处,他觉得教堂这种充满迷信色彩的避难所总是会为他们的信徒敞开大门。现在没有什么会让他觉得吃惊,也没有什么会出现差错。他吱的一声在身后关上门,然后走进了这片有着微微甜味的宁静之中。

教堂比他想象中的还要大,阴冷得使他忍不住发抖。里面十分寂静,有那么一瞬间,他觉得自己听到了动物的喘息,后来才意识到那是自己的呼吸声。侧面的小礼拜堂里亮着一盏枝形吊灯和一盏小台灯,深红色的灯光在空气中晕染开来。除此以外,教堂的灯都关着。圣母玛利亚的雕像前点着两排蜡烛,火苗随着关门带起的一阵狂风而摇摆。

在分枝的烛台边有一口上了锁的捐赠箱,但是他知道这不是他要找的。他仔细地问过了那个男孩,装着那枚扣子的箱子在教堂最西端有铁边装饰的格栅门前。但是他并没有急着过去。他来到中殿,面对着祭坛展开双手,似乎要拥抱这片巨大的空旷、这种神圣以及这种充满甜味的空气。在他面前,半圆壁龛上的马赛克图案闪烁着金光。他抬头望向天窗,在半明半暗的光亮中看到了一排排彩绘人物扁平地贴在天窗上,呈现出一种无害的忧伤之意,就像是从孩子的绘本里面剪下来的画像。雨水从他发间滑落,流到脸上,舌间尝到了雨水的甜味,他大笑起来。他的脚边淌下了一小摊水。然后慢慢地,几乎带着一种仪式感,他穿过中殿,走向格栅门前的烛台。

捐赠箱上有一把挂锁,但是锁很小,箱子也比他想象中的更容易撬开。他把凿子塞到盖子下面,然后用力向上启。一开始的时候还有很大阻力,但是他听到了木头的断裂声,然后盖子口的缝隙越来越大。他又撬了一下,突然,挂锁弹开,发出了巨大的响声,就像枪声一样在整个教堂里回荡。几乎与此同时,天空响起一声惊雷。他想,天上的众神也在为我鼓掌致意。

然后,他意识到一个黑影走到了他身边,并且听到一个平静又充满威严的声音说:"如果你是来找那枚纽扣的,我的孩子,你已经来晚了。警方已经发现了它。"

第八章

　　头天晚上，巴恩斯神父又一次做了谋杀当晚的同一个噩梦。这个梦太可怕了——刚醒来的时候他就觉得惊恐无比，事后回想更是觉得悚惧——像所有的噩梦一样，这个梦让他觉得这并不是什么反常现象，而是已经深深地烙印在了他潜意识里的可怕现实积蓄着自己的能量潜伏着，随时都有可能折返。这个梦就像一部彩色恐怖片。他一直在观察一列前行的队伍，但是自己并不在队列里，而是站在人行道边缘，独自一人，被众人遗弃。队列最前面是多诺万神父，穿着他最华丽的十字褡，在游行专用十字架前昂首阔步，他的信众们正从他身后的教堂里源源不断地涌出：那一张张欢笑的面庞，一具具充满活力的、跃动着的身躯，还有铁皮鼓的敲击声。他觉得自己看到了大卫正在上帝的诺亚方舟前跳跃。随后，圣餐被放在高高的华盖之上。他走近了之后，才发现那不是普通的华盖，而是圣马修教堂小礼拜堂里褪色的肮脏地毯，边缘处随风摇晃，四根立柱也倾斜着。而里面盛放着的并不是什么圣餐，而是博洛尼的尸体，皮肤泛粉，浑身赤裸，喉咙上的伤口狰狞可怖，就像一只被刺死的猪。

　　他尖叫着醒来，摸索着找到床头灯。每天晚上这个噩梦都如影随形，但是上个礼拜天，它非常神奇地消失了，有那么三个晚上，感谢上帝，他睡得很沉，没有受到任何打扰。当达格利什和沃顿小姐离开后，他锁上漆黑又空旷的教堂，发现自己正暗自祈祷今晚噩梦不会归来。

他看了看自己的手表。现在才5点15分，但天空已漆黑如深夜。他走到回廊尽头时，雨开始下了起来。首先是一声惊雷，响声之大，连教堂似乎都跟着颤抖。他想，这种介于咆哮与爆炸声之间的恐怖怪声是多么夸张又诡异。难怪人们总是会惧怕雷声，就像惧怕上帝的愤怒一样。紧接着，雨点就打在了回廊的屋顶，像一道密不透风的雨帘。在这样的雨天里还坚持往家走实在是有点荒谬。几秒钟就能把他淋透。如果他没有在达格利什走了之后还坚持留在这里登记捐赠箱里的捐款，他可能早就搭车回到家了。总警司会在返回苏格兰场的路上把沃顿小姐送回公寓。但是现在他也无能为力，只好等雨停下来再走。

这时，他突然想起了伯特·波尔森的雨伞。伯特是合唱团里的男高音，礼拜日的弥撒结束后，他把雨伞留在了钟楼里，现在可以借用一下。巴恩斯神父走到教堂后方，在北门留了一道缝，打开格栅门，走进了钟楼。雨伞还在那里，这个时候他又突然想到，也许自己应该在挂雨伞的钉子上留一张纸条说明原因。伯特可能礼拜日一早就会过来，以他的性格，发现雨伞没了，很有可能会感到焦急。巴恩斯神父走进小礼拜堂，从桌子的抽屉里取出一张纸，写道："波尔森的雨伞在牧师住宅。"

他写完这行字，正要把钢笔放回口袋时，一声巨响传来。那是非常响亮的破裂声，而且离他位置很近。出于本能，他走出小礼拜堂，

549

来到了走廊里。格栅门后有一个年轻男子，金色头发，手里拿着凿子。捐赠箱被撬开了。

巴恩斯神父立即知晓了一切。他既明白了这个人是谁，也知道他为什么来这里。他想起了达格利什的话："一旦他知道我们已经找到了这枚纽扣，就不会有任何人面临人身危险了。"但是仅仅有那么一秒钟，他还是感到了恐惧，那种压倒一切、让人无能为力的恐惧，让他一时之间说不出话来。然后这股劲头散去，他浑身冰冷，虚弱无力，但头脑却很清醒。他感受到了一种绝对的平静，感觉现在他什么都做不了，但是又无须有任何恐惧。一切都已经被打理好了。他尽可能坚定地向前迈步，就像即将面对一名新的教徒，他知道自己脸上也露出了同样神志清醒、充满担忧的表情。他的声音格外平稳，说："如果你是来找那枚纽扣的，我的孩子，你已经来晚了。警方已经发现了它。"

那对蓝色的双眸紧盯着他。雨水像泪水一样从他的面颊上滑落。这张脸突然变成了一张绝望又吓坏了的孩子的脸，那张嘴半张着，瞠目结舌地对着他，说不出话。然后他听到一声哀叹，几乎不敢相信地眼看着两只颤抖的手伸向他，手里握着一把枪。他听见自己说："不，哦不，请不要这样！"但他知道他并不是在请求对方生出怜悯之心，因为那本就不是一个懂得怜悯的人。这只是他面对无法逃避的命运发出的最后惊呼。呼喊的同时，他感到一发重击，他的身体跳了起来。在几秒钟之后，当他落在地上时，他才听到了枪响。

有人的血流到了中殿的瓷砖上。他想着这么多的血究竟是从哪里来的，为什么血污还在不停扩散。他想，要做额外的清洁工作了，血迹是很难清理干净的。沃顿小姐和那些女士一定会不高兴的。红色的血像油一样黏稠,在瓷砖上蔓延开来,就像电视广告上提到的流体工程学。在某个地方有人在呻吟。那是一种可怕的声音,而且非常响。那些人真的应该停下来了。接着他想到:这是我的血,是我在流血,我就要死了。他没有感受到恐惧,只是感到了一瞬让人难受的虚弱,接着就是一阵恶心,比之前他所感受过的所有知觉都更加糟糕。但是随后这种感觉也消失了。他想:如果这就是死亡的感觉,那么,死也并没有那么困难。他知道他应该说些什么,但是他不记得该怎么说了,也没有什么大不了的。他想:我必须要放手,放手就好。这是他脑海中最后的想法。

  他失去了知觉,过了很久血终于不再流出。他已经听不到任何声响。快一个小时后,门被慢慢打开,一位警官迈着沉重的脚步穿过中殿走向他。

第九章

　　从她走进急救科，看到外祖母的那一瞬间，凯特就知道自己已经别无选择。老太太坐在墙边的一把椅子上，肩膀上披了一条医院的红色毯子，额头上贴了一大块纱布。她看起来十分瘦小，惊慌失措，脸色比往常更加灰暗，也更加干瘪，双眼正焦急不安地盯着入口。这让凯特想到了曾经被领到诺丁汉分局的一条流浪狗，在等着被送到巴特西的流浪狗之家时，它被一根绳子拴在长凳上，浑身发抖，紧盯着门口，流露着同样的强烈渴望。凯特走到她身边，用震惊的神色望着外祖母，就像她们已经好几个月没有见面了。她的状况明显恶化，所有的精力和自尊似乎都被消磨殆尽，她之前忽略或者刻意无视的细节一下子变得格外明显突兀：她外祖母总是努力想要染回红色的头发现在成了混杂的白色、灰色和奇怪的橘红色，结成长长的一绺绺，垂落在瘦削的双颊两侧；沾满污渍的双手像鸟爪一样消瘦；弯曲的指甲上还残留着几个月前涂过的指甲油，就像凝结的血块；目光还很犀利，但是现在已经出现了偏执狂的征兆；衣服和身体都散发出长久未清洗的酸臭味道。

　　凯特没有触碰她，直接坐在了旁边的一把空椅子上。她想：我不能让她发问，不能是现在这样重要的时刻。至少我能让她免受这样的羞辱。我自己这种骄傲不就是从她这里学来的吗？她说："没关系的，外祖母。你跟我一起回家吧。"她毫不犹豫，也别无选择。她没有办法直视那双眼睛，无法在看到外祖母眼神里那种从未流露过的真正的恐惧和绝望之后还开口拒绝。她只从外祖母身边离开了几分钟，去和医院护士交谈，直到确定她现在可以出院，然后领着温顺得像个孩子的她走到车旁，领她回公寓，让她躺在床上安顿好。尽管在经历了无数次的策划和自我申辩后，她曾做出了再也不和外祖母居住在同一屋檐下的决定，最后结果还是像现在这样简单又无法避免。

第二天对于她们两个而言都十分忙乱。凯特先是去了当地警局，然后开车送她外祖母回原来的公寓里打包了一箱衣服和其他一些无法割舍的个人物品，给邻居们留了字条，解释了事情的缘由，然后又和本地社会服务部和住房办公室打过招呼，做完这些已经到了下午了。她们回到查尔斯·香农公寓，还要泡茶，要给她外祖母清理出置放物品的抽屉和衣橱，自己的画具也要收拾起来放到一边。她想，天知道我到底什么时候才有机会重新拾起画笔。

直到18点后，她才有机会去诺丁山大门的超市，买足了能够应付接下来几天的食物。她只希望自己第二天就能回去上班，她的外祖母身体能够恢复到可以一个人待在家里。她坚持一直陪着凯特，并且撑过了这漫长的一天。但是现在她看起来很疲惫，凯特内心充满绝望，担心她明天会拒绝让自己离开。那些年轻人袭击她的时候她撞到了头，也擦伤了右胳膊。但他们只是抢走了她的钱包，并没有对她进行人身攻击，她受到的也都只是些皮外伤。她的头部和胳膊都进行了X光检测，医院认为如果有人照看的话，她完全可以待在家里。好吧，的确有人照看她,她在这个世界上唯一的亲人,凯特·米斯金。

凯特推着小车行走在超市货架之间,惊异于家里多了一个人之后竟然需要多买这么多食物。她不需要列清单,这些都是她之前常给外祖母采购的每周食物。她把食物放进推车,似乎还能听到那年迈、自信却又饱含不满的声音回荡在耳边。姜汁饼干("不要那些软塌塌的,我喜欢拿硬饼干泡着吃")、鲑鱼罐头("要红色的鱼肉,我告诉你,我可受不了那种粉红色的差劲货")、梨罐头("至少我的牙齿还能咬得动")、蛋糕粉、袋装的切块火腿("那样的话更新鲜,你也能知道你买的是什么成色的肉")、茶味最浓的茶包("就你上周买的那些茶包,给我一只蝾螈,我都不愿意把它丢进去")。但是今天下午的采购还是有些不同。自从老人家来到她的公寓之后,就坐在那里,毫无怨言,像是一个令人怜悯的、疲惫又脆弱的老女人。即便是预料之中的对凯特最新画作的批评——"我不知道你为什么想要把那幅画挂在墙上,看起来就和小孩的涂鸦一样"——听起来也更像是一种习惯性的批判,似乎是想要找回从前的那种勇气,而并非是发自内心的一种谴责。凯特去商店之前,她什么都没有说,只是眼神中突然流露出一种更深的恐惧,她不安地说:"你不会出去太久吧?"

"不会很久的,外祖母。我就是去趟诺丁山大门的超市。"

当凯特走到门口时,老人家从她身后叫住她,又举起了象征着自尊与骄傲的旗帜:"我并没有要求被你养着。我也有自己的养老金。"

"我知道,外祖母。没有问题的。"

她推着手推车在货架间行走,车里装满了罐装水果,她想:我似乎不需要一种超自然的宗教作为指引。不管保罗·博洛尼在那个教堂的小礼拜堂里遭遇了什么,对我来说就像给盲人看美妙的画作。对我而言,没有什么比我的工作更重要。但是我不能把法律作为个人道德的准则。如果我想要获得内心的安宁,肯定需要有更多的东西来支撑。

她觉得自己刚刚对自己和工作有了十分重要的发现。想到自己是在诺丁山大门超市对两种不同牌子的梨罐头犹豫不决时意识到的这一点,不禁微微一笑。另一点让人吃惊的是,这种体验竟然会出现在这起独特的案件期间。如果案件调查结束之后她还能留在小分队里,她会对亚当·达格利什说:"谢谢您让我加入这次调查,谢谢您选择我。通过这次体验,我对这份工作和我自己都有了更深的了解。"但是她很快就意识到她不可能说这些话,这些字句太过坦诚,过于坦露心迹,只有一时头脑发热的小女生才会说。如果说出了这样的话,她事后回想起来肯定会觉得很羞耻。然后她想:看在上帝的分儿上,为什么不说呢?他又不会给我降职,况且这也是实话。我说这话又不是为了让他尴尬或者想要给他留下深刻印象之类的,就只是单纯地因为这是实话,而且我需要说出来。她知道自己有些过度防御了,也许她一直都是这个样子。早年的经历不可能都被一把抹净,也不可能被忘却。但是她应该可以放下一座连接过去的小小吊桥,而不必担心整座堡垒就此沦陷。再说了,就算沦陷又有什么关系呢?

她太过敏锐,知道这种欣喜的情绪不会持续太久,但是这种情绪消失之快还是令她沮丧。有风在诺丁山大门周围咆哮,把花床里腐烂的垃圾都吹了起来,潮湿的枯枝打着旋儿贴向她的脚踝。护墙上,一个穿着破烂、环绕着各种鼓囊囊的塑料袋的老人提高了牢骚声,冲着整个世界无力地咆哮。她没有开车过来。想要在诺丁山附近停车简直

555

就是无望之举。但是这两袋商品比她想象中要沉，这沉重的负担不仅压迫着她的肩部肌肉，也开始让她的心情不断下沉。沉浸在沾沾自喜的心情里、思考工作的重要性这些事来得很容易，但是现实状况又给了她一记重击，让她内心充满了一种近乎绝望的悲苦。她和她的外祖母将会被永远地拴在一起，直到这位老太太过世。她现在年纪太大，已经没有办法独立生活，不过很快凯特就安慰自己说她外祖母也不想全靠凯特生活。现在还有谁会给她提供单人公寓或者老人之家的床位呢，毕竟排队的人里面有更多比她更为紧急的情况，况且老太太本人也未必愿意。等到她年纪再大一些，白天没法一个人待在家里时又该怎么办呢？凯特如何能够在继续工作的同时赡养一位不能自理的老人？她知道职场上的人会怎么说："你就不能去请三个月事假，或者干脆换一份兼职工作吗？"然后三个月就会拖成一年，甚至两三年，她的职业生涯就完了。现在再也没机会去布莱姆希尔警察学院培训了，也再没有机会升职成为高级指挥官了。甚至就连待在工作时间漫长又无序、需要全身心投入的特别小分队都颇为无望。

暴风雨已经平息，但是荷兰公园大道上的悬铃树依然在抖落大滴的水珠，慢慢滑入大衣的衣领里，阴冷得令人十分不适。此刻正达到晚间车流的高峰，她的耳膜被车流的咆哮声不断冲击着，而在平时她可能根本注意不到这种噪音。正当她停下来，等着穿过拉德布鲁克丛林时，一辆货车急速穿过淌水的下水道，溅了她一脚泥。她叫喊着表示抗议，但是马路的轰鸣盖过了她的声音。这场暴雨催下了秋天的第一批落叶。它们缓缓地从悬铃树的树枝间飘落，叶脉的纹路清晰、精致，躺在了黏糊糊的人行道上。在经过坎普顿小丘广场的时候，她抬起头，凝视着博洛尼家的宅邸。房子隐藏在方形公园成排的树丛后，但是她可以想象出那里隐秘的生活，不得不极力克制自己走过去看看那辆警用路虎车是否就停在外面的念头。她觉得自己不像是只离开了小分队一天，而像是离开好几个礼拜了。

她很高兴能从车流咆哮的大道拐下来，走到通向自家公寓那条相对更安静的小路上。她按响门铃并在对讲机里报出自己姓名时，外祖母并没有开口说话，但是门嘎吱一响，很快就打开了。老太太一定是离房门很近。她把自己的购物袋堆在电梯里，然后经过一层层空旷又安静的走廊，不断向上。

她自己开门进了公寓，进门后按照往常的习惯锁上了安全锁，然后把采购来的食物都堆放在厨房的案台上，又走了几步，穿过门厅，来到客厅门口。整个公寓十分安静，安静得有些不自然。她的外祖母肯定会打开电视吧？突然之间，沉浸在憎恶与沮丧中不能自拔，因而没有注意到的细节跳入脑海：她走的时候开着门的客厅现在大门紧闭，她按门铃时迅速但又无声的回应，再加上不自然的寂静。她刚拧开门把手，推开客厅门的时候，就意识到绝对有什么不对劲的地方，但是这个时候已然太迟了。

他堵住了她外祖母的嘴，用一条条白布把她绑在了一把餐椅上——她猜可能是撕碎了一条床单做成的。他自己就站在她的身后，咧开嘴露出一个微笑，双眼闪闪发光，就像诡异的舞台造型，展示着年轻和时代的胜利。他双手举着枪，稳住枪管，胳膊僵直。她想，他是已经用惯了枪支，还是从电视里的刑侦剧中学到的这种握枪姿势。非常有趣的是，她的思绪现在很是疏离。她经常琢磨如果遇到这种危机，她自己会有什么样的感觉，但是没想到自己的反应会这么明显：难以置信、震惊和恐惧。然后肾上腺素分泌加快，飞快运转的头脑开始掌控局面。

他们的目光相对,他慢慢地放下胳膊,然后把枪口对准了她外祖母的脑袋。老太太被捂紧的嘴巴上方,双眼饱含恐惧,像两潭漆黑的池水。那对不安的双眼中居然能表示出如此强烈的恳求,令人惊叹。凯特心中充满怜悯与愤怒,以至于良久不敢开口说话。然后她说:

"把布团取下来。她的嘴巴在流血。她已经受过一次惊吓了,你想让她直接死于痛苦和恐惧吗?"

"哦,她不会死的。她们不会死的,这些老太婆,她们是永生不死的。"

"她并不强壮,而且一个死掉的人质对你来说也毫无用处。"

"啊,但我还有你在。一个女警察似乎更有价值。"

"你会这么做吗?你觉得如果不是为了她,我还会有什么好在意的吗?听着,如果你想要让我合作,就把那团布拿下来。"

"然后听着她像一只被刺伤的猪一样号叫?当然,我并不知道一头被刺伤的猪会发出什么样的声音,但是我可知道她会发出什么样的噪音。我现在的情绪格外敏感,况且我一直都受不了噪音的干扰。"

"如果她叫出来,那你就再把布团塞回去不就行了?但是她不会喊出来的,我会保证这一点。"

"好吧,那你自己过来把布团取出来。但是要小心。你记住,我的枪口正对准她的脑袋。"

她走过去,跪下来,把手放在外祖母脸颊一侧。

"我现在要把这团布取出来。但是,你不能发出一点声音,一点点都不可以。如果你出声,他就会把布再塞回去。答应我好吗?"她没有得到回应,那对圆睁的眼睛里只有满满的恐惧。紧接着,她的脑袋摆了两次。

凯特说:"别担心,外祖母。我在这儿呢。一切都会没事的。"

那对僵硬的双手干瘦如柴,肿大的关节紧紧地扣着椅子的扶手,就像是粘在了木头上。她把自己的手覆在老人的手背上。它们摸起来就好像干掉的烤薄饼,冰冷而毫无生气。她把自己温暖的手掌用力下压,感受到有生命力和希望传输过去。轻轻地,她把自己的右手放在外祖母脸颊一侧,惊异于自己怎么曾会对这满是皱褶的面庞生出反感。她想:我们15年都没有碰触过彼此了。现在我正在触摸她,并且满怀爱意。

她取下布团,他挥挥手让她回到原位,然后说:"去那边,靠着墙站着,现在就过去。"她听从了他的指令。他的眼睛一直紧随着她。

被绑在椅子上的外祖母嘴巴一张一合,像一条鱼一样渴望空气。一条细细的血丝流到她的下巴上。凯特一直等到自己能够控制好语气,才冷静地开口说:"为什么突然慌了?我们没拿到切实的证据,想必你也知道这一点。"

"啊,但是你们现在拿到了。"

他没有移开枪口,用左手把夹克衫的一角翻了起来。

"我的备用纽扣。你们实验室的人没有漏下这条断掉的线头。真可惜,这些纽扣如此别致。这就是穿衣品位昂贵的代价。爸爸总是说我会栽在这一点上。"

他的音调很高,有些刺耳,双眼睁得又大又亮,就像是嗑过药。她想:他并不像自己认为的那么冷静。而且他喝过酒。也许是在等我的时候喝了我的威士忌。但是这让他变得更危险了。她说:"一枚纽扣根本就不够。听着,聪明些。别作秀了。把枪交过来。回家吧,赶紧给你的律师打电话。"

"啊，我觉得我没法这么做了，至少现在已经晚了。你看，我遇上了个多管闲事的神父。或者说，我曾经遇见过一个多管闲事的神父。可怜的家伙，他倒是有种牺牲精神。我希望他从中获得了快感。"

"你杀了他？你杀了巴恩斯神父？"

"开枪打了他。所以你看，我现在已经可以不计后果了。如果我想要去的是布罗德莫精神病院而非高度戒备的监狱，或许我杀的人越多越好。"

她记得曾有连环杀人犯就说过同样的话。是谁来着？黑格吗？

她说："你是怎么找到我的？"

"当然是通过电话黄页找到的，不然呢？虽说登记得十分隐蔽，信息也很少，但我猜应该就是你。刚好，让老太婆开门简直毫不费力。我说我是马辛厄姆督察。"

"好吧，那你的计划是什么？"

"我要离开这里。去西班牙。在奇切斯特港有一艘我可以开的船，是五月花号。我之前出海的时候开过。如果你想知道，它是我姐姐的情人的船。你现在就要开车把我送过去。"

"现在不可以。得等到晚高峰过去。听着，我和你一样急切地想要活下去。我不是巴恩斯神父，不想当什么烈士。警察这个工作薪水不少，但是也没高到那个程度。我会把你送到奇切斯特，但是如果想要尽快抵达的话，我们得等A3公路上的车都走得差不多了再出发。看在上帝的分儿上，现在可是晚高峰。你知道现在通往伦敦外的路上会有多堵。我可不想被堵在路上，背后还抵了一把枪，而且其他的司机都可以往车里面看。"

"他们为什么会这么做呢?警方要找的是一个独自驾车的人,而不是一个男人、他的妻子和他亲爱的外祖母。"

她说:"不管有没有那枚纽扣,他们现在都不会开始找人的。除非他们已经发现了神父,或者知道你手里有枪。以警方目前所拥有的信息来看,还不至于那么着急。他们甚至不知道你已经知道纽扣的事情了。如果我们想要尽快又不惹人注意地离开,就必须等到前往奇切斯特的道路畅通无阻。而且也没有必要带着我外祖母一起去,她只会碍事。"

"可能吧,但是她得去。我需要她。"

他当然需要她了。他的计划再明显不过。他计划着让凯特开车,他坐在车后座,枪口对准老太太的脑袋。他们到了港口,她需要在船上帮忙,直到他们出海为止。然后会发生什么呢?两声枪响,两具尸体滚下船?他看起来若有所思。过了一会儿,他说:"好吧,那我们就等一会儿。只等一小时。这里有多少食物?"

"你现在饿了吗?"

"我会饿的,而且我们也需要补给。要带上所有必需的物品。"

她知道这一点可能会很重要。饥饿是共有的需求,大家都需要食物,这是对本能需求的满足。要想活下去,可能就需要通过这种方式建立起某种共鸣。她记得自己曾经参加过被围困情况下如何应对的培训。囚徒与监禁者之间会产生认同感。外面那些邪恶的窥视着的眼睛、那些看不见的情报人员、他们的枪、他们紧贴在墙上的窃听器、他们有暗示性的虚伪话语才是真正的敌人。除非快要饿死了,她没有办法和他或者类似的人产生共鸣,但是有一些事她还是可以做到的。

比如使用"咱们"而不是"你"。尽量不要挑衅他。尽量去舒缓紧张的气氛,如果必要的话,甚至可以给他煮饭。她说:"我可以去看看咱们都有哪些吃的。我不会存放太多新鲜的食物,但是应该会有一些鸡蛋、罐头和意面,我去做配好的晚饭:博洛尼亚肉酱面。"

他说:"不要用刀子。"

"不用刀子的话我没办法下厨。我需要切洋葱和猪肝,我的菜谱里需要用到猪肝。"

"那就别加这些食材了。"

博洛尼亚肉酱面有浓郁的风味。有没有什么她可以加到酱汁里,从而让他失去力量的原材料呢?她的思绪在自己的药品箱里打着转。但是她随后否决了自己这个荒谬的主意。她是不会有下药的机会的。他又不是傻瓜,肯定会确保自己的安全。况且他不会吃她都还没吃过的东西。她的外祖母开始喃喃自语。凯特说:"我必须和她说两句话。"

"好吧,但是把你的双手放在身后,小心点。"

她必须拿到那把枪,但现在不是合适的时机。现在枪正死死地抵在她外祖母的脑门上。只要她稍微做出令人怀疑的举动,他就会扣下扳机。她又一次走到椅子旁,低下头。她的外祖母轻声低语了一句。凯特说:"她想要去洗手间。"

"那可太糟糕了,她必须留在原地。"

凯特怒气冲冲地说:"听着,你想在接下来的时间里都待在一个臭气熏天的房间里吗?而且到了车里也会是如此。就算你不在乎,我却是个很挑剔的人。让我带她去上厕所。她能有多危险呢?"

又一次,在他思考时出现了一瞬的沉默。

"好吧,给她松绑。但是要把门打开,记住了,我一直都在盯着你们。"

她花了整整一分钟才把那个乱七八糟的绳结解开,亚麻布的绳子终于松开了,她的外祖母身子向前一倾,倒在了她的怀里。凯特扶她起来,惊叹于她的身体是如此之轻,就像小鸟般纤弱。她温柔地搀着外祖母,像对待孩子般哄着她,说着鼓励她的话。凯特半搀着她走进了洗手间,用一只胳膊支撑着她,另一只手帮她脱下内裤,把她扶到马桶上,意识到他正倚着墙,站在离自己不到两码远的地方,枪口紧紧对准自己的脑袋。她的外祖母轻声说:"他要把我们都杀了。"

"别胡说了,外祖母。他当然不会把我们杀了的。"

老太太向凯特身后瞥了一眼,眼神中充满恶毒与憎恶。她咬牙切齿地说:"他刚才一直在喝你的威士忌。该死的厚脸皮。"

"我知道,外祖母。没关系的。咱们最好还是别说了,特别是现在,别说了。"

"他会开枪把我们都打死,我知道的。"然后她说,"你的父亲也是个警察。"

一名警察!凯特简直就要大笑出来。在现在这种时刻,这个地方,在这一瞬间知道这一件事实在是太神奇了,而能知道这件事本身就很令人震惊。她依然用自己的身体挡住外祖母,开口说道:"你之前为什么不告诉我?"

"你从来没有问过。况且也没有告诉你的必要。他在你出生前就死了,是在追捕恶棍的时候出了车祸。他还有一个老婆和两个孩子,就算不算上你,他那点警察抚恤金也不够花的。"

"所以他一直都不知道有我?"

"正是如此。也没必要告诉他的老婆,她也无能为力,只会带来更多悲伤和麻烦。"

"结果就把我绑在了你身上。可怜的外祖母,我从来就没能帮上多大的忙。"

"你还算好的,并没有比别的孩子差劲。我一直觉得很内疚,很有负罪感。"

"负罪感!你!这又是因为什么?"

"她死的时候,就是你母亲过世的时候,我一直希望当时死的是你。"

也就是说,这才是产生疏离的根源。她感到一阵欣喜。在厕所里,蹲在马桶旁边,有一把枪瞄着自己的脑袋,可能没多久就要死了,她却能大笑出来。她用双臂环抱住老太太,帮着她站起来,然后让她倚在自己身上,又帮她穿好内裤,说:"但是你当然会这么想了,这很自然,没有什么不对的。她是你的女儿,你爱她。如果我们两个非死一个不可,你当然会希望死的那个人是我。"但是她却没有办法开口声称如果死的真是自己就好了。她的外祖母嘟囔着说:"这些年来一想到曾经的想法,我的心情就会变得很糟糕。"

"好吧,别再有这种糟糕的感觉了。我们还能在一起很多年呢。"

就在此时,凯特听到了他走到门边的脚步声,感觉到他就在她脖子后面呼吸。他说:"快把她从里面弄出来,赶紧去做饭。"

但是有些事她必须要问。过去的二十几年她一直都没有问过,也没有在意过。但是现在,神奇的是,这些事变得重要起来。她无视了他,对外祖母说道:"我出生时她高兴吗?我的妈妈,她高兴吗?"

"看起来是这样的。她死之前说了一句'我的宝贝凯特'。所以我给你取了这个名字。"

所以一切就是这么简单，也这么美好。

他的声音里透出了不耐烦："我说过了，把她从里面弄出来。把她弄到厨房里，绑在椅子上，推到墙边，靠着门。我希望你做饭的时候我的枪口能一直对准她。"

她如此照做了。她从客厅拿来之前撕开被单做成的绳子，将外祖母的双腕轻轻地扭到身后，尽最大可能系了一个足够松垮的绳结，小心地不去伤到她。她的双眼一直紧盯着绳结，开口道："听着，我还有一件必须要做的事情。我得给我的男朋友打电话。他晚上8点会来我家吃晚饭。"

"没关系。让他来吧，那个时候我们就已经走了。"

"但是确实有关系。如果他发现公寓里没人，他就会知道一定出了什么问题。他会去看看车子还在不在，然后会给苏格兰场打电话。我们必须阻止他的这种行为。"

"我怎么知道他今晚真的要来吃晚饭？"

"在你身后那面墙上有块剪贴板，你会看到今天的日期下面有他的姓名首字母。"她现在十分感激自己，由于忙着把外祖母安顿下来，尽管自己已经给艾伦打电话取消了约会，却没来得及把铅笔记下的约会事项擦去。她说："听着，我们一定要在还没有任何人发现之前就赶到奇切斯特港。他不会觉得被临时放鸽子有多奇怪的，毕竟上次他来的时候我们大吵了一架。"

他保持着沉默，心中盘算着，然后说："好吧。他叫什么名字，电话是多少？"

"艾伦·斯库利,他在霍斯金斯神学图书馆工作,应该还没走,他周四的时候总会多待一会儿。"

他说:"我会从客厅打电话。你往后退,站在墙边。我叫你的时候你再过来接电话。电话号码是多少?"

她跟着他走进客厅。他示意她站在客厅门左边的墙边,然后走到装着电话的组合柜旁,电话答录机就在旁边,电话簿也规规整整地压在下面。她想,他是不是还能想到有可能会在这里留下掌纹?仿佛这个想法通过电波传到了他脑子里,他从口袋里掏出一条手绢,把它铺在了听筒上。他说:"谁会接电话,是这个叫斯库利的男人还是他的秘书?"

"这个时间段,接电话的是他。他这个时候应该是一个人在办公室。"

"他最好是一个人在办公室。不要做任何蠢事。如果你想要做什么,我会先开枪把你打死,然后再打死那个老太婆。也许她不会死得那么快。你会一下子就一命呜呼,但是她不会。我也许会先从她身上找点乐子,比如打开电炉,把她的手按到炉子上。如果你想要花招,先想想这个场面吧。"

她仍然不敢相信,甚至在此刻,她也不相信斯维恩会这样做。他是个杀人凶手,但并不是个虐待狂。但是这些字句让人联想到的场面之恐怖让她不禁打了个哆嗦。而且这种死亡威胁也很真实。他已经杀了三个人了,还有什么能让他有所顾忌呢?他当然希望手里有个活生生的人质,希望她负责开车,在船上的时候也希望多一个人帮忙。但是如果需要杀人,他也会毫不犹豫,并且在有人发现她们的尸体之前,他肯定已经离开很远了。

他说:"好吧,电话号码是多少?"

她报上了电话号码,盯着他拨号,心跳得很快。对方肯定很快就接起了电话。他没有说话,但是不到四秒钟的时间,他就把听筒举了起来,她走过去,从他手中接过听筒,开始说话。她说得很大声,语速却很快,绝望地想要以此压过对方的所有问题和所有回应。

"艾伦吗?我是凯特。今晚的约会取消了。听着,我很累,我今天过得很糟,我已经受够了我们每次见面都得让我做饭。不要再打回来。如果你想来的话,明天你可以来一趟。也许你可以换个花样,带我出去吃一顿。还有,艾伦,记得把你之前说好要给我的那本书带来,《爱的徒劳》。那就明天见了,别忘了把莎士比亚的书带过来。"她重重地把听筒摔回到电话机上,发现自己一直都在屏住呼吸,现在她一点点将气慢慢吐出来,以防他注意到自己如释重负的心情。她说的话究竟有没有哪怕一丁点可信度呢?她说的话连她自己都觉得相当假。有可能骗到他吗?但是话说回来,他毕竟不认识艾伦,也不了解她。他们平时也有可能就是以这种方式交流的。她说:"这样就可以了,他不会来了。"

"他最好别来。"

他示意她回到厨房,然后站在她外祖母身边,举枪对准了老人的脑袋。

他说:"我想你家里应该还有红酒吧?"

"你心里应该清楚。毕竟你已经去酒柜里找过酒了。"

"的确如此。那我们就来点博若莱红酒吧。然后我们再带上一些威士忌和波尔多红酒。我感觉自己在穿越英吉利海峡之前需要补充大量的酒精。"

他究竟是不是一个熟练的水手？她心中暗想。五月花号又是怎样一艘船呢？斯蒂芬·兰帕特曾经描述过那艘船，但是她现在已经记不得了。而且，他怎么能确定那艘船就已经加满了油，随时可以出海呢？又怎么确认现在就正好是涨潮？还是说他已经失去了理智，神志不清，开始幻想即便是潮起潮落都会符合他的预期？

他问道："那么，你怎么还不开始动手？我们的时间已经不多了。"

她知道自己现在的每一个举动都必须十分缓慢、明显，而且不具备威胁性，任何突然的动作都可能造成致命的后果。她说："我现在会举起手来，从碗橱最高一层取下煎锅。然后我需要从冰箱里拿出绞碎的牛肉和猪肝，再从我右边的碗橱里把一管番茄酱和香草取出来。好吗？"

"我不需要你给我上烹饪课。记住了，不要用刀子。"

她开始做准备工作，这个时候她又想到了艾伦。他现在在做什么，在想什么？他会不会站在那里，想了半天，然后得出结论，认为她喝多了、歇斯底里，甚至是疯了，接着继续埋进他的书堆里？但是这不可能！他一定知道她不是会做这种事情的人，就算她疯了也不会有这种举动。但同时也很难想象艾伦真的会有所动作，能够给苏格兰场打电话，说要找达格利什总警司。她觉得自己期望他扮演的角色如此脱离实际，就好比让她接替他的工作，去图书馆里做图书登记一样不靠谱。但是很显然，对《爱的徒劳》这本书的暗示应该是明显不会错的。他肯定已经意识到她正受到胁迫，试图传递非常紧急的信息。他不可能忘了他们聊过莎士比亚的剧作里也有一位随同的贵族叫作博洛尼。她想：他读过报纸，肯定知道有时会发生这种事。他不可能不知道我们生活在一个怎样的世界里。平常的时候她也从来不会用这样的字眼、这样的语音语调和他说话。他对她应该有足够的了解，能够意识到这一点。还是说他做不到？他们已经在一起两年多了，一直都是很愉悦地一起享受鱼水之欢。他对她身体的每一寸都非常熟悉，正如她对他也无所不知一样。但什么时候身体上的了解就意味着两人能够真正懂得彼此了？

斯维恩靠墙站着，手里的枪依然对准她外祖母的脑袋，双眼紧盯着她从冰箱里取出来准备煎熟的碎牛肉和一块猪肝，说："你去过加利福尼亚吗？"

"没有。"

"那是唯一适合居住的地方。阳光、大海，一片明媚。那里的人们不会灰头土脸、战战兢兢、半死不活。你不会喜欢那个地方的，它不符合你的口味。"

她问道："那你为什么不回去？"

"钱不够。"

"是不够买飞机票，还是不够生活在那里？"

"都不够。我的继父给了我足够的钱让我远离那里。如果我回去，就会失去这笔零用钱。"

"你就不能找一份工作吗？"

"啊，那样的话我就会失去别的什么。我继父那里的瑟拉可出了些小麻烦。"

"那是一幅画，对吧？你对它做了什么？"

"算你聪明。你怎么知道的？警察学校可不教艺术史，不是吗？"

"你对那幅画做了什么?"

"我拿刀来回戳了好多道。我想摧毁他在意的事物。事实上,他并不是很在意这幅画,但很在意它所值的价格。他倒是很在乎我妈妈,但戳妈妈几刀可不太好,不是吗?"

"那你母亲后来怎么样了?"

"哦,她还继续跟着我的继父。她多少也有些无奈,谁让他有钱呢。再说了,她从来就不怎么在乎孩子,至少不怎么在意自己的两个孩子。对她而言芭芭拉太漂亮了,她并不怎么喜欢。因为她害怕我继父会喜欢芭芭拉,甚至爱上她。"

"那你呢?"

"他们两个人都不想了解我,从来都不。继父不想,亲生父亲也不想。但是他们会了解我的,一定会的。"

她把绞碎的牛肉从锡纸里倒到煎锅上,开始用小铲子来回煎肉。她努力使自己的声音保持平静,仿佛这是再寻常不过的一顿晚餐,而他只是一位普通的客人,她在嘶嘶的煎肉声里说:"面里真的应该加上些洋葱。"

"别再说洋葱了。你妈妈又是什么情况?"

"我的母亲已经过世了,我从来不知我父亲是谁。我是个私生女。"她想:我还是干脆都告诉他吧。这样可能会引起他的好奇心、同情心,甚至是轻蔑感。不,他是不会同情我的。但哪怕是蔑视也可以。蔑视也算是一种人类的情感。如果她们想要活下去,就必须在他们之间建立起一种恐惧、憎恶或冲突之外的关系。但当他再次开口时,却只有一种带着嘲笑的宽容:"原来你就是那种人?你们这些私生子总是会心存芥蒂。我早该知道的。我告诉你一件有关我父亲的事。我11岁时,他带我去做亲子检测。一个医生走过来,往我的胳膊上扎了一针,我可以亲眼看到自己的血流进针管里。我吓坏了,而他这么做只是想要证明我不是他亲生的。"

她发自内心地说:"对一个孩子做出这种事情实在是糟糕透顶。"

"他就是一个糟糕透顶的男人。但最后我还是报复了他。这就是你做一名女警察的原因吗?为了从其他人身上找到复仇的机会?"

"不,当警察只是为了谋生。"

"谋生还有别的办法。你完全可以当一个出色的高等妓女。现在这类货色不多见了。"

"你喜欢的就是这类女人吗?妓女?"

"不,我喜欢的可不容易碰见。我喜欢天真无邪的。"

"就像特蕾莎·诺兰吗?"

"所以你知道这件事了?我没有杀死她,她是自杀的。"

"就因为你让她打掉了你的孩子?"

"怎么说呢,她本来也不可能生下这个孩子,不是吗?而且你又怎么能确定那就是我的孩子?谁都无法证实这一点。就算博洛尼没有和她睡过,肯定也有过这种念头。我向上帝发誓,肯定有过。不然他为什么要把我扔进那条河里?如果他首肯的话,我本可以为他做很多事情,可以帮他很大的忙。但他甚至都不愿意和我讲话。他以为自己是什么人?他想要离开我姐姐,那是我的亲姐姐啊!他居然要为了他那个无趣的情妇或者是什么上帝离开我的姐姐。管他是为了什么。他想要卖了这座房子,让我和姐姐一贫如洗、受尽鄙夷。他在黛安娜面前羞辱了我。好吧,他选错人了。"

他的声音依然低沉，但突然间像是被愤怒和自得注入了力量，响彻了整个房间。

她想：我最好还是问问他这件事。他会很乐意开口的。这些人一贯如此。她将番茄酱挤到煎锅里，又伸出手去拿香料罐子，几近随意地开口说道："你知道他会待在那个小礼拜堂里。他离开家之前不可能不说在哪儿能找到他的，特别是还有一个快死的男人随时都有可能想见他。你告诉马特洛克小姐要对我们撒谎，但是她知道博洛尼去了哪里，也告诉了你。"

"博洛尼给了她一个电话号码。我猜那是教堂的电话，但还是打给查号台咨询了一下。他们将圣马修教堂的电话号码告诉了我，他告诉伊芙琳的电话号码和它相一致。"

"你是怎么从坎普顿小丘广场赶到教堂的？打出租车还是开车？"

"自行车，骑博洛尼的自行车。我从伊芙琳的橱子里找到了车库钥匙。不管哈利威尔是怎么跟警察说的，那个时候他已经离开了。他房间的灯灭了，路虎车也不在车库里。我没有开芭比的高尔夫。太显眼了。骑自行车一样快，我还可以待在阴影处，等到路上都没车了再骑车快速离开。我没有把车停在教堂门口可能会被人看到的地方。我问保罗可不可以把车子放进教堂的走廊里。那天晚上天气很好，所以我也不担心会在地板上留下沾满泥巴的轮胎印。你看，我把一切都考虑到了。"

"并不是所有的一切。你把火柴拿走了。"

"但是我又把它们放回去了。那些火柴证明不了什么。"

她说："然后他让你进了门，把你和自行车都迎了进去。这就是我觉得奇怪的地方,他居然会让你进去。"

"比你能想到的还要奇怪,奇怪多了。我当时还没有意识到这一点,但是现在我知道了。他知道我要去找他,正等着我呢。"

她因为惊恐而不由自主地战栗着。她想大喊出来:但是他不可能知道!这不可能!

她说:"还有哈利·麦克。你真的有必要杀死哈利吗?"

"当然了。正好赶在这时候闯进来只是因为他倒霉。但他还是死了的好,可怜的家伙。不要担心哈利,我这是帮了他一个忙。"

凯特转过身面对着他,问道:"还有黛安娜·特拉弗斯。她也是你杀的吗?"

他露出一个狡黠的微笑,目光穿过她,似乎在重温当时那秘密的愉悦。

"我不需要动手,那些水草帮我达到了目的。我在河里踏着水,看着她跳入水中。一道白色的身影划破水面,然后水面重归平静,空无一物,只有一片涌动的黑暗。所以我一直等着,数着秒数。然后在离我很近的地方,一只手探出水面。只有一只手,颜色苍白,毫无生气。就是这么离奇。你看,就像这样。"

他举起左手,五指拼命张开。她能看得出在那像牛奶一样白皙的皮肤下绷紧的肌肉。她没有说话。慢慢地,他舒缓了手指,让自己的胳膊落下来,继续说:"后来,这只手也消失了。我一直等着,还在数着秒数。但是再也没有发生什么了,连个涟漪也没有。"

"然后你就游走了,留下她一个人溺死在那里?"

他似乎努力将视线集中在她的脸上,她又一次从他的声音里听出了那股憎恶与自得。

"她嘲笑了我。没有人可以那么做。以后也不会再有人这么做了。"

"在那个小礼拜堂完成了那场屠杀,留下满地鲜血之后,你是什么感觉?"

"我需要找个女人,我身边又正好有一个。我并不是很喜欢,但这种时候也只好将就。这种做法也很明智,我知道这样一来她就再也不会泄密了。"

"马特洛克小姐。你用不止一种方式利用了她。"

"但并不比博洛尼一家更过分。他们觉得她对他们绝对忠诚。你知道为什么吗?因为他们从来没有费心去想想她真实的想法。她干活高效,又是那么忠诚,几乎就是这个家里的一员,只不过,她当然不是,对吧?她从来不是这个家里的一员。她憎恨他们。她自己还不知道,还没有意识到这一点,但是她心里恨着他们,总有一天会清醒过来,意识到这一点。就像我一样。我曾亲眼看着那个可怕的老杂种厄休拉夫人,在伊芙琳触碰到她时努力忍住自己不缩回去。"

"伊芙琳?"

"玛蒂。她也是有自己的名字的,你知道吗。他们就像对自己家里养的猫猫狗狗一样给她取了个昵称。"

"如果这么多年来他们都在剥削她,那她为什么不离开呢?"

"她太害怕,已经完全混乱了。一旦你在精神病院待过,父亲又是个谋杀犯,人们就会变得谨慎起来。人们并不会放心地把自己的宝贝孩子交给你照看,也不放心把你一个人留在厨房里。哦,博洛尼一家把伊芙琳留在了他们想让她待着的地方,又怎么会想到她从中受到的痛苦。她不得不照顾那个自私的老太婆,咽下替她擦洗身子时的屈辱。天哪,我希望自己永远也不会老。"

她说:"你会变老的。在你想去的地方,有人会照顾好你,为你提供健康的饮食,监督你每天锻炼,晚上将你安全地锁起来。你会慢慢变老的。这没什么。"

他大笑起来:"但是他们不会杀了我,不是吗?他们不能杀了我。然后我会被放出来,痊愈出院。我痊愈的速度之快一定会让你感到吃惊。"

"但如果你杀死了一个警察,就不是这么一回事了。"

"那就但愿我不会走到那一步吧。那些吃的什么时候能做好?"

她说:"很快就好,不会太久了。"

厨房里已经满是酱汁的浓郁香气。她伸手拿来装着意大利面的罐子,倒出一把细面条,随手折断。清脆的断裂声响得惊人。她想:如果艾伦给警察打了电话,他们现在应该已经在房门外了,一定是隔着墙在看、在观察、在倾听。他们会怎么处理这种情况呢?她心中暗想着。打电话进来,开始漫长的谈判还是冲进来?可能两种都不是。只要他不知道他们在外面,他们就可以一直观察、一直监听,知道他早晚都要带着人质走出房门。那将会是制服他的最佳时机。当然,这基于他们真的就在门外,艾伦真的有所行动的假设。

突然,他说:"我的天哪,这个地方真是可悲。你自己看不出来,不是吗?你觉得这里不错。不,不仅仅是不错,你是真心觉得这里很像那么回事。你以这里为荣,不是吗?这里无聊、正统、可怕、品位过时。六只糟透了的杯子挂在小小的挂钩上。你不需要更多的杯子了,不是吗?六个人就已经够多了。再没有更多人会来访,因为没有足够多的杯子了。碗橱里也是一样。我看过了,所以我知道。什么都是只有六个。没有坏掉的,也没有出现缺口的。一切都摆放得整整齐齐。六个主菜盘、六个配餐盘、六个汤碗。天哪,我只需要打开身后的碗橱,就知道你是什么样的人。你就没有想过别去数这些碗碟,而是真正地去生活吗?"

"如果你所谓的生活指的是混乱与暴力,不,我不会。我还是个孩子的时候就已经受够了。"

他没有移开枪口,而是举起左手,把碗橱的插销拉开,然后一只只地取出那些晚餐盘,放在桌子上,说:"这些盘子,它们看起来一点都不像真的,不是吗?看起来就像根本摔不坏一样。"他拿起一个盘子,重重地把它摔在桌子一侧。盘子很干脆地裂成两半。然后他又拿起一个盘子。她继续安静地做着饭,听着一个又一个的盘子被小心地摔成两半,然后这些碎盘子都整齐地被摆在了桌子上。小金字塔越摞越高。每一声碎裂的声响就好像一声轻轻的枪响。她想:如果警察真的带着监听设备等在门外,他们会听到这个声音,然后试图分析声音的来源。他一定也想到了这一点,开口说道:"幸运的是警察没有在门外候着,不然他们一定会猜我到底是在干什么。如果他们现在闯进来,老太婆可就惨了。盘子的碎片不会乱成一团,但是血浆和脑浆可不能整齐地摆到桌子上。"

他一只手稳稳地拿枪瞄准老人的脑袋,另一只手还能单手打开橱门,拿出盘子,一个个摔碎。所以说,他的双手都非常灵巧,几乎可以互不干扰。如果要展开搏斗,记住这一点很重要。

她说:"你是怎么做到的?你是怎么让他吓了一跳的?我是说,你肯定是半裸着冲向他,手里面还拿着剃刀。"她问这个问题的本意是想安抚他,甚至奉承他手段高明。但是她没有预料到他的反应。他几乎是突然爆发了,就像他们是热恋中的情人,而他一直都渴望着倾吐。他说:"你不会懂的!他想要死,上帝腐蚀了他,他想要死!他几乎是在找死。他本可以试着阻止我,申辩也好,争吵也好,甚至和我打一架,也可以求我饶了他。'不,请不要这么做,求求你了!'我只是想听到他这么说而已。一个'请'字足矣。那个神父能说这样的话,但是博洛尼不会。他看着我,眼神中充满蔑视,然后转过身去。我和你说,他当时居然转过身背对我!当我拿着剃刀半裸着冲进房间后,我们就站在那里,互相看着对方。他当时就明白了,当然。如果他没有用那种把我当作野兽的语气说话的话,我本来不会下手的。我放过了那个小男孩。我还是可以很仁慈的。那个小男孩生病了,如果你能活过这一天的话,最好帮帮他。天哪,还是说你也不在乎?"

那对蓝色的双眸突然闪闪发光。她想:他哭了。的确如此,他无声地哭泣着,面部肌肉一动不动。现在,她心中充满冷漠,因为她知道任何事情都有可能发生。她感觉不到怜悯,只有一种置身事外的好奇。她几乎不敢呼吸,担心他的手会因哭泣而发抖,使那紧贴在自己外祖母太阳穴上的枪突然走火。她能看得到老太太双目圆睁,呆滞无光,就像已经死了,衰老的身体因为极度恐惧而变得僵直,完全没有防御的太阳穴被金属枪管顶得生疼,却不敢抽动哪怕一条肌肉。他控制住了自己,伴随着一种介于抽泣与笑声之间的声音,说:"上帝啊,我看起来一定傻透了。几乎一丝不挂,只穿了短裤。还有那把剃刀。他一定看到了那把剃刀。我的意思是,我没把剃刀藏起来。既然如此,他为什么不来阻止我?他甚至都没有流露出吃惊的神色。他不应该被吓坏吗?不应该试着阻止我吗?但是他知道我来是要做什么,只是看着我,像是在说'这么说,这个人是你。居然是你,多么奇怪啊。'就好像我别无选择,只是一件没有思想的工具一样。但是当时我确实有其他选择。他也是。天哪,他本来可以阻止我的。他为什么不阻止我?"

她说:"我不知道。我不知道他为什么不阻止你。"然后又开口问道,"你说你放过了那个男孩。哪个男孩?你见过达伦了?"

他没有回话。他站在那里,盯着她,但却又像是没在看她,他们的距离突然之间变得很遥远,仿佛他去了自己的世界。然后,他用一种格外冰冷、充满威胁的语气开口,她几乎没认出他的声音:"关于莎士比亚《爱的徒劳》的话是句暗号,对吧?"

他露出了得意的狞笑。她想:天哪,他知道了,并因此感到十分得意。现在他有了杀死我们的借口了。她的心开始狂跳,就像一只脱了缰的小动物一样不停撞击着胸口。但她还是努力保持着自己声音的平稳。

"当然不是了。怎么可能呢?你怎么会这样想?"

"你的书架。你回来之前我抽空在你的公寓里转了一圈。你很注意提升自我修养,不是吗?都是些无聊的普通人想要给别人留下深刻印象时会读的书。还是说你的那个男朋友试图提升你的品位?这可是个大工程。不管怎么说,你书架有本莎士比亚的书。"

她的嘴唇突然发干,但是依然稳稳地说:"那不是暗号,怎么可能是暗号呢?"

"就算是为了你自己好,我希望那不是暗号。我可不想让自己被困在这间破房子里,而警察就在门外,随时等着有充分的理由冲进来干掉我。那样的话倒是很利索,不会提出让人尴尬的问题。我知道他们是怎么行动的。现在已经没有死刑了,所以他们就成立了自己的行刑小分队。好吧,这一套对我来说没有用。所以你最好祈祷我们能在他们赶来之前安全离开。听着,你可以放下手里的锅了。我们现在就走。"

上帝啊,她想,他是认真的,说到做到。当初要是什么都没做就好了,要是没有给艾伦打电话,而是尽快离开公寓,指望着在路上把车撞翻就好了。她的心脏突然停止跳动了一瞬,心头涌上一股寒意。屋子里、公寓里有什么不一样了,有什么已经发生了变化。然后她意识到发生了怎样的变化。窗外大街上无休无止的车流声虽然很微弱,却从未终止过,但是现在已经没有了声响。没有任何车辆在拉德布鲁克路上穿行。警方正在引导车流。两条路都被封锁了。他们要防止可能会发生的枪战。围攻已经开始。他很快也会意识到这一点。

她想:我承受不住了。他是不可能经受住一场围攻的压力的。我也不行。他会说到做到。只要他意识到警察现在就在门外,只要他们往屋里打电话,斯维恩就会开枪射杀我们。我必须拿到那把枪,现在就得把枪夺过来。

她说:"听着,饭都快做好了。我做都做了,最好还是吃了它。只需要几分钟,我们又没办法在路上停车买吃的。"

他沉默了一会儿,然后用像冰般令人发寒的声音开口道:"我想看看那本莎士比亚,你去把它拿过来。"

她从煎锅里卷起一卷意大利面,用颤抖的手把它放进嘴里尝了尝,没有抬头,说:"面条马上就好了。听着,我现在很忙,你就不能自己去拿吗?你知道书放在哪里。"

"快过去拿。除非你想要摆脱这个老家伙。"

"好吧。"

就是现在了。

她努力让自己的手不再颤抖,用左手解开了衬衣最上面的两颗扣子,就像厨房里突然变热了一样。那一大块猪肝就放在她面前的滴水板上,慢慢地淌着血。她把自己的双手放上去撕扯、挤压,用力地揉搓,直到沾满了血污。她做完这一切只花了几秒钟。突然之间,她把自己沾满鲜血的手用力地在喉咙处一抹,然后转过身去,双眼圆睁,头向后仰,向他挥舞起血淋淋的双手。还没来得及看到他眼中流露出的恐惧,听见他像抽泣般的尖叫,她就扑向他,两人一起摔倒在地。枪从他的手中甩了出去,她听见了枪落在地上发出的撞击声,也听到了枪撞在门上反弹回来的钝响。

他受过训练,近身格斗并不比她弱,也同样孤注一掷。他又很强壮,比她预想之中要强壮得多。突然一阵痉挛,他就跳到了她身上,两人的嘴正好相对,他就像一个强奸犯一样凶残,粗重的喘息喷在她的脖子上。她用膝盖猛击他的下腹部,听到他因为剧痛倒吸一口冷气。她乘机将他的手拽离自己的喉咙,然后用沾满血污的双手在地板上探寻着那把枪。这时,他用力将大拇指按进了她的眼窝,疼得她大叫出声。他们的身体紧紧扭打在一起,两个人都拼命去抢那把枪。但是她什么都看不见了,双眼疼得直冒金星,还是被他的右手先摸到了武器。

枪响声划破空气,就像发生了一场爆炸。然后响起了第二声爆响,公寓的门被撞开了。她出现了一种怪异的幻觉,好像看到男人的身体跳跃着穿过空气,然后站在那里,胳膊前伸,僵硬地举着枪,他们的身体像深色的阿波罗神像一样围着她。有人把她拉了起来。屋子里充斥着叫喊声、命令声，还有痛苦的喊声。然后她看见达格利什站在门口，正向她走来，步伐谨慎、动作轻缓，就像是电影中的慢动作。他喊着她的名字，似乎是想让她把目光只集中在他身上。但是她却转过头，看见了她的外祖母。老人家那深陷的眼窝中仍然满是恐惧，一缕缕杂色的头发依然垂在面前，那一块纱布依然贴在额头上。但是除此之外就没有了，什么都没有了。她的下半张脸完全被子弹打飞了。她被凯特亲手绑在了受刑的椅子上，被枪击中之后甚至都无法倒下。凯特只忍心看了一眼，但却感受到那僵硬的身躯向她投来了一束悲伤、责怪和震惊的目光。然后她开始放声抽泣，把头埋进达格利什的夹克衫里，用满是血污的手在上面乱抹。她能听到他轻声说："没事了，凯特。没事了，都过去了。"但是并非如此。从来就没有好过，以后也不会好起来了。

他站在那里，紧紧地将她拥在怀里，周围都是男人的大喊声、指挥声和手铐的撞击声。过了会儿，她从他怀里挣脱出来，努力稳住自己。越过达格利什的肩膀，她看到了斯维恩闪闪发亮、得意扬扬的蓝眼睛。他已经戴上了手铐，一个她不认识的警官正拉着他往门外走。但是他回头看着她，仿佛她是这房间里唯一的存在。然后他把头扭向她外祖母的尸体，说道："好了，你现在可算是摆脱她了。你难道不应该感谢我吗？"

第七部
尾 声

第一章

马辛厄姆一直都不能理解为什么会有警察要去参加谋杀案受害者的葬礼的传统。如果案子还没有破，这样做还有点理由，尽管他自己从来不相信凶手真的会为了那一点点的满足感就冒着被公众发现的风险来参观自己的受害人入土或者火葬。他对于火葬也有一种不合常理的厌恶——他家世世代代都更乐意知道自己的先人被埋在了哪里——而且不喜欢那种提前录制好的宗教音乐。这种礼拜仪式没有任何美感，也没有任何意义，只是十分虚伪地想要赋予埋葬这种简单行为一个看起来很重要的意义。

米斯金太太的葬礼让他沉溺在所有这些偏见中。在按照惯例巡视花圈时，这种厌恶又进一步加深了，因为在火葬场外排着一小排可怜兮兮的花圈，其中最显眼的那个正是小分队买来的。他在想究竟是谁负责买回来的，这种令人生厌的同情又究竟是做给已经过世的米斯金太太看的，还是给凯特看的。凯特本人肯定不想要这个花圈。好在这场仪式还比较短暂，正好又赶上一个生前十分浮夸的流行歌手的葬礼在附近的教堂举行，所以公众和媒体对他们相对低调的仪式没有产生太大的兴趣。

他们随后就会回到兰斯唐路的公寓里。在车里等着达格利什时,他只希望凯特提供了足够多的点心,现在,他急需来上一杯。这次事件似乎也让他的老大脾气变得更坏。在开车向南返回伦敦时,他比往常更加沉默寡言。马辛厄姆说:"你读过巴恩斯神父在某本礼拜日特刊上写的那篇文章了吗?很显然,他认为在圣马修教堂发生了某种奇迹,保罗·博洛尼第一次在小礼拜堂过夜之后手腕上就出现了圣痕。"

达格利什的双眼紧盯着前方的道路。

"我读过了。"

"你觉得那是真的吗?"

"会有足够多的人希望这是真的,能够在短期内挤满教堂。他们应该能够凑够钱给小礼拜堂置换一张新的地毯。"

马辛厄姆说:"我在想他为什么要这么做?我是指巴恩斯神父。这样并不会取悦厄休拉夫人,而且我猜博洛尼本人也会憎恨这种言论。"

达格利什说:"是的,他肯定会很讨厌这种言论。但也许他会觉得很有意思。我怎么可能知道呢?至于他为什么要这么做,显然,即便是神父也不能抗拒成为英雄的诱惑。"

他们沿着芬奇莱路继续向前行,马辛厄姆又开口道:"关于达伦,总警司,很明显他的母亲终于抛下他走了。理事会正在向少年法庭申请将监护权移交给福利机构。可怜的小家伙,他算是落到福利国家的魔掌里了。"

达格利什依然双眼望向前方,他说:"是的,我听说了。福利机构的主任抽时间给我打了电话。这样最好。他们认为他得了白血病。"

"那可够要命的。"

"但是治愈的概率很大。他们发现得比较早,昨天就把他送进大奥蒙德街的医院了。"

马辛厄姆微微一笑。

达格利什瞥了他一眼:"什么让你觉得好笑,约翰?"

"没什么,总警司。我只是想起凯特。她可能会问我,上帝让博洛尼和哈利死掉,是不是就是为了让小达伦能有机会治好白血病。毕竟是斯维恩第一个指出那孩子生病了。"

这样讲显然是个错误。他的长官语气冰冷:"这样显然也太过浪费人命了,你不觉得吗?注意车速,约翰,你已经超速了。"

"抱歉,总警司。"

他松开油门,继续沉默着驱车向前。

第二章

一个小时之后,达格利什的膝盖上放着一碟黄瓜三明治,心中暗想,他参加过的所有葬礼慰问会都出奇地相似,都是安慰、尴尬和非现实的融合。但是这一次唤起了更为强烈也更私密的记忆。他当时只有13岁,在父亲主持完一场当地佃农的葬礼后和父母一起回到了诺福克的农庄。那时,看着年轻的寡妇穿着她自己买不起的黑色新衣,在屋里传递着自制的香肠肉卷和三明治,塞给他最喜欢吃的水果蛋糕,他第一次觉得自己像个大人,也是第一次感受到那种源自生活最深处的悲伤,并感叹于这些贫穷之人在这样的时刻依然能保持自尊,勇敢面对一切。他从来没有把凯特·米斯金与谦卑联系在一起,她和那个乡间寡妇还有那种悲凉又难以预测的人生没有丝毫相似之处。但是当他看到端进来的食物也是三明治和水果蛋糕时,还是被唤起了心中同样的怜悯。三明治是她去火葬场之前做的,还裹着保鲜的锡纸。他猜,她一定很难决定究竟准备哪些食物,是准备酒水还是茶水。她最终还是选择了茶水,事实证明她是正确的,至少在他看来,他们需要的正是茶。

宴会上来的人不多,却非常独特。一个曾经是她外祖母邻居的巴基斯坦人带着自己美丽的妻子来了。他们一起坐在一边，温柔得体，达格利什猜他们两人在这场葬礼上恐怕比在节庆场合更自在。艾伦·斯库利帮着四处递送茶杯，十分谦逊。达格利什暗想，他好像在极力避免大家误认为自己是这里的一家之主，然而他又觉得是自己想多了。很明显，这是一个完全不在意别人看法的男人。看斯库利四处分发盘子的姿态，似乎并不确定自己手里拿的是什么，也不确定自己究竟该做些什么。达格利什又回想起那天的那通电话，斯库利固执地称自己只和达格利什讲话，那则信息传递得十分清晰，他的声音异乎寻常的冷静，尤其是最后的那段话格外具有洞察力。

"还有一件事。我举起听筒，她开口之前有一段停顿，然后她非常快地讲了一通。我觉得是有人替她拨了电话号码，然后把听筒递给了她。我细细想来，只有一种解释符合所有的情况，她被某人胁迫了。"

看着斯库利6英尺2英寸的高瘦身材，那对角质架眼镜后温和的双眸，那张瘦削、英俊的脸庞，那凌乱的金色长发，他觉得这个人实在不像是凯特的爱人，假如他确实是的话。然而凯特和马辛厄姆正在一旁讲话时，达格利什注意到了斯库利看她的神情：迷离、热烈、偶尔明显地流露出一种渴望。他想：艾伦是爱着她的。凯特知道吗？就算知道的话，她又有多在意？

艾伦·斯库利是第一个离开的，但是他走得十分低调，并没有大肆宣扬。然后那两个巴基斯坦人也和凯特道了别，随后凯特端着茶具走进了厨房。屋子里充满了一种热闹后的寂寥感，通常社交活动收尾时都会出现这种令人不适的失落感。两个男人都不知道要不要帮忙清理茶具，也不知道凯特是否希望他们离开。突然，凯特说她希望跟他们一起回苏格兰场,她也确实也没有什么理由留在家里。

但是当她跟着达格利什走进他的办公室,站在桌前,身体僵直,像是要准备接受训斥时,他还是吃了一惊。他抬起头,发现她尴尬得面孔涨红,生硬地说:"谢谢您选择我成为小分队的一员。我学到了很多。"这些话说得粗糙而生硬,让达格利什意识到她说这番话有多不容易。

他温柔地说:"人总是能够学到很多新东西,但正因为如此,也常常会觉得痛苦。"

她点了点头,就像是她让达格利什离开一样,僵硬地走到门口,突然转过身,大喊道:"我永远也不会知道自己是不是真的希望事情变成这样。她的死是不是我造成的,我是不是有意想让她死,我再也不会知道了。你也听到斯维恩冲着我说的话了:'你难道不应该感谢我吗?'他知道的。你也听到了。我怎么可能还坚信自己当时的举动是正确的?"

他说了当时唯一能说的话:"你当然不希望这样的事发生。如果你能冷静下来,理性地分析,就会明白了。你肯定会觉得自己负有一定的责任。我们失去自己所爱的人时都会这样想。有这种负罪感很自然,但这并不是一种理性的思维。你做了当时看来正确的事。任何人都不可能做得更好。你没有杀害你的外祖母。凶手是斯维恩,她是他最后的受害者。"

但是谋杀案发生后,永远不可能有最后的受害者。每一位受到博洛尼之死触动的人都不会一成不变:达格利什自己、马辛厄姆、巴恩斯神父、达伦,甚至是那个可怜的老太太沃顿小姐也不例外。凯特很清楚这一点。她又为什么会觉得自己是与众不同的呢?但是即便在他自己看来，这些用作安抚的陈词滥调也十分虚假。而且有些事连他自己也没法确定。在那个危险的拐角博洛尼紧紧踩在油门上的脚，她伸向凶手的沾满血污的双手。有行动就有后果。但是她很坚强，应该能好起来。不像博洛尼，她会学着接受一切，并学会承担起自己这份负罪感，正如达格利什所曾学会背负的一样。

第三章

沃顿小姐只在50年前才去过一次儿童医院,当时她被送到当地的一家诊疗所摘除了扁桃体。大奥蒙德街医院和她去过并留下心理创伤的那家医院截然不同。这里就像是座儿童乐园,病房里宽敞明亮,装满了玩具,那么多妈妈陪同,那么多快乐的游戏,她简直不敢想象这是家医院,直到注意到了孩子们苍白的小脸和瘦弱的身躯。然后她告诉自己:他们都病了,他们的身体都不好,有些孩子甚至就要死了。没有什么能够阻止这一切发生。

达伦也在这样一张床上,但是他生气勃勃地坐着,正忙着玩摆在托盘里的拼图,用一种得意的语气说:"我得的病能让人死掉。这是其他孩子告诉我的。"

沃顿小姐几乎是喊出了自己的抗议:"哦,达伦,不,不是的!你才不会死!"

"我也觉得我不会死。但还是有可能的。我现在已经找到养父母了。他们告诉你这件事了吗?"

"是的,达伦,这真是太好了。我也替你高兴。你和他们在一起开心吗?"

"他们还好。我出院以后叔叔会带我去钓鱼。他们一会儿也会来医院。我还收到了一辆自行车,像美式机车一样。"

他的双眼望向门口。自从沃顿小姐来了之后,他还没怎么抬眼看过她,而当她走到他床边时,瞥到他的脸上露出了一种大人般的尴尬神色,突然意识到自己在他眼里,在所有孩子眼里都一样,一定是一个可悲又滑稽的老太太,拿着一束装在小罐子里的非洲堇做礼物。她说:"我在圣马修教堂总是想起你,达伦。"

"嗯,不过我想我现在应该没有时间再去那里了。"

"当然了。你会和你的养父母待在一起。我可以理解。"

她还想补充一句:但是我们也度过了很多开心的时光,不是吗?但是她没有说出口。这简直像是在向他恳求明知他无法给予的东西。

她给他带来这束非洲堇,是因为它看起来比一束鲜花更容易照料。但是他几乎连看都没看它一眼。现在,她环顾这间四处都是玩具的病房,暗想自己怎么会觉得这是一份合适的礼物。他并不需要这束花,也不需要她。她想:他因为我而感到羞耻,想在他的新叔叔来之前就摆脱我。他几乎没有注意到她说了再见,溜出了病房,在出门时把那束花递给了一位护士。

她坐上了开往哈罗路的公交车,然后步行去了教堂。她还有很多事情要做。巴恩斯神父拒绝了康复期的疗养,只住了两天院就出院了,但自从报纸上刊登了那篇关于神迹的文章后,祷告仪式的数量和参加教徒的人数都增加了,在做完下午的晚课之后,总会有一长队的忏悔者等着要进行忏悔。圣马修教堂再也不像从前了。她不知道自己究竟还能在这里待多久。

这是谋杀案发生之后她第一次独自一人来教堂,但是出于沮丧和孤独，她忘记了自己内心的恐惧，直到发现和那个可怕的早晨一样，她没有办法把钥匙插进锁孔时，才重新感受到了恐惧。门和当时一样也没有锁。她推开门，心脏狂跳，大喊着："神父，您在里面吗？神父？"

一个年轻女子从小礼拜堂里走出来。她相貌普通，举止得体，一点也不让人害怕，穿着夹克衫，戴了一条头巾。看到沃顿小姐苍白的面孔，她说道："很抱歉，我吓到您了吗？"

沃顿小姐努力挤出一丝微笑，"没关系的，我只是没想到有人会在这里。你有什么需要吗？巴恩斯神父还要再过半个小时才能来。"

这个女孩说："不，我没什么事。我是保罗·博洛尼的一个朋友，只是想要去看看那间小礼拜堂，想独自一人在那里待一会儿。我想看看案发地点，看看他是在哪里死去的。我现在就走。巴恩斯神父说让我把钥匙还到他家，但是既然您来了，也许我可以把它留给您。"

她伸出手，沃顿小姐接过钥匙，看着女孩向门口走去。走到门口时，她又转过身来，说："达格利什总警司是对的。那只是一间普通的房间而已，里面什么都没有，没什么好看的。"然后她就离开了。

沃顿小姐依然在颤抖，她锁上了外边的大门，沿着走廊走到格栅门边，然后抬起头，凝视着圣灯的红光。她想：那盏灯也只是用抛光的铜器和红色的玻璃制成的，只是一盏普普通通的灯。你可以把它拆下来，清洗干净，然后在里面装满最普通的灯油。还有那些在帷幕后面的圣餐，那又是什么呢？只不过是面粉和水做成的又薄又亮的圆饼，一片片整齐地放在小盒子里，巴恩斯神父随时都可以把它们取出来放在手中，对着它们念几句话，它们就变成了圣餐。但事实上它们并没有发生什么变化。上帝并不在那盏铜制油灯后面的小壁龛里,他再也不存在于这座教堂里了。像达伦一样,他也已经离开了。这时,她想起了自己第一次来圣马修教堂时,柯林斯神父在布道时说的一句话:"如果你发现自己不再相信上帝了,也要做出仍然相信一切的样子。如果你觉得自己不能祈祷了,也要继续说出同样的字句。"她跪在坚硬的地板上,用双手抓着铁格栅支撑着自己,然后说出了自己在单独祷告时惯用的开场白:"主啊,我不配迎接您来到我的屋檐下,但只要说出这些话,我的灵魂就会被治愈。"

马上扫二维码,关注 **"熊猫君"**

和千万读者一起成长吧!

图书在版编目（CIP）数据

第五个死者的告白 /（英）P.D.詹姆斯著；周媛译.
-- 上海：文汇出版社，2018.9
ISBN 978-7-5496-2612-0

Ⅰ.①第… Ⅱ.①P…②周… Ⅲ.①长篇小说—英国
—现代 Ⅳ.①I561.45

中国版本图书馆CIP数据核字（2018）第106523号

A TASTE FOR DEATH by P.D.JAMES
Copyright: © 1986 BY P.D.JAMES
This edition arranged with GREENE & HEATON LIMITED
through BIG APPLE AGENCY, INC., LABUAN, MALAYSIA.
Simplified Chinese edition copyright:
2018 Dook Media Group Limited
All rights reserved.

中文版权 © 2018读客文化股份有限公司
经授权，读客文化股份有限公司拥有本书的中文（简体）版权
著作权合同登记号：图字09-2018-391

第五个死者的告白

作　　者　/　（英）P.D.詹姆斯
译　　者　/　周　媛

责任编辑　/　若　晨
特邀编辑　/　刘昀琪　刘　雨
封面装帧　/　刘　倩　苏　哲
责任校对　/　绳　刚　曹振民

出版发行　/　**文汇**出版社
　　　　　　上海市威海路755号
　　　　　　（邮政编码200041）
经　　销　/　全国新华书店
印刷装订　/　北京赛文印刷有限公司
版　　次　/　2018年9月第1版
印　　次　/　2018年9月第1次印刷
开　　本　/　890mm×1270mm　1/32
字　　数　/　428千字
印　　张　/　19

ISBN 978-7-5496-2612-0
定　　价　/　69.90元

侵权必究
装订质量问题，请致电010-87681002（免费更换，邮寄到付）